nora roberts

Verlorene Seelen

Zum Buch

Eine furchterregende Mordserie hält Washington in Atem: Den Täter treiben offenbar religiöse Motive um, denn die Opfer – allesamt junge blonde Frauen – werden mit einer weißen Priesterstola erdrosselt. Zudem findet die Polizei bei den Leichen Zettel, die den Toten Vergebung versprechen. Der ermittelnde Police Sergeant Ben Paris zieht die Psychologin Tess Court zu dem Fall hinzu. Schon bald empfinden beide mehr als nur berufliches Interesse füreinander. Doch längst hat noch ein ganz anderer ein Auge auf Tess geworfen. Die Profilerin, jung und blond wie die Opfer, gerät in höchste Gefahr …

Zur Autorin

Nora Roberts wurde 1950 geboren und gehört heute zu den meistgelesenen Autorinnen der Welt. Ihre Bücher haben eine weltweite Gesamtauflage von über 500 Millionen Exemplaren, und auch in Deutschland erobert sie mit ihren Romanen regelmäßig die Bestsellerlisten. Nora Roberts hat zwei erwachsene Söhne und lebt mit ihrem Ehemann in Maryland, USA.

nora roberts

Verlorene Seelen

Roman

Aus dem Amerikanischen
von Michael Koseler

DIANA

MIX
Papier aus verantwortungsvollen Quellen
FSC
www.fsc.org
FSC® C014496

Penguin Random House Verlagsgruppe FSC® N001967

4. Auflage
Vollständige deutsche Taschenbuchneuausgabe 02/2022

Die Originalausgabe erschien 1987 unter dem Titel
Sacred Sins bei Bantam, New York.

Umschlaggestaltung: t.mutzenbach design, München
Umschlagmotiv: © Shutterstock.com
(Peter Wey; iravgustin; Linda Hughes Photography; designbydx;
Benjamin Tucker; Vintage Tone; jirobkk; Kai Brosinski)
Satz: Leingärtner, Nabburg
Druck und Bindung: GGP Media GmbH, Pößneck
Printed in Germany

ISBN 978-3-453-36114-0

www.diana-verlag.de

1

Fünfzehnter August. Ein weiterer schwüler Tag. Kein einziges weißes Wölkchen stand am diesigen Himmel, kein Lüftchen ging. Die Hitze war so unerträglich, dass man kaum atmen konnte.

Die Sechs-Uhr- und die Elf-Uhr-Nachrichten brachten die deprimierende Meldung, dass es noch eine Weile so weitergehen würde. In den langen, sich träge dahinziehenden letzten Tagen des Sommers bildete die furchtbare Hitzewelle, die jetzt in die zweite Woche ging, das Hauptgesprächsthema der Einwohner von Washington, D. C.

Der Senat hatte sich bis zum September vertagt, sodass Capitol Hill wie ausgestorben wirkte. Der Präsident hatte sich nach Camp David zurückgezogen, um sich vor seiner vieldiskutierten Europareise noch ein wenig in kühlerer Umgebung zu entspannen. Ohne die tägliche Hektik des politischen Lebens war Washington eine Stadt der Touristen und der Straßenhändler. Gegenüber vom Smithsonian produzierte sich ein Pantomime vor einer verschwitzten Menschenmenge, die weniger um seiner Künste willen stehen geblieben war als vielmehr, um gemeinsam zu verschnaufen. Hübsche Sommerkleider hingen wie Lappen an ihren Trägerinnen, Kinder verlangten quengelnd nach Eis.

Jung und Alt strömte in den Rock Creek Park, um im Schatten der Bäume und am Wasser der schlimmsten Hitze zu entgehen. Fruchtsäfte und Limonade wurden literweise konsumiert, ebenso Bier und Wein, wenn auch weniger auffällig. Sobald Parkwächter aufkreuzten, ließ man rasch die Flaschen verschwinden. Picknicks und Grillpartys wurden abgehalten, deren Teilnehmer sich immer wieder den Schweiß von der Stirn wischten, ihre Grillwürstchen anbrennen ließen und auf Babys aufpassten, die in Windeln über den Rasen watschelten. Mütter riefen ihren Kindern zu, nicht ans Wasser zu gehen, nicht auf die Straße zu laufen, den Stock oder Stein wieder hinzulegen. Die Musik aus den tragbaren Radiogeräten war wie gewöhnlich laut und provokativ; die Discjockeys sprachen von heißen Scheiben und verkündeten, dass die Temperatur weit über dreißig Grad betrage.

Kleine Gruppen von Studenten fanden sich zusammen. Einige saßen auf den Felsen oberhalb des Baches, um über den Zustand der Welt zu diskutieren. Andere, die eher am Zustand ihrer Sonnenbräune interessiert waren, lagen ausgestreckt im Gras. Wer genügend Zeit und Benzin hatte, war an den Strand oder in die Berge geflohen. Ein paar Collegestudenten brachten die Energie auf, mit einer Frisbeescheibe zu spielen. Die jungen Männer hatten sich bis auf die Shorts ausgezogen, um mit ihren gleichmäßig gebräunten Oberkörpern anzugeben.

Unter einem Baum saß eine hübsche junge Kunststudentin und zeichnete in aller Muse. Nachdem einer der Frisbeespieler mehrmals versucht hatte, ihre Aufmerksamkeit auf seinen Bizeps zu lenken, an dem er sechs Monate lang gearbeitet hatte, griff er zu einer direkteren Methode. Die Frisbeescheibe landete klatschend auf ihrem Skizzenbuch. Als sie verärgert aufblickte, kam er angetrabt. Er grinste entschuldigend auf eine Weise, die er für unwiderstehlich hielt.

»Tut mir leid. Ist mir aus der Hand gerutscht.« Nachdem sie sich ihre dunkle Haarmähne aus dem Gesicht gestrichen hatte, gab die Studentin ihm die Wurfscheibe zurück. »Macht nichts.« Dann zeichnete sie weiter, ohne ihn auch nur eines Blickes zu würdigen.

Doch die Jugend ist nun mal hartnäckig. Er hockte sich neben sie und betrachtete ihre Zeichnung. Er verstand von Kunst ungefähr so viel wie ein Esel vom Tanzen, doch ein Aufhänger war halt ein Aufhänger. »Hey, das ist ja toll. Wo studierst du denn?«

Da sie die Masche durchschaute, wollte sie ihn eigentlich abblitzen lassen. Doch dann blickte sie lange genug auf, um sein Lächeln zu sehen. Seine Tour mochte ja ziemlich plump sein, aber süß war er schon. »In Georgetown.«

»Im Ernst? Ich auch. Einführung in die Rechtswissenschaft.«

Ungeduldig rief sein Partner vom anderen Ende des Rasens: »Rod! Gehen wir nun ein Bier trinken oder nicht?«

»Kommst du oft hierher?«, fragte Rod, ohne auf seinen Freund zu achten. Das Mädchen hatte die größten braunen Augen, die er je gesehen hatte.

»Ab und an.«

»Wollen wir uns nicht …«

»Rod, nun komm doch. Lass uns endlich was trinken gehen.«

Rod sah zu seinem verschwitzten, leicht übergewichtigen Freund hinüber. Dann blickte er wieder in die kühlen braunen Augen des Mädchens. Gar keine Frage, wem er den Vorzug gab. »Ich komme später nach, Pete!«, rief er und schleuderte die Frisbeescheibe mit einer lässigen Bewegung hoch in die Luft.

»Bist du fertig mit Spielen?«, fragte die Kunststudentin, während sie den Flug der Wurfscheibe verfolgte.

Er grinste und berührte ihre Haarspitzen. »Kommt ganz darauf an.«

Schimpfend nahm Pete die Verfolgung der Wurfscheibe auf. Erst vor Kurzem hatte er sechs Dollar dafür ausgegeben. Nachdem er beinahe über einen Hund gestolpert wäre, kraxelte er einen Abhang hinunter. Er hoffte inständig, dass die Frisbeescheibe nicht im Bach landen würde. Für seine Ledersandalen hatte er noch einiges mehr hingeblättert. Als die Scheibe in Richtung Wasser flog, stieß er laute Flüche aus. Dann prallte sie von einem Baum ab und trudelte ins Gebüsch. Schweißtriefend und ständig an das kühle Bier denkend, das ihn erwartete, schob Pete Äste zur Seite und bahnte sich einen Weg.

Plötzlich stockte ihm das Herz, und gleich darauf begann das Blut in seinen Schläfen zu hämmern. Bevor er dazu kam, einen Schrei auszustoßen, gab er seinen Lunch, bestehend aus Pommes frites und zwei Hotdogs, wieder von sich.

Die Frisbeescheibe war am Ufer des Baches gelandet und lag – neu und rot und fröhlich wirkend – auf einer kalten weißen Hand, welche die Scheibe ihrem Besitzer entgegenzuhalten schien.

Es handelte sich um Carla Johnson, eine dreiundzwanzig Jahre alte Schauspielschülerin, die als Kellnerin gejobbt hatte. Vor zwölf bis fünfzehn Stunden war sie mit dem Humerale eines Priesters – weiß mit goldenen Borten – erdrosselt worden.

Nachdem er seinen schriftlichen Bericht über den Johnson-Mord abgeschlossen hatte, saß Detective Ben Paris zusammengesunken am Schreibtisch. Er hatte die Fakten mit zwei Fingern in die Maschine gehämmert, doch jetzt gaben ihm ebendiese Fakten den Ball zurück. Keine Vergewaltigung, kein Raubmord. Ihr Portemonnaie hatte unter ihr gelegen und dreiundzwanzig Dollar und sechsundsiebzig Cent sowie eine Mastercard enthalten. Ein Ring mit einem Opal, für den man beim Pfandleiher etwa fünfzig Dollar bekommen hätte, hatte noch an ihrem Finger gesteckt. Kein Motiv, keine Verdächtigen. Nichts.

Ben und sein Partner hatten den Nachmittag damit verbracht, die Familie des Opfers zu vernehmen. Eine unangenehme Sache, dachte er bei sich. Notwendig, aber unangenehm. All ihre Fragen hatten immer wieder dasselbe zutage gefördert. Carla hatte Schauspielerin werden wollen. Sie war ganz in ihren Studien aufgegangen. Ab und zu hatte sie sich zwar mit Männern verabredet, aber keine ernsthafte Beziehung gehabt – dafür war ihr Ehrgeiz zu groß gewesen, ein Ehrgeiz, der jetzt keine Erfüllung mehr finden würde.

Ben überflog noch einmal den Bericht und verweilte bei dem Gegenstand, mit dem sie getötet worden war, dem Schultertuch eines Priesters. Daneben war ein Zettel an die Kleidung der Toten geheftet gewesen. Vor einigen Stunden hatte er selbst neben der Leiche gekniet, um zu lesen, was darauf stand:

Ihre Sünden sind ihr vergeben.

»Amen«, murmelte Ben und stieß einen tiefen Seufzer aus.

In der zweiten Septemberwoche ging Barbara Clayton kurz nach ein Uhr nachts quer über den Rasen vor der Washington Cathedral. Die Luft war warm, die Sterne funkelten, doch sie war nicht in der Verfassung, um sich an solchen Dingen zu erfreuen. Während sie über den Rasen schritt, fluchte sie leise vor sich hin. Diesem Automechaniker mit dem Frettchengesicht würde sie morgen früh aber die Meinung sagen. Angeblich hatte er das Getriebe ihres Autos repariert, sodass es wieder wie neu war. So ein Armleuchter! Nur gut, dass sie bloß noch ein paar Blocks zu laufen hatte. Jetzt würde sie mit dem Bus zur Arbeit fahren müssen. Das sollte ihr der miese kleine Dreckskerl büßen. Als eine Sternschnuppe niederging und am Himmel ihre leuchtende Spur hinterließ, bemerkte sie es nicht einmal.

Ebenso wenig bemerkte es der Mann, der sie beobachtete. Er hatte gewusst, dass sie kommen würde. War ihm nicht aufgetragen worden, wachsam zu sein? Platzte ihm eben jetzt nicht fast der Schädel, weil die STIMME darin so laut dröhnte? Er war auserwählt, die Bürde auf sich zu nehmen und der Glorie teilhaftig zu werden.

»*Dominus vobiscum*«, murmelte er. Dann schlossen sich seine Hände fest um den glatten Stoff des Humerales.

Als seine Mission vollendet war, spürte er, wie die göttliche Macht ihn heiß durchströmte. Seine Lenden explodierten. Sein Blut rauschte. Er war rein von Sünde. Und sie jetzt ebenfalls. Mit einer langsamen, sanften Bewegung fuhr er ihr mit dem Daumen über die Stirn, die Lippen und die Brust, um das Zeichen des Kreuzes zu machen. Er erteilte ihr Absolution. Doch er musste sich beeilen, denn die STIMME hatte ihn darauf hingewiesen, dass es viele Menschen gab, die die Reinheit seines Werkes nicht begreifen würden.

Er ließ ihren Körper im Schatten liegen und ging davon. Tränen der Freude und des Wahnsinns glänzten in seinen Augen.

»Die Medien setzen uns gewaltig zu.« Captain Harris schlug mit der Faust auf die Zeitung, die aufgeschlagen vor ihm auf dem Tisch lag. »Die ganze gottverdammte Stadt ist in Panik geraten. Wenn ich herausfinde, wer der Presse Informationen zugespielt hat ...«

Er riss sich zusammen und verstummte. Es passierte nicht oft, dass er beinahe die Beherrschung verlor. Wenn er auch hinter einem Schreibtisch saß, so war er doch, sagte er sich, immer noch Polizist, und zwar ein verdammt guter. Ein guter Polizist verlor nicht die Beherrschung. Schließlich faltete er die Zeitung zusammen und ließ den Blick über die anderen Polizisten schweifen, die sich im Zimmer befanden. Auch sie waren, wie Harris zugeben musste, verdammt gut in ihrem Job. Etwas anderes hätte er auch nicht geduldet.

Ben Paris saß auf der Ecke des Schreibtischs und spielte mit einem Briefbeschwerer aus Gussharz. Harris kannte ihn gut genug, um zu wissen, dass Ben gern etwas in der Hand hatte, wenn er nachdachte. Er war noch verhältnismäßig jung, doch zehn Jahre Polizeidienst hatten ihn zu einem erfahrenen, bewährten Beamten gemacht. Ein erstklassiger Polizist, auch wenn er sich nicht immer an die Regeln hielt. Die beiden Belobigungen wegen Tapferkeit hatte er zu Recht erhalten, fand Harris. In entspannteren Situationen amüsierte es ihn sogar, dass der dunkelhaarige, drahtige Ben mit seinem hageren Gesicht und dem kräftigen Knochenbau wie die Hollywoodversion eines Undercoveragenten aussah. Er hatte volles Haar, das für einen konventionellen Haarschnitt zu lang war, aber schließlich ließ er es auch in einem jener modischen kleinen Friseursalons in Georgetown schneiden. Er hatte hellgrüne Augen, denen nichts Wichtiges entging.

Auf einem Stuhl saß, die ellenlangen Beine von sich gestreckt, Ed Jackson, Bens Partner. Bei einer Körpergröße von eins fünfundneunzig und einem Gewicht von zweihundertfünfzig Pfund schaffte er es normalerweise, einen Verdächtigen allein durch seinen Anblick einzuschüchtern. Er trug – was mit einer bestimmten Absicht verbunden oder eine Marotte sein mochte – einen Vollbart, der so rot war wie die Lockenmähne auf seinem Kopf. Seine Augen waren blau und blickten freundlich drein. Auf eine Entfernung von fünfzig Metern konnte er mit seiner Dienstpistole ein Loch durch den Adler auf einer Vierteldollarmünze schießen.

Harris legte die Zeitung beiseite, setzte sich jedoch nicht hin. »Also, was habt ihr rausgefunden?«

Ben warf den Briefbeschwerer von einer Hand in die andere, dann stellte er ihn wieder auf den Tisch. »Abgesehen von Statur und Hautfarbe gibt es keine Verbindung zwischen den beiden Mordopfern. Keine gemeinsamen Freunde, keine gemeinsamen Stammlokale. Den Bericht über Carla Johnson haben Sie ja schon. Barbara Clayton hat in einer Boutique gearbeitet, geschieden, keine Kinder. Die Familie wohnt in Maryland, Fabrikarbeiter. Bis vor drei Monaten hat sie sich ziemlich häufig mit einem Mann getroffen. Die Sache ging in die Brüche, er ist nach L. A. gezogen. Wir überprüfen ihn noch, sieht aber so aus, als hätte er nichts damit zu tun.«

Er griff in die Tasche, um eine Zigarette herauszuholen, und fing dabei den Blick seines Partners auf.

»Das macht sechs«, sagte Ed fröhlich. »Ben versucht nämlich, weniger als eine Schachtel am Tag zu rauchen«, erklärte er. Dann setzte er selbst den Bericht fort.

»Clayton hat den Abend in einer Bar in der Wisconsin Avenue verbracht. Mit einer Freundin, die mit ihr zusammenarbeitet, eine Art Damenabend. Die Freundin sagt, Clayton sei gegen eins gegangen. Ihr Auto hat man ein paar Blocks vom Tatort entfernt gefunden. Es gab wohl Probleme mit dem Getriebe, sodass sie nicht weiterfahren konnte. Offenbar hat sie beschlossen, von dort nach Hause zu gehen. Bis zu ihrem Apartment ist es nur ungefähr eine halbe Meile.«

»Das Einzige, was die beiden Mordopfer verbindet, ist, dass sie blonde Haare haben, Weiße und Frauen sind.« Ben inhalierte tief den Rauch seiner Zigarette. »Und jetzt sind sie tot.«

Und das Ganze ist in meinem Bezirk passiert, dachte Harris, der die Sache persönlich nahm. »Die Mordwaffe, der Priesterschal.«

»Das Humerale«, ergänzte Ben. »Eine heiße Spur, hätte man meinen können. Unser Mann verwendet das beste Material – Seide.«

»In der Stadt hat er es nicht gekauft«, fuhr Ed fort. »Jedenfalls nicht im Laufe dieses Jahres. Wir haben jeden Laden für Kirchenbedarf und jede Kirche überprüft. Wir wissen, dass es in Neuengland drei Einzelhandelsgeschäfte gibt, die diese Sorte führen.«

»Die Mitteilungen hat er auf Papier geschrieben, wie man es in jedem billigen Warenhaus bekommt«, fügte Ben hinzu. »Das lässt sich nicht zurückverfolgen.«

»Mit anderen Worten, ihr habt nichts herausgefunden.«

»Lässt sich nicht leugnen«, erwiderte Ben und zog wieder an seiner Zigarette.

Schweigend musterte Harris beide Männer. Er mochte zwar wünschen, dass Ben einen Schlips tragen oder dass Ed seinen Bart stutzen würde, aber das war etwas Persönliches. Sie waren seine besten Leute. Paris, mit seinem ungezwungenen Charme und seiner scheinbaren Wurstigkeit, hatte den Instinkt eines Fuchses und einen Verstand, der so scharf war wie ein Stilett. Jackson war so gründlich und so tüchtig wie eine altjüngferliche Tante. Ein Fall war für ihn wie ein Puzzlespiel, dessen einzelne Teile er unermüdlich hin und her schob.

Genüsslich inhalierte Harris den Rauch aus Bens Zigarette, doch dann fiel ihm ein, dass er das Rauchen zu seinem eigenen Besten aufgegeben hatte. »Sprecht noch einmal mit allen Beteiligten. Ich will einen Bericht über den ehemaligen Freund der Clayton und die Kundenlisten der besagten Einzelhandelsgeschäfte.« Er warf einen Blick auf die Zeitung. »Ich will diesen Burschen schnappen!«

»Der Priester«, murmelte Ben, als er die Schlagzeile überflog. »Die Presse gibt Psychopathen gern einen Spitznamen.«

»Und berichtet auch gern ausführlich über sie«, fügte Harris hinzu. »Lasst uns dafür sorgen, dass er aus den Schlagzeilen verschwindet und hinter Gitter kommt.«

Nachdem sie bis spät in die Nacht am Schreibtisch gesessen hatte, nippte Dr. Teresa Court noch ziemlich verschlafen an ihrem Kaffee und blätterte die Post durch. Seit dem zweiten Mord war eine ganze Woche vergangen, ohne dass man den Priester, wie die Presse ihn nannte, gefasst hätte. Sie fand zwar, dass über ihn zu lesen nicht gerade die beste Methode war, um den Tag zu beginnen, interessierte sich jedoch aus beruflichen Gründen für ihn. Der Tod von zwei jungen Frauen ließ sie gewiss nicht kalt, doch es war ihr Beruf, sich an Fakten zu halten und eine Diagnose zu stellen. Darin bestand ihre Lebensaufgabe.

In ihrem Beruf wurde sie tagtäglich mit Problemen, Schmerz und Frustration konfrontiert. Um einen Ausgleich zu schaffen, sorgte sie dafür, dass ihr Privatleben geordnet und unkompliziert war. Da sie aus einer reichen, kultivierten Familie stammte, nahm sie die Lithografie von Matisse an der Wand und das Baccarat-Kristall auf dem Tisch als selbstverständlich hin. Sie bevorzugte klare Linien und Pastelltöne, obwohl sie bisweilen auch Grelles mochte, wie das abstrakte, mit kühnen Pinselstrichen und in schreienden Farben ausgeführte Ölgemälde über ihrem Tisch zeigte. Sie wusste, dass sie sowohl Krasses als auch Liebliches brauchte, und war damit zufrieden. Zufriedenheit war für sie von größter Wichtigkeit.

Da der Kaffee bereits kalt war, schob sie die Tasse beiseite.

Kurz darauf schob sie die Zeitung ebenfalls von sich. Sie wünschte, mehr über den Mörder und die Opfer zu erfahren und alle Einzelheiten zu kennen. Dann fiel ihr das alte Sprichwort ein, dass man beim Wünschen vorsichtig sein soll, weil der Wunsch in Erfüllung gehen könnte. Nachdem sie einen Blick auf ihre Armbanduhr geworfen hatte, stand sie vom Tisch auf. Sie hatte keine Zeit, über einen Bericht in der Zeitung nachzudenken. Sie musste sich um ihre Patienten kümmern.

Am schönsten sind die Städte an der Ostküste im Herbst. Der Sommer dörrt sie aus, der Winter macht sie öde und schmutzig, doch der Herbst verleiht ihnen Würde und übergießt sie mit Farben.

An einem kühlen Oktobermorgen erwachte Ben Paris ganz plötzlich gegen zwei Uhr früh und stellte fest, dass er hellwach war. Es hatte keinen Sinn, darüber nachzudenken, was ihn aus dem Schlaf gerissen und seinen interessanten Traum, in dem drei Blondinen vorkamen, gestört hatte. Nachdem er aufgestanden war, ging er nackt zur Frisierkommode und suchte nach seinen Zigaretten. Zweiundzwanzig, zählte er im Geiste.

Er zündete sich eine an und wartete, bis er den vertrauten bitteren Geschmack im Mund hatte, bevor er in die Küche ging, um Kaffee zu machen. Er schaltete nur die Neonröhre über dem Herd an und hielt Ausschau nach Schaben, die eilig in Ritzen huschten, doch es war nichts zu sehen. Während Ben die Flamme unter dem Kessel aufdrehte, dachte er bei sich, dass die Wirkung der letzten Vertilgungsaktion wohl noch anhielt. Als er nach einer Tasse langte, schob er die ungeöffnete Post von zwei Tagen zur Seite.

Im grellen Küchenlicht sah sein Gesicht hart, beinahe gefährlich aus. Aber schließlich dachte er auch über Mord nach.

Sein nackter Körper war schlaksig und von einer Magerkeit, die ohne die feinen Muskelstränge hager gewirkt hätte.

Der Kaffee würde ihn nicht am Wiedereinschlafen hindern. Wenn sein Geist bereit war, würde sein Körper einfach seinem Beispiel folgen. Das hatte er bei endlosen Überwachungsaktionen gelernt.

Eine magere sandfarbene Katze sprang auf den Tisch und starrte ihn an, während er seinen Kaffee trank und rauchte. Als sie bemerkte, dass er nicht reagierte, gab sie den Gedanken an einen frühmorgendlichen Imbiss auf und setzte sich hin, um sich zu putzen.

Sie waren von der Ergreifung des Mörders noch genauso weit entfernt wie an jenem Nachmittag, als man die erste Leiche gefunden hatte. Wenn sie auf etwas gestoßen waren, das zumindest eine gewisse Ähnlichkeit mit einem Anhaltspunkt hatte, dann war das Ganze im Sande verlaufen, sobald man angefangen hatte nachzuhaken. Eine Sackgasse, dachte Ben. Absolute Fehlanzeige.

Natürlich hatte es allein in einem Monat fünf Geständnisse gegeben, die allesamt von kranken Gemütern stammten, die nach Aufmerksamkeit lechzten. Sechsundzwanzig Tage nach dem zweiten Mord waren sie noch keinen Schritt weiter. Und mit jedem Tag, der verging, wurde die Spur kälter, das wusste er. Die Berichterstattung in der Presse ließ nach, und die Leute beruhigten sich allmählich wieder. Das gefiel ihm nicht. Die Ruhe vor dem Sturm, dachte Ben, während er sich am Stummel seiner Zigarette eine neue anzündete. Er blickte in die kühle, vom Halbmond erhellte Nacht hinaus und machte sich Gedanken.

Doug's war nur fünf Meilen von Bens Apartment entfernt. Jetzt war in dem kleinen Club alles dunkel. Die Musiker waren nach Hause gegangen, die Getränkepfützen aufgewischt. Francie

Bowers trat aus der Tür des Hintereingangs und zog sich ihren Pullover an. Die Füße taten ihr weh. Nach sechs Stunden auf zehn Zentimeter hohen Absätzen – jetzt trug sie Turnschuhe – hatte sie Krämpfe in den Zehen. Doch das Trinkgeld war die Mühe wert gewesen. Mochte ja sein, dass man viel laufen musste, wenn man als Cocktailkellnerin arbeitete, aber wenn man gute Beine hatte – und die hatte sie –, gab es auch reichlich Trinkgeld.

Noch ein paar Nächte wie diese, überlegte sie, und sie würde vielleicht die erste Rate für den kleinen VW bezahlen können. Dann würde der ganze Ärger mit dem Bus wegfallen. Das war ihre Vorstellung vom Paradies.

Ein stechender Schmerz in ihrem Spann ließ Francie zusammenzucken. Sie beäugte die Gasse, in der sie sich befand. Wenn sie hier entlangging, würde sie ihren Weg um eine Viertelmeile abkürzen. Aber die Gasse war dunkel. Sie machte zwei weitere Schritte in Richtung der hell erleuchteten Hauptstraße, dann gab sie es auf. Egal, wie dunkel die Gasse war, sie würde jedenfalls keinen Schritt mehr als nötig gehen.

Er hatte lange gewartet. Aber er hatte es gewusst. Die STIMME hatte gesagt, dass eine der Verlorenen zu ihm geschickt werde. Sie kam rasch näher, als sei sie erpicht darauf, Erlösung zu finden. Tagelang hatte er für sie gebetet, für die Reinigung ihrer Seele. Jetzt war der Zeitpunkt der Vergebung fast gekommen. Er war nur ein Werkzeug. Der Tumult setzte in seinem Kopf ein und breitete sich nach unten aus. Göttliche Macht strömte in ihn. Im Schatten stehend betete er, bis sie vorüberkam.

Er handelte rasch, was nur barmherzig war. Als er ihr das Humerale um den Hals geschlungen hatte, blieb ihr nur noch ein Augenblick, um aufzukeuchen, bevor er das Tuch fest zusammenzog. Als ihr die Luftzufuhr abgeschnitten wurde, stieß sie einen leisen, gurgelnden Laut aus. Von Entsetzen gepackt, ließ sie ihren Leinwandbeutel fallen und griff mit beiden Händen nach dem, was ihr den Hals abschnürte.

Manchmal, wenn seine Macht groß war, konnte er sie schnell wieder loslassen. Doch das Böse in ihr war stark und forderte ihn zum Kampf heraus. Ihre Finger zerrten an der Seide, dann gruben sie sich tief in die Handschuhe, die er trug. Als sie nach hinten trat, hob er sie hoch, aber sie hörte nicht auf, wild um sich zu treten. Einer ihrer Füße stieß gegen eine Mülltonne, die klappernd umfiel. Der Lärm hallte in seinen Kopf wider, dass er fast aufgeschrien hätte.

Dann erschlaffte ihr Körper, und die Herbstluft trocknete die Tränen auf seinem Gesicht. Er legte sie behutsam auf den Asphalt der Straße und erteilte ihr in der alten Sprache Absolution. Nachdem er ihr den Zettel an den Pullover geheftet hatte, segnete er sie.

Sie hatte Frieden gefunden. Und er ebenfalls, zumindest im Moment.

»Es besteht kein Grund für diese selbstmörderische Fahrweise.« Eds Stimme klang gelassen, als Ben mit fünfzig Meilen um eine Ecke raste. »Sie ist bereits tot.«

Ben schaltete den Gang herunter und bog nach rechts ab. »Du bist ja wohl derjenige, der das Auto zu Schrott gefahren hat. *Mein* Auto«, fügte er ohne allzu große Gehässigkeit hinzu. »Das hatte erst fünfundsiebzigtausend Meilen drauf.«

»War eben eine rasante Verfolgungsjagd«, murmelte Ed.

Der Mustang geriet ins Schlingern, als sie über eine unebene Stelle fuhren, was Ben daran erinnerte, dass er die Stoßdämpfer hatte überprüfen wollen.

»Und du hast es ja überlebt.«

»Mit Quetschungen und Schnittwunden.« Ben huschte bei Gelb durch und schaltete in den dritten Gang. »Zahlreichen Quetschungen und Schnittwunden.«

Ed lächelte, als ihm alles wieder einfiel. »Wir haben sie doch erwischt, oder?«

»Sie waren ja auch bewusstlos.« Ben hielt mit kreischenden Bremsen am Bordstein an und steckte die Autoschlüssel in die Tasche. »Und mein Arm musste fünfmal genäht werden.«

»Mecker, mecker, mecker.« Gähnend hievte Ed sich aus dem Auto und trat auf den Bürgersteig.

Es war noch früh am Morgen und so kalt, dass man den eigenen Atem sehen konnte. Dennoch hatte sich bereits eine Menschenansammlung gebildet. Fröstelnd bahnte sich Ben, der alles für einen heißen Kaffee gegeben hätte, seinen Weg durch die Schar der Neugierigen und trat in die Gasse, die man mit einem Seil abgesperrt hatte.

»Sly.« Ben nickte dem Polizeifotografen zu und sah sich Opfer Nummer drei an.

Ihr Alter schätzte er auf sechsundzwanzig bis achtundzwanzig. Sie trug einen billigen Pullover aus Polyester, und die Sohlen ihrer Turnschuhe hatten fast kein Profil mehr. Sie trug lang herabhängende, vergoldete Ohrringe. Ihr Gesicht war stark geschminkt, was weder zu dem Kaufhauspullover noch zu ihren Cordhosen passte.

Die zweite Zigarette des Tages in der hohlen Hand haltend, hörte er sich den Bericht des neben ihm stehenden Streifenpolizisten an.

»Ein Penner hat sie gefunden. Wir haben ihn zur Ausnüchterung in einen Streifenwagen verfrachtet. Offensichtlich ist er auf sie gestoßen, als er im Müll herumstöberte. Das hat ihm einen gewaltigen Schrecken eingejagt, sodass er aus der Gasse gerannt und mir fast vors Auto gelaufen ist.«

Ben nickte und betrachtete den säuberlich beschrifteten Zettel, der an ihren Pullover geheftet war. Fast ohne dass er es merkte, erfüllten ihn einen Augenblick lang Wut und Frustration. Ed bückte sich, um den großen Leinwandbeutel aufzuheben, der neben ihr lag. Dabei fielen einige Busfahrscheine heraus.

Es würde ein langer Tag werden.

Sechs Stunden später betraten sie das Revier der Mordkommission, das zwar nicht den schäbigen Glamour des Sittendezernats aufwies, aber auch nicht so sauber und ordentlich war wie die Reviere in den Vororten. Vor zwei Jahren hatte man die Wände in einer Farbe gestrichen, die Ben als Apartmenthausbeige bezeichnete. Die Fußbodenfliesen schwitzten im Sommer und speicherten im Winter die Kälte. In den Räumen roch es permanent nach abgestandenem Rauch, feuchtem Kaffeesatz und frischem Schweiß, so eifrig das Wartungspersonal auch mit nach Fichtennadel duftenden Reinigungsmitteln und Putzlappen hantieren mochte. Gewiss, im Frühjahr hatten sie alle gesammelt und einen ihrer Kollegen beauftragt, Blumentöpfe für die Fensterbretter zu kaufen. Die Pflanzen gingen zwar nicht ein, gediehen aber auch nicht so recht.

Ben ging an einem Schreibtisch vorbei und nickte seinem Kollegen Lou Roderick zu, der gerade einen Bericht tippte. Roderick war ein Polizist, der seine Arbeit ruhig und gleichmäßig verrichtete, etwa so wie ein Finanzbeamter, der seine Akten abarbeitet.

»Harris will dich sprechen«, teilte Lou ohne aufzublicken mit, wenn auch mit einem Anflug von Mitgefühl in der Stimme. »Er hat gerade eine Besprechung mit dem Bürgermeister gehabt. Außerdem hat Lowenstein eine Nachricht für dich entgegengenommen.«

»Danke.« Ben beäugte die Snickers-Packung auf Rodericks Schreibtisch. »Sag mal, Lou ...«

»Vergiss es.« Ohne aus dem Takt zu kommen, tippte Roderick seinen Bericht weiter.

»So viel zum Thema Kollegialität«, murmelte Ben und schlenderte zu Lowenstein hinüber.

Sie war ein gänzlich anderer Typ als Roderick. Sie arbeitete nach dem Stop-and-go-Prinzip und wurde in Abständen von Arbeitswut befallen. Praktische Tätigkeiten lagen ihr mehr als Schreibtischarbeit. Ben respektierte Lous Akribie, doch als Partner hätte er sich Lowenstein ausgesucht, deren höchst schickliche Kostüme und adrette Kleider nicht über die Tatsache hinwegzutäuschen vermochten, dass sie die schönsten Beine im Dezernat hatte. Bevor er sich auf die Ecke ihres Schreibtischs setzte, warf Ben rasch einen Blick auf ebendiese Beine. Zu blöde, dass sie verheiratet ist, dachte er bei sich.

Während er wartete, bis sie ihr Telefonat beendet hatte, schnüffelte er in den Papieren auf ihrem Schreibtisch herum. »Wie geht's denn so, Lowenstein?«

»Mein Müllschlucker ist kaputt, und der Klempner verlangt für die Reparatur dreihundert, aber das ist kein Problem, weil mein Mann ihn wieder in Ordnung bringen wird.« Sie spannte ein Formular in die Schreibmaschine ein. »Auf diese Weise wird uns das Ganze nur doppelt so viel kosten. Und wie steht's bei dir?« Sie schlug seine Hand weg, die sich nach der auf ihrem Tisch stehenden Pepsi-Flasche ausstreckte. »Gibt's irgendetwas Neues über unseren Priester?«

»Nur eine Leiche.« Wenn seine Stimme bitter klang, dann war es schwer herauszuhören. »Bist du schon mal bei *Doug's* gewesen, unten am Kanal?«

»Ich habe ja nicht dein buntes Privatleben, Paris.«

Er stieß ein verächtliches Schnauben aus. Dann nahm er den dicken Becher in die Hand, in dem sich ihre Bleistifte befanden. »Sie war dort Cocktailkellnerin. Siebenundzwanzig.«

»Nimm es dir nicht so zu Herzen. Das hat keinen Sinn«, murmelte sie und reichte ihm, als sie sein Gesicht sah, die Pepsi. Man nahm es sich immer zu Herzen. »Harris will dich und Ed sprechen.«

»Ja, ich weiß.« Er nahm einen langen Schluck und pumpte seinen Organismus mit Zucker und Koffein voll.

»Du hast eine Nachricht für mich?«

»Ach ja.« Grinsend suchte sie in ihren Papieren herum, bis sie den Zettel fand. »Häschen hat angerufen.« Als die hohe, atemlose Stimme, mit der sie sprach, keine Reaktion bei ihm hervorrief, warf sie ihm einen verschmitzten Blick zu und reichte ihm den Zettel. »Sie will wissen, wann du sie abholst. Sie hat sich angehört, als sei sie wirklich süß, Paris.«

Er steckte den Zettel ein und grinste. »Sie ist auch wirklich süß, Lowenstein, aber ich würde ihr sofort den Laufpass geben, falls du die Absicht haben solltest, deinen Mann zu betrügen.«

Als er mit der Pepsi-Flasche in der Hand davonging, lachte sie und machte sich wieder daran, das Formular mit der Schreibmaschine auszufüllen.

»Mein Apartment wird in eine Eigentumswohnung umgewandelt.« Ed legte den Telefonhörer auf und ging mit Ben auf Harris' Büro zu. »Fünfzigtausend. Meine Güte.«

»Die sanitären Anlagen sind völlig verrottet.« Ben trank den Rest der Pepsi Cola aus und warf die leere Flasche in einen Mülleimer.

»Stimmt. Gibt es in deinem Haus nicht eine leere Wohnung?«

»Da ziehen die Leute erst aus, wenn sie sterben.« Durch die große gläserne Trennscheibe von Harris' Büro konnten sie sehen, wie der Captain neben seinem Schreibtisch stand und telefonierte. Für einen Mann von siebenundfünfzig, der die letzten zehn Jahre hinter einem Schreibtisch verbracht hatte, hatte er sich gut gehalten. Seine Willenskraft war zu groß, als dass er Fett angesetzt hätte. Seine erste Ehe war an seinem Beruf gescheitert, die zweite am Alkohol. Harris hatte Suff und Ehe aufgegeben, und das eine wie das andere ersetzte ihm jetzt sein Job. Die Leute in seinem Dezernat mochten ihn nicht gerade, respektierten ihn jedoch. Diese Einstellung zog Harris vor. Er blickte auf und winkte die beiden Männer ins Büro.

»Ich brauche den Laborbericht noch vor fünf. Wenn auf ihrem Pullover ein Fussel ist, will ich wissen, wo er herkommt. Macht euren Job, und gebt mir etwas an die Hand, damit ich meinen machen kann.« Nachdem er aufgelegt hatte, ging er zu seiner Warmhalteplatte und goss sich einen Kaffee ein. Nach fünf Jahren wünschte er immer noch, es wäre Scotch. »Erzählt mir von Francie Bowers.«

»Sie arbeitete seit fast einem Jahr als Kellnerin bei *Doug's*. Stammte aus Virginia und ist im November letzten Jahres nach Washington gezogen. Wohnte allein in einem Apartment im Nordwesten der Stadt.« Ed verlagerte sein Gewicht und blätterte in seinem Notizbuch. »Zweimal verheiratet, keine der beiden Ehen dauerte länger als ein Jahr. Die beiden Exgatten überprüfen wir noch. Sie hat nachts gearbeitet und tagsüber geschlafen, deshalb wissen ihre Nachbarn nicht viel von ihr. Um eins hatte sie Feierabend. Anscheinend ist sie durch die Gasse gegangen, um den Weg zur Bushaltestelle abzukürzen. Sie besaß kein Auto.«

»Niemand hat etwas gehört oder gesehen«, fügte Ben hinzu.

»Dann fragt noch mal rum«, sagte Harris ohne Umschweife,

»und macht jemanden ausfindig, der etwas gehört oder gesehen hat. Irgendetwas Neues zu Nummer eins?«

Ben mochte es nicht, wenn man Mordopfer nummerierte, und steckte die Hände in die Taschen. »Carla Johnsons Freund lebt in L. A. Hat eine kleine Nebenrolle in einer Seifenoper. Hat nichts mit dem Mord zu tun. Offensichtlich hatte sie am Tag vor ihrer Ermordung eine Auseinandersetzung mit einem anderen Schauspielschüler. Augenzeugen zufolge ging es dabei ziemlich heiß her.«

»Der Betreffende hat die Sache zugegeben«, fuhr Ed fort. »Offenbar haben sie sich ein paarmal verabredet, aber sie hatte kein Interesse an ihm.«

»Hat er ein Alibi?«

»Er behauptet, er habe sich volllaufen lassen und eine Erstsemesterstudentin aufgegabelt.« Ben zuckte die Achseln und setzte sich auf die Armlehne eines Stuhls. »Jetzt sind sie verlobt. Wir können ihn noch mal vernehmen, aber keiner von uns glaubt, dass er etwas damit zu tun hat. Einen Zusammenhang zwischen ihm und der Clayton oder der Bowers gibt es nicht. Als wir ihn überprüften, haben wir festgestellt, dass er ein typischer amerikanischer Junge aus dem gehobenen Mittelstand ist. Ein As in Leichtathletik. Eher ließe sich von Ed annehmen, dass er ein Psychotiker ist, als von diesem Collegestudenten.«

»Vielen herzlichen Dank, Partner.«

»Überprüft ihn trotzdem noch mal. Wie heißt er?«

»Robert Lawrence Dors. Er fährt einen Honda Civic und trägt Polohemden.« Ben zog eine Zigarette aus der Schachtel. »Außerdem weiße Turnschuhe und keine Socken.«

»Roderick kann ihn sich vornehmen.«

»Moment mal …«

»Ich werde eine Sondereinheit für diese Angelegenheit aufstellen«, sagte Harris und schnitt Ben das Wort ab. Er schenkte sich eine zweite Tasse Kaffee ein. »Roderick, Lowenstein und Bigsby werden mit euch zusammenarbeiten. Ich will diesen Burschen schnappen, bevor er wieder eine Frau umbringt, die nachts allein unterwegs ist.« Der Ton seiner Stimme war mild, vernünftig und entschieden.

»Haben Sie irgendetwas dagegen einzuwenden?«

Ben stolzierte zum Fenster und starrte hinaus. Seine Gefühle waren rein persönlich, das wusste er. »Nein, wir alle wollen ihn schnappen.«

»Einschließlich des Bürgermeisters«, fügte Harris mit einem leichten Anflug von Bitterkeit in der Stimme hinzu. »Er möchte in der Lage sein, der Presse am Ende der Woche etwas Konkretes mitzuteilen. Wir ziehen einen Psychiater hinzu, der uns ein Täterprofil erstellt.«

»Einen Seelenklempner?« Humorlos lachend drehte Ben sich um. »Machen Sie keine Witze, Captain.«

Da Harris die Sache auch nicht gefiel, wurde seine Stimme eisig. »Dr. Court hat sich auf Wunsch des Bürgermeisters bereit erklärt, mit uns zusammenzuarbeiten. Wir wissen nicht, was in dem Täter vorgeht. Vielleicht ist es an der Zeit herauszufinden, wie er denkt. Im Moment«, fügte er hinzu, indem er beide Männer ruhig und fest anschaute, »würde ich sogar in eine Kristallkugel blicken, falls wir dadurch irgendeinen Anhaltspunkt bekommen könnten. Seid um vier wieder in meinem Büro.«

Als Ben den Mund öffnete, um eine Bemerkung zu machen, fing er Eds warnenden Blick auf. Ohne ein Wort zu sagen, stolzierten sie hinaus. »Vielleicht sollten wir ein Medium hinzuziehen«, murmelte Ben.

»Du bist aber auch gar nicht aufgeschlossen.«

»Ich bin Realist.«

»Die menschliche Seele ist ein faszinierendes Mysterium.«

»Du hast dir wieder mal was angelesen.«

»Und diejenigen, die gelernt haben, die Seele zu verstehen, können Türen öffnen, an die Laien vergeblich klopfen.«

Ben seufzte und schnippte seine Zigarette auf den Parkplatz, als sie aus dem Gebäude traten. »Scheiße«, sagte er.

»Scheiße«, murmelte Tess, als sie aus dem Fenster ihres Büros blickte. Zu zwei Sachen hatte sie momentan nicht die geringste Lust. Die erste war, sich bei dem kalten, unangenehmen Regen, der gerade eingesetzt hatte, ins Verkehrsgewühl zu stürzen. Die zweite war, in die Untersuchung der Morde, die die Stadt heimsuchten, hineingezogen zu werden. Ersteres würde sie machen müssen, weil der Bürgermeister und ihr Großvater sie zu Letzterem gedrängt hatten.

Sie hatte bereits zu viele Fälle, um die sie sich kümmern musste. Dem Bürgermeister hätte sie seine Bitte vielleicht noch abschlagen können, höflich und voller Bedauern. Bei ihrem Großvater war das etwas anderes. Wenn sie mit ihm zu tun hatte, fühlte sie sich nicht mehr wie Dr. Teresa Court. Nach fünf Minuten hörte sie auf, eine ein Meter dreiundsechzig große Frau zu sein, mit einem schwarz gerahmten Diplom, das hinter ihr an der Wand hing, und wurde wieder zu einer mageren Zwölfjährigen, dominiert von der Persönlichkeit des Mannes, den sie über alles in der Welt liebte.

Er hatte schließlich dafür gesorgt, dass sie das schwarz gerahmte Diplom bekommen hatte, nicht wahr? Durch sein Vertrauen, überlegte sie, seine Unterstützung, seinen unerschütterlichen Glauben an sie. Wie konnte sie da Nein sagen, wenn er sie bat, ihre Fachkenntnisse zur Verfügung zu stellen? Weil sie zehn Stunden am Tag brauchte, um sich um ihre gegenwärtigen Fälle zu kümmern. Vielleicht sollte sie aufhören, so stur zu sein, und sich mit einem Partner zusammentun.

Tess sah sich in ihrem in Pastelltönen gehaltenen Büro mit den sorgfältig ausgesuchten Antiquitäten und Aquarellen um. Alles meins, dachte sie. Dann warf sie einen Blick auf den hohen, aus den Zwanzigerjahren stammenden Aktenschrank aus Eiche, der voller Patientenakten war. Die gehörten ebenfalls ihr. Nein, sie würde sich nicht mit einem Partner zusammentun. In einem Jahr wurde sie dreißig. Sie hatte ihre eigene Praxis, ihr eigenes Büro, ihre eigenen Probleme. Und so sollte es bleiben.

Sie nahm den nerzbesetzten Regenmantel aus dem Wandschrank und schlüpfte hinein. Vielleicht, wenn auch nur vielleicht, konnte sie der Polizei ja helfen, den Mann zu finden, der Tag für Tag Schlagzeilen machte. Dazu beitragen, ihn zu finden und an weiteren Morden zu hindern, damit ihm dann die Hilfe, die er brauchte, zuteilwerden konnte.

Sie schnappte sich ihre Handtasche und ihre Aktentasche, die von Unterlagen überquoll. Die würde sie abends noch durchsehen müssen. »Kate.« Tess trat ins Vorzimmer und schlug den Kragen ihres Regenmantels hoch.

»Ich fahre jetzt in Captain Harris' Büro. Rufen Sie mich dort aber bitte nur an, wenn es dringend ist.«

»Sie sollten einen Hut aufsetzen«, bemerkte ihre Sekretärin.

»Ich habe einen im Auto. Bis morgen dann.«

»Fahren Sie vorsichtig.«

Während sie durch die Tür ging und nach ihren Autoschlüsseln suchte, eilten ihre Gedanken schon voraus. Vielleicht konnte sie sich auf dem Heimweg aus irgendeinem chinesischen Restaurant etwas mitnehmen und in aller Ruhe zu Abend essen, bevor sie …

»Tess!«

Ein weiterer Schritt, und sie wäre im Fahrstuhl gewesen. Leise vor sich hin fluchend, drehte Tess sich um und rang sich ein Lächeln ab. »Frank.« Und dabei war es ihr doch fast zehn Tage lang gelungen, ihm aus dem Weg zu gehen.

»Du bist wirklich schwer zu erwischen.«

Er stolzierte auf sie zu. Makellos. Das war das Wort, das Tess immer unwillkürlich einfiel, wenn sie Dr. F. R. Fuller sah. Gleich danach kam *langweilig*. Sein bei Brooks Brothers gekaufter Anzug war perlgrau, ein Farbton, der sich in seiner gestreiften Krawatte ebenso wiederholte wie das Schweinchenrosa seines Oberhemds. Sein Haar war perfekt und konservativ geschnitten. Sie gab sich große Mühe, ihr Lächeln beizubehalten. Es war schließlich nicht Franks Schuld, dass sie sich nicht für Perfektion erwärmen konnte.

»Ich hatte viel zu tun.«

»Du kennst doch bestimmt das Sprichwort über Arbeit, Tess.«

Sie biss die Zähne zusammen, um nicht zu sagen: Nein, wie lautet es denn? Dann würde er lachen und eine Plattitüde zum Besten geben. »Mit dem Risiko muss ich leben.« Sie drückte auf den Abwärts-Knopf und hoffte, dass der Fahrstuhl rasch kommen würde.

»Aber heute gehst du früher nach Hause.«

»Ein Außentermin.« Demonstrativ blickte sie auf die Uhr. Sie hatte noch Zeit. »Bin ein bisschen spät dran«, log sie ohne Skrupel.

»Ich versuche schon seit einiger Zeit, mich mit dir in Verbindung zu setzen.« Mit der Handfläche gegen die Wand gelehnt, stand er über sie gebeugt da. Eine weitere seiner Angewohnheiten, die Tess widerwärtig fand. »Man sollte annehmen, dass das kein Problem sein dürfte, da unsere Büros ja nebeneinanderliegen.«

Wo, zum Teufel, blieb bloß der Fahrstuhl? »Du weißt ja, wie das ist, wenn man einen vollen Terminkalender hat, Frank.«

»Aber sicher weiß ich das.« Er ließ sein Zahnpastalächeln sehen, und sie fragte sich, ob er annahm, dass sein Rasierwasser sie antörne. »Ab und an müssen wir jedoch alle mal entspannen, stimmt's, Frau Doktor?«

»Jeder auf seine Weise.«

»Ich habe Karten für das Stück von Noël Coward, das morgen Abend im Kennedy Center gegeben wird. Warum entspannen wir uns nicht zusammen?«

Beim letzten und einzigen Mal, als sie eingewilligt hatte, sich mit ihm zu entspannen, war sie gerade noch davongekommen, ohne dass er ihr die Kleider vom Leib gerissen hatte. Und was noch schlimmer war: Bevor es zum Gerangel kam, hatte sie sich drei Stunden lang fast zu Tode gelangweilt. »Nett von dir, an mich zu denken, Frank.« Erneut log sie, ohne zu zögern. »Aber leider bin ich morgen Abend schon vergeben.«

»Warum können wir uns nicht ...«

Die Fahrstuhltür öffnete sich. »Huch, ich komme ja zu spät.« Nachdem sie ihm ein freundliches Lächeln geschenkt hatte, trat sie in die Kabine. »Arbeite nicht zu viel, Frank. Du kennst doch das Sprichwort.«

Infolge des prasselnden Regens und des starken Verkehrs ging fast ihre gesamte überschüssige Zeit für die Fahrt zum Revier drauf. Seltsamerweise verdarb ihr die halbe Stunde, die sie im Verkehrsgewühl steckte, nicht die Laune. Vielleicht lag es daran, dass sie Frank so elegant abgeschmettert hatte. Wenn sie es übers Herz gebracht hätte – was nicht der Fall war –, hätte sie ihm einfach gesagt, dass sie ihn für einen Blödmann hielt. Damit wäre die Sache dann erledigt. Sofern er sie nicht allzu sehr in die Enge trieb, würde sie jedoch weiterhin mit Takt und Ausreden arbeiten.

Sie langte neben sich, ergriff einen Filzhut und stopfte ihre Haare darunter, als sie ihn aufsetzte. Sie warf einen Blick in den Rückspiegel und rümpfte die Nase. Sinnlos, jetzt an sich herumzumachen. Das wäre bei dem Regen nur Zeitverschwendung. Doch im Gebäude würde es sicher eine Damentoilette geben, wo sie sich ein bisschen herrichten konnte, um dann würdevoll und profihaft aufzutreten. Im Moment würde sie einfach nass aussehen.

Tess öffnete die Tür des Autos, hielt ihren Hut mit einer Hand fest und rannte auf das Gebäude zu.

»Sieh doch mal«, sagte Ben zu seinem Partner, als sie die Stufen zur Polizeizentrale hinaufschritten. Ohne auf den Regen zu achten, blieben sie stehen und sahen zu, wie Tess über die Pfützen sprang.

»Hübsche Beine«, kommentierte Ed.

»Will ich meinen. Besser als die von Lowenstein.«

»Schon möglich.« Ed dachte kurz darüber nach. »Lässt sich bei dem Regen schwer feststellen.«

Mit gesenktem Kopf rannte Tess die Stufen hoch und stieß mit Ben zusammen. Er hörte sie fluchen, als er sie bei den Schultern packte und weit genug zurückwich, um ihr Gesicht sehen zu können.

Es war ein Gesicht, für das es sich lohnte, nass zu werden.

Elegant. Obwohl der Regen über ihr Gesicht strömte, fiel Ben sofort das Wort Eleganz ein. Die Wangenknochen waren stark ausgeprägt und setzten so weit oben an, dass er an Wikingermädchen denken musste. Ihr Mund war weich und feucht, was ihn an andere Dinge denken ließ. Ihre Haut war blass, mit einem leichten rosenfarbenen Schimmer. Doch es waren ihre Augen, die ihn die nassforsche Bemerkung, die er schon auf der Zunge gehabt hatte, vergessen ließen. Sie waren groß und blickten kühl und ein klein wenig verärgert drein. Und sie waren violett. Bisher hatte er angenommen, diese Farbe sei für Elizabeth Taylor und wilde Blumen reserviert.

»Entschuldigung«, stieß Tess hervor, als sie wieder zu Atem gekommen war. »Ich habe Sie nicht gesehen.«

»Natürlich nicht.« Er hätte sie am liebsten noch weiter angestarrt, riss sich aber zusammen. Sein Ruf als Frauenheld war legendär, was zwar übertrieben war, gleichwohl auf Tatsachen beruhte. »Ist ja kein Wunder, so schnell, wie Sie gerannt sind.« Es war angenehm, sie so festzuhalten und die an ihren Wimpern haftenden Regentropfen zu betrachten. »Ich könnte Sie jetzt verhaften, weil Sie einen Polizeibeamten angegriffen haben.«

»Die Dame wird nass«, murmelte Ed.

Bisher hatte Tess nur den Mann bemerkt, der sie festhielt und sie anstarrte, als hätte sie sich in einer Rauchwolke materialisiert. Jetzt blickte sie zur Seite, dann nach oben und sah einen nassen Riesen mit lachenden blauen Augen und triefender roter Haarmähne vor sich. War dies ein Polizeirevier, oder war sie in ein Märchen geraten?

Ohne ihren Arm loszulassen, öffnete Ben die Eingangstür. Er ließ sie herein, aber er würde sie nicht entwischen lassen. Jedenfalls noch nicht.

Als sie im Gebäude waren, warf Tess einen weiteren Blick auf Ed und kam zu dem Schluss, dass es ihn wirklich gab. Dann wandte sie sich Ben zu. Ihn ebenfalls. Und er hielt immer noch ihren Arm fest. Amüsiert zog sie eine Augenbraue hoch. »Ich muss Sie darauf hinweisen, dass ich eine Beschwerde wegen Misshandlung durch die Polizei einreichen werde, falls Sie mich wegen Angriffs auf einen Polizisten verhaften.« Als er lächelte, machte etwas bei ihr *klick*. Er war also doch nicht so harmlos, wie sie angenommen hatte. »Wenn Sie mich jetzt bitte entschuldigen würden …«

»Lassen wir das doch.« Ben hielt immer noch ihren Arm fest. »Wenn es wegen eines Strafzettels irgendetwas in Ordnung zu bringen gibt …«

»Sergeant …«

»Detective«, verbessert er. »Ben.«

»Darauf komme ich vielleicht ein andermal zurück, Detective, aber im Moment habe ich es sehr eilig. Wenn Sie mir wirklich helfen wollen …«

»Das ist meine Pflicht als Beamter.«

»Dann lassen Sie bitte meinen Arm los und sagen Sie mir, wo ich Captain Harris finde.«

»Captain Harris? Von der Mordkommission?«

Sie sah die Überraschung und den Argwohn in seinem Gesicht und merkte, wie er ihren Arm freigab. Seine Reaktion weckte ihre Neugier. Sie warf den Kopf zurück und nahm ihren Hut ab, sodass sich ihr hellblondes Haar über ihre Schultern ergoss. »Genau.«

Bens Blick glitt über ihre Haarmähne, bevor er ihr wieder ins Gesicht sah. Das passt nicht zusammen, dachte er verblüfft. Er vermutete Dinge, die einfach nicht passten.

»Dr. Court?«

Es kostet immer Mühe, Unhöflichkeit und Zynismus mit Würde zu begegnen. Diese Mühe machte Tess sich nicht. »Schon wieder ins Schwarze getroffen – Detective.«

»Sie sind Seelenklempnerin?«

Sie wich keinem seiner Blicke aus. »Sie sind Bulle?« Vielleicht hätte jeder von ihnen die Grenze der Höflichkeit noch weiter hinter sich gelassen, wenn Ed nicht in Lachen ausgebrochen wäre. »Ende der ersten Runde«, sagte er fröhlich. »Harris' Büro ist die neutrale Ecke.« Dann nahm er Tess selbst beim Arm und zeigte ihr den Weg.

2

Flankiert von den beiden Männern, ging Tess die Korridore entlang. Ab und zu bellte irgendwo eine Stimme, oder eine Tür wurde geöffnet und schlug mit dumpfem Knall zu. Aus allen Richtungen kam das Klingeln von Telefonen, doch es schien nie jemand ranzugehen. Regen schlug gegen die Fensterscheiben, was auch nicht gerade erheiternd wirkte. Ein Mann in Hemdsärmeln und Overall wischte irgendeine Pfütze auf. Der Korridor roch stark nach Lysol und Feuchtigkeit.

Sie war nicht zum erstenmal auf einem Polizeirevier, aber es war das erste Mal, dass sie sich fast eingeschüchtert fühlte. Ohne Ben zu beachten, konzentrierte sie sich auf seinen Partner.

»Treten Sie beide immer als Paar auf?«

Ed grinste freundlich. Ihm gefiel ihre Stimme, weil sie dunkel war und so kühl wie Fruchteis an einem heißen Sonntagnachmittag. »Der Captain will es so, damit ich ein bisschen auf ihn aufpasse.«

»Kann ich mir vorstellen.«

Ben bog scharf nach links ab. »Hier entlang … Frau Doktor.«

Tess warf ihm einen Seitenblick zu und ging an ihm vorbei. Er roch nach Regen und Seife. Als sie die Räume des Dezernats betrat, zerrten gerade zwei Männer einen Teenager in Handschellen hinaus. In einer Ecke saß eine Frau, die mit beiden Händen eine Tasse umklammerte und leise vor sich hin weinte. Vom Korridor drangen die Geräusche einer lautstarken Auseinandersetzung herein.

»Willkommen in der Wirklichkeit«, sagte Ben, während irgendjemand anfing zu fluchen.

Tess sah ihn eine Weile unverwandt an und kam zu dem Schluss, dass er ein Dummkopf war. Meinte er vielleicht, sie hätte Tee und Gebäck erwartet? Verglichen mit der Klinik, in der sie einmal in der Woche Dienst tat, war dies hier ein Gartenfest. »Danke, Detective …«

»Paris.« Er fragte sich, warum er das Gefühl hatte, dass sie sich über ihn lustig machte. »Ben Paris, Dr. Court. Und das ist mein Partner Ed Jackson.« Er nahm eine Zigarette heraus und zündete sie an, während er Tess anschaute. Sie wirkte in den schäbigen Räumlichkeiten des Dezernats so deplatziert wie eine Rose auf einem Müllhaufen. Aber das war ihr Problem. »Wir werden mit Ihnen zusammenarbeiten.«

»Wie schön.« Sie setzte das Lächeln auf, mit dem sie sonst immer lästige Verkäuferinnen bedachte, und rauschte an ihm vorbei. Bevor sie an Harris' Tür klopfen konnte, öffnete Ben die Tür.

»Captain.« Ben wartete, bis Harris einige Schriftstücke beiseite gelegt und sich erhoben hatte. »Das ist Dr. Court.« Er hatte weder eine Frau erwartet noch jemanden, der so jung war. Doch Harris hatte schon viele Polizistinnen, darunter viele Anfängerinnen, als Chef unter sich gehabt, sodass sich seine Überraschung schnell wieder legte. Der Bürgermeister hatte sie empfohlen. Auf ihr bestanden, korrigierte sich Harris. Und der Bürgermeister war ein cleverer Mann, der wenig falsch machte, so sehr er einen auch nerven mochte.

»Dr. Court.« Er streckte die Hand aus und stellte fest, dass die ihre weich und klein, wenn auch von einer gewissen Festigkeit war. »Ich freue mich, dass Sie gekommen sind.«

Das nahm sie ihm nicht ganz ab, doch mit solchen Dingen wusste sie fertigzuwerden. »Ich hoffe, ich kann Ihnen behilflich sein.«

»Bitte setzen Sie sich.«

Als sie sich aus ihrem Regenmantel schälen wollte, spürte sie den Druck von Händen auf ihren Armen. Rasch warf sie einen Blick über die Schulter und sah Ben hinter sich stehen. »Ein schöner Mantel, Frau Doktor.« Seine Finger strichen über den Pelzbesatz, als er ihr den Mantel abnahm. »Fünfzigminütige Stunden müssen sehr einträglich sein.«

»Nichts macht mehr Spass, als Patienten zu schröpfen«, entgegnete sie, indem sie ihre Stimme ebenfalls dämpfte. Dann wandte sie sich von ihm ab. Arroganter Blödmann, dachte sie und setzte sich.

»Vielleicht möchte Dr. Court einen Kaffee«, warf Ed ein und grinste dabei in Richtung seines Partners. Er war immer gern bereit, etwas amüsant zu finden. »Sie ist auf dem Weg hierher ziemlich nass geworden.«

Als sie das Funkeln in Eds Augen sah, musste Tess ebenfalls grinsen. »Ja, gern. Schwarz, bitte.«

Harris warf einen Blick auf den schäbigen Rest in der Kanne auf der Warmhalteplatte und griff nach dem Telefon. »Roderick, bringen Sie uns doch bitte Kaffee. Vier Tassen … nein, drei«, verbesserte er sich, als sein Blick auf Ed fiel.

»Wenn ich vielleicht etwas heißes Wasser haben könnte …« Ed langte in seine Tasche und zog einen Beutel mit Kräutertee heraus.

»Und eine Tasse heißes Wasser«, sagte Harris, dessen Lippen sich zu einem Lächeln verzogen. »Genau, für Jackson.

Dr. Court ...« Harris wusste zwar nicht, worüber sie sich amüsierte, hatte aber das Gefühl, dass es etwas mit seinen beiden Untergebenen zu tun hatte. Besser, man kam gleich zur Sache. »Wir wären Ihnen dankbar für jede Hilfe, die sie uns zuteilwerden lassen können. Und Sie werden unsere volle Unterstützung haben.« Letzteres sagte er mit einem vielsagenden Blick in Bens Richtung. »Man hat Ihnen schon kurz mitgeteilt, was wir brauchen?«

Tess dachte an ihre zweistündige Zusammenkunft mit dem Bürgermeister und an die Aktenstapel, die sie aus seinem Büro mit nach Hause genommen hatte. Kurz war wohl nicht der richtige Ausdruck.

»Ja. Sie brauchen ein psychologisches Täterprofil des Mörders, den man den Priester nennt. Sie wollen ein Sachverständigengutachten über seine Motive und über die Art und Weise, wie er tötet. Ich soll Ihnen erklären, wie er denkt, wie er fühlt. Aufgrund der Tatsachen, die ich schon kenne, und derjenigen, die Sie mir noch mitteilen, werde ich in der Lage sein, mir eine Meinung zu bilden ... eine Meinung«, betonte sie, »darüber, wie er psychologisch beschaffen ist und warum er so ist. Damit kommen Sie seiner Ergreifung vielleicht einen Schritt näher.«

Sie versprach also keine Wunder, was Harris einigermaßen beruhigte. Aus den Augenwinkeln sah er, dass Ben sie unablässig beobachtete und dabei mit dem Finger über ihren Regenmantel strich. »Setzen Sie sich, Paris«, forderte er ihn auf. »Hat der Bürgermeister Ihnen schon Einzelheiten mitgeteilt?«, fragte er die Psychiaterin.

»Ein paar. Einen Teil der Unterlagen habe ich mir gestern Abend angesehen.«

»Diese Berichte hier müssen Sie ebenfalls lesen.« Harris nahm einen Schnellhefter vom Schreibtisch und reichte ihn ihr.

»Danke.« Tess zog eine Brille mit Schildpattfassung aus der Handtasche und öffnete den Ordner.

Eine Seelenklempnerin, dachte Ben, während er ihr Profil studierte. Eigentlich sah sie eher wie eine Cheerleaderin bei einer Sportveranstaltung der Universität aus. Oder wie jemand, der sich ins Mayflower setzt und Cognac trinkt. Er wusste zwar nicht so recht, warum beide Bilder zu ihr zu passen schienen, aber sie taten es. Was nicht passte, war das Bild, das er von einem Psychiater hatte. Psychiater waren groß und dürr und bleich und hatten einen ruhigen Blick, ruhige Stimmen, ruhige Hände.

Er erinnerte sich an den Psychiater, den sein Bruder drei Jahre lang aufgesucht hatte, nachdem er aus Vietnam zurückgekommen war. Als Josh in den Krieg zog, war er ein junger Idealist mit frischem Gesicht gewesen. Zurückgekehrt war ein gehetzter, aggressiver Mensch. Der Psychiater hatte ihm geholfen. Zumindest hatte es so geschienen, und alle hatten es gesagt, auch Josh. Bis er seinen Armeerevolver genommen und sich um alle Chancen gebracht hatte, die er noch gehabt haben mochte.

Der Psychiater hatte von verzögertem Stresssyndrom gesprochen. Erst da war Ben klargeworden, wie sehr er Etikettierungen hasste.

Roderick brachte den Kaffee herein und schaffte es, nicht verärgert auszusehen, weil er den Laufburschen spielen musste.

»Haben Sie schon Dors und seine Verlobte vernommen?«, fragte ihn Harris.

»Ich wollte gerade losziehen.«

»Paris und Jackson werden Sie, Lowenstein und Bigsby morgen früh nach dem Anwesenheitsappell instruieren.« Mit einem Kopfnicken entließ er ihn, während er drei Teelöffel Zucker in seinen Kaffee schaufelte. Als Ed das sah, zuckte er zusammen.

Tess nahm ihre Tasse entgegen, indem sie, ohne aufzublicken, etwas vor sich hin murmelte. »Muss man annehmen, dass der Mörder überdurchschnittlich stark ist?«

Ben nahm eine Zigarette heraus, die er eingehend betrachtete. »Wieso das?«

Tess zog sich die Brille bis zur Nasenspitze herunter, ein Trick, den sie einem ihrer Collegeprofessoren abgeguckt hatte und der andere aus der Fassung bringen sollte. »Abgesehen von den Strangulationsmalen gab es keine Quetschungen, keine Zeichen von Gewaltanwendung, keine zerrissene Kleidung und auch sonst nichts, was auf einen Kampf schließen lässt.«

Ohne Notiz von seinem Kaffee zu nehmen, zog Ben an seiner Zigarette. »Keines der Opfer war besonders kräftig gebaut. Barbara Clayton, die einsdreiundsechzig groß war und hundertzwanzig Pfund wog, war die Größte und Schwerste von allen.«

»Wenn ein Mensch Angst hat, kann er gewaltige Kräfte entwickeln«, konterte sie. »Ihren Berichten zufolge nehmen Sie an, dass er sie von hinten überrumpelt und überfällt.«

»Das schließen wir aus dem Winkel und der Position der Quetschungen.«

»Verstehe«, sagte sie forsch und schob sich die Brille wieder hoch. Es war nicht leicht, einen Holzkopf aus der Fassung zu bringen. »Keines der Opfer war in der Lage, ihm das Gesicht zu zerkratzen, denn sonst hätte man Haut- oder Fleischspuren unter ihren Nägeln gefunden. Sehe ich das richtig?« Bevor er antworten konnte, wandte sie sich demonstrativ an Ed. »Er ist also gerissen genug, um verdächtige Spuren zu vermeiden. Offensichtlich tötet er nicht sporadisch, sondern plant alles auf zielstrebige, ja logische Weise. Ihre Kleidung«, fuhr sie fort, »war sie irgendwie in Unordnung, waren Knöpfe auf, Nähte gerissen, hatte sie ihre Schuhe verloren?«

Ed schüttelte den Kopf. Er bewunderte ihr methodisches Vorgehen. »Nein. Alle drei waren wie aus dem Ei gepellt.«

»Und die Mordwaffe, das Humerale?«

»War über Kreuz auf der Brust zusammengelegt.«

»Ein ordentlicher Psychotiker«, warf Ben ein.

Tess zog lediglich die Augenbraue hoch. »Sie sind mit einer Diagnose schnell bei der Hand, Detective Paris. Aber statt von ordentlich würde ich eher von ehrfürchtig sprechen.«

Harris schnitt Ben, der etwas entgegnen wollte, das Wort ab, indem er den Finger hob. »Könnten Sie das bitte erklären, Frau Doktor?«

»Ich kann Ihnen natürlich kein detailliertes Täterprofil geben, ohne die Unterlagen genauer studiert zu haben, Captain, aber in groben Zügen lässt sich seine Person, glaube ich, schon umreißen. Der Mörder ist offenbar tief religiös und vermutlich mit den Riten der Kirche bestens vertraut.«

»Dann sind Sie also auf den Priester-Aspekt aus?«

Erneut wandte sie sich Ben zu. »Der Mann mag früher einmal dem geistlichen Stand angehört haben. Vielleicht ist es aber auch einfach nur so, dass die Autorität der Kirche ihn fasziniert oder dass er sie sogar fürchtet. Dass er das Humerale benutzt, ist ein Symbol – für ihn selbst, für uns, sogar für seine Opfer. Es wäre denkbar, dass er es in rebellischer Absicht benutzt, aber das würde ich aufgrund der Mitteilungen, die er hinterlässt, ausschließen. Da die drei Opfer derselben Altersgruppe angehörten, weist alles darauf hin, dass sie irgendeine wichtige weibliche Person in seinem Leben repräsentieren. Seine Mutter, eine Ehefrau, eine Geliebte, eine Schwester. Jemanden, der ihm auf emotionaler Ebene nahestand oder noch immer steht. Ich vermute, dass ihn diese Person auf irgendeine Weise, die mit der Kirche zu tun hat, enttäuscht hat.«

»Indem sie eine Sünde beging?« Ben stieß eine Rauchwolke aus.

Er mag ja ein Holzkopf sein, dachte sie, aber dumm ist er nicht. »Für den Begriff Sünde gibt es viele Definitionen«, sagte sie mit kühler Stimme. »Aber Sie haben durchaus recht. Es geht um etwas, das in seinen Augen eine Sünde war, vermutlich eine Sünde sexueller Natur.«

Er hasste die gelassene, unpersönliche Art, in der sie ihre Analyse vortrug. »Dann bestraft er also stellvertretend andere Frauen?«

Sie hörte den Hohn in seiner Stimme und schloss den Schnellhefter. »Nein, er rettet die Frauen.«

Ben öffnete den Mund, dann schloss er ihn wieder. Das ergab durchaus einen Sinn, einen entsetzlichen Sinn.

»Das ist der einzige Aspekt, der absolut klar ist«, sagte Tess, indem sie sich wieder Harris zuwandte. »Das geht aus allen Mitteilungen hervor. Der Mann versteht sich als Retter. Da er keine Gewalt anwendet, würde ich sagen, dass er sie nicht bestrafen will. Wenn es um Rache ginge, würde er brutal und grausam sein und dafür sorgen, dass ihnen bewusst wird, was mit ihnen geschieht. Stattdessen tötet er sie so schnell wie möglich. Dann bringt er ihre Kleidung in Ordnung, legt ehrfürchtig das Humerale über Kreuz und hinterlässt einen Zettel, auf dem steht, dass sie gerettet sind.«

Sie nahm ihre Brille ab und wirbelte sie am Bügel herum. »Er vergewaltigt sie nicht. Höchstwahrscheinlich ist er impotent, von größerer Wichtigkeit ist jedoch, dass eine sexuelle Attacke eine Sünde wäre. Es ist möglich, sogar wahrscheinlich, dass ihm das Töten sexuelle Erleichterung verschafft, aber eher auf vergeistigte Weise.«

»Ein religiöser Fanatiker«, sagte Harris nachdenklich.

»Im Inneren«, erwiderte Tess. »Nach außen hin funktioniert er wahrscheinlich über lange Zeiträume hinweg ganz normal. Die Morde liegen mehrere Wochen auseinander, was darauf schließen lässt, dass er sich bis zu einem gewissen Grad unter Kontrolle hat. Es kann durchaus sein, dass er einen gewöhnlichen Beruf ausübt, Umgang mit anderen Menschen hat und zur Kirche geht.«

»Zur Kirche.« Ben erhob sich und trat ans Fenster.

»Und zwar regelmäßig, würde ich meinen. Die Kirche ist sein Hauptbezugspunkt. Wenn dieser Mann vielleicht auch kein Priester ist, so nimmt er doch während der Morde die Eigenschaften eines Priesters an. Nach seiner Vorstellung handelt er dann als Geistlicher.«

»Absolution«, murmelte Ben. »Die Sterbesakramente.« Fasziniert kniff Tess die Augen zusammen. »Genau.« Ed, der nicht viel über die Kirche wusste, brachte das Gespräch auf ein anderes Thema. »Ein Schizophrener?«

Stirnrunzelnd blickte Tess auf ihre Brille, während sie den Kopf schüttelte. »Schizophrenie, manische Depression, gespaltene Persönlichkeit. Solche Etikettierungen werden zu leichtfertig verwendet und verallgemeinern meistens zu sehr.«

Ben drehte sich um und starrte sie an, was sie aber gar nicht bemerkte. Sie schob ihre Brille ins Etui zurück und warf es in ihre Handtasche. »Jede psychische Störung ist ein höchst individuelles Problem, und jedes Problem kann man nur verstehen und in Angriff nehmen, indem man seine Ursachen aufdeckt.«

»Ich arbeite auch lieber mit konkreten Fakten«, sagte Harris zu ihr. »Aber die sind in diesem Falle rar. Haben wir es mit einem Psychopathen zu tun?«

Ihr Gesichtsausdruck veränderte sich ganz leicht. Sie ist ungehalten, dachte Ben, der die feine Falte zwischen ihren Augenbrauen und das rasche Zucken ihrer Lippen bemerkte. Dann war sie wieder ganz profihaft. »Wenn Sie einen allgemeinen Begriff brauchen, kann man von Psychopathie sprechen. Das bedeutet Geistesgestörtheit.«

Ed strich sich über den Bart. »Er ist also wahnsinnig.«

»Wahnsinn ist ein juristischer Begriff, Detective«, sagte Tess fast ein wenig gouvernantenhaft, während sie den Schnellhefter an sich nahm und aufstand. »Darüber wird man sich auseinandersetzen müssen, wenn man ihn gefasst hat und vor Gericht stellt. Ich werde Ihnen so schnell wie möglich ein Täterprofil erstellen, Captain. Es wäre vielleicht ganz hilfreich, wenn ich mir die auf den Leichen hinterlassenen Zettel und die Mordwaffen ansehen könnte.«

Unzufrieden stand Harris auf. Obwohl er wusste, dass man nicht mehr erwarten konnte, reichte ihm das alles nicht. Er wollte feste Anhaltspunkte haben. »Detective Paris wird Ihnen alles zeigen. Vielen Dank, Dr. Court.«

Sie schüttelte ihm die Hand. »Im Moment gibt es noch nicht sehr viel, wofür Sie mir danken müssten. Detective Paris?«

»Hier entlang, bitte.« Mit einem kurzen Kopfnicken führte er sie aus dem Zimmer.

Er sagte kein Wort, während er sie durch die Korridore geleitete, bis sie zu einer Absperrung kamen, wo sie sich in eine Liste eintrugen, um sich die Beweisstücke ansehen zu können. Tess schwieg ebenfalls, während sie die Zettel und die ordentlichen, präzisen Druckbuchstaben studierte. Das Schriftbild blieb sich immer gleich, sodass die einzelnen Mitteilungen fast wie Fotokopien wirkten. Der Mann, der sie geschrieben hatte, war weder zornig noch verzweifelt gewesen – eher von innerem Frieden erfüllt. Er suchte Frieden und trachtete auf seine verdrehte Art und Weise danach, ihn anderen zuteilwerden zu lassen.

»Weiß bedeutet Reinheit«, murmelte sie, nachdem sie sich die Humeralia angesehen hatte. Vielleicht ein Symbol, überlegte sie. Aber für wen? Sie wandte sich von den Zetteln ab, die sie gruseliger fand als die Mordwaffen.

»Anscheinend ist er ein Mensch, der eine Mission zu erfüllen hat.«

Ben erinnerte sich daran, wie frustriert er sich nach jedem vorgefallenen Mord gefühlt hatte. Dennoch war seine Stimme ruhig und ausdruckslos, als er sagte: »Sie hören sich an, als seien Sie sich Ihrer Sache sehr sicher, Frau Doktor.«

»Tatsächlich?« Sie drehte sich um, musterte ihn, dachte kurz nach und folgte einem Impuls. »Wann haben Sie Dienstschluss, Detective?«

Ein wenig verunsichert neigte er den Kopf zur Seite.

»Seit zehn Minuten.«

»Gut.« Sie zog ihren Mantel an. »Dann können Sie mir einen Drink spendieren und mir erzählen, warum Sie meinen Beruf nicht mögen, oder ob es einfach daran liegt, dass Sie mich persönlich nicht mögen. Ich verspreche auch, dass ich nicht anfangen werde, Sie zu analysieren.«

Irgendetwas an ihr reizte ihn. Das coole, elegante Aussehen, die kräftige, kultivierte Stimme. Vielleicht waren es auch die großen, sanften Augen. Darüber würde er später nachdenken. »Ohne dass Sie ein Honorar verlangen?«

Sie lachte und stopfte ihren Hut in die Manteltasche.

»Damit sind wir vielleicht schon an der Wurzel des Problems.«

»Ich muss noch meinen Mantel holen.« Während sie zum Dezernat zurückgingen, fragten sie sich beide, warum sie im Begriff waren, einen Teil des Abends mit jemandem zu verbringen, der den anderen und das, was er war, so offenkundig ablehnte. Aber andererseits war jeder von ihnen entschlossen, es dem anderen im Laufe des Abends gehörig zu zeigen. Ben schnappte sich seinen Mantel und kritzelte etwas in eine Kladde.

»Charlie, sag Ed, dass ich mit Dr. Court noch etwas zu besprechen habe.«

»Hast du deinen Bericht schon fertig?«

Ben schob Tess fast wie einen Schild vor sich her und strebte in Richtung Tür. »Bericht?«

»Verdammt noch mal, Ben …«

»Mache ich morgen, in dreifacher Ausfertigung.« Er brachte sich und Tess aus der Gefahrenzone.

»Schreibarbeiten mögen Sie wohl nicht besonders?«, fragte sie.

Er öffnete die Eingangstür. Der Regen war in ein feines Nieseln übergegangen. »Es gibt andere Dinge bei diesem Job, die wesentlich befriedigender sind.«

»Nämlich?«

Er warf ihr einen unergründlichen Blick zu, während er sie zu seinem Auto führte. »Bösewichte zu fangen.«

Merkwürdigerweise glaubte sie ihm.

Zehn Minuten später betraten sie eine schummrig beleuchtete Bar, in der die Musik aus einer Jukebox kam und die Drinks nicht verwässert waren. Es war keines von Washingtons vornehmsten Nachtlokalen, aber auch keines von seinen schäbigsten. Tess hatte den Eindruck, dass es ein Lokal war, in dem die Stammgäste einander beim Namen kannten und neue Gäste nur nach und nach akzeptiert wurden.

Ben winkte dem Barkeeper lässig zu, wechselte im Flüsterton ein paar Worte mit einer der Cocktailkellnerinnen und machte im hinteren Teil des Lokals einen freien Tisch ausfindig. Hier war die Musik gedämpft und die Beleuchtung noch schummriger. Der Tisch wackelte ein bisschen, da ein Bein zu kurz war.

Sobald sie Platz genommen hatten, entspannte er sich. Hier befand er sich auf vertrautem Gelände und wusste, wie er sich zu verhalten hatte. »Was möchten Sie trinken?« Er erwartete, dass sie irgendeinen feinen Weißwein mit französischem Namen bestellen würde.

»Einen Scotch, pur.«

»Für mich einen Stolichnaya«, sagte er zu der Kellnerin, ohne Tess dabei aus den Augen zu lassen. »Mit Eis.« Dann wartete er, ohne etwas zu sagen. Das Schweigen wurde immer länger – zehn Sekunden, zwanzig Sekunden. Ein interessantes Schweigen, dachte er, voll unausgesprochener Fragen und untergründiger Animosität. Vielleicht sollte er ihr den Ball zuwerfen. »Sie haben sagenhafte Augen.«

Sie lächelte und lehnte sich entspannt zurück. »Ich hätte erwartet, dass Sie sich etwas Originelleres einfallen lassen.«

»Ed haben Ihre Beine gefallen.«

»Es überrascht mich, dass er sie von seiner Höhe aus überhaupt sehen konnte. Er ist ganz anders als Sie«, stellte sie fest. »Ich vermute, dass Sie beide ein eindrucksvolles Gespann abgeben. Aber davon einmal abgesehen, Detective Paris, es würde mich interessieren, warum Sie meinem Beruf misstrauen.«

»Weshalb wollen Sie das wissen?«

Als ihr Drink kam, trank sie ihn schlückchenweise. Der Whisky wärmte Teile ihres Körpers, die der Kaffee nicht erreicht hatte. »Aus Neugier. Die gehört zu meinem Beruf. Schließlich haben wir beide einen Job, in dem man nach Antworten sucht und Rätsel löst.«

»Sie meinen, unsere Jobs ähneln sich?« Die Vorstellung brachte ihn zum Grinsen. »Bullen und Seelenklempner.«

»Vielleicht finde ich Ihren Job genauso unerfreulich wie Sie den meinen«, sagte sie sanft. »Aber sie sind beide nötig, solange es Menschen gibt, deren Verhaltensweise nicht dem entspricht, was die Gesellschaft als normal bezeichnet.«

»Ich mag solche abstrakten Definitionen nicht.« Er kippte seinen Drink hinunter. »Ich habe nicht viel Vertrauen zu jemandem, der hinter einem Schreibtisch sitzt und den Leuten im Gehirn herumstöbert, um dann ihre Persönlichkeit in ein Schema einzuordnen.«

»Tja.« Sie nippte erneut an ihrem Drink. Die Jukebox spielte jetzt etwas Verträumtes von Lionel Richie. »Das ist also Ihre Definition eines Psychiaters?«

»Ja.«

Sie nickte. »Ich nehme an, dass Sie sich in Ihrem Beruf auch oft mit Bigotterie herumschlagen müssen.«

Einen Augenblick lang lag ein gefährliches Glitzern in seinen Augen, das jedoch schnell wieder verschwand.

»Eins zu null für Sie, Frau Doktor.«

Sie trommelte mit dem Finger auf die Tischplatte, das einzige sichtbare Zeichen ihrer Erregung. Er hatte die bewundernswerte Fähigkeit, sich absolut reglos zu verhalten. Das war ihr schon in Harris' Büro aufgefallen. Dennoch spürte sie, dass er von Unruhe erfüllt war. Die Art und Weise, wie er sie in Schach hielt, war durchaus bemerkenswert.

»Na schön, Detective Paris, warum sorgen Sie dann nicht für einen Punktausgleich?«

Er ließ seinen Wodka im Glas kreisen und stellte es wieder hin, ohne zu trinken. »Okay. Mag sein, dass Sie für mich jemand sind, der frustrierten Hausfrauen und gestressten Managern das Geld aus der Tasche zieht. Alles lässt sich auf Sex oder Mutterhass zurückführen. Sie beantworten Fragen mit Fragen und bleiben immer ganz cool. Fünfzig Minuten verstreichen, dann kommt der nächste Fall dran. Wenn jemand wirklich Hilfe braucht, wenn jemand verzweifelt ist, dann wird das ignoriert. Sie kleben ein Etikett drauf, heften das Ganze ab, und weiter geht's mit der nächsten Sitzung.«

Einen Moment lang sagte sie nichts, weil sie hörte, dass sich Kummer hinter seinem Zorn verbarg. »Das muss ein sehr schlimmes Erlebnis gewesen sein«, murmelte sie.

»Das tut mir leid.«

Unruhig rutschte er auf seinem Sitz hin und her. »Keine Analyse, bitte«, erinnerte er sie.

Ein sehr schlimmes Erlebnis, dachte sie erneut. Aber er war kein Mensch, der Mitgefühl haben wollte. »Na schön, dann lassen Sie uns die Sache von einer anderen Seite angehen. Sie sind Beamter im Morddezernat. Ich stelle mir vor, dass Sie den ganzen Tag nichts anderes tun, als durch dunkle Gassen zu schleichen und herumzuballern. Am Vormittag weichen Sie ein paar Kugeln aus, am Nachmittag legen Sie dem Verdächtigen Handschellen an, lesen ihm seine Rechte vor und nehmen ihn zum Verhör mit. Ist Ihnen das allgemein genug?«

Ohne es zu wollen, musste er lächeln. »Sie sind ganz schön clever, wie?«

»Das sagt man mir jedenfalls nach.«

Es war nicht seine Art, über jemanden, den er nicht kannte, ein kategorisches Urteil zu fällen. Sein angeborener Sinn für Fairness kämpfte mit einem seit Langem bestehenden, tief sitzenden Vorurteil. Er gab der Kellnerin ein Zeichen, weitere Drinks zu bringen. »Wie heißen Sie eigentlich mit Vornamen? Ich habe es satt, Sie Dr. Court zu nennen.«

»Ihr Vorname ist Ben.« Sie lächelte ihn auf eine Weise an, die seinen Blick wieder auf ihren Mund lenkte. »Teresa.«

»Nein.« Er schüttelte den Kopf. »So nennt man Sie nicht.

Teresa ist zu alltäglich. Terry hat nicht genug Klasse.«

Sie beugte sich vor und legte das Kinn auf ihre gefalteten Hände. »Vielleicht sind Sie doch ein guter Detektiv. Man nennt mich Tess.«

»Tess«, sagte er langsam, um das Wort auszukosten. Dann nickte er. »Sehr hübsch. Sagen Sie, Tess, warum sind Sie Psychiaterin geworden?«

Sie sah ihn ein Weilchen an und bewunderte die legere Weise, wie er auf seinem Stuhl saß. Nicht dass er sich irgendwie hingelümmelt hätte. Er saß einfach entspannt da.

Das beneidete sie. »Aus Neugier«, sagte sie wieder.

»Die menschliche Psyche gibt viele Rätsel auf. Ich wollte die Antworten darauf. Wenn man die Antworten findet, kann man helfen, wenigstens manchmal. Den Geist heilen heißt, dem Herzen Erleichterung verschaffen.«

Das beeindruckte ihn. Die Einfachheit des Ganzen.

»Dem Herzen Erleichterung verschaffen«, wiederholte er und dachte an seinen Bruder. Seinem Herzen hatte niemand Erleichterung verschaffen können. »Sie glauben also, wenn man das eine heilt, kann man dem anderen Erleichterung verschaffen?«

»Das ist alles eins.« Tess blickte an ihm vorbei und beobachtete ein Pärchen, das lachend über einem Bierkrug die Köpfe zusammensteckte.

»Ich dachte, Sie werden nur dafür bezahlt, in Köpfe zu schauen.«

Sie verzog ein wenig die Lippen, obwohl sie immer noch an ihm vorbeisah. »Geist, Herz und Seele. *Kannst nichts ersinnen für ein krank Gemüt? Tief wurzelnd Leid aus dem Gedächtnis reuten? Die Qualen löschen, die ins Hirn geschrieben? Und mit Vergessens süßem Gegengift die Brust entledigen jener giftigen Last, die schwer das Herz bedrückt?«*

Während sie sprach, blickte er von seinem Drink auf. Obwohl ihre Stimme nicht lauter wurde, hörte er nichts mehr von der Musik, dem Lachen und dem sonstigen Lärm um sich herum.

»Macbeth.« Als sie ihn anlächelte, zuckte er die Achseln. »Auch Polizisten lesen Bücher.«

Tess hob ihr Glas, wie um einen Trinkspruch auszubringen. »Vielleicht sollten wir beide unsere Ansichten revidieren.«

Als sie zum Parkplatz der Polizeizentrale zurückfuhren, nieselte es noch immer. Das trübe Wetter hatte die Dunkelheit schnell hereinbrechen lassen. In den Pfützen spiegelte sich das Licht der Straßenlaternen wider, die Bürgersteige waren nass und menschenleer. Erst jetzt stellte sie ihm die Frage, die ihr den ganzen Abend im Kopf herumgegangen war.

»Ben, warum sind Sie Polizist geworden?«

»Das habe ich doch schon gesagt. Es macht mir Spaß, Bösewichte zu fangen.«

Darin steckt ein Körnchen Wahrheit, dachte sie, es ist aber nicht die ganze Wahrheit. »Sie haben als Kind also Räuber und Gendarm gespielt und dann beschlossen, einfach weiterzuspielen?«

»Ich habe immer Arzt gespielt.« Er hielt neben ihrem Wagen und zog die Bremse an. »Das war sehr lehrreich.«

»Kann ich mir vorstellen. Und warum haben Sie sich stattdessen für den öffentlichen Dienst entschieden?«

Darauf hätte er eine schlagfertige oder ausweichende Antwort geben können. Ein Teil seines Erfolgs bei Frauen beruhte darauf, dass er stets solche Antworten parat hatte, begleitet von einem unbekümmerten Lächeln. Aus irgendwelchen Gründen wollte er diesmal jedoch ganz einfach die Wahrheit sagen. »Na gut, dann will ich ebenfalls mit einem Zitat aufwarten. *Das Gesetz ist nichts als Papier und Worte, wenn es keine Männer gibt, die es mit dem Schwert durchsetzen.«* Mit einem dünnen Lächeln drehte er sich zur Seite und sah, dass sie ihn mit ruhigem Blick musterte.

»Von Papier und Worten halte ich nichts.«

»Aber vom Schwert?«

»So ist es.« Er beugte sich vor, um ihr die Tür zu öffnen. Dabei berührten sich ihre Körper, doch keiner von ihnen nahm den physischen Kontakt zur Kenntnis. »Ich glaube an Gerechtigkeit, Tess. Das ist viel, viel mehr als Worte, die nur auf dem Papier stehen.«

Nachdenklich saß sie einen Moment lang da. Sie spürte die Gewaltbereitschaft, die in ihm steckte, wenn auch auf geordnete, kontrollierte Weise. Vielleicht konnte man von dressierter Gewaltbereitschaft sprechen, aber trotzdem war es Gewaltbereitschaft. Er hatte ganz sicher schon andere Menschen getötet, etwas, das sie aufgrund ihrer Erziehung und Persönlichkeit strikt ablehnte. Er hatte anderen das Leben genommen und sein eigenes riskiert. Und er glaubte an Recht und Ordnung und Gerechtigkeit, ebenso wie er an das Schwert glaubte.

Er war nicht so simpel, wie sie zunächst angenommen hatte. Eine Menge Dinge, die sie da an einem Abend gelernt hatte. Mehr als genug, dachte sie, und rutschte auf dem Beifahrersitz in Richtung Tür.

»Tja, danke für den Drink, Detective.«

Als sie den Wagen verließ, stieg Ben ebenfalls aus. »Haben Sie keinen Regenschirm?«

Sie lächelte ihn unbekümmert an, während sie nach ihren Schlüsseln suchte. »Ich habe nie einen dabei, wenn es regnet.«

Mit den Händen in den Hosentaschen kam er zu ihr herübergeschlendert. Aus unerfindlichen Gründen widerstrebte es ihm, sie gehen zu lassen. »Ich frage mich, wie ein Psychiater das wohl interpretieren würde.«

»Sie haben ja auch keinen Schirm dabei. Gute Nacht, Ben.«

Er wusste, dass sie nicht die oberflächliche, superschlaue

Intellektuelle war, für die er sie zunächst gehalten hatte. Als sie schon längst auf dem Fahrersitz saß, stand er immer noch an ihrer Wagentür, ohne sie zu schließen. »Ein Freund von mir arbeitet im Kennedy Center. Er hat mir zwei Karten für das Noël-Coward-Stück morgen Abend zukommen lassen. Würde Sie das interessieren?«

Es lag ihr auf der Zunge, höflich abzulehnen. Öl und Wasser ließen sich nicht miteinander verbinden. Beruf und Vergnügen auch nicht. »Ja, würde es.«

Da er nicht recht wusste, wie er auf ihre Zusage reagieren sollte, nickte er bloß. »Dann hole ich Sie um sieben ab.«

Nachdem er die Wagentür zugeschlagen hatte, kurbelte sie das Fenster herunter. »Wollen Sie nicht meine Adresse haben?«

Er grinste sie großspurig an, was sie weniger widerlich fand, als angebracht gewesen wäre. »Ich bin schließlich Detektiv.«

Als er zu seinem Auto zurückschlenderte, musste Tess wider Willen lachen.

Gegen zehn hatte der Regen aufgehört. Tess war derart in die Ausarbeitung des Täterprofils vertieft, dass sie weder die Ruhe um sich herum noch das fahle Mondlicht draußen wahrnahm. Dass sie sich unterwegs etwas aus einem Chinarestaurant hatte mitnehmen wollen, war ihr entfallen, und ihr aus einem Roastbeefsandwich bestehendes Abendessen hatte sie nur halb verzehrt und dann vergessen.

Faszinierend. Sie las sich die Berichte noch einmal durch. Faszinierend und gruselig. Sie fragte sich, wie er seine Opfer aussuchte. Alle waren sie blond, alle Ende zwanzig, alle klein bis mittelgroß. Wen symbolisierten sie für ihn, und was steckte dahinter?

Beobachtete er sie, verfolgte er sie? Suchte er sie sich willkürlich aus? Vielleicht waren die Haarfarbe und die Körpergröße nur Zufall. Jeder Frau, die nachts allein unterwegs war, konnte es passieren, dass sie gerettet wurde. Nein. Dem Ganzen lag ein bestimmtes Schema zugrunde, dessen war sie sich sicher. Aus irgendeinem Grund wählte er jedes Opfer wegen der äußeren Erscheinung aus. Dann schaffte er es irgendwie, ihre Lebensgewohnheiten herauszufinden. Drei Morde, ohne dass er einen einzigen Fehler gemacht hatte. Er war zwar krank, ging aber methodisch vor.

Blond, Ende zwanzig, klein bis mittelgroß. Sie ertappte sich dabei, wie sie ihr Spiegelbild anstarrte, das undeutlich im Fenster zu sehen war. Hatte sie sich nicht gerade selbst beschrieben?

Als es plötzlich an der Tür ihres Apartments klopfte, fuhr sie zusammen, was ihr schon im nächsten Moment ziemlich albern vorkam. Sie blickte zum erstenmal, seit sie am Schreibtisch Platz genommen hatte, auf die Uhr und stellte fest, dass sie drei Stunden ohne Unterbrechung gearbeitet hatte. Noch zwei Stunden, dann hätte sie vielleicht etwas, das sie Captain Harris vorweisen konnte. Wer auch immer vor der Tür stand, er würde sich kurzfassen müssen.

Nachdem sie ihre Brille auf den Aktenstapel geworfen hatte, ging sie zur Tür und öffnete sie. »Großpapa.« Ihre ganze Verärgerung verflog, als sie sich auf die Zehenspitzen stellte, um ihn mit jenem Enthusiasmus zu küssen, der dank ihm ihr Leben erfüllte. Er roch nach Pfefferminz und Old Spice und hatte eine Haltung wie ein General. »Du bist ja noch spät unterwegs.«

»Spät?« Seine Stimme dröhnte. Das hatte sie immer getan. Zu Hause in der Küche, wenn er Fische briet, bei einem Baseballspiel, wenn er je nach Laune ein bestimmtes Team anfeuerte, im Sitzungssaal des Senats, wo er seit fünfundzwanzig Jahren der Nation diente. »Es ist noch nicht mal zehn. So weit ist es noch nicht mit mir gekommen, dass ich eine Decke über den

Knien brauche und warme Milch trinken muss, Mädel. Gib mir einen Drink.«

Er stand bereits in der Wohnung und entledigte sich seines Mantels. Er hatte die Statur eines Streckenarbeiters und war sechs Fuß groß. Als Tess einen Blick auf seine wilde weiße Haarmähne und sein wettergegerbtes Gesicht warf, fiel ihr ein, dass er schon zweiundsiebzig war. Zweiundsiebzig, und dabei hatte er mehr Energie als die Männer, mit denen sie manchmal ausging. Und interessanter als jene war er ganz sicher. Vielleicht war sie deshalb immer noch unverheiratet und mit diesem Zustand zufrieden, weil ihre Maßstäbe in puncto Männer so hoch waren. Sie goss ihm drei Fingerbreit Scotch ein.

Er blickte zum Schreibtisch hinüber, der mit Schriftstücken, Schnellheftern und Notizzetteln übersät war. So ist sie, meine Tess, dachte er bei sich, als sie ihm das Glas reichte. Immer mit Eifer bei der Sache, wenn es einen Job zu erledigen gab. Das angebissene Sandwich entging ihm auch nicht. Das war ebenfalls typisch für sie. »Na«, sagte er und nahm einen großen Schluck Scotch, »was kannst du mir von dem Irren erzählen, mit dem wir uns herumschlagen müssen?«

»Aber Herr Senator«, erwiderte Tess in ihrem profihaftesten Tonfall, während sie sich auf die Armlehne eines Sessels setzte, »du weißt doch, dass ich nicht mit dir darüber sprechen darf.«

»Quatsch! Schließlich habe ich dir den Job besorgt.«

»Wofür ich mich nicht bei dir bedanken werde.«

Er sah sie mit seinem durchdringenden Blick an. Es war schon vorgekommen, dass abgebrühte Politiker bei diesem Blick in die Knie gegangen waren. »Der Bürgermeister wird mir sowieso alles erzählen.«

Statt in die Knie zu gehen, schenkte Tess ihm ihr süßestes Lächeln. »Dann soll er.«

»Der Teufel hole deine ethischen Grundsätze«, brummte er.

»Die hast du mir beigebracht.«

Er stieß ein Knurren aus, obwohl er mit ihr zufrieden war. »Was hältst du von Captain Harris?«

Sie saß einen Moment lang da und grübelte vor sich hin, wie sie es immer tat, wenn sie ihre Gedanken ordnete. »Ich halte ihn für kompetent und diszipliniert. Er ist wütend und frustriert und steht unter großem Druck, schafft es aber, alles unter Kontrolle zu halten.«

»Was ist mit den Polizisten, die den Fall bearbeiten?«

»Paris und Jackson.« Sie fuhr sich mit der Zungenspitze über die Zähne. »Meiner Ansicht nach ein ungewöhnliches Team, aber auf jeden Fall ein Team. Jackson sieht aus wie ein Mann aus den Bergen. Er hat die üblichen Fragen gestellt, kann aber auch sehr gut zuhören. Er ist, glaube ich, der methodische Typ. Paris ...« Sie zögerte, da sie sich hier auf weniger sicherem Terrain bewegte. »Ihm fehlt die innere Ruhe, und er ist nach meinem Dafürhalten unbeständiger. Er ist intelligent, handelt aber eher nach seinem Instinkt, als dass er methodisch vorgeht. Oder vielleicht sollte man besser sagen, nach seinen Gefühlen.« Die Worte *Gerechtigkeit* und *Schwert* fielen ihr ein.

»Sind sie kompetent?«

»Ich weiß nicht, wie ich das beurteilen soll, Großpapa. Wenn ich nach meinen Eindrücken gehe, würde ich sagen, sie sind sehr engagiert. Aber selbst das ist nur ein Eindruck.«

»Der Bürgermeister hat großes Vertrauen zu ihnen.« Er kippte den restlichen Scotch runter. »Und zu dir.«

Mit ernstem Blick sah sie ihn wieder an. »Ich weiß nicht, ob dieses Vertrauen gerechtfertigt ist. Dieser Mann ist psychisch extrem gestört, Großpapa. Und gefährlich. Ich mag in der Lage sein, für die Polizei ein ungefähres Bild seines Geisteszustands und seiner emotionalen Befindlichkeit zu entwerfen, aber das wird ihn nicht daran hindern weiterzumachen.« Sie stand auf und steckte die Hände in die Taschen. »Es ist alles nur ein Ratespiel.«

»Das ist immer so, Tess. Du weißt doch, dass es keine Garantien und keine absoluten Gewissheiten gibt.«

Sie wusste es, aber es gefiel ihr nicht. Und es hatte ihr noch nie gefallen. »Er braucht Hilfe, Großpapa. Er schreit um Hilfe, doch niemand kann ihn hören.«

Er stützte das Kinn in die Hand. »Er ist nicht dein Patient, Tess.«

»Nein, aber ich stecke in dieser Sache mit drin.« Als sie sah, wie er die Stirn runzelte, schlug sie einen anderen Ton an. »Nun mach dir mal keine Sorgen. Ich werde es schon nicht übertreiben.«

»Das hast du schon mal gesagt. Damals ging es um eine Kiste voller Kätzchen. Das Ende vom Lied war, dass sie mich mehr gekostet haben als ein guter Anzug.«

Erneut küsste sie ihn auf die Wange. Dann nahm sie seinen Mantel. »Und du hast sie alle heiß und innig geliebt. Jetzt muss ich arbeiten.«

»Wirfst du mich etwa raus?«

»Ich helfe dir nur in deinen Mantel«, erwiderte sie.

»Gute Nacht, Großpapa.«

»Benimm dich, Mädel.«

Als sie die Tür hinter ihm schloss, fiel ihr ein, dass er das schon seit ihrem fünften Lebensjahr zu ihr sagte.

Die Kirche war dunkel und leer. Es hatte ihm keine Schwierigkeiten bereitet, das Schloss zu öffnen, und er hatte auch nicht das Gefühl, eine Sünde begangen zu haben. Kirchen sollten nicht verschlossen sein. Das Haus Gottes sollte für alle offen stehen, die Not litten, Kummer hatten oder beten wollten.

Er zündete Kerzen an, insgesamt vier – drei für die Frauen, die er gerettet hatte, und eine für die Frau, die er nicht hatte retten können.

Er fiel auf die Knie und betete. Sein Gebet war von Verzweiflung erfüllt. Manchmal, aber nur manchmal, kamen ihm Zweifel, wenn er an seine Mission dachte. Ein Leben war etwas Heiliges. Er hatte drei Leben ausgelöscht und wusste, dass alle Welt ihn für ein Monster hielt. Wenn jene Menschen, mit denen er zusammenarbeitete, Bescheid wüssten, würden sie ihn verachten, ihn ins Gefängnis stecken, ihn hassen. Ihn bemitleiden.

Aber das Fleisch war vergänglich. Nur der Seele wegen war ein Leben heilig. Es war die Seele, die er rettete, die er weiterhin retten musste, bis alles wieder im Gleichgewicht war. Zweifel waren an sich schon eine Sünde, das wusste er.

Wenn er nur jemanden hätte, mit dem er reden könnte. Wenn es bloß jemanden gäbe, der ihn verstehen, ihm Trost zusprechen würde. Eine Welle der Verzweiflung durchströmte ihn, heiß und heftig. Es wäre eine Erleichterung gewesen aufzugeben. Es gab niemanden, dem er vertrauen konnte. Niemanden, mit dem er seine Last teilen konnte. Wenn die STIMME schwieg, war er so allein.

Er hatte Laura verloren. Laura hatte sich selbst verloren und Teile von ihm mit sich genommen. Die besten Teile. Manchmal, wenn es dunkel war, wenn alles still war, konnte er sie sehen. Nie mehr lachte sie. Ihr Gesicht war so bleich und schmerzerfüllt. Indem man in leeren Kirchen Kerzen anzündete, ließ sich weder der Schmerz noch die Sünde tilgen.

Sie wartete, von Finsternis umgeben. Erst wenn seine Mission erfüllt war, würde sie frei sein.

Der Duft brennender Kerzen, die tiefe Stille, die in einer Kirche herrschte, und die Silhouetten der Statuen beruhigten ihn.

Diese Umgebung erfüllte ihn mit Hoffnung, hier fühlte er sich geborgen. Die Symbole der Religion wie auch die Grenzen, die sie zog, waren immer ein großer Trost für ihn gewesen.

Er senkte den Kopf und betete noch inbrünstiger. Wie man es ihm beigebracht hatte, betete er um die Gnade, alle Prüfungen, die ihm noch bevorstehen mochten, auf sich nehmen zu können.

Als er sich erhob, spiegelte sich das flackernde Kerzenlicht einen Augenblick lang in dem weißen Kragen wider, den er um den Hals trug. Nachdem er die Kerzen ausgelöscht hatte, herrschte wieder Dunkelheit.

3

Der Washingtoner Verkehr konnte sehr nervenaufreibend sein – besonders wenn man ziemlich unausgeschlafen aufgewacht war, sich mit Kaffee aufgeputscht und dann einen Termin nach dem anderen gehabt hatte. Tess zuckelte hinter einem Pinto mit schadhaftem Auspuff her und musste sich an einer weiteren roten Ampel in Geduld üben. Neben ihr ließ ein Mann in einem großen blauen GMC den Motor aufheulen und war ganz enttäuscht, als sie ihm keine Beachtung schenkte.

Sie machte sich Sorgen um Joey Higgins. Nach zwei Monaten Therapie war sie dem eigentlichen Problem oder, genauer gesagt, der richtigen Antwort noch immer um keinen Schritt näher. Ein vierzehnjähriger Junge sollte nicht an Depressionen leiden, sondern Baseball spielen. Heute hatte sie das Gefühl gehabt, dass er kurz davor gewesen war, sich ihr gegenüber zu öffnen. Aber eben nur kurz davor, dachte Tess seufzend. Den entscheidenden Schritt hatte er noch nicht getan. Sein Selbstvertrauen, seine Selbstachtung aufzubauen war, als baue man eine Pyramide – ein mühseliger Prozess, bei dem man nur schrittweise vorankam. Wenn sie es bloß schaffen würde, sein Vertrauen zu gewinnen …

Sie kämpfte sich durch den Verkehr, während die Sorge um einen mürrischen Jungen mit einem verbitterten Ausdruck in den Augen wie ein Gewicht auf ihr lastete. Es gab noch so viele andere Dinge, um die sie sich kümmern musste. Zu viele andere Dinge.

Tess wusste, dass sie ihre Mittagspause nicht opfern musste, um Captain Harris das Täterprofil persönlich zu übergeben. Sie war auch nicht verpflichtet gewesen, bis zwei Uhr morgens daran zu arbeiten, doch sie konnte einfach nicht anders.

Irgendetwas trieb sie an – ihr Instinkt, eine Ahnung, Aberglaube, sie hätte nicht zu sagen vermocht, was es war. Sie wusste nur, dass der unbekannte Mörder sie genauso stark beschäftigte wie ihre Patienten. Die Polizei brauchte ihre volle Unterstützung, um ihn zu verstehen, denn sie musste ihn verstehen, um ihn zu fassen. Er musste gefasst werden, damit man ihm helfen konnte.

Als sie auf den Parkplatz des Polizeireviers fuhr, sah sie sich rasch um. Kein Mustang zu sehen. Aber das war ja, wie sie sich in Erinnerung rief, als sie aus ihrem Wagen stieg, auch nicht der Grund, warum sie hergekommen war. Andererseits wiederum war ihr nicht so ganz klar, warum sie überhaupt zugesagt hatte, mit Ben Paris auszugehen, da sie ihn eigentlich für arrogant und schwierig hielt und ihre Arbeit immer mehr liegen blieb, weil sie für die Mordfälle zusätzlich Zeit investieren musste. Sie wusste, dass alles wieder einigermaßen ins Lot kommen würde, wenn sie sich am Abend ein paar Stunden an den Schreibtisch gesetzt hätte. Im Laufe des Tages hatte sie mehrere Male mit dem Gedanken gespielt, Ben anzurufen und die Verabredung abzusagen.

Überdies sah Tess Rendezvous nie mit großer Begeisterung entgegen. Die Singleszene war ein strapaziöses, widerwärtiges Terrain, das man meistens frustriert oder genervt wieder verließ. Der aalglatte Da-bin-ich-ist-das-nicht-großartig-Typ stieß sie automatisch ab. Frank zum Beispiel. Und über den betont saloppen, Von-fester-Beziehung-kann-gar-keine-Rede-sein-Typ machte sie sich ebenfalls keine Illusionen. Wobei ihr der Pflichtverteidiger einfiel, mit dem sie sich im letzten Frühjahr gelegentlich getroffen hatte.

Es war keinesfalls so, dass Männer sie nicht interessierten. Es lag einfach daran, dass sie die meisten Männer, die sie kennenlernte, nicht interessant genug fand. Wenn man hochgespannte Erwartungen hatte, wurde man leicht enttäuscht. Alles in allem war es einfacher, zu Hause zu bleiben und sich im Fernsehen einen alten Film anzuschauen oder zu arbeiten.

Doch sie würde die Verabredung nicht absagen. Es wäre unhöflich, ein Rendezvous so kurzfristig rückgängig zu machen – selbst wenn es um eine Verabredung ging, die, wie sie wusste, auf beiden Seiten ganz impulsiv zustande gekommen war. Sie würde die Verabredung einhalten, die Vorstellung genießen und anschließend gute Nacht sagen. Dafür würde sie dann am Wochenende arbeiten.

Als sie das Morddezernat betrat, warf sie rasch einen Blick in die Runde, um festzustellen, wer an den Schreibtischen saß und wer sich sonst noch im Raum befand. Jemand steckte gerade den Kopf in einen kleinen, ramponierten Kühlschrank, doch als er sich aufrichtete, sah sie einen Mann, den sie nicht kannte.

Ben war nicht da. Die anwesenden Polizisten waren ganz unterschiedlich gekleidet. Manche trugen Anzug und Krawatte, andere Jeans und Pullover, die einen hatten Lederschuhe, die anderen Turnschuhe an. Das einzige gemeinsame Merkmal schien das Schulterhalfter zu sein, das nach Tess' Dafürhalten nicht im entferntesten so faszinierend wie ein Schwert war.

Sie blickte durch die Trennscheibe in Harris' Büro und bemerkte, dass es leer war.

»Dr. Court?«

Sie blieb stehen und schaute in Richtung eines Mannes, der gerade von seinem Schreibtisch aufstand. »Ja.«

»Ich bin Detective Roderick. Falls Sie Captain Harris suchen, der hat gerade eine Besprechung mit dem Chef.«

»Ah, ja.« Roderick war der Anzug-und-Krawatte-Typ, stellte sie fest. Obwohl er sein Jackett über die Stuhllehne gehängt hatte, war der Sitz seiner Krawatte tadellos. Sie war überzeugt, dass Ben nie eine Krawatte tragen würde.

»Erwarten Sie ihn bald zurück?«

»Ja. Falls Sie warten möchten, allzu lange kann es nicht mehr dauern.« Er grinste, als er sich an den gestrigen Tag erinnerte. »Ich kann Ihnen einen Kaffee holen.«

»Tja …« Sie blickte auf die Armbanduhr. Ihr nächster Patient war in vierzig Minuten dran. Die Hälfte dieser Zeit würde sie brauchen, um in ihr Büro zurückzufahren.

»Nein, danke. Ich habe selbst nicht viel Zeit. Ich habe einen Bericht für den Captain.«

»Das Täterprofil. Das können Sie mir geben.« Als er sah, wie sie zögerte, fuhr er fort: »Ich arbeite auch an dem Fall mit, Dr. Court.«

»Entschuldigung. Ich wäre Ihnen sehr dankbar, wenn Sie dafür sorgen würden, dass Captain Harris die Unterlagen gleich bei seiner Rückkehr erhält.« Tess zog den Reißverschluss ihrer Aktentasche auf und holte den Bericht heraus. »Wenn er irgendwelche Fragen hat, kann er mich bis fünf in meinem Büro erreichen, danach zu Hause, bis sieben. Sie können mir vermutlich nicht sagen, ob es irgendwelche Fortschritte gibt?«

»Ich wünschte, ich könnte es. Im Moment gehen wir zum x-ten Mal alles durch und hoffen, dass uns vorher irgendetwas entgangen ist.«

Tess warf einen Blick auf ihren Bericht und fragte sich, ob Roderick den Mann, über den sie geschrieben hatte, wirklich verstehen konnte. War dazu überhaupt jemand in der Lage? Sie nickte unzufrieden und übergab den Schnellhefter. Er sah harmlos aus, aber das ließ sich auch von einer noch nicht explodierten Bombe sagen. »Vielen Dank.«

Eine Dame, dachte er bei sich. So was bekam er in seinem Job leider höchst selten zu sehen. »Keine Ursache. Soll ich dem Captain etwas ausrichten?«

»Nein. Es steht alles im Bericht. Nochmals vielen Dank, Detective.«

Lowenstein wartete, bis Tess außer Hörweite war. »Ist das die Psychiaterin?«

Roderick blätterte den Schnellhefter durch, bevor er ihn auf seinen Schreibtisch legte. »Ja. Sie hat das Täterprofil für Harris gebracht.«

»Sie sieht aus wie aus einem Modemagazin«, murmelte Lowenstein. »Hat Klasse, die Frau, obwohl ich gehört habe, dass sie gestern Abend mit Paris losgezogen ist.« Sie kicherte und gab Roderick einen Klaps auf den Arm. »Ist dir nicht das Blut in Wallung geraten, Lou?«

Verlegen zuckte er die Achseln. »So genau habe ich gar nicht hingesehen.«

Lowenstein grinste ironisch. »Natürlich nicht. Na, ich hoffe, sie versteht ihre Sache.« Sie hängte sich ihre Handtasche über die Schulter. »Bigsby und ich ziehen jetzt los, um einige der Stammgäste von *Doug's* zu vernehmen. Halt inzwischen die Stellung.«

»Bring eine heiße Spur mit, Maggie.« Roderick ließ sich in seinen Stuhl fallen. »Sonst müssen wir doch noch auf das Täterprofil zurückgreifen.«

Tess war eben um die zweite Ecke gebogen, als sie jemanden fluchen hörte. Sie blickte zurück und sah, wie Ben gerade kräftig gegen einen Automaten trat.

»Mistding.«

»Ben.« Ed legte ihm die Hand auf die Schulter. »Dieses Zeug ist Gift für deinen Organismus. Vergiss es. Dein Körper wird es dir danken.«

»Ich habe fünfzig Cent da reingesteckt.« Ben packte den Automaten mit beiden Händen, schüttelte sie und fing wieder an zu fluchen. »Fünfzig Cent ist ohnehin ein unverschämter Preis für ein mickriges Stück Schokolade und ein paar Nüsse.«

»Du solltest es mal mit Rosinen versuchen«, schlug Ed vor. »Die enthalten Naturzucker und viel Eisen.«

Ben biss die Zähne zusammen. »Ich hasse Rosinen. Das sind doch nur getrocknete Weintrauben.«

»Detective Paris.« Tess hatte der Versuchung nicht widerstehen können und war den Korridor zurückgegangen. »Haben Sie die Angewohnheit, mit leblosen Gegenständen zu kämpfen?«

Er drehte den Kopf zur Seite, ohne loszulassen. »Nur wenn sie mich ärgern.« Abermals rüttelte er heftig daran, sah dabei jedoch Tess an.

Heute war sie, wie er feststellte, nicht nass. Und sie hatte sich das Haar auf eine Weise hochgesteckt, die ihn an kunstvolle Torten in Konditoreien denken ließ. Möglicherweise hielt sie das für eine Frisur, die zu ihrem Beruf passte; ihm lief jedenfalls das Wasser im Munde zusammen.

»Sie sehen hübsch aus, Frau Doktor.«

»Danke. Hallo, Detective Jackson.«

»Gnädige Frau.« Erneut legte er Ben die Hand auf die Schulter. »Ich kann Ihnen gar nicht sagen, wie sehr ich mich für meinen Partner geniere.«

»Das ist schon in Ordnung. Ich bin mit Verhaltensstörungen durchaus vertraut.«

»Scheiße.« Ben gab dem Automaten einen letzten Stoß, dann wandte er sich von ihm ab. Bei der ersten Gelegenheit, die sich bot, würde er ihn aufknacken. »Haben Sie mich gesucht?«

Tess fiel ein, wie sie auf dem Parkplatz und in den Räumen des Dezernats Ausschau gehalten hatte. Die Antwort, für die sie sich entschied, war eher diplomatisch als wahrheitsgemäß. »Nein, ich habe das Täterprofil für Captain Harris vorbeigebracht.«

»Sie arbeiten aber schnell.«

»Wenn ich mehr Material zur Verfügung gehabt hätte, dann hätte es länger gedauert.« Mit einem Schulterzucken drückte sie aus, dass sie sich damit abfand, aber auch unzufrieden war. »Ich weiß nicht, wieweit ich Ihnen helfen konnte. Ich würde gern mehr tun.«

»Das ist unsere Aufgabe«, erwiderte Ben.

»Hallo, Jungs.« Lowenstein ging an ihnen vorbei und steckte Kleingeld in den Automaten. In Wirklichkeit war ihr eher daran gelegen, einen genaueren Blick auf die Psychiaterin zu werfen, als sich Süßigkeiten zu kaufen. Sie hätte wetten können, dass das rosarote Kostüm aus Seide war.

»Das blöde Ding ist kaputt«, teilte Ben ihr mit, doch als sie am Griff zog, fielen zwei Schokoriegel in die Schale.

»Zwei zum Preis von einem«, sagte Lowenstein und ließ beide in ihre Handtasche fallen. »Bis später.«

»Moment mal …«

»Du wirst in Gegenwart von Dr. Court doch keine Szene machen«, ermahnte ihn Ed.

»Lowenstein hat sich etwas angeeignet, das mir gehört.«

»Das ist auch besser so. Zucker ist reines Gift.«

»Das ist alles ganz faszinierend«, sagte Tess trocken, während sie Ben betrachtete, der Lowenstein wütend hinterherstarrte. »Aber ich habe es ziemlich eilig. Ich möchte Ihnen noch sagen, dass ich in meinem Bericht für den Captain etwas vorgeschlagen habe.«

Ben steckte die Hände in die Taschen und sah sie an.

»Was denn?«

»Sie brauchen einen Priester.«

»Daran haben wir auch schon gedacht, Frau Doktor. Ed und ich haben ein ganzes Dutzend befragt.«

»Der sich in Psychiatrie auskennt«, fuhr Tess fort. »Ich habe getan, was ich konnte, aber mir fehlen die Voraussetzungen, um den religiösen Aspekt genauer zu beleuchten. Und das ist nach meinem Dafürhalten der Schlüssel zu der ganzen Angelegenheit.« Sie warf Ed einen flüchtigen Blick zu, doch ihr war klar, wen sie zu überzeugen hatte. »Ich könnte mich über den Katholizismus sachkundig machen, aber das würde einige Zeit dauern, und ich glaube, keiner von uns will unnötig Zeit verschwenden. Ich habe von einem Dozenten an der Catholic University gehört, Monsignore Logan. Er hat einen exzellenten Ruf in der Kirche und in der psychiatrischen Medizin. Ich würde mich gern mit ihm beraten.«

»Je mehr Leute wir hinzuziehen«, warf Ben ein, »desto größer ist die Gefahr, dass etwas durchsickert. Wir können nicht zulassen, dass die Presse nähere Einzelheiten erfährt.«

»Und wenn Sie nicht etwas Neues versuchen, werden Ihre Ermittlungen genau da bleiben, wo sie jetzt sind, nämlich in einer Sackgasse.« Sie sah seine Verärgerung und beeilte sich, die Wogen zu glätten. »Ich könnte zum Bürgermeister gehen und ihn unter Druck setzen, aber so will ich die Sache nicht handhaben. Ich möchte, dass Sie mich dabei unterstützen, Ben.«

Er wiegte sich auf den Hacken hin und her. Noch ein Seelenklempner, dachte er, und überdies ein Priester. Doch so ungern er es auch zugab, die Ermittlungen traten in der Tat auf der Stelle. Wenn sie ein Kaninchen aus dem Zylinder zaubern wollte, konnte man es sich zumindest einmal ansehen. »Ich werde mit dem Captain darüber sprechen.«

Nach ihrem Sieg fiel es ihr leicht zu lächeln. »Danke.« Sie zog ihre Brieftasche heraus und steckte Kleingeld in den hinter ihm stehenden Automaten. Nachdem sie kurz überlegt hatte, zog sie an einem Griff. Mit einem leisen Plumps fiel ein Hershey-Riegel in die Schale. »Hier.« Mit feierlichem Gesichtsausdruck überreichte sie Ben den Riegel. »Mir hat wirklich das Herz geblutet. War schön, Sie wiederzusehen, Detective Jackson.«

»Ganz meinerseits, gnädige Frau.« Ein breites Grinsen ging über sein Gesicht, als er ihr nachblickte. »Nicht übel, wie sie alles im Griff hat, was?«

Mit finsterem Gesicht warf Ben den Schokoriegel von einer Hand in die andere. »O ja«, murmelte er. »Wie ein richtiger Profi.«

Es lag ihr nicht, sich über Kleidung den Kopf zu zerbrechen. Tatsache war, dass ihre Garderobe sorgfältig zusammengestellt worden war, bis hin zum letzten Kaschmirpullover oder Leinenblazer, und zwar aus dem einfachen Grund, weil Tess nicht die Geduld hatte, jeden Morgen zu überlegen, was sie anziehen sollte. Im Großen und Ganzen bevorzugte sie klassische Mode und miteinander harmonierende Farben, weil ihr so etwas am besten stand und weil sie auf diese Weise, wenn sie es morgens sehr eilig hatte, bloß in den Wandschrank zu greifen und das, was ihr gerade in die Hände fiel, herauszuholen brauchte.

Aber jetzt zog sie sich nicht fürs Büro an. Als Tess das dritte Kleid wieder auf den Bügel hängte, erinnerte sie sich daran, dass sie sich allerdings auch nicht für einen Märchenprinzen anzog. Mit neunundzwanzig wusste sie, dass es so etwas nicht gab, außerdem würde keine vernünftige Frau in einem Elfenbeinturm leben wollen. Eine simple Verabredung mit einem attraktiven Mann, der einen nachdenklich stimmte, war etwas ganz anderes, und Ben Paris stimmte sie zweifellos nachdenklich.

Ein Blick auf die Uhr zeigte ihr, dass sie nicht rechtzeitig fertig werden würde, wenn sie so viel nachdachte. In einem kurzen, hellrosafarbenen Hemdhöschen stand sie da und holte ein schwarzes Seidenkleid heraus, um es kritisch zu mustern. Einfach, aber elegant. Eine kluge Wahl, fand sie, und außerdem hatte sie keine Zeit, noch länger herumzutrödeln. Sie zog es an und machte die Knöpfe zu, die von der Taille bis zum Hals reichten.

Nachdem sie sich längere Zeit im Drehspiegel betrachtet hatte, nickte sie beifällig. Ja, dachte sie, das ist besser als das eisblaue, das ich zuerst angehabt habe, oder das erdbeerfarbene aus Georgette. Sie beschloss, die Diamantohrringe ihrer Mutter und das dünne goldene Armband zu tragen, das Großvater ihr zum bestandenen Examen geschenkt hatte. Sie überlegte, ob sie sich das Haar hochstecken sollte, doch ein Klopfen an der Tür nahm ihr die Entscheidung ab. Also musste es bleiben, wie es war.

Sie hatte nicht gedacht, dass er elegant aussehen könne. Doch als sie die Tür öffnete, belehrten sie sein stahlgrauer Anzug und sein lachsfarbenes Hemd eines Besseren. In puncto Krawatte hatte sie jedoch recht gehabt. Sein Kragen stand offen. Sie lächelte ihn an, dann sah sie das Veilchenbouquet in seiner Hand. Es war nicht ihre Art, derart aus der Fassung zu geraten, doch als sie wieder zu ihm hochblickte, fühlte sie sich wie ein Teenager, dem zum erstenmal jemand ein paar verwelkte Blumen in die Hand drückt.

»Ein Versöhnungsgeschenk«, sagte Ben, der ebenso verunsichert war wie Tess und sich in seiner Rolle genauso unbehaglich fühlte. Was eigentlich Unsinn war, weil er es gewohnt war, die Frauen, mit denen er sich verabredete, durch grandiose oder impulsive Gesten zu beeindrucken. Das war sein Stil. Mitten im Oktober zu versuchen, einen Veilchenstrauß aufzutreiben, kam ihm erst jetzt, wo er dastand und ihn überreichte, lächerlich vor.

»Die sind wunderschön. Danke.« Nachdem sie die Fassung wiedererlangt hatte, lächelte sie ihn an und nahm ihm die Blumen ab, während sie zurücktrat, um ihn hereinzulassen. Der Duft erinnerte sie an den Frühling, der noch sehr weit weg war. »Ich hole eine Vase.«

Als sie in die Küche ging, schaute Ben sich um. Er sah die Matisse-Lithografie, die persischen Teppiche, die hübschen Kissen mit Petitpointstickereien. Weiche schöne Farben und altes edles Holz. Es war ein Zimmer, das von unaufdringlichem, seit Generationen bestehendem Reichtum zeugte.

Was, zum Teufel, hast du hier zu suchen?, fragte er sich. Ihr Großvater ist Senator. Deiner war Metzger. Sie ist mit Dienstboten aufgewachsen, und deine Mutter macht immer noch selbst das Klo sauber. Sie hat die Abschlussprüfung an der Universität mit Auszeichnung bestanden, während du dich zwei Jahre auf dem College durchgewurstelt hast, bevor du dann auf die Polizeiakademie gegangen bist.

Oh, natürlich hatte er Nachforschungen über sie angestellt. Das war ebenfalls sein Stil. Und er war hundertprozentig davon überzeugt, dass ihnen nach fünfzehn Minuten der Gesprächsstoff ausgehen würde.

Sie kam mit einer kleinen Wedgewoodvase zurück, in die sie die Veilchen gestellt hatte. »Ich würde Ihnen gern einen Drink anbieten, aber ich habe keinen Stolichnaya.«

»Macht nichts.« Er traf seine Entscheidung, ohne das Für und Wider abzuwägen. Er hatte es gelernt, auf seinen Instinkt zu vertrauen. Während sie die Veilchen auf einen Tisch stellte, trat er hinter sie und nahm ihr Haar in die Hand.

Ohne zusammenzuzucken, ohne Überraschung zu zeigen, drehte sie sich langsam um und erwiderte seinen Blick. Lange Zeit sahen sie sich schweigend an.

Sie roch nach Paris. Er erinnerte sich an die fünf Tage, die er als Twen dort verbracht hatte, praktisch ohne Geld, aber mit viel Optimismus. Er hatte sich in die Stadt verliebt – in ihr Aussehen, ihre Gerüche, ihre Atmosphäre. Jedes Jahr nahm er sich vor, wieder hinzufahren, um das, wonach er damals gesucht hatte, zu finden, was auch immer es gewesen sein mochte.

»Es gefällt mir besser, wenn Sie Ihre Haare offen tragen«, sagte er schließlich und ließ seine Finger noch einen Moment dort, wo sie waren. »Mit hochgesteckten Haaren sahen Sie heute Nachmittag so unnahbar aus.«

Spannung befiel sie, jene Spannung, die zwischen Mann und Frau entsteht und die sie seit Jahren nicht empfunden hatte – weil sie sich dagegen gewehrt hatte. Das tat sie nach wie vor. »Wie es sich für meinen Beruf gehört«, belehrte sie ihn und trat ungezwungen einen Schritt zurück. »Möchten Sie nun einen Drink?«

Er spielte mit dem Gedanken, den Schutzpanzer, der sie umgab, zu durchdringen. Wie das wohl wäre? Doch ein solcher Schuss konnte nach hinten losgehen und durch seinen eigenen Panzer dringen. »Wir können auch im Theater etwas trinken. Wir haben genug Zeit, bevor das Stück anfängt.«

»Dann hole ich meinen Mantel.«

Mit den Angestellten im Roof Terrace schien er auf ebenso vertrautem Fuße zu stehen wie mit dem Personal der verräucherten kleinen Bar, die sie am Abend zuvor besucht hatten. Tess beobachtete, wie er mit diesem sprach, jenen begrüßte, stets ganz ungezwungen und leger. Dann ist er also kein Einzelgänger, schlussfolgerte sie, oder nur dann, wenn er es sein will.

Sie bewunderte Menschen, die zwanglos mit anderen umgehen konnten, ohne sich Gedanken darüber zu machen, welchen Eindruck sie hinterließen oder was für eine Meinung andere von ihnen hatten. Um dazu in der Lage zu sein, musste man zunächst einmal sich selbst gegenüber unverkrampft sein. Aus irgendwelchen Gründen hatte sie das nie geschafft, so zufrieden sie auch mit ihrem Lebensstil war.

Ben griff nach seinem Glas, streckte die Beine aus und starrte sie an. »Sind Sie sich schon über mich im Klaren?«

»Noch nicht ganz.« Sie nahm eine Mandel aus der Schale, die auf dem Tisch stand, und zerkaute sie nachdenklich. »Aber ich glaube, Sie sind mit sich im Reinen. Wenn es mehr Leute gäbe, die sich selbst so gut verstehen wie Sie, müsste ich mir einen anderen Beruf suchen.«

»Und Sie sind sehr gut in Ihrem Beruf.« Er beobachtete, wie sie mit ihren langen schlanken Fingern nach einer weiteren Mandel griff. An ihrem rechten Ringfinger schimmerte eine antike Perle. »An der Uni waren Sie in Ihrem Jahrgang die Beste«, begann er und sah, wie ihre Hand mitten in der Bewegung innehielt. »Sie haben eine so gut gehende Privatpraxis, dass Sie die Arbeit kaum noch bewältigen können. Sie haben gerade das Angebot, als Psychiaterin im Bethesda Naval Hospital zu arbeiten, abgelehnt, sind aber einmal in der Woche unentgeltlich in der Donnerly Clinic im Südosten der Stadt tätig.«

Seine kleine biografische Skizze ärgerte sie. Tess war daran gewöhnt, mehr über die Leute, mit denen sie zu tun hatte, zu wissen, als diese über sie wussten. »Holen Sie sich immer erst

Hintergrundinformationen ein, wenn Sie sich mit einer Frau verabreden, Detective?«

»Reine Gewohnheitssache«, sagte er unbekümmert.

»Sie haben gestern Abend selbst von Neugier gesprochen. Senator Jonathan Writemore ist Ihr Großvater mütterlicherseits. Steht ein wenig links von der Mitte, nimmt kein Blatt vor den Mund, hat Charisma und ist knallhart.«

»Die Beschreibung würde ihm gefallen.«

»Mit vierzehn haben Sie Ihre Eltern verloren. Das tut mir leid.« Er hob sein Glas an die Lippen. »Es ist immer schlimm, Familienangehörige zu verlieren.«

Der mitfühlende Ton, in dem er das sagte, verriet ihr, dass auch er jemanden verloren hatte. »Mein Großvater spielte eine entscheidende Rolle. Ohne ihn wäre ich vielleicht nie darüber hinweggekommen. Wie haben Sie es geschafft, so viel herauszufinden?«

»Polizisten geben ihre Informationsquelle nie preis. Ich habe übrigens Ihr Täterprofil gelesen.«

Sie ging in Abwehrhaltung, da sie Kritik erwartete.

»Und?«

»Sie sind der Ansicht, dass unser Mann intelligent ist.«

»Ja. Gerissen. Er hinterlässt nur, was er hinterlassen will, aber keine Spuren.«

Nach einer Weile nickte Ben. »Was Sie schreiben, leuchtet ein. Es würde mich interessieren, wie Sie zu diesen Schlussfolgerungen gelangt sind.«

Bevor sie antwortete, nippte Tess an ihrem Drink. Sie stellte sich gar nicht erst die Frage, warum es wichtig war, dass er alles verstand. Es war einfach so. »Ich gehe von den Fakten aus, von dem Muster, das er hinterlässt. Dabei fällt auf, dass es jedes Mal fast identisch ist. Er weicht nicht davon ab. Ich glaube, in Ihrem Bereich nennt man das Tatverlauf.«

Er lächelte ein wenig, als er nickte. »Stimmt.«

»Aus diesem Muster ergibt sich ein psychologisches Bild. Sie haben gelernt, nach Spuren, Beweisen und Motiven zu suchen, um den Täter zu fassen. Ich habe gelernt, nach Gründen und Ursachen zu suchen, um den Betreffenden zu behandeln. Um ihn zu behandeln, Ben«, wiederholte sie und sah ihn unverwandt an. »Nicht um über ihn zu richten.«

Er zog eine Augenbraue hoch. »Und Sie glauben, ebendies mache ich?«

»Sie wollen ihn schnappen«, erwiderte sie.

»Ja, das will ich. Um ihn aus dem Verkehr zu ziehen und einzusperren.«

Er drückte seine Zigarette aus, langsam und sorgfältig. Eine fürsorgliche Maßnahme. Doch seine Hände waren sehr kräftig.

»Sie wollen, dass er bestraft wird. Das verstehe ich, selbst wenn ich es nicht billige.«

»Sie möchten ihm lieber in den Kopf schauen und ihn zu einem besseren Menschen machen. Meine Güte.« Er kippte seinen Drink runter. »Wegen eines solchen Mannes braucht Ihnen nicht das Herz zu bluten.«

»Mitgefühl gehört zu meinem Beruf«, entgegnete sie mit gepresster Stimme. »Er ist krank, schrecklich krank.

Wenn Sie mein Täterprofil gelesen und verstanden haben, müssten Sie wissen, dass er bei dem, was er tut, leidet.«

»Er erdrosselt Frauen. Mag sein, dass es ihn schmerzt, ihnen die Luft abzudrehen, aber davon werden sie nicht wieder lebendig. Ich empfinde durchaus Mitgefühl, Tess, und zwar für die Familienangehörigen der Mordopfer, mit denen ich sprechen musste. Ich muss ihnen ins Gesicht sehen, wenn sie mich fragen, warum. Ich weiß nicht, was ich darauf antworten soll.«

»Das tut mir leid.« Ohne nachzudenken, langte sie nach seiner

Hand und ergriff sie. »Es ist ein grässlicher Job. Einer, der einen nachts nicht zur Ruhe kommen lässt. Ich habe auch schon mit Familienangehörigen sprechen müssen – Menschen, die nach einem Selbstmord wie betäubt und verbittert waren.« Sie spürte, wie seine Hand sich verkrampfte, und streichelte sie automatisch.

»Wenn man dann nachts um drei wach liegt, sieht man immer noch ihre fragenden, kummervollen Gesichter vor sich. Ben ...« Sie beugte sich zu ihm hinüber, weil sie das Bedürfnis hatte, ihm näher zu sein. »Ich muss bei dieser Sache wie ein Arzt denken. Ich könnte Ihnen jetzt allerlei Fachausdrücke nennen – Antriebsstörung, funktionelle Psychose. Ganz gleich, welches Etikett wir benutzen, es steht für eine Krankheit. Dieser Mann tötet nicht aus Rache oder aus Gewinnsucht, sondern aus Verzweiflung.«

»Und ich muss wie ein Polizist denken. Es ist meine Aufgabe, ihn zu fassen. Darauf läuft alles hinaus.« Er schwieg einen Moment. Dann schob er sein Glas beiseite.

»Wir haben über Ihren Monsignore Logan gesprochen. Harris kümmert sich darum.«

»Das ist gut. Ich danke Ihnen.«

»Tun Sie es lieber nicht. Ich halte nicht viel von der Idee.«

Mit einem leisen Seufzer lehnte sie sich wieder zurück.

»Wir haben überhaupt keine gemeinsame Basis, nicht wahr?«

»Schon möglich.« Doch dann fiel ihm ein, wie warm ihre kleine Hand gewesen war, als sie auf seiner gelegen hatte. »Vielleicht haben wir sie auch bloß noch nicht entdeckt.«

»Was machen Sie Samstagnachmittag am liebsten?«, fragte sie abrupt.

»Mit einem Bier vor dem Fernseher sitzen, um mir das Baseballspiel anzusehen.«

Sie rümpfte die Nase. »Das haut nicht hin. Wie ist es mit Musik?«

Er grinste. »Was soll damit sein?«

»Ich meine, welche Musik mögen Sie?«

»Kommt ganz drauf an. Wenn ich Auto fahre, höre ich gern Rock, wenn ich etwas trinke, Jazz, und am Sonntagmorgen Mozart.«

»Damit kommen wir uns schon näher. Wie steht es mit Jelly Roll Morton?«

Überrascht grinste er erneut. »O ja.«

»Und Springsteen?«

»*The River* fand ich toll.«

»Marvin Gaye?«

Ben lehnte sich zurück und sah sie lange an. »Vielleicht ist das tatsächlich ein gemeinsamer Ausgangspunkt.« Unter dem Tisch streifte sein Bein das ihre. »Wollen Sie nachher mit zu mir kommen und sich meine Platten anhören?«

»Detective Paris ...« Tess nahm sich eine letzte Mandel. »Auf solche alten Maschen fallen ausgebildete Psychiaterinnen nicht herein.«

»Wie wäre es dann mit einer neuen?«

»Nämlich?«

»Wir gehen nach dem Theater zusammen essen und versuchen herauszufinden, wer von uns sich an mehr alte Songs von den Beatles erinnern kann.«

Sie grinste ihn an. Es war ein rasches, impulsives Grinsen, das der verhaltenen Art, in der sie ihn bisher angelächelt hatte, in keiner Weise glich. »Einverstanden, aber dabei werden Sie verlieren.«

»Kennen Sie einen Typ mit Jacketkronen im Wert von zweitausend Dollar, der einen Anzug von Brooks Brothers trägt?«

Ihre Augenbrauen zogen sich zusammen. »Soll das eine Quizfrage sein?«

»Schon zu spät, da ist er bereits.«

»Wer ... oh, hallo, Frank.«

»Tess, ich habe gar nicht erwartet, dich hier zu treffen.« Er tätschelte der spindeldürren, exotisch aussehenden Frau an seiner Seite die Hand. »Lorraine, da ist Dr. Teresa Court, eine Kollegin von mir.«

Die Frau, die sich offensichtlich zu Tode langweilte – was ihr Tess' Mitgefühl einbrachte –, streckte die Hand aus. »Sehr erfreut, Sie kennenzulernen.« Ihr Blick glitt über Tess hinweg und verweilte bei Ben. »Hallo.«

Ein Lächeln breitete sich auf seinem Gesicht aus, und obwohl er den Blick nicht von ihrem Gesicht abwandte, registrierte er jedes Detail von ihr. »Hallo, ich bin Ben.«

»Tess, du hättest mir sagen sollen, dass du auch kommst«, sagte Frank. »Dann hätten wir uns zusammentun können.«

Lorraine neigte den Kopf zur Seite, während sie Ben anschaute. Vielleicht ist der Abend doch noch zu retten, dachte sie bei sich. »Das könnten wir ja nach der Aufführung noch machen«, schlug Lorraine vor.

»Könnten wir«, murmelte Ben, worauf Tess ihm unter dem Tisch rasch einen Tritt versetzte. Unbeirrt lächelte er weiter. »Aber Tess und ich müssen aus beruflichen Gründen früh zu Bett.«

»Tut mir leid, Frank. Müssen wir ein andermal machen.« Da Tess wusste, dass es immer ungewiss war, ob die Flucht vor Frank auch klappte, hatte sie sich bereits erhoben. »Bis demnächst. Wiedersehn, Lorraine.«

»Hier, Ihr Hut. Warum haben Sie es denn so eilig?«, murmelte Ben, als er ihr nach draußen folgte.

»Wenn Sie wüssten, was ich weiß, wären Sie mir dankbar dafür.«

»Bei Frauen hat Ihr, äh, Kollege einen besseren Geschmack als bei Krawatten.«

»Tatsächlich?« Tess war intensiv damit beschäftigt, ihren Mantel glattzustreichen, während sie nebeneinander hergingen. »Ich fand sie ziemlich auffällig.«

»Stimmt.« Ben warf einen Blick über die Schulter. »Hm. Auffällig.«

»Vermutlich mögen manche Männer einen tiefen Ausschnitt und angeklebte Wimpern.«

»Manche Männer sind die reinsten Tiere.«

»Sie ist seine zweite Wahl«, hörte Tess sich sagen. »Vorher habe ich ihm einen Korb gegeben.«

»Was Sie nicht sagen!« Neugierig geworden legte Ben den Arm über ihre Schulter, sodass sie ihren Schritt verlangsamen musste. »Er hat Sie zu dem Coward-Stück eingeladen, und Sie haben ihm einen Korb gegeben?«

»So ist es.«

»Ich fühle mich geschmeichelt.«

Sie warf ihm einen Blick zu. Sein Ego brauchte keinerlei Schützenhilfe von ihrer Seite. »Bei Ihnen habe ich nur deshalb Ja gesagt, weil Sie nicht perfekt sind.«

»Hmm. Wann hat er Sie denn eingeladen?«

»Gestern Nachmittag.«

»Er schien sich aber nicht vor den Kopf gestoßen zu fühlen, weil Sie ihm einen Korb gegeben haben und mit mir hier sind.«

Verlegen wand sich Tess unter seinem Arm hin und her. »Ich habe ihm gesagt, dass ich bereits verabredet sei.«

»Oh. Sie haben gelogen.«

Das sagte er mit einer solchen Freude, dass sie lachen musste. »Ich bin auch nicht perfekt.«

»Das macht alles wesentlich einfacher.«

Der Abend, an dem sie nach Bens Aussage früh zu Bett gehen mussten, endete um zwei Uhr morgens, als sie den Korridor, der zu Tess' Apartment führte, entlanggingen.

»Morgen früh werde ich das alles bereuen«, sagte sie gähnend.

»Dabei habe ich Sie doch noch gar nicht gebeten, mit mir ins Bett zu gehen.«

Das Gähnen ging in ein gedämpftes Lachen über. »Ich dachte eher an die halbe Flasche Wein, die ich getrunken habe, und die fünf Stunden Schlaf.« Sie blieb an der Tür stehen und lehnte sich dagegen. »Ich hätte nicht erwartet, mich so gut zu amüsieren.«

Er auch nicht. »Warum versuchen wir es nicht noch mal? Vielleicht klappt es dann nicht.«

Sie dachte volle drei Sekunden darüber nach. »In Ordnung, und wann?«

»Morgen Abend findet im Kino ein Bogart-Festival statt.«

»Der Malteserfalke?«

»Und *Tote schlafen fest.«*

Sie lächelte. Ihr war angenehm schläfrig zumute.

»Okay.« Als er näher trat, erwartete sie, dass er sie küssen würde. Dass die Vorstellung ihr gefiel, hielt sie nur für natürlich. Das Verlangen, in die Arme genommen und berührt zu werden, war sehr menschlich. Ihre Augen schlossen sich halb, und ihr Herz schlug ein klein wenig schneller.

»Dieses Mickymaus-Schloss müssen Sie aber auswechseln.«

Ihre Wimpern flatterten wieder nach oben. »Wie?«

»Ihr Türschloss ist ein Witz, Tess.« Er fuhr ihr mit dem Finger den Nasenrücken entlang und weidete sich an ihrer Verwirrung. »Wenn man in einem unbewachten Gebäude wohnt, sollte man ein Einriegelschloss an der Tür haben.«

»Ein Einriegelschloss.« Mit einem kurzen Lachen richtete sie sich auf und langte nach ihren Schlüsseln. »Einem Polizisten werde ich nicht widersprechen.«

»Freut mich zu hören.« Er fasste sie bei den Händen und küsste sie, bevor sie sich wieder darauf eingestellt hatte. Später, als sie wieder klar denken konnte, fragte sie sich, ob er es so geplant hatte.

Es war albern anzunehmen, dass ein Kuss, der so sanft, so ungezwungen war wie dieser, Druckwellen im Körper auslösen könne. Das Blut erhitzte sich nicht wirklich, und es war auch nicht so, dass sich im Kopf tatsächlich alles drehte. Sie wusste es besser, empfand es aber trotzdem so. Ohne etwas anderes als ihre Hände zu berühren, riss er sie fort.

Sein Mund war geschickt, aber das hatte sie auch vermutet. Seine Lippen waren warm und weich, und bevor er seine Zunge in ihren Mund gleiten ließ, schabte er mit seinen Zähnen über ihre Lippe, was alles noch ein wenig erregender machte. Sie sagte sich, dass es an der späten Stunde, am Wein und daran lag, dass sie entspannt war, und gab sich dem Augenblick ohne ihre übliche Zurückhaltung hin.

Er hatte sie für kühl und ein wenig reserviert gehalten. Die Hitze, die Leidenschaftlichkeit, die zärtlichen Gefühle, die von ihr ausgingen und sich auf ihn übertrugen, hatte er nicht erwartet. Ebenso wenig hatte er die sofortige Vertrautheit erwartet, wie sie nur zwischen Liebenden besteht, die sich schon lange kennen. Er kannte sich mit Frauen gut aus – zumindest hatte er das bisher angenommen. Tess war ihm ein Rätsel, das nach einer Lösung verlangte.

Sinnliche Begierde war ihm vertraut – noch etwas, von dem er bisher angenommen hatte, es gut zu verstehen. Doch er konnte sich nicht erinnern, dass sie ihn je so heftig, so atemberaubend befallen hatte. Er wollte Tess haben, jetzt, sofort, unbedingt.

Normalerweise hätte er die Sache durchgezogen. Das war nur natürlich. Aus unerfindlichen Gründen ließ er sie los und trat zurück.

Einen Augenblick lang starrten sie einander bloß an.

»Das könnte ein Problem werden«, brachte er nach einigen Sekunden hervor.

»Stimmt.« Sie schluckte und konzentrierte sich auf das kühle Metall der Schlüssel in ihrer Hand.

»Leg die Sicherheitskette vor, ja? Wir sehen uns dann morgen.«

Beim ersten Versuch verfehlte sie das Schlüsselloch um einen halben Zentimeter und fluchte; beim zweiten Mal klappte es dann. »Gute Nacht, Ben.«

»Gute Nacht.«

Er wartete, bis er das Klicken des Schlosses und das Rasseln der Kette hörte. Dann drehte er sich um und ging den Korridor hinunter. Ein Problem, dachte er bei sich. Ein verdammt großes Problem.

Er war stundenlang spazieren gegangen. Als er sein Apartment betrat, konnte er sich vor Müdigkeit kaum noch aufrecht halten. In den letzten Monaten hatte er nur schlafen können, ohne zu träumen, wenn er total erschöpft war.

Es war nicht nötig, das Licht anzuschalten; er kannte den Weg. Ohne seinem Bedürfnis, sich auszuruhen, nachzugeben, ging er an seinem Schlafzimmer vorbei. Der Schlaf würde sich erst einstellen, wenn er diese letzte Pflicht erfüllt hatte. Das weiter hinten liegende Zimmer war immer verschlossen. Als er die Tür öffnete, atmete er den schwachen, lieblichen Duft der frischen Blumen ein, die er jeden Tag ins Zimmer stellte. Neben der Tür des Wandschranks hing die Priestersoutane, von der sich das darüber drapierte weiße Humerale krass abhob.

Nachdem er ein Streichholz entzündet hatte, steckte er die erste Kerze an, dann noch eine und noch eine, bis die Schatten über das makellose Weiß des Altartuchs tanzten. In einem Silberrahmen stand dort das Bild einer jungen Frau, blond und lächelnd. Für alle Zeiten war sie auf dem Bild festgehalten, jung, unschuldig und glücklich.

Rosafarbene Rosen waren ihre Lieblingsblumen gewesen, und es war ihr Duft, der sich mit dem der brennenden Kerzen vermischte.

Drei kleinere Rahmen enthielten die sorgfältig aus der Zeitung ausgeschnittenen Fotos von drei anderen Frauen. Carla Johnson, Barbara Clayton, Francie Bowers. Er faltete die Hände und kniete vor ihnen nieder.

Es gibt noch so viele andere, dachte er. So viele. Er hatte gerade erst angefangen.

4

Still und mürrisch saß der Junge Tess gegenüber. Er zappelte nicht hin und her, und er schaute auch nicht aus dem Fenster. Er tat überhaupt selten etwas. Stattdessen saß er auf dem Stuhl und starrte auf seine Knie. Seine Hände lagen flach auf seinen Schenkeln, die Finger waren schlank, die Knöchel ein wenig vergrößert, da er die Angewohnheit hatte, nervös mit den Fingern zu knacken. Die Nägel waren völlig abgekaut. All dies Anzeichen einer nervösen Störung. Doch es gibt viele Menschen, die durchaus imstande sind, ihr Leben zu meistern, obwohl sie dauernd mit den Fingern knacken und an sich herumkauen.

Es kam selten vor, dass er die Person, mit der er sprach – oder, wie man in seinem Fall eher sagen musste, die zu ihm sprach –, ansah. Jedes Mal, wenn Tess es schaffte, Blickkontakt mit ihm aufzunehmen, empfand sie ein leises Gefühl des Triumphs, aber auch einen leisen Schmerz. Da er früh gelernt hatte, sich abzuschotten und seine Gefühle zu verbergen, vermochte sie nur wenig in seinen Augen zu lesen. Was sie bei diesen seltenen, raschen Blickkontakten sah, war weder Groll noch Angst, sondern lediglich eine Spur von Langeweile.

Das Leben war zu Joseph Higgins junior nicht fair gewesen, und er wollte nicht das Risiko eingehen, einen weiteren Tiefschlag zu bekommen. Wenn man so alt war wie er, hatten die Erwachsenen das Sagen, und es blieb einem gar nichts anderes übrig, als zu gehorchen. Um sich dagegen zu wehren, zog er sich in sich selbst zurück und lehnte es ab, mit anderen zu kommunizieren. Tess kannte die Symptome. Ein Mangel an Gefühlsäußerungen, ein Mangel an Motivation, ein Mangel an Interesse. Ein Mangel.

Auf irgendeine Weise musste sie den Punkt finden, an dem sie den Hebel ansetzen konnte, um ihn aus seiner Gleichgültigkeit zu reißen – zunächst aus der Gleichgültigkeit gegenüber sich selbst, dann gegenüber seiner Umwelt.

Er war zu alt, als dass sie Spiele mit ihm machen, zu jung, als dass sie sich auf der Erwachsenenebene mit ihm auseinandersetzen konnte. Sie hatte beides versucht, und er hatte beides abgelehnt. Joey Higgins saß auf einer Zwischenebene fest. Für ihn war die Adoleszenz nicht nur unangenehm und schwierig, sondern eine einzige Misere.

Er trug Jeans, gute, solide Jeans, die überschwänglich in Werbespots angepriesen wurden, und ein graues Sweatshirt, auf dessen Brust eine Maryland-Schildkröte grinste. Seine hohen ledernen Turnschuhe waren neu und entsprachen der derzeitigen Mode. Seine hellbraunen Haare hatten einen moderaten Bürstenschnitt und umrahmten ein zu schmales Gesicht. Nach außen hin sah er aus wie ein ganz normaler vierzehnjähriger Junge. Alles, was dazugehörte, war da. Sein Inneres jedoch war ein chaotisches, von Selbsthass und Bitterkeit geprägtes Durcheinander, zu dem Tess, wie sie wusste, noch nicht einmal ansatzweise Zugang gefunden hatte.

Es war bedauerlich, dass sie, statt eine Vertraute, eine Art Klagemauer oder einfach nur ein leeres Blatt Papier für ihn zu sein, lediglich eine weitere Autoritätsfigur in seinem Leben darstellte. Wenn er bloß einmal aus sich herausgegangen wäre, sie angeschrien oder mit ihr gestritten hätte, dann hätte sie das

Gefühl gehabt, dass die Sitzungen Fortschritte machten. Doch er war bei allen Sitzungen unverändert höflich und teilnahmslos.

»Was macht die Schule, Joey?«

Er zuckte noch nicht einmal die Achseln. Es war, als könne selbst diese Bewegung etwas von den Gefühlen verraten, die er so fest in sich verschlossen hatte. »Ist schon okay?«

»Okay? Ich hätte gedacht, dass es ziemlich happig ist, die Schule zu wechseln.« Sie hatte versucht, das zu verhindern, und alles in ihrer Macht Stehende getan, um seine Eltern davon abzubringen, in dieser Phase seiner Therapie solch einen dramatischen Schritt zu unternehmen. Schlechte Gesellschaft, hatten sie gesagt. Sie würden ihn dem Einfluss derjenigen entziehen, die dafür verantwortlich waren, dass er angefangen hatte zu trinken, kurze Zeit Drogen genommen und mit dem Okkulten geliebäugelt hatte; Letzteres freilich eher mit unguten Gefühlen. Seine Eltern hatten es lediglich geschafft, ihn sich zu entfremden und seine Selbstachtung noch mehr zu untergraben. Es waren nicht seine Kameraden, ob nun schlechte oder sonstige, gewesen, die Joey dazu gebracht hatten, sich auf diese Trips zu begeben, sondern seine eigenen, immer stärker werdenden Depressionen, seine Suche nach einer Antwort, von der er annehmen konnte, dass sie ganz allein seine Antwort war.

Weil sie keine Joints mehr in seinen Schrankschubladen fanden und weil er nicht mehr nach Alkohol roch, glaubten seine Eltern zuversichtlich, dass er sich allmählich wieder fing. Sie konnten oder wollten nicht wahrhaben, dass es nach wie vor mit ihm abwärtsging, und zwar rapide. Er hatte einfach gelernt, das Ganze zu verinnerlichen.

»Es kann sehr aufregend sein, auf eine neue Schule zu gehen«, fuhr Tess fort, als sie keine Antwort erhielt. »Aber es ist schwierig, der Neue zu sein.«

»Das ist keine große Sache«, murmelte er und starrte weiterhin auf seine Knie.

»Freut mich zu hören«, erwiderte sie, obwohl sie wusste, dass er log. »Als ich etwa in deinem Alter war, musste ich auch die Schule wechseln und hatte eine Heidenangst.«

Da blickte er auf, nicht weil er ihr glaubte, sondern weil sein Interesse geweckt war. Er hatte dunkelbraune Augen, die eigentlich äußerst ausdrucksvoll hätten sein müssen. Stattdessen blickten sie jedoch zurückhaltend und argwöhnisch drein. »Kein Grund, Angst zu haben, ist ja nur eine Schule.«

»Warum erzählst du mir dann nicht etwas darüber?«

»Ist eben eine Schule.«

»Wie ist es mit den anderen Kindern? Irgendjemand Interessantes dabei?«

»Die meisten sind blöde.«

»Ach? Wie das?«

»Sie stehen immer nur zusammen herum. Es gibt niemanden, den ich kennenlernen möchte.«

Niemanden, den er kannte, korrigierte Tess im Stillen. Das Letzte, was er an diesem Punkt brauchte, war, sich von der neuen Umgebung zurückgewiesen zu fühlen, nachdem er die Schulkameraden, an die er gewöhnt war, verloren hatte. »Es dauert einige Zeit, bis man Freunde gewinnt, Freunde, die zählen. Es ist schwerer, allein zu sein, Joey, als zu versuchen, Freunde zu finden.«

»Ich wollte ja nicht die Schule wechseln.«

»Ich weiß.« Bei dieser Sache stand sie ganz auf seiner Seite. Irgendjemand musste schließlich auf seiner Seite stehen. »Und ich weiß, wie schlimm es ist, das Gefühl zu haben, man würde von den Leuten, die die Regeln festlegen, willkürlich hin und her geschoben. Aber ganz so ist das nicht, Joey. Deine Eltern haben beschlossen, dich auf eine neue Schule zu schicken, weil sie dein Bestes wollen.«

»*Sie* wollten aber nicht, dass sie mich von der alten Schule nehmen.« Wieder blickte er auf, doch so rasch, dass sie kaum die Farbe seiner Augen wahrnehmen konnte.

»Ich habe gehört, wie Mutti davon gesprochen hat.«

»Als deine Ärztin war ich der Ansicht, dass du dich auf deiner alten Schule vielleicht wohler fühlst. Deine Mutter liebt dich, Joey. Die Umschulung war keine Bestrafung, sondern sie hat damit auf ihre Weise versucht, dir zu helfen.«

»Sie wollte nicht, dass ich mit meinen Freunden zusammen bin.« Das sagte er, ohne verbittert zu klingen. Er nahm die Sache einfach hin, denn ihm blieb nichts anderes übrig.

»Was meinst du dazu?«

»Sie hatte Angst, dass ich wieder anfangen würde zu trinken, wenn ich mit ihnen zusammen bin. Aber ich trinke nicht mehr.« Auch dies klang nicht bitter, nicht ärgerlich, sondern lediglich resigniert.

»Ich weiß«, sagte Tess und legte ihm die Hand auf den Arm. »Du kannst stolz darauf sein, dass du davon losgekommen bist. Du hast die richtige Wahl getroffen. Ich weiß, wie hart du jeden Tag kämpfen musst, um nicht rückfällig zu werden.«

»Mutti gibt immer anderen die Schuld für die Dinge, die passieren.«

»Was für Dinge?«

»Dinge eben.«

»Zum Beispiel die Scheidung?« Wie gewöhnlich rief dieses Stichwort keinerlei Reaktion hervor. Tess ging wieder zum Ausgangspunkt zurück. »Wie findest du es, nicht mehr mit dem Bus zur Schule zu fahren?«

»Busse stinken.«

»Jetzt bringt deine Mutter dich jeden Tag zur Schule.«

»Ja.«

»Hast du mit deinem Vater gesprochen?«

»Er hat viel zu tun.« Halb ärgerlich, halb bittend sah er Tess an. »Er hat einen neuen Job in einer Computerfirma, aber im nächsten Monat werde ich wahrscheinlich mit ihm das Wochenende verbringen. Am Erntedankfest.«

»Und wie findest du das?«

»Das wird schön.« Einen Moment lang wurde er zu einem kleinen Jungen, der vor Hoffnung strahlte. »Wir wollen uns das Spiel der Redskins ansehen. Er will Tribünenplätze besorgen. Das wird dann wie früher.«

»Wie früher, Joey?«

Er starrte wieder auf seine Knie, doch seine Augenbrauen waren zornig zusammengezogen.

»Es ist wichtig, dass du einsiehst, dass die Dinge nicht mehr wie früher sein werden. *Anders* muss nicht unbedingt *schlecht* heißen. Manchmal kann eine Veränderung, selbst wenn sie hart ist, für alle Beteiligten das Beste sein. Ich weiß, dass du deinen Vater liebst. Damit brauchst du nicht aufzuhören, bloß weil du nicht mit ihm zusammenlebst.«

»Er hat kein Haus mehr. Nur ein Zimmer. Er sagt, wenn er keinen Unterhalt für mich zahlen müsste, könnte er sich ein Haus leisten.«

Am liebsten hätte sie Joseph Higgins senior lautstark verflucht, doch sie sprach mit sanfter Stimme weiter. »Du weißt doch, dass dein Vater ein Problem hat, Joey. Sein Problem bist nicht du, sondern der Alkohol.«

»Wir *haben* ein Haus«, murmelte er.

»Und wenn ihr keins hättet, glaubst du, dass dein Vater dann glücklicher wäre?«

Keine Reaktion. Jetzt starrte er auf seine Schuhe.

»Ich freue mich, dass du einige Zeit mit deinem Vater verbringen wirst. Ich weiß, dass du ihn vermisst hast.«

»Er ist sehr beschäftigt.«

»Ja.« Zu beschäftigt, um seinen Sohn zu sehen, zu beschäftigt, um auf die Anrufe der Psychiaterin zu reagieren, die versuchte, Wunden zu heilen. »Manchmal ist es so, dass Erwachsene von ihrem Leben ziemlich in Anspruch genommen werden. Sicher wirst du verstehen, wie schwierig jetzt alles für deinen Vater ist, da er einen neuen Job hat, denn du bist ja selbst auf einer neuen Schule.«

»Nächsten Monat werde ich ein Wochenende mit ihm verbringen. Ganz bestimmt, auch wenn Mutti sagt, dass ich mich nicht darauf verlassen soll.«

»Deine Mutter will dir bloß eine Enttäuschung ersparen, falls etwas dazwischenkommt.«

»Er wird mich abholen kommen.«

»Das hoffe ich sehr, Joey. Aber wenn er es nicht tut … Joey …« Erneut berührte sie seinen Arm und schaffte es allein durch ihre Willenskraft, dass er sie ansah. »Wenn er es nicht tut, musst du dir darüber im Klaren sein, dass es nichts mit dir zu tun hat, sondern mit seiner Krankheit.«

»Ja.«

Er stimmte ihr zu, weil sich auf diese Weise am leichtesten eine Auseinandersetzung vermeiden ließ. Das wusste Tess, und nicht zum ersten Mal wünschte sie, seine Eltern überzeugen zu können, dass er eine umfangreichere Therapie bräuchte.

»Hat deine Mutter dich heute hergebracht?«

Nach wie vor war sein Blick gesenkt, doch sein Zorn war verflogen; zumindest schien es nach außen hin so.

»Mein Stiefvater.«

»Kommst du immer noch gut mit ihm aus?«

»Er ist okay.«

»Wenn du ihn magst, heißt das nicht, dass du deinen Vater weniger magst, weißt du.«

»Ich habe doch gesagt, er ist okay.«

»Gibt's an deiner neuen Schule hübsche Mädchen?« Sie wollte, dass er wenigstens einmal lächelte, irgendwie, aus irgendeinem Grund lächelte.

»Glaub schon.«

»Du glaubst es?« Vielleicht war es das Lächeln in Tess' Stimme, das ihn dazu brachte, wieder aufzusehen. »Ich habe eigentlich den Eindruck, dass du gute Augen hast.«

»Kann sein, dass es ein paar gibt.« Dabei deutete sich auf seinen Lippen tatsächlich ein ganz schwaches Lächeln an. »Ich achte nicht viel darauf.«

»Na, damit hat es ja auch noch Zeit. Kommst du nächste Woche wieder zu mir?«

»Glaub schon.«

»Würdest du mir in der Zwischenzeit einen Gefallen tun? Ich habe gesagt, dass du gute Augen hast. Dann sieh dir deine Mutter und deinen Stiefvater einmal an.« Er drehte den Kopf weg, doch sie nahm seine Hand und hielt sie fest. »Joey …« Sie wartete, bis er sie wieder mit seinen dunklen, unergründlichen Augen anblickte. »Sieh sie dir an. Sie versuchen dir zu helfen. Selbst wenn sie dabei vielleicht Fehler machen, sie versuchen es, weil du ihnen am Herzen liegst. Viele Menschen machen Fehler. Du hast doch noch meine Telefonnummer, oder?«

»Ja, glaub schon.«

»Du weißt, dass du mich jederzeit anrufen kannst, falls du vor nächster Woche mit mir sprechen möchtest.«

Sie begleitete ihn zur Tür ihres Büros und sah, wie sein Stiefvater aufstand und Joey mit einem breiten, offenen Lächeln empfing. Er war Geschäftsmann – erfolgreich, unbeschwert und mit guten Manieren. Das genaue Gegenteil von Joeys Vater. »Na, alles überstanden?« Dann sah er Tess an, und das Lächeln verschwand aus seinem Gesicht, in dem sich nur noch nervöse Spannung ausdrückte. »Wie ist es heute gelaufen, Dr. Court?«

»Bestens, Mr. Monroe.«

»Das ist gut, das ist gut. Warum nehmen wir unterwegs nicht was vom Chinesen mit, Joey, und überraschen deine Mutter.«

»Okay.« Er schlüpfte in seine Schuljacke – die Jacke der Schule, die er nicht mehr besuchte. Ohne sie zuzumachen drehte er sich um und sagte, indem er an Tess vorbeiblickte: »Wiedersehn, Dr. Court.«

»Auf Wiedersehen, Joey. Bis nächste Woche.«

Sie geben ihm zu essen, dachte sie, als sie ihre Bürotür schloss, und er hungert. Sie kleiden ihn, aber ihm ist trotzdem kalt. Sie besaß den Schlüssel zu allem, doch sie musste es erst noch schaffen, ihn im Schloss umzudrehen, um es zu öffnen.

Seufzend ging sie zu ihrem Schreibtisch zurück. »Dr. Court?« Tess drückte auf die Taste der Gegensprechanlage, während sie die Akte Joey Higgins in die neben dem Schreibtisch stehende Aktentasche steckte.

»Ja, Kate.«

»Während der Sitzung hatten Sie drei Anrufe. Einen von der *Washington Post*, einen von der *Sun* und einen vom WTTG.«

»Drei Reporter?« Tess nahm ihren Ohrring ab und massierte sich das Ohrläppchen.

»Alle drei wollten wissen, ob es stimmt, dass Sie an der Untersuchung der Priester-Morde mitarbeiten.«

»Verdammt.« Sie warf ihren Ohrring auf die Schreibunterlage. »Ich bin nicht da, falls deswegen noch mal jemand anruft, Kate.«

»In Ordnung.«

Mit langsamen Bewegungen befestigte sie den Ohrring wieder. Man hatte ihr Anonymität zugesagt. Das gehörte zu der Abmachung, die sie mit dem Bürgermeister getroffen hatte. Keine Medien, kein großer Rummel, kein Kommentar. Der Bürgermeister persönlich hatte ihr zugesichert, dass sie ohne Druck vonseiten der Presse würde arbeiten können. Sinnlos, dem Bürgermeister die Schuld zu geben, dachte Tess bei sich, als sie aufstand, um zum Fenster zu gehen. Das Ganze war nun mal durchgesickert, und sie würde damit fertigwerden müssen.

Sie mochte Publicity nicht. Das war ihr Problem. Sie wollte, dass ihr Leben unkompliziert und ohne Störungen von außen verlief. Das war ebenfalls ihr Problem. Ihr gesunder Menschenverstand hatte ihr gesagt, dass die ganze Angelegenheit früher oder später sowieso herauskommen würde. Dennoch hatte sie die Aufgabe übernommen. Ihren Patienten hätte sie in einer solchen Situation den Rat gegeben, der unabänderlichen Tatsache ins Auge zu sehen und sich Schritt für Schritt damit zu befassen.

Draußen wurde der Nachmittagsverkehr allmählich lebhafter. Hier und da wurde lautstark gehupt, doch das Fenster und die Entfernung dämpften die Geräusche. Irgendwo da draußen war Joey Higgins, der mit seinem Stiefvater zum Chinesen fuhr, mit seinem Stiefvater, dem zu vertrauen oder den zu lieben er sich nicht durchringen konnte. In den Bars stellte man sich auf die Gäste ein, die vor dem Dinner schnell noch etwas trinken wollten. Die Kindertagesstätten leerten sich, und unzählige arbeitende Mütter, alleinerziehende Eltern und entnervte Vatis verfrachteten ihre Kinder im Vorschulalter ins Auto und schlängelten sich mit ihren Volvos und BMWs durch dichte Reihen anderer Volvos und BMWs. Sie alle hatten nur einen Gedanken im Kopf: nach Hause zu kommen, in die Geborgenheit und Wärme ihrer vertrauten Umgebung. Es war unwahrscheinlich, dass irgendeiner von ihnen auch nur einen Gedanken an all die anderen um ihn herum verschwendete. Zum Beispiel an jemanden, in dessen Kopf eine kleine, tödliche Bombe tickte.

Einen Moment lang wünschte sie, an dieser angenehmen allabendlichen Routine teilhaben zu können, wünschte, zu den Menschen zu gehören, die nur übers Abendessen oder die Zahnarztrechnung nachzudenken brauchten. Doch die Unterlagen über die Priester-Morde steckten bereits in ihrer Aktentasche.

Tess ging zum Schreibtisch zurück und nahm ihre Aktentasche an sich. Der nächste Schritt bestand darin, nach Hause zu fahren und dafür zu sorgen, dass alle Anrufe, die sie bekam, von ihrem Anrufbeantwortungsdienst abgefangen wurden.

»Wer hat die Sache ausgequatscht?«, fragte Ben und stieß Zigarettenrauch aus.

»Das versuchen wir noch herauszufinden.« Harris stand hinter seinem Schreibtisch und musterte die Beamten, die der Spezialeinheit zugeteilt waren. Ed lümmelte sich auf einem Stuhl und reichte einen Beutel mit Sonnenblumenkernen herum. Bigsby, mit seinem großen roten Gesicht und den kräftigen Händen, wippte mit dem Fuß. Lowenstein stand, die Hände in den Taschen, neben Ben. Roderick saß kerzengerade auf seinem Stuhl, die Hände im Schoß gefaltet. Ben sah so aus, als würde er beim ersten falschen Wort die Zähne fletschen.

»Wir müssen uns auf die neue Situation einstellen. Die Presse weiß, dass Dr. Court mit dem Fall zu tun hat. Statt den Presseleuten Hindernisse in den Weg zu legen, benutzen wir sie.«

»Die Presse hat uns wochenlang zugesetzt, Captain«, warf Lowenstein ein. »Die Lage fing gerade an, sich ein bisschen zu entspannen.«

»Ich lese auch Zeitung, Detective«, sagte er mit sanfter Stimme. Bigsby rutschte auf seinem Stuhl hin und her, Roderick räusperte sich, und Lowenstein machte fest den Mund zu.

»Wir werden morgen früh eine Pressekonferenz geben. Das Büro des Bürgermeisters setzt sich mit Dr. Court in Verbindung. Paris, Jackson – als Leiter des Teams will ich euch dabeihaben. Ihr wisst, welche Informationen wir für die Presse freigegeben haben.«

»Wir können denen nichts Neues erzählen, Captain«, sagte Ed mit Nachdruck.

»Dann erzählt es so, dass es neu klingt. Dr. Courts Anwesenheit müsste eigentlich ausreichen, um sie zufriedenzustellen. Vereinbart ein Treffen mit diesem Monsignore Logan«, fügte er hinzu, indem er Ben wieder anblickte.

»Und sorgt dafür, dass nichts davon bekannt wird.«

»Noch ein Seelenklempner.« Ben drückte seine Zigarette aus. »Schon der erste hat uns nichts sagen können, was wir nicht schon wussten.«

»Dr. Court hat uns gesagt, dass der Mörder glaubt, eine Mission erfüllen zu müssen«, bemerkte Lowenstein mit ruhiger Stimme. »Und dass er sie wahrscheinlich noch nicht beendet hat, auch wenn er sich eine Zeit lang ruhig verhalten hat.«

»Sie hat uns gesagt, dass er junge blonde Frauen umbringt«, entgegnete Ben barsch. »Das hatten wir auch schon rausgefunden.«

»Nun hör doch auf, Ben«, murmelte Ed, der wusste, dass Bens Zorn sich auf diese Weise gegen ihn richten würde.

»Hör lieber selber auf.« Bens in den Hosentaschen steckende Hände ballten sich zu Fäusten. »Dieser Mistkerl wartet bloß darauf, die nächste Frau, die sich zur falschen Zeit am falschen Ort befindet, erdrosseln zu können, und wir sitzen rum und unterhalten uns mit Psychiatern und Priestern. Seine Seele oder seine Psyche ist mir scheißegal.«

»Vielleicht sollte sie das aber nicht sein.« Roderick sah erst den Captain und dann Ben an. »Schau mal, ich weiß, wie dir zumute ist, wie uns wohl allen zumute ist. Wir wollen ihn einfach schnappen. Aber wir alle haben Dr. Courts Täterprofil gelesen. Wir haben es hier nicht mit jemandem zu tun, der einfach auf Blut aus ist, auf Kicks. Wenn wir unseren Job erledigen wollen, sollten wir, glaube ich, versuchen zu verstehen, wer er ist.«

»Hast du dir die Fotos von den Toten mal genauer angesehen, Lou? Wir wissen, wer sie sind, wer sie waren.«

»Das reicht, Paris. Wenn Sie noch mehr Dampf ablassen wollen, sollten Sie nach unten in die Sporthalle gehen.« Harris wartete einen Moment und schaffte es, allein aufgrund seiner Autorität die Wogen zu glätten. Er war ein guter Streifenpolizist gewesen. Jetzt, da er hinter einem Schreibtisch saß, war er ein noch besserer Polizist. Das zu wissen deprimierte ihn nur gelegentlich. »Die Pressekonferenz ist für acht Uhr früh anberaumt, im Büro des Bürgermeisters. Morgen will ich einen Bericht über das Treffen mit Monsignore Logan auf meinem Schreibtisch haben. Bigsby, Sie versuchen weiterhin herauszufinden, woher diese verdammten Priesterschals stammen. Lowenstein, Roderick, Sie nehmen sich noch einmal die Familien und die Freunde der Opfer vor. Und jetzt verschwindet und geht etwas essen.«

Ed wartete, bis sie sich aus dem Dienstbuch ausgetragen hatten, die Korridore entlanggegangen waren und den Parkplatz überquerten.

»Es bringt nichts, wenn du das, was mit deinem Bruder passiert ist, an Dr. Court auslässt.«

»Josh hat nichts damit zu tun.« Doch der Schmerz war immer noch da. Er konnte den Namen seines Bruders noch nicht einmal aussprechen, ohne dass es ihm die Kehle zusammenschnürte.

»Genau. Und Dr. Court macht nur ihren Job, so wie wir alle.«

»Na, prima. Bloß glaube ich nicht, dass ihr Job irgendetwas mit unserem zu tun hat.«

»Die Kriminalpsychiatrie ist inzwischen ein wertvolles Hilfsmittel bei der …«

»Mensch, Ed, du solltest wirklich aufhören, diese ganzen Zeitschriften zu lesen.«

»Wer aufhört zu lesen, hört auf zu lernen. Wollen wir uns einen ansaufen?«

»Und das von einem Mann, der Sonnenblumenkerne bei sich hat.« Seine innere Anspannung hatte ihn noch nicht ganz verlassen. Er hatte seinen Bruder verloren, doch dann war Ed dahergekommen und hatte die Lücke fast ausgefüllt. »Nicht heute Abend. Außerdem ist es mir immer peinlich, wenn du dir Unmengen von Fruchtsaft in deinen Wodka gießen lässt.«

»Man muss an seine Gesundheit denken.«

»Man muss auch an seinen Ruf denken.« Ben öffnete die Tür seines Wagens. Dann stand er, mit den Schlüsseln klimpernd, unschlüssig da.

Der Abend war kühl, so frisch, dass man seinen Atem sehen konnte. Wenn es in der Nacht noch Niederschlag gab, wie der sternenlose Himmel vermuten ließ, würde es in Form von Schneeregen sein. In ihren schmucken Reihenhäusern würden die wohlhabenden Einwohner von Georgetown große Holzscheite in den offenen Kamin legen, Irish Coffee trinken und sich am prasselnden Feuer erfreuen. Den Obdachlosen stand eine lange, unangenehme Nacht bevor.

»Sie macht mich nervös«, sagte Ben abrupt.

»Wenn eine Frau so aussieht, kann es nicht ausbleiben, dass sie die Männer nervös macht.«

»So einfach ist das nicht.« Ben stieg ins Auto und wünschte, den Finger auf das Problem legen zu können.

»Ich hole dich morgen ab. Sieben Uhr dreißig.«

»Ben.« Ed beugte sich vor und hielt die Wagentür fest.

»Grüß sie von mir.«

Ben schloss die Tür und ließ den Motor aufheulen. Wenn man zusammenarbeitete, kannte man einander einfach zu gut.

Tess legte den Telefonhörer auf und presste sich, die Ellbogen auf den Tisch gestützt, die Handballen gegen die Augenlider. Joe Higgins senior brauchte ebenso sehr eine Therapie wie sein Sohn, doch um das zu erkennen, hätte er weniger damit beschäftigt sein müssen, sein Leben kaputtzumachen. Der Anruf hatte zu nichts geführt. Aber das taten Unterredungen mit Alkoholikern, die sich gerade wieder einmal volllaufen ließen, ohnehin selten. Als sie seinen Sohn erwähnt hatte, hatte er bloß geweint und ihr mit lallender Stimme versprochen, morgen anzurufen.

Was er nicht tun wird, dachte Tess. Höchstwahrscheinlich würde er sich morgen noch nicht einmal an das Gespräch erinnern. Bei der Behandlung Joeys hing alles vom Vater ab, und der Vater kam von der Flasche nicht los – eben jener Flasche, die seine Ehe zerstört hatte, ihn unzählige Jobs gekostet und ihn einsam und unglücklich gemacht hatte.

Wenn sie ihn bloß überreden könnte, zu einem Treffen der Anonymen Alkoholiker zu gehen, ihn dazu bringen könnte, den ersten Schritt zu tun … Tess stieß einen Seufzer aus und ließ die Hände sinken. Hatte Joeys Mutter nicht erzählt, wie oft sie ihn dazu gedrängt, wie viele Jahre lang sie versucht hatte, Joseph Higgins senior von der Flasche loszueisen?

Tess konnte die Verbitterung der Frau verstehen und respektierte ihren Entschluss, ein neues Leben zu beginnen und die Vergangenheit zu begraben. Aber Joey war dazu nicht in der Lage. Seine ganze Kindheit hindurch hatte seine Mutter dafür gesorgt, dass er von der Krankheit seines Vaters so wenig wie möglich mitbekam. Sie hatte Entschuldigungen erfunden, um zu erklären, warum er immer so spät nach Hause kam oder warum er wieder einmal einen Job verloren hatte, weil sie meinte, dem Jungen die Wahrheit verheimlichen zu müssen.

Als Kind hatte Joey zu viel gesehen und noch mehr gehört. Dann hatte er sich die Ausflüchte seiner Mutter zu eigen gemacht und damit eine Mauer aus Lügen um seinen Vater errichtet. Lügen, die er unbedingt glauben wollte. Wenn sein Vater trank, dann war es okay zu trinken. Und zwar derart okay, dass Joey bereits mit vierzehn wegen Alkoholsucht behandelt wurde. Wenn sein Vater seinen Job verlor, dann lag es daran, dass sein Boss neidisch auf ihn war. Unterdessen wurden Joeys Zensuren in der Schule immer schlechter, da seine Achtung vor den Erwachsenen und vor sich selbst immer weiter abnahm.

Als Joeys Mutter es nicht mehr geschafft hatte, die Trunksucht ihres Mannes zu ertragen, und es zum Bruch gekommen war, war alles, was sie im Laufe der Jahre geschluckt hatte, wieder hochgekommen – die Lügen, die gebrochenen Versprechen, der eigene Groll. Sie hatte dem Sohn die Fehler des Vaters vorgezählt, ein verzweifelter Versuch, ihm dessen Fehler bewusst zu machen und sich von Schuld reinzuwaschen. Joey hatte natürlich weder ihr noch seinem Vater die Schuld gegeben. Es gab nur eine Person, der Joey die Schuld geben konnte, und das war er selbst.

Seine Familie war auseinandergebrochen, er hatte das Zuhause, in dem er aufgewachsen war, verlassen müssen, und seine Mutter war arbeiten gegangen. Da hatte er den Halt verloren. Als Mrs. Higgins sich wieder verheiratet hatte, war es Joeys Stiefvater, der darauf gedrungen hatte, einen Arzt zurate zu ziehen. Als Tess mit Joeys Behandlung begonnen hatte, lagen lange Jahre voller Schuldgefühle, Bitterkeit und Kummer hinter ihm. In zwei Monaten hatte sie es noch nicht einmal geschafft, seinen Panzer ein bisschen einzudellen – weder bei ihren Zweiersitzungen noch bei den Familiengesprächen, die zweimal im Monat stattfanden und bei denen auch seine Mutter und sein Stiefvater zugegen waren.

Wut befiel sie, so rasch und so heftig, dass sie mehrere Minuten lang dagegen ankämpfen musste. Es war nicht ihre Aufgabe, wütend zu sein, sondern zuzuhören, Fragen zu stellen, eine Alternative aufzuzeigen. Mitgefühl – sie durfte Mitgefühl empfinden, aber keinen Zorn. So saß sie da, während der Zorn in ihr aufstieg und die Selbstbeherrschung zu überwinden versuchte, die ihr angeboren war und die sie dann später zu einem Instrument ihres Berufs verfeinert hatte. Am liebsten hätte sie irgendetwas getreten, gegen irgendetwas geschlagen, irgendwie auf dieses widerwärtige Gefühl der Hoffnungslosigkeit eingedroschen.

Stattdessen nahm sie Joeys Akte zur Hand und fing an, sich weitere Notizen über ihre Nachmittagssitzung zu machen.

Schneeregen hatte eingesetzt. Sie nahm ihre Brille vom Tisch, blickte jedoch nicht aus dem Fenster und sah deshalb auch nicht den Mann, der auf der anderen Straßenseite am Bordstein stand und die erleuchteten Fenster ihres Apartments beobachtete. Wenn sie hinausgeblickt und ihn bemerkt hätte, hätte sie sich nichts dabei gedacht.

Ebenso wie sie sich nichts dabei dachte, als es an der Tür klopfte. Sie ärgerte sich nur über die Störung. Ihr Telefon hatte unablässig geklingelt, doch das hatte sie ignorieren können, da der Anrufbeantwortungsdienst sich um alles kümmerte. Wenn einer der Anrufer ein Patient gewesen wäre, hätte das Signalgerät neben ihr einen Piepton von sich gegeben. Tess nahm an, dass die Anrufe alle mit dem Artikel in der Abendzeitung zu tun gehabt hatten, der sie mit der Untersuchung der Mordfälle in Verbindung brachte.

Tess ließ die Akte aufgeschlagen auf dem Tisch liegen und ging zur Tür. »Wer ist da?«

»Paris.«

Dem Tonfall einer Stimme lässt sich eine Menge entnehmen, selbst wenn nur ein Wort gesagt wird. Als Tess die Tür öffnete, wusste sie, dass ihr eine Auseinandersetzung bevorstand. »Detective. Ist es nicht ein bisschen spät für einen offiziellen Besuch?«

»Genau die richtige Zeit, um die Elf-Uhr-Nachrichten zu sehen.« Er ging zum Fernsehgerät hinüber und schaltete es an.

Sie war an der Tür stehen geblieben. »Hast du keinen Fernseher zu Hause?«

»Es macht mehr Spass, sich den ganzen Rummel in Gesellschaft anzusehen.«

Gereizt ließ sie die Tür zuknallen. »Hör mal, ich arbeite gerade. Warum sagst du nicht, was du zu sagen hast, und lässt mich mit meiner Arbeit weitermachen?«

Er warf einen Blick auf ihren Schreibtisch, auf die aufgeschlagenen Akten und ihre große Lesebrille, die darauf lag. »Es dauert nicht lange.« Er setzte sich nicht hin, sondern stand, die Hände in den Taschen, da und sah sich den Vorspann der Nachrichten an. Die Topmeldung des Abends wurde von der hübschen Brünetten mit dem herzförmigen Gesicht verlesen.

»Das Büro des Bürgermeisters hat heute bestätigt, dass Dr. Teresa Court, die bekannte Washingtoner Psychiaterin, dem mit der Untersuchung der Priester-Morde betrauten Team zugeteilt worden ist. Dr. Court, die Enkelin des langjährigen Senators Jonathan Writemore, war für eine Stellungnahme leider nicht zu erreichen. Die Ermordung von mindestens drei Frauen geht vermutlich auf den Täter zurück, dem man den Spitznamen ›der Priester‹ gegeben hat, weil er seine Opfer mit einem Humerale erdrosselt, einem Schultertuch, das von katholischen Priestern beim Gottesdienst getragen wird. Die Polizei setzt ihre im August begonnenen Ermittlungen jetzt mit Unterstützung von Dr. Court fort.«

»Nicht schlecht«, murmelte Ben. »Dein Name wurde dreimal erwähnt.« Ohne mit der Wimper zu zucken, nahm er es hin, als Tess zum Fernseher marschierte und ihn abrupt abstellte.

»Ich kann nur wiederholen: Sag, was du zu sagen hast.«

Ihre Stimme klang ruhig. Entschlossen, ebenfalls gelassen zu bleiben, zog er eine Zigarette aus der Tasche. »Morgen früh um acht halten wir im Büro des Bürgermeisters eine Pressekonferenz ab.«

»Das hat man mir bereits mitgeteilt.«

»Du darfst nur Allgemeines sagen, ohne auf die näheren Einzelheiten des Falls einzugehen. Die Presse weiß über die Mordwaffe Bescheid, aber es ist uns gelungen, die Sache mit den Zetteln und dem, was darauf steht, geheim zu halten.«

»Ich bin doch nicht blöd, Ben. Ich weiß, wie man sich bei einem Interview zu verhalten hat.«

»Das bezweifle ich nicht. Diesmal geht es allerdings um Polizeiangelegenheiten, nicht um persönlichen Ruhm.«

Sie öffnete den Mund, brachte es jedoch lediglich fertig, zischend den Atem auszustoßen. Sie wusste, dass es unwürdig und nutzlos war, in Wut zu geraten. Sie wusste, dass solch eine lächerliche und bittere Behauptung keine Antwort verdiente. Sie wusste, dass Ben, der sich anmaßte, über sie zu Gericht zu sitzen, nichts anderes verdiente als eine äußerst kühle, äußerst beherrschte Abfuhr.

»Du voreingenommener, kleingeistiger, unsensibler Blödmann.« Erneut klingelte das Telefon, doch sie achteten beide nicht darauf. »Wofür, zum Teufel, hältst du dich eigentlich? Stürmst hier rein und lässt beleidigende Sprüche vom Stapel!«

Er sah sich nach einem Aschenbecher um und entschied sich für eine kleine, handbemalte Schale. Daneben stand eine Vase mit frischen Herbstchrysanthemen. »Und was war das eben?«

Sie stand stocksteif da, wie ein Soldat, während er ganz leger dastand und Asche in die Schale schnippte. »Eines möchte ich mal klarstellen. Ich habe diese Sache nicht an die Presse weitergegeben.«

»Das hat auch niemand behauptet.«

»Tatsächlich nicht?« Sie steckte ihre Hände in die Taschen des Rocks, den sie schon seit vierzehn Stunden anhatte, denn so lange arbeitete sie bereits. Ihr Rücken tat weh, ihr Magen war leer, und sie sehnte sich nach dem, was sie ihren Patienten so angestrengt zu vermitteln suchte – nach innerer Ruhe. »Na, da interpretiere ich diese kleine Szene aber anders. Außerdem hat man mir versprochen, dass mein Name im Zusammenhang mit den Ermittlungen nicht erwähnt werden würde.«

»Magst du es nicht, wenn die Leute erfahren, dass du mit der Polizei zusammenarbeitest?«

»Du hältst dich wohl für verdammt clever, wie?«

»Na, und ob!«, entgegnete er. Es faszinierte ihn, dass sie völlig die Selbstbeherrschung verloren hatte. Während sie sprach, lief sie auf und ab. Ihre Augen waren dunkler geworden und sahen jetzt purpurfarben aus. Ihre Wut hatte etwas Starres, Eisiges und unterschied sich deutlich von der Gift speienden, Teller werfenden Variante, die ihm eher vertraut war. Dadurch wurde alles nur noch interessanter.

»Was ich auch sage, du hast immer eine Entgegnung parat. Ist dir schon mal in den Sinn gekommen, dass ich es vielleicht vermeiden möchte, von meinen Patienten, meinen Kollegen, meinen Freunden auf diesen Fall angesprochen zu werden? Hast du schon mal daran gedacht, dass ich diesen Fall eigentlich gar nicht übernehmen wollte?«

»Warum hast du es dann getan? Die Bezahlung ist doch mies.«

»Weil man mich davon überzeugt hat, dass ich imstande sei zu helfen. Wenn ich nicht immer noch dieser Ansicht wäre, könntest du dir deinen Fall sonstwohin stecken. Glaubst du, ich habe Lust, meine Zeit damit zu verschwenden, mit einem engstirnigen Menschen, der sich zum Richter aufwirft, über die moralischen Grundsätze meines Berufs zu diskutieren? In meinem Leben gibt es auch ohne dich schon genug Probleme.«

»Probleme, Frau Doktor?« Er ließ seinen Blick langsam durch das Zimmer schweifen und betrachtete die Blumen, die Kristallsachen, die weichen Pastellfarben. »Hier sieht aber alles recht ordentlich aus.«

»Du weißt überhaupt nichts von mir, weder von meinem Leben noch von meiner Arbeit.« Sie ging zum Schreibtisch und stützte sich mit den flachen Händen darauf, ohne indes ihre Selbstbeherrschung wiederzuerlangen. »Siehst du diese Akten, diese Papiere, diese Tonbänder? Darin steckt das Leben eines vierzehnjährigen Jungen. Eines Jungen, der bereits Alkoholiker ist, eines Jungen, der jemanden braucht, der ihm dazu verhilft, seinen eigenen Wert, seinen Platz im Leben zu erkennen.« Sie wirbelte herum und sah ihn mit dunklen Augen erregt an. »Du weißt doch, was es heißt zu versuchen, ein Leben zu retten, nicht wahr, Detective? Du weißt doch, wie weh es tut und welche Angst man dabei hat. Genau das versuche ich zu erreichen, auch wenn ich keine Pistole dabei benutze. Ich habe zehn Jahre meines Lebens damit verbracht zu lernen, wie man es macht. Vielleicht kann ich ihm, wenn ich genügend Zeit, Geschick und Glück habe, tatsächlich helfen. Verflucht noch mal.« Sie hielt inne, als ihr klar wurde, wie weit sie sich aufgrund weniger Worte hatte hinreißen lassen. »Ich brauche mich nicht vor dir zu rechtfertigen.«

»Nein, das brauchst du nicht.« Während er sprach, drückte er seine Zigarette in der kleinen Porzellanschale aus. »Es tut mir leid. Ich habe mich vergessen.«

Ihr Atem ging stoßweise, während sie versuchte, wieder zu sich zu kommen. »Was verbittert dich so an dem, was ich tue?«

Er war nicht bereit, es ihr zu sagen, ihr jene alte, vernarbte Wunde vorzuzeigen und analysieren zu lassen. Stattdessen presste er die Finger gegen die müden Augen.

»Es liegt nicht an dir, sondern an der ganzen Angelegenheit. Ich habe das Gefühl, auf einem sehr dünnen Seil über einen sehr tiefen Abgrund zu laufen.«

»Das finde ich akzeptabel.« Obwohl es weder die ganze Wahrheit war noch die Antwort, die sie sich gewünscht hatte. »Im Moment ist es schwer, objektiv zu bleiben.«

»Lass uns mal kurz einen Schritt zurückgehen. Ich halte nicht viel von dem, was du tust, und vermutlich hältst du auch nicht viel von dem, was ich tue.«

Sie wartete eine Minute, dann nickte sie. »Einverstanden.«

»Damit müssen wir leben.« Er ging zu ihrem Schreibtisch und nahm ihre halb leere Kaffeetasse in die Hand.

»Ist davon noch was da?«

»Nein, aber ich könnte welchen machen.«

»Nicht nötig.« Er massierte sich die Schläfen. »Es tut mir wirklich leid. Aber wir rackern uns ab, und das Einzige, was wir erreichen, ist, dass irgendjemand der Presse Informationen zuspielt.«

»Ich weiß. Vielleicht verstehst du das nicht, aber ich stecke jetzt genauso in der Sache drin wie du und fühle mich genauso verantwortlich.« Sie machte erneut eine Pause, doch diesmal konnte sie sich in ihn hineindenken.

»Das ist eine harte Sache, nicht wahr? Sich verantwortlich fühlen.«

Sie ist einfach zu gut in ihrem Job, dachte Ben, als er sich gegen den Schreibtisch lehnte. »Ich werde das Gefühl nicht los, dass er bald wieder zuschlagen wird. Wir sind seiner Ergreifung um keinen Schritt näher. Wir können der Presse morgen eine Menge Scheiß erzählen, aber das ändert nichts an der Tatsache, dass wir keinen Schritt weitergekommen sind. Dass du mir sagst, warum er tötet, wird der nächsten Frau, über die er herfällt, nicht viel nützen.«

»Ich kann dir nur sagen, wie es in seinem Inneren aussieht, Ben.«

»Und ich muss dir sagen, dass mich das einen Dreck interessiert.« Er drehte sich vom Schreibtisch weg, um sie anzusehen. Sie war wieder ruhig und gelassen. Um das festzustellen, brauchte er ihr bloß in die Augen zu sehen.

»Wenn wir ihn schnappen, und das werden wir, wird man auf dein psychiatrisches Täterprofil zurückgreifen. Dann wird man Gutachten anfertigen und dich oder irgendeinen anderen Psychiater vor Gericht aussagen lassen, und zum Schluss kommt er ungeschoren davon.«

»Man wird ihn in eine psychiatrische Klinik einweisen.

Das ist kein Honiglecken, Ben.«

»Bis ein Ärzteteam ihn für geheilt erklärt.«

»So einfach ist das nicht, das weißt du doch. Schließlich kennst du die Gesetze.« Sie fuhr sich mit der Hand durchs Haar. Er hatte recht, und sie auch. Das machte die Dinge nur noch komplizierter. »Man sperrt niemanden ein, weil er Krebs hat, weil er die Zerstörung seines Körpers nicht aufhalten kann. Wie kann man jemanden bestrafen, ohne die Zerstörung seines Geistes zu berücksichtigen? Ben, allein an Schizophrenie leiden mehr Leute als an Krebs. Hunderttausende von Menschen müssen in Kliniken leben. Wir können uns nicht von ihnen abwenden, nur weil das chemische Gleichgewicht in ihrem Gehirn gestört ist.«

Statistiken oder Ursachen interessierten ihn nicht, nur Ergebnisse. »Wie du selbst schon mal gesagt hast – Wahnsinn ist ein juristischer Begriff. Ob verrückt oder nicht, er hat seine Rechte als Bürger, und er hat Anspruch auf einen Anwalt, und sein Anwalt wird ebendiesen juristischen Begriff benutzen. Setz dich doch mal, wenn alles vorbei ist, mit den Familien der drei Opfer zusammen und erzähl ihnen was von Störung des chemischen Gleichgewichts. Es würde mich interessieren, ob du sie überzeugen kannst, dass ihnen Gerechtigkeit zuteilgeworden ist.« Sie hatte schon Familien von Mordopfern betreut und kannte das Gefühl, verraten worden zu sein, das Gefühl verbitterter Hilflosigkeit nur zu gut. Es war eine Hilflosigkeit, die sich, wenn man nicht aufpasste, auf den Behandelnden übertragen konnte. »Du bist derjenige mit dem Schwert, Ben, nicht ich. Mir stehen nur Worte zur Verfügung.«

»Ja.« Ihm hatten sie ebenfalls zur Verfügung gestanden, und er hatte sie auf eine Weise benutzt, auf die er nicht stolz war. Er musste hier weg, musste nach Hause. Er wünschte, dass zu Hause ein Glas Brandy und eine Frau auf ihn warten würden. »Ich werde morgen eine Zusammenkunft mit Monsignore Logan vereinbaren. Du wirst sicher auch dabei sein wollen.«

»Ja.« Sie verschränkte die Arme und fragte sich, warum sie nach einem Wutanfall immer so deprimiert war.

»Ich habe den ganzen Tag Termine, aber den um vier kann ich absagen.«

»Der Betreffende ist wohl nicht allzu verrückt?«

Da er lächelte, gab sie sich Mühe und lächelte ebenfalls.

»Das will ich nicht gehört haben.«

»Ich werde zusehen, dass ich für vier Uhr dreißig etwas ausmachen kann. Ich lass dir dann telefonisch Bescheid geben, ob es klappt.«

»Prima.« Es schien nichts mehr zu sagen zu geben. Vielleicht gab es aber auch mehr zu sagen, als beide im Moment verkraften konnten. »Bist du sicher, dass du keinen Kaffee willst?«

Er wollte schon welchen, und überdies wollte er bei ihr sitzen und mit ihr über alles Mögliche reden, nur nicht über das, was sie beruflich miteinander verband. »Nein, ich muss los. Die Straßen sind bereits in einem schlimmen Zustand.«

»Ach?« Sie blickte zum Fenster und bemerkte zum ersten Mal den Schneeregen.

»Wenn man nicht sieht, was vor dem eigenen Fenster passiert, heißt das, dass man zu viel arbeitet.« Er ging zur Tür. »Du hast ja noch immer kein Einriegelschloss.«

»Nein.«

Die Hand auf dem Türknauf, drehte er sich um. Er sehnte sich danach, bei ihr zu bleiben, mehr als nach dem besagten Glas Brandy und der imaginären Frau. »Hat dir die Bogart-Sache neulich gefallen?«

»Ja, war schön.«

»Vielleicht sollten wir so was irgendwann wieder machen.«
»Ja, vielleicht.«
»Bis dann, Frau Doktor. Und leg die Kette vor.«
Er zog die Tür zu, wartete jedoch, bis er das Rasseln der Kette hörte.

5

In gemächlichem Tempo kutschierte Ed die Sixteenth Street entlang. So herumzufahren gefiel ihm genauso gut – nun, fast genauso gut –, wie mit quietschenden Reifen durch die Gegend zu jagen. Für einen unkomplizierten, relativ unbekümmerten Menschen wie ihn war es eine lässliche Sünde, bei wilden Verfolgungsfahrten die Straßen entlangzurasen.

Ben saß schweigend neben ihm. Normalerweise hätte er einige bissige Bemerkungen über Eds Fahrstil, über den das ganze Dezernat Witze riss, vom Stapel gelassen. Die Tatsache, dass er sich weder darüber noch über die Tanya-Tucker-Kassette, die Ed gerade abspielte, äußerte, ließ darauf schließen, dass er mit seinen Gedanken ganz woanders war. Man musste nicht unbedingt so scharfsinnig wie Ed sein, um sagen zu können, was ihn gerade beschäftigte.

»Ich habe eine Vorladung für den Borelli-Fall bekommen.« Genüsslich hörte Ed zu, wie Tanya mit jammernder Stimme vom Lügen und Betrügen sang.

»Hmm? O ja, ich auch.«

»Sieht so aus, als würden wir nächsten Monat ein paar Tage auf dem Gericht verbringen. Müsste dem Staatsanwalt eigentlich gelingen, ihn schnell festzunageln.«

»Das will ich ihm auch geraten haben. Schließlich haben

wir uns den Arsch aufgerissen, um die Beweise zusammenzubringen.«

Abermals breitete sich Schweigen aus. Ed summte Tanyas Lied mit, sang ein paar Takte des Refrains, dann summte er wieder mit. »Hast du schon von Lowensteins Küche gehört? Ihr Mann hat sie unter Wasser gesetzt. Der Müllschlucker ist wieder mal kaputt.«

»So ist das eben, wenn man einem Buchhalter einen Schraubenschlüssel in die Hand gibt.« Ben kurbelte das Fenster ein Stück herunter, damit der Rauch seiner Zigarette abziehen konnte.

»Das ist die fünfzehnte«, sagte Ed in mildem Ton. »Es bringt nichts, wenn du dich über diese Pressekonferenz ärgerst.«

»Ich ärgere mich über gar nichts. Ich rauche einfach gern.« Zum Beweis machte er einen Lungenzug, widerstand aber der Versuchung, den Rauch in Eds Richtung zu blasen. »Das ist einer der wenigen echten Genüsse des Lebens.«

»Sich zu besaufen und sich auf die Schuhe zu kotzen ebenfalls.«

»Meine Schuhe sind sauber, Jackson. Ich kann mich an jemanden erinnern, der wie eine gefällte Eiche umgekippt ist, nachdem er sich zwei Flaschen Wodka mit Karottensaft hinter die Binde gegossen hatte.«

»Ich wollte nur ein Nickerchen machen.«

»Klar, auf dem Gesicht liegend. Wenn ich dich nicht aufgefangen hätte – wobei ich mir beinahe einen Bruch gehoben habe –, hättest du dir deinen Riechkolben gebrochen. Worüber, zum Teufel, grinst du eigentlich?«

»Wenn du meckerst, tust du dir wenigstens nicht selbst leid. Weißt du, Ben, sie hat wirklich eine gute Figur gemacht.«

»Wer behauptet denn das Gegenteil?« Ben biss in den Filter,

als er an seiner Zigarette zog. »Und wer sagt, dass ich überhaupt an sie gedacht habe?«

»An wen?«

»An Tess.«

»Ich habe ihren Namen mit keiner Silbe erwähnt.« Ed gab Gas, als eine Ampel auf Gelb schaltete, und flitzte durch, als sie auf Rot umsprang.

»Lass diese Spitzfindigkeiten. Die Ampel war übrigens rot.«

»Gelb.«

»Sie war rot, du farbenblinder Armleuchter. Man sollte dir wirklich den Führerschein entziehen. Ich riskiere jedes Mal mein Leben, wenn ich mit dir zusammen fahre. Eigentlich müsste ich schon einen ganzen Koffer voller Auszeichnungen wegen Tapferkeit haben.«

»Gut sah sie auch aus«, sagte Ed. »Tolle Beine.«

»Das hast du schon mal gesagt.« Er drehte die Heizung auf, da die Luft, die durch das einen Spaltbreit geöffnete Fenster hereinkam, eisig war. »Jedenfalls sah sie so aus, als könne sie einen Mann auf zwanzig Schritt Entfernung zur Salzsäule erstarren lassen.«

»Kleidung signalisiert immer etwas. Autorität, Unentschlossenheit, Gelassenheit. Offensichtlich war sie darauf aus, unnahbar und kompetent zu erscheinen. Ich glaube, sie hatte diese Reporter schon in der Tasche, bevor sie auch nur den Mund aufmachte.«

»Jemand sollte dein Abonnement des *Reader's Digest* kündigen«, murmelte Ben. Die großen alten Bäume, die am Straßenrand standen, hatten ihre ganze Farbenpracht entfaltet. Die Blätter waren weich und geschmeidig und spielten in den lebhaftesten roten, gelben und orangefarbenen Tönen. Noch eine Woche, dann würden sie als trockenes Laub auf den Bürgersteigen und in den Rinnsteinen liegen oder raschelnd über den Asphalt treiben. Ben warf die Zigarette aus dem Fenster und kurbelte es fest zu.

»Okay, sie hat ihre Sache also gut gemacht. Das Problem ist nur, dass die Presse das Ganze tagelang durchkauen wird. Auf Verrückte sind die Medien immer besonders scharf.« Er warf einen Blick auf die alten, ehrwürdigen Gebäude, die hinter den alten, ehrwürdigen Bäumen standen. Es war ein Gebäudetypus, der zu ihrer Welt gehörte und den er nur von außen kannte. »Und sie hat wirklich tolle Beine, verdammt noch mal.«

»Gescheit ist sie auch. Man vergibt sich doch nichts, wenn man als Mann den Verstand einer Frau bewundert.«

»Was verstehst du denn von weiblichem Verstand? Die letzte Frau, mit der du ein Rendezvous hattest, hatte den IQ eines weichgekochten Eis. Und was ist das eigentlich für eine Scheiße, die wir da gerade hören?«

Ed lächelte. Er freute sich, dass sein Partner wieder ganz der Alte war. »Tanya Tucker.«

»Mein Gott.« Ben rutschte auf seinem Sitz nach unten und schloss die Augen.

»Heute scheint es Ihnen ja viel besser zu gehen, Mrs. Halderman.«

»O ja, so ist es.« Die hübsche dunkelhaarige Frau lag weder auf der Couch noch saß sie auf einem Stuhl; man konnte fast sagen, dass sie in Tess' Büro herumtanzte. Sie warf ihren Zobelmantel über die Armlehne eines Stuhls und stellte sich in Positur. »Was halten Sie von meinem neuen Kleid?«

»Es steht Ihnen sehr gut.«

»Nicht wahr?« Mrs. Halderman strich mit der Hand über den dünnen, mit Seide gefütterten Wollstoff. »Rot ist ja ein solcher Blickfänger. Ich liebe es aufzufallen.«

»Sie waren wieder mal einkaufen, Mrs. Halderman?«

»Ja«, antwortete sie strahlend. Dann verzog sich ihr hübsches Puppengesicht, und sie machte einen Schmollmund. »Ach, nun seien Sie doch nicht verärgert, Dr. Court. Ich weiß, Sie haben gesagt, dass ich Kaufhäusern vielleicht ein Weilchen fernbleiben sollte. Und das habe ich auch wirklich getan. Ich bin fast eine Woche nicht bei Neiman's gewesen.«

»Ich bin nicht verärgert, Mrs. Halderman«, sagte Tess und sah, wie sich der Schmollmund in ein strahlendes Lächeln zurückverwandelte. »Sie haben einen wunderbaren Geschmack, was Kleidung angeht.« Glücklicherweise, da Ellen Halderman an Kaufzwang litt. Wenn sie etwas sah, das ihr gefiel, kaufte sie es, um es dann oft beiseitezuwerfen und zu vergessen, obwohl sie es nur einmal angehabt hatte. Aber das war das geringere Problem, denn bei Männern machte Mrs. Halderman es ganz ähnlich.

»Danke, Frau Doktor.« Wie ein kleines Mädchen wirbelte sie mit fliegendem Rock im Kreis herum. »Es war einfach fantastisch, einkaufen zu gehen. Und Sie wären stolz auf mich gewesen. Ich habe nur zwei Sachen gekauft. Na ja, drei«, berichtigte sie sich mit einem Kichern. »Aber Unterwäsche sollte eigentlich nicht zählen, oder? Dann bin ich nach unten gegangen, um Kaffee zu trinken. Sie kennen doch dieses tolle Restaurant in der Mazza Galerie, wo man von unten die ganzen Geschäfte sieht und die Leute beobachten kann?«

»Ja.« Tess saß auf der Ecke ihres Schreibtischs. Mrs. Halderman blickte sie an und biss sich auf die Unterlippe, nicht weil sie sich schämte oder beunruhigt war, sondern um ihre übersprudelnde Freude zu zügeln. Schließlich ging sie zu einem Stuhl und setzte sich sittsam hin.

»Ich trank also Kaffee. Eigentlich wollte ich auch ein Brötchen essen, aber wenn ich nicht auf meine Figur achten würde, hätte ich nicht mehr so viel Spaß an Kleidung. Am Nebentisch saß ein Mann. Oh, Dr. Court, kaum hatte ich ihn gesehen, da wusste ich es. Mein Herz fing an, wie wild zu hämmern.« Sie legte die Hand darauf, als habe es sich immer noch nicht ganz beruhigt. »Er war äußerst attraktiv. Nur hier ein bisschen grau.« Sie legte ihre Zeigefinger an die Schläfen, während das sanfte, verträumte Leuchten in ihre Augen trat, das Tess schon unzählige Male dort gesehen hatte. »Er war ganz braungebrannt, als wäre er irgendwo zum Skifahren gewesen. Vielleicht in Sankt Moritz, denn für Vermont ist es eigentlich noch zu früh. Er hatte eine lederne Aktentasche, in die seine Initialen eingeprägt waren. Ich hab' die ganze Zeit überlegt, wofür sie wohl stehen mögen. M. W.« Sie seufzte, und Tess wusste, dass sie im Geiste schon dabei war, das Monogramm auf den Handtüchern in ihrem Badezimmer zu ändern. »Ich kann Ihnen gar nicht sagen, wie viele Namen ich mir ausgedacht habe, die zu diesen Initialen passen könnten.«

»Und wofür stehen sie?«

»Maxwell Witherspoon. Ist das nicht ein wundervoller Name?«

»Klingt sehr vornehm.«

»Also, genau das habe ich ihm auch gesagt.«

»Sie haben also mit ihm gesprochen.«

»Na ja, mein Portemonnaie ist doch vom Tisch gefallen.« Sie legte die Hand vor den Mund, wie um ein Grinsen zu verbergen. »Wenn eine Frau den richtigen Mann kennenlernen will, muss sie schon ein, zwei Tricks auf Lager haben.«

»Sie haben Ihr Portemonnaie absichtlich vom Tisch gestoßen.«

»Es ist direkt neben seinem Fuß gelandet. Es war mein hübsches schwarz-weißes aus Schlangenleder. Maxwell hat sich heruntergebeugt, um es aufzuheben. Als er es mir gab, hat er gelächelt. Mir stand fast das Herz still. Es war wie in einem Traum.

Den Lärm von den anderen Tischen und die Leute auf den Etagen über uns habe ich gar nicht mehr wahrgenommen. Unsere Finger berührten sich, und – versprechen Sie mir, dass Sie jetzt nicht lachen, Frau Doktor.«

»Natürlich nicht.«

»Es war, als hätte er meine Seele berührt.«

Das hatte Tess befürchtet. Sie verließ ihren Schreibtisch und setzte sich auf den Stuhl, der ihrer Patientin gegenüberstand. »Mrs. Halderman, erinnern Sie sich noch an Mr. Asanti?«

»An den?« Mit einem Naserümpfen tat Mrs. Halderman ihren vierten Ehemann ab.

»Als Sie ihm in der Kunstgalerie begegnet sind, vor seinem Gemälde von Venedig, haben Sie auch gedacht, er hätte Ihre Seele berührt.«

»Das war etwas anderes. Asanti war Italiener. Sie wissen doch, wie gut italienische Männer mit Frauen umgehen können. Maxwell ist aus Boston.«

Tess unterdrückte einen Seufzer. Das würden sehr lange fünfzig Minuten werden.

Als Ben das Vorzimmer von Tess' Büro betrat, stellte er fest, dass es dort genauso aussah, wie er erwartet hatte. Es war ebenso sachlich und schick wie ihr Apartment. Besänftigende Farben, kräftiges Rosa, rauchige Grautöne, die beruhigend auf ihre Patienten wirken würden. Die Farne, die auf den Fensterbrettern standen, hatten feuchte Blätter, als wären sie gerade mit Wasser besprüht worden. Die frischen Blumen und die in einer Vitrine stehenden Statuetten verliehen dem Raum eher das Gepräge eines Salons als eines Vorzimmers. Da die Zeitschrift *Vogue* aufgeschlagen auf einem niedrigen Beistelltisch lag, folgerte er, dass Tess gerade eine Frau behandelte.

Ihre Praxis erinnerte ihn in keiner Weise an die eines anderen Arztes, die weiß getüncht war und in der es nach Leder gerochen hatte. Als die Tür sich hinter ihm schloss, wurde ihm weder flau im Magen noch brach ihm im Nacken der Schweiß aus. Hier würde er auch nicht auf seinen Bruder warten, weil Josh nicht mehr da war.

Tess' Sekretärin saß an einem eleganten, lasierten Schreibtisch und gab etwas in einen Computer ein. Als Ben und Ed hereinkamen, hörte sie auf zu tippen und sah sie an. Sie wirkte ebenso ruhig und angenehm wie der Raum, in dem sie sich befanden. »Was kann ich für Sie tun?«

»Detective Paris und Detective Jackson.«

»Ach ja. Dr. Court erwartet Sie. Sie hat gerade eine Patientin. Wenn Sie einen Moment warten wollen, hole ich Ihnen einen Kaffee.«

»Nur heißes Wasser, bitte.« Ed zog einen Teebeutel aus der Tasche.

Die Sekretärin zeigte nicht die Spur einer Reaktion.

»Selbstverständlich.«

»Du bringst mich dauernd in peinliche Situationen«, murmelte Ben, als sie in einem kleinen Nebenzimmer verschwand.

»Ich pumpe mich doch nicht mit Koffein voll, bloß um gesellschaftlich akzeptabel zu sein.« Während der Beutel mit Kräutertee an seiner Hand baumelte, sah er sich im Zimmer um. »Wie findest du's hier? Klasse, was?«

»Ja.« Ben schaute sich noch einmal um. »Passt zu ihr.«

»Ich verstehe nicht, warum das solch ein Problem für dich ist«, sagte Ed in mildem Ton, während er einen Monet-Druck – Sonnenaufgang über dem Wasser – betrachtete, dessen Farben sanft ineinander verschwammen; nur hier und da leuchteten kräftige Töne auf. Das Bild gefiel ihm aus dem gleichen Grund, weshalb ihm die meisten Kunstwerke gefielen, nämlich weil jemand die Fantasie und die Fertigkeit besessen hatte, sie zu erschaffen. Seine Ansichten über die Menschheit sahen ganz ähnlich aus.

»Eine gut aussehende Klassefrau mit scharfem Verstand sollte einen Mann, der genau weiß, was er wert ist, nicht verunsichern.«

»Mensch, du solltest Kolumnist werden.«

In dem Moment ging die Tür zu Tess' Büro auf, und Mrs. Halderman kam, ihren Zobelmantel über dem Arm, heraus. Als sie die Männer sah, blieb sie stehen und lächelte. Dann presste sie die Zungenspitze gegen die Oberlippe, etwa so wie ein kleines Mädchen, das gerade eine große Portion Schokoladeneis erspäht hat. »Hallo.«

Ben hakte die Daumen in seine Hosentaschen. »Hallo.«

»Warten Sie auf Dr. Court?«

»So ist es.«

Ohne sich von der Stelle zu rühren, musterte sie Ed und riss die Augen auf. »Meine Güte, Sie sind aber schön groß.« Ed schluckte, als hätte er einen Kloß im Hals. »Ja, gnädige Frau.«

»Große Männer ... faszinieren mich einfach.« Sie trat zu ihm, blickte an ihm hoch und klapperte mit den Augendeckeln. »Bei großen Männern fühle ich mich immer ganz hilflos und schwach. Wie groß sind Sie denn, Mister ...?«

Grinsend ging Ben, die Daumen immer noch in die Taschen gehakt, zu Tess' Tür und überließ Ed seinem Schicksal.

Sie saß mit zurückgelehntem Kopf und geschlossenen Augen hinter dem Schreibtisch. Das Haar hatte sie wieder hochgesteckt, aber trotzdem sah sie nicht unnahbar aus. Eher müde, dachte er, und nicht nur auf körperliche Weise. Während er sie beobachtete, hob sie die Hand und presste sie gegen die Schläfe, um den einsetzenden Kopfschmerzen entgegenzuwirken.

»Sieht so aus, als könntest du ein Aspirin gebrauchen.« Sie öffnete die Augen und setzte sich aufrecht hin, als fände sie es nicht akzeptabel, sich in Gegenwart anderer zu entspannen. Obwohl sie nicht besonders groß war, ließ der Schreibtisch sie nicht klein erscheinen. Sie schien vielmehr genau dazuzupassen, ebenso wie zu dem schwarz gerahmten Diplom, das hinter ihr an der Wand hing.

»Ich nehme nicht gern Tabletten.«

»Du verschreibst sie nur, ja?«

Sie setzte sich noch aufrechter hin. »Ihr habt doch nicht lange gewartet, oder? Ich muss meine Aktentasche mitnehmen.«

Als sie Anstalten machte aufzustehen, kam er zum Schreibtisch herüber. »Wir haben noch ein paar Minuten. Hattest du einen anstrengenden Tag?«

»Ging so. Und du?«

»Hab' kaum jemanden erschossen.« Er nahm einen großen Amethyst von ihrem Schreibtisch und ließ ihn von einer Hand in die andere gleiten. »Ich wollte dir noch sagen, dass du heute Morgen deine Sache gut gemacht hast.« Sie nahm einen Bleistift in die Hand, spielte damit herum und legte ihn wieder hin. Anscheinend war die nächste Konfrontation auf einen späteren Zeitpunkt verschoben. »Danke. Du auch.«

Er setzte sich auf die Ecke ihres Schreibtischs. Obwohl sie Psychiaterin war, stellte er fest, dass er sich in ihrem Büro ganz ungezwungen benehmen konnte. Hier gab es keine Gespenster der Vergangenheit, nichts, was ihn bedrückte.

»Was hältst du von Samstagnachmittagsvorstellungen?«

»Ich bin für alles aufgeschlossen.«

Er musste unwillkürlich grinsen. »Dachte ich mir fast.

Es gibt ein paar alte Filme mit Vincent Price.«

»Das Kabinett des Professor Bondi?«

»Und *Die Fliege.* Hast du Interesse?«

»Eventuell.« Jetzt stand sie doch auf. Ihre Kopfschmerzen beschränkten sich auf ein dumpfes Pochen in der Schläfe, das sich problemlos ignorieren ließ. »Sofern es auch Popcorn gibt.«

»Es gibt sogar hinterher Pizza.«

»Dann bin ich dabei.«

»Tess.« Er legte ihr die Hand auf den Arm, obwohl er das schmucke graue Kostüm, das sie trug, nach wie vor einschüchternd fand. »Was letzte Nacht angeht ...«

»Ich dachte, dafür hätten wir uns beide bereits entschuldigt.«

»Ja.« Jetzt sah sie nicht mehr müde oder verletzlich aus, sondern so, als hätte sie sich wieder vollkommen unter Kontrolle. Ungerührt, unberührbar. Er trat zurück, den Amethyst immer noch in der Hand haltend. Er hatte die gleiche Farbe wie ihre Augen. »Hast du hier drinnen schon mal Sex gehabt?«

Tess zog die Augenbraue hoch. Sie wusste, dass er sie schockieren oder zumindest ärgern wollte. »Das ist streng geheim.« Sie nahm ihre Aktentasche, die neben dem Schreibtisch stand, an sich und ging auf die Tür zu.

»Kommst du?«

Er verspürte den Drang, den Amethyst in die Tasche zu stecken. Verärgert legte er ihn sorgsam wieder auf die Schreibtischplatte und folgte ihr nach draußen.

Ed stand neben dem Schreibtisch der Sekretärin und nippte an seinem Tee. Sein Gesicht war fast so rot wie sein Haar.

»Mrs. Halderman«, erklärte sie Tess, während sie Ed einen mitfühlenden Blick zuwarf. »Ich habe es gerade noch geschafft, sie hinauszukomplimentieren, bevor sie ihn aufgefressen hat.«

»Das tut mir schrecklich leid, Ed.« Doch in Tess' Augen funkelte es. »Möchten Sie sich vielleicht einen Moment hinsetzen?«

»Nein.« Er warf seinem Partner einen warnenden Blick zu. »Keine Kommentare, Paris.«

»Wo denkst du hin!« Mit Unschuldsmiene ging Ben zur Tür und hielt sie auf. Als Ed an ihm vorüberging, schloss er sich ihm an. »Allerdings bist du ja wirklich schön groß, nicht wahr?«

»Mach nur weiter so.«

Monsignore Timothy Logan sah in keiner Weise so aus, wie Ben aus seiner Kindheit einen Priester in Erinnerung hatte. Statt einer Soutane trug er ein Tweedsakko und einen hellgelben Rollkragenpullover. Er hatte das große breite Gesicht eines Iren und dunkelrotes, grau meliertes Haar. Seinem Büro fehlte die gedämpfte, weihrauchgeschwängerte Atmosphäre einer Pfarrei mit dunkler Holztäfelung und alten Möbeln. Stattdessen roch es dort nach Pfeifentabak und Staub wie im Arbeitszimmer eines ganz gewöhnlichen Mannes.

An den Wänden hingen weder Heiligenbilder noch Darstellungen des Erlösers, und Statuetten der Heiligen Jungfrau mit ihrem traurigen, verständnisvollen Gesicht waren ebenfalls nirgendwo zu sehen. Was es dort gab, waren Bücher, Dutzende und Aberdutzende von Büchern, einige über Theologie, andere über Psychiatrie und ein paar übers Angeln. Statt eines Kruzifixes hing ein präparierter Barsch an der Wand.

Auf einem Pult befand sich eine alte Bibel mit verziertem Einband; ein moderneres, jedoch abgegriffener aussehendes Exemplar lag aufgeschlagen auf dem Tisch, daneben ein Rosenkranz aus dicken Holzperlen.

»Es freut mich, Sie kennenzulernen, Monsignore Logan.« Tess streckte auf kollegiale Weise die Hand aus, was Ben unangenehm berührte. Der Mann war immerhin Priester, ob er nun ein Tweedsakko trug oder nicht, und Priestern musste man ehrfürchtig begegnen; sogar ein bisschen Angst haben musste man vor ihnen und sie respektieren. Sie sind von Gott berufen, hatte seine Mutter immer gesagt. Sie spendeten die Sakramente, vergaben Sünden und erteilten den Sterbenden Absolution.

Auch zu Josh war ein Priester gekommen, als sein Bruder bereits tot war. Er hatte der Familie Trost zugesprochen und sein Mitgefühl bekundet, jedoch nicht für Joshs Seele gebetet. Selbstmord. Die schlimmste der Todsünden.

»Ganz meinerseits, Dr. Court.« Logan hatte eine klare, dröhnende Stimme, die man ohne Mühe auch in den hintersten Winkeln einer Kathedrale verstanden hätte. Doch gleichzeitig hatte sie eine gewisse Schärfe, eine Schroffheit, die Ben an einen Schiedsrichter erinnerte, der den Spielstand ausrief. »Ich war damals bei Ihrem Vortrag über Demenz. Leider hatte ich hinterher nicht die Gelegenheit, mit Ihnen zu sprechen und Ihnen zu sagen, wie brillant ich ihn fand.«

»Vielen Dank, Monsignore. Detective Paris und Detective Jackson – sie leiten das Ermittlungsteam.«

»Meine Herren.«

Ben schüttelte ihm die Hand und kam sich töricht vor, weil er, wenn auch nur einen Augenblick lang, etwas erwartete, das nicht bloß aus Fleisch und Blut bestand.

»Bitte, machen Sie es sich bequem.« Er wies auf einige Stühle. »Ihr Täterprofil und Ihr Bericht habe ich erhalten, Dr. Court.« Ungezwungen und leger wie ein Mann auf dem Golfplatz begab er sich hinter seinen Schreibtisch.

»Ich habe beide heute Vormittag gelesen und finde sie sowohl beunruhigend als auch scharfsinnig.«

»Dann stimmen Sie also zu?«

»Ja. Anhand der Informationen des Ermittlungsberichts hätte ich ein ganz ähnliches Täterprofil erstellt. Die religiösen Aspekte sind unverkennbar. Natürlich kommt es bei Schizophrenen häufig vor, dass sie sich auf religiöse Dinge berufen und entsprechende Wahnvorstellungen haben.«

»Johanna von Orléans hat auch Stimmen gehört«, murmelte Ben.

Logan lächelte und faltete seine großen kräftigen Hände. »Wie unzählige andere Heilige und Märtyrer. Die einen behaupten, dass jeder, der vierzig Tage lang fastet, anfängt, Stimmen zu hören, während andere sagen, die Betreffenden seien auserwählt worden. In unserem Fall sind wir uns wohl alle darüber einig, dass wir es nicht mit einem Heiligen, sondern einem äußerst gestörten Geist zu tun haben.«

»Gar keine Frage«, murmelte Ed, der sein Notizbuch gezückt hatte. Er erinnerte sich, dass er sich ein wenig … nun, vergeistigt gefühlt hatte, als er einmal drei Tage lang gefastet hatte.

»Als Arzt und als Priester halte ich Mord für eine Versündigung gegen Gott und für einen Akt extremer geistiger Umnachtung. Doch um zu verhindern, dass die Sünde von Neuem begangen wird, müssen wir uns zunächst mit der geistigen Umnachtung befassen.«

Logan schlug den Hefter mit Tess' Bericht auf und klopfte mit dem Finger darauf. »Es hat den Anschein, dass die religiösen Aspekte und Wahnvorstellungen im Katholizismus wurzeln. Ich muss Ihrer Ansicht beipflichten, dass sich die Verwendung eines Humerales als Mordwaffe entweder als Affront gegen die Kirche oder als Ausdruck der Ergebenheit ihr gegenüber deuten lässt.«

Tess beugte sich vor. »Glauben Sie, dass er Priester sein könnte? Oder dass er es früher einmal gewesen ist oder vielleicht werden wollte?«

»Ich halte es für durchaus möglich, dass er zum Priester ausgebildet wurde.« Sein Stirnrunzeln entstand langsam und schien sich auf die Stelle zwischen seinen Augen zu konzentrieren. »Es gibt andere Teile des Priesterhabits, die für eine Strangulation genauso gut zu verwenden wären. Das Humerale trägt man um den Hals, und deshalb ist es auf makabre Weise genau das Richtige.«

»Und die Verwendung von Weiß?«

»Symbolisiert Absolution, Rettung der Seele.« Unwillkürlich breitete er die Hände aus, eine jahrhundertealte Geste.

Tess nickte zustimmend. »Die Absolution von einer Sünde. Gegen ihn selbst?«

»Möglicherweise. Aber einer Sünde, die vielleicht zum Tod oder spirituellen Untergang der Frau führte, die er zu retten fortfährt.«

»Er übernimmt die Rolle Christi? Als Erlöser?«, fragte Ben. »Und wirft dabei den ersten Stein?«

Da Logan ein Mann war, der sich Zeit ließ und vorsichtig zu Werke ging, lehnte er sich zurück und massierte sich das Ohrläppchen. »Er sieht sich nicht als Christus, zumindest noch nicht. Nach seiner Vorstellung ist er ein Werkzeug Gottes, Detective, und weiß, dass er sterblich ist. Er trifft Vorsichtsmaßnahmen, um sich zu schützen. Ihm ist bewusst, dass die Gesellschaft seine Mission nicht akzeptabel fände, doch er handelt auf höheren Befehl.«

»Also wieder Stimmen.« Ben zündete sich eine Zigarette an.

»Stimmen, Visionen. Für einen Schizophrenen sind sie genauso real wie die Wirklichkeit, oft sogar noch realer. Hier handelt es sich nicht um das Phänomen der gespaltenen Persönlichkeit, Detective, sondern um eine Erkrankung, eine biologische Funktionsstörung. Möglicherweise hat er die Krankheit schon jahrelang.«

»Der erste Mord war im August«, entgegnete Ben. »Wir haben bei den Morddezernaten im ganzen Land nachgefragt. Es hat nirgendwo Morde mit diesem Tatverlauf gegeben. Das Ganze hat hier angefangen.«

Die Detailarbeit der Polizei interessierte Logan zwar, doch er ließ sich nicht davon beeinflussen. »Vielleicht war er in einer Genesungsphase, und irgendeine Art von Stress hat die Symptome wieder zum Vorschein gebracht und zu den Morden geführt. Im Moment ist er zwischen dem, was ist, und dem, was zu sein scheint, hin- und hergerissen. Er leidet, und er betet.«

»Und er tötet«, sagte Ben nüchtern.

»Ich erwarte kein Mitgefühl von Ihnen.« Logan, mit seinen dunklen Priesteraugen und kräftigen Händen, sprach in ruhigem Ton. »Das fällt in meinen und Dr. Courts Zuständigkeitsbereich, nicht in Ihren, denn Sie haben mit dem Fall auf andere Weise zu tun. Keiner von uns möchte, dass er noch jemanden tötet, Detective Paris.«

»Sie glauben also nicht, dass er einen Christuswahn hat«, warf Ed ein, während er fortfuhr, sich fleißig Notizen zu machen. »Nehmen Sie das nur deswegen an, weil er Vorsichtsmaßnahmen trifft? Christus wurde schließlich physisch vernichtet.«

»Ein exzellentes Argument.« Seine klare Stimme wurde voller. Nichts liebte er mehr, als wenn einer seiner Studenten seine Theorien in Frage stellte. Logan blickte vom einen Polizisten zum anderen und kam zu dem Schluss, dass sie gut zusammenpassten. »Trotzdem glaube ich, dass er sich nur für ein Werkzeug hält und für nichts weiter. Die Religion – ihre Struktur, ihre Grenzen, ihre Traditionen – spielt hier eine größere Rolle als die Theologie. Er tötet als Priester, ganz gleich, ob er einer ist oder nicht. Er erteilt Absolution und vergibt als Gottes Bevollmächtigter«, fuhr er fort und sah, wie Ben zusammenzuckte.

»Nicht als Gottes Sohn. Ich habe eine interessante Theorie entwickelt, auf die Sie nicht gekommen sind, Dr. Court.«

Sofort war sie ganz Ohr. »Ach?«

Er lächelte, da er merkte, dass sie sich in ihrer Berufsehre gekränkt fühlte. »Was durchaus verständlich ist. Sie sind nicht katholisch, nicht wahr?«

»Nein.«

»Das Ermittlungsteam hat die Sache ebenfalls übersehen.«

»Ich bin Methodist«, warf Ed ein, der sich nach wie vor Notizen machte.

»Ich will Sie ja nicht bekehren.« Er nahm seine Pfeife in die Hand und fing an, sie zu stopfen. Seine Finger waren plump und breit, die Nägel ordentlich geschnitten. Ein paar Tabakkrümel fielen auf seinen gelben Rollkragenpullover und blieben daran haften. »Das Datum des ersten Mordes, der fünfzehnte August, ist ein katholischer Festtag.«

»Maria Himmelfahrt«, murmelte Ben unwillkürlich.

»Genau.« Logan fuhr fort, seine Pfeife zu stopfen, und lächelte. Ben kam sich vor, als hätte er im Religionsunterricht eine richtige Antwort gegeben.

»Ich war mal katholisch.«

»Ein weit verbreitetes Problem«, sagte Logan und zündete seine Pfeife an.

Keine Strafpredigt, kein priesterliches Stirnrunzeln. Ben merkte, wie seine Schultermuskeln sich entspannten. Sein Geist begann zu arbeiten. »Den Daten habe ich keine Beachtung geschenkt. Glauben Sie, diese sind von Bedeutung?«

Sorgsam entfernte Logan die Tabakkrümel von seinem Pullover. »Möglicherweise.«

»Tut mir leid, Monsignore.« Tess hob die Hände. »Aber das müssen Sie mir erklären.«

»Der fünfzehnte August gilt in der Kirche als der Tag, an dem die Heilige Jungfrau gen Himmel aufgefahren ist. Die Mutter

Gottes war eine Sterbliche, aber sie hat den Erlöser in ihrem Schoß getragen. Wir verehren sie als gesegnetste und reinste unter den Frauen.«

»Reinste«, murmelte Tess.

»Für sich genommen hätte ich dem Datum vielleicht gar keine allzu große Beachtung geschenkt«, fuhr Logan fort. »Doch irgendwie wurde ich dadurch angeregt, im Kirchenkalender nachzusehen. Der zweite Mord passierte an dem Tag, an dem wir Marias Geburt feiern.«

»Er sucht sich die Tage aus, an denen sie – pardon – Maria von der Kirche geehrt wird?« Ed hielt kurz im Schreiben inne und blickte fragend auf.

»Der dritte Mord fällt auf das Fest Unserer Lieben Frau vom Rosenkranz. Ich habe Ihren Unterlagen einen Kirchenkalender beigelegt, Dr. Court. Ich halte es nicht für Zufall, dass die Trefferquote drei von drei beträgt.«

»Da stimme ich Ihnen zu.« Tess stand auf, weil sie sich die Sache unbedingt selbst ansehen wollte. Sie nahm den Kalender in die Hand und studierte die Daten, die Logan mit einem Kreis gekennzeichnet hatte. Draußen wurde es allmählich schummrig. Logan schaltete das Licht an, das sich über das Blatt in ihren Händen ergoss.

»Das nächste Datum, das Sie gekennzeichnet haben, ist erst am achten Dezember.«

»Das Fest der Unbefleckten Empfängnis.« Logan paffte an seiner Pfeife.

»Das hieße, dass acht Wochen zwischen den Morden liegen«, rechnete Ed aus. »Es waren aber nie mehr als vier.«

»Und wir wissen nicht, ob er emotional in der Lage ist, so lange zu warten«, fügte Tess leise hinzu. »Er könnte das Muster, nach dem er vorgeht, ändern. Irgendein Vorfall könnte ihn veranlassen, vorher zu handeln. Er könnte sich ein Datum aussuchen, das für ihn persönlich bedeutsam ist.«

»Den Geburts- oder Todestag von jemand, der für ihn wichtig ist.« Ben zündete sich eine weitere Zigarette an.

»Einer Frau.« Tess klappte den Kalender zusammen.

»Der Frau.«

»Ich gebe zu, dass der Stress, unter dem er steht, zunimmt.« Logan legte seine Pfeife hin und beugte sich vor.

»Das Bedürfnis, sich Erleichterung zu verschaffen, könnte so stark werden, dass er früher zuschlägt.«

»Wahrscheinlich hat er auch irgendwelche physischen Beschwerden.« Tess steckte den Kalender in ihre Aktentasche. »Kopfschmerzen, Übelkeit. Wenn diese Beschwerden so groß werden, dass er sein normales Leben nicht mehr weiterführen kann ...«

»Genau.« Logan faltete erneut die Hände. »Ich wünschte, ich könnte Ihnen mehr helfen. Ich würde gern noch einmal mit Ihnen über diese Sache sprechen, Dr. Court.«

»Jetzt haben wir erst einmal einen Anhaltspunkt.« Ben drückte seine Zigarette aus, während er aufstand. »Wir konzentrieren uns auf den achten Dezember.«

»Es ist nur ein Krümel von einem Anhaltspunkt«, sagte Ben, als sie in die kühle Abenddämmerung hinaustraten.

»Aber ich bin bereit, darauf einzugehen.«

»Ich wusste gar nicht, dass du katholisch bist.« Tess knöpfte ihren Mantel zu, um sich gegen den auffrischenden Wind zu schützen. »Vielleicht ist das ganz vorteilhaft.«

»Ich war es mal. Und da wir gerade von Krümeln sprechen: Hast du Hunger?«

»Wie ein Wolf.«

»Gut.« Er legte den Arm um sie. »Dann können wir Ed überstimmen. Dir steht ja sicher nicht der Sinn nach Joghurt und Luzernensprossen, oder?«

»Äh …«

»Ben wird irgendwo anhalten und einen fettigen Hamburger essen wollen«, meldete Ed sich zu Wort. »Was der Mann in sich hineinstopft, ist widerwärtig.«

»Wie wäre es denn mit chinesischem Essen?« Das war der beste Kompromiss, der ihr einfiel, während sie ins Auto stieg. »In der Nähe meines Büros gibt es ein tolles kleines Restaurant.«

»Ich hab' dir doch gesagt, die Frau ist klasse«, bemerkte Ed, als er auf dem Fahrersitz Platz nahm. Er machte den Sicherheitsgurt fest und wartete mit der Geduld eines weisen, entschlossenen Menschen, dass Ben seinem Beispiel folgte. »Die Chinesen haben den nötigen Respekt vor dem Verdauungssystem.«

»Klar, sie stopfen es in einem fort mit Reis voll.« Ben warf einen Blick über die Schulter und sah, dass Tess sich bereits auf dem Rücksitz ausgebreitet hatte und in ihre Akten vertieft war. »Also wirklich, Frau Doktor, nun mach mal Pause.«

»Ich will nur rasch ein paar Dinge nachprüfen.«

»Hast du schon mal einen Workaholic behandelt?«

Sie warf einen Blick auf die Akten, bevor sie ihn wieder ansah. »Vielleicht stelle ich doch noch fest, dass es mich nach Joghurt gelüstet.«

»Nicht Tanya Tucker!« Ben drückte auf die Reject-Taste, bevor die ersten Takte des Liedes erklungen waren.

»Die hattest du heute Nachmittag.«

»Wünschte, es wäre so.«

»Perversling. Ich lege jetzt … Ach du Scheiße, sieh mal dort. Das Spirituosengeschäft.«

Ed drosselte die Geschwindigkeit. »Sieht so aus, als sei da ein Fünf-null-neuner im Gange.«

»Ein was?« Tess richtete sich auf dem Rücksitz auf und versuchte etwas zu erkennen.

»Ein Raubüberfall.« Ben war bereits dabei, seinen Sicherheitsgurt zu öffnen. »Arbeite ruhig weiter.«

»Ein Raubüberfall? Wo?«

»Ist denn hier kein Streifenwagen?«, murmelte Ben, als er nach dem Funksprechgerät griff. »Verdammt noch mal, alles, was ich will, ist süßsaures Schweinefleisch.«

»Schweinefleisch ist Gift für den Organismus.« Ed machte ebenfalls seinen Sicherheitsgurt los.

»Hier Wagen sechs-null«, schnauzte Ben in das Funksprechgerät. »Third Street Ecke Douglas Street findet gerade ein Fünf-null-neuner statt. An alle verfügbaren Wagen. Wir haben eine Zivilperson im Auto. Au, verdammt, jetzt kommt er raus. Bitten um Verstärkung. Täter geht in Richtung Süden. Weiß, männlich, einsachtzig, hundertachtzig Pfund. Schwarze Jacke, Jeans.« Das Funksprechgerät gab quäkend Antwort. »Okay, wir nehmen die Verfolgung auf.«

Ed brachte den Motor auf Touren und bog um die Ecke. Tess starrte fasziniert nach draußen.

Sie sah den stämmigen Mann in der schwarzen Jacke aus dem Spirituosenladen kommen und im Laufschritt die Straße hochgehen. Als er den Kopf drehte und den Mustang erblickte, fing er sofort an zu rennen.

»Scheiße, er hat uns entdeckt.« Ben holte die Kojak-Sirene hervor. »Festhalten, Frau Doktor.«

»Er will in die Gasse dort«, sagte Ed in sachlichem Ton. Er riss das Steuer herum und hielt an. Bevor Tess den Mund aufmachen konnte, waren beide Männer schon aus dem Auto und rannten los.

»Bleib im Auto!«, rief Ben ihr noch zu.

Etwa zehn Sekunden lang gehorchte sie ihm. Dann stieg sie aus, schlug die Tür hinter sich zu und lief zum Eingang der Gasse.

Ed war größer, aber Ben war schneller. Sie beobachtete, wie der Mann, den sie jagten, in die Jacke griff. Sie sah die Pistole und erstarrte, doch schon im nächsten Moment hatte Ben ihn bei den Knien gepackt, sodass er zu Boden ging und zwischen eine Reihe Mülltonnen fiel. Metall klapperte, und gleichzeitig war ein Schuss zu hören. Als Ben den Mann hochzerrte, befand Tess sich bereits in der Mitte der Gasse. Sie sah Blut und nahm den Fäulnisgeruch aus den Mülltonnen wahr, die zwar regelmäßig geleert, aber selten sauber gemacht wurden. Der Mann leistete keinen Widerstand, wahrscheinlich weil er Ed und die Dienstwaffe in seiner Hand sah. Er spuckte einen Schwall blutigen Speichels aus.

Das ist nicht wie im Fernsehen, dachte Tess, als sie den Mann betrachtete, der Ben mitten ins Gesicht geschossen hätte, wenn das Timing ein bisschen anders gewesen wäre. Auch nicht wie in einem Roman. Es war noch nicht einmal wie in den Elf-Uhr-Nachrichten, wo alle Einzelheiten übersichtlich geordnet waren und mit kühler Sachlichkeit zügig vorgetragen wurden. Das Leben war voll von stinkenden Gassen und blutigem Auswurf. Aufgrund ihrer Ausbildung und ihrer Arbeit kannte sie diese Gassen, wenn auch nicht aus eigener Anschauung.

Sie holte tief Luft. Es erleichterte sie, dass sie keine Angst hatte, sondern nur neugierig war. Und vielleicht auch ein bisschen fasziniert.

Im Nu hatte Ben dem Räuber mit Handschellen die Hände auf den Rücken gefesselt. »Fällt dir nichts Besseres ein, als auf einen Polizeibeamten zu schießen?«

»Du hast Schmiere an deiner Hose«, sagte Ed, während er seine Pistole sicherte.

Ben blickte an sich herab und sah die lange Schmierspur, die sich vom Knöchel bis zum Knie zog. »Verdammt noch mal, ich bin beim Morddezernat, du Arsch«, blaffte er den Gefangenen an. »Ich mag es nicht, Schmiere auf der Hose zu haben. Da werde ich richtig sauer.« Angewidert übergab Ben den Gefangenen Ed und holte seine Polizeimarke heraus. »Du bist verhaftet, Blödmann. Du hast das Recht, die Aussage zu verweigern. Du hast – Tess, verflucht noch mal, habe ich nicht gesagt, du sollst im Auto bleiben?«

»Er hatte eine Pistole.«

»Die Bösewichte haben immer eine Pistole.« Während sie in ihrem taubenblauen Kaschmirmantel vor ihm stand, konnte er den Schweiß des kleinen Ganoven riechen. Sie sah aus, als sei sie auf dem Weg zu einer Cocktailparty in der Embassy Row. »Geh zum Auto zurück, du gehörst nicht hierher.«

Ohne auf Ben zu hören, musterte sie den Dieb. Er hatte eine große Schramme auf der Stirn, die von seinem Sturz herrührte. Das erklärte auch seinen etwas glasigen Blick. Leichte Gehirnerschütterung. Seine Haut und das Weiße seiner Augen hatten einen gelblichen Farbton. Schweiß stand ihm auf dem Gesicht, obwohl der Wind, der durch die Gasse fegte, seine Jacke aufbauschte. »Sieht so aus, als hätte er Hepatitis.«

»Er wird reichlich Zeit haben, wieder gesund zu werden.« Als Ben die Sirenen hörte, blickte er über ihre Schulter in Richtung Straße. »Da kommt die Kavallerie. Jetzt können ihm die Uniformierten seine Rechte vorlesen.«

Als Ben ihren Arm nahm, schüttelte Tess den Kopf. »Du bist ihm hinterhergerannt, obwohl er eine Pistole hatte.«

»Ich auch«, entgegnete Ben, als er sie die Gasse entlangführte. Er zeigte den Streifenpolizisten kurz seine Marke, bevor er den Weg zum Auto fortsetzte.

»Du hattest sie aber nicht gezogen. Er wollte dich erschießen.«

»So machen die Bösewichte es eben. Sie begehen ein Verbrechen, wir verfolgen sie, und sie versuchen zu entkommen.«

»Tu nicht so, als sei es ein Spiel.«

»Alles ist ein Spiel.«

»Er wollte dich töten, und du warst wütend, weil du dir die Hose beschmutzt hast.«

Als er daran erinnert wurde, blickte Ben wieder an sich herab. »Die Hose muss mir das Dezernat bezahlen. Schmiere geht nämlich nie raus.«

»Du bist verrückt.«

»Ist das ein fachmännisches Urteil?«

Es musste einen guten Grund dafür geben, dass ihr nach Lachen zumute war. Tess beschloss, später gründlich darüber nachzudenken. »Daran arbeite ich noch.«

»Lass dir ruhig Zeit.« Infolge des Adrenalinstoßes während der Verfolgungsjagd war Ben immer noch ganz aufgekratzt. Als sie zu seinem Auto gelangten, sah er, dass drei Streifenwagen eingetroffen waren – und das alles wegen eines kleinen Ganoven mit Hepatitis. Vielleicht waren sie alle verrückt. »Komm, setz dich ins Auto, während ich den Kollegen Bericht erstatte.«

»Du blutest am Mund.«

»Ah ja?« Er wischte sich mit dem Handrücken über den Mund und betrachtete das verschmierte Blut. »Stimmt. Vielleicht brauche ich einen Arzt.«

Sie zog ein Papiertaschentuch aus der Tasche und betupfte damit die Schnittwunde. »Ja, vielleicht.«

Hinter ihnen fing der Verhaftete an zu schimpfen. Außerdem hatte sich eine Schar Neugieriger angesammelt.

6

In den folgenden Tagen brach Tess unter ihrer Arbeitslast fast zusammen. Acht- und Zehnstundentage dehnten sich zu Zwölf- und Vierzehnstundentagen aus. Wegen ihrer Patienten sagte sie sogar ihr traditionelles Freitagabend-Dinner mit ihrem Großvater ab, was sie wegen einer Verabredung nie gemacht hätte.

Die Presse war ebenso hinter ihr her wie einige ihrer weniger feinfühligen Kollegen, darunter Frank Fuller. Die Tatsache, dass sie mit der Polizei zusammenarbeitete, verlieh ihr in seinen Augen einen geheimnisvollen Nimbus und veranlasste ihn, sich gegen fünf immer in der Nähe ihres Büros herumzudrücken. Daraufhin ging Tess dazu über, bis sechs in der Praxis zu bleiben.

Ohne über neue Informationen zu verfügen, war sie von quälender Sorge erfüllt. Es würde nicht mehr lange dauern, bis es ein weiteres Opfer gab. Das wurde ihr immer klarer, je besser sie die Denkweise des Mörders zu verstehen meinte.

Doch es war Joey Higgins, der sie bis in die frühen Morgenstunden des Samstags wach hielt und sie nicht zur Ruhe kommen ließ. Die Straßen draußen waren dunkel und menschenleer, und vor Überanstrengung brannten ihr die Augen. Sie nahm ihre Brille ab, lehnte sich zurück und rieb sich die Augen.

Warum schaffte sie es nicht, an ihn heranzukommen und seinen Panzer zu durchdringen? Die Sitzung mit Joey, seiner Mutter und seinem Stiefvater am vergangenen Abend war eine Katastrophe gewesen. Wutanfälle, Geschrei, Anschuldigungen – all das hatte es nicht gegeben, obwohl es ihr lieber gewesen wäre, denn das wären Gefühlsregungen gewesen.

Der Junge saß einfach nur da und gab seine einsilbigen Antworten, die keine waren. Sein Vater hatte nicht angerufen. Tess hatte die Wut in den Augen der Mutter gesehen, während die Augen des Sohnes lediglich verrieten, dass er das Ganze äußerlich unbewegt hinnahm. Auf seine verhaltene, sture Weise hielt Joey daran fest, dass er ein Wochenende – das Erntedankfestwochenende – mit seinem Vater verbringen würde.

Er würde eine Enttäuschung erleben. Tess presste die Finger gegen die Augen, bis das Brennen nachließ und zu einem dumpfen Schmerz wurde. Diese neuerliche Enttäuschung konnte eine Enttäuschung zu viel sein.

Joey Higgins war in höchstem Maße anfällig für Alkoholismus, Drogensucht und Selbstzerstörung. Die Monroes sahen nur bestimmte Dinge, erlaubten ihr nur, bis zu einem gewissen Punkt zu gehen. Als Tess einen Klinikaufenthalt vorschlug, hatte sie auf Granit gebissen. Joey brauche einfach Zeit, er brauche eine intakte Familie, er brauche … Hilfe, dachte Tess. Und zwar dringend. Sie war längst nicht mehr davon überzeugt, dass eine wöchentliche Sitzung zu irgendeinem Durchbruch führen würde.

Der Stiefvater, überlegte sie – vielleicht schaffte sie es, ihm den Ernst der Lage begreiflich zu machen. Vielleicht konnte sie ihm die Notwendigkeit, Joey vor sich selbst zu schützen, vor Augen führen. Sie kam zu dem Schluss, dass der nächste Schritt darin bestehen musste, mit Monroe allein zu sprechen.

Heute Nacht konnte sie nichts mehr tun. Sie beugte sich vor, um den Aktenordner zu schließen, und warf dabei einen Blick aus dem Fenster. Eine einsame Gestalt, die auf der einsamen Straße stand, erregte ihre Aufmerksamkeit. In diesem Teil von Georgetown, mit den gepflegten Blumenrabatten vor den ehrwürdigen Apartmenthäusern aus rötlichbraunem Sandstein, gab es eigentlich keine Obdachlosen oder Vagabunden. Doch es sah so aus, als stünde der Mann schon lange dort. In der Kälte, allein. Nach oben blickend … zu ihrem Fenster. Als Tess das klar wurde, wich sie automatisch zurück.

Das ist doch albern, sagte sie sich, schaltete jedoch ihre Schreibtischlampe aus. Niemand hätte einen Grund, an der Straßenecke zu stehen und zu ihrem Fenster hochzustarren. Trotzdem stand sie im Dunkeln auf, ging zum Rand des Fensters und schob den Vorhang ein Stück zur Seite.

Er stand einfach nur da, ohne sich zu rühren, und sah nach oben. Sie bildete sich ein, dass er sie direkt anblicke, eine törichte Vorstellung, da sie sich im dritten Stock befand, in einem dunklen Zimmer. Gleichwohl überlief es sie kalt.

Einer meiner Patienten?, überlegte sie. Aber sie achtete stets sorgfältig darauf, ihre Privatadresse geheim zu halten. Ein Reporter. Bei dem Gedanken ließ ihre Angst ein wenig nach. Wahrscheinlich war es ein Reporter, der hoffte, irgendetwas Neues herausfinden zu können. Um zwei Uhr morgens?, fragte sie sich und ließ den Vorhang los.

Es hat nichts zu bedeuten, beruhigte sie sich. Sie hatte sich nur eingebildet, dass er zu ihrem Fenster hochschaute. Es war dunkel, und sie war müde. Es war nur jemand, der darauf wartete, dass ihn jemand im Auto mitnahm, oder …

Nicht in dieser Gegend. Sie streckte erneut die Hand nach dem Vorhang aus, konnte sich aber nicht dazu durchringen, ihn zur Seite zu schieben.

Bald würde er wieder zuschlagen. War das nicht der Gedanke gewesen, der ihr nicht mehr aus dem Kopf gegangen war und sie in Angst versetzt hatte? Er litt, stand unter Zwang und hatte eine Mission zu erfüllen. Blondinen, Ende zwanzig, klein bis mittelgroß.

Sie legte die Hand an die Kehle.

Hör auf damit. Sie ließ die Hand wieder sinken und griff nach dem Saum des Vorhangs. Mit einem leichten Anfall von Verfolgungswahn war leicht fertigzuwerden. Außer einem sexhungrigen Psychoanalytiker und ein paar sensationslüsternen Reportern war niemand hinter ihr her. Sie war nicht draußen auf der Straße, sondern in ihrer abgeschlossenen Wohnung. Sie war müde und überarbeitet und bildete sich allerlei ein. Es war höchste Zeit, für heute Schluss zu machen, sich ein Glas kühlen Weißweins einzuschenken, die Stereoanlage anzuschalten und sich in ein heißes Schaumbad sinken zu lassen.

Trotzdem zitterte ihre Hand ein wenig, als sie den Vorhang zur Seite schob.

Die Straße war leer.

Als Tess den Vorhang losließ, fragte sie sich, warum sie das nicht beruhigte.

Sie hatte zu ihm nach draußen geblickt. Irgendwie hatte er das gemerkt und gespürt, wie ihre Augen sich auf ihn richteten, als er unten auf der Straße stand. Was hatte sie gesehen? Ihren Retter?

Fast schluchzend vor Kopfschmerzen, schloss er die Tür zu seinem Apartment auf. Der Korridor war dunkel. Niemand sah ihn je kommen oder gehen. Er hatte auch keine Angst, dass sie sein Gesicht gesehen haben könnte. Dafür war es zu dunkel gewesen und die Entfernung zu groß. Aber hatte sie das Leid gesehen?

Warum war er dort hingegangen? Er zog seinen Mantel aus und ließ ihn einfach fallen. Morgen würde er ihn ordentlich aufhängen und die Wohnung aufräumen, wie er es immer tat, aber jetzt konnte er vor Schmerzen kaum denken.

Gott prüfte immer die Gerechten.

Er holte eine Flasche Excedrin aus dem Kühlschrank und zerkaute zwei der Tabletten, deren trockenen, bitteren Geschmack er angenehm fand. In seinem Magen verspürte er die Übelkeit, die sich jetzt jede Nacht einstellte und bis zum Morgen anhielt. Um funktionsfähig zu bleiben, stopfte er sich mit rezeptfreien Medikamenten voll.

Warum war er dort hingegangen?

Vielleicht war er im Begriff, wahnsinnig zu werden. Vielleicht war alles Wahnsinn. Er streckte die Hand aus und beobachtete, wie sie zitterte. Wenn er sich nicht zusammenriss, würden alle Bescheid wissen. Er erblickte sein verzerrtes Spiegelbild in der Aluminiumhaube des Küchenherds, die er peinlich sauber hielt, so wie man es ihm beigebracht hatte. Unterhalb seines hageren Gesichts sah man den weißen Priesterkragen. Wenn sie ihn jetzt sähen, würden alle Bescheid wissen. Vielleicht wäre dies das Beste. Dann könnte er sich ausruhen, ausruhen und vergessen.

Ein stechender Schmerz durchzuckte seinen Schädel. Nein, er durfte sich nicht ausruhen, er durfte nicht vergessen. Laura brauchte ihn. Er musste seine Mission erfüllen, damit es um sie endlich Licht wurde. Hatte sie ihn nicht gebeten, ihn nicht angefleht, Gott für sie um Vergebung zu bitten?

Laura hatte ihre Strafe rasch erhalten, eine harte Strafe. Er hatte Gott verflucht und seinen Glauben verloren, aber er hatte das Ganze nie vergessen. Jetzt, nach all den Jahren, hatte sich die STIMME eingestellt und ihm den Weg gezeigt, der zu ihrer Erlösung führte. Vielleicht musste wieder und wieder eine andere

Verlorene an ihrer statt sterben, doch es geschah rasch und war jedes Mal mit Absolution verbunden. Bald würde es vorüber sein, für sie alle.

Er ging in das Schlafzimmer und zündete die Kerzen an. Zuckend fiel der Lichtschein auf das eingerahmte Bild der Frau, die er verloren hatte, sowie auf die Bilder der Frauen, die er getötet hatte. Unter einem schwarzen Rosenkranz lag die sorgfältig aus der Zeitung ausgeschnittene Fotografie von Dr. Teresa Court.

Er betete auf Lateinisch, wie man es ihm beigebracht hatte.

Ben brachte ihr einen Dauerlutscher mit roten und gelben Streifen mit, den Tess an der Tür entgegennahm und eingehend betrachtete. Dann schüttelte sie den Kopf.

»Du verstehst es wirklich, eine Frau aus der Fassung zu bringen. Die meisten Männer schenken Schokolade.«

»Das ist zu banal. Außerdem habe ich mir gedacht, dass du wahrscheinlich an eine Schweizer Sorte gewöhnt bist, und ich …« Er verstummte, als ihm klar wurde, dass er ins Faseln geraten würde, wenn sie ihn weiterhin so über das runde Zuckerding hinweg anlächelte. »Du siehst heute anders aus.«

»Tatsächlich? Inwiefern?«

»Du trägst dein Haar offen.« Er hätte es gern angefasst, wusste aber, dass er noch nicht so weit war. »Und du hast kein Kostüm an.«

Tess warf einen Blick auf den überdimensionalen Pullover und die bequemen Wollhosen, die sie anhatte.

»Wenn ich mir Horrorfilme ansehe, trage ich normalerweise kein Kostüm.«

»Du siehst gar nicht mehr wie ein Psychiater aus.«

»Doch, tu ich. Ich seh bloß nicht so aus, wie du dir einen vorstellst.« Jetzt berührte er doch ihr Haar, wenn auch nur ein wenig.

Sie mochte die Art und Weise, wie er das tat. Es war eine Geste, die sowohl freundlich als auch verhalten wirkte.

»So hast du noch nie ausgesehen.«

Da sie einen Moment brauchte, um ihre Gedanken zu ordnen, legte sie den Dauerlutscher neben einen Teller aus Meißner Porzellan auf den Tisch und ging zum Wandschrank, um eine Jacke herauszuholen. »Und wie stellst du dir einen Psychiater vor?«

»Bleich, hager und glatzköpfig.«

»Hmmm.«

Die Jacke war aus Wildleder und weich wie Samt. Er hielt sie ihr, während sie hineinschlüpfte. »Du riechst auch nicht wie ein Psychiater.«

Sie lächelte ihn über die Schulter an. »Wonach riecht denn ein Psychiater? Oder sollte ich das wissen?«

»Nach Pfefferminz und Englisch Leder Aftershave.«

Sie drehte sich um und sah ihn an. »Das ist aber sehr spezifisch.«

»Ja. Dein Haar ist unter die Jacke geraten.«

Er schob die Hand unter ihren Kragen und zog es heraus. Dabei machte er fast mechanisch einen Schritt nach vorn und drückte sie gegen die Tür des Wandschranks. Sie schaute zu ihm hoch. In ihrem Blick lag wieder jene Wachsamkeit, die ihm schon bei anderen Gelegenheiten aufgefallen war. Sie trug wenig Make-up, und an die Stelle des eleganten, strengen Aussehens, das so sehr zu ihrem Image gehörte, war etwas anderes getreten. Jetzt wirkte sie warm und zugänglich, was ein kluger Mann als gefährlich erkennen würde. Er wusste, was er wollte, sodass ihn das Verlangen, das ihn befiel, in keiner Weise beunruhigte. Das Ausmaß dieses Verlangens war freilich eine andere Sache. Wenn man etwas zu sehr begehrt, es zu schnell haben will, dachte er, ist es besser, das Tempo zu drosseln.

Sein Mund war dicht vor dem ihren, seine Hand noch immer in ihrem Haar. »Magst du Butter aufs Popcorn?«

Tess wusste nicht, ob sie lachen oder fluchen sollte. Sie entschied sich für keines von beiden und kam zu dem Schluss, dass sie entspannt war. »Unmengen.«

»Gut. Dann muss ich nicht zwei Kartons holen. Es ist kalt draußen«, fügte er hinzu, während er zurücktrat. »Du wirst Handschuhe brauchen.«

Bevor er die Tür öffnete, zog er seine eigenen, abgetragenen schwarzen Lederhandschuhe aus der Tasche.

»Ich hatte ganz vergessen, wie gruselig diese Filme sind.« Als Tess, abgefüllt mit Pizza und billigem Rotwein, wieder in Bens Auto stieg, war es bereits dunkel. Die Luft war so beißend kalt, dass ihr die Wangen wehtaten – ein erster Vorbote des Winters. Doch weder die Kälte noch das Fernsehprogramm konnten die Einwohner Washingtons davon abhalten auszugehen. Unablässig floss der sonnabendliche Strom der Autos, deren Insassen auf dem Weg in Clubs, zum Dinner oder zu Partys waren, an ihnen vorüber.

»Es hat mir immer gefallen, dass der Polizist am Ende von *Das Kabinett des Professor Bondi* das Mädchen bekommt.«

»Vincent hätte nur einen guten Analytiker gebraucht«, sagte sie in sanftem Ton, während Ben das Radio einstellte.

»Klar, und dann hätte er dich in den Bottich geschmissen, dich mit Wachs überzogen und dich in …« Er drehte den Kopf zur Seite, um sie mit zusammengekniffenen Augen zu betrachten. »… die schöne Helena verwandelt, würde ich sagen.«

»Nicht schlecht.« Sie schürzte die Lippen. »Natürlich würden manche Psychiater jetzt sagen, dass du deswegen darauf kommst, weil du dich im Unterbewusstsein mit dem trojanischen Prinzen Paris identifizierst.«

»Als Polizist würde ich eine Entführung nicht romantisieren.«

»Schade.« Sie machte die Augen halb zu, ohne dass ihr zu Bewusstsein kam, wie leicht es ihr fiel, sich zu entspannen. Das Summen der Heizung begleitete die melancholische Musik, die aus dem Autoradio kam. Sie erinnerte sich an den Liedtext und sang ihn im Kopf mit.

»Müde?«

»Nein, entspannt.« Kaum hatte sie das gesagt, da setzte sie sich kerzengerade hin. »Ich werde wahrscheinlich Albträume haben. Horrorfilme sind ein wunderbares Ventil, um echte Spannungen abzulassen. Ich bin überzeugt, dass niemand im Kino an seine nächste Versicherungsrate oder an Dinge wie sauren Regen gedacht hat.« Er lachte glucksend, während er vom Parkplatz fuhr.

»Weißt du, Frau Doktor, für manch einen mag das ganz einfach nur Unterhaltung sein. Ich hatte nicht den Eindruck, dass du an Sicherheitsventile gedacht hast, als du dich an meinen Arm geklammert hast, während die Heldin durch den Nebel irrte.«

»Das muss die Frau auf der anderen Seite von dir gewesen sein.«

»Ich saß direkt am Gang.«

»Die hatte einen langen Arm. Zu meinem Apartment hättest du eben abbiegen müssen.«

»Ich weiß. Hab' ich absichtlich nicht gemacht. Du hast doch gesagt, dass du nicht müde bist.«

»Bin ich auch nicht.« Es kam ihr vor, als hätte sie sich nie wacher und lebendiger gefühlt. Das Lied, das aus dem Radio kam und von romantischer Liebe und köstlichem Liebeskummer kündete, ging ihr unter die Haut. Sie war immer der Ansicht gewesen, dass das Erste ohne das Zweite irgendwie unvollständig war. »Fahren wir irgendwohin?«

»An einen Ort, wo es gute Musik gibt und wo der Schnaps nicht verwässert ist.«

Sie fuhr sich mit der Zunge über die Zähne. »Gern.« Sie war durchaus in Stimmung für Musik, vielleicht etwas Bluesmäßiges, mit einem schluchzenden Tenorsaxofon. »Ich nehme an, dass du von Berufs wegen mit den Bars der Stadt bestens vertraut bist.«

»Ich kenne mich einigermaßen aus.« Er drückte den Zigarettenanzünder rein. »Du bist kein Bartyp.«

Neugierig sah sie ihn an. Sein Profil war nur in Umrissen zu erkennen, doch von Zeit zu Zeit fiel das Licht der Straßenlaternen darauf. Es war seltsam, dass er manchmal zuverlässig und solide aussah, ganz wie ein Mann, zu dem eine Frau sich flüchten würde, wenn es dunkel ist. Dann wiederum fiel das Licht in einem anderen Winkel auf sein Gesicht und hob die Kanten und Ecken hervor. Vor einem solchen Mann würde eine Frau flüchten. Sie verdrängte den Gedanken. Sie hatte es sich zum Vorsatz gemacht, Männer, mit denen sie ausging, nicht zu analysieren. Zu oft erfuhr man dabei mehr, als man wissen wollte.

»Gibt es da einen Typ?«

»Ja.« Und er kannte ihn nur zu gut. »Du gehörst jedenfalls nicht dazu. Hotel Lounge. Champagnercocktails im Mayflower oder im Hotel Washington. Das ist *dein* Stil.«

»Wer erstellt denn jetzt psychologische Profile, Detective?«

»In meinem Job muss man in der Lage sein, den Typ von Menschen zu bestimmen.« Er hielt an und parkte zwischen einer Honda mit Beiwagen und einem Chevette mit Hecktür ein. Bevor er den Motor abstellte, fragte er sich, ob er einen Fehler machte.

»Wo sind wir denn hier?«

»Hier ...« Er zog den Schlüssel ab, behielt ihn jedoch in der Hand. »... wohne ich.«

Sie blickte aus dem Fenster und sah ein vierstöckiges Apartmenthaus mit verblichener Ziegelsteinfassade und grünen Markisen. »Oh.«

»Ich habe aber keinen Champagner.«

Ihre Entscheidung. Sie verstand ihn gut genug, um das zu begreifen. Aber ansonsten verstand sie ihn kaum. Im Auto war es warm und ruhig. Hier war sie sicher. Was sie in der Wohnung erwartete, wusste sie nicht. Sie kannte sich selbst gut genug, um zu wissen, wie selten sie Risiken einging. Vielleicht war es an der Zeit, es zu tun.

»Hast du Scotch?« Sie drehte sich zur Seite und sah, wie er lächelte.

»Klar.«

»Das reicht völlig.«

Als sie aus dem Wagen stieg, wurde sie von eisiger Luft empfangen. Der Winter wird sich nicht nach dem Kalender richten, dachte sie. Dann fiel ihr ein anderer Kalender ein – einer, auf dessen Vorderseite die Madonna mit dem Jesuskind abgebildet war –, und es schauderte sie. Der leichte Anfall von Angst veranlasste sie, die Straße hinabzublicken. Einen Block entfernt explodierte der Vergaser eines Lastwagens.

»Komm schon.« Ben stand direkt unter einer Straßenlaterne, deren Licht sein kantiges Gesicht erhellte. »Dir ist kalt.«

»Ja.« Als er ihr seinen Arm um die Schultern legte, schauderte es sie von Neuem.

Er führte sie ins Haus. An der Wand befand sich etwa ein Dutzend Hausbriefkästen. Der hellgrüne Teppich war sauber, aber ziemlich abgetreten. Es gab kein Vestibül, keinen Sicherheitsbeamten, der an einem Pult saß, nur ein halbdunkles Treppenhaus.

»Das ist ja ein ruhiges Haus«, sagte sie, während sie in den zweiten Stock stiegen.

»Hier kümmert sich jeder nur um seine eigenen Angelegenheiten.«

Als er im Korridor stehen blieb, um seine Wohnungstür aufzuschließen, war ein leichter Essensgeruch wahrzunehmen. Das funzlige Treppenlicht flackerte.

Sein Apartment war ordentlicher, als sie erwartet hatte. Das lag, wie Tess erkannte, nicht nur an dem Bild, das man sich gemeinhin von einem allein lebenden Mann machte. Ben schien in anderen Bereichen zu zwanglos und salopp zu sein, um sich mit Staubwischen oder Aufräumen abzugeben. Dann kam sie zu dem Schluss, dass sie sich irrte. Das Zimmer mochte zwar sauber sein, spiegelte aber durchaus seine Wesensart wider.

Das vorherrschende Möbelstück war ein niedriges, keineswegs neues Sofa, das mit kleinen Kissen übersät war. Eine richtige Dagwood-Couch, dachte Tess, die einen förmlich einlud, sich zu entspannen und ein Nickerchen zu machen. An den Wänden hingen keine Gemälde, sondern Poster. Toulouse-Lautrecs Cancan-Tänzerinnen, ein einzelnes Frauenbein in einem hochhackigen Schuh, am Schenkel von weißer Spitze bedeckt. In einem Margarinebecher aus Plastik blühte eine Dieffenbachie vor sich hin. Und dann waren da Bücher, fast eine ganze Wand voll. Entzückt zog sie eine abgegriffene Hardcoverausgabe von *Jenseits von Eden* aus dem Regal. Während Ben ihr die Hände auf die Schultern legte, öffnete sie das Buch.

Für Ben, stand auf dem Vorsatzblatt in einer spitzen, weiblichen Handschrift. *Mit vielen Küsschen von Bambi.* Mit einem anzüglichen Lächeln schloss sie das Buch. »Bambi?«

»Hab' ich in einem Antiquariat gekauft.« Er zog ihr die Jacke aus. »Faszinierende Orte. Man weiß nie, was einem dort in die Hände fällt.«

»Ist dir dort das Buch in die Hände gefallen oder Bambi?«

»Lassen wir das.« Er nahm ihr das Buch weg und stellte es aufs Regal zurück.

»Weißt du, dass man mit manchen Namen automatisch ein ganz bestimmtes Persönlichkeitsbild verbindet?«

»Ja. Scotch pur, richtig?«

»Richtig.« Etwas Graues sauste an ihr vorüber und landete auf einem roten Kissen. »Eine Katze hast du auch?« Amüsiert ging Tess zur Couch, um das Tier zu streicheln.

»Wie heißt er denn?«

»Es ist eine Sie. Das hat sie letztes Jahr unter Beweis gestellt, indem sie in der Badewanne Junge bekommen hat.« Die Katze rollte sich auf den Rücken, damit Tess ihr den Bauch kraulen konnte. »Ich nenne sie D. C.«

»Von wegen Washington, D. C.?«

»Von wegen *Dumb Cat*.«

»Erstaunlich, dass sie keinen Komplex hat.« Während sie mit den Händen über das runde Bäuchlein strich, überlegte Tess, ob sie ihm sagen sollte, dass er in etwa einem Monat mit einem weiteren Überraschungsgeschenk rechnen durfte.

»Sie rennt immer gegen die Wand. Absichtlich.«

»Ich kann dir einen hervorragenden Tierpsychologen empfehlen.«

Er lachte, war sich aber nicht ganz sicher, ob sie wirklich scherzte. »Ich werd' mal die Drinks holen.«

Als er in die Küche ging, richtete sie sich wieder auf, um aus dem Fenster zu sehen. Die Straßen waren nicht so ruhig wie in ihrer Gegend. In gleichmäßigem Tempo knatterten und brummten unten Fahrzeuge vorbei. Es passte zu ihm, dort zu wohnen, wo etwas los war, fand sie. Dabei fiel ihr ein, dass sie gar nicht darauf geachtet hatte, in welche Richtung er gefahren war. Sie mochte sich wer weiß wo in der Stadt befinden. Sie erwartete, Unbehagen zu empfinden, hatte stattdessen aber ein Gefühl von Freiheit.

»Ich habe dir Musik versprochen.«

Sie drehte sich um und sah ihn an. Der einfache graubraune Pullover und die verwaschenen Jeans, die er trug, standen ihm gut. Sie wusste bereits, dass er sich selbst sehr gut kannte. Jetzt wäre es töricht gewesen abzustreiten, dass sie ihn besser kennenlernen wollte.

»Ja, das hast du.«

Als er ihr das Glas reichte, ging ihm durch den Kopf, wie sehr sie sich von allen Frauen, die er je mit nach Hause genommen hatte, unterschied, innerlich wie äußerlich. Ihre Reserviertheit, ihre Eleganz machten es erforderlich, dass man seine Lust zurückstellte und auf die ganze Person einging. Er fragte sich, ob er dazu bereit war, während er sein Glas abstellte und seine Platten durchsah.

Nachdem er eine auf den Plattenteller gelegt hatte, war der heiße Sound einer Jazztrompete zu hören. »Leon Redbone«, sagte Tess.

Kopfschüttelnd wandte er sich ihr zu. »Du überraschst mich immer wieder.«

»Mein Großvater ist einer seiner größten Fans.« Sie nippte an ihrem Drink. Dann ging sie zu ihm und nahm die Plattenhülle in die Hand. »Anscheinend habt ihr beide eine ganze Menge gemeinsam.«

»Ich und der Senator?« Ben lachte, bevor er einen Schluck Wodka nahm. »Na klar.«

»Das meine ich ganz im Ernst. Du musst ihn unbedingt mal kennenlernen.«

Die Familie einer Frau kennenzulernen war etwas, das er mit goldenen Ringen und Hochzeitsglocken verband und das er stets vermieden hatte. »Wollen wir nicht …« Das Telefon klingelte. Fluchend stellte er sein Glas hin.

»Ich würde es ja ignorieren, aber ich habe Bereitschaftsdienst.«

»So was brauchst du einer Ärztin nicht zu erklären.«

»Stimmt.« Er nahm den Hörer des neben der Couch stehenden Telefons ab. »Paris. Oh, ja. Hei.«

Man musste nicht unbedingt Psychiaterin sein, um darauf zu kommen, dass eine Frau am anderen Ende der Leitung war. Tess lächelte in ihr Glas und ging wieder zum Fenster.

»Nein, ich hatte viel zu tun. Hör mal, meine Süße …« Kaum hatte er das Wort ausgesprochen, da zuckte er zusammen. Tess stand mit dem Rücken zu ihm am Fenster.

»Ich arbeite gerade an einem Fall, verstehst du? Nein, ich habe unser … ich habe es nicht vergessen. Pass mal auf, ich kann mich erst wieder bei dir melden, wenn nicht mehr alles so stressig ist. Keine Ahnung, ein paar Wochen, vielleicht ein paar Monate. Du solltest es wirklich mit diesem Marineinfanteristen probieren. Klar. Bis dann.« Er legte auf, räusperte sich und griff nach seinem Drink.

»Falsch verbunden.«

Es war so leicht zu lachen. Sie drehte sich um, lehnte sich gegen das Fensterbrett und gab dem Impuls nach.

»Ach, tatsächlich?«

»Du hast es genossen, was?«

»Ungemein.«

»Wenn ich gewusst hätte, dass es dir solchen Spaß macht, hätte ich ihr gesagt, sie soll vorbeikommen.«

»Ach ja, das männliche Ego.« Als sie ihr Glas hob, hielt sie sich immer noch den Bauch vor Lachen. Ihre Heiterkeit ließ auch nicht nach, als er zu ihr trat und ihr das Glas aus der Hand nahm. Jetzt sah sie wieder warm und zugänglich aus. Er spürte die Anziehung, die Gefahr, die davon ausging, das Verlangen danach.

»Ich freue mich, dass du hier bist.«

»Ich auch.«

»Weißt du ...« Seine Finger spielten mit ihrem Haar. Die Geste war so freundlich wie zuvor, wenn auch nicht so verhalten. »Es gibt eine Sache, die wir noch nicht zusammen gemacht haben.«

Er merkte, wie sie zurückschreckte, obwohl sie sich nicht von der Stelle rührte. Immer noch mit ihrem Haar spielend, zog er sie an sich. Sein Atem streifte ihre Lippen.

»Wir haben noch nicht zusammen getanzt«, murmelte er und legte seine Wange an ihre. Er wusste zwar nicht, ob ihr Seufzer ein Seufzer der Freude oder der Erleichterung war, doch als er sie an sich drückte, wirkte sie fast entspannt. »Mir ist etwas an dir aufgefallen.«

»Was denn?«

»Du fühlst dich gut an.« Seine Lippen glitten über ihr Ohr, während sie sich hin und her wiegten, fast ohne sich von der Stelle zu bewegen. »Wirklich gut.«

»Ben ...«

»Entspann dich.« Er strich ihr langsam über den Rücken, auf und nieder. »Mir ist noch etwas anderes aufgefallen. Du entspannst dich selten.«

Sie spürte den Druck seines Körpers, seine warmen Lippen an ihrer Schläfe. »Im Moment ist das nicht einfach.«

»Gut.« Er mochte den Duft ihres Haars, das frisch und natürlich roch, nicht nach parfümierten Shampoos, Gels und Sprays.

Die Art und Weise, in der sie sich an ihn schmiegte, verriet ihm, dass sie unter ihrem Pullover nichts anhatte. Als er sich den Pullover wegdachte, steigerte sich seine Erregung.

»Weißt du, Frau Doktor, in der letzten Zeit habe ich nicht gut geschlafen.«

Ihre Augen waren fast geschlossen, doch nicht, weil sie sich entspannte. »Dieser Fall beschäftigt dich sehr.«

»Stimmt. Aber mich beschäftigt auch noch etwas anderes.«

»Und was?«

»Du.« Er wich ein kleines Stück zurück, um sie anzusehen und mit dem Finger über ihre Lippen zu streichen.

»Ich muss dauernd an dich denken. Ich glaube, ich habe ein Problem.«

»Ich ... im Moment habe ich ziemlich viele Patienten.«

»Privatbehandlung.« Er schob – was er schon den ganzen Abend hatte tun wollen – seine Hände unter ihren Pullover und wärmte sich an ihrer Haut. »Beginn heute Abend.«

Sie spürte, wie die Schwielen seiner Handflächen über ihr Rückgrat strichen. »Ich glaube nicht ...« Doch er brachte sie mit einem Kuss zum Schweigen, einem langsamen Verschmelzen der Lippen, bei dem er Herzrasen bekam. Das Zögern, das er in ihr spürte, ließ sein Verlangen auflodern. Sie war von Anfang an eine Herausforderung gewesen. Vielleicht machte er einen Fehler, aber das war ihm egal.

»Bleib über Nacht hier, Tess.«

»Ben.« Sie entzog sich seinen Armen, um auf Distanz zu gehen und die Situation in den Griff zu bekommen.

»Ich glaube, wir sollten nichts überstürzen.«

»Ich habe dich vom ersten Augenblick an begehrt.« Es war nicht seine Art, so etwas zuzugeben, aber hier handelte es sich nicht um das übliche Spielchen.

Sie fuhr sich mit der Hand durchs Haar. Die Widmung im Buch und der Anruf fielen ihr ein. »Ich nehme Sex nicht auf die leichte Schulter. Das ist für mich kein Spiel.«

»Ich spiele auch nicht mit dir. Ich wünschte, ich könnte es. Wahrscheinlich mache ich einen Fehler.« Er betrachtete sie von Neuem – zerbrechlich, zart, elegant. Es würde und könnte kein Techtelmechtel, keine unverbindliche Bettgeschichte sein, die am nächsten Morgen zu Ende war.

»Aber das ist mir völlig egal, Tess.« Entschlossen, wenn auch nicht allzu selbstsicher, trat er einen Schritt näher und nahm ihr Gesicht in die Hände. »Ich will keine weitere Nacht ohne dich verbringen.« Er beugte sich vor, um sie zu küssen. »Bleib hier.«

Er zündete Kerzen im Schlafzimmer an. Die Musik hatte aufgehört, und es war so still, dass sie meinte, fast das Echo der Stille hören zu können. Sie bebte am ganzen Leib, und obwohl sie sich immer wieder sagte, dass sie erwachsen war und ihre Entscheidungen selbst traf, hörte das Zittern nicht auf. Ihre Nerven waren in Aufruhr und verbanden sich mit ihren Bedürfnissen, bis beide ein und dasselbe waren. Er kam auf sie zu und zog sie an sich.

»Du zitterst ja.«

»Ich fühle mich wie ein Schulmädchen.«

»Das hilft.« Er vergrub das Gesicht in ihrem Haar. »Ich habe eine Heidenangst.«

»Tatsächlich?« Ein Lächeln umspielte ihre Lippen, als sie ihm die Hände um den Nacken legte und seinen Kopf ein Stück zurückschob.

»Ich komme mir vor wie … ich weiß auch nicht … wie ein Teenager, der auf dem Rücksitz von Vaters Auto zum ersten Mal am Verschluss eines BHs herumfummelt.« Um sich selbst daran zu hindern, sie anderswo zu berühren, ergriff er ihre Handgelenke. »Ich habe noch nie jemanden wie dich kennengelernt. Ich habe dauernd Angst, dass ich etwas falsch mache.«

Er hätte nichts sagen können, was sie mehr beruhigt hätte. Sie zog sein Gesicht zu sich herunter. Ihre Lippen trafen sich zu einem knabbernden, vorsichtigen Kuss, der zu einem hungrigen Biss zu werden drohte. »So weit, so gut«, murmelte sie. »Schlaf mit mir, Ben. Das habe ich immer gewollt.«

Ohne den Blick von ihr zu wenden, zog er ihr den überdimensionalen Pullover aus. Ihr Haar floss über ihre nackten Schultern. Er sah, wie das Licht des Mondes und der Kerzen und sein eigener Schatten auf ihre Haut fielen.

Auf dieser Ebene verlor sie einem Mann gegenüber alle Selbstsicherheit. Zögernd begann sie ihm den Pullover hochzuziehen. Sein Oberkörper war mager und fest. Oberhalb seines Brustbeins baumelte eine Christophorus-Medaille. Lächelnd strich Tess mit dem Finger darüber.

»Das ist nur ein Glücksbringer«, sagte er.

Ohne etwas zu erwidern, presste sie die Lippen auf seine Schulter. »Du hast ja eine Narbe.«

»Die ist schon alt.« Er machte den Druckknopf ihrer Hose auf.

Sie strich mit dem Daumen über die Narbe. »Die stammt von einer Kugel«, stellte sie mit entsetzter Stimme fest.

»Die ist schon alt«, wiederholte er und zog sie aufs Bett. Mit halb geschlossenen Augen und geöffneten Lippen lag sie unter ihm. Ihr Haar hatte sich über die dunkle Bettdecke ergossen. »Hier habe ich dich haben wollen. Ich kann dir gar nicht sagen, wie sehr und wie oft.«

Sie streckte die Hand aus und berührte mit den Fingerspitzen sein Gesicht. Am Kinn waren Bartstoppeln zu spüren. Darunter, direkt über der Stelle, wo sein Puls zu fühlen war, fasste sich die Haut glatt an. »Du kannst es mir ja zeigen.«

Als er grinste, stellte sie fest, dass sie entspannt war und auf ihn wartete.

Seine Erfahrung mochte größer sein als ihre, aber nicht sein Verlangen. Das ihre hatte sie ständig unterdrückt, und jetzt, da es freigesetzt wurde, brach es in wilder Gier aus ihr hervor. Schweißbedeckt und nackt wälzten sie sich im Bett herum und vergaßen alles, was mit zivilisiertem, alltäglichem Verhalten zu tun hatte.

Die Bettdecke, auf der sie lagen, war zerknüllt und behinderte sie. Er fluchte, befreite sie von der Decke und legte Tess auf sich. Ihre Brüste waren klein und blass. Er umschloss erst eine, dann beide mit den Händen. Er sah, wie sie die Augen schloss, und hörte sie lustvoll stöhnen. Dann riss sie ihn an sich und küsste ihn heiß.

Als sie die Arme und Beine um ihn schlang, gab er seine Absicht auf, sie wie eine Dame zu behandeln und behutsam und sanft mit ihr umzugehen. Jetzt war sie nicht mehr die sachliche, elegante Frau Dr. Court, sondern eine Frau, die so leidenschaftlich und fordernd war, wie ein Mann es sich nur wünschen konnte. Ihre weiche Haut fasste sich zart an und war schweißbedeckt vor Lust. Er fuhr mit der Zunge darüber, denn ihn dürstete nach ihr.

Sie bäumte sich ihm entgegen und gab sich ganz ihrem Verlangen, ihren Fantasien und ihrer Leidenschaft hin. Das Hier und Jetzt war alles, was zählte. Was draußen war, war weit weg. Wichtig war er, nur ihn gab es. Der Rest der Welt konnte warten.

Die Kerzen flackerten, zischten und gingen aus.

Stunden später erwachte er. Ihm war kalt. Die Decke befand sich zusammengeknautscht am Fußende des Bettes. Tess lag nackt und zusammengerollt neben ihm. Ihre Haare verhüllten ihr Gesicht. Er stand auf und breitete die Decke über sie. Selbst das Mondlicht war jetzt verschwunden. Eine Zeit lang stand er über das Bett gebeugt da und betrachtete die schlafende Tess. Als Ben leise aus dem Zimmer ging, kam die Katze hereingeschlichen.

7

Ärzte und Polizisten. Die einen wie die anderen wissen, dass ihr Arbeitstag selten um neun beginnt oder um fünf endet. Ihnen ist klar, dass sie einen Beruf gewählt haben, bei dem die Scheidungsrate hoch ist und in dem viele psychisch kaputtgehen. Ihr Beruf stellt zahlreiche Anforderungen und bringt extreme emotionale Strapazen mit sich. Dass man immer wieder von Anrufen gestört wird – bei Dinnerpartys, beim Sex oder im Schlaf –, gehört zum Job mit dazu.

Als das Telefon klingelte, streckte Tess mechanisch die Hand aus und bekam einen Kerzenleuchter zu fassen. Der auf der anderen Seite des Bettes liegende Ben fluchte und warf einen Aschenbecher um, bevor er das Telefon fand.

»Ja, Paris.« Er fuhr sich in der Dunkelheit mit der Hand übers Gesicht, als wolle er den Schlaf wegwischen. »Wo?« Sofort war er hellwach und knipste die Nachttischlampe an. Die Katze, die zusammengerollt auf Tess' Bauch lag, murrte unwillig und sprang herunter, als Tess sich auf den Ellbogen aufrichtete. »Behaltet ihn da. Ich komme sofort.« Ben legte auf und starrte auf die mit Reif überzogenen Fensterscheiben.

»Er hat nicht gewartet, nicht wahr?«

Als er sich ihr zudrehte, fiel das Licht grell auf sein Gesicht. Unwillkürlich fröstelte sie. Sein Blick war hart – nicht müde, nicht kummervoll, sondern hart. »Nein, er hat nicht gewartet.«

»Haben sie ihn erwischt?«

»Nein, aber es sieht so aus, als hätten wir einen Augenzeugen.« Während er sich aus dem Bett wälzte, schnappte er sich seine Jeans. »Ich weiß nicht, wie lange es dauern wird, aber du kannst hier warten und noch ein bisschen schlafen. Ich erzähle dir alles, wenn … Was machst du denn da?«

Sie stand bereits auf der anderen Seite des Bettes und zog ihren Pullover an. »Ich komme mit.«

»Schlag dir das aus dem Kopf.« Er schlüpfte in die Jeans, die er aber noch offen ließ, während er eine Schublade aufzog, um nach einem Pullover zu suchen. »Am Tatort eines Mordes gibt es nichts für dich zu tun. Da bist du nur im Wege.« Im Spiegel über seinem Toilettentisch sah er, wie ihr Kopf hochschnellte. »Es ist noch nicht mal fünf, Herrgott noch mal. Geh wieder ins Bett.«

»Ben, ich arbeite an diesem Fall mit.«

Er drehte sich um. Sie trug nur ihren Pullover, der ihr bis zu den Schenkeln reichte. Ihm fiel ein, wie weich sich das dicke Material angefühlt hatte, als er ihn ihr ausgezogen hatte. Ihre Hose hielt sie zusammengeknüllt in der Hand, ihr Haar war zerzaust, doch es war die Psychiaterin, die ihm gegenüberstand, nicht die Frau. Irgendetwas in ihm erstarrte. Er streifte seinen Pullover über, dann ging er zum Wandschrank, um sein Schulterhalfter zu holen. »Hier geht es um Mord. Das ist was anderes, als sich jemanden anzusehen, der hübsch zurechtgemacht im Sarg liegt.«

»Ich bin Ärztin.«

»Ich weiß, was du bist.« Er überprüfte seine Pistole und legte das Schulterhalfter an.

»Ben, vielleicht entdecke ich etwas, irgendein Detail, das mir einen Hinweis auf sein Gemütsleben gibt.«

»Scheiß auf sein Gemütsleben!«

Ohne etwas zu entgegnen, schüttelte sie ihre Hosen aus, zog sie an und knöpfte sie zu. »Ich verstehe, wie dir zumute ist, und es tut mir leid.«

»Ah ja?« Er setzte sich, um seine Schuhe anzuziehen, sah sie aber weiterhin an. »Du meinst zu wissen, wie mir zumute ist? Nun, ich will es dir trotzdem sagen. Ein paar Meilen von hier entfernt liegt eine tote Frau. Jemand hat ihr einen Schal um den Hals gelegt und ihn zusammengezogen, bis sie nicht mehr atmen konnte. Sie wird um sich getreten und mit den Händen am Schal gezerrt und vergeblich versucht haben zu schreien. Jetzt ist sie tot, aber sie ist immer noch ein Mensch, kein bloßer Name auf einer Liste. Für ein Weilchen ist sie noch ein Individuum.« Am liebsten hätte sie seine Hand genommen, aber sie wusste, dass er das auf keinen Fall zulassen würde. Stattdessen machte sie ihren Gürtel zu und sagte mit neutraler Stimme: »Glaubst du nicht, dass ich das verstehe?«

»Da bin ich mir nicht so sicher.«

Schweigend sahen sie sich eine Weile an – zwei engagierte, frustrierte Menschen mit unterschiedlichem Hintergrund und unterschiedlichen Anschauungen. Es war Tess, die sich als Erste damit abfand. »Entweder du nimmst mich jetzt mit, oder ich rufe den Bürgermeister an und bin fünf Minuten nach dir da. Früher oder später musst du anfangen, mit mir zusammenzuarbeiten.«

Er hatte gerade die Nacht mit ihr verbracht. Er hatte sich in den vergangenen Stunden dreimal in sie ergossen. Er hatte ihren zuckenden, bebenden, sich aufbäumenden Körper gespürt. Jetzt sprachen sie über Mord und politische Winkelzüge. Das weiche, ja scheue weibliche Wesen, mit dem er ins Bett gegangen war, war zwar noch da, aber dahinter verbarg sich ein zäher, harter Kern, ein Selbstbewusstsein, das er von Anfang an erkannt hatte. Als er sie musterte, wurde ihm klar, dass sie auf jeden Fall zum Tatort fahren würde, ganz gleich, was er sagen oder tun mochte.

»Na schön. Dann komm mit und sieh dir alles genau an. Wenn du sie gesehen hast, hörst du vielleicht auf, den Mann, der sie abgemurkst hat, zu bemitleiden.«

Sie bückte sich, um sich die Schuhe anzuziehen. Zwischen ihnen befand sich das Bett, aber es war, als hätten sie es nie miteinander geteilt. »Es hat wohl keinen Sinn, dich daran zu erinnern, dass ich auf deiner Seite stehe.« Ohne etwas zu erwidern, griff er nach seiner Brieftasche und seiner Dienstmarke. Tess sah ihre Ohrringe auf seinem Nachttisch liegen, eine kleine Sache von großer Intimität. Rasch nahm sie die Ohrringe an sich und steckte sie in die Tasche. »Wo müssen wir hin?«

»Zu einer Gasse in der Nähe der Twenty-third und der M Street.«

»Twenty-third und M Street? Das ist ja nur ein paar Blocks von meiner Wohnung entfernt.«

Er machte sich nicht einmal die Mühe, sie anzusehen.

»Ich weiß.«

Die Straßen waren menschenleer. Um eins machten die Bars zu, die meisten Privatpartys gingen normalerweise gegen drei zu Ende. Washington war eine politische Stadt, und obwohl die dortigen Nachtlokale vom Elitären bis zum Schäbigen reichten, hatte die Stadt nicht die Energie New Yorks oder Chicagos. Der Drogenhandel in der Nähe der Fourteenth und der U Street war eine Welt für sich. Selbst die Nutten hatten schon Feierabend gemacht.

Ab und an trieb ein Windstoß die von den Bäumen gefallenen Blätter auf dem Bürgersteig vor sich her. Sie fuhren an dunklen Ladenfronten und Boutiquen vorbei, in deren Schaufenstern Pullover in schreienden Farben ausgestellt waren. Ben zündete sich eine Zigarette an. Der vertraute Geschmack des Virginiatabaks ließ seine Spannung ein wenig abklingen.

Er wollte nicht, dass sie mitkam. Ob sie nun Ärztin war oder nicht, er wollte nicht, dass sie an der deprimierenden Hässlichkeit, die Teil seines Jobs war, teilhatte. Sie konnte mitarbeiten, wenn es um Papierkram ging, ums Zusammensetzen der Puzzleteile, um die logisch aufeinanderfolgenden Schritte der Ermittlung, aber hier durfte sie nicht dabei sein.

Sie musste einfach dabei sein, fand Tess. Die Zeit war gekommen, den Folgen ins Auge zu sehen. Vielleicht – wenn auch nur vielleicht – wäre sie dann imstande, die Motivation des Mörders besser zu verstehen. Sie war Ärztin. Dabei war es unerheblich, dass sie keine praktische Ärztin war. Sie war geschult, sie war kompetent, und sie wusste über den Tod Bescheid.

Als Tess das blaue und rote Licht des ersten Polizeiautos sah, zwang sie sich, langsam und gleichmäßig ein- und auszuatmen.

Die Gasse und ihre Umgebung waren abgesperrt, obwohl sich zu dieser frühen Morgenstunde niemand auf der Straße befand. Überall standen Streifenwagen mit blinkendem Licht und eingeschalteten Funksprechgeräten. Innerhalb des abgesperrten Bereichs waren bereits verschiedene Leute zugange.

Ben hielt am Bordstein an. »Bleib immer dicht bei mir«, sagte er zu Tess, sah sie jedoch immer noch nicht an. »Wir dulden es nämlich grundsätzlich nicht, dass Zivilpersonen auf dem Schauplatz eines Mordes herumwandern.«

»Ich habe nicht die Absicht, euch in die Quere zu kommen. Ich will nur meinen Job machen. Du wirst sehen, dass ich dabei genauso gut bin wie du in deinem.« Sie stieg aus und stieß beinahe mit Ed zusammen.

»Pardon, Dr. Court.« Ihre Hände waren eisig. Automatisch tätschelte er sie. »Sie werden Ihre Handschuhe brauchen.« Seine eigenen steckte er in die Taschen, während er Ben ansah.

»Wie sieht's aus?«, erkundigte sich Ben.

»Die Jungs vom Labor sind gerade bei der Arbeit. Sly macht Fotos. Der Coroner ist unterwegs.« Der Atem kam in weißen Wölkchen aus Eds Mund. Seine Ohrläppchen waren bereits rot vor Kälte, und er hatte vergessen, seinen Mantel zuzuknöpfen. »Ein junger Mann hat sie gegen vier Uhr dreißig entdeckt. Die Uniformierten haben noch nicht viel aus ihm herausbekommen. Bisher war er vor allem damit beschäftigt, ungefähr einen halben Kasten Bier auszukotzen.« Rasch blickte er zu Tess hin.

»Entschuldigung.«

»Du brauchst dich nicht zu entschuldigen«, sagte Ben kurz angebunden. »Sonst erinnert sie dich daran, dass sie Ärztin ist.«

»Der Captain kommt auch.«

»Na, großartig.« Ben schnippte seinen Zigarettenstummel auf die Straße. »Dann wollen wir mal.«

Als sie auf die Gasse zugingen, kamen sie an einem Streifenwagen vorbei, auf dessen Rücksitz jemand schluchzte. Tess zog es automatisch zu den verzweifelten Lauten hin, doch dann streifte ihr Arm den Bens, und sie setzte ihren Weg in Richtung Gasse fort, aus der gerade ein kleiner Mann mit Hornbrille und Kamera trat. Er zog ein blaues Taschentuch heraus und rieb sich damit über die Nase.

»Ich bin fertig. Seht bloß zu, dass ihr den erwischt. Ich will keine toten Blondinen mehr fotografieren. Ein bisschen Abwechslung muss schließlich jeder bei seiner Arbeit haben.«

»Du bist zum Schreien, Sly.« Ben drängte sich an ihm vorbei, während der Fotograf in sein Taschentuch schneuzte.

Kaum hatten sie die Gasse betreten, da stieg ihnen der Geruch des Todes in die Nase. Sie alle erkannten ihn wieder, diesen scharfen, fauligen Gestank, den die meisten Menschen ekelhaft, gleichzeitig jedoch auch merkwürdig faszinierend finden.

Ihr Körper hatte sich entleert. Ihr Blut hatte aufgehört zu fließen. Ihre Arme waren ordentlich über Kreuz gelegt, aber sie sah nicht so aus, als ruhe sie in Frieden. Ihre blicklosen Augen waren aufgerissen. Ihr Kinn war mit geronnenem Blut beschmiert. Ihr eigenes, dachte Tess. Im Todeskampf hatte sie sich die Unterlippe durchgebissen.

Sie trug einen langen, strapazierfähigen Wollmantel in olivgrauer Farbe, von dem sich das weiße Seidenhumerale deutlich abhob. Es war von ihrem Hals, wo sich bereits blaue Flecken gebildet hatten, entfernt worden und lag glattgestrichen über ihren Brüsten.

Auch der Zettel war wieder an die Kleidung geheftet, mit der gleichen Botschaft wie zuvor.

Ihre Sünden sind ihr vergeben.

Doch diesmal war die Schrift nicht mehr sauber und ordentlich, sondern zittrig, und das Papier war ein wenig zerknittert, als hätten seine Hände es zerdrückt. Das Wort *Sünden* war größer als die übrigen Wörter, die Bleistiftspuren dunkler, fast durchs Papier gehend. Tess hockte sich neben die Leiche, um sich alles genauer anzusehen.

Ein Hilfeschrei?, fragte sie sich. Flehte er irgendjemanden an, ihn daran zu hindern, wieder zu sündigen? Die zittrige Handschrift war eine – wenn auch geringfügige Abweichung vom bisher Üblichen. Tess folgerte daraus, dass er allmählich die Kontrolle über sich verlor, vielleicht sogar an sich selbst zweifelte, während er seine Mission erfüllte.

Sie kam zu dem Schluss, dass er sich diesmal seiner Sache nicht mehr so sicher gewesen war. Sein Inneres wurde immer mehr zu einem ausweglosen Durcheinander von Gedanken, Erinnerungen und Stimmen. Er muss entsetzliche Angst haben, dachte sie, und mit ziemlicher Sicherheit ist er jetzt auch physisch krank.

Der Mantel des Opfers war offen. Da es in der Gasse ziemlich windstill war, konnte er nicht durch einen Windstoß aufgegangen sein. Er hatte ihre Kleidung also nicht in Ordnung gebracht wie bei den anderen. Vielleicht war er dazu nicht imstande gewesen.

Dann sah sie die Ansteckplakette, die sich von dem olivfarbenen Tuch abhob, ein goldenes Herz, auf dem in Schnörkelschrift der Name Anne stand. Sie hatte also Anne geheißen. Eine Welle des Mitleids durchströmte Tess, Mitleid mit Anne und mit dem Mann, den es dazu getrieben hatte, sie zu töten.

Ben sah, wie sie die Leiche studierte – nüchtern, leidenschaftslos und ohne Abscheu. Er hatte sie von der Realität des Todes fernhalten wollen, doch gleichzeitig wollte er sie auch mit der Nase hineindrücken, bis sie in Tränen ausbrach und wegrannte.

»Hast du dir alles genau angesehen, Frau Doktor? Würdest du dann wohl zur Seite treten, damit wir unsere Arbeit machen können?«

Sie blickte zu Ben hoch. Dann erhob sie sich langsam.

»Er ist fast am Ende seiner Kräfte. Ich glaube, viel mehr kann er nicht aushalten.«

»Erzähl ihr das mal.«

»Der Junge hat überall hingekotzt«, sagte Ed munter und atmete durch den Mund, um den Gestank nicht in die Nase zu bekommen. Mit einem Bleistift öffnete er die Brieftasche der Frau, die aus ihrer Handtasche gefallen war. »Anne Reasoner«, las er vor, während er die Angaben auf ihrem Führerschein studierte. »Siebenundzwanzig. Wohnt in der M Street, ungefähr einen Block weiter.« Einen Block weiter, dachte Tess. Einen Block näher an ihrem eigenen Apartment. Sie presste die Lippen zusammen und blickte die Gasse entlang, bis ihre Angst sich wieder legte. »Das Ganze ist ein Ritual«, sagte sie mit gefasster Stimme. »Nach allem, was ich gelesen habe, sind Rituale, Riten und Traditionen ein wesentlicher Bestandteil des Katholizismus. Er vollzieht hier sein eigenes Ritual. Er rettet sie, dann erteilt er ihnen Absolution und lässt dies bei ihnen zurück.« Sie zeigte auf das Humerale. »Das Symbol ebendieser Rettung und Absolution. Er faltet das Humerale jedes Mal auf genau die gleiche Weise zusammen. Er legt ihren Körper jedes Mal auf genau die gleiche Weise hin. Aber diesmal hat er ihre Kleidung nicht in Ordnung gebracht.«

»Spielst du Detektiv?«

Tess ballte die Hände in den Taschen und bemühte sich, Bens Sarkasmus zu ignorieren. »Das ist Ergebenheit, blinde Ergebenheit gegenüber der Kirche. Er ist besessen vom Ritual. Doch die Handschrift zeigt, dass er anfängt, das, was er tut – was er tun muss –, in Frage zu stellen.«

»Na, prima.« Eine irrationale Wut befiel ihn angesichts ihrer Ungerührtheit. Ben kehrte ihr den Rücken zu und beugte sich über die Leiche. »Warum gehst du nicht zum Auto zurück, um das alles aufzuschreiben? Wir werden dein Sachverständigengutachten dann an ihre Familie weiterreichen.«

Er konnte ihr Gesicht nicht sehen, den verletzten Ausdruck, der in ihre Augen trat und nach und nach von Zorn verdrängt wurde. Aber er hörte sie davongehen.

»Das war ziemlich grob.«

Auch seinen Partner sah Ben nicht an, sondern die Frau, die Anne geheißen hatte und ihn mit blicklosen Augen anstarrte. Dienen und schützen. Niemand hatte Anne Reasoner geschützt.

»Sie gehört nicht hierher«, murmelte er und dachte dabei

ebenso sehr an Anne Reasoner wie an Tess. Er schüttelte den Kopf, während er immer noch die Haltung des Körpers studierte, die an die Pose einer Heiligen erinnerte. »Was hatte sie mitten in der Nacht in einer Gasse zu tun?« Einer Gasse, die nahe bei Tess' Apartment lag – zu nahe.

»Vielleicht gar nichts.«

Mit zusammengezogenen Augenbrauen hob Ben eines ihrer Beine an. Sie trug Slipper, die Sorte, die die Collegezeit, die erste Ehe und die erste Scheidung überdauert. Das Leder schmiegte sich wie ein Handschuh um ihren Fuß und war gut poliert. Am Hacken waren frische Kratz- und Schabspuren.

»Er hat sie also auf der Straße umgebracht und hierher geschleift.« Ben sah Ed an, der sich hinhockte und den anderen Schuh untersuchte. »Er hat sie draußen auf der Straße erdrosselt. Verdammt noch mal, in dieser Gegend stehen im Abstand von fünf Metern Laternen. Alle dreißig Minuten fährt ein Streifenwagen vorbei, und er bringt sie auf der Straße um.« Er betrachtete ihre Hände. Die Nägel waren mittellang und gepflegt. Nur drei waren abgebrochen. Der korallenfarbene Nagellack war an keiner Stelle abgeblättert. »Sieht nicht so aus, als hätte sie sich sehr gewehrt.«

Der Himmel färbte sich grau, ein verwaschenes, milchiges Grau, das eine dichte Wolkendecke und kalten Herbstregen ankündigte. Reizlos und unschön breitete sich die Morgendämmerung über der Stadt aus. Sonntagmorgen. Die Leute konnten ausschlafen. Manch ein Katzenjammer braute sich zusammen. Bald würden die ersten Gottesdienste beginnen, mit einer verschlafenen, wochenendgestressten Gemeinde.

Tess lehnte an der Motorhaube von Bens Auto. Die Wildlederjacke war in der frostigen Dämmerung nicht warm genug, doch sie war zu ruhelos, um sich in den Wagen zu setzen. Sie sah einen rundlichen Mann mit Arzttasche, unter dessen wehendem Mantel blau gemusterte Pyjamahosen zu sehen waren, in die Gasse eilen. Der Tag des Coroners hatte früh angefangen.

Von irgendwoher war das knirschende metallische Geräusch eines Lastwagens zu hören, bei dem ein anderer Gang eingelegt wurde. Ein Taxi fuhr vorüber, ohne die Geschwindigkeit zu drosseln. Einer der Streifenpolizisten brachte einen großen Styroporbecher, aus dem nach Kaffee duftender Dampf aufstieg, und reichte ihn der auf dem Rücksitz des Streifenwagens sitzenden Gestalt.

Tess blickte wieder in Richtung Gasse. Sie hatte sich wacker gehalten, obwohl ihr Magen jetzt rebellierte. Sie war sachlich und profihaft gewesen, wie sie es sich vorgenommen hatte. Doch sie würde noch lange an Anne Reasoner denken. Der Tod war keine übersichtlich gedruckte Statistik, wenn man ihm ins Auge blickte.

Sie wird um sich getreten und mit den Händen am Schal gezerrt und versucht haben zu schreien.

Tess atmete tief ein, was wehtat, da sie infolge des Brechreizes ständig schlucken musste und ihre Kehle rau war. Sie war Ärztin. Wieder und wieder hielt sie sich das vor Augen, bis der Krampf in ihrem Magen nachließ. Sie hatte gelernt, sich mit dem Tod zu befassen. Und sie hatte sich damit befasst.

Sie wandte sich von der Gasse ab und blickte auf die leere Straße. Wem versuchte sie da etwas vorzumachen? Sie befasste sich mit Verzweiflung, mit Phobien, Neurosen, sogar mit Gewalttätigkeit, doch sie hatte noch nie ein Mordopfer gesehen. Ihr Leben war geordnet und geschützt, weil sie es so eingerichtet hatte. Pastellfarbene Wände und Fragen und Antworten. Selbst das, was sie in der Klinik erlebte, war harmlos im

Vergleich zu der täglichen Gewalt auf den Straßen der Stadt, in der sie lebte.

Sie wusste über die hässlichen Seiten des Lebens, über Gewalt und Perversion Bescheid, war jedoch infolge ihrer Herkunft mit alldem nie direkt in Berührung gekommen. Die Enkelin des Senators, die gescheite junge Studentin, die besonnene Ärztin. Sie besaß ein Diplom, eine gut gehende Praxis und hatte drei wissenschaftliche Arbeiten publiziert. Sie hatte Menschen behandelt, die hilflos, verzweifelt und bedauernswert waren, aber sie hatte noch nie neben einem Mordopfer gekniet.

»Dr. Court?«

Sie drehte sich um und sah Ed vor sich. Unwillkürlich blickte sie an ihm vorbei und entdeckte Ben, der sich mit dem Coroner unterhielt.

»Ich habe Ihnen einen Kaffee besorgt.«

»Danke.« Sie nahm den Becher und trank den Kaffee in kleinen Schlucken.

»Wollen Sie auch ein Bagel?«

»Nein.« Sie legte die Hand auf den Magen. »Nein.«

»Sie haben Ihre Sache gut gemacht.«

Der Kaffee verteilte sich im Magen und schien nicht die Absicht zu haben, wieder hochzukommen. Als sie über den Becherrand sah, trafen sich ihre Blicke. Er verstand alles, erkannte sie und verurteilte oder bedauerte niemanden. »Ich hoffe, dass ich so etwas nie wieder machen muss.«

Ein schwarzer Plastiksack wurde aus der Gasse getragen. Tess brachte es fertig zuzusehen, wie er in den Leichenwagen geschoben wurde.

»Man lernt nie, es besser wegzustecken«, murmelte Ed.

»Früher habe ich immer gewünscht, man würde es lernen.«

»Und jetzt nicht mehr?«

»Nein. Ich glaube, wenn man es lernt, verliert man auch den Antrieb, herausfinden zu wollen, warum es geschah.«

Sie nickte. Sein gesunder Menschenverstand und sein ganz normales Mitgefühl wirkten ebenso beruhigend auf sie wie seine leise Stimme. »Wie lange arbeiten Sie schon mit Ben zusammen?«

»Seit fünf, fast sechs Jahren.«

»Sie passen gut zusammen.«

»Komisch, aber dasselbe habe ich gerade von Ihnen und Ben gedacht.«

Sie stieß ein leises, freudloses Lachen aus. »Sich zueinander hingezogen zu fühlen ist etwas anderes, als gut zueinander zu passen.«

»Mag sein. Ebenso wie Dickköpfigkeit etwas anderes ist als Dummheit.« Er behielt seinen neutralen Gesichtsausdruck bei, als sie ihn ansah. »Wie dem auch sei, Dr. Court«, fuhr er fort, bevor sie die Möglichkeit hatte, etwas zu erwidern. »Ich hatte gehofft, dass Sie vielleicht ein paar Minuten mit dem Zeugen sprechen würden. Er ist ziemlich fertig, und wir bekommen nichts aus ihm heraus.«

»In Ordnung.« Sie nickte in Richtung des Streifenwagens. »Das ist der Mann, der dort im Auto sitzt, ja?«

»Genau. Gil Norton heißt er.«

Tess ging zum Wagen und kauerte sich vor die offene Tür. Er war fast noch ein Junge. Zwanzig, vielleicht zweiundzwanzig. Am ganzen Leib zitternd, kippte er Kaffee in sich hinein. Sein Gesicht war bleich, die Haut über den Wangenknochen stark gerötet. Seine Augen waren vom Weinen geschwollen und rot, und seine Zähne klapperten. Mit seinen Daumen hatte er Dellen in den Styroporbecher gedrückt. Er roch nach Bier und Erbrochenem und Angst.

»Gil?«

Nachdem er kurz zusammengezuckt war, wandte er den Kopf. Sie zweifelte nicht im Geringsten daran, dass er jetzt stocknüchtern war, doch um die Iris herum war ein bisschen zu viel Weiß zu sehen. Seine Pupillen waren stark erweitert.

»Ich bin Dr. Court. Wie fühlen Sie sich?«

»Ich will nach Hause. Ich habe mich übergeben. Mein Magen tut weh.« Hinter dem winselnden Selbstmitleid eines Betrunkenen, dem man kaltes Wasser ins Gesicht geschüttet hat, verbarg sich nackte Angst.

»Es muss ziemlich schlimm gewesen sein, sie zu finden.«

»Darüber möchte ich nicht sprechen.« Er presste den Mund zu einer dünnen weißen Linie zusammen. »Ich will nach Hause.«

»Wenn Sie wollen, kann ich jemanden für Sie anrufen.

Ihre Mutter vielleicht?«

Erneut quollen ihm Tränen aus den Augen. Seine Hände zitterten so sehr, dass der Kaffee im Becher hin und her schwappte.

»Gil, warum steigen Sie nicht aus? Vielleicht fühlen Sie sich besser, wenn Sie aufstehen und frische Luft schnappen.«

»Ich möchte eine Zigarette. Meine habe ich alle aufgeraucht.«

»Sollen Sie bekommen.« Sie streckte die Hand aus, die er nach kurzem Zögern ergriff. Seine Finger schlossen sich wie ein Schraubstock um ihre. »Ich will nicht mit den Polizisten reden.«

»Warum nicht?«

»Ich sollte einen Anwalt haben. Müsste ich nicht einen Anwalt haben?«

»Sicher können Sie einen haben, wenn Sie wollen, aber Sie sind ja nicht in Schwierigkeiten, Gil.«

»Ich habe sie gefunden.«

»Ja. Darf ich Ihnen das abnehmen?« Sanft nahm sie ihm den halb leeren Becher aus der Hand, bevor er sich den restlichen

Kaffee über die Hose schütten konnte. »Gil, Sie müssen uns erzählen, was Sie wissen, damit wir herausfinden können, wer sie umgebracht hat.«

Er blickte umher und sah die blauen Uniformen und die ausdruckslosen Gesichter. »Die werden es mir anhängen.«

»Nein.« Sie sprach mit ruhiger Stimme, da sie schon geahnt hatte, was er sagen würde. Sich dicht an seiner Seite haltend, dirigierte sie ihn auf Ben zu. »Niemand nimmt an, dass Sie sie umgebracht haben.«

»Ich bin vorbestraft«, flüsterte er mit zittriger Stimme.

»Drogenrazzia, letztes Jahr. Nur harmloses Shit und ein bisschen Gras, aber die Bullen werden sagen, der ist vorbestraft, der hat sie gefunden, also hat er sie umgebracht.«

»Es ist ganz natürlich, dass Sie Angst haben. Das geht erst weg, wenn Sie über das, was passiert ist, sprechen. Denken Sie doch mal nach, Gil. Hat Sie irgendjemand verhaftet?«

»Nein.«

»Hat Sie irgendjemand gefragt, ob Sie diese Frau getötet haben?«

»Nein. Aber ich war dort drin.« Voller Entsetzen starrte er in die Gasse. »Und sie war …«

»Genau das müssen Sie sich von der Seele reden. Gil, das ist Detective Paris.« Ohne Gils Arm loszulassen, blieb sie vor Ben stehen. »Er arbeitet beim Morddezernat und ist zu klug, um anzunehmen, dass Sie irgendjemand umgebracht haben.«

Die hinter den Worten verborgene Botschaft war klar. Geh behutsam mit ihm um. Bens Groll teilte sich ebenso deutlich mit. Man brauchte ihm nicht zu sagen, wie er mit einem Zeugen umzugehen hatte.

»Ben, Gil könnte eine Zigarette gebrauchen.«

»Klar.« Ben holte seine Schachtel hervor und schüttelte eine

Zigarette heraus. »Ein unfreundlicher Morgen«, sagte er, während er ein Streichholz anzündete.

Gil, dessen Hände immer noch zitterten, zog gierig an der Zigarette. »Stimmt.« Als Ed sich näherte, huschte Gils Blick zur Seite und dann nach oben.

»Das ist Detective Jackson«, fuhr Tess mit beruhigender Stimme fort. »Die beiden Herren möchten hören, was Sie gesehen haben.«

»Muss ich mit aufs Revier?«

»Sie müssen Ihre Aussage unterschreiben.« Ben schüttelte für sich selbst ebenfalls eine Zigarette aus der Schachtel.

»Mensch, ich will nach Hause.«

»Wir bringen Sie anschließend nach Hause.« Ben sah Tess durch den Rauch seiner Zigarette hindurch an. »Und jetzt erzählen Sie uns mal die ganze Sache von Anfang an. In aller Ruhe.«

»Ich war auf einer Party.« Er hielt abrupt inne und sah Tess an, die ihm ermutigend zunickte. »Das können Sie nachprüfen, das war drüben in der Twenty-sixth Street. Dort sind Freunde von mir gerade in ein Apartment gezogen, wissen Sie, und das Ganze war so was wie eine Einweihungsfeier. Die Namen kann ich Ihnen geben.«

»Sehr schön.« Ed hatte bereits sein Notizbuch gezückt.

»Das machen wir dann später. Wann haben Sie die Party verlassen?«

»Keine Ahnung. Ich hatte zu viel getrunken, und meine Freundin und ich sind uns in die Wolle geraten. Sie mag es nicht, wenn ich mich auf einer Party volllaufen lasse. Wir haben uns gestritten, wissen Sie.« Er schluckte, zog wieder an seiner Zigarette und stieß mit zitternden Lippen den Rauch aus. »Jedenfalls war sie stinksauer und ist gegen ein Uhr dreißig mit dem Auto abgehauen, sodass ich nicht nach Hause fahren konnte.«

»Hört sich so an, als sei sie sehr verantwortungsbewusst«, warf Ed ein.

»Hm, ja, aber so habe ich das nicht gesehen. Dazu war ich zu hinüber.« Ein grandioser Katzenjammer kündigte sich bereits an, was Gil lieber war, als sich übergeben zu müssen.

»Was ist passiert, nachdem Ihre Freundin gegangen war?«, fragte Ed.

»Ich hab' herumgehangen. Ich glaube, eine Zeit lang habe ich gepennt. Als ich aufwachte, ging die Party gerade zu Ende. Lee – Lee Grimes, ihm gehört das Apartment – hat gesagt, ich könne auf der Couch schlafen, aber ich ... Na ja, ich brauchte frische Luft, verstehen Sie? Ich wollte zu Fuß nach Hause. Mir war wohl schon ziemlich schlecht, deswegen bin ich unterwegs stehen geblieben, genau da drüben.« Er drehte sich um und zeigte auf die andere Straßenseite. »In meinem Kopf drehte sich alles, und ich merkte, dass mir gleich das Bier wieder hochkommen würde. Ich habe mich kurz ausgeruht, bis mir etwas besser wurde. Und da habe ich diesen Typ aus der Gasse laufen sehen ...«

»Sie haben ihn herauskommen sehen«, fiel Ben ihm ins Wort. »Sie haben nichts gehört? Haben Sie ihn nicht hineingehen sehen?«

»Nein, ganz bestimmt nicht. Ich weiß nicht, wie lange ich schon dort gestanden hatte, wohl nicht sehr lange, weil es teuflisch kalt war. Obwohl ich betrunken war, fiel mir ein, dass ich mich bewegen muss, um warm zu bleiben. Ich sah ihn herauskommen, dann lehnte er sich kurz gegen den Laternenpfahl, als sei ihm auch schlecht. Ich dachte noch bei mir, wie drollig das sei, zwei Betrunkene, die schwankend auf der Straße stehen, der eine hier, der andere dort, wie in einem Cartoon. Und einer der Betrunkenen ist ein Priester.«

»Woher wissen Sie das?« Ben, der gerade dabei war, Gil eine weitere Zigarette anzubieten, hielt inne.

»Er hat seine Priesterkluft angehabt – das schwarze Gewand mit dem weißen Kragen. Ich musste so lachen, weil's aussah, als hätte er sich den Kommunionswein hinter die Binde gegossen. Jedenfalls, während ich noch dort stehe und überlege, ob ich mir gleich in die Hose pisse oder kotzen muss, richtet er sich wieder auf und geht davon.«

»In welche Richtung?«

»Richtung M. Ja, Richtung M Street. Er ist um die Ecke gebogen.«

»Haben Sie gesehen, wie er aussah?«

»Mann, ich habe bloß gesehen, dass er Priester ist.« Wie ein Geier stürzte sich Gil auf die Zigarette. »Ein Weißer.« Er presste seine Finger gegen die Augen. »Ja, der Typ war ein Weißer. Ich glaube, er hatte dunkles Haar. Hören Sie, ich war völlig hinüber, und er stand mit dem Gesicht zum Laternenpfahl.«

»Okay. Sie machen das schon ganz gut.« Ed blätterte eine Seite in seinem Notizbuch um. »Wie ist es mit seiner Statur? Können Sie sagen, ob er klein oder groß war?«

Gil legte seine Stirn in Falten, um sich zu konzentrieren. Obwohl er seine Zigarette immer noch in hastigen Zügen rauchte, sah Tess, dass er sich allmählich beruhigte. »Ich glaube, er war ziemlich groß, jedenfalls war er nicht klein. Dick war er auch nicht. Scheiße, er sah eben durchschnittlich aus, wissen Sie. Etwa so wie Sie«, sagte er zu Ben.

»Wie ist es mit seinem Alter?«, warf Ben ein.

»Keine Ahnung. Er war nicht alt und gebrechlich. Seine Haare waren dunkel.« Letzteres sagte er sehr schnell, weil es ihm blitzartig einfiel. »Ja, ich bin mir ganz sicher, dass sie dunkel waren, nicht grau oder blond. Und er hatte die Hände so in den Haaren.«

Er führte es vor, indem er die Hände gegen die Schläfen presste. »Als täte ihm sein Kopf ziemlich weh. Seine Hände waren schwarz, aber sein Gesicht war weiß. Als hätte er Handschuhe an, wissen Sie. Es war ja kalt.«

Als ihm die volle Bedeutung dieses Umstandes aufging, verstummte er abrupt. Er hatte einen Mörder gesehen. Seine Angst kehrte zurück. Wenn er ihn gesehen hatte, war er in die Sache verwickelt. Seine Gesichtsmuskeln fingen an zu zucken. »Das war der, der all diese Frauen abgemurkst hat. Der war das. Ein Priester.«

»Lassen Sie uns zum Ende kommen«, sagte Ben in ungezwungenem Tonfall. »Wie haben Sie die Leiche gefunden?«

»O Gott.« Er schloss die Augen, und Tess trat näher zu ihm heran.

»Gil, denken Sie daran, dass alles vorbei ist. Die Gefühle, die Sie jetzt haben, werden nachlassen. Ein wenig wird das schon der Fall sein, wenn Sie alles ausgesprochen haben. Danach wird Ihnen leichter zumute sein.«

»Okay.« Er griff nach ihrer Hand und hielt sie fest.

»Nachdem der Typ gegangen war, fühlte ich mich ein bisschen besser, so als ob ich vielleicht doch alles bei mir behalten würde. Aber ich hatte eine Menge Bier getrunken und musste einen Teil davon loswerden, verstehen Sie. Ich hatte noch genug Verstand, um zu wissen, dass ich nicht einfach auf den Bürgersteig pissen konnte. Deswegen bin ich zu der Gasse hinübergegangen. Ich bin fast über sie gestolpert.« Er wischte sich mit dem Handrücken die Nase, die anfing zu tropfen. »Ich hatte die Hand schon im Hosenschlitz und bin fast über sie gestolpert. O Gott, o Gott! Von der Straße kam genug Licht herein, sodass ich deutlich ihr Gesicht sehen konnte. Ich habe noch nie einen Toten gesehen. Noch nie. Das ist nicht wie im Kino, Mann. Überhaupt nicht wie im Kino.«

Er schwieg eine Minute, nuckelte an seiner Zigarette und zerquetschte Tess fast die Finger. »Ich fing an zu würgen. Ich bin ein paar Schritte gelaufen, um aus der Gasse zu gelangen, aber da kam's mir schon oben raus. Ich dachte, es würde mich zerreißen. Mir drehte sich wieder alles, aber irgendwie bin ich dann aus der Gasse raus. Ich glaube, ich bin auf den Bürgersteig gefallen. Dann kam ein Streifenwagen und hat angehalten. Ich habe den Polizisten gesagt … ich habe ihnen bloß gesagt, sie sollen in die Gasse gehen.«

»Das haben Sie gut gemacht, Gil.« Ben nahm seine Zigarettenschachtel und stopfte sie dem jungen Mann in die Jackentasche. »Einer unserer Beamten wird Sie jetzt nach Hause bringen, damit Sie sich waschen und etwas essen können. Dann brauchen wir Sie auf dem Revier.«

»Kann ich meine Freundin anrufen?«

»Aber sicher.«

»Wenn sie nicht das Auto genommen hätte, wäre sie nach Hause gelaufen und vielleicht hier vorbeigekommen.«

»Rufen Sie Ihre Freundin an«, sagte Ben. »Und trinken Sie nicht mehr so viel Bier. Whittaker.« Ben gab dem Fahrer des ersten Streifenwagens ein Zeichen. »Fahren Sie bitte Gil nach Hause, ja? Und lassen Sie ihm etwas Zeit, damit er sich waschen und einigermaßen zu sich kommen kann, bevor Sie ihn aufs Revier bringen.«

»Er könnte ein bisschen Schlaf gebrauchen, Ben«, murmelte Tess.

Er war drauf und dran, sie anzufahren, riss sich zusammen. Der Junge sah wirklich zum Umfallen müde aus. »Gut. Setzen Sie ihn zu Hause ab, Whittaker. Gegen Mittag lassen wir Sie dann mit dem Wagen abholen. Okay?«

»Ja.« Dann sah er Tess an. »Vielen Dank. Es geht schon wesentlich besser.«

»Wenn Sie das alles irgendwie bedrückt und Sie gern darüber sprechen möchten, dann rufen Sie auf dem Revier an. Dort wird man Ihnen meine Telefonnummer geben.«

Bevor Gil ins Auto gestiegen war, nahm Ben sie beim Arm und führte sie weg. »Das Dezernat hat was gegen Patientenfang am Tatort.«

Tess schüttelte seine Hand ab. »Nichts zu danken, Detective. Ich freue mich, dass ich euch helfen konnte, aus eurem einzigen Zeugen eine zusammenhängende Geschichte herauszubekommen.«

»Die hätten wir auch so aus ihm herausbekommen.« Ben wölbte die Hände über das Streichholz, mit dem er sich eine neue Zigarette anzündete. Aus den Augenwinkeln sah er Harris am Tatort eintreffen.

»Es passt dir einfach nicht, dass ich euch geholfen habe, nicht wahr? Warum? Weil ich Psychiaterin bin, oder weil ich eine Frau bin?«

»Fang bloß nicht an, mich zu analysieren«, sagte er und warf seine Zigarette auf die Straße, was er im gleichen Moment bedauerte.

»Ich muss niemanden analysieren, um Groll, Voreingenommenheit und Wut zu erkennen.« Abrupt hielt sie inne, weil ihr klar wurde, dass sie kurz davor war, in der Öffentlichkeit die Beherrschung zu verlieren und ihm eine Szene zu machen. »Ben, ich weiß, dass du mich nicht dabeihaben wolltest, aber ich bin euch nicht in die Quere gekommen.«

»In die Quere gekommen?« Er lachte und musterte ihr Gesicht. »Nein, du bist ein echter Profi, Mädel.«

»Ach, daran liegt es, ja?«, murmelte sie. Am liebsten hätte sie laut geschrien, sich irgendwo hingesetzt oder sich einfach davongemacht. Es erforderte die ganze ihr noch verbliebene

Selbstbeherrschung, nichts davon zu tun. Was man anfängt, führt man auch zu Ende. Das hatte sie im Laufe ihrer Ausbildung gelernt. »Ich bin mit dir in diese Gasse gegangen und bin auf der gleichen Verhaltensebene wie du geblieben. Ich bin nicht zusammengebrochen, mir ist nicht schlecht geworden, ich bin nicht weggerannt. Ich bin beim Anblick der Leiche nicht hysterisch geworden, und das ärgert dich maßlos.«

»Ärzte sind objektiv, richtig?«

»Richtig«, erwiderte sie mit ruhiger Stimme, obwohl ihr blitzartig Anne Reasoners Gesicht in den Sinn kam.

»Aber vielleicht tröstet es dein Ego, wenn ich dir sage, dass es mir nicht leichtgefallen ist. Ich hätte mich am liebsten umgedreht und wäre davongelaufen.«

Irgendetwas in ihm machte einen Ruck, doch er achtete nicht darauf. »Du hast dich ziemlich gut gehalten.«

»Und das beraubt mich meiner Weiblichkeit. Du wärest glücklicher gewesen, wenn du mich aus der Gasse hättest heraustragen müssen. Eine kleine Störung, etwas ungelegen, macht aber nichts. Das wäre dir viel angenehmer gewesen.«

»Das ist doch Quatsch.« Er nahm eine weitere Zigarette heraus und fluchte innerlich, weil er erkannte, dass sie recht hatte. »Ich arbeite mit vielen Polizistinnen zusammen.«

»Aber du schläfst nicht mit ihnen, nicht wahr, Ben?«, sagte sie leise. Sie wusste, dass sie damit ins Schwarze getroffen hatte.

Mit zusammengekniffenen Augen zog er lange und tief den Rauch seiner Zigarette ein. »Sieh dich bloß vor.«

»Ja, genau das beabsichtige ich auch.« Sie zog ihre Handschuhe aus den Taschen, da sie erst jetzt bemerkte, dass ihre Hände eiskalt waren. Die Sonne war inzwischen aufgegangen, doch es war immer noch duster und trübe. Sie konnte sich nicht erinnern, je so gefroren zu haben.

»Sag deinem Captain, dass er spätestens morgen Nachmittag einen aktualisierten Bericht bekommt.«

»Sehr schön. Ich lass dich von jemand nach Hause fahren.«

»Ich möchte aber zu Fuß gehen.«

»Nein.« Er packte sie beim Arm, bevor sie fortgehen konnte.

»Du hast oft genug gesagt, dass ich eine Zivilperson bin. Dann müsstest du auch wissen, dass du mir keine Befehle erteilen kannst.«

»Beschwer dich meinetwegen darüber, dass die Polizei dich schikaniert hat, aber trotzdem wirst du nach Hause gebracht.«

»Es sind doch nur zwei Blocks«, entgegnete sie und merkte, wie sein Griff noch fester wurde.

»Genau. Zwei Blocks. Zwei Blocks, und dein Name und dein Bild sind morgen in der Zeitung.« Mit seiner freien Hand hob er ihr Haar hoch. Es hatte fast denselben Farbton wie das Anne Reasoners. Das wussten sie beide.

»Streng doch mal dein Gehirn, auf das du so stolz bist, ein bisschen an und denk nach.«

»Ich lasse mir von dir keine Angst einjagen.«

»Na prima, aber trotzdem wirst du nach Hause gebracht.« Ohne ihren Arm loszulassen, führte er sie zu einem Streifenwagen.

8

In der Woche nach dem Mord an Anne Reasoner investierten die fünf mit der Aufklärung der Priestermorde betrauten Polizisten über zweihundertsechzig Arbeitsstunden, die sie teils mit Ermittlungen, teils am Schreibtisch verbrachten. Die Ehefrau des einen drohte mit Scheidung; ein anderer schlug sich mit einer schweren Grippe herum, und ein dritter litt an chronischer Schlaflosigkeit.

Der vierte Mord der Serie war die Topmeldung in den Sechs-Uhr- und Elf-Uhr-Nachrichten und stach sogar den Bericht über die Rückkehr des Präsidenten aus Deutschland aus. Im Moment war Washington mehr an Mord als an Politik interessiert. NBC plante eine vierteilige Sondersendung.

Großen Verlagen wurden Manuskripte zum Thema angeboten, so unglaublich es auch klingen mag. Noch unglaublicher war freilich die Tatsache, dass ebendiese Verlage Angebote für die Manuskripte machten. Paramount spielte mit dem Gedanken, eine Miniserie zu produzieren. Weder Anne Reasoner noch irgendeinem der anderen Opfer war je solche Aufmerksamkeit zuteilgeworden, als sie noch am Leben gewesen waren.

Anne hatte allein gelebt. Sie war Wirtschaftsprüferin bei einer Anwaltsfirma der Stadt gewesen. Die grellen, fantastisch geformten Emailleskulpturen und die fluoreszierenden Flamingos in ihrem Apartment zeugten von ihrem avantgardistischen Geschmack. Ihre Garderobe, bestehend aus bequemen Kostümen und Seidenblusen, spiegelte den Stil der Firma wider, für die sie arbeitete. Sie hatte sich Sachen von Saks leisten können. Sie hatte zwei Aerobic-Kassetten von Jane Fonda, einen PC von IBM und einen Allroundküchenmixer besessen. Neben ihrem Bett befand sich das gerahmte Bild eines Mannes. In der Schublade ihres Schreibtischs, auf dem frische Blumen – weiße Zinnien – standen, lag eine Viertelunze Marihuana. Sie war eine gute Angestellte gewesen, nur drei Krankheitstage seit Beginn des Jahres. Doch über ihr Privatleben wussten ihre Kollegen nichts. Ihre Nachbarn sagten, sie sei immer freundlich gewesen und der Mann auf dem Bild neben dem Bett sei häufig zu Besuch gekommen.

Ihr Adressbuch war übersichtlich angelegt und fast voll. Bei vielen Namen handelte es sich um flüchtige Bekannte oder entfernte Verwandte. Hinzu kamen die Namen verschiedener Versicherungsagenten sowie die Adresse eines Kieferchirurgen und die eines Aerobiclehrers.

Dann machten sie Suzanne Hudson ausfindig, eine Grafikerin, die seit der Collegezeit Annes Freundin und Vertraute gewesen war. Ben und Ed trafen sie zu Hause an, in einem über einer Boutique gelegenen Apartment. Sie trug ein langes Plüschkleid und hatte eine Tasse Kaffee in der Hand. Ihre Augen waren rot und verquollen und hatten dunkle Ringe, die bis zu den Wangenknochen reichten.

Der Ton des Fernsehers war abgeschaltet, während die Sendung *Das Glücksrad* auf dem Bildschirm zu sehen war.

Gerade hatte jemand die richtige Antwort gefunden: EIN UNGLÜCK KOMMT SELTEN ALLEIN.

Nachdem sie die Ermittlungsbeamten hereingelassen hatte,

ging sie zur Couch und setzte sich mit untergeschlagenen Beinen hin. »In der Küche ist Kaffee, falls Sie welchen möchten. Es fällt mir im Moment ziemlich schwer, Gastgeberin zu spielen.«

»Nicht nötig, aber trotzdem vielen Dank.« Ben nahm auf dem anderen Ende der Couch Platz und überließ Ed den Sessel. »Sie kannten Anne Reasoner ziemlich gut.«

»Wissen Sie, was das ist, eine beste Freundin? Ich meine, jemand, den man nicht bloß so nennt, sondern der es auch ist?« Ihr kurzes rotes Haar war tagelang nicht gewaschen worden. Sie fuhr sich mit der Hand hindurch, sodass es wie Stacheln vom Kopf abstand. »Ich habe sie wirklich geliebt, wissen Sie. Ich kann es immer noch nicht fassen, dass sie …« Sie biss sich auf die Unterlippe. Dann linderte sie ihren Schmerz mit einem Schluck Kaffee.

»Morgen ist die Beerdigung.«

»Ich weiß. Ms. Hudson, es ist schlimm, Sie gerade jetzt belästigen zu müssen, aber wir brauchen einige Auskünfte.«

»John Carroll.«

»Pardon, wie meinen Sie?«

»John Carroll.« Suzanne wiederholte den Namen und buchstabierte ihn, als Ed sein Notizbuch herausholte. »Sie wollten wissen, warum Anne mitten in der Nacht allein spazieren gegangen ist, nicht wahr?«

Kummer und Wut malten sich in ihrem Gesicht, als sie sich nach vorn beugte und ein Adressbuch vom Tisch nahm. Da sie ihre Kaffeetasse noch in der Hand hatte, blätterte sie es mit dem Daumen durch. »Hier ist seine Adresse.« Sie reichte Ed das Buch.

»Wir haben einen John Carroll, einen Rechtsanwalt, der für die gleiche Firma arbeitet, für die Ms. Reasoner tätig war.« Ed blätterte in seinen Notizen zurück und verglich die Adressen.

»Genau. Das ist er.«

»Er ist schon mehrere Tage nicht im Büro gewesen.«

»Weil er sich versteckt«, stieß sie hervor. »Er hat nicht den Mut, dem, was er angerichtet hat, ins Auge zu sehen. Wenn er morgen ins Büro käme, wenn er es wagte, sich dort sehen zu lassen, würde ich ihm ins Gesicht spucken.« Sie legte die Hand vor die Augen und schüttelte den Kopf. »Nein, nein, das ist nicht richtig.« Als sie die Hand wieder sinken ließ, merkte man ihr die Erschöpfung an. »Sie hat ihn geliebt. Sie hat ihn wirklich geliebt. Fast zwei Jahre waren sie zusammen, seit seinem Eintritt in die Firma. Sie haben es aber geheim gehalten – das war seine Idee.« Sie nahm einen großen Schluck Kaffee und schaffte es, ihre Erregung in Schach zu halten.

»Er wollte keinen Büroklatsch. Sie war damit einverstanden. Sie war mit allem einverstanden. Sie machen sich keine Vorstellung, was sie wegen dieses Mannes alles geschluckt hat. Anne war eigentlich eine sehr selbstständige Frau – sie hat es aus eigener Kraft geschafft, und so gefiel es ihr, das Singledasein ist ein alternativer Lebensstil. Sie war nicht militant, wenn Sie verstehen, was ich meine, sondern ganz einfach damit zufrieden, ihr Leben selbst zu bestimmen. Bis John kam.«

»Sie hatten also eine Beziehung«, warf Ben ein.

»Falls man es so nennen kann. Sie hat noch nicht mal ihren Eltern von ihm erzählt. Außer mir wusste niemand Bescheid.« Sie rieb sich die Augen. Ihre Wimperntusche hatte sich verklumpt und bröckelte ab. »Zuerst war sie so glücklich. Sicher, ich freute mich für sie, aber dass sie sich von ihm … nun ja, so bevormunden ließ, gefiel mir ganz und gar nicht. Bei kleinen Dingen angefangen, wissen Sie. Wenn er italienisches Essen mochte, dann mochte sie es auch. Wenn er auf französische Filme stand, dann stand sie auch darauf.«

Einen Augenblick lang rang Suzanne mit ihrer Verbitterung und ihrem Schmerz. Immer wieder krampfte sich ihre freie Hand um den Aufschlag ihres Kleides zusammen. »Sie wollte heiraten. Sie musste ihn einfach heiraten. Sie wollte sich zu ihrer Beziehung bekennen und zum Standesamt gehen, darauf war ihr ganzes Denken gerichtet. Er hielt sie ständig hin, ohne direkt Nein zu sagen. Noch nicht. Jedenfalls ging es emotional mit ihr ziemlich bergab. Sie stellte einige Forderungen an ihn, woraufhin er ihr den Laufpass gab. Einfach so. Er hatte noch nicht mal den Mumm, es ihr ins Gesicht zu sagen, sondern hat es ihr telefonisch mitgeteilt.«

»Wann war das?«

Mehrere Sekunden lang starrte Suzanne mit ausdruckslosem Gesicht auf den Bildschirm, ohne Bens Frage zu beantworten. Eine Frau drehte gerade das Glücksrad, das auf *Bankrott* stehen blieb. Pech.

»In der Nacht, in der sie ermordet wurde. Abends hat sie mich angerufen und gesagt, sie wisse nicht, was sie tun und wie sie damit fertigwerden solle. Das Ganze hat sie schwer getroffen. Er war für Anne nicht bloß irgendein Mann, sondern *der* Mann. Ich habe ihr angeboten, zu ihr zu kommen, aber sie hat gesagt, sie wolle allein sein. Ich hätte hinfahren sollen.« Sie kniff fest die Augen zusammen. »Ich hätte mich in mein Auto setzen und zu ihr fahren sollen. Wir hätten uns zusammen betrinken können. Oder wir hätten ein paar Joints geraucht, um high zu werden, oder uns Pizza bestellt. Stattdessen ist sie allein spazieren gegangen.«

Als sie leise zu weinen begann, sagte Ben kein Wort. Tess hätte die richtigen Worte gefunden. Dieser Gedanke tauchte aus dem Nichts auf und machte ihn wütend. »Ms. Hudson.« Ben ließ ihr einen Moment Zeit, bevor er fortfuhr. »Wissen Sie, ob

Sie von irgendjemand belästigt worden ist? Ist ihr irgendjemand aufgefallen, im Büro oder in der Nähe ihres Apartments? Jemand, der sie beunruhigt hat?«

»Sie hatte ja nur John im Sinn. Wenn ihr wirklich etwas aufgefallen wäre, hätte sie es mir erzählt.« Sie stieß einen tiefen Seufzer aus und wischte sich mit dem Handrücken die Tränen ab. »Wir haben sogar mehrmals über diesen Irren gesprochen und gesagt, dass man besonders vorsichtig sein muss, solange man ihn nicht geschnappt hat. Sie ist ohne nachzudenken auf die Straße gegangen. Oder vielleicht weil es zu viel gab, worüber sie nachdenken musste. Sie wäre mit der Sache schon fertiggeworden – Anne war zäh. Jetzt hat sie keine Möglichkeit mehr dazu.« Als Ben und Ed das Apartment verließen, um John Carroll aufzusuchen, saß sie auf der Couch und verfolgte mit starrem Blick die Glücksradsendung.

Carroll hatte in einer Gegend der Stadt, in der hauptsächlich junge Angehörige höherer Berufsstände wohnten, ein Haus. Gleich um die Ecke befanden sich ein Delikatessengeschäft, ein Spirituosenladen, der ausgefallene Marken führte, und ein auf Sportkleidung spezialisiertes Geschäft, die alle von der eigentlichen Wohngegend aus bequem zu Fuß zu erreichen waren. Auf der Auffahrt von Carrolls Haus stand eine dunkelblaue Mercedeslimousine. Nach dem dritten Klingeln kam er zur Tür. Er trug ein Unterhemd und Jogginghosen und hatte eine Flasche Chivas Regal in der Hand. Mit einem jungen, erfolgreichen Anwalt auf dem Weg nach oben hatte er wenig Ähnlichkeit. Ein Dreitagebart verdunkelte sein Gesicht. Seine Augen waren verquollen, die Wangen waren runzlig und hingen schlaff herab. Er roch wie ein Penner, der sich am Vierzehnten Juli in eine Gasse verkrochen hat, um seinen Rausch auszuschlafen. Er warf einen flüchtigen Blick auf die Dienstmarken, nahm einen kräftigen

Schluck aus der Flasche und machte kehrt, ohne die Tür zu schließen, die Ed dann hinter sich zuzog.

Das Haus hatte breite Eichendielen, die teilweise mit Aubussonteppichen bedeckt waren. Das Sofa im Wohnbereich war lang und niedrig; der Bezug war ebenso wie bei den Sesseln in maskulinen Grau- und Blautönen gehalten. An einer Wand standen verschiedene elektronische Geräte, das Neueste vom Neuen. An einer anderen Wand befand sich eine Sammlung alten Spielzeugs – Blechautos, Sparbüchsen und Eisenbahnen.

Carroll ließ sich auf das Sofa in der Mitte des Zimmers fallen. Auf dem Fußboden standen zwei leere Flaschen und ein überquellender Aschenbecher. Auf den Kissen lag eine zerwühlte Decke. Ben vermutete, dass Carroll sich kaum von dort fortgerührt hatte, seit er benachrichtigt worden war.

»Zwei saubere Gläser hätte ich noch.« Seine Stimme war heiser, aber er lallte nicht, als hätte der Alkohol vor einiger Zeit aufgehört zu wirken. »Aber Sie dürfen ja nichts trinken, nicht wahr? Sie sind schließlich im Dienst.« Er setzte die Flasche erneut an die Lippen und machte einen kräftigen Zug. »Ich bin nicht im Dienst.«

»Wir würden Ihnen gern ein paar Fragen über Anne Reasoner stellen, Mr. Carroll.« Obwohl direkt hinter Ben ein Sessel stand, setzte er sich nicht hin.

»Ja, hab' mir schon gedacht, dass Sie hier aufkreuzen werden. Ich hab' mir gesagt, wenn ich nicht vorher die Besinnung verliere, rede ich mit Ihnen.« Er betrachtete die Flasche, die knapp dreiviertel voll war. »Aber es scheint mir nicht zu gelingen, die Besinnung zu verlieren.«

Ed nahm ihm die Flasche aus der Hand und stellte sie beiseite. »Das hilft doch nicht wirklich, nicht wahr?«

»Irgendetwas muss aber helfen.« Er presste die Handballen

gegen die Augen. Dann fing er an, auf dem mit allem Möglichen übersäten Couchtisch aus Rauchglas nach einer Zigarette zu suchen. Ben zündete eine für ihn an.

»Danke.« Er machte einen tiefen Zug und behielt den größten Teil des Rauchs in der Lunge. »Vor zwei Jahren habe ich damit aufgehört«, sagte er, bevor er erneut an der Zigarette zog. »Bin aber nicht dicker geworden, weil ich keine Kohlenhydrate zu mir genommen habe.«

»Sie und Miss Reasoner hatten eine Beziehung«, fing Ben an. »Sie waren eine der letzten Personen, die mit ihr gesprochen haben.«

»Ja. Samstagnacht. Wir wollten ins National gehen. *Sunday in the Park with George.* Anne mag Musicals. Ich selbst ziehe Theater vor, aber …«

»Sie sind aber nicht ins Theater gegangen?«, fiel Ben ihm ins Wort.

»Ich fühlte mich unter Druck gesetzt. Ich hab' sie angerufen, um die Verabredung rückgängig zu machen, und hab' gesagt, ich würde unsere Beziehung gern eine Weile auf Eis legen. So hab' ich es ausgedrückt.« Er schaute auf und begegnete Bens Blick. »Eine Weile auf Eis legen. Das hörte sich vernünftig an, fand ich.«

»Hatten Sie Streit miteinander?«

»Streit?« Er lachte und verschluckte sich am Rauch.

»Nein, wir haben uns nicht gestritten. Wir haben uns nie gestritten. Davon halte ich nichts. Es gibt für jedes Problem eine vernünftige Lösung. Das war eine vernünftige Lösung, und das Ganze geschah zu ihrem eigenen Besten.«

»Haben Sie sie in jener Nacht gesehen, Mr. Carroll?«

»Nein.« Zerstreut suchte er nach der Flasche, doch Ed hatte sie so hingestellt, dass er sie nicht erreichen konnte.

»Sie hat mich gebeten, zu ihr zu kommen, um über alles zu sprechen. Sie hat geweint. Da ich keine dieser tränenreichen Szenen erleben wollte, habe ich abgelehnt. Ich habe gesagt, ich hielte es für das Beste, erst mal ein Weilchen abzuwarten. In ein oder zwei Wochen könnten wir dann nach Büroschluss zusammen etwas trinken gehen und in aller Ruhe über alles sprechen. In ein oder zwei Wochen.« Er blickte starr vor sich hin. Die Asche seiner Zigarette fiel auf sein Knie. »Später hat sie mich dann angerufen.«

»Sie haben noch einmal mit ihr gesprochen?« Ed balancierte sein Notizbuch auf der Handfläche. »Wann war das?«

»Um drei Uhr fünfunddreißig. Mein Radiowecker steht direkt neben dem Bett. Ich war wütend auf sie. Das hätte ich nicht sein sollen, aber ich war es. Sie war high. Ich merke es immer, wenn sie einen Joint geraucht hat. Sie war nicht süchtig oder so, sondern hat nur ab und zu gekifft, um sich zu entspannen, aber ich mochte es trotzdem nicht. Das ist so kindisch, wissen Sie«, fügte er hinzu. »Jedenfalls nahm ich an, sie habe es getan, um mich zu ärgern. Sie sagte, sie habe verschiedene Entschlüsse gefasst. Sie wolle mich wissen lassen, dass sie mir keine Schuld gebe. Sie übernehme die Verantwortung für ihre Gefühle, und ich bräuchte nicht zu befürchten, dass sie im Büro eine Szene machen würde.«

Als er sich zurücklehnte und die Augen schloss, fiel ihm sein dunkelblondes Haar in die Stirn. »Das erleichterte mich, weil ich diese Befürchtung durchaus hatte. Sie sagte, sie müsse über sehr vieles nachdenken und manche ihrer Ansichten revidieren, bevor wir wieder miteinander sprechen könnten. Ich sagte, in Ordnung, und wir würden uns ja dann am Montag sehen. Als ich auflegte, war es genau drei Uhr zweiundvierzig. Das macht sieben Minuten.«

Gil Norton hatte den Mörder irgendwann zwischen vier Uhr und vier Uhr dreißig aus der Gasse kommen sehen. Ed notierte sich die Zeiten und steckte sein Notizbuch wieder ein.

»Ihnen steht wahrscheinlich nicht der Sinn nach einem guten Rat, Mr. Carroll, aber es wäre besser für Sie, wenn Sie ins Bett gingen und etwas schliefen.«

Er richtete den Blick zuerst auf Ed und dann auf die zu seinen Füßen herumstehenden Flaschen. »Ich habe sie geliebt. Wie kommt es, dass ich das erst jetzt begreife?«

Ben trat aus dem Haus und zog die Schultern hoch, weil es draußen kalt war. »Herrgott noch mal!«

»Ich glaube nicht, dass Suzanne Hudson jetzt das Bedürfnis hätte, ihm ins Gesicht zu spucken.«

»Tja, und was haben wir herausgefunden?« Ben ging zum Auto und nahm auf dem Fahrersitz Platz. »Da ist ein egoistischer, nur auf sein eigenes Vergnügen bedachter Rechtsanwalt, auf den Nortons Beschreibung nicht passt. Da ist eine Frau, die versucht, sich aus einer unbefriedigenden Affäre auszuklinken, und nachts einen Spaziergang macht. Und da ist ein Psychopath, der sich zufällig genau da befindet, wo sie spazieren geht.«

»Ein Psychopath, der eine Soutane trägt.«

Ben steckte den Schlüssel ins Zündschloss, drehte ihn jedoch nicht um. »Du glaubst, er ist Priester?«

Statt zu antworten, lehnte Ed sich zurück und starrte durch die Windschutzscheibe in den Himmel. »Was meinst du, wie viele relativ große, dunkelhaarige Priester es wohl in der Stadt gibt?« Ed nahm einen Plastikbeutel mit einer Müslimischung aus der Tasche.

»Jedenfalls genug, um uns sechs Monate auf Trab zu halten. Die Zeit haben wir nicht.«

»Es könnte nichts schaden, noch einmal mit Logan zu sprechen.«

»Ja.« Ohne hinzusehen, griff er in den Beutel, den Ed ihm hinhielt. »Was hältst du von Folgendem: Ein ehemaliger Priester, der wegen irgendeiner Tragödie, die mit der Kirche zu tun hat, ausgestiegen ist. Logan könnte uns vielleicht ein paar Namen besorgen.«

»Ein weiterer Mosaikstein. Dr. Court sagt in ihrem Bericht, dass er kurz vor dem Zusammenbruch steht und nach diesem letzten Mord wahrscheinlich einige Tage völlig fertig gewesen ist.«

»Den habe ich auch gelesen. Was, zum Teufel, ist denn das? Rinde und Zweige?« Ben drehte den Schlüssel um und fuhr los.

»Rosinen, Mandeln und Haferflocken. Du solltest sie anrufen, Ben.«

»Mein Privatleben geht nur mich was an, Partner.« Er bog um die Ecke und fuhr einen Block weiter, bevor er sagte: »Entschuldige.«

»Macht nichts. Weißt du, ich habe da eine Sendung im Fernsehen gesehen. Da wurde gesagt, dass in der heutigen Gesellschaft die Männer wirklich fein raus sind. Die Frauen haben sie von dem Zwang, der allein Verantwortliche zu sein, befreit – jetzt brauchen sie nicht mehr den Macho zu spielen, der sich um alle Probleme kümmern und die Brötchen verdienen muss. Die Frauen warten im Allgemeinen länger, bis sie sich nach einem Heiratskandidaten umsehen, sofern sie es überhaupt tun, was bedeutet, dass der Mann eine größere Auswahl hat. Die heutige Frau will keinen Märchenprinzen auf weißem Ross. Das Drollige dabei ist, dass viele Männer starke, unabhängige Frauen immer noch als Bedrohung empfinden.« Er nahm eine Rosine aus dem Beutel. »Ganz erstaunlich.«

»Leck mich doch am Arsch.«

»Ich habe den Eindruck, dass Dr. Court eine ziemlich unabhängige Frau ist.«

»Schön für sie. Wer will denn eine Frau, die einem ständig auf der Pelle sitzt?«

»Gesessen hat Häschen eigentlich weniger«, erinnerte sich Ed. »Eher gelegen.«

»Häschen war was zum Ablachen«, murmelte Ben. Außerdem war Häschen eine seiner üblichen Dreimonatsaffären gewesen: Man lernt sich kennen, geht ein paarmal zusammen essen, lacht miteinander, geht zusammen ins Heu und trennt sich wieder, bevor irgendeiner auf dumme Gedanken kommt. Er dachte an Tess und erinnerte sich daran, wie sie am Fensterbrett seines Wohnzimmers gelehnt und gelacht hatte. »Sieh mal, in unserem Beruf braucht man eine Frau, an die man nicht dauernd denkt.«

»Du machst einen Fehler.« Ed lehnte sich zurück.

»Aber ich nehme an, du bist klug genug, um das selbst zu erkennen.«

Ben bog in Richtung Catholic University ab. »Lass uns Logan anzapfen, bevor wir wieder aufs Revier fahren.«

Um fünf Uhr nachmittags waren außer Bigsby alle Polizisten, die mit der Aufklärung der Priestermorde befasst waren, im Konferenzraum versammelt. Harris hatte alle Berichte vor sich liegen, die er Punkt für Punkt durchging und in denen genauestens festgehalten war, was Anne Reasoner am letzten Abend ihres Lebens gemacht hatte.

Um fünf Uhr fünf nachmittags hatte sie den Schönheitssalon verlassen, in dem sie Stammkundin war. Sie hatte sich die Haare schneiden, nachfärben und fönen und die Fingernägel maniküren lassen. Sie war bester Laune gewesen und hatte ihrer Friseuse zehn Dollar Trinkgeld gegeben. Um fünf Uhr fünfzehn hatte sie ihre Sachen aus der Reinigung abgeholt: ein graues Kostüm, zwei Leinenblusen und eine Hose aus Gabardine. Gegen fünf Uhr dreißig war sie nach Hause gekommen. Ihre Wohnungsnachbarin hatte sich mit ihr in der Eingangshalle unterhalten. Anne hatte erzählt, dass sie am Abend ins Theater gehe. Sie hatte frische Blumen bei sich gehabt.

Um sieben Uhr fünfzehn hatte John Carroll sie angerufen, um ihre Verabredung abzusagen und ihre Beziehung zu beenden. Das Gespräch hatte etwa fünfzehn Minuten gedauert.

Um acht Uhr dreißig hatte Anne Reasoner ihre Freundin Suzanne Hudson angerufen. Sie war völlig fertig gewesen und hatte geweint. Das Gespräch hatte fast eine Stunde gedauert.

Um Mitternacht hatte ihre Nachbarin Anne Reasoners Fernseher gehört. Das war ihr aufgefallen, da sie selbst gerade heimgekehrt war und nicht erwartet hatte, dass Anne Reasoner zu Hause sei.

Um drei Uhr fünfunddreißig hatte sie Carroll angerufen. Neben dem Telefon hatte man die Kippen von zwei Marihuanazigaretten gefunden. Sie hatten bis drei Uhr zweiundvierzig miteinander gesprochen. Keiner der Nachbarn hatte gehört, wie Reasoner das Haus verließ.

Irgendwann zwischen vier Uhr und vier Uhr dreißig morgens hatte Gil Norton einen Mann in Priesterkleidung aus der Gasse kommen sehen, die zwei Blocks von Reasoners Apartment entfernt war. Um vier Uhr sechsunddreißig waren zwei Streifenpolizisten auf Norton aufmerksam geworden, der ihnen von dem Leichenfund berichtete.

»So weit die Tatsachen«, sagte Harris. Hinter ihm hing ein Stadtplan, auf dem die Tatorte durch blaue Stecknadeln gekennzeichnet waren. »Anhand des Stadtplans können wir sehen, dass er sich auf einen Bereich von weniger als sieben Quadratmeilen beschränkt. Alle Morde fanden zwischen ein und fünf Uhr morgens statt. Die Opfer wurden weder vergewaltigt noch beraubt. Monsignore Logans Schema zufolge ist zu erwarten, dass er am achten Dezember wieder zuschlägt. Bis dahin werden ab sofort alle Streifen Doppelschichten machen.

Wir wissen, dass er von durchschnittlicher Größe, vielleicht auch etwas größer ist, dunkle Haare hat und wie ein Priester gekleidet ist. Aus Dr. Courts psychiatrischem Täterprofil und ihren Berichten wissen wir, dass er ein Psychopath, möglicherweise schizophren mit religiösen Wahnvorstellungen ist. Er tötet nur junge blonde Frauen, die anscheinend eine reale Person symbolisieren, die in seinem Leben eine bestimmte Rolle spielt oder gespielt hat.

Dr. Court ist der Ansicht, dass seine Psychose auf eine Krise zusteuert, da der letzte Mord vom bisherigen Schema abweicht und die Handschrift der auf der Leiche hinterlassenen Mitteilung einen zittrigen Eindruck macht. Der letzte Mord mag über seine Kräfte gegangen sein.«

Er ließ die Unterlagen auf den Tisch fallen und dachte bei sich, dass das Ganze auch über ihre Kräfte ging. »Sie meint, dass es bei ihm inzwischen zu einer physischen Reaktion gekommen ist – Kopfschmerzen, Übelkeit –, die an seinen Kräften zehrt. Falls er noch imstande ist, sich zeitweise normal zu verhalten, steht er dabei ständig unter enormem Druck, was ihrer Ansicht nach zu Müdigkeit, Appetitlosigkeit und Unkonzentriertheit führen würde.« Er machte eine kurze Pause, um sicherzustellen, dass sich jeder im Raum diese Dinge einprägte. Das Konferenzzimmer war durch Glasscheiben und vergilbte Jalousien von den übrigen Räumlichkeiten des Dezernats getrennt. Hinter den

Glasscheiben herrschte geschäftiges Treiben – Telefone klingelten, Schritte und Stimmen waren zu hören.

In der Ecke des Raums stand eine Kaffeemaschine, daneben ein überdimensionaler Plastikbecher, in den diejenigen Polizisten, die noch so etwas wie ein Gewissen hatten, pro Tasse fünfundzwanzig Cent warfen. Harris ging zu der Maschine, schenkte sich eine Tasse Kaffee ein und fügte einen Teelöffel voll Trockenmilch hinzu, die er verabscheute. Während er trank, betrachtete er seine Leute.

Sie waren nervös, überarbeitet und frustriert. Wenn sie nicht dazu übergingen, sich auf einen Achtstundentag zu beschränken, würde ihm die Grippe einige abspenstig machen. Lowenstein und Roderick sprühten sich bereits hin und wieder ein schleimlösendes Spray in Mund und Nase. Er konnte es sich nicht leisten, dass sie sich krank meldeten, und er konnte es sich nicht leisten, sie schonend zu behandeln. »In diesem Raum kommen über sechzig Jahre Erfahrung im Polizeidienst zusammen. Es ist höchste Zeit, dass wir uns diese Erfahrung zunutze machen, um einen kranken religiösen Fanatiker zu schnappen, der morgens wahrscheinlich nicht mehr sein Frühstück im Magen behalten kann.«

»Ed und ich haben noch mal mit Logan gesprochen.« Ben schob seinen Plastikbecher mit Kaffee beiseite. »Da der Typ sich wie ein Priester anzieht, haben wir gedacht, wir behandeln ihn auch wie einen. Als Psychiater therapiert Logan auch andere Priester, die irgendwelche emotionellen Probleme haben. Natürlich wird er uns keine Liste seiner Patienten geben, aber er wird seine Unterlagen durchsehen und nach irgendeinem Anhaltspunkt Ausschau halten – nach jemand, der vielleicht in Frage käme. Dann ist da noch die Sache mit der Beichte.«

Er schwieg einen Moment. Die Beichte war ein Teil des Katholizismus, der immer ein Problem für ihn dargestellt hatte.

Er konnte sich gut daran erinnern, wie er in dem kleinen dunklen Raum mit dem Gitterfenster gekniet hatte, um zu beichten, zu bereuen und Buße zu tun. Gehe hin und sündige nicht mehr. Aber natürlich hatte er wieder gesündigt.

»Ein Priester muss jemandem beichten, und zwar einem anderen Priester. Wenn Dr. Court recht hat und er tatsächlich anfängt, das, was er getan hat, für eine Sünde zu halten, muss er zur Beichte gehen.«

»Dann fangen wir also an, Priester zu befragen«, warf Lowenstein ein. »Ich weiß zwar aus naheliegenden Gründen nicht viel vom Katholizismus, aber gibt es nicht so was wie ein Beichtgeheimnis?«

»Sicher ist es unwahrscheinlich, dass wir einen Priester dazu bringen könnten, jemanden zu verpfeifen, der sich ihm in der Beichte offenbart hat«, gab Ben zu. »Aber vielleicht lässt sich dadurch das Terrain erweitern. Vieles spricht dafür, dass er in seinem eigenen Pfarrbezirk bleiben würde. Tess – Dr. Court – hat gesagt, dass er wahrscheinlich regelmäßig zur Kirche geht. Vielleicht können wir herausfinden, in welche. Wenn er Priester ist oder war, zieht es ihn wahrscheinlich in seine eigene Kirche.« Er stand auf und ging zum Stadtplan. »Dieser Bereich«, sagte er und fuhr mit dem Finger um das durch blaue Stecknadeln gekennzeichnete Areal, »umfasst zwei Pfarrbezirke. Ich möchte wetten, dass er eine dieser Kirchen aufsucht, oder sogar beide. Vielleicht steht er dort sogar am Altar.«

»Du glaubst, er wird am Sonntag dort aufkreuzen«, warf Roderick ein. Er drückte mit Daumen und Zeigefinger seine Nase, um den Druck etwas zu mildern. »Vor allem wenn Dr. Court recht hat und er es letzte Woche nicht geschafft hat, weil er zu krank war, wird er den Rückhalt brauchen, den ihm der Gottesdienst gibt.«

»Denke ich auch. Samstagabend werden ebenfalls Messen gehalten.«

»Ich dachte, so was gibt es nur bei uns«, sagte Lowenstein.

»Katholiken sind flexibel.« Ben steckte die Hände in die Taschen. »Und wie alle anderen Menschen schlafen sie sonntags gern ein bisschen länger. Allerdings bin ich ziemlich sicher, dass dieser Typ sehr konservativ ist. Die Messe hat am Sonntagmorgen stattzufinden, sie sollte nach wie vor in lateinischer Sprache abgehalten werden, und freitags isst man kein Fleisch. So verlangen es die traditionellen Kirchenregeln. Ich glaube, Dr. Court hat nicht ganz unrecht, wenn sie sagt, dass dieser Typ von den kirchlichen Verhaltensregeln besessen ist.«

»Dann überwachen wir also am Sonntag die beiden Kirchen. Vorher haben wir noch ein paar Tage, um Priester zu befragen.« Harris sah nacheinander jeden seiner Untergebenen an. »Lowenstein, Sie und Roderick übernehmen den einen Pfarrbezirk, Jackson und Paris den anderen. Bigsby wird – wo, zum Teufel, ist Bigsby?«

»Er hat gesagt, er sei im Zusammenhang mit den Humeralia auf eine Spur gestoßen, Captain.« Roderick stand auf und goss sich einen Becher Eiswasser ein, da er wusste, dass sein Organismus schon zu viel Kaffee aufgenommen hatte. »Hört mal, ich will ja kein Miesmacher sein, aber angenommen, er kreuzt tatsächlich am Sonntag zur Messe auf – wie sollen wir ihn denn aus der Gemeinde herausfinden? Der Typ ist schließlich kein Freak. Er wird nicht mit Schaum vorm Mund hereinkommen oder in ekstatische Reden ausbrechen. Dr. Court hat darauf hingewiesen, dass er sich genau wie jedermann verhält, abgesehen von der Tatsache, dass er geistig gestört ist.«

»Mehr Anhaltspunkte haben wir nicht«, entgegnete Ben, den es ärgerte, dass ein anderer seine eigenen Bedenken aussprach.

»Wir müssen jeden Vorteil ausnutzen, der sich uns bietet; im Moment ist das ein neues Terrain. Wir überprüfen alle Männer, die allein zur Kirche kommen. Dr. Court nimmt auch an, dass er ein Einzelgänger ist, deshalb wird er nicht mit Frau und Kindern auftauchen. Logan geht noch einen Schritt weiter und meint, er sei sehr fromm. Viele Leute nicken während der Messe ein oder schalten zumindest ab. Er würde weder das eine noch das andere tun.«

»Wenn wir den Tag in der Kirche verbringen, haben wir die Gelegenheit, es auch noch mit etwas anderem zu versuchen.« Ed schrieb eine Notiz zu Ende und blickte auf. »Nämlich mit beten.«

»Kann nicht schaden«, sagte Lowenstein leise, als Bigsby ins Zimmer stürmte.

»Ich hab' was!« Er hatte einen gelben Notizblock in der Hand, und seine geröteten Triefaugen quollen ihm fast aus den Augenhöhlen. Zur Zeit verbrachte er seine Nächte damit, Grippetabletten zu schlucken und sich eine Wärmflasche auf den Bauch zu legen. »Ein Dutzend Humeralia aus weißer Seide, Rechnung Nummer 52346-A, bestellt am fünfzehnten Juni bei O'Donnely, Kirchenbedarfsartikel, Boston, Massachusetts. Geliefert am einunddreißigsten Juli an Reverend Francis Moore. Die Lieferadresse ist ein Postamt in Georgetown.«

»Wie hat er bezahlt?« Harris' Stimme blieb ruhig, während er die nächsten Schritte durchging.

»Per Postanweisung.«

»Machen Sie Näheres darüber ausfindig. Ich will eine Kopie der Rechnung.«

»Ist schon unterwegs.«

»Lowenstein, fahren Sie zum Postamt.« Er warf einen Blick auf seine Uhr und hätte beinahe vor Enttäuschung geflucht.

»Fahren Sie gleich morgen früh hin, wenn geöffnet wird. Machen Sie ausfindig, ob er das Postfach noch hat. Lassen Sie sich eine Beschreibung des Mannes geben.«

»Ja, Sir.«

»Außerdem will ich wissen, ob es in der Stadt einen Priester gibt, der Francis Moore heißt.«

»Sicher gibt es eine Liste aller Priester der Erzdiözese. Die Auskunft müsste uns eigentlich deren Zentralbüro geben können.«

Harris nickte Ben zu. »Kümmern Sie sich darum. Und dann überprüfen Sie alle übrigen Francis Moores.«

Gegen grundlegende polizeiliche Ermittlungsarbeit ließ sich zwar nichts einwenden, doch Bens Instinkt sagte ihm, dass es besser wäre, sich auf den Bereich zu konzentrieren, in dem die Morde geschehen waren. Dort war er zu finden, dessen war Ben sich sicher. Und vielleicht kannten sie jetzt sogar seinen Namen.

Nachdem sie den Konferenzraum verlassen hatten, stürzten sich die Polizisten auf die Telefone.

Eine Stunde später legte Ben den Hörer wieder auf und blickte über die ganzen Unterlagen auf seinem Schreibtisch hinweg Ed an. »Es gibt in der Erzdiözese einen Pfarrer Francis Moore. Ist seit zweieinhalb Jahren hier. Siebenunddreißig Jahre alt.«

»Und?«

»Er ist ein Schwarzer.« Ben langte nach seinen Zigaretten und stellte fest, dass die Schachtel leer war. »Trotzdem überprüfen wir ihn. Was hast du herausgefunden?«

»Ich habe sieben Francis Moores ausfindig gemacht.« Ed warf einen Blick auf seine detaillierte Liste. Als hinter ihm jemand nieste, zuckte er zusammen. Die Grippe breitete sich wie ein Buschfeuer im Revier aus. »Einen Oberschullehrer, einen Rechtsanwalt, einen Angestellten bei Sears, einen Arbeitslosen, einen Barkeeper, einen Flugbegleiter und einen Raumpfleger.

Letzterer hat schon mal im Gefängnis gesessen. Wegen versuchter Vergewaltigung.«

Ben sah auf seine Uhr. Er war seit über zehn Stunden im Dienst. »Na, dann los.«

Die Pfarrer bereitete ihm Unbehagen. Der Duft frischer Blumen wetteiferte mit dem Geruch gebohnerten Holzes. In dem Sprechzimmer, in dem sie warteten, standen zwei Ohrensessel, ein altes, bequemes Sofa und eine blau gewandete Jesusstatue mit segnend erhobener Hand. Auf dem Couchtisch lagen zwei Nummern des *Catholic Digest*.

»Komme mir vor, als hätte ich mir die Schuhe putzen sollen«, murmelte Ed.

Beide Männer machte es befangen, dass sie eine Waffe unter der Jacke trugen, und sie setzten sich nicht hin. Als irgendwo im Flur eine Tür aufging, waren kurz die Klänge eines Walzers von Strauß zu hören. Dann wurde die Tür wieder geschlossen, und anstelle der Musik waren Schritte zu vernehmen. Als Reverend Francis Moore eintrat, blickten die Polizisten auf.

Er war groß und hatte die Statur eines Abwehrspielers. Seine Haut hatte die Farbe glänzenden Mahagonis, sein Haar war kurz geschnitten, sein Gesicht rundlich. Von seiner schwarzen Soutane hob sich eine weiße Schlinge ab. Sein rechter Arm steckte in einem Gipsverband, der mit Namenszügen übersät war.

»Guten Abend«, sagte er lächelnd. Anscheinend erfüllte ihn ihr Besuch eher mit Neugier als mit Freude. »Es tut mir leid, dass ich Ihnen nicht die Hand geben kann.«

»Sieht so aus, als wäre Ihnen etwas Unangenehmes passiert.« Ed konnte die Enttäuschung seines Partners förmlich spüren. Selbst wenn Gil Nortons Beschreibung nicht stimmte – dieser Gipsverband ließ sich einfach nicht ignorieren.

»Ja, beim Football, vor ein paar Wochen. Ich hätte mich besser vorsehen müssen. Möchten Sie sich nicht setzen?«

»Wir müssen Ihnen ein paar Fragen stellen, Hochwürden.« Ben holte seine Dienstmarke heraus. »Im Zusammenhang mit der Erdrosselung von vier Frauen.«

»Die Mordserie.« Moore senkte einen Augenblick lang den Kopf, als bete er. »Was möchten Sie wissen?«

»Haben Sie im vergangenen Sommer etwas bei O'Donnely, einer Firma für Kirchenbedarfsartikel in Boston, bestellt?«

»In Boston?« Moores freie Hand spielte mit dem Rosenkranz, der an seinem Gürtel hing. »Nein. Um diese Dinge kümmert sich Pfarrer Jessup. Er bestellt das, was wir benötigen, bei einer Firma hier in Washington.«

»Haben Sie ein Postfach, Hochwürden?«

»Aber nein. Unsere ganze Post wird an die Pfarrei geschickt. Entschuldigen Sie, Detective …«

»Paris.«

»Detective Paris. Worum geht es eigentlich?«

Ben zögerte einen Moment. Dann beschloss er, aufs Ganze zu gehen. »Ihr Name wurde benutzt, um die Mordwaffen zu bestellen.«

Er sah, wie die Finger sich um den Rosenkranz krampften. Moore öffnete den Mund und schloss ihn wieder. Er streckte die Hand aus und hielt sich an einem der Sessel fest. »Ich … Sie verdächtigen mich?«

»Es wäre möglich, dass Sie den Mörder kennen oder mit ihm in Verbindung gestanden haben.«

»Das kann ich mir nicht vorstellen.«

»Warum setzen Sie sich nicht, Hochwürden?« Ed fasste ihn sanft bei der Schulter und drückte ihn in den Sessel.

»Mein Name«, murmelte Moore. »Das ist kaum zu glauben.«

Dann lachte er mit zittriger Stimme. »Den Namen hat man mir in einem katholischen Waisenhaus in Virginia gegeben. Es ist noch nicht einmal mein richtiger Name. Den kann ich Ihnen nicht sagen, weil ich ihn nicht kenne.«

»Pfarrer Moore, Sie stehen nicht unter Verdacht«, sagte Ben. »Wir haben einen Zeugen, der ausgesagt hat, der Mörder sei ein Weißer, und außerdem steckt Ihr Arm in Gips.«

Moore bewegte seine dunklen Finger hin und her, die halb von Gips bedeckt waren. »Da habe ich ja doppelt Schwein gehabt. Entschuldigung.« Er holte tief Luft und versuchte sich zusammenzureißen. »Ich will ganz offen zu Ihnen sein. Wir haben hier mehr als einmal über diese Morde gesprochen. Die Presse bezeichnet den Mörder als Priester.«

»Ob das stimmt, muss die Polizei erst noch feststellen«, warf Ed ein.

»Jedenfalls haben wir alle unser Herz erforscht und uns das Gehirn zermartert, um eine Antwort zu finden. Ich wünschte, wir hätten sie gefunden.«

»Stehen Sie mit den Mitgliedern Ihrer Gemeinde auf vertrautem Fuß, Hochwürden?«

Moore wandte sich wieder Ben zu. »Ich wünschte, es wäre so. Bei einigen ist das natürlich der Fall. Einmal im Monat gibt es im Gemeindesaal ein gemeinsames Abendessen, dann ist da noch die Jugendgruppe. Im Moment bereiten wir für den Teenagerclub eine Tanzveranstaltung vor, die am Erntedankfest stattfinden soll. Dass wir die Gemeindemitglieder in Scharen anziehen, kann man leider nicht sagen.«

»Gibt es jemanden in Ihrer Gemeinde, um den Sie sich Sorgen machen, den Sie vielleicht für sehr labil halten?«

»Detective, es ist meine Aufgabe, allen, die Kummer haben, Trost zu spenden. Es hat einige Fälle von Drogen- und Alkoholmissbrauch gegeben, und vor einigen Monaten mussten wir uns um eine Frau kümmern, die ständig von ihrem Mann verprügelt wurde. Trotzdem gibt es niemanden, dem ich diese Morde zutrauen würde.«

»Dass Ihr Name verwendet wurde, kann Zufall sein, es kann aber auch daran liegen, dass der Mörder sich mit Ihnen identifiziert, weil Sie Priester sind.« Ben machte eine Pause, da er wusste, dass er jetzt an heilige und unverletzliche Dinge rührte. »Hochwürden, hat irgendjemand, der zu Ihnen zur Beichte gekommen ist, auf irgendeine Weise durchblicken lassen, dass er etwas über Morde weiß?«

»Auch da kann ich ganz offen zu Ihnen sein und mit Nein antworten. Sagen Sie, sind Sie sicher, dass es mein Name war?«

Ed zog sein Notizbuch aus der Tasche und las den Namen vor. »Reverend Francis Moore.«

»Nicht Francis X. Moore?«

»Nein.«

Moore fuhr sich mit der Hand über die Augen. »Ich hoffe, es ist keine Sünde, Erleichterung zu empfinden. Als ich alt genug war, um den Namen, den man mir gegeben hatte, schreiben zu lernen, benutzte ich zusätzlich immer das X, das für Xavier steht. Ich hielt es nämlich für exotisch und außergewöhnlich, einen zweiten Vornamen zu haben, der mit X beginnt. Davon bin ich bis heute nicht abgekommen. Auf allen Ausweisen und sonstigen Papieren steht der Anfangsbuchstabe meines zweiten Vornamens. Er ist in jeder Unterschrift enthalten, die ich leiste. Alle, die mich kennen, kennen mich als Reverend Francis X. Moore.«

Ed notierte sich die Sache. Wäre er seinem Instinkt gefolgt, dann hätte er sich jetzt verabschiedet, um sich zur nächsten Adresse auf der Liste zu begeben. Die Vorschriften, an die er sich zu halten hatte, stellten höhere Anforderungen und waren wesentlich langweiliger als sein Instinkt. Deshalb befragten sie auch noch die drei anderen Priester der Pfarrei.

»Nun ja, wir haben ja bloß eine Stunde gebraucht, um nichts herauszufinden«, sagte Ben, als sie zum Auto zurückgingen.

»Immerhin haben wir dafür gesorgt, dass die vier heute Abend Gesprächsstoff haben.«

»Diese Woche machen wir wieder Überstunden. Die Leute von der Gehaltsstelle werden an die Decke gehen.«

»Ja.« Ed lächelte dünn, während er sich auf den Beifahrersitz zwängte. »Die knickrigen Typen.«

»Wollen wir nett zu ihnen sein, oder wollen wir noch den ehemaligen Strafgefangenen aufsuchen?«

Ed dachte kurz nach. Dann zog er den Rest seiner Müslimischung aus der Tasche. Das würde bis zu einer richtigen Mahlzeit vorhalten. »Ich mache Überstunden.«

Frische Blumen gab es in dem Einzimmerapartment im Südosten der Stadt nicht. Die Möbel – soweit welche vorhanden waren – hatten seit der Zeit, da sie bei der Heilsarmee angeschafft worden waren, keine Politur gesehen. Ein Klappbett nahm den größten Teil des Raumes ein, da sich niemand die Mühe gemacht hatte, es aufzuräumen. Das Bettzeug war verschmutzt. Im Zimmer roch es unangenehm nach Schweiß, Geschlechtsverkehr und Zwiebeln. Die zerzausten blonden Locken der Frau wuchsen am Haaransatz braun nach. Als Ben und Ed ihre Dienstmarken vorzeigten, öffnete sie die Tür mit dem argwöhnischen Blick derjenigen, die schon allerlei erlebt haben. Sie trug gut sitzende Jeans, die sich über ein wohlgeformtes Hinterteil spannten, und einen rosafarbenen Pullover, der tief genug ausgeschnitten war, um Brüste zu zeigen, die anfingen schlaff zu werden.

Ben schätzte sie auf etwa fünfundzwanzig, obwohl sich zu beiden Seiten ihres Munds bereits tiefe Furchen eingegraben hatten. Sie hatte braune Augen. Das linke war blutunterlaufen und schillerte in mehreren Farben. Er vermutete, dass sie den Schlag vor drei oder vier Tagen erhalten hatte.

»Mrs. Moore?«

»Nein, wir sind nicht verheiratet.« Die Blondine fischte eine Zigarette aus einem Päckchen Virginia Slims. Du hast auch schon bessere Zeiten gesehen, Baby. »Frank ist Bier holen gegangen. Er wird gleich zurück sein. Ist er in Schwierigkeiten?«

»Wir wollen uns nur mal mit ihm unterhalten.« Ed lächelte sie unbefangen an und kam zu dem Schluss, dass ihre Nahrung nicht genug Eiweiß enthielt.

»Klar. Also, ich kann Ihnen sagen, dass er nichts angestellt hat. Dafür habe ich gesorgt.« Sie machte eine Schachtel Streichhölzer ausfindig, zündete sich ihre Zigarette an und zerdrückte dann mit der Schachtel eine kleine Küchenschabe. »Vielleicht trinkt er ein bisschen zu viel, aber ich achte darauf, dass er es hier tut, wo er nicht in Schwierigkeiten geraten kann.« Sie blickte sich in dem erbärmlichen Zimmer um und inhalierte tief den Rauch ihrer Zigarette. »Sieht nicht nach viel aus, aber ich lege Geld auf die hohe Kante. Frank hat jetzt einen guten Job, und er ist zuverlässig. Das wird Ihnen sein Chef bestätigen.«

»Wir sind nicht hier, um Frank zu schikanieren.« Ben beschloss, sich lieber nicht hinzusetzen. Wer weiß, was unter den Polstern alles herumkroch. »Hört sich an, als hätten Sie ihn ganz gut im Griff.«

Sie fasste sich an ihr blaues Auge. »Jedenfalls lasse ich mir nichts bieten.«

»Kann ich mir vorstellen. Was ist passiert?«

»Frank wollte am Samstag noch einen Fünfer für Bier. Ich gebe ihm pro Tag aber nur eine bestimmte Summe.«

»Am Samstag?« Ben wurde hellhörig. In der Nacht des letzten Mordes. Die Frau, die ihm gegenüberstand, war eine Blondine, jedenfalls in gewisser Weise. »Ich nehme an, Sie sind sich in die Wolle geraten, und er ist zum Schluss wutentbrannt abgehauen, um in die Kneipe zu gehen und mit seinen Kumpanen die Sau rauszulassen.«

»Er ist nirgendwo hingegangen.« Sie grinste und schnippte die Asche ihrer Zigarette in eine Plastikschale, auf der stand: LEGEN SIE IHRE KIPPE HIER REIN. »Er hat mir eine verpasst, und die Nachbarn unter uns haben mit dem Besenstiel gegen die Decke gewummert. Dann habe ich ihm auch eine verpasst.« Eine feine Rauchfahne kam aus ihrem Mund und stieg ihr in die Nase. »So was respektiert Frank bei einer Frau. Er mag es, wissen Sie. Und dann … haben wir uns wieder versöhnt. Danach hat er dann nicht mehr an Bier gedacht.«

Die Tür ging auf. Frank Moore hatte Arme wie Brote, Beine wie Baumstämme und war etwa eins fünfundsechzig groß. Er trug einen schwarzen Trenchcoat, der an den Schultern von Motten zerfressen war, und hatte einen Sechserpack des Königs der Biere unter dem Arm.

»Wer, zum Teufel, sind Sie denn?«, fragte er. Die Muskeln seines freien Arms waren bereits gespannt.

Ben zog seine Dienstmarke aus der Tasche. »Morddezernat.«

Frank ließ den Arm sinken. Als er sich vorbeugte, um sich die Marke anzusehen, bemerkte Ben die lange Schramme auf seiner Wange. Sie war verschorft und sah genauso unangenehm aus wie das blaue Auge der Blondine.

»Das System ist total zum Kotzen«, verkündete Frank und knallte den Sechserpack auf den Tisch. »Diese Nutte erzählt dem Richter, ich hätte versucht, sie zu vergewaltigen, sodass ich drei Jahre in den Knast muss, und jetzt, wo ich wieder draußen bin, lassen mich die Bullen nicht in Ruhe. Ich hab's dir doch gesagt, Maureen, das System ist total zum Kotzen.«

»Ja, hast du.« Die Blondine nahm sich ein Bier.

»Warum erzählen Sie uns nicht einfach, wo Sie am letzten Sonntagmorgen waren, Frank«, begann Ben. »So gegen vier.«

»Morgens um vier. Herrgott noch mal, da war ich im Bett, wie jedermann. Und nicht allein.« Er wies mit dem Daumen auf Maureen, bevor er eine Dose Budweiser aufriss. Schaum sprühte durch die Öffnung und bereicherte das Zimmer um eine weitere Geruchsnote.

»Sind Sie Katholik, Frank?«

Frank wischte sich mit dem Handrücken über den Mund, rülpste und nahm einen weiteren Schluck Bier.

»Sehe ich vielleicht wie ein Katholik aus?«

»Franks Vati war Baptist«, sagte Maureen.

»Halt den Rand«, schnauzte Frank.

»Leck mich doch am Arsch.« Als er den Arm hob, lächelte sie bloß. Ed trat einen Schritt vor, und Frank ließ den Arm wieder sinken.

»Du möchtest den Bullen alles erzählen, na prima. Mein Alter war Baptist. Keine Karten, kein Alkohol, keine Weiber. Dafür hat er mich reichlich verprügelt, und bevor ich von zu Hause abgehauen bin, habe ich ihn auch kräftig durchgewalkt. Das war vor fünfzehn Jahren. Eine billige kleine Nutte hat mich reingelegt, und ich bin im Gefängnis gelandet. Drei Jahre habe ich gesessen. Wenn ich ihr je wieder begegnen sollte, würde ich sie ebenfalls zusammenschlagen.« Er zog eine Schachtel Camel aus der Hemdtasche und zündete sich mit einem ziemlich ramponierten Feuerzeug eine Zigarette an. »Ich habe einen Job, der darin besteht, Fußböden zu reinigen und Toiletten sauber zu machen. Jeden Abend komme ich nach Hause, damit mir dieses Miststück sagen kann, dass ich nur fünf Dollar für Bier ausgeben darf. Ich habe nichts Ungesetzliches getan. Das kann Maureen Ihnen bestätigen.« Liebevoll legte er den Arm um die Frau, die er gerade als Miststück bezeichnet hatte.

»Das stimmt.« Sie nahm einen kräftigen Schluck Bier. Die Beschreibung passte nicht auf ihn, weder die physische noch die psychiatrische. Trotzdem ließ Ben nicht locker. »Wo waren Sie am fünfzehnten August?«

»Herrgott noch mal, wie soll ich mich denn daran erinnern?« Frank kippte den Rest des Biers hinunter und zerdrückte die Dose. »Haben Sie eigentlich einen Haussuchungsbefehl?«

»Wir waren in Atlantic City.« Als Frank die Dose in Richtung Müllbeutel warf und ihn knapp verfehlte, verzog Maureen keine Miene. »Erinnerst du dich nicht mehr, Frank? Wissen Sie, da arbeitet meine Schwester. Sie hat uns in dem Hotel, wo sie Wirtschafterin ist, was Günstiges besorgt. The Ocean View Inn. Liegt zwar nicht direkt am Strand, aber in der Nähe. Wir sind am vierzehnten August hochgefahren und drei Tage geblieben. Können Sie in meinem Tagebuch nachlesen.«

»Ja, jetzt erinnere ich mich.« Er ließ den Arm sinken und drehte sich ihr zu. »Ich habe um Geld gewürfelt, und du bist nach unten gekommen und hast angefangen herumzumeckern.«

»Du hattest fünfundzwanzig Dollar verloren.«

»Die hätte ich zurückgewonnen, und das Doppelte dazu, wenn du mich in Frieden gelassen hättest.«

»Das Geld hast du aus meinem Portemonnaie gestohlen.«

»Ausgeborgt hab' ich's mir, du alte Fotze. Ausgeborgt!« Als die Auseinandersetzung immer heftiger wurde, machte Ben eine ruckartige Kopfbewegung in Richtung Tür. »Lass uns von hier verschwinden.«

Als sie die Tür hinter sich zuzogen, wurde das Geschrei von einem Krachen übertönt.

»Meinst du, wir sollten eingreifen?«

Ben blickte zur Tür zurück. »Was, und ihnen den Spass verderben?« Etwas Schweres und Zerbrechliches traf die Tür und zersplitterte. »Lass uns was trinken gehen.«

9

Mr. Monroe, ich freue mich, dass Sie zu einem Gespräch vorbeigekommen sind«, begrüßte Tess den Stiefvater Joey Higgins' an der Tür ihres Büros. »Meine Sekretärin ist zwar schon gegangen, aber wenn Sie möchten, kann ich uns einen Kaffee machen.«

»Danke, nicht nötig.« Verlegen – wie immer in ihrer Gegenwart – stand er da und wartete darauf, dass sie den ersten Schritt machte.

»Mir ist bewusst, dass Sie bereits einen anstrengenden Arbeitstag hinter sich haben«, begann sie, ohne zu erwähnen, dass dies auch bei ihr der Fall war.

»Die zusätzliche Zeit opfere ich gern, wenn es Joey hilft.«

»Ich weiß.« Sie lächelte und forderte ihn mit einer Geste auf, Platz zu nehmen. »Ich hatte noch nicht oft Gelegenheit, allein mit Ihnen zu sprechen, Mr. Monroe, möchte Ihnen aber sagen, dass ich sehe, welch große Mühe Sie sich mit Joey geben.«

»Leicht ist das nicht.« Er faltete seinen Mantel zusammen und legte ihn auf den Schoß. Er war von Natur aus ein durch und durch ordentlicher Mensch. Seine Finger waren sorgfältig manikürt, sein Haar perfekt gekämmt, sein Anzug dunkel und konservativ. Tess meinte zu verstehen, wie unergründlich er einen Jungen wie Joey finden musste.

»Aber für Lois ist es natürlich noch schwerer.«

»Tatsächlich?« Tess saß hinter ihrem Schreibtisch, denn sie wusste, dass die Distanz und die sachliche Atmosphäre ihm die Angelegenheit erleichtern würden. »Mr. Monroe, nach einer Scheidung in eine Familie zu kommen und zu versuchen, die Vaterfigur für einen halbwüchsigen Jungen abzugeben, ist in jedem Fall schwierig. Wenn der Junge so gestört ist wie Joey, vervielfältigen sich die Schwierigkeiten in hohem Maße.«

»Ich hatte gehofft, inzwischen ... nun ja ...« Er hob die Hände und ließ sie wieder sinken. »Ich hatte gehofft, wir könnten allerlei zusammen unternehmen, Ballspiele und so. Ich habe sogar ein Zelt gekauft, obwohl ich zugeben muss, dass ich von Camping absolut keine Ahnung habe. Aber er hat kein Interesse.«

»Er meint, nicht zugeben zu dürfen, dass er Interesse hat«, stellte Tess richtig. »Mr. Monroe, Joey ist in äußerst ungesundem Maße auf seinen Vater fixiert. Das Versagen seines Vaters ist sein Versagen, die Probleme seines Vaters sind seine Probleme.«

»Der Dreckskerl ist ja noch nicht mal ...« Abrupt hielt er inne. »Entschuldigung.«

»Sie brauchen sich nicht zu entschuldigen. Ich weiß, dass es so aussieht, als sei Joeys Vater sein Sohn egal oder als wollte er ihn abwimmeln. Das kommt von seiner Krankheit, doch darüber wollte ich mich nicht mit Ihnen unterhalten. Mr. Monroe, Sie wissen, dass ich versucht habe, das Gespräch auf eine Intensivierung von Joeys Behandlung zu bringen. Die von mir erwähnte Klinik in Alexandria ist auf Gemütskrankheiten von Jugendlichen spezialisiert.«

»Davon will Lois nichts wissen.« Soweit es Monroe betraf, war die Sache damit erledigt. »Sie meint – und ich muss ihr recht geben –, dass Joey glauben würde, wir hätten ihn im Stich gelassen.«

»Die Übergangsphase wäre schwierig, das lässt sich nicht leugnen. Wir alle müssten unser Möglichstes tun, um Joey begreiflich zu machen, dass er nicht fortgeschickt wird, um ihn zu bestrafen, sondern dass man ihm noch eine Chance gibt. Mr. Monroe, ich kann Ihnen die Wahrheit nicht verschweigen. Joey spricht auf die Behandlung nicht an.«

»Er trinkt doch nicht etwa wieder?«

»Nein, das tut er nicht.« Wie konnte sie ihm bloß begreiflich machen, dass die Linderung eines Symptoms sehr wenig mit Heilung zu tun hatte? Schon bei den therapeutischen Familiengesprächen war ihr bewusst geworden, dass Monroe ein Mann war, der Ergebnisse wesentlich klarer zu erkennen vermochte als Ursachen. »Mr. Monroe, Joey ist Alkoholiker und wird es immer sein, ob er nun trinkt oder nicht. Er ist eines der achtundzwanzig Millionen Kinder von Alkoholikern, die es in diesem Land gibt. Ein Drittel von ihnen wird selbst zu Alkoholikern, wie es bei Joey passiert ist.«

»Aber er trinkt doch nicht«, sagte Monroe hartnäckig.

»Nein, das tut er nicht.« Sie verschränkte ihre Finger und legte sie auf die Schreibunterlage. Dann versuchte sie es noch einmal. »Er konsumiert keinen Alkohol, er verändert seine Wirklichkeit nicht mit Alkohol, aber er muss sich nach wie vor mit seiner Abhängigkeit auseinandersetzen und – was noch wichtiger ist – mit den Ursachen dieser Abhängigkeit. Er betrinkt sich nicht, Mr. Monroe, aber der Alkoholismus war eine Folge anderer Probleme, mit dem ebendiese Probleme kaschiert werden sollten. Diese Probleme kann er nicht mehr mit Alkohol in den Griff bekommen oder verdrängen, und jetzt erdrücken sie ihn. Er zeigt keinen Zorn, Mr. Monroe, keine Wut und sehr wenig Kummer, obwohl das alles in ihm aufgestaut ist. Kinder von Alkoholikern fühlen sich oft für die Krankheit ihres Vaters oder ihrer Eltern verantwortlich.«

Voller Unbehagen rutschte Monroe auf seinem Stuhl hin und her. »Das haben Sie schon mal erklärt«, sagte er ungehalten.

»Ja, das habe ich. Joey grollt seinem Vater, und in hohem Maße grollt er auch seiner Mutter, weil ihn beide enttäuscht haben. Sein Vater durch seine Trunksucht, seine Mutter dadurch, dass sie ganz von der Trunksucht seines Vaters in Anspruch genommen wurde. Da er sie beide liebt, hat er diesen Groll gegen sich selbst gerichtet.«

»Lois hat ihr Möglichstes getan.«

»Ja, davon bin überzeugt, sie ist eine bemerkenswert starke Frau. Unglücklicherweise besitzt Joey nicht ihre Kraft. Joeys Depressionen haben ein gefährliches, ein kritisches Stadium erreicht. Selbst Ihnen kann ich nicht verraten, was bei unseren letzten Sitzungen besprochen wurde, aber ich kann Ihnen sagen, dass mir sein Gemütszustand größere Sorge denn je bereitet. Er leidet entsetzlich. Im Moment mache ich kaum etwas anderes, als sein Leid ein wenig zu lindern, damit er die Woche bis zur nächsten Sitzung durchsteht. Joey hat das Gefühl, sein Leben sei nichts wert, er hat das Gefühl, als Sohn, als Freund, als Mensch versagt zu haben.«

»Die Scheidung …«

»Bei einer Scheidung werden die betroffenen Kinder immer in Mitleidenschaft gezogen. In welchem Maße das geschieht, hängt von dem Gemütszustand ab, in dem sich die Kinder zu dem Zeitpunkt befinden, von der Art und Weise, in der die Scheidung durchgeführt wird, und von der emotionalen Kraft des einzelnen Kindes. Für manche Kinder ist das Ganze so niederschmetternd wie ein Todesfall. Gewöhnlich tritt dann eine Phase des Kummers, der Verbitterung, ja, der Verweigerung ein. Auch dass sie sich selbst die Schuld geben, kommt häufig vor. Mr. Monroe, es ist jetzt fast drei Jahre her, dass Ihre Frau sich von Joeys Vater getrennt hat. Seine Fixiertheit auf die Scheidung und seinen Anteil daran ist nicht normal. Sie ist zum Auslöser all seiner Probleme geworden.«

Sie schwieg einen Moment und verschränkte erneut die Hände. »Sein Alkoholismus ist eine Qual für ihn. Joey glaubt, dass er diese Qual verdient. Es ist sogar so, dass er sie bereitwillig auf sich nimmt, so wie ein kleines Kind, das unartig gewesen ist, bereitwillig seine Bestrafung akzeptiert. Die Bestrafung und die Qual vermitteln ihm das Gefühl, ein Teil der Gesellschaft zu sein, während ihm sein Alkoholismus gleichzeitig das Gefühl gibt, von der Gesellschaft isoliert zu sein. Er hat gelernt, sich auf diese Isolation einzustellen, sich selbst als jemanden zu sehen, der anders ist und an alle Übrigen nicht heranreicht. Besonders an Sie nicht.«

»An mich? Das verstehe ich nicht.«

»Joey identifiziert sich mit seinem Vater, einem Trinker, einem Versager im beruflichen wie im familiären Bereich. Sie sind alles, was sein Vater – und folglich auch Joey – nicht ist. Ein Teil von ihm möchte sich von seinem Vater lösen und sich Sie zum Vorbild nehmen. Der Rest seiner Persönlichkeit fühlt sich dessen einfach nicht würdig, und er fürchtet sich vor einem weiteren Fehlschlag. Es ist sogar noch schlimmer, Mr. Monroe. Joey nähert sich mit großer Geschwindigkeit dem Punkt, wo er es satthaben wird, sich überhaupt mit dem Leben abzugeben.«

Seine Finger krampften sich in einem fort zusammen. Als er etwas sagte, tat er es jedoch mit seiner gelassenen Aufsichtsratsstimme. »Ich kann Ihnen nicht ganz folgen.«

»Selbstmord ist bei Jugendlichen die dritthäufigste Todesursache, Mr. Monroe. Joey neigt ganz eindeutig dazu. Er spielt bereits mit dem Gedanken und umkreist das Thema, fasziniert, wie er vom Okkulten ist. An diesem Punkt in seinem Leben bedürfte es nur einer Kleinigkeit, um ihn den letzten Schritt machen zu lassen – eine Auseinandersetzung, die ihn rebellisch werden lässt, oder eine Klassenarbeit in der Schule, die ihm das Gefühl gibt, nichts zu können. Oder das abweisende Verhalten seines Vaters.«

Obwohl ihre Stimme ruhig blieb, teilte sich ihm die dahintersteckende Eindringlichkeit mit. In der Hoffnung, noch einen Schritt weiterzukommen, beugte Tess sich vor.

»Mr. Monroe, ich kann gar nicht stark genug betonen, wie wichtig es ist, dass Joey mit einer systematischen, intensivierten Therapie anfängt. Ihr Vertrauen zu mir war groß genug, um ihn hierherzubringen und mir zu gestatten, ihn zu behandeln. Jetzt muss Ihr Vertrauen auch groß genug sein, mir zu glauben, wenn ich Ihnen sage, dass meine Behandlung nicht ausreicht. Hier sind Informationen über die Klinik.« Sie schob eine Broschüre über den Schreibtisch. »Bitte, sprechen Sie mit Ihrer Frau darüber und bitten Sie sie, zu mir zu kommen, um darüber zu reden. Ich werde meinen Terminkalender so einrichten, dass wir uns treffen können, wann immer es ihr passt. Aber sorgen Sie bitte dafür, dass es bald geschieht. Joey braucht diese Therapie, und er braucht sie jetzt, bevor es zu spät ist.«

Er nahm die Broschüre an sich, ohne sie zu öffnen. »Sie wollen, dass wir Joey in eine solche Klinik schicken, aber Sie wollten nicht, dass wir ihn auf eine andere Schule schicken.«

»Das ist richtig.« Sie verspürte das Bedürfnis, sich die Haarnadeln herauszuziehen und sich mit den Händen durchs Haar zu fahren, bis der Druck in ihren Schläfen verschwand. »Zu dem Zeitpunkt war ich noch der Ansicht – hoffte ich noch –, an ihn herankommen zu können. Seit September zieht Joey sich immer mehr in sich selbst zurück.«

»Der Schulwechsel war für ihn ein erneutes Versagen, ja?«

»Ja, leider.«

»Ich wusste, dass es ein Fehler ist.« Er stieß einen tiefen Seufzer aus. »Als Lois die Umschulung in die Wege leitete, hat er mich immer so angesehen. Es war, als sage er, bitte, gebt mir eine Chance. Ich konnte es fast hören. Aber ich habe ihr den Rücken gestärkt.«

»Niemanden trifft eine Schuld, Mr. Monroe. Sie und Ihre Frau müssen sich mit einer Situation auseinandersetzen, in der es keine leichten Lösungen gibt. Nichts ist absolut richtig oder absolut falsch.«

»Ich nehme die Broschüre mit nach Hause.« Langsam, als sei die Broschüre in seiner Hand von bleierner Schwere, erhob er sich. »Dr. Court, Lois ist schwanger. Wir haben es Joey noch nicht erzählt.«

»Gratuliere.« Sie streckte die Hand aus, während sie überlegte, welche Auswirkung diese Neuigkeit auf ihren Patienten haben könnte. »Ich glaube, es wäre schön, wenn Sie es Joey beide zusammen erzählen würden, um es auf diese Weise zu einer Familienangelegenheit zu machen. Sie *drei* erwarten ein Baby. Es ist sehr wichtig, Joey das Gefühl zu geben, dass er keineswegs ersetzt wird, sondern dass er dazugehört. Ein Baby, die Vorfreude auf ein Baby, kann in einer Familie sehr viele liebevolle Gefühle auslösen.«

»Wir haben befürchtet, dass er es uns vielleicht übel nimmt.«

»Das wäre möglich.« Timing, dachte sie – das emotionale Überleben hing so oft vom richtigen Timing ab. »Je mehr er in den ganzen Prozess, in alle Vorbereitungen einbezogen wird, desto größer wird sein Zugehörigkeitsgefühl sein. Haben Sie ein Kinderzimmer?«

»Wir haben ein unbenutztes Schlafzimmer, das wir herrichten wollen.«

»Ich könnte mir vorstellen, dass Joey recht gut mit einem Malerpinsel umgehen kann, wenn man ihm die Möglichkeit dazu gibt. Bitte, rufen Sie mich an, wenn Sie über die Klinik gesprochen haben. Ich würde selbst gern mit Joey darüber reden und vielleicht mit ihm hinfahren, damit er sich alles ansehen kann.«

»In Ordnung. Danke, Frau Doktor.«

Nachdem Tess die Tür hinter ihm geschlossen hatte, zog sie sich die Nadeln aus dem Haar. Der Druck ließ nach, und nur ein dumpfer Schmerz blieb zurück. Ruhig schlafen würde sie wohl erst wieder können, wenn Joey in der Klinik behandelt wurde. Zumindest, fand sie, hatten sie den richtigen Weg eingeschlagen. Monroe war von ihrem Vorschlag zwar nicht begeistert gewesen, doch sie glaubte, dass er die Sache durchsetzen würde.

Tess schloss Joeys Akte und die Tonbandaufnahmen weg. Die Kassette von der letzten Sitzung behielt sie einen Moment in der Hand. Er hatte im Verlauf der Sitzung zweimal vom Tod gesprochen, beide Male auf ganz sachliche, nüchterne Weise. Er hatte es nicht Sterben, sondern Aussteigen genannt. Der Tod als Möglichkeit, eine Wahl zu treffen. Sie ließ die letzte Tonbandaufnahme draußen und beschloss, am nächsten Vormittag den Direktor der Klinik anzurufen.

Als ihr Telefon klingelte, hätte sie beinahe aufgestöhnt. Sie brauchte nicht ranzugehen. Nach dem vierten Klingeln würde ihr Anrufbeantwortungsdienst das Gespräch entgegennehmen und sich mit ihr in Verbindung setzen, falls es etwas Wichtiges war. Dann besann sie sich eines anderen und ging mit Joeys Kassette in der Hand zum Telefon, um den Hörer abzunehmen.

»Hallo, Dr. Court.«

In dem Schweigen, das darauf folgte, hörte sie, wie jemand schwer atmete. Außerdem war Verkehrslärm zu vernehmen.

Mechanisch zog sie einen Schreibblock zu sich heran und nahm einen Bleistift in die Hand.

»Hier ist Dr. Court. Kann ich Ihnen helfen?«

»Können Sie das?«

Die Stimme war nur ein Flüstern. Sie war nicht von panischer Angst erfüllt, wie Tess halbwegs erwartet hatte, sondern von Verzweiflung. »Ich kann es versuchen. Möchten Sie das?«

»Sie waren nicht da. Wenn Sie da gewesen wären, dann wäre es vielleicht anders gekommen.«

»Jetzt bin ich aber da. Möchten Sie mich aufsuchen?«

»Das geht nicht.« Sie hörte ein abgrundtiefes, würgendes Schluchzen. »Dann würden Sie Bescheid wissen.«

»Ich kann auch zu Ihnen kommen. Warum verraten Sie mir nicht Ihren Namen und sagen mir, wo Sie sind?« Dann hörte sie es klicken.

Kaum einen Block entfernt lehnte ein Mann in dunklem Mantel an einem Münzfernsprecher und weinte vor Schmerz und Verwirrung.

»Verdammt!« Tess warf einen Blick auf die Notizen, die sie sich während des Gesprächs gemacht hatte. Wenn es ein Patient gewesen war, dann hatte sie seine Stimme nicht erkannt. Für den Fall, dass das Telefon erneut klingelte, blieb sie noch eine Viertelstunde im Büro. Dann packte sie ihre Sachen zusammen und ging.

Im Gang wartete Frank Fuller.

»Na, da ist sie ja.« Rasch steckte er sein Atemspray in die Tasche. »Ich hab' schon gedacht, du hast dein Büro hier aufgegeben.«

Tess blickte zu ihrer Tür zurück, auf der groß und deutlich ihr Name und ihr Beruf standen. »Nein, noch nicht. Machst du heute Abend Überstunden, Frank?«

»Ach, du weißt ja, wie das so ist.« In Wirklichkeit hatte er die vergangene Stunde mit dem Versuch zugebracht, ein Date zu arrangieren. Allerdings ohne Erfolg. »Diese Beratertätigkeit bei der Polizei scheint dich ja mächtig in Anspruch zu nehmen.«

»Scheint so, nicht wahr?« Selbst jemandem wie Tess, der die guten Manieren in Fleisch und Blut übergegangen waren, ging es ein wenig zu weit, nach einem anstrengenden Arbeitstag Small Talk zu betreiben. Während sie auf den Fahrstuhl wartete, schweiften ihre Gedanken zu dem Anruf zurück.

»Weißt du, Tess …« Er bediente sich seines alten Tricks, die Hand gegen die Wand zu stützen und sie förmlich einzukreisen. »Es würde dir, professionell gesprochen, vielleicht guttun, dich mit einem Kollegen über diese Sache auszutauschen. Ich bin gern bereit, in meinem Terminkalender ein Plätzchen für dich frei zu machen.«

»Sehr freundlich von dir, Frank, aber ich weiß ja, wie viel du zu tun hast.« Als die Fahrstuhltür aufging, trat sie in die Kabine. Während sie auf den Knopf fürs Erdgeschoss drückte und ihre Aktentasche in die andere Hand nahm, gesellte er sich neben sie.

»Für dich habe ich immer Zeit, Tess, ob nun beruflich oder privat. Warum sprechen wir nicht bei einem Drink über die ganze Sache?«

»Ich fürchte, ich darf überhaupt nicht darüber sprechen.«

»Dann werden wir sicher ein anderes Gesprächsthema finden. Ich habe zu Hause eine Flasche Wein, einen spritzigen Zinfandel, den ich für eine besondere Gelegenheit aufgehoben habe. Warum fahren wir nicht zu mir, lassen den Korken knallen und legen die Füße hoch?«

Damit er anfangen konnte, an ihren Zehen zu knabbern, vermutete Tess, und sprach im Stillen ein Dankgebet, als die Tür des Fahrstuhls wieder aufging. »Nein, danke, Frank.«

Im Vestibül legte sie einen Zahn zu, konnte ihn jedoch nicht abschütteln.

»Warum gehen wir dann nicht auf einen Sprung ins Mayflower, um in aller Ruhe etwas zu trinken und ein bisschen Musik zu hören, ganz ohne Fachsimpelei?«

Champagnercocktail im Mayflower. Nach Bens Ansicht war das ihr Stil. Vielleicht war es an der Zeit, ihm – und Frank Fuller – zu beweisen, dass dies nicht zutraf.

»Das Mayflower ist für meinen Geschmack ein bisschen zu spießig, Frank.«

Als sie in die frostige Dunkelheit des Parkplatzes hinaustraten, schlug sie den Kragen hoch. »Aber ich habe sowieso keine Zeit für Geselligkeit. Du solltest mal diesen neuen Club gleich um die Ecke ausprobieren, *Zeedo's*. Nach allem, was ich gehört habe, ist es so gut wie unmöglich, dort niemanden aufzureißen.« Sie zog ihre Schlüssel aus der Tasche und sperrte das Schloss ihrer Autotür auf.

»Woher weißt du …«

»Frank.« Sie schnalzte mit der Zunge und tätschelte ihm die Wange. »Werd endlich erwachsen.« Entzückt von sich selbst und seinem verblüfften Gesichtsausdruck, stieg sie ins Auto. Als sie zurücksetzte, warf sie einen Blick über die Schulter, ohne dabei groß auf den Mann zu achten, der am Rande des Parkplatzes in der Dunkelheit stand.

Kaum war sie zur Tür herein und hatte Mantel und Schuhe ausgezogen, als es klopfte. Wenn es Frank war, würde sie alle Höflichkeit vergessen, nahm Tess sich vor, und ihm gehörig die Meinung sagen.

Vor ihr stand Senator Jonathan Writemore, bekleidet mit einem Mantel aus der Savile Row, in den Händen einen roten Pappkarton mit Hühnchen und eine schmale Papiertüte.

»Großpapa.« Im Nu war die innere Spannung, die Tess bisher gar nicht bemerkt hatte, fast völlig verflogen. Sie atmete tief ein und konnte die Gewürze riechen. »Ich hoffe, du bist nicht unterwegs zu einem heißen Date.«

»Ich bin hierher unterwegs.« Er drückte ihr den Karton mit Hühnchen in die Hand. »Das Zeug ist noch heiß, Mädel. Ich habe extra scharf genommen.«

»Mein Held! Ich wollte mir gerade ein Käsesandwich machen.«

»Typisch. Hol Teller und massenhaft Servietten.«

Sie huschte in die Küche und stellte im Vorbeigehen den Karton mit Hühnchen auf den Tisch. »Heißt das, dass ich morgen Abend nicht zum Dinner eingeladen bin?«

»Das heißt, dass du diese Woche zweimal was Anständiges zu essen bekommst. Vergiss den Korkenzieher nicht. Ich habe eine Flasche Wein dabei.«

»Hauptsache, es ist kein Zinfandel.«

»Was?«

»Ach, schon gut.« Tess kam mit Tellern, Leinenservietten, zwei ihrer besten Weingläser und einem Korkenzieher zurück. Nachdem sie den Tisch gedeckt und die Kerzen angezündet hatte, drehte sie sich um und umarmte ihren Großvater voller Ungestüm. »Ich bin so froh, dass du gekommen bist. Woher wusstest du, dass ich heute Abend Aufmunterung brauche?«

»So was wissen Großväter eben.« Er küsste sie auf beide Wangen. Dann sah er sie mit finsterer Miene an. »Du ruhst dich zu wenig aus.«

»Bist du Arzt oder ich?«

Er gab ihr einen Klaps auf den Hintern. »Setz dich, Mädel.« Als sie gehorchte, wandte er seine Aufmerksamkeit der Weinflasche zu. Während er sich mit dem Korken befasste, nahm Tess den Deckel des Kartons ab. »Gib mir eine von diesen Hühnertitten.«

Sie kicherte wie ein Teenager und legte das Fastfood auf das beste englische Porzellan ihrer Mutter. »Deine Wähler wären ganz schön schockiert, wenn sie hören würden, wie du von Hühnertitten sprichst.« Sie selbst nahm sich eine Keule und war hocherfreut, als sie auch noch einen Karton mit Pommes frites entdeckte. »Wie läuft's im Senat?«

»Es ist eine Menge Scheiße nötig, damit Blumen wachsen, Tess.« Er zog den Korken heraus. »Ich sammle immer noch Stimmen, um das Gesetz zur Krankenversicherungsreform durchzubekommen. Ich weiß nicht, ob ich noch vor den Feiertagen genug Leute zusammenkriege, die mich unterstützen.«

»Dieses Gesetz ist eine gute Sache. Ich bin stolz auf dich.«

»Schmeichlerin.« Er schenkte ihnen Wein ein. »Wo ist das Ketchup? Pommes kann ich nicht ohne Ketchup essen. Nein, bleib sitzen, ich hol es. Wann bist du das letzte Mal einkaufen gewesen?«, fragte er, sobald er den Kühlschrank geöffnet hatte.

»Fang bloß nicht damit an«, sagte sie und biss in ihre Hühnerkeule. »Außerdem weißt du ja, dass ich Expertin darin bin, mir schnell irgendwo was mitzunehmen und zu Hause zu essen.«

»Ich mag es nicht, wenn meine einzige Enkeltochter dauernd aus einem Pappkarton isst.« Er kam mit einer Flasche Ketchup ins Zimmer zurück. Die Tatsache, dass sie beide gerade aus einem Pappkarton aßen, ignorierte er großzügig. »Wenn ich nicht hier wäre, würdest du mit einem Käsesandwich und einem Stapel Akten am Schreibtisch sitzen.«

»Habe ich eben gesagt, ich sei froh, dass du da bist?« Tess hob ihr Weinglas und lächelte ihn an.

»Du arbeitest zu viel.«

»Mag sein.«

»Wie wäre es, wenn ich zwei Tickets nach Saint Croix besorge und wir uns am Tag nach Weihnachten davonmachen? Lass uns eine Woche ausspannen und in der Sonne liegen.«

»Du weißt, wie gern ich das täte, aber die Feiertage sind für einige meiner Patienten eine besonders schlimme Zeit. Ich muss für sie da sein.«

»Ich habe noch mal nachgedacht.«

»Du?« Das Ketchup ignorierend, begann sie Pommes frites zu knabbern, und überlegte, ob in ihrem Magen noch Platz für eine zweite Portion Hühnchen war. »Worüber?«

»Darüber, dass ich dich in diese Mordfälle hineingezogen habe. Du siehst ziemlich kaputt aus.«

»Das liegt nur zum Teil an den Mordfällen.«

»Hast du Probleme mit deinem Sexualleben?«

»Das ist streng geheim.«

»Im Ernst, Tess, ich habe mit dem Bürgermeister gesprochen. Er hat mir erzählt, wie engagiert du in die polizeilichen Ermittlungen eingestiegen bist. Dabei wollte ich doch bloß, dass du das Täterprofil erstellst. Na ja, vielleicht wollte ich auch ein bisschen mit meiner gescheiten Enkeltochter angeben.«

»Nervenkitzel aus zweiter Hand, was?«

»Nach dem vierten Mord sieht es mit dem Nervenkitzel ein bisschen anders aus. Nur zwei Blocks von hier entfernt.«

»Großpapa, das wäre auch passiert, wenn ich nichts mit den Ermittlungen zu tun hätte. Der springende Punkt ist, ich will etwas mit ihnen zu tun haben.« Sie dachte an Ben, seine Anschuldigungen, seinen Groll. Sie dachte an ihr wohlgeordnetes Leben und die plötzlichen kleinen Anfälle von Unzufriedenheit. »Vielleicht brauche ich das. In meinem Leben und in meiner Karriere ist bisher alles ziemlich glatt und problemlos verlaufen. Durch meine Beteiligung an den Ermittlungen habe ich gelernt, meine Person und das System aus einem anderen Blickwinkel zu betrachten.«

Sie nahm ihre Serviette auf, knetete sie jedoch nur mit den Händen. »Die Polizei interessiert es nicht, wie es um sein Gemüt steht und wie er emotional motiviert ist. Trotzdem wird sie sich das Wissen darüber zunutze machen, um ihn zu fassen und zu bestrafen. Ich habe kein Interesse daran, dass er bestraft wird. Trotzdem werde ich mir alles, was ich über sein Gemüt und seine Motivation herausfinden kann, zunutze machen, damit er an weiteren Morden gehindert wird und damit ihm geholfen werden kann. Wer von uns hat recht, Großpapa? Heißt Gerechtigkeit Bestrafung oder Behandlung?«

»Du sprichst mit einem Rechtsanwalt alter Schule, Tess. In diesem Land hat jeder Mann, jede Frau und jedes Kind das Recht, vor Gericht von einem Anwalt vertreten zu werden. Der Anwalt muss nicht unbedingt an seinen Klienten glauben, aber er muss ans Gesetz glauben. Das Gesetz schreibt vor, dass dieser Mann Anspruch auf einen fairen Prozess hat. Und dieses System funktioniert normalerweise.«

»Aber versteht das Gesetz einen gestörten Geist?« Sie schüttelte den Kopf und legte ihre Serviette wieder hin, als ihr klar wurde, dass sie sie aus reiner Nervosität mit den Händen knetete. »Nicht schuldig, da wahnsinnig. Müsste es nicht heißen *nicht verantwortlich?* Großpapa, er ist des Mordes an diesen Frauen schuldig, aber nicht dafür verantwortlich.«

»Er ist nicht dein Patient, Tess.«

»Doch, das ist er. Das ist er schon die ganze Zeit gewesen, aber begriffen habe ich das erst letzte Woche – nach dem letzten Mord. Er hat mich noch nicht um Hilfe gebeten, aber das kommt noch. Großpapa, kannst du dich erinnern, was du mir an dem Tag, an dem ich meine Praxis aufgemacht habe, gesagt hast?«

Er musterte sie und bemerkte, wie schön sie im Kerzenlicht

aussah, trotz ihres eindringlichen, sorgenvollen Blicks. Sein Mädel. »Wahrscheinlich habe ich allerlei von mir gegeben. Bin ja schließlich nicht mehr der Jüngste.«

»Du hast gesagt, dass ich mir einen Beruf ausgesucht habe, der es mir erlaubt, den Menschen in die Köpfe zu schauen, dass ich aber nie ihr Herz vergessen solle. Und das habe ich auch nicht.«

»Was war ich an dem Tag stolz auf dich. Bin ich immer noch.«

Sie lächelte und nahm ihre Serviette in die Hand. »Du hast Ketchup am Kinn, Senator«, murmelte sie und wischte den Klecks ab.

Dreieinhalb Meilen entfernt waren Ben und Ed gerade dabei, sich volllaufen zu lassen. Die Kneipe, die mit Weinflaschen dekoriert war, hatte zahlreiche Stammgäste und einen blinden Klavierspieler, der mit gedämpfter Stimme Rockballaden sang. Sein Trinkgeldglas war erst halb voll, aber der Abend war ja noch jung. Ihr Tisch hatte ungefähr die Größe eines Platzdeckchens und gehörte zu einer Reihe dicht an dicht stehender anderer Tische. Ed arbeitete sich gerade durch einen Pastasalat. Ben begnügte sich mit den Nüssen, die auf dem Tisch standen.

»Wenn du zu viel davon isst«, sagte Ben mit einer Kopfbewegung in Richtung Teller, »wirst du zum Yuppie.«

»Wenn man keinen Weißwein trinkt, kann man kein Yuppie werden.«

»Bist du sicher?«

»Absolut.«

Ben nahm ihn beim Wort und klaute ihm eine Nudel.

»Hast du im Dezernat was Neues erfahren?«

Ben nahm sein Glas in die Hand und sah einer Frau mit

kurzem Lederrock nach, die an ihrem Tisch vorbeiging. »Bigsby ist in dem Drugstore gewesen, wo er die Postanweisung gekauft hat. Fehlanzeige. Wer erinnert sich schon an jemand, der vor drei Monaten eine Postanweisung gekauft hat? Machst du dir da kein Salz drauf?«

»Du spinnst wohl!« Ed bestellte eine weitere Runde. Bis jetzt war noch keiner von ihnen betrunken, obwohl sie sich durchaus Mühe gaben.

»Fährst du am Samstag ins Kinikee-Stadion, um dir das Spiel anzusehen?«

»Ich muss mir Apartments ansehen. Bis zum ersten Dezember muss ich ausgezogen sein.«

»Das mit dem Apartment solltest du lassen«, bemerkte Ben, während er sich seinem neuen Drink zuwandte.

»Geld für Miete ist Geld, das man aus dem Fenster wirft. Du solltest daran denken, dir eine Wohnung zu kaufen und dein Geld anzulegen.«

»Zu kaufen?« Ed nahm einen Löffel und rührte seinen Drink um. »Du meinst, ein Haus?«

»Genau. Du musst doch verrückt sein, jeden Monat dein Geld zum Fenster rauszuwerfen.«

»Hast du denn die Absicht, ein Haus zu kaufen?«

»Bei meinem Gehalt?« Ben lachte und kippte mit seinem Stuhl nach hinten. Mehr Platz gab es nicht.

»Wenn ich mich recht erinnere, verdiene ich genauso viel wie du.«

»Ich werde dir sagen, was du tun musst, Partner. Du musst heiraten.« Statt etwas zu erwidern, trank Ed sein Glas zur Hälfte leer. »Das meine ich ganz im Ernst. Such dir eine Frau, vergewissere dich, dass sie einen guten Job hat – im Sinne von Erfolg, meine ich, damit sie später nicht auf den Gedanken kommt, den Job hinzuschmeißen. Es wäre auch nicht übel, wenn du eine fändest, die du längere Zeit ansehen kannst, ohne dass dir dabei schlecht wird. Dann legt ihr euer Gehalt zusammen, kauft ein Haus, und du hörst damit auf, dein Geld für Miete zu vergeuden.«

»Weil mein Apartment in eine Eigentumswohnung umgewandelt wird, muss ich also heiraten?«

»So geht das in unserem System. Lass uns jemand dazu befragen, der unparteiisch ist.« Ben beugte sich zu der Frau hinüber, die neben ihm saß. »Entschuldigen Sie bitte, aber glauben Sie nicht auch, dass bei der heutigen sozialen und gesamtwirtschaftlichen Lage zwei so billig leben können wie einer? Dass zwei, wenn man die Kaufkraft einer Familie mit zwei Einkommen in Betracht zieht, sogar fast immer billiger leben können als einer?«

Die Frau stellte ihre Schorle hin und sah Ben nachdenklich an. »Ist das eine Anmache?«

»Nein, eine spontane Meinungsumfrage. Das Apartment meines Partners wird nämlich in eine Eigentumswohnung umgewandelt.«

»Das haben die Dreckskerle bei meinem Apartment auch gemacht. Jetzt brauche ich zwanzig Minuten, um mit der U-Bahn zur Arbeit zu fahren.«

»Sie haben einen Job?«

»Na sicher. Ich bin Abteilungsleiterin bei Woodies, Damenbekleidung für höhere Ansprüche.«

»Abteilungsleiterin?«

»So ist es.«

»Na also, Ed.« Ben beugte sich zu seinem Partner. »Deine zukünftige Braut.«

»Trink lieber noch was, Ben.«

»Du lässt dir eine ideale Gelegenheit entgehen. Warum tauschen wir nicht den Platz, damit du …« Als er den Mann erspähte, der sich ihrem Tisch näherte, verstummte er. Automatisch setzte er sich aufrecht hin. »'n Abend, Monsignore.«

Ed drehte sich um und sah, dass direkt hinter ihm Logan stand. Er trug einen grauen Pullover und bequeme Hosen. »Schön, Sie wiederzusehen, Monsignore. Wollen Sie sich nicht zu uns quetschen?«

»Gern, wenn ich nicht störe.« Logan schaffte es, einen Stuhl zur Ecke des Tisches zu ziehen. »Ich habe im Revier angerufen, und dort hat man mir gesagt, dass ich Sie hier finde. Ich hoffe, es macht Ihnen nichts aus, dass ich hergekommen bin.«

Ben strich mit dem Finger an seinem Glas entlang.

»Was können wir für Sie tun, Monsignore?«

»Sie können mich Tim nennen.« Logan gab der Kellnerin ein Zeichen. »Ich glaube, dann können wir unbefangener miteinander reden. Bringen Sie mir ein St. Pauli Girl und für meine Freunde eine neue Runde.« Logan blickte zu dem Klavierspieler hinüber, der gerade eine Ballade von Billy Joel anstimmte. »Ich kann es mir ersparen, Sie zu fragen, ob Sie einen harten Tag hinter sich haben. Ich habe schon mit Dr. Court gesprochen, und vor ein paar Stunden hatte ich eine kurze Unterredung mit Ihrem Captain. Sie versuchen, einen gewissen Francis Moore ausfindig zu machen.«

»*Versuchen* ist das richtige Wort.« Ed schob seinen leeren Teller beiseite, damit die Kellnerin ihn mitnahm, wenn sie die neuen Drinks brachte.

»Ich kannte mal einen Frank Moore. Hat früher hier im Priesterseminar unterrichtet. Alte Schule. Unerschütterlicher Glaube. Der Typ Priester, der Ihnen wohl eher vertraut ist, Ben.«

»Wo ist er jetzt?«

»Oh, vor dem Angesicht Gottes, da bin ich mir ganz sicher.«

Er nahm sich eine Handvoll Nüsse. »Er ist vor ein paar Jahren gestorben. Gott segne Sie, mein Kind«, sagte Logan, als er sein Bier bekam. »Also, der alte Frank war kein wütender Fanatiker, er war einfach nicht flexibel. Heute gibt es eine Menge junger Priester, die alles hinterfragen und über Dinge wie das Zölibat und das Recht der Frau, die Sakramente auszuteilen, debattieren. Da hatte Frank Moore es leichter, weil er alles in Schwarz und Weiß sah. Einen Geistlichen gelüstet es nicht nach Wein, Frauen oder seidener Unterwäsche. Prost.« Er hob sein Glas und trank das restliche Bier aus. »Das erzähle ich Ihnen deshalb, weil ich mir gedacht habe, ich könnte vielleicht die eine oder andere Quelle anzapfen und mich mit ein paar Leuten unterhalten, die sich an Frank erinnern oder bei ihm studiert haben. Ich selbst war am Seminar auch mal tätig, in beratender Funktion, aber das ist fast zehn Jahre her.«

»Wir sind für jede Kleinigkeit dankbar.«

»Gut. Dann ist das geklärt. Und jetzt werde ich mir noch ein Bier bestellen.« Er gab der Kellnerin ein Zeichen. Dann wandte er sich lächelnd Ben zu. »Wie viele Jahre waren Sie auf einer katholischen Schule?«

Ben holte seine Zigaretten aus der Tasche. »Zwölf.«

»Das volle Programm. Die guten Schwestern haben Ihnen sicher eine fundierte Bildung zuteilwerden lassen.«

»Und so manchen Hieb mit dem Lineal.«

»Ja, der Herr möge es ihnen vergelten. Sie sind nicht alle wie Ingrid Bergman.«

»Nein.«

»Ich selbst habe allerdings auch nicht viel mit Pat O'Brien gemeinsam.« Logan hob sein frisches Bier zum Mund. »Abgesehen davon, dass wir beide Iren sind. Lecheim!«

»Monsignore Logan … Tim«, verbesserte sich Ed rasch.

»Darf ich Ihnen eine religiöse Frage stellen?«

»Wenn's sein muss.«

»Wenn dieser Typ oder irgendjemand anders zu Ihnen zur Beichte käme und Ihnen erzählte, dass er jemanden um die Ecke gebracht habe, würden Sie ihn dann anzeigen?«

»Das ist eine Frage, auf die ich als Psychiater wie auch als Priester die gleiche Antwort geben kann. Viele solcher Fragen gibt es nicht.« Er betrachtete einen Moment lang sein Bier. Es gab Zeiten, da hielten Logans geistliche Vorgesetzte ihn für zu flexibel, doch sein Glaube an Gott war ebenso unerschütterlich wie der an seine Mitmenschen.

»Wenn jemand, der ein Verbrechen begangen hat, zu mir zur Beichte käme oder mich um professionelle Hilfe bäte, würde ich ihn mit allen Mitteln zu überreden suchen, sich selbst zu stellen.«

»Aber Sie würden nicht Alarm schlagen?«, fragte Ben hartnäckig.

»Wenn jemand zu mir als Arzt kommt oder um Absolution zu erhalten, dann heißt das, dass der Betreffende Hilfe sucht. Ich würde dafür sorgen, dass er sie bekommt. Die Psychiatrie und die Kirche sind nicht immer einer Meinung. In diesem Fall sind sie es.«

Nichts gefiel Ed besser als ein Problem, das mehr als eine Lösung hatte. »Wenn Sie nicht einer Meinung sind, wie können Sie dann Psychiater *und* Priester sein?«

»Indem ich mich bemühe, den Geist *und* die Seele zu verstehen – die in so mancher Hinsicht ein und dasselbe sind. Wissen Sie, als Priester könnte ich mich stundenlang über das Thema der Schöpfung auslassen. Ich könnte einleuchtende Gründe anführen, warum es an dem, was in der Genesis steht, nichts zu rütteln gibt. Als Wissenschaftler könnte ich genau das Gleiche mit der Evolutionstheorie machen und erklären, warum die Genesis ein schönes Märchen ist. Als Mensch könnte ich hier sitzen und sagen, mir doch wurscht, wie's gewesen ist, wir sind eben da.«

»Und an welche der beiden Theorien glauben Sie?«, fragte Ben. Er zog es vor, wenn es nur eine Lösung, eine Antwort gab. Die richtige Antwort.

»Das hängt sozusagen davon ab, welche Kluft ich gerade trage.« Er nahm einen großen Schluck Bier und merkte, dass er angenehm besäuselt sein würde, wenn er ein drittes Bier bestellte. Während er sein zweites Bier genoss, freute er sich schon auf das dritte. »Im Gegensatz zu dem, was der alte Frank Moore lehrte, gibt es nicht nur Schwarz oder Weiß, Ben, im Katholizismus nicht, in der Psychiatrie nicht und im Leben ganz sicher nicht. Hat Gott uns erschaffen, weil er gütig ist und mit vollen Händen austeilt und vielleicht Sinn fürs Lächerliche hat? Oder haben wir Gott erfunden, weil wir von Natur aus das verzweifelte Bedürfnis haben, an etwas zu glauben, das größer und mächtiger ist als wir selbst? Darüber debattiere ich oft mit mir selbst.« Er bestellte eine weitere Runde.

»Keiner der Priester, die ich kannte, hat je die Ordnung der Dinge in Frage gestellt.« Ben trank seinen Wodka aus.

»Entweder man verhielt sich richtig, oder man verhielt sich falsch. Gewöhnlich verhielt man sich falsch und musste dafür büßen.«

»Die Sünde in ihrer unendlichen Mannigfaltigkeit. Die zehn Gebote sind unmissverständlich. Du sollst nicht töten. Trotzdem war schon der Urmensch, der noch nicht sprechen konnte, ein kriegerisches Wesen. Der Soldat, der sein Land verteidigt, wird von der Kirche nicht verdammt.«

Ben dachte an seinen Bruder. Josh hatte sich selbst verdammt. »Einen Menschen nur so zu töten, ist eine Sünde. Eine Bombe mit dem amerikanischen Hoheitszeichen auf ein Dorf zu werfen, ist patriotisch.«

»Wir sind lächerliche Kreaturen, nicht wahr?«, sagte Logan leichthin. »Ich will Ihnen ein einfacheres Beispiel geben, bei dem es ebenfalls um eine Frage der Auslegung geht. Vor ein paar Jahren hatte ich eine Studentin, eine gescheite junge Frau, die, wie ich zu meiner Schande gestehen muss, die Bibel besser kannte, als ich es je tun werde. Eines Tages kam sie zu mir, um über das Thema Masturbation zu sprechen.« Er drehte sich ein Stück zur Seite und stieß dabei an den Ellbogen der Kellnerin. »Entschuldigung, meine Liebe.« Dann wandte er sich wieder seinen Gesprächspartnern zu. »Sie führte ein Zitat an, das ich nicht mehr ganz zusammenbekomme, das aber in etwa besagte, es sei besser, wenn ein Mann seinen Samen in den Schoß einer Hure ergieße, als ihn auf die Erde fallen zu lassen. Ein ziemlich starkes Argument, könnte man sagen, gegen, äh, Selbstbefleckung.«

»Maria Magdalena war eine Hure«, murmelte Ed, bei dem der Alkohol allmählich zu wirken begann.

»Das war sie«, entgegnete Logan strahlend. »Jedenfalls lief die Argumentation meiner Studentin darauf hinaus, dass Frauen keinen Samen haben, der sich in irgendetwas ergießen oder auf die Erde fallen kann. Deswegen kann Masturbation nur eine Sünde sein, wenn man ein Mann ist.«

Ben erinnerte sich an einige schweißtreibende, von Bangigkeit erfüllte Beichten in der Pubertät. »Ich musste den ganzen verdammten Rosenkranz beten«, murmelte er.

»Ich musste ihn sogar zweimal beten«, warf Logan ein und sah Ben zum ersten Mal entspannt grinsen.

»Was haben Sie ihr gesagt?«, wollte Ed wissen.

»Ich hab' ihr gesagt, dass die Bibel oft verallgemeinernd spricht und dass sie ihr Gewissen erforschen soll. Dann habe ich die Stelle nachgeschlagen.« Genüsslich trank er einen Schluck Bier. »Verflucht noch mal, so ganz unrecht hatte sie nicht.«

10

Die Greenbriar Art Gallery bestand aus zwei kleinen, vollgestopften Räumen in der Nähe des Potomac. Ihr Gedeihen verdankte sie dem Umstand, dass es immer Leute gibt, die lächerliche Dinge kaufen, sofern der Preis hoch genug ist.

Ihr Besitzer war ein gerissener kleiner Mann, der für das baufällige Gebäude einen Spottpreis an Miete bezahlte und seinen Ruf als Exzentriker förderte, indem er die Fassade braunrot streichen ließ. Er trug vorzugsweise lange, unförmige Jacken in allen Regenbogenfarben mit dazu passenden Halbstiefeln und rauchte pastellfarbene Zigaretten. Er hatte ein merkwürdiges, mondförmiges Gesicht und helle Augen, die ins Flattern gerieten, wenn er von der Freiheit und Ausdruckskraft der Kunst sprach. Seinen Profit legte er in Kommunalobligationen an.

Magda P. Carlyse war eine Künstlerin, die *in* war, seit eine ehemalige First Lady eine ihrer Skulpturen gekauft hatte, um sie der Tochter einer Freundin zur Hochzeit zu schenken. Einige Kunstkritiker hatten zwar gemeint, dass die First Lady den Neuvermählten nicht allzu freundlich gesonnen sein könne, doch das hatte Magdas Aufstieg nicht aufhalten können.

Ihre Ausstellung in der Greenbriar Gallery war ein Riesenerfolg. Der Raum war zum Bersten voll von Leuten, die Pelz oder Seide, Kleidung aus Jeansstoff oder Stretch trugen. Es gab

Cappuccino in fingerhutgroßen Tassen und Pilzpastetchen von der Größe eines Vierteldollars. Ein über zwei Meter großer Schwarzer, der in ein purpurfarbenes Cape gehüllt war, stand wie gebannt vor einer Skulptur aus Blech und Federn.

Tess sah sich die Skulptur ebenfalls genauer an. Sie erinnerte sie an die Motorhaube eines Trucks, der sich durch eine Herde unvorsichtiger Gänse gepflügt hatte.

»Eine faszinierende Kombination der Ausdrucksmittel, nicht wahr?«

Tess rieb sich mit dem Finger über die Unterlippe, bevor sie ihren Begleiter ansah. »Oh, zweifellos.«

»Von gewaltiger Symbolkraft.«

»Geradezu erschreckend«, pflichtete sie ihm bei und hob ihre Tasse an den Mund, um ein Kichern zu verbergen. Sie hatte natürlich schon von der Greenbriar Gallery gehört, aber nie die Zeit oder die Energie gehabt, diese modische kleine Galerie zu erkunden. Heute Abend war sie dankbar für die Ablenkung, die diese Veranstaltung bot. »Weißt du, Dean, es ist wirklich sehr schön, dass du mich mitgenommen hast. Leider habe ich in der letzten Zeit mein Interesse an moderner, äh, Kunst ziemlich vernachlässigt.«

»Dein Großvater hat mir erzählt, dass du zu viel arbeitest.«

»Großpapa macht sich zu viele Sorgen.« Sie wandte sich ab, um eine zwei Fuß hohe, phallische Röhre, die zur Decke strebte, zu studieren. »Aber ein Abend hier lenkt einen zweifellos von allem anderen ab.«

»Diese Emotion, dieser Scharfblick«, teilte ein Mann in gelber Seide aufgeregt einer Frau im Zobelpelz mit. »Offensichtlich symbolisiert die zerbrochene Glühbirne die Vernichtung aller Ideen in einer Gesellschaft, die zwangsläufig immer öder und gleichförmiger wird.« Da der Mann wild mit seiner Zigarette gestikulierte, trat Tess ein Stück zur Seite und warf einen Blick auf die Skulptur, von der er gerade schwärmte.

Sie bestand aus einer Fünfundsiebzig-Watt-Birne, die etwa in der Mitte ein ausgezacktes Loch aufwies und in einen schlichten Sockel aus weißem Kiefernholz geschraubt war. Das war alles, abgesehen davon, dass ein kleiner roter Aufkleber verkündete, dass das Objekt bereits verkauft sei. Der Preis betrug zwölfhundertfünfundsiebzig Dollar.

»Erstaunlich«, murmelte Tess und wurde daraufhin von Mr. Gelbseide mit einem strahlenden Lächeln bedacht.

»Durch und durch innovativ, nicht wahr?« Dean lächelte die Glühbirne an, als hätte er das Kunstwerk selbst geschaffen. »Und von kühnem Pessimismus.«

»Mir fehlen die Worte.«

»Ich weiß genau, was du meinst. Als ich das Ganze zum ersten Mal sah, hat es mir auch die Sprache verschlagen.«

Tess beschloss, sich jeden Kommentars zu enthalten, und ging lächelnd weiter. Sie überlegte, ob sie einen Aufsatz über diese Form der Massenhysterie und die Beweggründe schreiben sollte, welche die Leute dazu brachten, Geld für esoterischen Schrott auszugeben. Sie blieb vor einem Glaskasten stehen, der mit Knöpfen in unterschiedlichen Größen und Farben gefüllt war. Viereckige, runde, emaillierte und stoffüberzogene Knöpfe lagen dicht gedrängt in dem abgeschlossenen Kasten. Die Künstlerin hatte ihrem Werk den Titel ›Weltbevölkerung, 2010‹ gegeben. Eine Pfadfinderin hätte nach Tess' Dafürhalten etwa dreieinhalb Stunden gebraucht, um das Ganze zusammenzustellen. Auf dem Preisschild stand die enorme Summe von siebzehnhundertundfünfzig Dollar.

Als sie sich kopfschüttelnd wieder ihrem Begleiter zuwenden wollte, sah sie Ben. Er stand mit unverhohlen belustigtem

Gesichtsausdruck, die Hände in den Hosentaschen, vor einem anderen Ausstellungsobjekt. Sein Jackett war offen. Darunter trug er ein einfaches graues Sweatshirt und Jeans. Eine Frau, die mit Diamanten im Wert von fünftausend Dollar behängt war, rauschte heran und stellte sich neben ihn, um die Skulptur ebenfalls zu betrachten. Tess sah, dass er etwas vor sich hin murmelte. Dann schaute er auf und erblickte sie.

Während zwischen ihnen Leute hin und her liefen, starrten sie einander an. Die Frau mit den Diamanten versperrte ihnen einen Moment lang die Sicht, doch als sie weiterging, hatte sich keiner von ihnen von der Stelle gerührt. Tess merkte, wie in ihrem Innern etwas nachgab, das jedoch sofort wieder erstarrte und sich in Unbehagen verwandelte. Dann zwang sie sich, ihn anzulächeln und ihm auf freundlich beiläufige Weise zuzunicken.

»... meinst du nicht auch?«

»Wie?« Mit einem Ruck fasste sie sich wieder und drehte sich Dean zu. »Entschuldigung, ich war eben nicht ganz da.«

Ein Mann, der vor Hunderten von Collegestudenten Vorlesungen hielt, war es gewöhnt, ignoriert zu werden.

»Ich habe gesagt, findest du nicht auch, dass diese Skulptur sehr überzeugend den Antagonismus zwischen Mann und Frau und den ewigen Kreislauf ihrer Beziehung zueinander ausdrückt?«

»Hmmm.« Was sie erblickte, war ein Gewirr aus Kupfer und Zinn, das zu metallener Kopulation zusammengeschweißt sein mochte oder auch nicht.

»Ich spiele mit dem Gedanken, es für mein Büro zu erwerben.«

»Oh.« Er war ein liebenswerter und absolut harmloser Anglistikprofessor, dessen Onkel mit ihrem Großvater ab und zu Poker spielte. Tess fühlte sich verpflichtet, ihn von der Skulptur wegzulotsen, so wie eine Mutter ihr Kind wegführt, das mit seinem Taschengeld in der Hand sehnsüchtig vor einem Regal mit überteuerten Modellautos aus Plastik steht. »Meinst du nicht, du solltest dich erst noch ein bisschen umschauen und dir die anderen …« Wie nannte man die Dinger? »… Objekte ansehen?«

»Das Zeug geht weg wie warme Semmeln. Ich möchte nicht zu spät kommen.« Er blickte in dem überfüllten Raum umher und schickte sich an, sich zum Besitzer der Galerie durchzukämpfen. Greenbriar war in seinem stahlblauen Anzug mit dazu passendem Stirnband kaum zu übersehen. »Entschuldige mich bitte einen Moment.«

»Hallo, Tess.«

Mit verhaltenem, ruhigem Blick sah sie Ben an. Die Finger, mit denen sie den winzigen Henkel ihrer Tasse festhielt, wurden feucht. Tess redete sich ein, das käme von der Hitze, die all die Körper in dem Raum ausstrahlten.

»Hallo, Ben. Wie geht es dir?«

»Großartig.« Es ging ihm dreckig, seit genau einer Woche. Umgeben von Leuten, die er für aufgeblasene, neurotische Wichtigtuer hielt, stand sie da und wirkte so frisch und jungfräulich wie eine Vase mit Veilchen in einem Orchideenwald. »Interessantes Publikum.«

»Kann man wohl sagen.« Dann glitt ihr Blick zur Seite und heftete sich auf die Frau, die neben ihm stand.

»Dr. Court, Trixie Lawrence.«

Trixie war eine in rotes Leder verpackte Amazone. Mit ihren hochhackigen Stiefeln war sie noch drei Zentimeter größer als Ben. Sie hatte eine Mähne unnatürlich roter Haare, die kraus und wild vom Kopf abstanden. Die zahllosen Armbänder, die sie trug, klimperten bei jeder ihrer Bewegungen. Auf ihre linke

Brust war eine Rose tätowiert, die aus dem tiefen Ausschnitt ihrer Weste hervorlugte.

»Hallo.« Tess lächelte und streckte die Hand aus.

»Hi. Sie sind also Ärztin?« Trotz ihrer Größe hatte Trixie eine Piepsstimme und sprach, als sei sie außer Atem.

»Ich bin Psychiaterin.«

»Echt?«

»Echt«, entgegnete Tess, während Ben sich intensiv räusperte.

Trixie nahm eines der vierteldollargroßen Pastetchen und schluckte es wie eine Aspirintablette. »Ein Cousin von mir war mal in der Klapsmühle. Ken Launderman. Vielleicht kennen Sie ihn.«

»Nein, ich glaube nicht.«

»Na ja, wahrscheinlich haben Sie mit Unmengen von Leuten zu tun, die einen Sprung in der Schüssel haben.«

»Mehr oder weniger«, murmelte Tess und sah Ben verstohlen an, der nicht im Geringsten verlegen schien, sondern wie ein Idiot grinste. Ihre Lippen zuckten, als sie die Tasse zum Mund hob. »Es überrascht mich, dich hier zu sehen.«

Ben wiegte sich auf den Hacken seiner abgelaufenen Tennisschuhe hin und her. »Ganz spontane Sache. Ich habe Greenbriar vor etwa sieben Jahren hopsgenommen. Ging damals um die künstlerische Gestaltung von Schecks. Als er mir die Einladung schickte, hab' ich gedacht, ich schau mal vorbei, um festzustellen, wie er so vorankommt.« Er warf einen Blick durch den Raum und sah, wie sein Gastgeber gerade die Frau mit den Diamanten umarmte. »Anscheinend kommt er bestens voran.«

Tess nippte an ihrem Cappuccino, der langsam kalt wurde, und fragte sich, ob Ben mit jedem, den er mal verhaftet hatte, auf solch freundschaftlichem Fuße stand.

»Und was hältst du von der Veranstaltung?«

Ben blickte zu dem Kasten mit Knöpfen hinüber. »In einer Gesellschaft, in der die Supermärkte spezielle Einkaufsabende für Singles haben, muss solch eine eklatante Mittelmäßigkeit zwangsläufig enorme finanzielle Gewinne einbringen.« Er sah, wie ihre Augen aufleuchteten, und verspürte den Wunsch, sie zu berühren. Nur einmal. Nur ganz kurz.

»Das ist es, was Amerika so groß macht.«

»Du siehst toll aus, Frau Doktor.« Er sehnte sich nach ihr. Zum ersten Mal in seinem Leben meinte er zu verstehen, was das Wort bedeutete.

»Danke.« Mit einer Intensität, wie sie sie seit ihrer Kindheit nicht empfunden hatte, wünschte sie, in der Tat toll auszusehen.

»Ich war noch nie zu einem Einkaufsabend für Singles«, warf Trixie ein, während sie einen Teller voll Pastetchen verdrückte.

»Würde dir sehr gefallen.« Bens Lächeln wurde ein wenig schwächer, als er Tess über die Schulter blickte und den Mann sah, mit dem sie zuvor zusammengestanden hatte. »Ein Freund von dir?«

Tess wandte den Kopf und wartete, bis Dean sich durch die Menge gekämpft hatte. Ihr langer schmaler Hals war von Perlen umschlossen, die ihre Haut noch zarter er scheinen ließen. Trotz aller anderen Gerüche konnte Ben den von ihr ausgehenden Duft wahrnehmen, der frisch war und eine leicht erotische Note hatte.

»Dean, darf ich dir Ben Paris und Trixie Lawrence vorstellen. Ben ist Kriminalbeamter bei der städtischen Polizei.«

»Ah, die Polizei, dein Freund und Helfer.« Dean drückte ihm kräftig die Hand.

Der Typ sah aus, als sei er einem Cover des *Gentlemen's Quarterly* entsprungen, und roch, als mache er Reklame für Brut. Ben verspürte den irrationalen Drang, seine Hand mit einem

Catchergriff zu packen und sich mit ihm zu messen. »Sind Sie ein Kollege von Tess?«

»Nein, ich unterrichte an der American University.«

Ein Collegeprofessor. Das passte. Ben steckte die Hände wieder in die Taschen und trat einen kleinen, vielsagenden Schritt von Tess weg. »Tja, Trix und ich sind gerade erst gekommen. Wir hatten noch nicht die Gelegenheit, uns alles anzuschauen.«

»Es ist fast zu viel, um alles an einem Abend aufnehmen zu können.« Dean warf einen besitzergreifenden Blick auf das neben ihm stehende kupferne Durcheinander. »Ich habe gerade dieses Objekt gekauft. Es ist zwar für mein Büro ein bisschen gewagt, aber ich konnte einfach nicht widerstehen.«

»Ach was?« Ben betrachtete die Skulptur und grinste ironisch. »Sicher sind Sie vor Freude außer sich. Ich werd' mich mal ein bisschen umsehen. Vielleicht finde ich auch etwas für meine Bude. War schön, Sie kennenzulernen.« Er legte den Arm um Trixies stramme Taille. »Bis dann, Frau Doktor.«

»Gute Nacht, Ben.«

Es war noch nicht einmal elf, als Tess allein in ihr Apartment zurückkehrte. Die Kopfschmerzen, die sie als Entschuldigung angeführt hatte, um den Abend vorzeitig zu beenden, waren nur eine halbe Lüge gewesen. Normalerweise fand sie Gefallen an den gelegentlichen Verabredungen mit Dean. Er war ein unkomplizierter Mensch, der keine Ansprüche stellte, und gehörte zu der Sorte Mann, die sie sich für ihre Verabredungen ganz bewusst aussuchte, damit ihr Privatleben gleichermaßen unkompliziert und frei von Verpflichtungen blieb. Aber heute Abend hätte sie einfach nicht den Nerv für ein spätes Abendessen und eine Diskussion über die Literatur des neunzehnten Jahrhunderts gehabt. Nicht nach der Kunstgalerie.

Nicht nachdem sie Ben gesehen hatte, wie sie sich eingestand, während sie gleich hinter ihrer Wohnungstür aus den Schuhen schlüpfte. Alles, was sie seit jenem letzten Morgen erreicht hatte, um ihr Ego zu besänftigen und die innere Spannung zu lindern, war einfach in nichts zerronnen.

Sie musste also wieder ganz von vorn anfangen.

Sie zog ihre Pelzjacke aus und hängte sie in den Wandschrank im Korridor. Sie würde den Abend im Bett verbringen, mit Kurt Vonnegut, Kamillentee und Beethoven. Diese Kombination würde jeden von seinen Problemen ablenken.

Von welchen Problemen?, fragte sie sich, während sie dastand und in die Stille des Apartments lauschte, in das sie Abend für Abend zurückkehrte. Sie hatte keine schwerwiegenden Probleme, weil sie dafür gesorgt hatte, dass sie keine haben würde. Ein hübsches Apartment in einer guten Gegend, ein zuverlässiges Auto, ein in keiner Weise anstrengendes Privatleben ohne Verpflichtungen. Genauso hatte sie alles geplant.

Sie hatte den ersten Schritt gemacht und dafür gesorgt, dass er zu Schritt Nummer zwei führte, und so weiter, bis sie die Stufe erreicht hatte, die sie zufriedenstellte. Sie war zufrieden.

Sie nahm die Ohrringe ab und ließ sie auf den Esszimmertisch fallen. Das Geräusch, das die Steine beim Aufschlagen aufs Holz verursachten, hallte dumpf in dem leeren Zimmer wider. Die Chrysanthemen, die sie Anfang der Woche gekauft hatte, fingen an zu verwelken. Braun gewordene Blütenblätter lagen verkümmert auf dem polierten Mahagoni. Zerstreut sammelte Tess sie ein. Ihr scharfer, würziger Duft begleitete sie ins Schlafzimmer.

Während sie den Reißverschluss ihres elfenbeinfarbenen Wollkleids öffnete, nahm sie sich vor, die auf ihrem Schreibtisch liegenden Akten heute Abend nicht anzurühren. Wenn sie ein Problem hatte, dann bestand es darin, dass sie sich nicht genug

Zeit ließ. Heute Abend würde sie sich verwöhnen und weder an die Patienten denken, die am Montagmorgen in ihre Praxis kommen würden, noch an die Klinik, wo sie sich nächste Woche an zwei Nachmittagen mit der Wut und der Gereiztheit von Drogenabhängigen, die eine Entziehungskur machten, auseinandersetzen musste. Ebenso wenig würde sie an die Ermordung von vier Frauen denken. Und sie würde auch nicht an Ben denken.

In dem großen Spiegel, der auf der Innenseite der Wandschranktür angebracht war, kam ihr Spiegelbild in Sicht. Sie sah eine Frau von mittlerer Größe und schlanker Statur, die ein teures, konservativ geschnittenes weißes Wollkleid und ein Perlenhalsband mit einem dicken Amethyst trug. An den Schläfen steckten perlenbesetzte Elfenbeinkämme in ihrem Haar. Das Set hatte ihrer Mutter gehört und war ebenso unauffällig elegant, wie die Tochter des Senators es gewesen war.

Das Halsband hatte ihre Mutter als Braut getragen, wie auf verschiedenen Bildern in dem ledergebundenen Fotoalbum zu sehen war, das Tess in der untersten Schublade ihrer Frisierkommode aufbewahrte. Als der Senator seiner Enkeltochter den Perlenschmuck an ihrem achtzehnten Geburtstag überreicht hatte, hatten sie beide geweint. Jedes Mal, wenn Tess die Perlen trug, empfand sie sowohl Schmerz als auch Stolz. Sie waren ein Symbol für das, was sie war, für ihre Herkunft und in mancher Hinsicht auch für das, was von ihr erwartet wurde.

Doch heute Abend schien ihr das Halsband zu eng zu sein. Sie nahm es ab und hielt die kühlen Perlen in der Hand.

Auch ohne sie änderte sich wenig an dem Eindruck, den ihr Spiegelbild vermittelte. Während sie sich betrachtete, überlegte sie, warum sie solch ein einfaches, durchweg *passendes* Outfit gewählt hatte. Ihr Wandschrank war voll davon. Sie drehte sich zur Seite und versuchte sich vorzustellen, wie sie in etwas Gewagtem oder Schrillem aussehen würde. Zum Beispiel in rotem Leder.

Sie riss sich zusammen. Kopfschüttelnd schlüpfte sie aus dem Kleid und langte nach einem gepolsterten Bügel.

Da stand sie nun – eine erwachsene, praktisch denkende, ja vernünftige Frau, die überdies aussgebildete Psychiaterin war – vor einem Spiegel und stellte sich vor, wie sie in rotem Leder aussehen würde. Nicht zu fassen! Was würde Frank Fuller sagen, wenn sie zu ihm ging, um sich analysieren zu lassen?

Dankbar, dass sie noch über sich selbst lachen konnte, streckte sie die Hand nach ihrem langen warmen Morgenmantel aus Chenille aus. Einem Impuls folgend, nahm sie stattdessen jedoch einen Seidenkimono mit Blumenmuster aus dem Schrank. Ein Geschenk, das sie selten trug. Heute Abend würde sie sich verwöhnen – Seide auf der Haut, klassische Musik – und sich mit Wein, nicht mit Tee ins Bett zurückziehen.

Tess legte das Halsband auf die Frisierkommode. Dann zog sie sich die Kämme aus dem Haar und legte sie daneben. Sie schlug die Bettdecke zurück und schüttelte voller Vorfreude die Kissen auf. Einem weiteren Impuls folgend, zündete sie die Duftkerzen neben ihrem Bett an. Bevor sie sich in die Küche aufmachte, atmete sie genüsslich den Vanillegeruch ein.

Als das Telefon klingelte, blieb sie stehen. Sie warf dem Apparat einen vorwurfsvollen Blick zu, ging jedoch zu ihrem Schreibtisch und nahm beim dritten Läuten ab.

»Hallo.«

»Sie waren nicht zu Hause. Ich habe so lange gewartet, und Sie waren nicht zu Hause.«

Sie erkannte die Stimme wieder. Er hatte sie schon einmal angerufen, und zwar am Donnerstag, in der Praxis. Der Gedanke, einen gemütlichen Abend zu Hause zu verbringen, verflüchtigte sich, während sie einen Bleistift in die Hand nahm. »Sie wollten mit mir sprechen. Beim ersten Mal haben wir uns ja nicht sehr ausführlich unterhalten, nicht wahr?«

»Es ist ein Fehler, dass ich mit jemandem spreche.« Sie hörte, wie er mühsam Luft holte. »Aber ich muss …«

»Das ist nie falsch«, sagte sie mit besänftigender Stimme. »Ich kann versuchen, Ihnen zu helfen.«

»Sie waren nicht da. In jener Nacht sind Sie nicht nach Hause gekommen. Ich habe gewartet. Ich habe nach Ihnen Ausschau gehalten.«

Ruckartig ging ihr Kopf hoch, sodass ihr Blick starr auf das dunkle Fenster hinter ihrem Schreibtisch geheftet war. *Ausschau gehalten.* Sie erzitterte, zwang sich jedoch, näher ans Fenster zu treten und auf die leere Straße hinauszublicken. »Sie haben nach mir Ausschau gehalten?«

»Ich sollte nicht dort hingehen. Das sollte ich nicht tun.« Seine Stimme verlor sich, als spreche er mit sich selbst. Oder mit jemand anderem. »Aber ich kann nicht anders. Das müssten Sie doch verstehen«, stieß er in vorwurfsvollem Ton hervor.

»Das werde ich auch versuchen. Möchten Sie vielleicht in meine Praxis kommen und mit mir sprechen?«

»Nein. Dann wüssten alle Bescheid. Die Zeit ist noch nicht gekommen, dass alle Bescheid wissen dürfen. Ich bin noch nicht fertig.«

»Womit sind Sie noch nicht fertig?« Er schwieg. Nur sein keuchendes Atmen war zu hören. »Ich könnte Ihnen besser helfen, wenn Sie sich mit mir treffen.«

»Das kann ich nicht, verstehen Sie denn nicht? Selbst mit Ihnen zu sprechen ist … O Gott.« Er begann etwas vor sich hin zu murmeln, das Tess nicht verstehen konnte, obwohl sie angestrengt hinhörte. Möglicherweise Latein, dachte sie und malte ein Fragezeichen auf den Notizblock, um das sie einen Kreis zog.

»Sie leiden. Ich würde Ihnen gern helfen, mit Ihrem Leid fertigzuwerden.«

»Laura hat auch gelitten. Schrecklich gelitten. Sie hat geblutet. Ich konnte ihr nicht helfen. Sie ist in Sünde gestorben, ohne Absolution.«

Die Hand, die den Bleistift hielt, stockte. Tess stellte fest, dass sie sich erst einmal hinsetzen musste. Als sie sich dabei ertappte, wie sie mit leerem Blick aufs Fenster starrte, zwang sie sich, die Augen wieder auf den Block zu richten. Dann machte sich ihre fachmännische Schulung geltend, und sie begann, tief ein- und auszuatmen. Mit beherrschter Stimme fragte sie: »Wer war Laura?«

»Die schöne, schöne Laura. Ich konnte sie nicht mehr retten. Damals hatte ich noch nicht das Recht dazu. Jetzt ist mir die Macht dazu verliehen worden. Jetzt ist es meine Pflicht. Der Wille Gottes ist schwer zu erfüllen, sehr schwer.« An dieser Stelle flüsterte er fast. Dann sprach er mit kräftiger Stimme weiter. »Aber Gott ist gerecht. Die Lämmer werden geopfert, und ihr reines Blut wäscht die Sünde hinweg. Gott verlangt Opfer. Er verlangt sie.«

Tess fuhr sich mit der Zunge über ihre trockenen Lippen. »Was für Opfer?«

»Ein Menschenleben. Er hat uns das Leben gegeben und nimmt es uns wieder. *Deine Söhne und Töchter aßen und tranken im Hause ihres Bruders, des Erstgeborenen, und siehe, da kam ein großer Wind von der Wüste her und stieß auf die vier Ecken des Hauses und warf's auf die jungen Leute, dass sie starben; und ich allein bin entronnen, dass ich dir's ansagte.* Ich allein«, wiederholte er mit der gleichen schrecklichen und ausdruckslosen Stimme, derer er sich beim Zitieren bedient hatte. »Doch nach den Opfern, nach den Prüfungen belohnt Gott diejenigen, die ohne Schuld geblieben sind.« Tess konzentrierte sich darauf, ihre Notizen deutlich und gleichmäßig niederzuschreiben, als würde sie dafür eine Zensur bekommen. Das Herz schlug ihr bis zum Hals. »Befiehlt Gott Ihnen, die Frauen zu opfern?«

»Ich rette sie und erteile ihnen Absolution. Diese Macht habe ich jetzt. Nach Lauras Tod habe ich meinen Glauben verloren und mich von Gott abgewandt. Das war eine schreckliche Zeit der Selbstsucht und Ignoranz, eine Zeit, in der ich blind war. Doch dann zeigte Er mir, dass wir alle gerettet würden, wenn ich stark wäre und Opfer darbrächte. Meine Seele ist mit ihrer verbunden«, sagte er mit ruhiger Stimme. »Wir gehören zusammen. In jener Nacht sind Sie nicht nach Hause gekommen.« Seine Gedanken sprangen hin und her. Das konnte Tess sowohl dem Inhalt seiner Worte als auch der jeweils anderen Weise, in der er sie sagte, entnehmen. »Ich habe gewartet. Ich wollte mit Ihnen sprechen, Ihnen alles erklären, aber Sie haben die Nacht in Sünde verbracht.«

»Erzählen Sie mir von dieser Nacht, in der Sie auf mich gewartet haben.«

»Ich habe gewartet und nach dem Licht in Ihrem Fenster Ausschau gehalten. Es blieb dunkel. Dann bin ich umhergegangen. Ich weiß nicht, wie lange, ich weiß nicht, wo. Ich dachte, Sie kämen auf mich zu, oder Laura. Nein, ich dachte, Sie wären es, aber Sie waren es nicht. Da wusste ich, dass sie diejenige war, die … Ich habe sie in die Gasse geschafft, damit sie nicht im Wind liegt. Es war so kalt. Ich habe sie weggeschafft«, sagte er in einem grässlichen, zischenden Ton. »Ich habe sie weggeschafft, bevor sie kommen und mich mitnehmen konnten. Sie sind unwissend und widersetzen sich dem Willen des Herrn.« Sein Atem ging jetzt stoßweise. »Schmerzen. Mir ist schlecht. Mein Kopf … tut so weh.«

»Ich kann Ihre Schmerzen lindern. Sagen Sie mir, wo Sie sind, dann komme ich zu Ihnen.«

»Können Sie das?« Er klang wie ein verängstigtes Kind, dem man anbietet, während eines nächtlichen Gewitters eine Lampe im Zimmer anzulassen. »Nein!«, sagte er auf einmal mit kräftiger, dröhnender Stimme. »Glauben Sie, Sie können mich dazu verleiten, Gottes Willen in Frage zu stellen? Ich bin sein Werkzeug. Lauras Seele wartet auf die restlichen Opfer. Nur noch zwei. Dann werden wir alle frei sein, Dr. Court. Nicht vor dem Tod muss man sich fürchten, sondern vor der Verdammnis. Ich werde nach Ihnen Ausschau halten«, versprach er in fast demütigem Ton. »Ich werde für Sie beten.«

Als sie das Klicken am anderen Ende der Leitung hörte, blieb Tess völlig reglos sitzen. Hell und klar, fast zum Greifen nah, leuchteten die Sterne am Himmel. Auf der Straße fuhren in gemächlichem Tempo Autos vorbei. Die Laternen warfen ihr Licht auf den Bürgersteig. Sie sah niemanden, fragte sich jedoch, während sie vor dem Fenster saß, ob sie von jemandem gesehen würde.

Kalter, klebriger Schweiß bedeckte ihre Stirn. Sie nahm ein Papiertaschentuch vom Schreibtisch und wischte ihn sorgfältig ab.

Er hatte sie gewarnt. Sie war sich nicht ganz sicher, ob er sich dessen überhaupt bewusst war, doch er hatte sie nicht nur angerufen, um sie um Hilfe zu bitten, sondern auch, um sie zu warnen. Sie würde die Nächste sein. Mit zitternden Fingern fasste sie sich an die Kehle, wo sich vor Kurzem noch das Halsband befunden hatte. Sie vermochte nicht zu schlucken.

Ganz langsam und vorsichtig schob sie den Stuhl zurück und stand auf, um vom Fenster wegzukommen. Gerade als sie den Vorhang zuziehen wollte, klopfte es an der Wohnungstür. Von panischer Angst befallen, wie sie sie noch nie empfunden hatte, taumelte sie gegen die Wand. Entsetzt blickte sie im Zimmer umher und suchte nach einer Waffe, einem Platz, wo sie sich verstecken konnte, einem Fluchtweg. Sie riss sich zusammen und streckte die Hand nach dem Telefon aus – 911. Sie brauchte nur die Nummer zu wählen und ihren Namen und ihre Adresse anzugeben.

Doch als es erneut klopfte, blickte sie zur Tür und sah, dass sie vergessen hatte, die Kette vorzulegen.

Blitzschnell rannte sie durchs Zimmer, stemmte sich mit ihrem ganzen Gewicht gegen die Tür und fummelte an der Kette herum, die auf einmal zu groß zu sein schien und nicht mehr in den Schlitz passen wollte. Halb schluchzend schaffte sie es schließlich doch.

»Tess?« Wieder klopfte es, diesmal lauter und fordernder. »Tess, was ist los?«

»Ben. Ben, o mein Gott!« Als sie die Kette wieder entfernen wollte, waren ihre Finger noch ungeschickter. Beim ersten Versuch rutschte ihre Hand am Türknauf ab. Dann riss sie die Tür auf und warf sich Ben in die Arme.

»Was ist denn los?« Er merkte, wie ihre Finger sich in seinen Mantel krallten, als er versuchte, sie ein Stück zurückzuschieben. »Bist du allein?« Instinktiv legte er die Hand an seine Waffe, während er umherblickte und nach jemandem Ausschau hielt, der versucht haben könnte, ihr etwas anzutun. »Was ist passiert?«

»Mach die Tür zu. Bitte.«

Während er Tess im Arm hielt, schloss er die Tür und legte

die Kette vor. »Jetzt ist sie zu. Du solltest dich lieber hinsetzen, du zitterst ja. Ich hol' dir was zu trinken.«

»Nein. Halt mich noch einen Moment fest. Als du geklopft hast, dachte ich, da dachte ich …«

»Na komm, du brauchst einen Brandy. Du bist ja eiskalt.« Er streichelte sie, um sie zu beruhigen, und dirigierte sie in Richtung Sofa.

»Er hat mich angerufen.«

Der Druck seiner Finger an ihrem Arm verstärkte sich, als er sie herumdrehte, um sie anzusehen. Ihre Wangen waren bleich, die Augen weit aufgerissen. Mit der rechten Hand klammerte sie sich immer noch an seinem Mantel fest. Er brauchte nicht zu fragen, wer angerufen hatte.

»Wann?«

»Gerade eben. Er hat mich schon mal im Büro angerufen, aber da war mir noch nicht klar, dass er es ist. Er hat vor dem Haus gestanden. Eines Nachts habe ich gesehen, wie er an der Ecke gestanden hat, einfach nur dagestanden hat. Ich dachte schon, ich leide an Verfolgungswahn. Ein guter Psychiater erkennt die Symptome.« Sie lachte. Dann bedeckte sie das Gesicht mit den Händen. »O Gott, ich muss mich zusammenreißen!«

»Setz dich hin, Tess.« Er ließ ihren Arm los und sprach mit ruhiger Stimme auf sie ein; des gleichen Tonfalls würde er sich bedienen, um einen aufgeregten Zeugen zu vernehmen. »Hast du hier irgendwo Brandy?«

»Wie? Oh, im Büfett dort, die rechte Tür.«

Nachdem sie sich hingesetzt hatte, ging er zum Büfett, das seine Mutter als Anrichte bezeichnet hätte, und entdeckte eine Flasche Rémy Martin. Er goss einen Doppelten in einen Kognakschwenker und brachte ihn ihr. »Trink einen Schluck, bevor du weitererzählst.«

»Okay.« Sie war bereits dabei, die Fassung wiederzuerlangen, trank jedoch, um den Prozess zu fördern. Der Brandy betäubte den Rest von Angst, den sie noch empfand. Tess rief sich in Erinnerung, dass es für Angst in ihrem Leben keinen Platz gab, nur für klare Gedanken und sorgfältige Analysen. Als sie wieder etwas sagte, war ihre Stimme ruhig und hatte alle hysterische Aufgeregtheit verloren. Sie gestattete sich nur einen Moment lang, sich ihrer Hysterie zu schämen.

»Am Donnerstagabend hatte ich in der Praxis noch einen Termin. Als ich fertig war und meine Sachen zusammenpackte, klingelte das Telefon. Der Anrufer klang sehr verstört, und obwohl ich nicht der Ansicht war, dass es sich um einen meiner Patienten handelte, habe ich versucht, ihn ein bisschen auszuhorchen. Ohne Erfolg, denn er hat einfach aufgelegt.« Sachte schwappte der Brandy hin und her, während ihre Hände unablässig den Kognakschwenker drehten. »Ich habe ein paar Minuten gewartet, doch als er nicht noch mal anrief, war die Sache für mich erledigt, und ich bin nach Hause gegangen. Heute Abend hat er wieder angerufen.«

»Du bist sicher, dass es derselbe Mann war?«

»Ja, bin ich. Es war der Mann, der in der Praxis angerufen hat. Der Mann, den ihr seit August sucht.« Sie nippte noch einmal an ihrem Brandy, dann stellte sie das Glas hin. »Er steht kurz vor dem Zusammenbruch.«

»Was hat er gesagt, Tess? Erzähl mir alles, woran du dich erinnerst.«

»Ich habe es aufgeschrieben.«

»Du hast …« Er verstummte und machte eine abrupte Kopfbewegung. »Natürlich hast du. Lass mal sehen.«

Sie stand auf, ohne dass ihr die Knie zitterten, und ging zum Schreibtisch, um den gelben Notizblock zu holen, den sie Ben reichte. Das war etwas Konkretes, mit dem sich etwas anfangen ließ. Solange sie das Ganze als Fall betrachten konnte, würde sie nicht wieder zusammenbrechen.

»Kann sein, dass ich ein paar Worte ausgelassen habe, als er sehr schnell sprach, aber das meiste habe ich festgehalten.«

»Das ist ja Kurzschrift.«

»Ja. Ach so, dann lese ich es dir vor.« Sie fing ganz am Anfang an und zwang sich, ihrer Stimme einen neutralen Klang zu verleihen. Aus Worten konnte ein Psychiater Rückschlüsse auf den Gemütszustand ziehen. Als ihr das einfiel, verdrängte sie das Entsetzen darüber, dass diese Worte an sie gerichtet gewesen waren. Nach dem Bibelzitat hielt sie inne. »Das hört sich nach dem Alten Testament an. Monsignore Logan könnte wahrscheinlich auch die genaue Stelle angeben.«

»Hiob.«

»Wie?«

»Das ist aus dem Buch Hiob.« Geistesabwesend starrte er auf die gegenüberliegende Wand, als er sich eine Zigarette anzündete. Zweimal hatte er die Bibel von der ersten bis zur letzten Seite durchgelesen, als Josh krank gewesen war. Um nach Antworten zu suchen, nach Antworten auf Fragen, die er noch gar nicht gestellt hatte. »Du weißt doch, der Typ, bei dem alles bestens lief.«

»Bis Gott ihn dann prüfte, nicht wahr?«

»Genau.« Er dachte wieder an Josh. Dann schüttelte er den Kopf. Vor Vietnam war auch für Josh alles bestens gelaufen. »Geht's dir zu gut, Hiob? Wie wär's mit ein paar Schwären?«

»Verstehe.« Obwohl es auf peinliche Weise offenkundig war, dass sie sich in der Bibel nicht im Entferntesten so gut auskannte wie er, sah sie die Parallele. »Ja, das ergibt einen Sinn. Sein Leben war wohlgeordnet, er war zufrieden, aller Wahrscheinlichkeit nach ein guter Katholik.«

»Ohne dass sein Glauben auf die Probe gestellt wurde«, murmelte Ben.

»Ja, und dann wurde er auf irgendeine Weise geprüft, und er versagte.«

»Was sicher irgendwie mit dieser Laura zusammenhing.« Er warf einen Blick auf den Block. Es frustrierte ihn, dass er nicht imstande war, die Notizen selbst zu lesen.

»Lies den Rest vor.«

Während er ihr zuhörte, versuchte Ben mit aller Kraft, wie ein Polizist zu denken und nicht wie ein Mann, der zwischen Verliebtheit und tieferen Gefühlen festsaß. Ein Killer hatte sie beobachtet. Bens Magen zog sich krampfhaft zusammen. In der Nacht von Anne Reasoners Ermordung hatte er auf sie gewartet, in jener Nacht, die Tess in seinem Bett verbracht hatte. Der Polizist erkannte die Warnung ebenso rasch, wie die Ärztin es getan hatte.

»Er hat dich im Visier.«

»Ja, scheint so.« Plötzlich war ihr kalt, und sie schlug die Beine unter, bevor sie den gelben Notizblock beiseitelegte. Es war ein Fall, nichts anderes. Tess wusste, wie wichtig es war, die ganze Angelegenheit als Fall zu betrachten. »Er fühlt sich zu mir hingezogen, weil ich Psychiaterin bin und weil ein Teil von ihm weiß, wie dringend er Hilfe braucht. Und außerdem, weil ich äußerlich Laura ähnele.«

Was ihr die meiste Angst eingejagt hatte, war seine Stimme gewesen, die mal kläglich, mal kräftig geklungen hatte, auf eine Weise, die von der ganzen Unbeirrbarkeit seines Wahnsinns zeugte. Sie faltete fest die Hände. »Ben, was ich dir begreiflich machen möchte, ist, dass es so war, als spräche ich mit zwei verschiedenen Personen. Die eine war weinerlich und verzweifelt und hörte sich fast flehend an. Die andere – die andere war kalt, fanatisch und entschlossen.«

»Wenn er Frauen erdrosselt, besteht er nur aus einer Person.« Er stand auf und ging zum Telefon. »Ich rufe jetzt auf dem Revier an. Wir müssen dein Telefon anzapfen, hier in der Wohnung und in der Praxis.«

»In der Praxis? Ben, ich telefoniere oft mit meinen Patienten. Dadurch würde ihr Recht auf Vertraulichkeit gefährdet.«

»Mach keinen Ärger, Tess.«

»Du musst verstehen …«

»Nein!« Er wirbelte herum und sah sie an. »Du bist diejenige, die etwas verstehen muss. Da draußen läuft ein Irrer herum, der Frauen umbringt und dich angerufen hat. Deine Telefone werden angezapft, entweder mit deiner Erlaubnis oder per Gerichtsbeschluss, aber sie werden angezapft. Diese Chance hatten die vier anderen Frauen nicht. Captain? Hier ist Paris. Es gibt Neuigkeiten.«

Das Ganze dauerte noch nicht einmal eine Stunde. Zwei Polizisten in Anzug und Krawatte erschienen, stellten, wie es schien, an ihrem Telefon nur hier und da eine Kleinigkeit ein und lehnten höflich ab, als Tess ihnen Kaffee anbot. Dann nahm einer von ihnen den Hörer ab, gab eine Nummer ein und testete die Abhöranlage. Nachdem sie den Reserveschlüssel von Tess' Praxis an sich genommen hatten, verschwanden sie wieder.

»Das war alles?«, fragte sie, als sie mit Ben wieder allein war.

»Wir leben im Zeitalter des Mikrochips. Mir kannst du gern einen Kaffee bringen.«

»Oh, klar.« Nachdem sie einen weiteren Blick auf das Telefon geworfen hatte, ging sie in die Küche. »Wenn ich bedenke, dass jedes Mal, wenn das Telefon klingelt, jemand mit Kopfhörern alles, was ich sage, mithört, fühle ich mich irgendwie entblößt.«

»Du sollst dich aber beschützt fühlen.«

Als sie mit dem Kaffee hereinkam, stand Ben am Fenster und blickte hinaus. Demonstrativ zog er den Vorhang zu, als er sie hinter sich hörte.

»Ich bin nicht sicher, ob er noch einmal anruft. Ich hatte Angst, das hat er sicher gespürt, und ich habe die ganze Sache nicht sonderlich gut gehandhabt, verdammt noch mal.«

»Vermutlich verlierst du dadurch deinen Ruf als Superseelenklempner.« Er stellte den Kaffee ab und ergriff ihre Hand. »Trinkst du keinen?«

»Nein. Ich bin schon zu aufgedreht.«

»Du bist erschöpft.« Er rieb mit dem Daumen über ihre Fingerknöchel. Ganz plötzlich sah sie sehr zerbrechlich und sehr bleich aus, aber auch sehr schön. »Hör mal, warum gehst du nicht zu Bett und ruhst dich ein bisschen aus? Ich schlage hier auf der Couch mein Lager auf.«

»Polizeischutz?«

»Nur ein Teil unserer Kampagne, die Beziehungen zwischen Polizei und Bürgern zu verbessern.«

»Ich bin froh, dass du da bist.«

»Ich auch.« Er ließ ihre Hand los und fuhr mit der Fingerspitze über den Aufschlag ihres Seidenkimonos.

»Hübsch.«

»Ich habe dich vermisst.«

Sein Finger hörte auf, über ihren Kimono zu streichen. Er sah sie an, und ihm fiel ein, dass sie am frühen Abend Ohrringe und am Hals einen Edelstein getragen hatte, der zur Farbe ihrer Augen passte. Und dass er das Bedürfnis verspürt hatte, sie zu berühren, ein Bedürfnis, das so heftig gewesen war, dass es schmerzte. Wie zuvor wich Ben auch jetzt zurück.

»Hast du eine Decke für mich?«

Sie verstand, was eine Zurückweisung war, wenn man sie ihr ins Gesicht klatschte, und trat einen Schritt zurück.

»Ja, ich hole sie dir.«

Als sie aus dem Zimmer war, machte er sich Vorwürfe und rang mit seinen widersprüchlichen Gefühlen. Er wollte sie haben. Mit jemandem wie ihr wollte er sich nicht einlassen. Sie zog ihn an. Er schob sie von sich. Sie war reizend und verführerisch wie bestimmte Leckerbissen mit rosafarbenem und weißem Zuckerguss im Schaufenster eines Bäckers. Er hatte bereits von ihr gekostet und wusste, dass man nach manchen Leckerbissen süchtig werden kann. Selbst wenn für sie in seinem Leben Platz gewesen wäre, was nicht der Fall war, so würde sie doch nie hineinpassen. Doch dann erinnerte er sich wieder, wie sie lachend an seinem Fensterbrett gelehnt hatte.

Sie kam mit einer Decke und einem Kopfkissen zurück und machte sich daran, das Sofa für die Nacht herzurichten.

»Du benimmst dich gar nicht so, als wolltest du eine Entschuldigung hören.«

»Wofür?«

»Für letzte Woche.«

Obwohl Tess entschlossen gewesen war, die Sache mit keinem Wort zu erwähnen, hatte sie sich gefragt, ob er sie zur Sprache bringen würde. »Warum sollte ich eine Entschuldigung hören wollen?«

Er sah zu, wie sie das Ende der Decke ordentlich zurückschlug. »Wir hatten eine ziemlich heftige Auseinandersetzung. Die meisten der Frauen, die ich … die meisten Frauen, die ich kenne, würden in einem solchen Fall den alten Spruch *Es tut mir leid, ich habe mich wie ein Blödmann benommen* hören wollen.«

»Hast du?«

»Habe ich was?«

»Dich wie ein Blödmann benommen.«

Er musste zugeben, dass sie ihn gekonnt in die Ecke getrieben hatte. »Nein.«

»Dann wäre es albern, wenn du es sagen würdest, bloß um die Tradition aufrechtzuerhalten. So, das müsste reichen«, fügte sie hinzu, indem sie das Kopfkissen noch einmal kurz aufschüttelte.

»Also schön, verflucht noch mal, ich glaube, ich habe mich neulich wie ein Idiot benommen.«

»Da glaubst du ganz richtig.« Tess drehte sich um und lächelte ihn an. »Aber das ist schon okay.«

»Vieles von dem, was ich sagte, habe ich ernst gemeint.«

»Ich weiß. Ich auch.«

Gegensätzliche Standpunkte, dachte Ben. Gegensätzliche Ziele. »Und wie stehen wir jetzt zueinander?«

Sie war sich nicht sicher, ob sie es ihm hätte sagen können, selbst wenn sie es gewusst hätte. Stattdessen erwiderte sie mit freundlicher Stimme: »Warum belassen wir es nicht einfach dabei, dass ich froh bin, dass du da bist, trotz all dieser …« Ihr Blick wanderte zum Telefon.

»Lass das doch jetzt. Denk einfach nicht daran.«

»Du hast recht.« Sie verschränkte die Hände und löste sie wieder voneinander. »Wenn man über so etwas zu viel nachdenkt, wird man …«

»Verrückt?«, schlug er vor.

»Um mal einen vagen und ungenauen Begriff zu benutzen.« Sie ging zu ihrem Schreibtisch und fing an, ihn aufzuräumen, damit ihre Hände etwas zu tun hatten. »Es hat mich überrascht, dich heute Abend in der Galerie zu sehen. Ich weiß ja, die Welt ist klein, aber …« In dem Moment kam ihr etwas zu Bewusstsein, das ihr vorher in all ihrer Verwirrung und Angst gar nicht aufgefallen war.

»Wieso bist du eigentlich hier? Ich dachte, du hättest ein Date.«

»Hatte ich auch. Ich hab' ihr gesagt, ich müsse zu einem Sondereinsatz. So ganz falsch war das ja nicht. Und was ist mit deinem?«

»Meinem was?«

»Deinem Date.«

»Oh, Dean. Ich, äh, habe ihm gesagt, ich hätte Kopfschmerzen. Hatte ich auch. Aber du hast mir noch nicht erzählt, warum du vorbeigekommen bist.«

Ben tat es mit einem Achselzucken ab und nahm ihren Briefbeschwerer in die Hand, eine Pyramide aus Kristallglas, in der, als er sie umdrehte, verschiedene Farben ineinanderliefen. »Der sah wie ein durch und durch rechtschaffener Bürger aus. Collegeprofessor, hm?«

»Ja.« In ihrem Innern begann sich etwas auszubreiten. Tess brauchte einen Moment, um zu erkennen, dass es Freude war. »Deine Trixie. Sie hieß doch Trixie, nicht wahr?«

»Richtig.«

»Sie sah bezaubernd aus. Ihre Tätowierung hat mir sehr gefallen.«

»Welche?«

Tess zog lediglich eine Augenbraue hoch. »Wie fandest du die Ausstellung?«

»Ich mag prätentiösen Mist. Dein Professor anscheinend auch. Toller Anzug. Und diese schmucke kleine Krawattennadel mit der kleinen goldenen Kette war äußerst vornehm.« Er stellte den Briefbeschwerer mit solcher Wucht auf den Schreibtisch, dass die Bleistifte ins Hüpfen gerieten. »Am liebsten hätte ich ihm die Fresse poliert.«

Sie strahlte ihn an. »Danke.«

»Gern geschehen.« Nachdem er einen großen Schluck Kaffee

getrunken hatte, stellte er die Tasse auf den Schreibtisch, wo sie einen Rand zurücklassen würde, aber Tess sagte nichts. »Seit Tagen denke ich nur noch an dich. Gibt es dafür eine Bezeichnung?«

Sie erwiderte seinen wütenden Blick mit einem Lächeln. »Ich mag den Begriff Besessenheit. Das hört sich so hübsch an.« Sie kam ein paar Schritte näher. Jetzt gab es keinen Grund mehr, nervös zu sein oder sich zu verstellen. Als er sie bei den Schultern packte, fuhr sie fort zu lächeln.

»Vermutlich hältst du das alles für verdammt komisch.«

»Vermutlich. Und ich glaube, ich kann das Risiko eingehen und dir sagen, dass ich dich vermisst habe. Ich habe dich sogar sehr vermisst. Möchtest du mir nicht erzählen, warum du wütend bist?«

»Nein.« Er zog sie an sich und spürte, wie ihre Lippen sich rundeten, immer weicher wurden und schließlich den seinen nachgaben. Die Seide ihres Kimonos raschelte, als er die Arme um sie legte. Wenn er gekonnt hätte, wäre er gegangen, ohne sich auch nur einmal umzudrehen. Doch schon als er an ihrer Tür gestanden hatte, hatte er gewusst, dass es zu spät war.

»Ich will nicht auf dieser blöden Couch schlafen. Und ich werde dich nicht allein lassen.«

Obwohl es ihr schwerfiel, schlug sie die Augen auf. Zum ersten Mal in ihrem Leben wäre sie bereit gewesen, sich von der Situation mitreißen zu lassen. »Ich habe nichts dagegen, mein Bett mit dir zu teilen, aber nur unter einer Bedingung.«

»Und die wäre?«

»Dass du mit mir schläfst.«

Er zog sie fest an sich, sodass er ihr Haar riechen und spüren konnte, wie es seine Haut streifte. »Du stellst harte Forderungen, Frau Doktor.«

11

Der Duft von Kaffee weckte sie. Tess drehte sich von der Seite auf den Rücken und döste noch ein bisschen vor sich hin, während ihr der anheimelnde, köstliche Geruch in die Nase stieg. Wie viele Jahre war es her, seit sie beim Erwachen den Duft frisch gebrühten Kaffees gerochen hatte? Als sie noch im Haus ihres Großvaters mit den hohen Decken und der gefliesten Eingangshalle lebte, hatte ihr Großvater, wenn sie morgens die geschwungene Treppe heruntergekommen war, bereits vor einem riesigen Teller mit Rührei oder Pfannkuchen gesessen, die aufgeschlagene Zeitung vor sich, daneben eine Tasse Kaffee.

Miss Bette, die Haushälterin, hatte den Tisch mit dem Alltagsgeschirr gedeckt, das kleine Veilchen am Rand hatte. Blumen hingen von der Jahreszeit ab, aber es waren stets welche da, Narzissen oder Rosen oder Chrysanthemen, und zwar in der blauen Porzellanvase, die noch von ihrer Urgroßmutter stammte.

Dann war da das leise, zischende Hin- und Herschlagen von Troopers Schwanz, Großvaters altem Golden Retriever, der unter dem Tisch saß und hoffte, dass ein Bissen für ihn abfiel.

So hatten die Morgen ihrer Kindheit und ihrer Teenagerzeit ausgesehen, und in diesem gleichmäßigen, sicheren und vertrauten Leben hatte die starke Persönlichkeit ihres Großvaters die Hauptrolle gespielt.

Dann war sie erwachsen geworden, war in ein eigenes Apartment gezogen und hatte eine Praxis eröffnet. Jetzt brühte sie sich den Kaffee selbst.

Seufzend drehte sie sich wohlig um und hoffte auf einen weiteren Wachtraum. Dann fiel ihr alles wieder ein, und sie setzte sich kerzengerade auf. Außer ihr lag niemand im Bett. Nachdem sie sich die Haare aus den Augen gestrichen hatte, fasste sie neben sich das Laken an.

Er war bei ihr geblieben und auf ihre Bedingung eingegangen. Bis spät in die Nacht hatten sie sich heftig geliebt, um dann schließlich vor Erschöpfung einzuschlafen. Keine Fragen, keine Worte. Die einzige Antwort war das, wonach sich beide gesehnt hatten – einander und zu vergessen. Auch er hatte das gebraucht. Sie hatte begriffen, dass er ein paar Stunden ohne innere Spannung, ohne knifflige Probleme, ohne Verantwortung brauchte.

Jetzt war es Morgen, und jeder von ihnen musste sich wieder mit seinem Job befassen.

Tess stand auf und schlüpfte in den Kimono, der auf dem Fußboden lag. Sie sehnte sich nach einer Dusche, einer langen heißen Dusche, aber mehr noch sehnte sie sich nach Kaffee.

Sie fand Ben in ihrem kleinen L-förmigen Esszimmer. Vor ihm auf dem Tisch lagen diverse Notizen, ein Stadtplan und ihr gelber Notizblock. »Guten Morgen.«

»Hi«, sagte er zerstreut. Dann blickte er auf und sah sie an. Obwohl er lächelte, bemerkte sie, dass er ihr Gesicht mit einem ernsten, durchdringenden Blick musterte. »Hi«, wiederholte er. »Ich hatte gehofft, dass du etwas länger schlafen würdest.«

»Es ist doch schon nach sieben.«

»Heute ist Sonntag«, erinnerte er sie. Dann stand er auf, als wolle er sie von dem, womit er gerade am Tisch beschäftigt war, fernhalten. »Hast du Hunger?«

»Machst du etwas zurecht?«

»Bist du mäkelig?«

»Nicht besonders.«

»Dann verträgst du wahrscheinlich auch eines meiner Omeletts. Magst du?«

»Au ja!« Sie ging mit ihm in die Küche und goss sich eine Tasse Kaffee ein. Der Menge nach zu urteilen, welche die Kanne noch enthielt, hatte er bereits mehrere Tassen getrunken. »Bist du schon lange auf?«

»Ein Weilchen. Wie oft kaufst du eigentlich Lebensmittel ein?«

Sie sah an ihm vorbei und blickte in den Kühlschrank, der jetzt aufstand. »Nur im äußersten Notfall.«

»Dann geh davon aus, dass er eingetreten ist.« Er nahm eine Schachtel mit Eiern, die noch nicht einmal halb voll war, und ein mickriges Stück Cheddar aus dem Kühlschrank. »Trotzdem reicht es für die Omeletts, wenn auch gerade mal so.«

»Ich habe sogar eine Omelettpfanne. Auf dem zweiten Regal im Schrank rechts von dir.«

Er warf ihr einen nachsichtig-mitleidigen Blick zu. »Alles, was man dazu braucht, ist eine heiße Bratpfanne und eine geschickte Hand.«

»Wieder was dazugelernt!«

Während sie ihren Kaffee in kleinen Schlucken trank, bereitete er das Essen zu. Eindrucksvoll, dachte sie, und zweifellos besser, als ich es mit extravaganten Utensilien, den Blick aufs Rezept geheftet, zuwege gebracht hätte. Neugierig schaute sie ihm über die Schulter, was ihr einen abweisenden Blick eintrug. Tess zerteilte ein Muffin, steckte es in den Toaster und überließ alles Übrige ihm.

»Schmeckt gut«, befand sie, als sie am Tisch saßen und sie den ersten Bissen hinuntergeschluckt hatte. »Ich bin eine ziemlich miserable Köchin. Deshalb habe ich auch nicht so viele Lebensmittel im Haus, denn die verpflichten einen, sich mit ihnen zu befassen.«

Er widmete sich seinem Omelett mit dem unbefangenen Enthusiasmus eines Mannes, für den Essen einer der größten sinnlichen Genüsse des Lebens ist. »Es heißt doch, es mache einen selbstständig, wenn man alleine lebt.«

»Aber es vollbringt keine Wunder.« Er kochte selbst, hielt sein Apartment in Ordnung, war offensichtlich tüchtig in seinem Job und hatte allem Anschein nach Glück bei Frauen. Tess trank ihren Kaffee aus und fragte sich, warum sie jetzt innerlich verkrampfter war als zu dem Zeitpunkt, da sie mit ihm ins Bett gegangen war.

Weil sie mit dem anderen Geschlecht nicht so gut umgehen konnte wie er. Und weil sie es nicht gewohnt war, ungezwungen mit jemandem zu frühstücken, mit dem sie eine heiße Nacht verbracht hatte. Ihre erste Affäre hatte sie auf dem College gehabt. Eine Katastrophe. Sie war jetzt fast dreißig und hatte immer darauf geachtet, dass ihre Beziehungen zu Männern unverbindlich blieben – ab und an ein kleines Abenteuer, was angenehm, aber ohne Belang gewesen war. Bis jetzt.

»Du bist offenbar sehr selbstständig.«

»Wenn man gern isst, lernt man auch kochen«, entgegnete er achselzuckend. »Und ich esse gern.«

»Du hast nie geheiratet?«

»Was? Nein.« Er schluckte mühsam und langte nach seiner Hälfte des Muffins. »Das vereinbart sich nicht sonderlich gut mit …«

»Schürzenjägerei?«

»Unter anderem«, erwiderte er grinsend. »Großartig, wie du die Butter aufs Muffin gestrichen hast.«

»Ja, stimmt schon. Aber ich würde meinen, ein weiterer Grund, warum du nie … sagen wir mal, einen Hausstand gegründet hast, ist der, dass deine Arbeit an erster Stelle steht.« Sie warf einen Blick auf die Papiere, die er ans andere Ende des Tisches geschoben hatte. »Bei der Polizei zu arbeiten ist sicher anstrengend, zeitraubend und gefährlich.«

»Was die ersten beiden Dinge betrifft, auf jeden Fall. Das Morddezernat ist so etwas wie der bürokratische Teil des Ganzen. Schreibtischarbeit und Lösen von kniffligen Problemen.«

»Der bürokratische Teil«, murmelte sie. Ihr war noch sehr deutlich in Erinnerung, mit welcher Lässigkeit er einmal sein Schulterhalfter umgeschnallt hatte.

»Die meisten unserer Jungs tragen Anzüge.« Er hatte sein Omelett fast verputzt und überlegte bereits, ob er Tess etwas von ihrem abschwatzen könne. »Im Allgemeinen kommt man erst ins Spiel, nachdem die Tat begangen worden ist, und muss dann die einzelnen Teile zusammensetzen. Man redet mit Leuten, telefoniert, erledigt Papierkram.«

»Hast du auf diese Weise deine Narbe bekommen?« Tess wischte mit dem Rest ihres Omeletts den Teller blank. »Indem du Papierkram erledigt hast?«

»Das ist eine alte Geschichte, das hab' ich dir doch schon gesagt.«

Sie dachte zu analytisch, als dass sie es dabei hätte bewenden lassen können. »Aber du bist angeschossen worden, und es ist wahrscheinlich mehr als einmal passiert, dass jemand auf dich geschossen hat.«

»Manchmal kommt man aufs Spielfeld, und die Leute sind nicht allzu glücklich, einen zu sehen.«

»Das ist gar nichts Besonderes, ja?«

Als ihm klar wurde, dass sie das Thema nicht fallen lassen würde, legte er seine Gabel hin. »Tess, das ist nicht wie im Kino.«

»Nein, aber es ist auch nicht so, als verkaufe man Schuhe.«

»Okay. Ich will ja auch nicht behaupten, dass man nie in eine Situation kommt, in der es brenzlig werden könnte, aber im Wesentlichen findet diese Art von polizeilicher Arbeit am Schreibtisch statt. Berichte, Vernehmungen, Kopfarbeit. Den wenigen Momenten tatsächlicher Gefahr für Leib und Leben stehen Wochen, Monate, ja Jahre gegenüber, in denen man sich unglaublich abrackern muss und die oft sogar stinklangweilig sind. Ein Anfänger in Uniform befindet sich im Laufe eines Jahres wahrscheinlich öfter in einer heiklen Situation als ich.«

»Verstehe. Dann ist es also nicht sehr wahrscheinlich, dass du bei deinen Ermittlungen in eine Situation gerätst, in der du deine Waffe benutzen musst?«

Er schwieg einen Moment, da ihm die Richtung, die das Gespräch nahm, ganz und gar nicht gefiel. »Worauf willst du eigentlich hinaus?«

»Ich versuche, dich zu verstehen. Wir haben zwei Nächte zusammen verbracht. Ich möchte gern wissen, mit wem ich schlafe.«

Das hatte er vermieden. Sex war leichter, wenn man Scheuklappen trug. »Benjamin James Matthew Paris, seit August fünfunddreißig Jahre alt, alleinstehend, eins vierundachtzig groß, hundertzweiundsiebzig Pfund schwer.«

Sie stützte die Ellbogen auf den Tisch und legte das Kinn auf ihre verschränkten Hände, während sie ihn musterte. »Du redest nicht gern über deine Arbeit.«

»Was gibt es da zu reden? Ist halt ein Job.«

»Nein, nicht bei dir. Ein Job heißt, dass man jeden Morgen die Stechuhr betätigt, von Montag bis Freitag. Du trägst deine Pistole nicht wie eine Aktentasche mit dir herum.«

»Die meisten Aktentaschen sind auch nicht geladen.«

»Du hast sie aber schon einsetzen müssen.«

Ben trank seinen Kaffee aus. Sein Organismus war bereits in Schwung gekommen. »Ich bezweifle, dass es viele Polizisten gibt, die das Rentenalter erreichen, ohne wenigstens einmal ihre Pistole gezogen zu haben.«

»Ja, das verstehe ich. Aber als Ärztin würde ich mich mehr mit den Folgen befassen, dem Kummer der Familie, dem Schock und dem Trauma des Opfers.«

»Ich habe noch nie jemanden erschossen, der ein unschuldiges Opfer war.«

Seine Stimme hatte einen gereizten Klang, der sie interessierte. Vielleicht wollte er ihr und sogar sich selbst weismachen, dass die gewalttätigen Aspekte seines Berufs nur gelegentliche Momente waren, ein zu erwartender Nebeneffekt. Er würde jeden, den er in Ausübung seiner Pflicht – wie er es formulieren würde – erschoss, als Bösewicht ansehen. Und dennoch war sie sich sicher, dass es einen Teil seines Wesens gab, der an den Menschen dachte, den Menschen aus Fleisch und Blut. Dieser Teil würde schlaflose Nächte verbringen.

»Wenn du jemanden in Notwehr erschießt«, sagte sie langsam, »ist das dann wie im Krieg, wo man den Feind eher als Symbol denn als Menschen sieht?«

»Darüber denkt man nicht nach.«

»Das kann ich mir nicht vorstellen.«

»Es ist so, glaub es mir.«

»Aber wenn du dich in einer Situation befindest, die solch eine extreme Verteidigungsmaßnahme erforderlich macht, zielst du doch so, dass der andere nur verwundet wird.«

»Nein.« Nach dieser kategorischen Antwort stand er auf und nahm seinen Teller vom Tisch. »Pass auf, du ziehst deine Waffe, du bist kein Einzelkämpfer, kein Ranger aus dem Wilden Westen. Es geht nicht darum, dass du dem Schurken mit deiner silbernen Kugel die Waffe aus der Hand schießt. Dein Leben, das deines Partners oder das irgendeiner Zivilperson steht auf dem Spiel. Schwarz gegen Weiß. So einfach ist das.«

Er räumte die Teller ab. Sie brauchte ihn nicht zu fragen, ob er schon einmal jemanden getötet hatte. Er hatte es ihr bereits mitgeteilt.

Sie warf einen Blick auf die Papiere, mit denen er sich beschäftigt hatte. Schwarz gegen Weiß. Die Grautöne, die sie sah, würde er nicht wahrnehmen. Der Mann, den sie suchten, war ein Mörder. Sein Geisteszustand, seine Emotionen, vielleicht sogar seine Seele hatten für Ben keine Bedeutung. Vielleicht konnten sie auch keine haben.

»Diese Papiere«, sagte sie, als er zurückkam. »Kann ich dir dabei irgendwie behilflich sein?«

»Das ist nur Routinearbeit.«

»Ich bin ein großer Routinier.«

»Kann schon sein. Lass uns später noch mal darüber sprechen. Ich muss mich nämlich langsam auf die Socken machen, wenn ich es zur Neun-Uhr-Messe schaffen will.«

»Messe?«

Als er ihren Gesichtsausdruck sah, grinste er. »Nein, nein, ich bin nicht in den Schoß der Kirche zurückgekehrt. Wir halten es für möglich, dass unser Mann heute Vormittag in einer von zwei Kirchen aufkreuzt. Seit sechs Uhr dreißig überwachen wir die Messen in beiden Kirchen. Ich hatte Schwein und hab' die Gottesdienste um neun, um zehn und um elf Uhr dreißig gezogen.«

»Ich komme mit. Keine Widerrede!«, sagte sie, als er den Mund öffnete. »Ich könnte euch ganz sicher helfen. Ich kenne die Anzeichen, die Symptome.«

Es hatte keinen Zweck, ihr zu sagen, dass er sie ohnehin hatte mitnehmen wollen. Mochte sie denken, dass sie ihn dazu überredet hatte. »Aber gib nicht mir die Schuld, wenn dir die Knie versagen.«

Sie berührte seine Wange mit der Hand, küsste ihn jedoch nicht. »In zehn Minuten bin ich fertig.«

In der Kirche roch es nach Kerzenwachs und Parfüm. Die Bänke waren zum Neun-Uhr-Gottesdienst noch nicht einmal zur Hälfte gefüllt. Es herrschte eine andächtige Stille. Ab und zu war ein dumpfes Echo zu hören, wenn jemand hustete oder schniefte. Durch die Buntglasfenster in der Ostwand kam ein angenehmes, feierlich stimmendes Licht. In der Apsis stand der Altar, bedeckt mit einem Tuch und von Kerzen flankiert. Weiß als Symbol der Reinheit. Darüber hing der am Kreuz sterbende Sohn Gottes. Ben saß mit Tess auf der hintersten Bank und ließ seine Blicke über die Gemeinde schweifen. Zwischen den auf den vorderen Bänken sitzenden Familien befanden sich hier und da ein paar ältere Frauen. Auf der anderen Seite des Ganges saß ein junges Paar, das offensichtlich wegen des schlafenden Babys, das die Frau trug, ganz hinten Platz genommen hatte. Ein älterer Mann, der mit Hilfe eines Stockes hereingekommen war, saß für sich allein da, nicht weit von einer sechsköpfigen Familie. Zwei junge Mädchen im Sonntagsstaat flüsterten miteinander, und ein etwa dreijähriger Junge kniete auf der Kirchenbank und ließ geräuschlos ein Plastikauto über das Holz fahren. Ben wusste, dass er im Kopf die Geräusche des Motors und der quietschenden Reifen nachmachte.

Es gab drei Männer, die allein dasaßen und auf die zudem die allgemeine Beschreibung passte. Einer hatte sich bereits hingekniet. Sein dünner dunkler Mantel war noch zugeknöpft, obwohl in der Kirche geheizt war. Ein anderer saß da und blätterte im Gesangbuch herum. Der dritte befand sich ganz vorn und verhielt sich völlig reglos. Ben wusste, dass Roderick den vorderen Teil der Kirche überwachte, während der Polizeischüler Pilomento in der Mitte postiert war.

Als sich neben Tess etwas bewegte, erstarrte Ben. Logan glitt neben sie auf die Bank, tätschelte ihr die Hand und lächelte Ben an. »Hab' mir gedacht, ich stoße zu Ihnen.« Seine Stimme klang ein wenig verschleimt. Er hustete leise in die vorgehaltene Hand, um die Kehle frei zu bekommen.

»Schön, Sie zu sehen, Monsignore«, murmelte Tess.

»Danke, meine Liebe. Ich bin seit ein paar Tagen nicht ganz auf dem Posten und war mir nicht sicher, ob ich es schaffen würde herzukommen. Ich hatte gehofft, dass Sie auch da sind. Sie haben sicher einen scharfen Blick.« Er sah sich in der halbleeren Kirche um. Hauptsächlich die Alten und die Jungen, dachte er. Leute im mittleren Lebensalter dachten selten daran, Gott eine Stunde ihrer Zeit zu widmen. Nachdem er ein Hustenbonbon aus der Tasche gekramt hatte, sah er wieder Ben an. »Ich hoffe, Sie haben nichts dagegen, dass ich unaufgefordert hergekommen bin. Wenn Sie fündig werden sollten, könnte ich Ihnen vielleicht behilflich sein. Schließlich verfüge ich hier über etwas, das man als Heimvorteil bezeichnen könnte.« Zum ersten Mal, seit Ben ihn kannte, trug Logan den weißen Priesterkragen. Als Ben diesen sah, nickte er bloß. Der Priester kam herein, und die Gemeinde erhob sich.

Der Gottesdienst begann.

Zuerst der Eröffnungsritus. Der Zelebrant in grünem, wallendem Messgewand mit Stola darunter, Alba und Humerale, der schlaksige Ministrant in Schwarz und Weiß, bereit, seine Dienste zu leisten.

Herr erbarme dich.

Fünf Bänke weiter vorn begann ein Baby laut zu plärren. Einstimmig murmelte die Gemeinde die Antworten.

Christus erbarme dich.

Der alte Mann mit dem Stock betete den Rosenkranz herunter. Die jungen Mädchen kicherten und versuchten verzweifelt, sich zusammenzureißen. Der kleine Junge mit dem Plastikauto wurde von seiner Mutter ermahnt, sich ruhig zu verhalten.

Ein Mann, der ein Humerale aus weißer Seide direkt auf der Haut trug, merkte, wie das Dröhnen in seinem Kopf nachließ, als die vertrauten Worte des Zelebranten und der Gemeinde erklangen. Seine Handflächen waren schweißnass, doch er hielt sie fest umklammert.

Der Herr sei mit euch. Und mit deinem Geiste.

Es war Latein, das er hörte, das Latein seiner Kindheit, seines Priestertums. Es beruhigte ihn, und die Welt blieb stabil.

Die Liturgie. Flüsternd und mit den Füßen scharrend setzte die Gemeinde sich wieder. Die Holzbänke knarrten. Ben beobachtete alles, ohne die Worte des Priesters wirklich zu hören. Er hatte sie schon so oft gehört. Eine seiner frühesten Kindheitserinnerungen bestand darin, dass er auf einer harten Kirchenbank saß, die Hände zwischen den Knien, während ihm der gestärkte Kragen seines besten Hemdes am Hals scheuerte. Damals war er fünf oder vielleicht auch sechs gewesen. Josh war Ministrant gewesen.

Der Mann mit dem dünnen schwarzen Mantel saß zurückgelehnt da, als sei er erschöpft. Irgendjemand schneuzte sich lautstark.

»Denn der Tod ist der Sünde Lohn«, psalmodierte der Priester, »aber die Gabe Gottes ist das ewige Leben in Jesu Christo, unserem Herrn.«

Kühl lag das Humerale auf seiner Haut, auf seinem Herzen, als er die Antwort murmelte. »Dank sei Gott dem Herrn.«

Für die Lesung aus dem Neuen Testament erhoben sie sich. Matthäus 7, 15–21. »Sehet euch vor vor den falschen Propheten.«

Hatte ihm die STIMME nicht ebendas gesagt? Während er reglos dasaß, begann sein Kopf von der Wucht der STIMME widerzuhallen. Erregung, frisch und rein, brauste durch seinen erschöpften Körper. Ja, sieh dich vor. Sie würden dich nicht verstehen, sie würden dich dein Werk nicht vollenden lassen. Sie tat so, als verstünde sie ihn. Dr. Court. Doch sie wollte nur, dass man ihn an einen Ort brachte, wo er sein Werk nicht vollenden konnte.

Er kannte solche Orte – weiße Wände, all diese weißen Wände und die weiß gekleideten Schwestern mit ihrem gelangweilten und argwöhnischen Gesichtsausdruck. An einem solchen Ort hatte seine Mutter ihre letzten, schrecklichen Jahre verbracht.

»Pass auf Laura auf. Sie trägt sich mit sündigen Gedanken und lauscht den Einflüsterungen des Teufels.« Die Haut seiner Mutter war kreidebleich gewesen, ihre Wangen schlaff. Doch ihre Augen waren dunkel und glänzend gewesen. Glänzend vor Wahnsinn und Erkenntnis. »Ihr seid Zwillinge. Wenn ihre Seele verdammt ist, ist es deine auch. Pass auf Laura auf.«

Doch Laura war bereits tot gewesen.

Er hörte den Rest der Lesung. Sie wandte sich unmittelbar an ihn. »Es werden nicht alle, die zu mir sagen: Herr, Herr! in das Himmelreich kommen, sondern die den Willen tun meines Vaters im Himmel.«

Ergeben senkte er den Kopf. »Lob sei dir, Christus.« Dann setzten sie sich, um die Predigt zu hören.

Ben spürte, wie Tess ihre Hand auf die seine legte. Er verschränkte seine Finger mit ihren. Sie wusste, dass er sich unbehaglich fühlte, das merkte er. Er hatte sich zwar damit abgefunden, wieder einmal eine Messe über sich ergehen zu lassen, doch wenn direkt neben einem ein Priester saß, sah die Sache etwas anders aus. Das Ganze erinnerte ihn deutlich an einige Gottesdienste in seiner Kindheit, bei denen er bestürzt entdeckt hatte, dass auf der Bank vor ihm und seiner Familie Schwester Mary Angelina saß. Nonnen waren nicht so tolerant wie Mütter, wenn kleine Jungen während der Messe mit den Fingern spielten und vor sich hin summten.

»Du hast während der Messe wieder vor dich hin geträumt, Benjamin.« Er erinnerte sich an Schwester Mary Angelinas Angewohnheit, die weißen Hände in die schwarzen Ärmel ihres Habits zu stecken, sodass sie aussah wie eine jener eiförmigen Spielzeugfiguren, die man nicht umwerfen kann. »Du solltest dir ein Beispiel an deinem Bruder Joshua nehmen.«

»Ben?«

»Hmmm?«

»Der Mann da«, flüsterte Tess ihm ins Ohr. »Der mit dem schwarzen Mantel.«

»Ja, der ist mir auch schon aufgefallen.«

»Er weint.«

Die Gemeinde erhob sich, um das Credo zu sprechen. Der Mann im schwarzen Mantel blieb sitzen und weinte über seinem Rosenkranz still vor sich hin. Bevor das Glaubensbekenntnis zu Ende war, stand er mit unsicheren Bewegungen auf und eilte aus der Kirche.

»Bleib hier!«, befahl Ben und schlüpfte hinaus, um dem Mann zu folgen. Als sie Anstalten machte, sich Ben anzuschließen, drückte Logan ihre Hand.

»Bleiben Sie ruhig, Tess. Er versteht seinen Job.« Weder während des Sanctus noch während der Händewaschung kam er zurück. Tess saß mit im Schoß gefalteten Händen und innerlich bebend da. Ben verstand seinen Job, das gab sie ohne Weiteres zu, aber ihren nicht. Wenn sie den Mann gefunden hatten, wäre es ihre Aufgabe, draußen bei ihm zu sein. Er würde jemanden brauchen, mit dem er sprechen konnte. Sie blieb, wo sie war, und gestand sich zum ersten Mal voll und ganz ein, dass sie Angst hatte.

Ben kam zurück, beugte sich mit ernstem Gesichtsausdruck über die Rückenlehne der Bank und berührte Logans Schulter. »Könnten Sie einen Moment mit nach draußen kommen?«

Logan ging, ohne Fragen zu stellen. Tess ertappte sich dabei, wie sie tief Luft holte, bevor sie ihnen in die Vorhalle folgte.

»Der Mann sitzt draußen auf den Stufen. Seine Frau ist letzte Woche gestorben. An Leukämie. Sicher hat er Schlimmes durchgemacht. Ich werde ihn für alle Fälle überprüfen, aber ...«

»Ja, ich versteh' schon.« Logan blickte rasch in Richtung der geschlossenen Kirchentür. »Ich werde mich um ihn kümmern. Sagen Sie mir Bescheid, wenn sich irgendetwas Neues ergibt.« Er lächelte Tess an und tätschelte ihr die Hand. »Es war wunderbar, Sie wiederzusehen.«

»Auf Wiedersehen, Monsignore.«

Sie blickten ihm hinterher, als er in die beißende Kälte des Novembermorgens hinaustrat. Dann gingen sie schweigend in die Kirche zurück. Am Altar wurde gerade die Eucharistie gefeiert. Fasziniert setzte Tess sich hin, um die Wandlung von Brot und Wein zu verfolgen.

Denn dies ist mein Leib.

Die Köpfe senkten sich, um dem Leib Christi Ehrfurcht zu erweisen. Tess fand das Ganze wunderschön. Der Priester, den sein Gewand massig wirken ließ, stand hinter dem Altar und hielt die runde weiße Oblate hoch. Dann wurde der Wein in dem glänzenden Silberkelch geweiht und ebenfalls in die Höhe gehoben.

Als Opfer, dachte Tess. Er hatte ausführlich von Opferung gesprochen. Die Zeremonie, die sie wunderschön, wenn auch ein wenig pompös fand, würde für ihn nichts anderes bedeuten, als dass ein Opfer dargebracht wurde. Sein Gott war der Gott des Alten Testaments, gerecht, streng und nach dem Blut dürstend, das Ergebenheit bekundete. Der Gott der Sintflut, der Gott Sodom und Gomorrhas. Er würde die schöne Zeremonie nicht als Band zwischen der Gemeinde und einem gnädigen, freundlichen Gott sehen, sondern als Opfer für einen fordernden Gott.

Sie langte nach Bens Hand. »Ich glaube, er würde sich hier … gesättigt fühlen.«

»Wie?«

Sie schüttelte den Kopf, da sie nicht recht wusste, wie sie es erklären sollte.

Vom Altar kamen die feierlichen Worte: »… wie es dir gefallen hat, das Opfer Abels anzunehmen und das Opfer unseres Vaters Abraham und das deines Hohepriesters Melchisedek, eine heilige Gabe, ein unbeflecktes Opfer.«

»Ein unbeflecktes Opfer«, wiederholte Tess. »Weiß steht für Reinheit.« Mit dumpfem Entsetzen sah sie Ben an. »Es geht gar nicht so sehr um Rettung, sondern vielmehr um Opferung. Und wenn er hier ist, verdreht er das alles so, dass er in seinem Tun bestätigt wird. Hier würde er nicht zusammenbrechen, hier nicht. Er nährt sich von alldem auf unnatürlichste Weise.«

Sie sah, wie der Priester die Hostie verzehrte und, nachdem er das Zeichen des Kreuzes gemacht hatte, den Wein trank. Symbole, dachte sie. Doch wie weit nahm ein bestimmter Mann diese Symbole wörtlich?

Der Priester hielt die Hostie hoch und sagte mit klarer Stimme: »Seht das Lamm Gottes, das hinwegnimmt die Sünde der Welt.

Herr, ich bin nicht würdig, dass du eingehst unter mein Dach, aber sprich nur ein Wort, so wird meine Seele gesund.«

Einige der Anwesenden schoben sich aus den Bänken und schlurften den Gang hinunter, um die Kommunion zu empfangen.

»Glaubst du, er würde zur Kommunion gehen?«, murmelte Ben, während er die sich langsam fortbewegende Schlange beobachtete.

»Keine Ahnung.« Sie fröstelte und fühlte sich plötzlich unsicher. »Ich glaube, er müsste es. Das ist doch eine Erneuerung, nicht wahr?«

Der Leib Christi.

»Ja, so ist es gedacht.«

Der Mann, der im Gesangbuch herumgeblättert hatte, erhob sich, um zum Altar zu gehen. Der andere Mann, den Ben beobachtet hatte, blieb mit gesenktem Kopf sitzen, entweder weil er betete, oder weil er eingenickt war.

Dann war da noch ein anderer, der spürte, wie das Bedürfnis und das Verlangen heftig in ihm aufstiegen, so heftig, dass seine Hände fast zitterten. Er wollte die Opfergabe, das Fleisch seines Herrn in sich aufnehmen, um von allen Sünden reingewaschen zu werden.

Während er dasaß, füllte sich die Kirche mit Stimmen.

»Du bist in Sünde geboren«, hatte seine Mutter zu ihm gesagt. »Du bist als unwürdiger Sünder geboren. Das ist eine Strafe, eine gerechte Strafe. Dein ganzes Leben lang wirst du sündigen. Wenn du in Sünde stirbst, ist deine Seele verdammt.«

»Sühne«, hatte Pfarrer Moore ihm eingeschärft. »Du musst Sühne leisten, bevor eine Sünde vergeben und die Absolution erteilt werden kann. Sühne. Gott verlangt Sühne.«

Ja, ja, das verstand er. Er hatte mit der Sühne begonnen. Er hatte dem Herrn vier Seelen dargebracht. Vier verlorene, suchende Seelen, um für die, die Laura verloren hatte, zu zahlen. Um den vollen Preis zu entrichten, musste er noch zwei Seelen opfern. So verlangte es die STIMME.

»Ich will nicht sterben.« Im Delirium hatte Laura seine Hände gepackt. »Ich will nicht in die Hölle kommen. Tu doch etwas. O Gott, bitte, tu doch etwas!«

Am liebsten hätte er sich die Ohren zugehalten, um dann am Altar auf die Knie zu fallen und die Hostie in sich aufzunehmen. Doch dessen war er nicht würdig. Erst wenn seine Mission beendet war, würde er dessen würdig sein.

»Der Herr sei mit euch«, sagte der Priester mit klarer Stimme.

»Et cum spiritu tuo«, murmelte er.

Tess ließ sich die frische Brise, die draußen ging, ins Gesicht wehen, was nach über drei Stunden Gottesdienst eine belebende Wirkung hatte. Ihre Frustration stellte sich wieder ein, als sie sah, wie einige Nachzügler die Kirche verließen und zu ihren Autos schlenderten; überdies hatte sie das unbestimmte, nagende Gefühl, dass der Gesuchte die ganze Zeit in ihrer Nähe gewesen war.

Sie hakte sich bei Ben ein. »Und was jetzt?«

»Jetzt fahre ich aufs Revier und erledige ein paar Anrufe. Da ist Roderick.«

Roderick kam die Stufen herunter und nickte Tess zu. Dann nieste er dreimal in sein Taschentuch. »Entschuldigung.«

»Du siehst furchtbar aus«, bemerkte Ben und zündete sich eine Zigarette an.

»Vielen Dank. Pilomento überprüft gerade ein Nummernschild. Er sagt, während des letzten Gottesdienstes habe auf der anderen Seite vom Gang ein Typ gesessen, der dauernd etwas vor sich hin gemurmelt habe.« Er steckte das Taschentuch weg und fröstelte ein wenig im Wind. »Ich wusste nicht, dass Sie auch da sein würden, Dr. Court.«

»Ich dachte, dass ich Ihnen vielleicht behilflich sein könnte.« Sie betrachtete seine geröteten Augen und empfand Mitgefühl, als er von einem Hustenanfall gepeinigt wurde. »Das hört sich aber gar nicht gut an. Waren Sie schon beim Arzt?«

»Keine Zeit.«

»Das halbe Dezernat liegt mit Grippe im Bett«, warf Ben ein. »Ed hat schon angedroht, demnächst eine Schutzmaske zu tragen.« Als ihm sein Partner einfiel, blickte er zur Kirche zurück. »Vielleicht hatten die anderen mehr Glück.«

»Ja, vielleicht«, erwiderte Roderick mit pfeifendem Atem. »Fährst du aufs Revier?«

»Ja, ich muss ein paar Telefonate erledigen. Tu mir einen Gefallen. Geh nach Hause und nimm was gegen deine Grippe ein. Dein Schreibtisch steht zu nahe bei meinem.«

»Ich muss noch meinen Bericht schreiben.«

»Scheiß auf den Bericht«, sagte Ben. Als ihm einfiel, dass er vor einer Kirche stand, schlug er jedoch einen anderen Ton an. »Bleib mit deinen Bazillen ein paar Tage zu Hause, Lou.«

»Na ja, mal sehen. Ruf mich an, falls Ed irgendetwas entdeckt hat.«

»Klar. Keine Bange.«

»Und gehen Sie zum Arzt«, fügte Tess hinzu. Er quälte sich ein Lächeln ab und ging davon.

»Hört sich so an, als stünde er kurz vor einer Lungenentzündung«, murmelte sie, doch als sie sich umdrehte, bemerkte sie, dass Ben bereits an andere Dinge dachte.

»Hör mal, ich weiß, dass du erpicht darauf bist, deine Telefonate zu erledigen. Ich werde mit einem Taxi nach Hause fahren.«

»Wie?«

»Ich habe gesagt, ich werde mit einem Taxi nach Hause fahren.«

»Wieso das? Hast du mich satt?«

»Nein.« Zum Beweis hauchte sie ihm einen Kuss auf die Lippen. »Ich weiß, dass Arbeit auf dich wartet, die du erledigen willst.«

»Dann komm mit.« Er war nicht bereit, sie schon gehen zu lassen oder auf die privaten, unkomplizierten Stunden, die vom Wochenende übrig bleiben mochten, zu verzichten. »Wenn ich mit allem fertig bin, können wir in deine Wohnung zurückfahren und ...« Er beugte sich herab und biss sie zärtlich ins Ohrläppchen.

»Ben, wir können uns doch nicht die ganze Zeit lieben.«

Den Arm um sie gelegt, ging er mit ihr zum Auto. »Klar können wir das. Ich werd's dir zeigen.«

»Nein, wirklich nicht. Dafür gibt es biologische Gründe. Du kannst mir ruhig glauben, ich bin schließlich Ärztin.«

Er blieb neben der Autotür stehen. »Was für biologische Gründe?«

»Ich komme fast um vor Hunger.«

»Oh.« Er öffnete ihr die Tür und ging zur Fahrerseite hinüber. »Okay, dann machen wir unterwegs kurz beim Supermarkt halt. Du kannst den Lunch zubereiten.«

»Ah ja?«

»Ich habe schließlich Frühstück gemacht.«

»Oh, stimmt.« Sie lehnte sich zurück. Die Aussicht auf einen gemütlichen Sonntagnachmittag sagte ihr durchaus zu. »Na schön, dann kümmere ich mich um den Lunch. Ich hoffe, du magst Käsesandwiches.«

Er beugte sich zu ihr, sodass sein Atem über ihre Lippen strich. »Und dann zeige ich dir, was man an Sonntagnachmittagen so macht.«

Tess klapperte mit den Augenlidern und schloss sie halb. »Was denn?«

»Man trinkt Bier und sieht sich im Fernsehen Football an.« Er küsste sie heftig und ließ den Motor an, während sie lachte.

Er sah, wie sie im Auto saßen und die Köpfe zusammensteckten. Er hatte sie in der Kirche gesehen. In seiner Kirche. Natürlich war es ein Zeichen, dass sie gerade in seine Kirche gekommen war, um zu beten. Zunächst hatte ihn dieser Umstand ein wenig verwirrt, doch dann war ihm klar geworden, dass Gott sie dort hingeführt hatte.

Sie würde die Letzte sein. Dann kam er selbst an die Reihe.

Er sah, wie das Auto davonfuhr, und bekam durch das Seitenfenster flüchtig ihr Haar zu sehen. Ein Vogel setzte sich auf einen Ast des kahlen Baums neben ihm und blickte mit glänzenden schwarzen Augen – den Augen seiner Mutter – zu ihm herunter. Er ging nach Hause, um sich auszuruhen.

12

»Ich glaube, ich habe was gefunden.«

Ed saß verbissen am Schreibtisch und bearbeitete im Zweifingersystem seine Schreibmaschine.

»Ah ja?« Ben saß an seinem eigenen Tisch und hatte wieder den Stadtplan vor sich. Geduldig zog er mit einem Bleistift Linien, um die Schauplätze der Morde miteinander zu verbinden.

»Was hast du denn gefunden?«

»Eine Wohnung.«

»Aha.«

Jemand machte die Kühlschranktür auf und beschwerte sich lautstark, dass seine Cola geklaut worden sei. Niemand schenkte ihm Beachtung. Infolge der Grippe sowie eines Doppelmordes in der Nähe der Georgetown University war die Belegschaft des Dezernats stark reduziert. Irgend jemand hatte einen Truthahn aus Pappe an eines der Fenster geklebt, doch das war das einzige sichtbare Zeichen von Festtagsstimmung. Ben zog einen dünnen Kreis um Tess' Apartmenthaus, bevor er zu Ed hinübersah.

»Und wann ziehst du um?«

»Kommt ganz darauf an.« Ed blickte stirnrunzelnd auf die Tasten und hielt einen Moment inne, bevor er weitertippte. »Muss erst abwarten, ob der Kontrakt zustande kommt.«

»Du lässt die Leute von einem Killer umbringen, damit du ihre Wohnung mieten kannst?«

»Der Kaufkontrakt. Scheiße, diese Schreibmaschine ist kaputt.«

»Kaufkontrakt?« Ben ließ seinen Bleistift fallen und starrte Ed an. »Du kaufst eine Wohnung? Du kaufst sie?«

»So ist es.« Geduldig beseitigte Ed seinen letzten Tippfehler mit Tipp-Ex, blies aufs Papier und nahm die Korrektur vor. Neben ihm stand eine Spraydose mit Lysol. Wenn jemand vorbeikam, der nach Grippe aussah, vernebelte er die ganze Umgebung. »Das hast du mir doch vorgeschlagen.«

»Ja, aber das war doch bloß ... du kaufst sie?« Um alle Spuren zu verwischen, bedeckte Ben die im Papierkorb liegende leere Cola-Dose mit Konzeptpapier. »Was für eine Art von Bruchbude kannst du dir mit einem Polizistengehalt denn leisten?«

»Manch einer versteht eben zu sparen. Ich setze mein Kapital ein.«

»Dein Kapital?« Ben verdrehte die Augen und faltete den Stadtplan zusammen. Damit kam er nicht weiter.

»Der Mann verfügt über Kapital«, teilte er seiner Umgebung mit. »Demnächst wirst du mir noch erzählen, dass du an der Börse spekulierst.«

»Ich habe ein paar kleine, aber sichere Investitionen getätigt. Hauptsächlich Aktien öffentlicher Versorgungsbetriebe.«

»Aktien öffentlicher Versorgungsbetriebe. Das Einzige, was du darüber weißt, ist, dass du regelmäßig deine Gasrechnung bekommst.« Trotzdem musterte er Ed mit unsicherem Blick. »Wo ist diese Wohnung?«

»Hast du ein paar Minuten Zeit?«

»Ich wollte sowieso eine Pause einlegen.«

Ed zog seinen Bericht aus der Maschine, überflog ihn mit

argwöhnischem Blick und legte ihn beiseite. »Dann lass uns eine kleine Autofahrt machen.«

Sie brauchten nicht lange. Die Wohnung lag am äußeren, nicht gerade vornehmen Rand von Georgetown. Die Reihenhäuser sahen eher verwohnt als distinguiert aus. Die Herbstblumen hatten einfach aus Mangel an Interesse den Geist aufgegeben und standen verwelkt inmitten von umherliegendem Laub, das niemand zusammengeharkt hatte. An einem Laternenpfahl war ein Fahrrad angekettet, dem alle Teile fehlten, die sich abschrauben und mitnehmen ließen. Ed fuhr an den Bordstein und hielt an.

»Da ist es.«

Vorsichtig drehte Ben den Kopf zur Seite. Dass er nicht aufstöhnte, ehrte ihn.

Das schmale Haus war drei Stockwerke hoch. Die Eingangstür befand sich kaum fünf Schritt vom Bürgersteig entfernt. Zwei der Fenster waren mit Brettern vernagelt, und die Fensterläden, die noch nicht abgefallen waren, hingen schief in den Angeln. Die Ziegelsteine waren alt und ausgeblichen. Der einzige Farbtupfer war ein obszönes Graffito, das jemand an die Wand gesprayt hatte. Ben stieg aus, stützte sich auf die Motorhaube und versuchte, das, was er sah, nicht zu glauben.

»Das ist doch was, nicht wahr?«

»Ja, *was* ist es ganz sicher. Ed, das Ding hat überhaupt keine Dachrinnen.«

»Ich weiß.«

»Die Hälfte der Fenster sind kaputt.«

»Ich hab' mir gedacht, dass ich in ein paar vielleicht farbiges Glas einsetze.«

»Ich glaube, das Dach ist seit der Wirtschaftskrise nicht neu gedeckt worden.«

»Ich sehe mich gerade nach Dachfenstern um.«

»Versuch's doch mal in einem Laden, der Scherzartikel verkauft.« Ben steckte die Hände in die Taschen seiner Jacke. »Lass uns mal reingehen.«

»Ich habe noch keinen Schlüssel.«

»Junge, Junge.« Vor sich hin brummelnd ging Ben drei kaputte Betonstufen hoch, zog seine Brieftasche heraus und entnahm ihr eine Kreditkarte. Das erbärmliche Schloss gab augenblicklich nach. »Ich habe das Gefühl, dass ich dich über die Schwelle tragen sollte.«

»Kauf dir selbst ein Haus.«

Die Eingangshalle war voll von Spinnweben und Exkrementen diverser Nagetiere. Die Tapete war zu Grau verblichen. Ein fetter gepanzerter Käfer kroch langsam darüber. »Und wann kommt Vincent Price die Treppe herunter?«

Ed blickte sich um und sah den Rohbau eines Schlosses. »Man muss das Ganze nur gründlich sauber machen.«

»Und einen Kammerjäger kommen lassen. Gibt es hier Ratten?«

»Im Souterrain, glaube ich«, sagte Ed unbekümmert und ging in einen Raum, der einmal ein entzückendes Wohnzimmer gewesen war.

Das Zimmer war schmal und hatte eine hohe Decke. Die beiden Fensteröffnungen waren mit Brettern vernagelt. Die Ummauerung des offenen Kamins war zwar unversehrt, doch hatte irgendjemand den Kaminsims herausgebrochen. Der Fußboden unter der Staub- und Dreckschicht mochte durchaus aus Eiche sein.

»Ed, das ist ...«

»Fantastische Möglichkeiten gibt's hier. In die Küche ist ein Ziegelsteinofen eingebaut. Weißt du, wie Brot aus einem Steinofen schmeckt?«

»Man kauft sich doch kein Haus, um Brot zu backen.« Ben ging in die Eingangshalle zurück und passte genauestens auf, ob sich auf dem Fußboden irgendetwas Lebendiges regte.

»Mein Gott, hier draußen ist ein Loch in der Decke. Ein über ein Meter breites Loch.«

»Das steht als Erstes auf meiner Liste«, sagte Ed, als er sich zu ihm gesellte. Einen Moment lang standen sie schweigend da und blickten zu dem Loch hoch.

»Was heißt hier Liste? Das ist eine Lebensaufgabe.« Während sie nach oben sahen, fiel eine Spinne von der Größe eines Daumens aus dem Loch und landete mit einem deutlich vernehmbaren Plumps vor ihren Füßen. Extrem angewidert kickte Ben sie zur Seite. »Das kann doch nicht dein Ernst sein, dass du diese Bruchbude kaufen willst.«

»Aber natürlich. Irgendwann kommt einmal der Punkt, wo man sich ein Nest bauen möchte.«

»Du hast doch das, was ich übers Heiraten gesagt habe, nicht etwa auch ernst genommen?«

»In einen eigenen Häuschen«, fuhr Ed unbeirrt fort.

»Mit einem Arbeitsraum, vielleicht auch mit einem kleinen Garten. Hinter dem Haus ist ein geeignetes Plätzchen, wo man Kräuter anpflanzen könnte. Auf diese Weise hätte ich ein Ziel. Ich könnte jeweils ein Zimmer in Ordnung bringen, dann käme das nächste dran.«

»Dazu brauchst du fünfzig Jahre.«

»Ich habe doch nichts Besseres zu tun. Wollen wir nach oben gehen?«

Ben sah sich noch einmal das Loch in der Decke an.

»Nein, ich möchte gern am Leben bleiben. Wie viel?«, fragte er ohne Umschweife.

»Fünfundsiebzig.«

»Fünfundsiebzig? Fünfundsiebzigtausend? Dollar?«

»In Georgetown sind Immobilien sehr gefragt.«

»Georgetown? Herrgott noch mal, wir sind doch hier nicht in Georgetown!« Etwas, das größer war als die Spinne von vorhin, wuselte in der Ecke herum. Ben griff nach seiner Waffe. »Die erste Ratte, die ich sehe, muss dran glauben.«

»Das ist nur eine Feldmaus.« Ed legte Ben beschwichtigend die Hand auf die Schulter. »Ratten leben nur im Souterrain oder auf dem Dachboden.«

»Was denn, haben sie etwa einen Mietvertrag, der das so festlegt?« Doch er ließ seine Waffe im Halfter. »Hör mal zu, Ed, die Makler und die Stadtplaner verschieben einfach die Bezirksgrenzen, damit sie das hier Georgetown nennen und Idioten wie dir fünfundsiebzigtausend Dollar abknöpfen können.«

»Ich habe aber nur siebzig geboten.«

»Oh, du hast nur siebzig geboten. Das ist natürlich etwas anderes.« Er fing an, hin und her zu laufen, geriet aber in ein prachtvolles Spinnengewebe, aus dem er sich fluchend befreite. »Ed, das kommt alles von den Sonnenblumenkernen. Du musst Fleisch essen.«

»Du fühlst dich verantwortlich.« Hocherfreut lächelte Ed, bevor er in die Küche schlenderte.

»Nein, tu ich nicht.« Ben rammte die Hände in die Taschen. »Doch, tu ich, verdammt noch mal!«

»Dort ist der Garten. Mein Garten«, sagte Ed mit einer Handbewegung, als Ben ihm folgte. »Vor dem Fenster da könnte man Basilikum, Rosmarin und vielleicht auch Lavendel anpflanzen.«

Ben sah eine mit kniehohem Gras bewachsene Stelle, die fast breit genug war, um dort mit zwei schwungvollen Handbewegungen einen Rasenmäher zu betätigen. »Du hast zu viel gearbeitet. Dieser Fall macht uns alle verrückt. Ed, hör genau zu, was ich jetzt sage, vielleicht fällt dann der Groschen: Holzschwamm, Termiten, Ungeziefer.«

»Ich werde bald sechsunddreißig.«

»Na und?«

»Ich habe noch nie ein Haus besessen.«

»Himmel, Arsch und Zwirn, jeder wird irgendwann sechsunddreißig, aber nicht jeder muss ein Haus besitzen.«

»Scheiße, ich hab' auch noch nie in einem gewohnt. Wir hatten immer Apartments.«

Die Küche roch nach dem Fett von Jahrzehnten, doch diesmal sagte Ben nichts.

»Es gibt auch einen Dachboden, so wie man ihn aus Filmen kennt, weißt du, wo immer Truhen und alte Möbel stehen. Das gefällt mir. Die Küche werde ich zuerst in Angriff nehmen.«

Ben starrte auf das jämmerliche Fleckchen Rasen hinaus. »Dampf«, sagte er. »Das ist die beste Methode, um diese alte Tapete abzubekommen.«

»Dampf?«

»Genau.« Ben zog eine Zigarette aus der Tasche und grinste. »Davon wirst du allerdings eine ganze Menge brauchen. Ich war mal mit einer Frau liiert, die in einem Farbengeschäft gearbeitet hat. Marli ... ja, ich glaube, Marli hieß sie. Wahrscheinlich würde ich bei ihr immer noch Rabatt bekommen.«

»Warst du schon mal mit einer Frau liiert, die im Holzhandel arbeitet?«

»Muss mal drüber nachdenken. Na komm, ich muss jemanden anrufen.«

Nachdem sie ein paar Meilen gefahren waren, hielten sie an einer Telefonzelle an. Ben kramte einen Vierteldollar aus der Tasche und wählte Tess' Büronummer.

»Praxis Dr. Court.«

»Detective Paris.«

»Ja, Detective, einen Moment bitte.«

Ein Klicken war zu hören, dann war alles still, dann klickte es noch einmal. »Ben?«

»Wie geht's dir, Frau Doktor?«

»Bestens.« Während sie sprach, räumte sie ihren Schreibtisch auf. »Ich wollte gerade aufbrechen, um in die Klinik zu fahren.«

»Wann bist du da fertig?«

»Gewöhnlich um fünf Uhr dreißig, manchmal auch erst um sechs.«

Er warf einen Blick auf seine Armbanduhr und stellte sein Programm um. »Prima. Dann hole ich dich ab.«

»Aber du musst doch nicht …«

»Doch, muss ich. Wer sitzt dir heute auf der Pelle?«

»Wie bitte?«

»Ich meine, wer bewacht heute die Praxis«, erklärte Ben, während er versuchte, eine Ecke der Telefonzelle zu finden, wo der Wind nicht hinkam.

»Ach so. Sergeant Billings.«

»Gut.« Er wölbte die Hände über ein Streichholz, um sich eine Zigarette anzuzünden, und ärgerte sich maßlos, dass er seine Handschuhe vergessen hatte. »Lass dich von Billings zur Klinik fahren.«

Obwohl sie zunächst nichts sagte, konnte er ihren Zorn förmlich hören und war versucht, darüber zu lächeln. »Ich sehe keinen Grund, warum ich nicht selbst in die Klinik fahren kann, wie ich es in den letzten Jahren jede Woche gemacht habe.«

»Den brauchst du auch nicht zu sehen, Tess. Dafür sehe ich ihn. Bis um sechs dann.«

Als er auflegte, wusste er, dass sie den Hörer in der Hand behalten und ihren Zorn zügeln würde, bis sie es fertigbrachte, ruhig und gelassen aufzulegen. Zu etwas so Kindischem wie den Hörer auf die Gabel zu knallen, würde sie sich nicht hinreißen lassen.

Er hatte recht. Tess zählte langsam von fünf bis null. Dann legte sie ruhig und gelassen den Hörer auf. Unmittelbar darauf meldete Kate sich erneut.

»Ja?« Es bereitete ihr Mühe, nicht barsch zu klingen.

»Noch ein Anruf für Sie, auf Leitung zwei. Seinen Namen will er nicht nennen.«

»In Ordnung, ich …« Ihr Magen krampfte sich zusammen, als ihr klar wurde, wer der Anrufer war. »Stellen Sie das Gespräch durch, Kate.«

Sie starrte auf die blinkende Taste. Ohne dass ihr Finger gezittert hätte, drückte sie darauf. »Hier Dr. Court.«

»Ich habe Sie in der Kirche gesehen. Sie sind gekommen.«

»Ja.« Die Instruktionen, die man ihr gegeben hatte, schossen ihr durch den Kopf. Versuchen Sie ihn hinzuhalten. Wirken Sie beruhigend auf ihn ein, damit er eine Weile am Apparat bleibt. »Ich hatte gehofft, Sie dort zu sehen, damit wir unser Gespräch fortsetzen können. Wie fühlen Sie sich?«

»Sie waren da. Jetzt werden Sie alles verstehen.«

»Was soll ich denn verstehen?«

»Dass es um große Dinge geht.« Er sprach mit ruhiger Stimme. Er war zu einem Entschluss gekommen, in seinem Glauben bestärkt worden. »Die Opfer, die von uns verlangt werden, sind so klein im Vergleich zu der Belohnung, die uns für unseren Gehorsam zuteilwird. Ich bin froh, dass Sie da waren, sodass Sie alles verstehen. Ich hatte Zweifel.«

»Was für Zweifel?«

»Hinsichtlich der Mission.« Seine Stimme wurde leiser, als

könne man von der Sünde des Zweifels nur im Flüsterton sprechen. »Aber jetzt habe ich keine mehr.«

»Wo ist Laura?«, riskierte Tess zu fragen.

»Laura.« Sie konnte den Schmerz in seiner Stimme hören. »Laura wartet im Fegefeuer und leidet, bis ich für ihre Sünden Sühne leiste. Ich bin für sie verantwortlich. Außer mir und der Heiligen Mutter Gottes hat sie niemanden, der für sie bittet.

Laura war also tot. Jetzt wusste sie es mit Sicherheit.

»Sie müssen sie sehr geliebt haben.«

»Sie war der beste Teil von mir. Wir waren schon vor der Geburt miteinander vereint. Jetzt muss ich für sie Sühne leisten, damit wir nach dem Tod wieder vereint werden können. Jetzt verstehen Sie das alles. Sie sind gekommen. Ihre Seele wird sich zu den anderen gesellen. Ich werde Ihnen im Namen des Herrn Absolution erteilen.«

»Sie können nicht noch jemanden umbringen. Das würde Laura nicht wollen.«

Er schwieg … drei, vier, fünf Sekunden lang. »Ich dachte, Sie hätten alles verstanden.«

Am vorwurfsvollen Ton seiner Stimme erkannte Tess, dass er sich verraten fühlte. Gleich würde er auflegen. »Ich denke, das habe ich auch. Wenn nicht, müssten Sie mir alles näher erklären. Ich will ja alles verstehen, und ich möchte, dass Sie mir dabei helfen. Deswegen möchte ich ja zu Ihnen kommen und mit Ihnen sprechen.«

»Nein, das sind alles Lügen. Sie sind von Sünde und Lügen erfüllt.« Sie hörte, wie er anfing, das Vaterunser zu murmeln, bevor er auflegte.

Als Ben ins Dezernat zurückkam, stand Lowenstein gerade neben ihrem Schreibtisch und telefonierte. Um die Hände frei zu haben, hatte sie sich das Telefon zwischen Ohr und Schulter geklemmt. Als sie ihn sah, winkte sie ihn zu sich heran.

»Sie kann einfach nicht ohne mich leben«, sagte Ben zu Ed. Er streckte den Arm aus, als wolle er ihn ihr um die Taille legen. In Wirklichkeit langte er jedoch nach der Tüte mit Schokorosinen, die auf ihrem Schreibtisch lag.

»Er hat Court wieder angerufen«, sagte Lowenstein.

Bens Hand erstarrte mitten in der Bewegung.

»Wann?«

»Der Anruf wurde um elf Uhr einundzwanzig durchgestellt.«

»Konnten sie ihn zurückverfolgen?«

»Ja.« Sie nahm einen Notizblock vom Schreibtisch und gab ihn Ben. »Er kam aus diesem Bereich von einem Apparat innerhalb dieser vier Blocks. Goldman sagt, sie hat ihre Sache sehr gut gemacht.«

»Mensch, in der Gegend waren wir doch gerade!« Ben schmiss den Notizblock auf ihren Schreibtisch. »Vielleicht sind wir sogar an ihm vorbeigefahren.«

»Der Captain hat Bigsby, Mullendore und ein paar Uniformierte losgeschickt, um das Gebiet zu durchkämmen und nach Zeugen zu suchen.«

»Dabei werden wir ihnen helfen.«

»Ben. Warte doch mal, Ben.« Er blieb stehen und drehte sich voller Ungeduld um. Lowenstein presste sich die Sprechmuschel des Hörers gegen die Schulter. »Sie schicken dem Captain eine Mitschrift des Gesprächs. Ich glaube, du solltest sie dir ansehen.«

»Prima. Die lese ich, wenn ich zurückkomme.«

»Ich glaube, du solltest sie gleich lesen, Ben.«

Ein paar Stunden Arbeit in der Donnerly Clinic reichten aus, um Tess von ihrer Aufgewühltheit abzulenken. Das Spektrum der dortigen Patienten reichte von manisch-depressiven Geschäftsleuten bis zu Junkies, die eine Entziehungskur machten. Einmal in der Woche – wenn es ihr Terminkalender erlaubte, auch zweimal – fuhr sie in die Klinik, um die Ärzte bei ihrer Arbeit zu unterstützen. Manche der Patienten sah sie nur ein- oder zweimal, andere wiederum Woche für Woche, Monat für Monat.

Sie war dort, soweit es ihre Zeit gestattete, unentgeltlich tätig, da es kein Elitekrankenhaus war, in das sich reiche Leute begaben, wenn sie mit ihren Problemen oder Süchten nicht mehr fertigwurden. Andererseits war es auch keine von Idealisten mit wenig Geld betriebene Klinik für Gestrauchelte, sondern eine leistungsfähige Einrichtung, die Gemüts- und Geisteskranke aus allen sozialen Schichten aufnahm.

Im zweiten Stock gab es zum Beispiel eine Frau, die an der Alzheimerschen Krankheit litt und Puppen für ihre Enkelkinder nähte, mit denen sie dann selbst spielte, weil sie inzwischen vergessen hatte, dass sie Enkelkinder besaß. Dann war da ein Mann, ein harmloser Mensch, der sich für John F. Kennedy hielt und den größten Teil des Tages damit verbrachte, Reden zu schreiben. Die zu Gewalttätigkeit neigenden Patienten waren im dritten Stock in Verwahrung, wo die Sicherheitsvorkehrungen waren. Die Türen aus dickem Glas waren immer verschlossen, die Fenster vergittert.

Tess verbrachte dort den größten Teil des Nachmittags. Gegen fünf war sie ziemlich ausgelaugt. Fast eine Stunde lang hatte sie sich mit einem schizophrenen Paranoiker befasst, der ihr zunächst Obszönitäten ins Gesicht geschleudert und dann mit seinem Essenstablett nach ihr geworfen hatte, bis er schließlich von zwei Krankenpflegern gebändigt worden war. Tess hatte ihm ein Sedativ gespritzt, wenn auch nicht ohne Bedauern. Er würde für den Rest seines Lebens medikamentös behandelt werden.

Als er ruhiggestellt war, verließ ihn Tess, um sich ein paar Minuten im Aufenthaltsraum für das Krankenhauspersonal zu entspannen. Sie musste sich noch um einen weiteren Patienten kümmern: Lydia Woods, eine siebenunddreißig Jahre alte Frau, die einen Haushalt mit drei Kindern geführt und einen Fulltime-Job als Börsenmaklerin ausgeübt hatte und außerdem Präsidentin des Elternvereins gewesen war. Sie hatte Feinschmeckermahlzeiten gekocht, hatte jeder Veranstaltung in der Schule beigewohnt und war zur Geschäftsfrau des Jahres gekürt worden. Die neue Frau, die es schaffte, alles zu haben und damit fertigzuwerden.

Vor zwei Monaten war sie bei einer Schulaufführung unter Krämpfen und Zuckungen zusammengebrochen, sodass viele der entsetzten Eltern angenommen hatten, sie leide an Epilepsie. Nachdem sie ins Krankenhaus gebracht worden war, hatte man festgestellt, dass sie an Entzugserscheinungen litt, die so gravierend waren wie die eines Heroinsüchtigen.

Lydia Woods hatte ihre perfekte Welt mit Valium und Alkohol aufrechterhalten, bis ihr Mann schließlich mit Scheidung drohte. Um zu beweisen, wie stark sie innerlich war, hatte sie abrupt aufgehört, Tabletten zu nehmen und Alkohol zu trinken, und alle physischen Reaktionen ignoriert – ein verzweifelter Versuch, ihr Leben so, wie sie es eingerichtet hatte, weiterzuführen.

Jetzt, nachdem die physischen Beschwerden beseitigt worden waren, zwang man sie, sich mit den Ursachen auseinanderzusetzen.

Tess fuhr mit dem Fahrstuhl in den ersten Stock hinunter, wo sie sich Lydias Patientenakte holte. Nachdem sie diese studiert hatte, klemmte sie sich den Hefter unter den Arm. Ihr Zimmer war am Ende des Ganges. Lydia hatte die Tür aufstehen lassen, aber trotzdem klopfte Tess, bevor sie eintrat.

Die Vorhänge waren zugezogen, das Zimmer lag im Halbdunkel. Neben dem Bett standen Blumen, rosa Nelken, die einen leichten, süßen und hoffnungsvollen Duft verströmten. Lydia lag zusammengerollt im Bett, mit dem Gesicht zur nackten Wand. Sie reagierte in keiner Weise auf Tess' Anwesenheit.

»Hallo, Lydia.« Tess legte die Akte auf ein Tischchen und sah sich im Zimmer um. Die Kleidung, die Lydia am Tag zuvor getragen hatte, lag unordentlich in einer Ecke.

»Hier drinnen ist es aber dunkel«, sagte sie und ging zum Vorhang.

»Ich mag es, wenn es dunkel ist.«

Tess warf einen Blick auf die im Bett liegende Gestalt. Es war Zeit, etwas energischer vorzugehen. »Ich nicht«, entgegnete sie und zog den Vorhang auf. Als sich das Licht ins Zimmer ergoss, drehte sich Lydia um und machte ein finsteres Gesicht. Ihr Haar war ungewaschen, und sie trug kein Make-up. Um ihren Mund lag ein verkniffener, bitterer Ausdruck.

»Das ist mein Zimmer.«

»Richtig. Und nach allem, was ich höre, haben Sie zu viel Zeit allein darin verbracht.«

»Was, zum Teufel, soll man denn hier anfangen? Zusammen mit all den Irren Körbe flechten?«

»Sie könnten ja mal einen Spaziergang durch den Krankenhauspark machen.« Tess setzte sich hin, rührte die Akte jedoch nicht an.

»Ich gehöre nicht hierher. Ich will nicht hier sein.«

»Es steht Ihnen jederzeit frei zu gehen.« Tess sah zu, wie sie sich aufsetzte und eine Zigarette anzündete. »Dies ist kein Gefängnis, Lydia.«

»Sie haben leicht reden.«

»Sie sind freiwillig hierhergekommen. Wenn Sie das Gefühl haben, so weit zu sein, wird man Sie sofort entlassen.«

Ohne etwas zu sagen, rauchte Lydia ihre Zigarette und brütete dumpf vor sich hin.

»Wie ich sehe, hat Sie Ihr Mann gestern besucht.«

Lydia warf einen Blick auf die Blumen und sah rasch wieder weg. »Und?«

»Wie war Ihnen dabei zumute?«

»Oh, großartig«, fauchte sie. »Ich fand es einfach wundervoll, dass er hierhergekommen ist, um mich in diesem Zustand zu sehen.« Sie packte ein Büschel ihres ungewaschenen Haars. »Ich habe ihm gesagt, dass er das nächste Mal die Kinder mitbringen soll, damit sie sehen können, was für eine elende Hexe ihre Mutter ist.«

»Wussten Sie, dass er kommt?«

»Ja.«

»Im Bad ist eine Dusche. Sie haben Shampoo und Make-up.«

»Waren Sie nicht diejenige, die gesagt hat, ich versteckte mich hinter einer Maske?«

»Rezeptpflichtige Medikamente und Alkohol als Hilfsmittel zu benutzen ist etwas anderes, als sich die Mühe zu machen, für den eigenen Ehemann hübsch auszusehen. Sie wollten, dass er Sie so sieht, Lydia. Warum? Damit Sie ihm leidtun? Damit er sich schuldig fühlt?«

Der Pfeil traf, wie sie gehofft hatte, ins Schwarze und setzte etwas in Gang. »Halten Sie die Klappe. Das geht Sie überhaupt nichts an.«

»Hat Ihr Mann Ihnen diese Blumen mitgebracht? Die sind wunderschön.«

Erneut betrachtete Lydia die Blumen, die in ihr den Wunsch hervorriefen, in Tränen auszubrechen, um die Bitterkeit und das Gefühl, versagt zu haben, loszuwerden, Empfindungen, mit denen sie sich schützend umgab. Sie nahm die Vase in die Hand und schleuderte sie mitsamt den Blumen gegen die Wand.

Ben, den man gebeten hatte, draußen im Korridor zu warten, hörte den Knall. Im Nu war er vom Stuhl hoch und eilte auf die offene Tür zu, wurde jedoch von einer Krankenschwester zurückgehalten.

»Tut mir leid, Sir, aber da können Sie nicht rein. Dr. Court behandelt gerade eine Patientin.« Sie versperrte ihm den Weg und ging selbst zur Tür.

»Oh, Mrs. Rydel«, hörte er Tess ruhig und gelassen sagen.

»Würden Sie bitte eine Kehrichtschaufel und einen Mop bringen, damit Mrs. Woods das hier aufwischen kann?«

»Das werde ich nicht tun!«, schrie Lydia. »Das ist mein Zimmer, und ich werde gar nichts aufwischen.«

»Dann sollten Sie aufpassen, wo Sie hintreten, damit Sie sich nicht an den Glasscherben verletzen.«

»Ich hasse Sie.« Als Tess keine Reaktion zeigte, schrie Lydia noch lauter: »Ich hasse Sie! Haben Sie gehört?«

»Ja, ich kann Sie sehr gut hören. Aber ich frage mich, ob Sie mich anschreien, Lydia, oder sich selbst.«

»Für wen, zum Teufel, halten Sie sich eigentlich?« Wie ein Presslufthammer ging ihre Hand auf und ab, um die Zigarette auszudrücken. »Woche für Woche kommen Sie in Ihren schicken teuren Kostümen hier rein und warten in Ihrer selbstgefälligen Art darauf, dass ich meine Seele vor Ihnen entblöße. Aber das werde ich nicht tun. Meinen Sie, ich will mich mit einer frigiden Jungfer unterhalten, die ihr Leben von A bis Z durchgeplant hat? Mit einer Miss Perfekte Gesellschaft, die zum Zeitvertreib Bekloppte behandelt und sie vergisst, sobald sie wieder in ihrem gepflegten Zuhause ist.«

»Ich vergesse meine Patienten keineswegs, Lydia.«

Obwohl Tess im Gegensatz zu Lydia leise sprach, konnte Ben sie im Korridor hören.

»Sie kotzen mich an.« Lydia erhob sich vom Bett, zum ersten Mal an diesem Tag. »Ich kann Sie nicht mehr sehen, mit Ihren italienischen Schuhen, Ihren kleinen goldenen Anstecknadeln und Ihrer keimfreien Perfektion.«

»Ich bin nicht perfekt, Lydia, das ist keiner von uns. Das muss auch keiner von uns sein, um geliebt und respektiert zu werden.«

Die Tränen begannen zu fließen, doch Tess stand nicht auf, um Trost zu spenden. Der Zeitpunkt war noch nicht gekommen. »Was wissen Sie denn von Fehlern, die man macht? Was zum Teufel wissen Sie denn von meiner früheren Lebensweise? Verdammt noch mal, bei mir hat alles wie am Schnürchen geklappt. Dafür habe ich gesorgt.«

»Stimmt, das haben Sie. Aber nichts klappt für immer, wenn man sich weigert, Unzulänglichkeiten in Kauf zu nehmen.«

»Ich war genauso tüchtig wie Sie. Ich war sogar noch besser. Ich hatte Kleidung wie Sie und ein Zuhause wie Sie. Ich hasse Sie, weil Sie hierherkommen und mich daran erinnern. Verschwinden Sie! Verschwinden Sie und lassen Sie mich in Ruhe.«

»Na schön.« Tess stand auf und nahm die Akte an sich.

»Nächste Woche komme ich wieder. Wenn Sie wollen, kann ich auch vorher kommen.« Sie ging zur Tür und drehte sich noch einmal um. »Sie haben immer noch ein Zuhause, Lydia.« Die Schwester stand mit Kehrichtschaufel und Mop in der Tür. Tess nahm sie ihr ab und lehnte sie gegen die Wand des Zimmers.

»Ich werde veranlassen, dass man Ihnen eine neue Vase für die Blumen bringt.«

Tess trat zur Tür hinaus und schloss einen Moment die Augen. Solch eine heftige Abneigung war nie leicht zu verkraften, selbst wenn sie krankheitsbedingt war und nicht aus dem Herzen kam.

»Frau Doktor?«

Tess riss sich zusammen und öffnete die Augen. Wenige Schritte vor ihr stand Ben. »Du bist früher gekommen.«

»Ja.« Er trat zu ihr und schlang die Hand um ihren Arm. »Was, zum Teufel, machst du an solch einem Ort?«

»Ich mache meinen Job. Warte bitte einen Moment. Ich muss noch etwas in die Akte eintragen.« Sie ging zum Schwesternzimmer, warf einen Blick auf ihre Armbanduhr und begann zu schreiben.

Ben beobachtete sie. Im Moment schien die unangenehme kleine Szene, deren Zeuge er geworden war, sie völlig unberührt zu lassen. Während sie schrieb – zweifellos in einer äußerst fachmännischen Handschrift, da war er sich ganz sicher –, blieb ihr Gesicht ruhig. Doch er hatte es in jenem kurzen, unachtsamen Moment gesehen, als sie auf den Gang hinausgetreten war. Da hatte es nicht unberührt gewirkt, sondern auf unnatürliche Weise beherrscht. Das gefiel ihm nicht, ebenso wie ihm dieser Ort mit den sauberen weißen Wänden und den ausdruckslosen, elenden Gesichtern nicht gefiel.

Sie gab der Schwester die Akte zurück, sagte mit gedämpfter Stimme etwas zu ihr, das sich, wie er annahm, auf die Frau bezog, von der sie gerade beschimpft worden war, und schaute erneut auf die Uhr.

»Tut mir leid, dass du warten musstest«, sagte Tess, als sie zurückkam. »Ich muss noch meinen Mantel holen. Wollen wir uns nicht draußen treffen?«

Als sie aus dem Gebäude kam, stand er am Rande des Rasens und rauchte in aller Ruhe eine Zigarette. »Du hast mir am Telefon nicht die Möglichkeit gegeben, dir zu sagen, dass ich nicht möchte, dass du dir all diese Umstände machst. Ich fahre schon seit Langem allein in die Klinik und wieder zurück.«

Er warf seine Zigarette auf den Boden und trat sie sorgfältig aus. »Warum hast du dir diesen ganzen Müll von ihr bieten lassen?«

Tess holte tief Luft, bevor sie sich bei ihm einhakte.

»Wo steht dein Auto?«

»Eine Frage mit einer Gegenfrage zu beantworten ist Psychiaterscheiß.«

»Ja. Ja, das ist es. Sieh mal, wenn sie mich nicht beschimpft hätte, wäre das, was ich mache, zu nichts nutze. Das war seit Beginn der Therapie das erste Mal, dass wir ein Stück weitergekommen sind. Also, wo steht dein Auto? Es ist kalt.«

»Da drüben.« Heilfroh, die Klinik hinter sich lassen zu können, ging er neben ihr her. »Er hat dich wieder angerufen.«

»Ja, gleich nach dir.« Sie wünschte sehr, diese Angelegenheit mit der gleichen professionellen Gemütsruhe handhaben zu können, mit der sie die Patienten in der Klinik behandelt hatte. »Gelang es, den Anruf zurückzuverfolgen?«

»Sie konnten feststellen, dass er aus einem bestimmten Areal gekommen ist. Niemand hat etwas gesehen. Wir arbeiten noch daran.«

»Seine Laura ist tot.«

»Das hab' ich mir schon gedacht.« Er schickte sich an, die Autotür zu öffnen, hielt jedoch inne. »Ebenso wie ich mir schon gedacht habe, dass du sein nächstes Ziel bist.«

Sie wurde weder bleich noch fing sie an zu zittern. Das hatte er auch nicht erwartet. Sie nickte bloß und fand sich damit ab. Dann legte sie ihm die Hand auf den Arm.

»Würdest du mir einen Gefallen tun?«

»Ich kann's versuchen.«

»Lass uns heute Abend nicht darüber sprechen. Überhaupt nicht.«

»Tess …«

»Bitte. Ich muss morgen mit dir aufs Revier fahren und mit Captain Harris reden. Reicht es nicht, wenn wir dann alles durchkauen?«

Er nahm ihr Gesicht in seine unbehandschuhten kalten Hände. »Ich werde nicht zulassen, dass dir irgendetwas zustößt, ganz gleich, was ich dafür tun muss.«

Sie lächelte und umfasste seine Handgelenke. »Dann brauche ich mir ja keine Sorgen zu machen, nicht wahr?«

»Du liegst mir sehr am Herzen«, sagte er zögernd. Es war das erste Mal, dass er sich einer Frau gegenüber zu so etwas wie einer Liebeserklärung durchgerungen hatte.

»Ich möchte, dass du das weißt.«

»Dann fahr mich nach Hause, Ben.« Sie schmiegte ihre Lippen in seine Handfläche. »Und beweis es mir.«

13

Mürrisch wischte der Hausmeister im Gang vor dem Dezernat eine graubraune Pfütze auf. Auch der starke Fichtennadelduft des Reinigungsmittels vermochte es nicht ganz, andere, eher menschliche Gerüche zu überdecken. Der Automat, der schwarzen Kaffee, Milchkaffee und in großzügigen Momenten sogar heißen Kakao aufbrühte, lehnte wie ein verwundeter Soldat an seinem Kameraden, der für Schokolade und Süßigkeiten zuständig war. Der geflieste Fußboden war mit einer ganzen Armee von Styroporbechern übersät. Ben steuerte Tess um die schlimmsten Stellen herum.

»Hat der Kaffeeautomat wieder mal den Geist aufgegeben?«

Der Mann mit staubigem grauen Haar, der einen staubigen grauen Overall trug, blickte über den Stiel seines Mops. »Ihr solltet endlich aufhören, die Automaten zu treten. Sehen Sie sich mal diese Delle an.« Er zeigte auf die betreffende Stelle und wischte noch mehr Kaffee und Lysol auf. »Kriminell ist das.«

»Tja.« Ben warf dem Süßigkeitenautomat einen unfreundlichen Blick zu. Am Tag zuvor hatte er ihm selbst eine neue Delle zugefügt, nachdem er wieder einmal vergebens fünfzig Cent reingesteckt hatte. »Der Sache sollte man mal nachgehen. Pass auf deine Schuhe auf, Frau Doktor.«

Er führte sie ins Dezernat, wo um acht Uhr morgens bereits die Telefone schrillten.

»Paris.« Lowenstein warf einen Pappbecher in Richtung ihres Papierkorbs. Der Becher traf auf den Rand und purzelte hinein. »Die Tochter des Captains hat letzte Nacht ihr Baby bekommen.«

»Letzte Nacht?« Er blieb bei seinem Schreibtisch stehen, um nachzusehen, ob irgendwelche Mitteilungen für ihn da waren. Unter anderem hatte seine Mutter angerufen, was ihn daran erinnerte, dass er sich seit fast einem Monat nicht bei ihr gemeldet hatte.

»Abends um zehn Uhr fünfunddreißig.«

»Scheiße, hätte sie nicht noch ein paar Tage warten können? Ich hatte auf den fünfzehnten gewettet.« Immerhin bestand noch die Chance, dass sie sich kooperativ gezeigt und einen Jungen bekommen hatte. »Was ist es?«

»Ein Mädchen, siebeneinhalb Pfund schwer. Jackson hat genau richtig geraten.«

»Typisch.«

Sie stand auf und warf rasch einen sachkundigen Blick auf Tess. Lowenstein schätzte, dass die Handtasche aus Schlangenleder etwa hundertfünfzig Dollar gekostet hatte, und verspürte einen leichten, harmlosen Anflug von Neid. »Guten Morgen, Dr. Court.«

»Guten Morgen.«

»Äh, falls Sie einen Kaffee haben möchten, den holen wir uns zurzeit im Konferenzzimmer, bis draußen wieder alles in Ordnung ist. Dort versammeln wir uns auch in ein paar Minuten.« Französisches Parfüm, und zwar echtes, wie Lowenstein feststellte, als sie schnell mal diskret schnupperte.

»Danke, dann warte ich.«

»Warum setzt du dich nicht hin, bis der Captain so weit ist?«, schlug Ben vor und hielt Ausschau nach einem freien Stuhl. »Ich muss ein paar Leute zurückrufen, die in meiner Abwesenheit angerufen haben.«

Aus dem Gang war plötzlich wüstes Geschimpfe zu hören, dem ein lautes Scheppern folgte. Tess drehte sich um und sah, wie das schmutzige Wasser aus dem Eimer den Gang entlangfloss. Dann war auf einmal die Hölle los. Ein sehniger Schwarzer, dem die Hände mit Handschellen auf den Rücken gefesselt waren, schaffte es, bis zur Tür zu rennen, bevor ihn ein Mann mit Mantel einholte und in den Schwitzkasten nahm.

»Seht euch mal den Fußboden an!« Der vor Wut fast auf und ab hopsende Hausmeister kam in Sicht und fuchtelte mit seinem nassen, spritzenden Mop herum. »Ich werde mich bei der Gewerkschaft beschweren. Da könnt ihr Gift drauf nehmen.«

Der Verhaftete wand sich wie ein Aal hin und her, während der verantwortliche Beamte sich bemühte, ihn festzuhalten. »Nehmen Sie doch den nassen Mop aus meinem Gesicht.« Keuchend und mit leicht gerötetem Gesicht versuchte er, der nächsten Dusche zu entgehen, während der Schwarze ein schrilles, klagendes Heulen ausstieß.

»Verdammt noch mal, Mullendore, kannst du nicht besser auf deine Gefangenen aufpassen?« Ohne sich sonderlich zu beeilen, kam Ben ihm zu Hilfe. In dem Moment schaffte der Schwarze es, die Zähne in Mullendores Hand zu schlagen. Mullendore fluchte knurrend. Der Gefangene riss sich los und prallte mit Ben zusammen. »Mensch, hilf mir doch mal. Der Typ ist ja wie ein wildes Tier.« Mullendore packte den Gefangenen von hinten, sodass er zwischen den beiden Männern eingeklemmt war. Einen Moment lang sah es so aus, als schickten sie sich an, Rumba zu tanzen. Dann rutschten alle drei auf den feuchten Fliesen aus und purzelten zu Boden.

Mit lässig in die Hüften gestemmten Armen stand Lowenstein neben Tess und sah dem Ganzen zu.

»Wäre es nicht besser einzugreifen?«, fragte Tess.

»Der Typ ist gefesselt und wiegt vielleicht hundert Pfund. Gleich werden sie's geschafft haben.«

»Mich sperrt ihr nicht in eine Zelle!« Der Schwarze wand sich schreiend hin und her und schaffte es schließlich, Ben mit dem Knie kräftig in die Weichteile zu treten. Reflexhaft riss Ben den Ellbogen hoch und traf den Schwarzen unter dem Kinn. Während sein Körper erschlaffte, brach Ben ebenfalls zusammen. Mullendore stand keuchend neben ihnen.

»Danke, Paris.« Mullendore hob seine verletzte Hand und betrachtete die Zahnabdrücke. »Meine Güte, wahrscheinlich brauche ich eine Spritze. Der Typ ist völlig ausgeflippt, als wir ins Gebäude kamen.«

Ben gelang es, sich auf Händen und Knien aufzurichten. Sein Atem pfiff, als er Luft holte, und brannte wie Feuer in seinen Lungen. Er versuchte zu sprechen, holte noch einmal pfeifend Atem und versuchte es erneut. »Der Dreckskerl hat mir die Eier in den Bauch getreten.«

»Das tut mir wirklich leid, Ben.« Mullendore nahm ein Taschentuch heraus und wickelte es um die Bisswunde.

»Jetzt sieht er allerdings ganz friedlich aus.«

Ächzend setzte Ben sich auf den Fußboden und lehnte sich gegen die Wand. »Buchte ihn um Gottes willen ein, bevor er wieder zu sich kommt.«

Während Mullendore den bewusstlosen Gefangenen hochhievte, saß Ben da. Das kalte, mit Kaffee vermischte Aufwischwasser war an Knien und Schenkeln durch seine Jeans gedrungen und hatte sein Hemd bespritzt. Selbst als es durch seinen Hosenboden drang, blieb er sitzen und überlegte, warum das Knie, das sein bestes Stück getroffen hatte, so knochig gewesen war.

Während der Hausmeister den Gang hinunterging, um neues Seifenwasser zu holen, klapperte er mit dem im Eimer steckenden Mop. »Ich werde mit dem Vertrauensmann meiner Gewerkschaft sprechen. Ich war mit dem Fußboden fast schon fertig.«

»Pech.« Ben blickte kurz zu ihm hoch, während der Schmerz zwischen seinen Beinen bis ins Gehirn zuckte.

»Mach dir keine Sorgen, Paris.« Lowenstein lehnte am Türpfosten und achtete sorgsam darauf, nicht in das Rinnsal zu treten. »Aller Wahrscheinlichkeit nach bist du immer noch ein Hengst.«

»Leck mich am Arsch.«

»Schätzchen, du weißt doch, wie eifersüchtig mein Mann ist.«

Tess kauerte sich neben ihn und gab einige mitfühlende Worte von sich. Mit sanfter Hand tätschelte sie ihm die Wange, doch ihre Augen funkelten amüsiert. »Bist du okay?«

»Oh, mir geht's großartig. Ich mag es, den Kaffee durch die Haut aufzunehmen.«

»Der bürokratische Teil deines Jobs, richtig?«

»Ja, richtig.«

»Möchtest du aufstehen?«

»Nein.« Er widerstand der Versuchung, die Hand zwischen die Beine zu stecken, um festzustellen, ob noch alles da war.

Sie presste die Hand gegen den Mund, schaffte es aber nur halb, ein Lachen zu unterdrücken. Der Blick, den er ihr mit zusammengekniffenen Augen zuwarf, machte alles nur noch schlimmer. »Du kannst nicht den ganzen Tag hier sitzen«, stieß sie schließlich mit erstickter Stimme hervor. »Du sitzt in einer Pfütze, und du riechst wie der Fußboden eines Cafés, der am Wochenende nicht gewischt worden ist.«

»Toll, wie du mit Kranken umgehst, Frau Doktor.« Er ergriff ihren Arm, während sie immer noch gegen das Lachen ankämpfte, das sie zu übermannen drohte. »Ich brauche nur mal kurz zu ziehen, dann sitzt du hier neben mir.«

»Das würde dir nur Schuldgefühle einbringen, ganz zu schweigen von der Rechnung für die Reinigung.«

Ed kam im Mantel den Gang entlang. Während er die schlimmsten Pfützen umging, kratzte er den Rest seines Frühstücksjoghurts aus dem Becher. Er leckte den Löffel ab und blieb vor seinem Partner stehen. »Morgen, Dr. Court.«

»Guten Morgen.« Immer noch das Lachen unterdrückend, erhob sie sich.

»Schönes Wetter heute.«

»Ja, obwohl es ein bisschen kalt ist.«

»Laut Wettervorhersage soll es heute Nachmittag wärmer werden.«

»Ihr zwei seid zum Schreien komisch«, sagte Ben.

»Wirklich zum Schreien komisch.«

Tess räusperte sich. »Ben … Ben ist ein kleines Missgeschick passiert.«

Ed zog die buschigen Augenbrauen hoch, während er das Rinnsal im Gang betrachtete.

»Verkneif dir jede Bemerkung. Auf deinen Pennälerhumor kann ich verzichten«, warnte ihn Ben.

»Pennälerhumor.« Genüsslich ließ Ed sich das Wort auf der Zunge zergehen. Er reichte Tess seinen leeren Joghurtbecher, dann packte er Ben unter den Achselhöhlen und zog seinen Partner mühelos hoch. »Deine Hose ist nass.«

»Ich habe einen Gefangenen überwältigt.«

»Tatsächlich? Na ja, so was kann schon mal passieren bei all dem Stress und der Aufregung.«

»Ich gehe zu meinem Spind«, murmelte er. »Vergewissere dich, dass die Frau Doktor bei ihrem Lachanfall keinen Schaden genommen hat.« Ein wenig breitbeinig stakste er den Gang hinunter.

Ed nahm Tess den leeren Becher und den Plastiklöffel ab. »Wollen Sie einen Kaffee?«

»Nein«, stieß sie prustend hervor. »Nein, ich glaube, von Kaffee habe ich erst mal genug.«

»Warten Sie einen Moment, dann bringe ich Sie zu Captain Harris.«

Sie versammelten sich im Konferenzzimmer. Obwohl die Heizung ein vielversprechendes Summen von sich gab, war der Fußboden eiskalt. Wie in jedem Jahr hatte Harris es nicht durchsetzen können, dass ein Teppichboden bewilligt wurde.

Die Jalousien waren heruntergelassen, ein vergeblicher Versuch, die Fenster zu isolieren. Irgendjemand hatte ein Poster an die Wand geheftet, auf dem die Bürger Amerikas aufgefordert wurden, Energie zu sparen.

Tess saß an einem Tisch, und neben ihr hatte sich Ed auf einen Stuhl gefläzt. Sein Tee verströmte einen schwachen Jasminduft. Lowenstein hockte auf der Kante eines kleinen Schreibtisches und ließ lässig ein Bein hin und her baumeln. Bigsby saß zusammengesunken auf einem Stuhl, im Schoß eine Großpackung Kleenex. Alle paar Minuten putzte er sich die gerötete Nase. Rodericks Grippe fesselte ihn ans Bett.

Harris stand neben einer grünen Tafel, auf der in einzelnen Kolumnen die Namen der Opfer mit allen dazugehörigen Details aufgeführt waren. An der Wand hing ein Stadtplan mit vier blauen Stecknadeln. Daneben befand sich ein Korkbrett, an das man Schwarz-Weiß-Fotografien der ermordeten Frauen geheftet hatte.

»Uns liegt allen eine Mitschrift der Anrufe vor, die Dr. Court erhalten hat.«

Mitschrift. Das hörte sich so kalt, so geschäftsmäßig an, fand sie. Schmerz und Leid waren aus Mitschriften nicht herauszuhören. »Captain Harris.« Tess schob ihre Unterlagen vor sich zurecht. »Ich habe Ihnen einen aktualisierten Bericht mitgebracht, der meine Diagnose enthält. Aber ich glaube, es könnte von Nutzen sein, wenn ich Ihnen und Ihren Beamten diese Anrufe erklären würde.«

Harris, der mit hinter dem Rücken verschränkten Händen dastand, nickte bloß. Der Bürgermeister, die Medien und der Polizeipräsident setzten ihm gewaltig zu. Er wollte, dass es endlich vorbei war, damit er ein bisschen Zeit damit verbringen konnte, seine neue Enkeltochter zu bewundern. Als er sie hinter der Scheibe der Säuglingsstation betrachtete, hatte er fast wieder daran geglaubt, dass das Leben auch positive Seiten hatte.

»Dieser Mann hat mich angerufen, weil er Angst hat, Angst vor sich selbst. Er hat sein Leben nicht mehr im Griff, vielmehr wird er von seiner Krankheit beherrscht. Der letzte …« Automatisch richtete sich ihr Blick auf das Foto von Anne Reasoner. »Der letzte Mord gehörte nicht zu seinem Plan.« Sie befeuchtete sich die Lippen. Als Ben hereinkam, blickte sie nur kurz in seine Richtung. »Er hat auf mich gewartet – ausdrücklich auf mich. Wir wissen nicht genau, wie er auf die anderen Opfer gekommen ist. Im Falle von Barbara Clayton können wir mit ziemlicher Sicherheit davon ausgehen, dass es ein Zufall war. Ihr Auto hatte eine Panne. Er war in der Nähe. In meinem Fall ist das Ganze wesentlich komplizierter. Er kennt meinen Namen und mein Bild aus der Zeitung.«

Sie machte eine kurze Pause, da sie erwartete, dass Ben sich auf den Stuhl neben sie setzen würde. Stattdessen blieb er jedoch stehen und lehnte sich gegen die geschlossene Tür, sodass sich der Tisch zwischen ihnen befand.

»Dadurch wurde der rationale Teil seiner Persönlichkeit angesprochen, das heißt, der Teil, der dafür sorgt, dass er im täglichen Leben funktionstüchtig bleibt. Hier war jemand, der ihm helfen konnte, jemand, der ihn nicht kurzerhand verurteilt hat. Jemand, der behauptet, sein Leid zumindest teilweise zu verstehen. Jemand, der seiner Laura genügend ähnelt, um Gefühle der Liebe und totale Verzweiflung bei ihm auszulösen.

Ich glaube, man kann mit Sicherheit davon ausgehen, dass er in der Nacht von Anne Reasoners Ermordung auf mich gewartet hat, weil er mit mir reden, weil er mir erklären wollte, warum er zuvor … warum er zuvor das getan hat, wozu er sich getrieben fühlt. Auf der Grundlage Ihrer Ermittlungsergebnisse kann man, glaube ich, ebenfalls mit Sicherheit annehmen, dass er dieses Erklärungsbedürfnis bei keinem der anderen Opfer hatte. Der Ihnen vorliegenden Mitschrift können Sie entnehmen, dass er mich immer wieder bittet, ihn zu verstehen. Ich bin im Moment so etwas wie ein Scharnier. Seine Tür geht nach beiden Seiten auf.« Sie legte die Handflächen aneinander und bewegte sie hin und her, um zu demonstrieren, was sie meinte. »Er bittet um Hilfe, doch dann wird er wieder von seiner Krankheit überwältigt, und er hat nur noch den Wunsch, das, was er begonnen hat, zu Ende zu bringen. Zwei weitere Opfer«, sagte sie mit ruhiger Stimme. »Beziehungsweise, nach seiner Vorstellung, zwei weitere Seelen, die gerettet werden müssen. Ich und dann er selbst.«

Ed machte sich mit kleiner, sauberer Handschrift am Rande seiner Mitschrift Notizen. »Was würde ihn daran hindern, von diesem Vorhaben abzugehen und jemand anderen umzubringen, weil er an Sie nicht rankommt?«

»Er braucht mich. Bisher ist er dreimal mit mir in Verbindung getreten. Er hat mich in der Kirche gesehen. Riten und Symbole haben für ihn eine große Bedeutung. Ich war in der Kirche – in seiner Kirche. Ich ähnele seiner Laura. Ich habe ihm gesagt, dass ich ihm helfen will. Je mehr er das Gefühl hat, mir nahe zu sein, desto notwendiger ist es für ihn, seine Mission durch mich zu erfüllen.«

»Sie glauben immer noch, dass er am achten Dezember erneut zuschlägt?« Lowenstein hatte die Mitschrift in der Hand, schaute jedoch nicht hinein.

»Ja. Ich glaube nicht, dass er erneut von seinem Schema abweichen könnte. Dazu hat ihm der Mord an Anne Reasoner zu viel abverlangt. Die falsche Frau, die falsche Nacht.« Tess' Magen verkrampfte sich kurz, doch sie setzte sich gerade hin und riss sich zusammen.

»Wäre es nicht möglich«, sagte Ed, »dass er, da er sich so auf Sie fixiert hat, früher auf Sie losgeht?«

»Möglich wäre es durchaus. Bei Geisteskrankheiten gibt es nur wenige absolut sichere Faktoren.«

»Sie stehen weiterhin rund um die Uhr unter Polizeischutz«, warf Harris ein. »Bis wir ihn geschnappt haben, bleibt Ihr Telefon angezapft. Unsere Beamten werden ständig in Ihrer Nähe sein. Sehen Sie bitte zu, dass Ihr berufliches und Ihr privates Leben weiterhin seinen gewohnten Gang nimmt. Da er Sie beobachtet hat, wird er darüber Bescheid wissen. Wenn es so aussieht, als käme man an Sie heran, können wir ihn vielleicht aus der Reserve locken.«

»Warum sagen Sie ihr nicht, worauf das alles hinausläuft?«, fragte Ben von der Tür her. Seine Hände steckten in den Taschen, seine Stimme klang ruhig und entspannt. Tess brauchte ihm jedoch nur in die Augen zu sehen, um zu wissen, was in ihm vorging. »Sie wollen sie als Köder benutzen.«

Harris sah ihn fest an. Seine Stimme veränderte sich weder in der Lautstärke noch im Tonfall, als er antwortete. »Der Mörder hat sich Dr. Court ausgesucht. Was ich will, spielt dabei keine Rolle. Deshalb wird sie ständig bewacht – zu Hause, in der Praxis und selbst wenn sie einkaufen geht.«

»Sie sollte für die nächsten zwei Wochen in Schutzhaft genommen werden.«

»Das wurde in Erwägung gezogen, jedoch abgelehnt.«

»Abgelehnt?« Ben stieß sich von der Tür ab. »Von wem?«

»Von mir.« Tess faltete die Hände auf ihren Akten.

Dann saß sie reglos da.

Nachdem er einen flüchtigen Blick auf sie geworfen hatte, goss Ben seinen ganzen Zorn über Harris aus. »Seit wann benutzen wir Zivilpersonen? Solange sie draußen herumläuft, ist sie in Gefahr.«

»Sie wird ständig bewacht.«

»Ja. Und wir alle wissen, wie schnell da was schiefgehen kann. Ein falscher Schritt, und Sie können ihr Bild zu den anderen ans Brett heften.«

»Ben.« Lowenstein legte ihm eine Hand auf den Arm, doch er schüttelte sie ab.

»Wir haben kein Recht, sie dieser Gefahr auszusetzen, wenn wir wissen, dass er hinter ihr her ist. Sie kommt in Schutzhaft.«

»Nein!« Tess presste ihre Hände so fest zusammen, dass die Knöchel weiß wurden. »Ich kann meine Patienten nicht behandeln, wenn ich nicht in die Praxis und in die Klinik gehe.«

»Wenn du tot bist, kannst du sie auch nicht behandeln.« Er wirbelte herum und schlug mit der flachen Hand auf den Tisch. »Dann mach doch Urlaub. Kauf dir ein Ticket nach Martinique oder nach Cancún. Ich will dich aus dieser Sache raushaben.«

»Das geht nicht, Ben. Selbst wenn ich meine Patienten ein

paar Wochen im Stich lassen könnte, vor allem Übrigen kann ich nicht davonlaufen.«

»Paris – Ben«, verbesserte sich Harris in ruhigerem Ton. »Dr. Court weiß, welche Alternativen es für sie gibt. Solange sie hier ist, steht sie unter unserem Schutz. Dr. Court selbst meint, dass er sie aufsuchen wird. Da sie bereit ist, mit dem Dezernat zusammenzuarbeiten, sind wir in der Lage, sie scharf zu bewachen und ihn daran zu hindern, etwas zu unternehmen.«

»Wir ziehen sie heimlich aus dem Verkehr und lassen eine Polizistin ihren Platz einnehmen.«

»Nein.« Diesmal stand Tess auf, ganz langsam. »Ich will nicht, dass noch jemand statt meiner stirbt.«

»Und ich will dich nicht mit einem Schal um den Hals in irgendeiner Gasse finden.« Er drehte ihr den Rücken zu. »Sie benutzen sie, weil die Ermittlungen auf der Stelle treten, da ein schwachsinniger Zeuge, ein Geschäft für Kirchenbedarf in Boston und ein Packen psychiatrischer Mutmaßungen alles ist, was wir haben.«

»Ich akzeptiere es, dass Dr. Court mit uns zusammenarbeitet, weil vier Frauen ermordet worden sind.« Das Brennen in seinem Magen hielt Harris davon ab, die Stimme zu erheben. »Und jeder meiner Leute muss in Topform sein. Reißen Sie sich zusammen, Ben, sonst sind Sie derjenige, der aus der Sache aussteigt.«

Tess nahm ihre Papiere an sich und schlüpfte leise aus dem Zimmer. Keine zehn Sekunden später kam Ed ihr nach. »Möchten Sie ein bisschen an die frische Luft gehen?«, fragte er, als er sie wie ein Häufchen Elend im Gang stehen sah.

»Ja. Danke.«

Er nahm sie auf eine Weise beim Ellenbogen, über die sie normalerweise gelächelt hätte. Als er die Tür öffnete, schlug ihnen der heftige Novemberwind ins Gesicht. Der Himmel war von hartem, kaltem Blau, das von keiner einzigen Wolke gemildert wurde. Beiden fiel ein, dass August gewesen war, ein heißer, schwüler August, als alles angefangen hatte. Ed wartete, während Tess sich den Mantel zuknöpfte.

»Ich glaube, zum Erntedankfest könnte es Schnee geben«, meinte er im Plauderton.

»Denke ich auch.« Sie fasste in die Tasche und holte ihre Handschuhe heraus, spielte jedoch, statt sie anzuziehen, nur damit herum.

»Mir tun immer die Truthähne leid.«

»Wie?«

»Die Truthähne«, wiederholte Ed. »Sie wissen doch, Erntedankfest. Ich glaube nicht, dass sie sich sehr darüber freuen, eine Tradition zu sein.«

»Nein.« Sie stellte fest, dass sie trotz allem lächeln konnte. »Nein, vermutlich nicht.«

»Solch eine intensive Beziehung wie zu Ihnen hat er noch nie gehabt.«

Tess stieß einen tiefen Seufzer aus und wünschte, eine Lösung finden zu können. Sie war immer imstande gewesen, eine Lösung zu finden. »Das macht die Sache nur noch komplizierter.«

»Ich kenne Ben schon lange.« Ed holte eine Erdnuss aus der Tasche, knackte die Schale und bot Tess den Kern an. Als sie den Kopf schüttelte, warf er ihn sich in den Mund.

»Er ist ziemlich leicht zu durchschauen, wenn man weiß, auf welche Weise man hinsehen muss. Im Moment hat er Angst. Er hat Angst vor Ihnen und Angst um Sie.«

Tess blickte auf den Parkplatz. Einer der Polizisten würde später nicht sehr erbaut sein, da ein Auto vorn rechts einen Platten hatte. »Ich weiß nicht, was ich tun soll. Ich kann vor dieser

Sache nicht davonlaufen, obwohl ich im tiefsten Innern entsetzliche Angst habe.«

»Vor den Anrufen oder vor Ben?«

»Ich glaube allmählich, dass Sie meinen Beruf ausüben sollten«, murmelte sie.

»Wenn man lange genug Polizist ist, versteht man von allem ein kleines bisschen.«

»Ich bin in ihn verliebt«, sagte sie langsam, wie zur Probe. Als die Worte heraus waren, holte sie zittrig Luft. »Das wäre schon unter gewöhnlichen Umständen problematisch genug, aber jetzt … Ich kann nicht tun, was er will.«

»Das weiß er. Deswegen hat er ja Angst. Er ist ein guter Polizist. Solange er auf Sie aufpasst, wird Ihnen nichts passieren.«

»Darauf verlasse ich mich auch. Er hat ein Problem damit, wie ich mir meinen Lebensunterhalt verdiene.« Sie drehte sich zur Seite und sah ihn an. »Sie wissen darüber Bescheid. Sie wissen, warum.«

»Wollen mal sagen, ich weiß genug, um sagen zu können, dass er seine Gründe hat, und wenn er so weit ist, wird er sie Ihnen mitteilen.«

Sie musterte sein breites, vom Wind gerötetes Gesicht.

»Er hat Glück, dass er Sie hat.«

»Das sage ich ihm auch immer.«

»Beugen Sie sich doch mal kurz herunter.« Als er gehorchte, hauchte sie ihm einen Kuss auf die Wange. »Danke.«

Er wurde noch ein wenig röter im Gesicht. »Nichts zu danken.«

Ben beobachtete sie einen Moment durch die Glastür, bevor er nach draußen ging. Den größten Teil seines Zorns hatte er an Harris ausgelassen. Zurückgeblieben war nur ein dumpfer Schmerz in der Magengegend. Er verstand genug von Angst, um sie erkennen zu können.

»Wilderst du in meinem Territorium?«, fragte er in sanftem Ton.

»Wenn du dumm genug bist, es unbewacht zu lassen.« Ed lächelte zu Tess hinunter und reichte ihr ein paar Erdnüsse. »Passen Sie gut auf sich auf.«

Ohne etwas zu erwidern, klapperte Tess mit den Nüssen in ihrer Hand, während Ed im Gebäude verschwand. Ben stand mit offener Jacke neben ihr und blickte ebenso wie sie auf den Parkplatz. Der Wind trieb eine kleine braune Tüte über den Asphalt. »Ich habe einen Nachbarn, der sich eine Weile um meine Katze kümmern wird.« Als Tess nicht reagierte, wurde er deutlicher. »Ich möchte zu dir ziehen.«

Sie starrte unverwandt auf den platten Reifen. »Noch mehr Polizeischutz?«

»So ist es.« Und noch mehr, viel, viel mehr. Er wollte Tag und Nacht bei ihr sein. Er konnte nicht sagen – noch nicht –, dass er mit ihr zusammenleben wollte, da er noch nie mit einer Frau zusammengelebt hatte. Diese Art von Bindung hatte ihm immer zu sehr nach etwas Dauerhaftem geschmeckt, zu dem er einfach noch nicht bereit war.

Tess betrachtete die Erdnüsse in ihrer Hand, bevor sie sie in die Tasche gleiten ließ. Wie Ed gesagt hatte, war er leicht genug zu durchschauen, wenn man wusste, auf welche Weise man hinsehen musste. »Ich gebe dir einen Wohnungsschlüssel, aber ich mache kein Frühstück.«

»Wie ist es mit Abendessen?«

»Ab und an.«

»Hört sich akzeptabel an. Tess?«

»Ja?«

»Wenn ich dir sagen würde, du sollst wegfahren, weil …« Er machte eine Pause und legte ihr die Hände auf die Schultern.

»… weil ich es nicht ertragen könnte, wenn dir etwas zustieße, würdest du dann wegfahren?«

»Würdest du mitkommen?«

»Das geht nicht. Du weißt doch, dass ich …« Er verstummte und rang mit seiner Frustration, während sie zu ihm hochblickte. »Na schön. Wie dumm von mir, mit jemandem zu diskutieren, der mit Gehirnzellen Pingpong spielt. Aber du wirst genau das tun, was man dir sagt.«

»Es liegt in meinem ganz persönlichen Interesse, diesen Fall für dich leichter zu machen, Ben. Bis alles vorüber ist, werde ich tun, was man mir sagt.«

»Das wird dann wohl reichen müssen.« Er trat zurück, nur ein kleines Stück, aber das reichte aus, um ihr klarzumachen, dass jetzt der Polizist und nicht der Mann vor ihr stand. »Zwei Uniformierte werden dir folgen, wenn du in die Praxis fährst. Wir haben veranlasst, dass der Sicherheitsbeamte in der Eingangshalle Urlaub macht, und haben ihn bereits durch einen unserer Beamten ersetzt. In deinem Wartezimmer werden sich drei unserer Leute gegenseitig abwechseln. Sooft es nur geht, werde ich dich abholen und dich nach Hause fahren. Wenn es nicht geht, werden die Uniformierten dir folgen. Wir benutzen ein leeres Apartment im dritten Stock als Operationsbasis, aber sobald du zu Hause bist, bleibt deine Tür verschlossen. Wenn du aus irgendeinem Grund das Haus verlassen musst, meldest du dich und wartest, bis alles geklärt ist.«

»Hört sich sehr gründlich an.«

Er dachte an die vier Fotografien am Korkbrett. »Ja. Wenn irgendetwas passiert, ganz gleich, was es ist – sei es, dass dir jemand an einer Ampel die Vorfahrt nimmt, sei es, dass dich auf der Straße jemand anhält, um nach dem Weg zu fragen –, will ich es erfahren.«

»Ben, niemand ist daran schuld, dass die Dinge diese Wendung genommen haben. Du nicht, Harris nicht, ich nicht. Wir müssen die Sache jetzt durchziehen.«

»Genau das habe ich vor. Hier sind die Uniformierten.

Du solltest dich auf den Weg machen.«

»In Ordnung.« Sie ging die erste Stufe hinunter, blieb stehen und drehte sich um. »Vermutlich wäre es unschicklich, wenn du mich hier küssen würdest, da du im Dienst bist.«

»Genau.« Er beugte sich zu ihr hinab und nahm ihr Gesicht in die Hände, eine Geste, bei der sie immer weiche Knie bekam. Mit offenen Augen näherte er seinen Mund ihren Lippen, die zwar kalt, aber auch weich und voll waren. Mit ihrer freien Hand packte sie ihn an der Jacke, sei es, um nicht das Gleichgewicht zu verlieren, sei es, um den Moment der Trennung noch ein wenig hinauszuzögern. Fasziniert sah er zu, wie ihre Wimpern flatterten und sich schließlich langsam senkten.

»Kannst du dir etwa acht Stunden lang merken, wo du aufgehört hast?«, murmelte Tess.

»Ich werd's mir notieren.« Ohne ihre Hand loszulassen, trat er ein Stück zurück. »Fahr vorsichtig. Wir wollen schließlich nicht, dass die Uniformierten in Versuchung geraten, dir einen Strafzettel zu verpassen.«

»Das müsstest du dann in Ordnung bringen.« Sie lächelte. »Bis heute Abend.«

Er ließ sie los. »Ich mag mein Steak halb durchgebraten.«

»Ich mag meins blutig.«

Er sah zu, wie sie ins Auto stieg und gekonnt vom Parkplatz fuhr. Die Uniformierten blieben eine Autolänge hinter ihr.

Tess wusste, dass sie träumte, ebenso wie sie wusste, dass es handfeste Gründe für den Traum gab. Aber das hielt sie nicht davon ab, Angst zu haben.

Sie rannte. Die Muskeln in ihrer rechten Wade waren vor Anstrengung schon ganz verkrampft. Vor Schmerz wimmerte sie leise im Schlaf. Überall tauchten Gänge auf und verwirrten sie, dennocht rannte sie geradeaus weiter, da sie wusste, dass sich irgendwo eine Tür befand. Sie musste sie nur finden. Ihre Atemgeräusche hallten laut im Labyrinth wider. Jetzt waren die Wände mit Spiegeln verkleidet, in denen unzählige Male ihr Bild zu sehen war.

Sie trug eine Aktentasche. Sie starrte sie verständnislos an, setzte sie jedoch nicht ab. Als die Aktentasche für eine Hand zu schwer wurde, schleppte sie sie mit beiden Händen und rannte weiter. Sie verlor das Gleichgewicht, streckte die Hand aus und stieß gegen einen Spiegel. Keuchend sah sie auf. Aus dem Spiegel blickte ihr Anne Reasoner entgegen. Dann löste sich der Spiegel auf und wurde zu einem weiteren Gang.

Sie rannte geradeaus weiter. Obwohl ihr vom Gewicht der Aktentasche die Arme wehtaten, schleppte sie diese weiter mit. In ihren Muskeln zog und brannte es. Dann sah sie die Tür. Fast schluchzend vor Erleichterung schleppte sie sich darauf zu. Verschlossen. Verzweifelt suchte sie nach dem Schlüssel. Es gab immer einen Schlüssel. In dem Moment wurde der Türknauf langsam von der anderen Seite gedreht.

»Ben.« Vor Erleichterung wurde ihr ganz schwach, und sie streckte ihm die Hand entgegen, damit er ihr helfen konnte, sich mit einem letzten Schritt in Sicherheit zu bringen. Doch die vor ihr stehende Gestalt war schwarz und weiß gekleidet.

Die schwarze Soutane, der weiße Kragen. Die weiße Seide des Humerales, das wie eine Perlenkette aussah. Sie war zu keiner Bewegung fähig, als es auf sie zukam und sich ihrem Hals näherte. Da fing sie an zu schreien.

»Tess. Tess, komm, Baby, wach auf.«

Nach Luft ringend fasste sie sich an den Hals, während sie versuchte, den Traum abzuschütteln.

»Entspann dich.« Seine aus der Dunkelheit kommende Stimme klang ruhig und besänftigend. »Atme tief durch und entspann dich. Ich bin direkt neben dir.«

Sie klammerte sich an Ben und presste das Gesicht gegen seine Schulter. Als seine Hände ihren Rücken auf und ab strichen, bemühte sie sich mit aller Kraft, sich auf sie zu konzentrieren und den Traum zu verdrängen.

»Entschuldige«, schaffte sie schließlich zu sagen, als sie wieder zu Atem gekommen war. »Ich hab' bloß geträumt. Entschuldige.«

»Muss ja ein herrlicher Traum gewesen sein.« Sanft strich er ihr das Haar aus dem Gesicht. Ihre Haut war feuchtkalt. Ben zog die Bettdecke hoch und wickelte sie um sie. »Möchtest du darüber sprechen?«

»Ich bin nur überarbeitet.« Sie zog die Knie an und stützte die Ellbogen darauf.

»Möchtest du einen Schluck Wasser?«

»Ja, bitte.«

Sie rieb sich mit den Händen übers Gesicht, während sie im Badezimmer den Wasserhahn laufen hörte. Er ließ das Licht an, das durch die Tür hereinschien. »So, bitte sehr. Hast du oft Albträume?«

»Nein.« Sie trank in kleinen Schlucken, um ihre trockene Kehle anzufeuchten. »Nach dem Tod meiner Eltern hatte ich manchmal welche. Dann kam jedes Mal mein Großvater ins Zimmer, setzte sich zu mir und schlief schließlich im Sessel ein.«

»Nun, heute werde ich bei dir sitzen.« Nachdem er wieder ins Bett gekommen war, legte er den Arm um sie.

»Besser?«

»Ja, sehr. Ich komme mir ziemlich albern vor.«

»Würdest du nicht sagen, dass es psychologisch gesehen unter bestimmten Umständen heilsam ist, Angst zu haben?«

»Ja, würde ich wohl.« Sie ließ den Kopf auf seiner Schulter liegen. »Danke.«

»Quält dich noch etwas anderes?«

Sie nahm einen letzten Schluck Wasser und stellte das Glas hin. »Ich habe mich bemüht, es mir nicht anmerken zu lassen.«

»Hat nicht geklappt. Worum geht es?«

Tess seufzte und starrte den Lichtstreifen auf dem Fußboden des Schlafzimmers an. »Ich habe einen Patienten. Oder hatte ihn jedenfalls. Einen vierzehnjährigen Jungen. Alkoholiker, schwere Depressionen, Neigung zum Selbstmord. Ich wollte, dass seine Eltern ihn in eine Klinik in Virginia geben.«

»Und sie halten nichts davon.«

»Nicht nur das. Heute ist er überhaupt nicht zur Sitzung gekommen. Ich hab' angerufen. Die Mutter war am Apparat. Sie hat mir gesagt, sie sei der Ansicht, Joey mache gute Fortschritte. Über die Klinik wollte sie nicht sprechen, und was die Sitzungen angeht, brauche er mal eine Verschnaufpause. Ich kann nichts dagegen tun. Nichts.« Das hatte sie am meisten bedrückt. »Sie weigert sich einfach, der Tatsache ins Auge zu sehen, dass er keine Fortschritte macht. Sie liebt ihn, trägt aber Scheuklappen, damit sie nichts zu sehen braucht, was sich nicht direkt vor ihr befindet. Ich habe ihm jede Woche einen behelfsmäßigen Verband angelegt, doch die Wunde verheilt nicht.«

»Du kannst sie nicht zwingen, den Jungen in die Praxis zu bringen. Vielleicht ist eine Verschnaufpause tatsächlich ganz hilfreich. Dann kommt ein bisschen Luft an die Wunde.«

»Ich wünschte, das könnte ich glauben.«

Es war der Ton ihrer Stimme, der ihn veranlasste, den seinen zu ändern, der sie ihm näherbrachte. Als ihre Schreie ihn geweckt hatten, war ihm das Blut in den Adern erstarrt. Jetzt strömte es wieder warm durch seinen Körper. »Sieh mal, Frau Doktor, wir beide haben einen Beruf, bei dem man Menschen verlieren kann und bei dem es immer wieder vorkommt, dass man nachts um drei plötzlich aufwacht. Dann starrt man die Wand an oder schaut aus dem Fenster. Ab und zu muss man einfach abschalten.«

»Ich weiß. Regel Nummer eins lautet *innerer Abstand des Behandelnden.*« Als sie ihm das Gesicht zudrehte, streifte sein Haar ihre Wange. »Wie schaffst du es am besten abzuschalten?«

Sie sah ihn im matten Licht grinsen. »Willst du das wirklich wissen?«

»Ja.« Ihre Hand strich ihm über die Seite und blieb auf seiner Hüfte liegen. »Das will ich jetzt ganz genau wissen.«

»*Das* klappt normalerweise.« Mit einer einzigen, mühelosen Bewegung zog er sie auf sich. Er spürte, wie ihre festen und gleichzeitig elastischen Brüste sich gegen ihn pressten, und roch den Duft ihres Haars, das ihm übers Gesicht hing. Er packte sie bei den Haaren und zog ihren Mund an seine Lippen.

Wie gut sie doch zu ihm zu passen schien. Dieser Gedanke schoss ihm durch den Kopf. Es war äußerst wohltuend, wenn sie ihm mit den Fingerspitzen über die Haut strich. Ihre Verhaltenheit hatte etwas, das seine Erregung auflodern ließ. Wenn er ihr mit den Fingern über die Innenseite der Schenkel strich, erbebte sie gerade stark genug, um ihn wissen zu lassen, dass sie ihn begehrte, aber noch nicht ganz so weit war.

Er wusste nicht, warum ihm mit Tess alles so neu vorkam. Jedes Mal, wenn er sie in der Dunkelheit und Stille umarmte, war es wie das erste Mal. Sie gab ihm etwas, das er zuvor nie vermisst hatte und auf das er jetzt nicht mehr verzichten wollte.

Ihr Mund glitt sacht über sein Gesicht. Er verspürte den

Wunsch, sie auf den Rücken zu rollen und sie wild zu nehmen, bis sie beide vor Lust außer sich gerieten. Bei den meisten Frauen war es immer diese letzte kurze Sekunde der Ekstase gewesen, die alles andere fortgespült hatte. Bei Tess war es eine Berührung, ein Murmeln, eine leichte Liebkosung mit den Lippen. Deshalb zügelte er den ersten Ansturm der Lust und ließ sich mit ihr treiben.

Er kann so sanft sein, dachte sie benommen. Manchmal ging alles sehr rasch und sehr heftig vor sich, wenn er sie liebte. Und dann wiederum ... wenn sie es am wenigsten erwartete, war er zärtlich, von fast träger Langsamkeit, bis all das Süße und Sanfte ihr fast das Herz brach. Jetzt ließ er sie den Körper berühren, den sie inzwischen so gut kannte wie ihren eigenen.

Seufzer waren zu hören. Seufzer der Zufriedenheit. Gemurmel war zu hören. Verheißungsvolles Gemurmel. Er vergrub seine Hände in ihrem Haar, während sie seinen Körper erkundete, zunächst schüchtern, dann mit wachsender Selbstsicherheit. Da gab es zum Beispiel Muskeln zu entdecken, gespannte Muskeln, und es entzückte sie, dass sie es war, die diese Spannung verursachte.

In seinen Hüften waren Knochen, lange und schmale Knochen. Als ihre Zunge darüberglitt, bäumte er sich auf. Sie fuhr mit dem Finger über die Stelle zwischen Schenkel und Unterleib, und sein Körper erbebte. Seufzend ließ sie ihre Lippen dem Weg ihres Fingers folgen. Jetzt dachte sie nicht mehr an ihren Albtraum.

Er war schon von Frauen berührt worden. Vielleicht von zu vielen Frauen. Aber keine von ihnen hatte sein Blut derart in Wallung gebracht. Er wünschte, stundenlang so daliegen zu können, um jede einzelne Empfindung zu genießen. Er wollte, dass sie ebenso in Schweiß geriet und bebte wie er.

Er setzte sich auf und packte sie bei den Handgelenken. Für einen langen Moment starrten sie einander im matten Licht an. Sein Atem ging stoßweise. Seine Augen waren dunkel und von Leidenschaft verschleiert. Der Duft des Verlangens hing schwer im Zimmer.

Langsam drückte er sie nieder, bis sie auf dem Rücken lag. Während seine Hände immer noch ihre Handgelenke festhielten, bediente er sich seines Mundes, um sie auf den Höhepunkt der Lust zuzutreiben. Ihre schmalen zarten Gelenke wanden sich in seinen Händen hin und her. Ihr Körper zuckte und bäumte sich auf, nicht um Widerstand zu leisten, sondern im Taumel der Lust. Seine Zunge glitt über sie, in sie, bis sie glaubte, der Druck würde ihre Lungen aufblähen und zerbersten lassen. Er spürte, wie sie starr wurde, und hörte sie aufschreien, als sie kam. Ihr Duft verbreitete sich im Zimmer. Als er sich in sie ergoss, war ihr Körper so schlaff, als fehlten ihm die Knochen.

»Jetzt will ich dich noch mal kommen sehen.«

Er stützte sich mit den Armen ab und ging, obwohl jeder Muskel vor Anstrengung zitterte, mit köstlicher Langsamkeit zu Werke. Sie stöhnte und öffnete die Augen, als die Lust von Neuem in ihr aufstieg. Ihre Lippen zitterten und öffneten sich, um seinen Namen zu rufen. Dann bohrten sich ihre Finger in das zerwühlte Laken.

Ben vergrub sein Gesicht in ihrem Haar und ließ sich gehen.

14

»Ich bin Ihnen sehr dankbar, dass Sie mir Ihre Zeit opfern, Monsignore.« Als Tess vor Logans Schreibtisch Platz nahm, kam ihr kurz zu Bewusstsein, wie ihre Patienten sich beim ersten Therapiegespräch fühlen mussten. Ein nicht sehr angenehmes Gefühl.

»Ist mir ein Vergnügen.« Er hatte es sich auf seinem Stuhl gemütlich gemacht. Sein Tweedsakko hing über der Rückenlehne, die Hemdsärmel waren hochgerollt, sodass man seine kräftigen, hier und da mit allmählich grau werdenden Haaren bedeckten Unterarme sehen konnte. Wieder dachte sie bei sich, dass er ein Mann zu sein schien, der eher mit dem Rugbyplatz vertraut war als mit Messen und Weihrauch. »Möchten Sie einen Tee?«

»Nein, danke, Monsignore.«

»Warum nennen Sie mich nicht Tim? Schließlich sind wir Kollegen.«

»Ja, gern.« Sie lächelte und gab sich den Befehl, sich zu entspannen, beginnend mit den Zehen. »Auf diese Weise fällt mir sicher alles ein bisschen leichter. Mein heutiger Besuch bei Ihnen kam ganz spontan zustande, aber …«

»Wenn ein Priester Probleme hat, sucht er einen anderen Priester auf. Wenn ein Analytiker Probleme hat …« Während seine Stimme sich verlor, stellte Tess fest, dass ihr der bewusste Versuch, sich zu entspannen, gelang.

»Genau.« Die Finger, mit denen sie ihre Handtasche umklammert hielt, lockerten sich. »Das bedeutet vermutlich, dass es Sie aus beiden Richtungen erwischt.«

»Es bedeutet aber auch, dass mir zwei Wege zur Wahl offenstehen, wenn ich selbst Probleme habe. Das ist eine Sache, die ihre Vor- und Nachteile hat, aber Sie sind sicher nicht zu mir gekommen, um über das Thema Christus kontra Freud zu diskutieren. Warum erzählen Sie mir nicht einfach, was Sie bedrückt?«

»Im Moment verschiedene Dinge. Ich habe nicht das Gefühl, den Schlüssel zur Denkweise des … des Mannes, den die Polizei sucht, gefunden zu haben.«

»Und Sie meinen, Sie hätten ihn finden müssen?«

»Ich meine, ich müsste mehr in der Hand haben, da ich jetzt in der Sache drinstecke.« Ihre Hand machte eine Geste, die Frustration und Unsicherheit ausdrückte. »Ich habe dreimal mit ihm gesprochen. Es verdrießt mich, dass ich nicht imstande bin, meine Angst, vielleicht auch meine Selbstsucht zu überwinden, um auf die richtigen Knöpfe zu drücken.«

»Glauben Sie, dass Sie diese Knöpfe kennen?«

»Es ist mein Beruf, sie zu kennen.«

»Tess, wir beide wissen, dass das Gemüt eines Psychotikers ein Labyrinth ist und dass die Wege, die zum Mittelpunkt führen, sich immer wieder verlagern können. Selbst wenn wir ihn unter idealen Bedingungen einer intensiven Therapie unterziehen könnten, würde es vielleicht Jahre dauern, um die richtigen Antworten zu finden.«

»Oh, ich weiß. Logisch und medizinisch gesehen weiß ich das.«

»Aber nicht emotional, nicht wahr?«

Emotional. Sie befasste sich tagtäglich mit den Gefühlen anderer Menschen. Wie sie jetzt feststellte, war es eine ganz andere und wesentlich schwierigere Sache, die eigenen Gefühle einem anderen zu offenbaren. »Ich weiß, dass es unprofessionell ist, und das ärgert mich, aber ich bin über den Punkt hinaus, wo ich objektiv sein kann. Monsignore Logan ... Tim ... mit der Frau, die zuletzt getötet wurde, war ich gemeint. Ich habe sie in jener Gasse gesehen. Das kann ich nicht vergessen.«

Seine Augen blickten freundlich drein, aber sie konnte kein Mitleid darin sehen. »Sich schuldig zu fühlen ändert nichts an dem, was passiert ist.«

»Auch das weiß ich.« Sie stand auf und ging zum Fenster. Unten eilte eine Gruppe von Studenten über den Rasen, um pünktlich in die nächste Vorlesung zu kommen.

»Darf ich Ihnen eine Frage stellen?«

»Selbstverständlich. Es ist mein Beruf, Antworten zu geben.«

»Macht es Ihnen etwas aus, dass dieser Mann vielleicht Priester ist oder mal einer war?«

»Sie meinen, in persönlicher Hinsicht, weil ich selbst Priester bin?« Um darüber nachzudenken, lehnte er sich zurück und legte die Hände im spitzen Winkel aneinander. Als junger Mann hatte er innerhalb und außerhalb des Rings geboxt. Seine Knöchel waren dick und breitgedrückt. »Ein gewisses Unbehagen kann ich nicht abstreiten. Die Vorstellung, dass der Mann Priester ist statt – sagen wir mal – Computerprogammierer, macht die ganze Angelegenheit zweifellos wesentlich sensationeller. Doch die schlichte Wahrheit ist, dass Priester keine Heiligen, sondern ebenso Menschen sind wie Klempner, Baseballspieler oder Psychiater.«

»Würden Sie ihn behandeln wollen, wenn man ihn schnappt?«

»Wenn man mich darum bittet«, sagte Logan langsam.

»Wenn ich der Ansicht wäre, dass ich von Nutzen sein könnte, dann vielleicht. Ich würde mich nicht verpflichtet oder verantwortlich fühlen, wie es bei Ihnen offenbar der Fall ist.«

»Wissen Sie, je mehr Angst ich habe, desto wichtiger wird es für mich, ihm zu helfen.« Sie schaute wieder zum Fenster hinaus. »Letzte Nacht hatte ich einen Traum. Einen ziemlich schrecklichen Traum. Ich hatte mich in einem Labyrinth von Gängen verirrt, die ich entlangrannte. Obwohl ich wusste, dass ich träumte, hatte ich entsetzliche Angst. Die Wände wurden plötzlich zu Spiegeln, in denen ich mich unzählige Male selbst sah.« Mechanisch berührte sie die Fensterscheibe, so wie sie im Traum die Hand nach dem Spiegel ausgestreckt hatte. »Ich trug meine Aktentasche. Eigentlich schleppte ich sie eher, weil sie so schwer war. Als ich in einen der Spiegel blickte, sah ich nicht mein Bild, sondern das Anne Reasoners. Dann verschwand sie, und ich rannte weiter. Als Nächstes war da eine Tür, durch die ich unbedingt gelangen musste. Als ich sie erreichte, war sie verschlossen. Ich suchte verzweifelt nach dem Schlüssel, fand ihn aber nicht. Dann ging die Tür von selbst auf. Ich dachte, jetzt sei ich in Sicherheit. Ich dachte … und dann sah ich die Soutane und das Humerale.«

Sie drehte sich um, konnte sich jedoch nicht dazu entschließen, wieder Platz zu nehmen. »Oh, natürlich könnte ich mich hinsetzen und eine detaillierte und umfassende Analyse dieses Traums niederschreiben. Von meiner Angst, die Kontrolle über die Situation zu verlieren, meiner Überarbeitung und meiner Weigerung, in puncto Arbeit kürzerzutreten. Von meinen Schuldgefühlen gegenüber Anne Reasoner. Über meine Frustration, weil ich den Schlüssel zu diesem Fall nicht finden kann, und letzten Endes mein Versagen.«

Dass sie um ihr Leben fürchten musste, hatte sie nicht erwähnt, was Logan für eine sehr interessante und aufschlussreiche Auslassung hielt. Entweder sie brachte es noch nicht fertig, diesem Gefühl ins Auge zu sehen, oder sie verknüpfte die Möglichkeit, umgebracht zu werden, mit ihrer Furcht zu versagen.

»Sind Sie so sicher, dass Sie scheitern werden?«

»Ja, und ich hasse den bloßen Gedanken daran.« Bei diesem Eingeständnis lächelte sie verächtlich über sich selbst. Tess fuhr mit den Fingern über den Einband der alten Bibel und stellte fest, dass die Verzierungen tief in das Leder eingeprägt waren und sich glatt anfühlten. »Hier drin steht etwas über Hochmut, der vor dem Fall kommt.«

»Ich neige zu der Ansicht, dass dies ganz von der Art des Hochmuts abhängt. Sie haben der Polizei so weit geholfen, wie eine Psychiaterin nur helfen kann, Tess. Sie haben nicht versagt.«

»Das habe ich noch nie, wissen Sie. Nicht im eigentlichen Sinne. Nicht auf persönlicher Ebene. Ich war gut in der Schule und habe im Haus meines Großvaters perfekt die Gastgeberin gespielt, bis meine Praxis meine freie Zeit einschränkte. Was Männer betrifft, so habe ich nach einer kleineren Katastrophe im College immer dafür gesorgt, dass ich am längeren Hebel sitze. Alles war abgesichert und geordnet, bis … nun ja, bis vor ein paar Monaten.«

»Tess, soweit es diesen Fall betrifft, wurden Sie als Beraterin hinzugezogen. Den Mann zu finden ist Aufgabe der Polizei.«

»Vielleicht hätte ich es dabei belassen sollen. Vielleicht«, murmelte sie und fuhr sich mit der Hand durchs Haar. »Ganz sicher bin ich mir da nicht. Aber wie könnte ich das jetzt noch tun? Er hat sich an mich gewandt. Dass er mit mir gesprochen hat, war ein Akt der Verzweiflung, eine flehentliche Bitte. Wie könnte ich mich dem entziehen? Kein Arzt könnte das.«

»Ihn später einmal zu behandeln ist nicht dasselbe, wie sich für die Folgen seiner Krankheit verantwortlich zu fühlen.« Ein besorgter Ausdruck trat in seine Augen, als er die Hände verschränkte und auf den Tisch legte.

»Wenn ich, ohne den Bericht gründlich gelesen zu haben, spontan eine Meinung äußern sollte, würde ich sagen, dass er sich zu Ihnen hingezogen fühlt, weil er Mitgefühl und eine gewisse Verletzlichkeit bei Ihnen spürt. Sie müssen darauf achten, von Ersterem nicht so viel zu zeigen, dass Sie Zweiterem zum Opfer fallen.«

»Es fällt mir schwer, bei diesem Fall die Regeln zu befolgen. Ben … Detective Paris … wollte, dass ich die Stadt verlasse. Als er den Vorschlag machte, habe ich kurz mit dem Gedanken gespielt, es zu tun. Ich steige einfach in ein Flugzeug, hab' ich mir gedacht, und fliege nach … was weiß ich … nach Mazatlán, und wenn ich zurückkomme, ist all dies vorüber, und mein Leben wird wieder so problemlos und geordnet sein wie früher.« Sie machte eine Pause und erwiderte Logans ruhigen, geduldigen Blick.

»Dafür verachte ich mich.«

»Halten Sie das nicht für eine ganz normale Reaktion auf die mit der Situation verbundene seelische Belastung?«

»Bei einem Patienten schon«, erwiderte sie und lächelte. »Aber nicht bei mir.«

»Man kann den Perfektionismus auch übertreiben, Tess.«

»Ich rauche nicht, und ich trinke nur sehr wenig.« Sie setzte sich wieder hin. »Ich denke, ich habe das Recht auf ein Laster.«

»Ich lebe im Zölibat«, sagte Logan nachdenklich. »Deshalb fühle ich mich vermutlich berechtigt, zu rauchen und zu trinken.« Er sah sie an und freute sich, dass sie entspannter wirkte. Eine Beichte war eine Wohltat für die Seele, das wusste er gut. »Sie bleiben also in Georgetown und arbeiten mit der Polizei zusammen. Wie fühlen Sie sich dabei?«

»Nervös«, antwortete sie unverzüglich. »Es bereitet einem Unbehagen zu wissen, dass man die ganze Zeit von jemandem beobachtet wird. Ich meine nicht nur …« Mit einem Kopfschütteln brach sie mitten im Satz ab. »Ich weiß wirklich nicht recht, wie ich ihn nennen soll.«

»Die meisten Leute würden ihn einen Mörder nennen.«

»Ja, aber er ist auch ein Opfer. Jedenfalls ist es nicht nur das Wissen, dass er mich vielleicht beobachtet, was mir zu schaffen macht, sondern auch die Tatsache, dass die Polizei es tut. Gleichzeitig bin ich davon überzeugt, dass ich es genau richtig mache. Ich habe nicht gekniffen und bin nicht weggerannt. Ich will diesem Mann helfen, das ist für mich sehr wichtig geworden. Als ich ihm im Traum gegenüberstand, habe ich völlig die Nerven verloren. Deshalb habe ich ihm und mir selbst gegenüber versagt. Ich werde nicht zulassen, dass das in Wirklichkeit geschieht.«

»Davon bin ich überzeugt.« Logan nahm seinen Brieföffner in die Hand und spielte damit herum. Er war alt und ziemlich zerschrammt, ein Andenken an eine Reise nach Irland, die er als junger Mann unternommen hatte. Er mochte den Brieföffner, so wie er viele törichte Dinge mochte. Obwohl er Tess nicht für töricht hielt, fing er an, sie ebenfalls zu mögen. »Tess, ich hoffe, Sie nehmen es mir nicht übel, wenn ich Ihnen rate, tatsächlich eine Weile wegzufahren, wenn all dies vorüber ist. Stress und Überarbeitung können selbst den Stärksten von uns kaputtmachen.«

»Ich nehme es Ihnen nicht übel, sondern betrachte es eher als Anordnung meines Arztes.«

»Braves Mädchen. Sagen Sie, wie geht es Ben?« Als sie ihn verständnislos anstarrte, lächelte er. »Ach, nun kommen Sie, selbst ein Priester merkt es, wenn eine Liebesgeschichte in der Luft liegt.«

»Vermutlich könnte man sagen, dass Ben ein weiteres Problem ist.«

»Liebesgeschichten sagt man ja nach, problematisch zu sein.« Er legte den Brieföffner wieder hin. »Sitzen Sie diesmal auch am längeren Hebel, Tess?«

»Offensichtlich tut das keiner von uns beiden. Wir versuchen lediglich, uns zurechtzufinden. Er … ich glaube, dass wir viel füreinander empfinden. Wir sind bloß noch nicht so weit, einander auch zu vertrauen.«

»Vertrauen braucht Zeit, wenn es stabil sein soll. Ich habe ein paarmal mit ihm aus beruflichen Gründen gesprochen und einen feuchtfröhlichen Abend in einer kleinen Bar in der Innenstadt mit ihm verbracht.«

»Ach, tatsächlich? Davon hat er mir gar nichts erzählt.«

»Meine Liebe, kein Mann erzählt gern, dass er sich zusammen mit einem Priester hat volllaufen lassen. Wie dem auch sei – möchten Sie meine Meinung über Detective Paris hören?«

»Ja, gern.«

»Ich würde sagen, dass er ein sehr anständiger, zuverlässiger Mensch ist. Ein Mann, der wahrscheinlich einmal im Monat seine Mutter anruft, selbst wenn er es lieber nicht täte. Männer wie Ben halten sich nicht immer strikt an die Vorschriften, verletzen sie aber sehr selten, weil sie feste Strukturen zu schätzen wissen und begreifen, was es mit Recht und Gesetz auf sich hat. Tief in ihm steckt ein Zorn, den er sich nicht anmerken lässt. Er hat sich nicht aus Gleichgültigkeit von der Kirche abgewandt, sondern weil er zu viele Mängel an ihr entdeckt hat. Er hat sich zwar von der Kirche abgewandt, meine liebe Tess, aber dennoch ist er vom Scheitel bis zur Sohle Katholik.« Selbstzufrieden lehnte Tim sich zurück. »Sechzig-Sekunden-Analysen sind meine Spezialität.«

»Ich denke schon, dass Sie recht haben.« Sie zog einen Schnellhefter aus der Aktentasche. »Ich hoffe, damit haben Sie ebenso viel Glück. Captain Harris ist damit einverstanden, dass Sie es lesen. Es ist mein auf den neuesten Stand gebrachter Bericht. Außerdem liegen die Mitschriften der Anrufe bei. Ich wäre dankbar für ein Wunder.«

»Ich werde sehen, was ich tun kann.«

»Danke, dass Sie mir zugehört haben.«

»Gern geschehen.« Er stand auf, um sie zur Tür zu begleiten. »Tess, rufen Sie mich an, falls Sie wieder Albträume haben sollten. Es kann nie schaden, um ein bisschen Hilfe zu bitten.«

»Wo habe ich das bloß schon mal gehört?«

Logan sah ihr nach, als sie durch das Vorzimmer seines Büros ging. Dann schloss er die Tür.

Er beobachtete, wie sie aus dem Institutsgebäude kam. Es war gefährlich, ihr zu folgen, doch er wusste, dass die Zeit, vorsichtig zu sein, fast vorüber war. Sie blieb vor ihrem Auto stehen und suchte nach den Schlüsseln. Ihr Kopf war gesenkt, als bete sie. Der Drang wallte in ihm auf, bis ihm der Kopf dröhnte. Er tastete nach dem weißen Tuch in seiner Manteltasche. Die kühle weiche Seide beruhigte ihn. Tess steckte den Schlüssel ins Schloss der Autotür.

Wenn er schnell genug war, entschlossen genug, konnte in wenigen Minuten alles vorüber sein. Während ihm das Herz bis zum Halse schlug, krampften sich seine Finger unablässig um das Humerale zusammen. Ein paar verwelkte Blätter, trocken wie Staub, raschelten um seine Knöchel. Er sah, wie ihr der Wind Strähnen ihres Haars ins Gesicht blies. Sie sah bedrückt aus. Bald, sehr bald würde sie in Frieden ruhen. Alle würden sie in Frieden ruhen.

Er beobachtete, wie sie ins Auto stieg, die Tür zuschlug und den Motor anließ. Das Auspuffrohr stieß ein Rauchwölkchen aus. In sanftem Bogen fuhr der Wagen über den Parkplatz und bog zur Straße ab.

Er wartete, bis das Polizeiauto ebenfalls in Richtung Straße abgebogen war, bevor er zu seinem eigenen Wagen ging. Jetzt würde sie in ihre Praxis fahren, und er würde weiterhin wachsam sein. Der richtige Moment war noch nicht gekommen. Er hatte noch Zeit, für sie zu beten. Und für sich selbst.

Tess legte den Telefonhörer auf, lehnte sich im Stuhl zurück und schloss die Augen. Eine fünfzigprozentige Trefferquote reichte in ihrem Job in keiner Weise aus.

Joey Higgins. Wie sollte sie den Jungen behandeln, wenn sie nicht mit ihm sprechen durfte? Seine Mutter hatte es untersagt. Joey trank nicht mehr, deshalb ging es Joey bestens und folglich konnte er sich die Peinlichkeit einer psychiatrischen Behandlung ersparen. Es war ein beschwerliches und letzten Endes nutzloses Gespräch gewesen. Ein As hatte sie noch im Ärmel, das sie jetzt ausspielen musste.

Tess beugte sich vor und setzte sich über die Gegensprechanlage mit ihrer Sekretärin in Verbindung. »Kate, wie viel Zeit habe ich noch, bis der nächste Patient kommt?«

»Zehn Minuten.«

»Okay. Dann verbinden Sie mich bitte mit Donald Monroe.«

»Wird sofort gemacht.«

Während Tess wartete, blätterte sie Joeys Akte durch. Ihre letzte Sitzung hatte sie noch sehr deutlich in Erinnerung.

»Sterben ist keine große Sache.«

»Warum sagst du so etwas, Joey?«

»Weil es so ist. Es sterben dauernd Leute. Das muss so sein.«

»Sicher ist der Tod unvermeidlich, aber das heißt ja nicht, dass er eine Lösung ist. Selbst sehr alte und kranke Menschen hängen am Leben, weil es kostbar ist.«

»Es heißt, wenn jemand stirbt, findet er Ruhe und Frieden.«

»Ja, und die meisten von uns glauben, dass es nach dem Tod

noch etwas gibt. Aber jeder von uns ist aus einem ganz bestimmten Grund hier. Unser Leben ist ein Geschenk. Es ist nicht immer leicht zu führen und ganz gewiss nicht immer perfekt. Es für uns selbst und für unsere Mitmenschen besser zu machen, erfordert einige Anstrengung. Was isst du am liebsten?«

Er sah sie verständnislos an. »Spaghetti, glaube ich.«

»Mit Fleischklößchen oder mit Fleischsoße?«

Er lächelte flüchtig, aber er lächelte. »Fleischklößchen.«

»Stell dir vor, du hättest noch nie Spaghetti mit Fleischklößchen gegessen. Das würde zwar nichts daran ändern, dass der Himmel blau und einmal im Jahr Weihnachten ist, aber du hättest etwas ganz Tolles verpasst. Und wenn du nicht da wärst, wenn du nie geboren worden wärst, dann hätten wir zwar immer noch den Himmel und Weihnachten, aber etwas ganz Tolles würde fehlen.«

Das Summen ihrer Gegensprechanlage brachte sie in die Gegenwart zurück. »Mr. Monroe auf Leitung eins.«

»Danke, Kate. Mr. Monroe.«

»Dr. Court. Gibt es ein Problem?«

»Ja, Mr. Monroe. Ein großes Problem, fürchte ich. Ich bin ganz entschieden dagegen, dass Joey die Therapie abgebrochen hat.«

»Abgebrochen? Was soll das heißen?«

»Mr. Monroe, wissen Sie, dass Joey nicht zur letzten Sitzung gekommen ist?«

Er schwieg einen Moment, dann hörte sie ein ganz leises, müdes Seufzen. »Nein. Vermutlich hat er geschwänzt. Ich werde mit Lois darüber sprechen.«

»Mr. Monroe, ich habe bereits mit Ihrer Frau telefoniert. Sie hat beschlossen, Joey aus der Therapie zu nehmen. Ich gehe davon aus, dass Sie nicht darüber informiert wurden.«

»Nein, wurde ich auch nicht.« Wieder schwieg er einen Moment. Dann holte er tief Luft. »Dr. Court, Lois möchte, dass Joey wieder ein normales Leben führt, und es scheint ihm ja wirklich viel besser zu gehen. Wir haben ihm von dem Baby erzählt. Seine Reaktion war durchaus positiv. Er wird mir helfen, das Kinderzimmer zu streichen.«

»Das freut mich zu hören, Mr. Monroe. Ich bin jedoch der Ansicht, dass er weit davon entfernt ist, aus der Therapie aussteigen zu können. Ich glaube sogar nach wie vor, dass es ihm sehr helfen würde, wenn er einige Zeit in der Klinik, über die wir gesprochen haben, verbrächte.«

»Lois ist strikt gegen die Klinik. Tut mir leid, Dr. Court, aber dabei muss ich ihr den Rücken stärken, sosehr ich Ihr Engagement auch zu schätzen weiß.«

Zorn stieg in ihr auf, den sie kaum zu zügeln vermochte. Sah er denn nicht, dass es der Junge war, dem er den Rücken stärken musste? Dass sie ihm beide den Rücken stärken mussten? »Ich verstehe ja, dass Sie meinen, Joey gegenüber Einigkeit zeigen zu müssen. Aber ich kann gar nicht stark genug betonen, wie wichtig es ist, dass Joey weiterhin regelmäßig fachmännische Hilfe bekommt.«

»Dr. Court, man kann die Analyse auch zu weit treiben. Joey trinkt nicht mehr, und er treibt sich auch nicht mehr mit der Clique herum, mit der er immer zusammen war, als er noch getrunken hat. Selbst seinen Vater hat er schon seit zwei Wochen nicht mehr erwähnt.«

Die letzte Mitteilung brachte bei ihr alle Alarmglocken zum Schrillen. »Der Umstand, dass er seinen Vater nicht erwähnt hat, bedeutet nur, dass er seine Gefühle unterdrückt. Sein Gemütszustand ist im Moment äußerst labil. Wenn wenig Selbstachtung vorhanden ist, wird Selbstmord zu einer leichten Sache, verstehen Sie? Ich habe Angst – schreckliche Angst –, dass er sich etwas antun könnte.«

»Dr. Court, ich kann mir nicht helfen, aber ich finde, dass Sie überreagieren.«

»Ich versichere Ihnen, dass das nicht der Fall ist. Mr. Monroe, ich möchte nicht erleben, dass Joey zu einem Fall für die Statistik wird. Was ich mehr als alles andere möchte, ist, dass seine Therapie beendet wird, wenn er so weit ist. Sowohl mein Fachverständnis als auch mein innerster Instinkt sagen mir, dass er das nicht ist.«

»Ich werde sehen, ob ich Lois überreden kann, ihn zu einer weiteren Sitzung kommen zu lassen.« Doch schon während er das sagte, erkannte Tess, dass er die Sache auf die leichte Schulter nahm. Irgendein anderer Junge mochte sich ja die Pulsadern aufschneiden oder eine ganze Flasche Schlaftabletten schlucken, aber Joey doch nicht.

»Mr. Monroe, ist Joey gefragt worden, ob er weiterhin zu mir kommen möchte?«

»Dr. Court, ich kann Ihnen nur versprechen, dass ich mich um diese Sache kümmern werde.« Jetzt klang er ungehalten und auch ein wenig verärgert. »Ich werde all meinen Einfluss aufbieten, um dafür zu sorgen, dass Joey zumindest zu einer weiteren Sitzung zu Ihnen kommt. Ich glaube, dann werden Sie selbst sehen, dass es ihm viel besser geht. Sie haben uns sehr geholfen, Frau Doktor, aber wenn wir der Ansicht sind, dass Joey seine Probleme im Griff hat, sollte die Therapie beendet werden.«

»Würden Sie bitte, bevor Sie irgendetwas unternehmen, einen zweiten Fachmann zurate ziehen? Vielleicht haben Sie recht, wenn Sie an meinen Worten zweifeln. Ich kann mehrere hervorragende Psychiater in der Gegend empfehlen.«

»Ich werde mit Lois darüber sprechen. Wir werden darüber nachdenken. Vielen Dank, Dr. Court, ich weiß, dass Sie Joey sehr geholfen haben.«

Nicht genug, dachte sie, als er auflegte. Bei Weitem nicht genug.

»Dr. Court. Mr. Grossman ist da.«

»In Ordnung, Kate, schicken Sie ihn herein.« Sie nahm Joeys Akte, schloss sie aber nicht weg, sondern legte sie neben sich auf den Schreibtisch.

Es war fast fünf, als der letzte Patient ging. Kate steckte den Kopf zur Tür herein. »Dr. Court, Mr. Scott hat vergessen, den nächsten Termin mit mir auszumachen.«

»Er braucht auch keinen mehr.«

»Tatsächlich?« Kate lehnte sich entspannt gegen die Tür. »Da haben Sie gute Arbeit geleistet, Dr. Court.«

»Das bilde ich mir auch ein. Sie können seine Patientenakte ablegen.«

»Wird mir ein Vergnügen sein.«

»Machen Sie es doch morgen, Kate. Wenn Sie sich beeilen, kommen Sie genau eine Minute vor Dienstschluss hier weg.«

»Na, und ob ich mich beeilen werde. Gute Nacht, Dr. Court.«

»Gute Nacht, Kate.« Als das Telefon klingelte, streckte sie die Hand danach aus. »Ich mach' das schon. Gehen Sie nach Hause, Kate.« Bevor sie den Hörer abnahm, holte sie tief Luft. »Dr. Court.«

»Hi, Frau Doktor.«

»Ben.« Ihre nervöse Spannung fiel von ihr ab. Im Hintergrund hörte sie das Klingeln von Telefonen, Stimmen und das Geklapper von Schreibmaschinen. »Bist du noch auf dem Revier?«

»Ja. Ich wollte dir nur sagen, dass es noch ein Weilchen dauert.«

»Du klingst müde. Ist etwas passiert?«

Er dachte an den Tag, der hinter ihm lag, und an den Gestank, den er noch immer in der Nase hatte. »Ist ein langer Tag gewesen. Hör mal, soll ich nicht 'ne Pizza mitbringen? In etwa einer Stunde müssten wir hier mit allem fertig sein.«

»Okay, Ben, ich kann gut zuhören.«

»Werde ich mir merken. Fahr direkt nach Hause und schließ die Tür hinter dir ab.«

»Zu Befehl, Sir.«

»Bis später, Quatschkopf.«

Erst als sie wieder aufgelegt hatte, kam Tess zu Bewusstsein, wie still es in der Praxis war. Normalerweise hätte sie sich darüber gefreut, abends noch eine Stunde für sich zu haben, um den Schreibtisch aufzuräumen oder irgendwelchen Papierkram zu erledigen. Heute empfand sie die Stille als bedrückend. Sich eine Närrin scheltend, nahm sie die Akte Scott vom Schreibtisch, um sie abzulegen. Erfolg war etwas Befriedigendes.

Sie nahm die Akten und Tonbandaufnahmen ihrer Nachmittagspatienten und schloss sie weg. Joey Higgins' Akte blieb auf dem Schreibtisch. Obwohl sie wusste, dass sie sich vergeblich abstrampelte, steckte sie die Unterlagen in die Aktentasche, um sie mit nach Hause zu nehmen.

Dreimal ertappte sie sich dabei, wie sie mit pochendem Herzen in Richtung Tür blickte.

Absurd. Entschlossen, sich nicht lächerlich zu machen, ging sie die Termine des nächsten Tages durch. Sie rief sich in Erinnerung, dass sich draußen zwei Polizisten befanden und einer in der Eingangshalle. Ihr konnte überhaupt nichts passieren.

Doch jedes Mal, wenn sie draußen im Gang den Fahrstuhl surren hörte, schreckte sie zusammen.

Wenn sie jetzt nach Hause führe, würde das Apartment leer sein. Sie hatte keine Lust, sich der Einsamkeit dort auszusetzen, nicht jetzt, da sie das Apartment mit Ben teilte.

Worauf ließ sie sich da ein? Seufzend sammelte sie den Rest ihrer Sachen zusammen. Sie war bis über beide Ohren in Ben Paris verliebt. Und wie wurde die resolute Frau Dr. Court mit ihrer Verliebtheit fertig? Sehr schlecht, fand sie, während sie zum Wandschrank ging, um ihren Mantel herauszuholen.

Wenn Frühling gewesen wäre, hätte sie wenigstens einen Vorwand gehabt, um vor sich hin zu träumen und ohne besonderen Grund zu lächeln. Kluge Menschen verlieben sich im Frühling, dachte sie, wenn alles frisch und neu ist und den Eindruck erweckt, als würde es immer so bleiben.

Sie blieb am Fenster stehen. Die Bäume, welche die Straße vor dem Gebäude säumten, waren dunkel und unbelaubt. Das hier und da zu sehende Gras war bereits gelb und verkümmert. Die Menschen gingen in Mäntel gehüllt mit gesenktem Kopf die Straße entlang, um den Wind nicht ins Gesicht zu bekommen. Es ist aber nicht Frühling, dachte sie und kam sich töricht vor. Und alles eilt nach Hause.

Dann sah sie ihn. Er stand völlig reglos in seinem schwarzen Mantel hinter einer Gruppe junger Bäume. Ihr stockte der Atem. Ihre Knie zitterten. Er hielt Ausschau – wartete und hielt Ausschau. Automatisch wirbelte sie herum, schnappte sich das auf dem Schreibtisch stehende Telefon und machte sich daran, eine Nummer einzugeben. Sie würde in der Eingangshalle anrufen und der Polizei mitteilen, dass er draußen war und das Gebäude beobachtete. Dann würde sie nach unten fahren. Das hatte sie sich fest vorgenommen.

Doch als sie sich umdrehte, um noch einmal aus dem Fenster zu sehen, war er verschwunden.

Einen Moment lang stand sie mit dem Telefon in der Hand da, ohne die Nummer weiterzuwählen. Er war verschwunden.

Das war bloß jemand auf dem Heimweg, redete Tess sich ein, vielleicht ein Arzt oder ein Rechtsanwalt oder ein Bankangestellter, der zu Fuß nach Hause ging, um fit zu bleiben. Sie zwang sich, zum Schreibtisch zurückzugehen und ganz ruhig das Telefon wieder hinzustellen. Sie war einfach zu nervös. Da ihre Knie immer noch ziemlich schwach waren, setzte sie sich auf die Kante des Schreibtischs. Schritt für Schritt gewann sie ihre Selbstbeherrschung zurück.

Diagnose: Akute Paranoia.

Verordnete Medizin: Ein heißes Bad und ein gemütlicher Abend mit Ben Paris.

Als sie sich besser fühlte, zog sie den Kaschmirmantel an, nahm ihre Aktentasche an sich und hängte sich die Handtasche über die Schulter. Nachdem sie die Tür ihres Büros abgeschlossen hatte, wandte sie sich um und sah, wie der Knauf der Vorzimmertür sich drehte.

Die Schlüssel entglitten ihren kraftlosen Fingern. Sie wich zur Tür zurück, die sie gerade abgeschlossen hatte. Die Vorzimmertür öffnete sich einen Spaltbreit. Sie merkte, dass sich ein Schrei in ihre Kehle drängte. Wie erstarrt blickte sie auf die Tür, die noch ein Stück weiter aufging. Hier gab es kein Labyrinth, durch das sie rennen, keinen Ort, an dem sie sich verstecken konnte. Hier war sie ganz auf sich allein gestellt, das wusste sie. Sie holte tief Luft.

»Ist jemand zu Hause?«

»Mein Gott, Frank.« Ihre Knie waren weich wie Butter, als sie sich gegen die Tür ihres Büros lehnte. »Wieso schleichst du denn hier durch die Gänge?«

»Ich habe Licht unter deiner Tür gesehen, als ich gerade zum

Fahrstuhl ging.« Er lächelte, entzückt, sie allein anzutreffen. »Erzähl mir bloß nicht, dass du wieder Arbeit mit nach Hause nimmst, Tess.« Er kam herein und schloss aus strategischen Gründen die Vorzimmertür hinter sich.

»Nein, da ist meine schmutzige Wäsche drin!« Sie bückte sich, um die Schlüssel aufzuheben. Ihre Wut auf sich selbst war so groß, dass sie es an ihm ausließ. »Hör mal, Frank, ich habe einen langen Tag hinter mir. Ich bin nicht in Stimmung für deine unbeholfenen Annäherungsversuche.«

»Aber Tess!« Er riss die Augen auf, und sein Lächeln wurde breiter. »Ich hatte ja keine Ahnung, dass du so … so aggressiv sein kannst.«

»Wenn du mir nicht sofort aus dem Weg gehst, machst du nähere Bekanntschaft mit dem Teppichboden.«

»Wie wär's mit einem Drink?«

»Herrgott noch mal!« Sie drängte sich an ihm vorbei, packte den frisch gebügelten Ärmel seines Jacketts und zerrte ihn auf den Gang hinaus.

»Oder Dinner bei mir?«

Mit zusammengebissenen Zähnen schaltete Tess das Licht aus, machte die Tür zu und schloss ab. »Frank, warum schreibst du über deine sexuellen Wahnvorstellungen nicht mal ein Buch? Das bewahrt dich vielleicht davor, in Schwierigkeiten zu geraten.« Sie fegte an ihm vorbei und drückte auf den Knopf des Fahrstuhls.

»Du könntest Kapitel eins sein.«

Sie holte tief Luft, zählte von zehn bis null und stellte überrascht fest, dass sie das in keiner Weise beruhigte. Als die Fahrstuhltür aufging, trat sie in die Kabine, drehte sich um und verstellte ihm den Weg. »Wenn du Wert auf deine Nase legst, Frank, solltest du gar nicht erst versuchen, hier reinzukommen.«

»Wie wäre es mit Dinner und einem Bad im Whirlpool?«, fragte er, als die Tür gerade zuging. »Ich kenne ein Restaurant, wo es ganz tolles Hühnchen nach Kiewer Art gibt.«

»Hühnchen mit Farce«, murmelte sie und lehnte sich gegen die Wand der Kabine.

Sie war fast schon zu Hause, als sie anfing zu lachen. Mit ein bisschen Anstrengung schaffte sie es, auch nicht mehr an das Polizeiauto hinter sich zu denken, und die Tatsache, dass im dritten Stock ihres Hauses Polizisten Kaffee tranken und sich die Abendnachrichten ansahen, aus ihrem Bewusstsein zu verdrängen. In der Twenty-third Street wurde sie eine Viertelstunde durch eine Unfallaufnahme aufgehalten, was ihr jedoch in keiner Weise die gute Laune verdarb, die sich nach und nach in ihr ausbreitete.

Als sie die Tür ihres Apartments aufschloss, summte sie vor sich hin. Nachdem ihr kurz der Gedanke durch den Kopf gegangen war, dass sie unterwegs frische Blumen hätte kaufen sollen, begab sie sich unverzüglich ins Schlafzimmer und zog sich aus. Ihre Wahl fiel wieder auf den Seidenkimono. Dann spritzte sie eine doppelte Portion Badeöl in das Wasser, das in die Wanne strömte. Sie nahm sich die Zeit, eine Platte aufzulegen. Phil Collins ließ seine Stimme erschallen und teilte mit, wie glücklich es ihn mache, zu leben und verliebt zu sein.

Was auch für sie zutraf, fand Tess, als sie sich in das dampfende Wasser sinken ließ. Und heute Abend würde sie jede Minute genießen.

Als Ben seinen Schlüssel benutzte, um in die Wohnung zu gelangen, hatte er das Gefühl, zu Hause zu sein. Die Möbel gehörten ihm zwar nicht, und die Gemälde an der Wand hatte er auch nicht ausgesucht, doch er war zu Hause. Der Pappkarton war am Boden, wo er ihn hielt, ganz warm. Er stellte ihn auf den

Esszimmertisch auf das Leinendeckchen, an dem, so vermutete er, irgendeine kleine französische Nonne fast eine ganze Woche gestickt hatte. Am liebsten wäre er sofort ins Bett gekrochen, um vierundzwanzig Stunden zu schlafen.

Er legte die Papiertüte, die er in der Hand hatte, neben den Pizzakarton, bevor er seinen Mantel auszog und über die Rückenlehne eines Stuhls fallen ließ. Nachdem er sein Schulterhalfter abgeschnallt hatte, ließ er es auf die Sitzfläche des Stuhls gleiten.

Er konnte sie riechen. Selbst hier, kaum drei Schritte von der Wohnungstür entfernt, konnte er sie riechen. Weich, zart, elegant. Während er ihren Duft einatmete, kämpfte seine Müdigkeit gegen ein Bedürfnis an, das er schwerlich zu zügeln vermochte.

»Tess?«

»Hier! Ich sitze in der Badewanne. Bin gleich fertig.« Er folgte ihrem Duft und dem Geräusch plätschernden Wassers. »Hi.«

Als sie zu ihm hochblickte, glaubte er zu sehen, dass sie ein wenig errötete. Drollige Frau, dachte er bei sich, als er zur Badewanne hinüberging, um sich auf den Rand zu setzen. Im Bett brachte sie einen in Ekstase, doch wenn man sie im Schaumbad erwischte, errötete sie.

»Ich wusste ja nicht, wie lange es noch dauert, bis du kommst.« Sie unterließ es, sich tiefer in den Schaum sinken zu lassen.

»Hatte nur noch ein paar Dinge zu erledigen.«

Ihre Verlegenheit verschwand so schnell, wie sie gekommen war. »Es war ein harter Tag, was? Du siehst erschöpft aus.«

»Sagen wir mal, es war einer der weniger angenehmen Tage in meinem Berufsleben.«

»Möchtest du darüber sprechen?«

Das ganze Blut fiel ihm ein. Selbst in seinem Beruf sah man nicht oft so viel davon. »Nein, nicht jetzt.«

Sie richtete sich auf, um die Hand auszustrecken und sein Gesicht zu berühren. »Hier drinnen ist Platz für zwei, wenn du nett zu mir bist. Warum nimmst du nicht Dr. Courts zuverlässige Medizin gegen Überarbeitung?«

»Die Pizza wird kalt.«

»Ich liebe kalte Pizza.« Sie fing an, sein Hemd aufzuknöpfen. »Weißt du, ich hatte einen ziemlich seltsamen Tag, der mit einer Einladung zu Hühnchen nach Kiewer Art und einem Bad im Whirlpool endete.«

»Ah ja?« Er erhob sich, um den Verschluss seiner Hose zu öffnen. Das Gefühl, das er gerade hatte, war unangenehm und für einen Mann, der noch nie zuvor Eifersucht empfunden hatte, nicht zu bestimmen. »So was für kalte Pizza und ein Schaumbad abzulehnen kommt mir nicht gerade klug vor.«

»Was bin ich doch für ein Dummerchen, dass ich es abgelehnt habe, einen Abend mit dem attraktiven, erfolgreichen und unerträglich langweiligen Dr. Fuller zu verbringen.«

»Der ist eher dein Typ«, murmelte Ben, während er sich auf den Toilettendeckel setzte, um seine Schuhe auszuziehen.

»Ein Langweiler ist also eher mein Typ?« Tess zog die Augenbraue hoch und lehnte sich zurück. »Vielen herzlichen Dank.«

»Ich meine den Umstand, dass er Arzt ist, dreiteilige Anzüge trägt und bestimmt eine goldene American-Express-Karte hat.«

»Verstehe.« Amüsiert fing sie an, sich das Bein einzuseifen. »Du hast wohl keine goldene Karte?«

»Ich kann von Glück sagen, dass Sears mich wenigstens noch meine Unterwäsche bestellen lässt.«

»Na, dann weiß ich aber nicht, ob ich dich in meine Badewanne einladen sollte.«

Nackt bis auf die Jeans, die ihm über die Hüften gerutscht waren, stand er da. »Ich meine es ernst, Tess.«

»Das sehe ich.« Sie nahm eine Handvoll Schaum und betrachtete ihn eingehend. »Vermutlich heißt das, dass du mich für eine oberflächliche, materialistisch eingestellte, statusorientierte Frau hältst, die bereit ist, ab und an gesellschaftlich eine Stufe herabzusteigen, um guten Sex zu bekommen.«

»So habe ich das überhaupt nicht gemeint.« Frustriert setzte er sich wieder auf den Rand der Badewanne. »Sieh mal, ich habe einen Job, bei dem ich fast den ganzen Tag mit Abschaum zu tun habe.«

Zärtlich legte sie ihre nasse Hand auf die seine. »Du hattest einen ekelhaften Tag, nicht wahr?«

»Das hat nichts damit zu tun.« Er nahm ihre Hand und betrachtete sie einen Moment lang. Sie war klein und schmal und ging in ein zerbrechlich wirkendes Handgelenk über.

»Mein Vater hat Gebrauchtwagen in einem Geschäft verkauft, das in einer ziemlich ärmlichen Vorortgegend lag. Er besaß drei Sportsakkos und fuhr einen DeSoto. Meine Mutter hat Plätzchen gebacken. Niemand konnte so gut Plätzchen backen wie sie. Wenn sie sich einen schönen Abend machen wollten, sind sie in die Knights of Columbus Hall gegangen. Ich habe mich auf der Oberschule durchgeschlagen, mich ein paar Jahre auf dem College durchgewurstelt und dann die Polizeiakademie besucht. Seitdem verbringe ich mein Leben damit, mir Leichen anzusehen.«

»Versuchst du etwa, mich davon zu überzeugen, dass du aufgrund von Bildungs- und Klassenunterschieden nicht gut genug für mich bist?«

»Fang bloß nicht mit dieser Scheiße an!«

»Na gut, dann probieren wir es eben auf andere Art.« Sie zog ihn in die Wanne.

»Was, zum Teufel, soll denn das?« Er spuckte Schaum aus. »Ich bin doch noch gar nicht ausgezogen!«

»Ist ja nicht meine Schuld, dass du so langsam bist.« Bevor er das Gleichgewicht wiederzuerlangen vermochte, schlang sie die Arme um ihn und presste ihren Mund auf den seinen. Manchmal weiß selbst eine Psychiaterin, dass man eher mit Taten als mit Worten sein Ziel erreicht. Sie spürte, wie seine innere Spannung an- und abschwoll, bis er sie ebenfalls umarmte. »Ben?«

»Hmm?«

»Glaubst du, dass es im Moment von Bedeutung ist, dass dein Vater Gebrauchtwagen verkauft hat und meiner nicht?«

»Nein.«

»Gut.« Sie rutschte ein Stück zurück und wischte ihm lachend Schaum vom Kinn. »So, und wie kriegen wir dich jetzt aus der Hose?«

Obwohl die Pizza inzwischen eiskalt war, ließen sie kein Krümelchen davon übrig. Ben wartete, bis sie den Karton in den Mülleimer geworfen hatte.

»Ich habe dir etwas mitgebracht.«

»Ach?« Überrascht und von närrischer Freude erfüllt blickte sie auf die Papiertüte, die er ihr hinhielt. »Wieso das?«

»Immer musst du Fragen stellen.« Als sie die Hand nach der Tüte ausstreckte, zog er sie zurück. »Willst du das wirklich wissen?«

»Ja.«

Er kam näher, so nahe, dass er ihr den Arm um die Taille legen konnte. Sie dufteten beide nach Badeschaum. Ihr Haar war hochgesteckt und feucht. »Nun, ich glaube, ich verliere allmählich den Verstand. Ja, ich glaube, du bringst mich um den Verstand.«

Als er sie küsste, schloss sie langsam die Augen. »Little Anthony«, murmelte sie, während sie die Melodie im Kopf vor sich hin sang. »War das 1961 oder 62?«

»Ich hab' mir gedacht, dass du als Seelenklempnerin auf diese Begründung abfährst.«

»Da hattest du recht.«

»Willst du denn gar nicht dein Geschenk haben?«

»Hmmm. Du musst mich erst loslassen, damit ich die Tüte aufmachen kann.«

»Hier, aber mach schnell.« Er gab ihr die Tüte und beobachtete ihre Miene, als sie hineinspähte. Es hätte gar nicht besser sein können – verständnisloses Stirnrunzeln, Überraschung, dann ein belustigter Ausdruck.

»Ein Einriegelschloss. Mein Gott, Ben, du verstehst es wirklich, das Herz einer Frau im Sturm zu erobern.«

»Ja, da habe ich durchaus Talent.«

Ihre Lippen rundeten sich, als sie sie auf seinen Mund presste. »Ich werde es immer wie einen Schatz hüten. Wenn es nicht ganz so unhandlich wäre, würde ich es auf dem Herzen tragen.«

»In weniger als einer Stunde wird es an deiner Tür sein. Ich habe neulich mein Werkzeug mitgebracht und in den Wandschrank in der Küche gestellt.«

»Praktisch veranlagt bist du also auch.«

»Gibt es nicht etwas, mit dem du dich ein Weilchen beschäftigen könntest? Sonst zwinge ich dich, mir zuzusehen.«

»Mir wird schon etwas einfallen«, versprach sie und ließ ihn an die Arbeit gehen.

Während er mit dem Einbau des Schlosses beschäftigt war, überarbeitete Tess einen Vortrag, den sie im nächsten Monat an der George Washington University halten sollte. Das Surren der Bohrmaschine und das metallisch hölzerne Klappern störten sie nicht im Geringsten. Allmählich fragte sie sich, wie sie die vollkommene Stille, die vor ihm in ihrem Leben geherrscht hatte, überhaupt hatte aushalten können.

Nachdem sie den Vortrag überarbeitet und die mit nach Hause genommenen Akten durchgesehen hatte, drehte sie sich um und sah, dass er der Sache gerade den letzten Schliff gab. Das Schloss glänzte und wirkte sehr stabil.

»Das müsste eigentlich reichen.«

»Mein Held!«

Er machte die Tür zu, hielt ein Paar Schlüssel in die Höhe und legte sie auf den Tisch. »Du musst es aber auch benutzen. Ich packe schnell mein Werkzeug weg, dann wasche ich ab. Du kannst inzwischen auffegen.«

»Hört sich fair an.« Auf dem Weg zur Tür blieb sie stehen und schaltete den Fernseher an, um Nachrichten zu sehen.

Obwohl er mehr Dreck gemacht zu haben schien, als das kleine Schloss rechtfertigte, fegte Tess ohne zu murren das Sägemehl auf die Kehrichtschaufel. Als sie sich, Kehrichtschaufel und Handfeger noch in der Hand, wieder aufrichtete, kam gerade die Hauptmeldung des Tages.

»In einem Apartment im Nordwesten der Stadt hat die Polizei heute die Leichen von drei Personen entdeckt. Eine besorgte Nachbarin hatte die Polizei alarmiert, die am späten Nachmittag in das Apartment eindrang. Die mit einer Wäscheleine gefesselten Opfer wiesen zahlreiche Messerstiche auf. Bei den Ermordeten handelt es sich um Jonas Leery, seine Frau Kathleen Leery und Paulette Leery, die halbwüchsige Tochter des Ehepaars. Man vermutet, dass es sich um Raubmord handelt. Wir schalten um zu Bob Burroughs, der sich am Tatort befindet.«

Auf dem Bildschirm erschien ein stämmiger, athletisch aussehender Reporter, der ein Mikrofon in der Hand hielt und auf das hinter ihm befindliche Backsteingebäude zeigte. Tess drehte sich um und sah Ben an der Küchentür stehen. Sie wusste sofort, dass er das Innere dieses Gebäudes aus eigener Anschauung kannte.

»O Ben, das muss schrecklich gewesen sein!«

»Sie waren seit zehn, vielleicht zwölf Stunden tot. Das Mädchen kann nicht älter als sechzehn gewesen sein.« Die Erinnerung daran rief ein brennendes Gefühl in seinem Magen hervor. »Sie haben sie wie Schlachtvieh tranchiert.«

»Es tut mir so leid.« Sie legte alles beiseite und ging zu ihm. »Komm, setzen wir uns.«

»Man erreicht einen Punkt«, sagte er, wobei er immer noch auf den Bildschirm blickte, »man erreicht einen Punkt, wo alles fast, *fast* zur Routine wird. Dann erlebt man so etwas wie das in dem Apartment, und der Magen dreht sich einem um. Man denkt, Gott, das kann doch nicht wahr sein. Das kann einfach nicht wahr sein, weil Menschen anderen Menschen so etwas nicht antun können. Aber im tiefsten Innern weiß man, dass sie es können.«

»Setz dich, Ben«, murmelte sie und zog ihn mit sanfter Gewalt auf die Couch. »Soll ich den Fernseher abschalten?«

»Nein.« Er stützte den Kopf kurz in die Hände. Dann fuhr er sich durchs Haar und setzte sich aufrecht hin. Der vom Tatort berichtende Reporter sprach gerade mit einer weinenden Nachbarin.

»Paulette hat oft auf meinen kleinen Jungen aufgepasst. Sie war ein liebes Mädchen. Ich kann das alles nicht fassen. Ich kann es einfach nicht fassen.«

»Diese Dreckskerle werden wir schnappen«, sagte Ben halb zu sich. »Es ging um eine Münzsammlung, eine beschissene Münzsammlung, die achthundert oder vielleicht tausend Dollar wert ist. Wenn sie die Sammlung an einen Hehler verkaufen, bekommen sie etwa die Hälfte dafür. Sie haben diese Leute wegen einer Handvoll alter Münzen abgeschlachtet.«

Sie blickte hinüber zu dem Schloss, das jetzt in ihre Tür eingebaut war, und verstand, warum er es gerade heute Abend mitgebracht hatte. Sie zog ihn an sich und bettete seinen Kopf gegen ihren Busen, wie Frauen es tun, wenn sie jemanden trösten wollen.

»Sie werden die Münzen versetzen, und dann könnt ihr sie ausfindig machen.«

»Wir haben noch ein paar andere Anhaltspunkte. Morgen, spätestens übermorgen haben wir sie. Aber diese Leute, Tess … mein Gott, ich mache meinen Job zwar schon geraume Zeit, aber ich kann immer noch nicht glauben, dass Menschen zu so etwas imstande sind.«

»Ich kann dir zwar nicht den Rat geben, nicht daran zu denken, aber ich kann dir sagen, dass ich für dich da bin.« Das zu wissen war eine so einfache Sache und schwächte das Grauen des hinter ihm liegenden Tages ein wenig ab. Sie war für ihn da, und allein das zählte heute Abend für ihn.

»Ich brauche dich.« Er richtete sich auf und zog ihren Kopf auf seinen Schoß, damit er ihren Hals küssen und liebkosen konnte. »Das macht mir wahnsinnige Angst.«

»Ich weiß.«

15

»Also ich weiß nicht, Tess. Mit Senatoren kann ich nicht besonders gut umgehen.« Ben bleckte in Lowensteins Richtung die Zähne, als diese zu ihm herübergrinste.

Dann drehte er ihr den Rücken zu und klemmte sich den Telefonhörer zwischen Schulter und Kinnlade.

»Aber er ist mein Großvater, Ben, und er ist wirklich sehr lieb.«

»Ich habe noch nie gehört, dass jemand Senator Jonathan Writemore als *lieb* bezeichnet hat.«

Pilomento rief vom anderen Ende des Raums seinen Namen. Ben nickte und gab ihm mit einer Geste zu verstehen, sich noch einen Moment zu gedulden.

»Das liegt daran, dass ich nicht für seine Öffentlichkeitsarbeit zuständig bin. Wie dem auch sei, es ist Erntedankfest, und ich will ihn nicht enttäuschen. Außerdem hast du mir erzählt, dass deine Eltern in Florida leben.«

»Sie sind beide über fünfundsechzig. Es ist so üblich, dass Eltern nach Florida ziehen, wenn sie fünfundsechzig werden.«

»Also hast du keine Familienangehörigen hier, um mit ihnen Erntedankfest zu feiern. Ich bin sicher, dass Großpapa dich gerne kennenlernen würde.«

»Tja.« Er zerrte am Kragen seines Pullovers. »Sieh mal, was

das Kennenlernen von Familienangehörigen betrifft, habe ich immer einen bestimmten Grundsatz befolgt.«

»Und der wäre?«

»Ich verkneife es mir.«

»Ach? Wieso denn das?«

»Fragen, Fragen, Fragen«, murmelte er vor sich hin.

»Als ich jünger war, wollte meine Mutter immer, dass ich meine Freundinnen mit nach Hause bringe. Meine Mutter und die Betreffende fingen dann jedes Mal an, Zukunftspläne zu schmieden.«

»Verstehe.« Er konnte förmlich das Lächeln in ihrer Stimme hören.

»Jedenfalls habe ich es mir zur Regel gemacht, meine Freundinnen nicht meiner Mutter vorzustellen und mich von ihnen nicht ihrer Mutter vorstellen zu lassen. Auf diese Weise kommt niemand auf die Idee, sich schon mal nach Hochzeitskleidern umzusehen.«

»Ich kann deinen Standpunkt durchaus verstehen, und ich verspreche dir, dass weder mein Großvater noch ich über Hochzeitskleider sprechen werden, wenn du zu uns zum Dinner kommst. Miss Bette macht übrigens einen ganz tollen Kürbiskuchen.«

»Selbstgebackenen?«

»Selbstverständlich.« Eine kluge Frau weiß, wann sie nachgeben muss. »Du hast ja noch ein bisschen Zeit, um es dir durch den Kopf gehen zu lassen. Ich hätte dich auch jetzt nicht damit behelligt, aber in der ganzen Hektik der letzten Zeit hatte ich die Sache ganz vergessen, bis Großpapa mich vor ein paar Minuten telefonisch daran erinnerte.«

»Okay, ich werde drüber nachdenken.«

»Und mach dir keine Sorgen. Wenn du nicht kommst, bringe ich dir trotzdem ein Stück Kuchen mit. Jetzt muss ich mich um einen Patienten kümmern.«

»Tess …«

»Ja?«

»Ach, nichts. Nichts«, wiederholte er. »Bis später.«

»Paris.«

»Entschuldigung.« Er legte den Hörer auf und drehte sich um. »Was gibt's?«

Pilomento reichte ihm einen Zettel. »Wir sind bei dem Namen, den die Nachbarin uns genannt hat, endlich fündig geworden.«

»Von dem Typ, der um die kleine Leery herumscharwenzelt ist?«

»Genau. Amos Reeder heißt er. Allzu genau konnte die Nachbarin ihn nicht beschreiben, da sie ihn nur einmal gesehen hat. Mehr, als dass er gruselig aussah, weiß sie eigentlich nicht, aber sie sagt, sie habe ihn auch nur einmal zu den Leerys gehen sehen und dass es bei der Gelegenheit keinen Ärger gab.«

Ben war bereits dabei, sich seine Jacke zu schnappen.

»Wenn jemand gruselig aussieht, gehen wir der Sache immer nach.«

»Ich habe seine Adresse und sein Strafregister.«

Bevor Ben seine Zigaretten in die Tasche stopfte, stellte er verärgert fest, dass nur noch zwei im Päckchen waren.

»Weshalb hat er gesessen?«

»Mit siebzehn hat er einem anderen Jungen ein paar Messerstiche verpasst, um sich Taschengeld zu beschaffen. Reeder hatte Pot im Wert von fünf Dollar in der Tasche und zahlreiche Einstiche am Arm. Der andere Junge kam durch, Reeder wurde nach dem Jugendstrafrecht verurteilt und hat eine Drogenreha bekommen. Harris hat gesagt, du und Jackson sollt euch mal mit ihm unterhalten.«

»Danke.« Nachdem er die Papiere an sich genommen hatte,

ging er zum Konferenzraum, wo Ed und Bigsby gerade wegen der Priester-Morde die Köpfe zusammensteckten. »Sattel die Pferde«, sagte Ben kurz angebunden und steuerte auf die Tür zu.

Ed trottete neben ihm her, während er seinen Mantel anzog. »Was gibt's denn?«

»Wir haben eine Spur im Fall Leery. Ein kleiner Ganove, der was für Messer übrig hat, ist um das Mädchen herumscharwenzelt. Dachte mir, wir unterhalten uns mal ein bisschen mit ihm.«

»Hört sich gut an.« Ed machte es sich im Auto gemütlich. »Wie wär's mit Tammy Wynette?«

»Leck mich doch am Arsch.« Ben legte eine Kassette von *Goat's Head Soup* ein. »Tess hat vor ein paar Minuten angerufen.«

Ed machte ein Auge auf. Er hielt es für das Beste, die Rolling Stones mit geschlossenen Augen über sich ergehen zu lassen. »Gibt's Probleme?«

»Nein. Na ja, eigentlich doch. Sie will, dass ich zum Erntedankfestdinner mit zu ihrem Großvater komme.«

»Wow, Truthahnessen mit Senator Writemore. Glaubst du, er muss erst einen Parteitag abhalten, um zu entscheiden, ob der Vogel mit Farce oder mit Kastanien gefüllt werden soll?«

»Ich wusste, dass mir diese Sache Kummer machen würde.« Mehr aus Boshaftigkeit und nicht weil es ihn wirklich danach verlangte, nahm Ben eine Zigarette heraus.

»Ist schon okay, ich habe aufgehört zu zählen. Du wirst also am Erntedankfest mit Tess und ihrem Opa zu Abend essen. Wo ist da das Problem?«

»Zuerst ist es das Erntedankfest, und bevor man sich's versieht, wird man sonntags zum Brunch eingeladen. Als Nächstes kommt dann Tante Mabel vorbei, um einen zu begutachten.«

Ed kramte in seiner Tasche herum und beschloss, sich die Rosinen mit Joghurtüberzug für später aufzuheben, stattdessen begnügte er sich mit einem zuckerfreien Kaugummi. »Hat Tess denn eine Tante Mabel?«

»Versuch bitte der allgemeinen Richtung meiner Gedanken zu folgen, Ed.« Ben schaltete den Gang herunter und hielt an einem Stoppschild an. »Im Handumdrehen wird man dann zu Kusine Lauries Hochzeit eingeladen, und Onkel Joe stößt einem mit dem Ellbogen in die Rippen und fragt, wann man denn nun selbst den großen Schritt wagt.«

»All das wegen Kartoffelbrei und Bratensoße.« Ed schüttelte den Kopf. »Erstaunlich.«

»Ich hab's schon erlebt. Erschreckend ist das, das kannst du mir glauben.«

»Ben, es gibt wichtigere Dinge als die Frage, ob Tess eine Tante Mabel hat. Schrecklichere Dinge, über die du dir Sorgen machen solltest.«

»Ah ja. Was denn, zum Beispiel?«

»Weißt du, wie viel unverdautes rotes Fleisch deine Gedärme verstopft?«

»Mensch, das ist ja widerlich.«

»Brauchst du mir nicht zu sagen. Worauf ich hinauswill, Ben, ist, dass man sich über Atommüll, sauren Regen und seinen Cholesterinspiegel Sorgen machen kann. Konzentriere dich auf diese Dinge, und iss mit dem Senator zu Abend. Wenn er den Eindruck erweckt, er sei bereit, dich in die Familie aufzunehmen, dann tu etwas, um ihn abzuschrecken.«

»Zum Beispiel?«

»Iss deine Preiselbeeren mit den Fingern. Wir sind da.« Ben hielt am Bordstein an und warf seine Zigarette durch den Spalt im Fenster. »Du bist mir eine große Hilfe gewesen, Ed. Vielen Dank.«

»Gern geschehen. Wie wollen wir vorgehen?«

Vom Auto aus betrachtete Ben das Gebäude. Es hatte schon bessere Zeiten gesehen. Wesentlich bessere Zeiten. Etliche Fensterscheiben waren kaputt und mit Zeitungspapier zugeklebt. Die Fassade war verschwenderisch mit Graffiti verziert. Dosen und zersplitterte Flaschen gab es in größerer Fülle als Gras.

»Er wohnt in Apartment 303. Die Feuertreppe geht bis zum dritten Stock. Wenn er versucht abzuhauen, will ich nicht in einer Gegend, in der er sich auskennt, hinter ihm herjagen.«

Ed holte ein Zehncentstück aus der Tasche. »Wir werfen eine Münze hoch, um zu entscheiden, wer ins Haus geht und wer die Feuertreppe überwacht.«

»Okay. Bei Kopf geh ich rein, bei Wappen klettere ich die Feuertreppe hoch und überwache das Fenster. O nein, nicht hier drinnen.« Ben legte Ed die Hand auf den Arm, bevor sein Partner die Münze hochwerfen konnte. »Als du die Münze das letzte Mal hier drinnen geworfen hast, musste ich Sojakeime zum Lunch essen. Das machen wir draußen, wo wir mehr Platz haben.«

Da Ed einverstanden war, stiegen sie aus und er stellte sich auf den Bürgersteig. Bevor Ed die Münze hochwarf, streifte er seine Handschuhe ab und steckte sie in die Tasche.

»Kopf«, verkündete er und zeigte Ben die Münze. »Lass mir ein bisschen Zeit, um in Stellung zu gehen.«

»Na, dann los.« Ben kickte den Hals einer Bierflasche zur Seite und betrat das Gebäude, in dem es nach Erbrochenem und Whiskey roch. Während er in den dritten Stock hochstieg, machte Ben den Reißverschluss seiner Jacke auf. Bevor er an die Tür von Apartment 303 klopfte, blickte er den Gang auf und ab und unterzog ihn einer gründlichen Musterung.

Ein Halbwüchsiger mit verfilzten Haaren und einem fehlenden Vorderzahn öffnete die Tür einen Spaltbreit. Schon bevor er das Pot roch, konnte Ben an den Augen des anderen sehen, dass er high war. »Amos Reeder?«

»Wer will denn was von ihm?« Ben zeigte seine Dienstmarke vor.

»Amos ist nicht da. Er ist gerade auf Arbeitssuche.«

»Okay. Dann unterhalten wir uns eben.«

»Mann, haben Sie vielleicht einen Haftbefehl?«

»Wir können uns hier im Gang, in der Wohnung oder auf dem Revier unterhalten. Hast du einen Namen?«

»Ich brauche Ihnen gar nichts zu sagen. Ich hab' nix ausgefressen.«

»Klar, und ich kann genug Gras riechen, dass es als hinreichender Verdacht gelten kann. Soll ich mal reinkommen und mich ein bisschen umsehen? Das Rauschgiftdezernat macht diese Woche eine Sonderaktion. Für jedes Päckchen Pot, das ich abliefere, bekomme ich ein T-Shirt geschenkt.«

»Kevin Danneville.« Ben sah, wie dem Jungen der Schweiß auf die Stirn trat. »Hören Sie, ich habe auch meine Rechte. Ich muss mich nicht mit Bullen unterhalten.«

»Du wirkst ziemlich nervös, Kevin.« Ben presste die Hand gegen die Tür, damit der andere sie nicht zumachen konnte. »Wie alt bist du denn?«

»Ich bin achtzehn, falls Sie das irgendwas angeht.«

»Achtzehn? Du siehst mir aber eher wie sechzehn aus, und du bist nicht in der Schule. Könnte sein, dass ich dich zum Jugendamt bringen muss. Warum erzählst du mir nicht einfach, was du von einem kleinen Mädchen weißt, dessen Vati eine Münzsammlung hatte?«

Es war die Änderung von Kevins Blickrichtung, die Ben das Leben rettete. Er sah den verdutzten Gesichtsausdruck des Jungen und wirbelte instinktiv herum. Das Messer sauste nieder, doch statt ihm die Halsschlagader zu durchtrennen, schlitzte es ihm den Arm auf, während er gegen die Tür fiel und in das Apartment stürzte.

»Mensch, Amos, das ist ein Bulle. Du kannst doch keinen Bullen umbringen!« Kevin wich eilig zurück, rannte gegen einen Tisch und warf eine Lampe zu Boden, die klirrend in Scherben ging.

Reeder, der von den Drogen, die er sich gerade beschafft hatte, völlig high war, grinste bloß. »Ich werd' dem Drecksack das Herz aus dem Leibe schneiden.«

Ben hatte gerade noch Zeit, um zu sehen, dass sein Gegner kaum über das Oberschulalter hinaus war, bevor dieser wieder mit dem Messer auf ihn losging. Er warf sich zur Seite und versuchte verzweifelt, mit der linken Hand seine Pistole zu ziehen, während Blut über die rechte strömte. Kevin wuselte wie eine Krabbe über den Fußboden und wimmerte. Hinter ihnen wurde das Fenster eingeschlagen.

»Polizei.« Ed stand breitbeinig und mit erhobener Waffe vor dem Fenster. »Lass das Messer fallen, sonst schieße ich!«

Speichel rann Amos aus dem Mundwinkel, während er den Blick auf Ben richtete. Dann kicherte er, so unglaublich es klingen mag. »Ich muss dich aufschlitzen. Muss dich in kleine Stücke schneiden, Mann.« Mit erhobenem Messer ging er auf Ben los. Die Kugel aus der Achtunddreißiger traf ihn mitten in die Brust und schleuderte ihn zurück. Einen Moment lang stand er mit weit aufgerissenen Augen da, während ihm das Blut aus der Brust schoss. Ed behielt den Finger am Abzug. Dann brach Reeder zusammen und riss dabei einen Klapptisch um. Mit leisem Klappern entglitt das Messer seiner Hand. Er starb, ohne einen Laut von sich zu geben.

Ben taumelte und fiel auf die Knie. Während Ed durch das

kaputte Fenster hereinkletterte, schaffte Ben es, seine Waffe zu ziehen. »Wenn du auch nur die kleinste Bewegung machst«, sagte er mit zusammengebissenen Zähnen, indem er seine Dienstwaffe auf Kevin richtete, »gilt das als Widerstand bei der Festnahme.«

»Amos war's! Amos hat sie alle abgemurkst«, sagte Kevin und begann zu schluchzen. »Ich hab' nur zugeguckt. Ich schwör's, ich hab' nur zugeguckt, weiter nichts!«

»Wenn du auch nur eine Bewegung machst, du mieses kleines Schwein, dann schieß ich dir die Eier weg, bevor du lernst, wozu sie nutze sind.«

Vorschriftsgemäß durchsuchte Ed den Jungen, was sich jedoch als unnötig herausstellte. Dann hockte er sich neben Ben. »Wie schlimm ist die Verletzung?«

Der Schmerz brannte wie Feuer und hatte sich bereits auf den Magen ausgewirkt und Übelkeit hervorgerufen.

»Was musste ich auch Kopf erwischen. Beim nächsten Mal werfe ich die Münze.«

»Okay. Lass uns mal nachsehen.«

»Ruf jemand her, um hier Ordnung zu schaffen, und bring mich ins Krankenhaus.«

»Eine Arterie hat er jedenfalls nicht getroffen, sonst würde das Blut nur so aus dir heraussprudeln.«

»Na, dann ist ja alles bestens.« Er zog zischend den Atem ein, als Ed die Wunde freilegte. »Wie wäre es dann mit einer Runde Golf?«

»Press das fest drauf.«

Ed nahm Ben die Waffe ab und drückte seine Hand auf das Taschentuch, das er auf die klaffende Wunde gelegt hatte. Der Geruch seines eigenen Blutes stieg Ben in die Nase. Er saß so, dass seine Füße nur wenige Zentimeter von Amos' Füßen entfernt waren. »Danke.«

»Ist schon okay, das ist ein altes Taschentuch.«

»Ed«. Ben warf einen Blick auf Kevin, der in Embryonalstellung dalag und sich die Ohren zuhielt. »Er hat ein Bild von Charles Manson über dem Bett.«

»Hab' ich schon gesehen.«

Ben saß auf der Kante des Behandlungstischs in der Notaufnahme und zählte Schwestern, um sich von der Nadel abzulenken, die ihm immer wieder durchs Fleisch gestochen wurde. Der Arzt, der ihm den verwundeten Arm nähte, schwatzte munter vor sich hin und erörterte die Chancen, die die Redskins am Sonntag gegen die Cowboys hatten. In der durch einen Vorhang abgeteilten Kabine neben ihnen kümmerten sich ein Arzt und zwei Schwestern um ein neunzehnjähriges Mädchen, das eine Überdosis Crack genommen hatte. Ben hörte sie schluchzen und sehnte sich nach einer Zigarette.

»Ich hasse Krankenhäuser«, murmelte er.

»Das tun die meisten Leute.« Der Arzt nähte so sorgfältig wie eine altjüngferliche Tante. »Die Abwehr steht wie eine Mauer. Wenn wir's richtig anpacken, wird Dallas spätestens im dritten Spielviertel rumstehen und am Daumen lutschen.«

»Kein schöner Anblick.« Bens Konzentration ließ lange genug nach, um ihn das Ziehen und Zerren an seinem Fleisch spüren zu lassen. Er richtete seine Aufmerksamkeit auf die Geräusche hinter dem Vorhang. Das Mädchen atmete unnatürlich schnell. Eine scharfe, herrische Stimme befahl ihr, in eine Papiertüte zu atmen. »Haben Sie hier viele solche Fälle?«

»Täglich werden es mehr.« Der Arzt verknotete einen weiteren Faden. »Wenn sie Glück haben, stellen wir sie so weit wieder her, dass sie zur nächsten Straßenecke gehen können, um sich neuen Stoff zu kaufen. So, das ist eine sehr hübsche Naht, wenn ich das mal selbst sagen darf. Was meinen Sie?«

»Glaub' ich Ihnen unbesehen.«

Tess stürmte durch die automatische Glastür der Notaufnahme. Nachdem sie im Wartebereich einen Blick in die Runde geworfen hatte, steuerte sie auf die Behandlungsräume zu. Abrupt blieb sie stehen und starrte fassungslos einem Krankenpfleger hinterher, der eine Bahre davonschob, auf der eine verhüllte Gestalt lag. Das Blut stockte ihr in den Adern. Eine Krankenschwester kam hinter einem Vorhang hervor und nahm sie beim Arm.

»Tut mir leid, Miss, aber hier dürfen Sie nicht rein.«

»Detective Paris. Stichverletzung.«

»Dem wird da hinten gerade der Arm genäht«, sagte die Krankenschwester, ohne Tess' Arm loszulassen.

»Warum gehen Sie nicht einfach wieder ins Wartezimmer und …«

»Ich bin seine Ärztin«, stieß Tess hervor und riss sich los. Sie besaß noch genug Selbstbeherrschung, um nicht zu rennen, und ging in gleichmäßigem Tempo an einem gebrochenen Arm, einer Verbrennung zweiten Grades und einer leichten Gehirnerschütterung vorbei. Im Gang lag eine alte Frau auf einer Bahre und versuchte vergeblich zu schlafen. Als Tess an der letzten Kabine vorüberkam, fand sie ihn.

»Tess! Na so was!« Erfreut und überrascht schaute der Arzt sie an. »Was machst du denn hier?«

»Oh. John. Hallo.«

»Hallo. Es passiert nicht oft, dass ich hier Besuch von schönen Frauen bekomme«, begann er. Dann bemerkte er, wie sie seinen Patienten ansah. »Oh, verstehe.« Sein recht ausgeprägtes Selbstbewusstsein trug nur eine kleine Schramme davon. »Ich nehme an, ihr kennt euch.«

Ben rutschte ein Stück nach vorn und wäre vom Behandlungstisch aufgestanden, wenn der Arzt ihn nicht davon abgehalten hätte. »Tess, was machst du denn hier?«

»Ed hat mich in der Klinik angerufen.«

»Das hätte er nicht tun sollen.«

Jetzt, da sie nicht mehr die Befürchtung zu haben brauchte, dass er am Verbluten war, bekam sie weiche Knie. »Er hat gedacht, dass es mich auch etwas angeht, und er wollte nicht, dass ich erst in den Nachrichten davon erfahre. John, wie schlimm ist es?«

»Keine große Sache«, antwortete Ben.

»Zehn Stiche mit der Nadel«, fügte der Arzt hinzu, während er den Verband festmachte. »Muskeln sind offenbar nicht verletzt. Er hat etwas Blut verloren, aber das ist halb so wild. Um den Duke zu zitieren: Nur eine Schramme.«

»Der Typ hatte ein gottverdammtes Fleischermesser«, murmelte Ben, den es ärgerte, dass jemand anders seine Verletzung herunterspielte.

»Glücklicherweise«, fuhr John fort, während er sich der neben ihm stehenden Schale zuwandte, »haben seine Jacke und seine Beweglichkeit verhindert, dass das Messer tiefer ins Fleisch gedrungen ist. Ansonsten hätten wir beide Seiten des Arms nähen müssen. Das pikt jetzt ein bisschen.«

»Was pikt ein bisschen?« Automatisch schnellte Bens Hand vor, um das Handgelenk des Arztes zu packen.

»Nur eine kleine Tetanusspritze«, sagte John beschwichtigend. »Wir wissen schließlich nicht, womit dieses Messer vorher in Berührung gekommen ist. Na kommen Sie schon, beißen Sie die Zähne zusammen.«

Er setzte an zu protestieren, doch Tess nahm seine Hand. Dann spürte er einen stechenden Schmerz im Arm, der jedoch bald nachließ.

»Na also.« John ließ die Schale stehen, um die sich später die Schwester kümmern würde. »Das hätten wir geschafft. Auf Tennis oder Ringkämpfe müssen Sie in den nächsten Wochen verzichten, Detective. Halten Sie den Wundbereich trocken und kommen Sie Ende nächster Woche noch mal her. Dann ziehe ich Ihnen die Fäden.«

»Vielen Dank.«

»Ihre Gesundheit und Ihre Krankenversicherung sind Dank genug. War schön, dich wiederzusehen, Tess. Gib mir Bescheid, wenn dir wieder mal der Sinn nach Sake und Seeigel steht.«

»Wiedersehen, John.«

»John, hm?« Ben ließ sich vorsichtig vom Tisch gleiten. »Hast du jemals ein Rendezvous mit jemand gehabt, der kein Akademiker war?«

»Warum in aller Welt sollte ich?« Eine muntere Antwort schien ihr am angebrachtesten, nachdem sie die blutgetränkten Tücher in der Schale erspäht hatte. »Hier ist dein Hemd. Warte, ich helfe dir.«

»Das kann ich selbst.« Doch sein Arm war steif und schmerzte. Er schaffte es nur, in einen Ärmel zu kommen.

»Ist schon okay. Nach zehn Stichen in den Arm hat man das Recht, grantig zu sein.«

»Grantig?« Er schloss die Augen, während sie ihm behutsam das Hemd anzog. »Herrgott noch mal, Vierjährige sind grantig, wenn sie kein Mittagsschläfchen gemacht haben.«

»Ja, ich weiß. Komm, ich knöpfe es zu.« Zumindest beabsichtigte sie das. Sie hatte sich vorgenommen, sein Hemd zuzuknöpfen und fröhlich mit ihm zu plaudern. Als sie beim zweiten Knopf war, sank ihr Kopf gegen seine Brust.

»Tess?« Er strich ihr übers Haar. »Was ist denn los mit dir?«

»Nichts.« Sie trat ein Stück zurück und knöpfte ihm mit gesenktem Kopf weiter das Hemd zu.

»Tess.« Er schob die Hand unter ihr Kinn und hob ihr Gesicht hoch. Ihre Augen schwammen in Tränen. Mit dem Daumen strich er ihr eine Träne von den Wimpern. »Nicht doch.«

»Keine Bange.« Als sie jedoch ihre Wange gegen seine presste, schluchzte sie auf. »Nur eine Minute, okay?«

»Klar.« Er legte seinen unverletzten Arm um sie und gab sich dem elementaren Genuss hin, den man empfindet, wenn man jemandem am Herzen liegt. Manche Frauen hatte sein Beruf angetörnt, andere hatten sich davon abgestoßen gefühlt, doch er konnte sich nicht erinnern, je mit einer Frau zusammen gewesen zu sein, der er einfach am Herzen lag.

»Ich hatte solche Angst«, gab sie zu. Da sie sich immer noch an ihn presste, klang ihre Stimme gedämpft.

»Ich auch.«

»Wirst du mir irgendwann einmal alles erzählen?«

»Wenn ich muss. Man gibt seiner Geliebten gegenüber nicht gern zu, dass man ein Blödmann war.«

»Warst du das?«

»Ich war mir ganz sicher, dass der kleine Dreckskerl in der Wohnung ist. Ed hat das Fenster übernommen, ich die Tür. Sehr simpel.« Als er einen Schritt zurückwich, sah er, wie ihr Blick zu seinem zerfetzten, blutbefleckten Hemd wanderte. »Wenn du meinst, das ist schlimm, solltest du erst mal meine Jacke sehen. Ich habe sie erst vor zwei Monaten gekauft.«

Nachdem sie ihre Selbstbeherrschung wiedererlangt hatte, nahm sie ihn beim Arm und führte ihn den Gang hinunter. »Na, vielleicht bringt dir ja der Weihnachtsmann eine neue. Soll ich dich nach Hause fahren?«

»Nein, danke. Ich muss noch meinen Bericht abliefern. Und

wenn der andere Typ noch nicht gesungen hat, möchte ich bei der Vernehmung dabei sein.«

»Es waren also zwei.«

»Jetzt ist es nur noch einer.«

Die verhüllte Gestalt auf der Bahre fiel ihr ein. Da sie das geronnene Blut auf Bens Hemd riechen konnte, sagte Tess nichts. »Da ist Ed.«

»O Gott, er liest schon wieder.«

Ed blickte auf, musterte seinen Partner rasch, aber gründlich und lächelte Tess an. »Hallo, Dr. Court. Ich habe Sie gar nicht kommen sehen.« Dabei ließ er die Tatsache unerwähnt, dass er gerade Blut gespendet hatte, als sie eingetroffen war. Er und Ben hatten die gleiche Blutgruppe. Er legte die Zeitschrift beiseite und gab Ben seine Jacke und sein Schulterhalfter. »Schade um die Jacke. Das Dezernat wird sicher nur bis April brauchen, um deinen Antrag zu bearbeiten und sie dir zu ersetzen.«

»Du sagst es.« Mit Eds Hilfe schaffte Ben es, das Schulterhalfter anzulegen und die aufgeschlitzte Jacke anzuziehen.

»Weißt du, ich habe gerade einen faszinierenden Artikel über Nieren gelesen.«

»Heb dir das für später auf«, schlug Ben vor und wandte sich Tess zu. »Fährst du in die Klinik zurück?«

»Ja, ich bin mitten in einer Sitzung aufgebrochen.« Erst jetzt kam Tess voll und ganz zu Bewusstsein, dass er ihr wichtiger gewesen war als ein Patient. »Als Ärztin würde ich dir raten, nach Hause zu fahren und dich auszuruhen, wenn du deinen Bericht abgeliefert hast. Ich komme gegen sechs Uhr dreißig nach Hause und ließe mich wahrscheinlich dazu überreden, dich zu verwöhnen.«

»Definier mal *verwöhnen*.«

Ohne auf ihn zu achten, drehte sie sich Ed zu. »Warum kommen Sie nicht zum Dinner, Ed?«

Zunächst schien ihn die Einladung zu verblüffen, dann blickte er erfreut drein. »Nun, ich … gern. Danke.«

»Ed ist es nicht gewöhnt, sich Frauen gegenüber artikuliert auszudrücken. Komm ruhig vorbei, Ed. Tess wird dir auch Sojaquark machen.« Er trat aus dem Gebäude und empfand die kalte Luft, die ihm entgegenwehte, als wohltuend. Sein Arm war nicht mehr taub, fing aber an, wie ein kranker Zahn zu pochen. »Wo steht dein Auto?« Er war bereits dabei, den Parkplatz nach dem Streifenwagen abzusuchen.

»Gleich da drüben.«

»Begleite die Dame bitte zu ihrem Wagen, Ed.« Er packte sie beim Revers ihres Mantels und küsste sie heftig.

»Danke, dass du gekommen bist.«

»Nichts zu danken.«

Sie blickte ihm hinterher, während er auf seinen Mustang zuging. Dann drehte sie sich um und begab sich mit Ed zu ihrem Auto. »Sie werden doch auf ihn aufpassen?«

»Klar.«

Während sie ihre Schlüssel aus der Tasche kramte, nickte sie. »Der Mann, der Ben verletzt hat, ist tot?«

»Ja.« Er nahm ihr die Schlüssel ab und schloss ihr die Wagentür auf, was sie ganz reizend fand. Tess betrachtete sein Gesicht und sah – so deutlich, als hätte er es ihr gesagt –, wer den Schuss abgegeben hatte. All ihre Wertvorstellungen, die Regeln, nach denen sie lebte, kämpften kurz mit einem neuen Bewusstsein. Sie fasste ihn beim Kragen, zog ihn zu sich herunter und küsste ihn auf die Wange. »Danke, dass Sie dafür gesorgt haben, dass er am Leben bleibt.« Sie stieg ein und lächelte zu ihm hoch, bevor sie die Tür schloss. »Bis heute Abend.«

Ed, der inzwischen selbst schon halb in sie verliebt war, ging zu seinem Partner zurück. »Wenn du nicht zu diesem Erntedankfestdinner gehst, bist du ein Hornochse.«

Als Ed die Wagentür zuknallte, wachte Ben aus seiner Benommenheit auf. »Was?«

»Und es sollte auch nicht erforderlich sein, dass dir ihr Onkel Joe in die Rippen stößt.« Ed ließ den Motor aufheulen.

»Sag mal, Ed, war dein Frühstücksmüsli nicht mehr ganz gut?«

»Du solltest lieber richtig hingucken, Partner, bevor du über die Säge stolperst.«

»Säge? Was für 'ne Säge?«

»Ein Farmer ist gerade beim Holzsägen«, begann Ed, während er vom Parkplatz fuhr. »Ein feiner Pinkel aus der Stadt sieht ihm dabei zu. Plötzlich ertönt die Essensglocke, und der Farmer setzt sich in Bewegung, stolpert aber über die Säge. Er steht auf und fängt wieder an, Holz zu sägen. Der feine Pinkel fragt ihn, warum er nicht zum Essen reingeht, woraufhin der Farmer sagt, da er über die Säge gestolpert sei, habe das keinen Sinn mehr. Jetzt sei sowieso nichts mehr übrig.«

Ganze zehn Sekunden lang saß Ben schweigend da.

»Das erklärt natürlich alles. Wollen wir nicht ins Krankenhaus zurückfahren, damit sie dich dort kurz untersuchen können?«

»Der springende Punkt ist: Wenn dir eine Gelegenheit ins Gesicht starrt und du ewig zauderst, verpasst du die Gelegenheit. Die Frau ist einfach fantastisch, Ben.«

»Das weiß ich.«

»Dann solltest du verdammt aufpassen, dass du nicht über die Säge stolperst.«

16

Als Joey zur Hintertür hinaustrat, fing es gerade an zu schneien. Da er wusste, dass die Windfangtür klapperte, zog er sie behutsam zu, bis sie einschnappte. Er hatte daran gedacht, seine Handschuhe mitzunehmen, und hatte sogar seine blaue Skimütze über den Kopf gezogen. Statt Stiefel anzuziehen, hatte er jedoch seine hohen Turnschuhe anbehalten. Das waren seine Lieblingsschuhe.

Niemand sah ihn das Haus verlassen.

Seine Mutter und sein Stiefvater waren im Wohnzimmer. Er wusste, dass sie sich über ihn gestritten hatten, weil ihre Stimmen gedämpft gewesen waren und den schrillen, nervösen Ton gehabt hatten, den sie immer hatten, wenn sie sich seinetwegen stritten.

Sie meinten, das wisse er nicht.

Seine Mutter hatte einen Truthahnbraten mit allem Drum und Dran zubereitet. Während der Mahlzeit hatte sie fröhlich – zu fröhlich – geplaudert und gesagt, wie nett es doch sei, das Erntedankfest im engsten Familienkreis zu feiern. Donald hatte Witze über Essensreste gerissen und mit dem Kürbiskuchen geprahlt, den er selbst gebacken hatte. Es hatte Preiselbeersauce gegeben und die kleinen Hörnchen, die im Backofen so locker und knusprig wurden.

Es war das traurigste Erntedankfest in Joeys Leben gewesen. Seine Mutter wollte nicht, dass er irgendwelche Probleme hatte. Sie wollte, dass er glücklich war, in der Schule gut vorankam und Basketball spielen ging. Normal. Joey hatte gehört, wie sie dieses Wort in eindringlich gedämpftem Tonfall seinem Stiefvater gegenüber benutzt hatte. *Ich möchte doch nur, dass er normal ist.*

Aber das war er nicht. Joey vermutete, dass sein Stiefvater das irgendwie begriff und dass sie sich deshalb stritten. Er war nicht normal. Er war Alkoholiker, genau wie sein Vater.

Seine Mutter sagte, sein Vater TAUGE NICHTS.

Joey wusste, dass Alkoholismus eine Krankheit ist. Er wusste, was Sucht bedeutet und dass sie sich nicht heilen, sondern immer nur eindämmen lässt. Er wusste auch, dass es Millionen von Alkoholikern gibt und dass es möglich ist, Alkoholiker zu sein und das normale Leben zu führen, das sich seine Mutter so sehr für ihn wünschte. Das erforderte Bereitwilligkeit und Anstrengung und Veränderung. Manchmal hatte er es satt, sich anzustrengen. Wenn er seiner Mutter sagte, dass er es satthabe, regte sie sich immer auf.

Er wusste auch, dass Alkoholismus oft vererbt werden kann. Er hatte seine Abhängigkeit von seinem Vater geerbt, ebenso wie die Tatsache, dass er NICHTS TAUGTE. Auf den Straßen des hübschen, gepflegten Wohnviertels, das er durchquerte, war alles ruhig. Schneeflocken tanzten im Licht der Laternen wie die Elfen aus den Märchenbüchern, die seine Mutter ihm vor Jahren vorgelesen hatte. Er sah die erleuchteten Fenster, hinter denen die Leute ihr Erntedankfestdinner aßen oder sich vor dem Fernseher von der Anstrengung des Essens erholten.

Sein Vater war nicht gekommen, um ihn abzuholen. Er hatte nicht einmal angerufen.

Joey meinte zu verstehen, warum sein Vater ihn nicht mehr

liebte. Er wollte an seine Trunksucht, den ganzen Streit und die schlimme Zeit einfach nicht mehr erinnert werden.

Dr. Court sagte, Joey sei nicht an der Krankheit seines Vaters schuld. Doch Joey glaubte, dass, wenn er die Krankheit von seinem Vater bekommen hatte, sein Vater sie vielleicht auch irgendwie von ihm bekommen hatte.

Er erinnerte sich, wie er einmal spätabends im Bett gelegen und sein Vater herumgebrüllt hatte, mit der belegten, unangenehmen Stimme, mit der er immer sprach, wenn er viel getrunken hatte.

»Du denkst nur an den Jungen. Du denkst nie an mich.

Seit wir ihn haben, ist alles anders geworden.«

Später hatte er dann seinen Vater laut schluchzen gehört, was irgendwie noch schlimmer war als sein Wutausbruch.

»Es tut mir leid, Lois. Ich liebe dich doch. Ich liebe dich doch so sehr! Das kommt alles von dem Druck, unter dem ich stehe. Diese Dreckskerle im Betrieb schikanieren mich in einem fort. Am liebsten würde ich ihnen morgen den ganzen Krempel vor die Füße schmeißen, aber Joey braucht ja alle naselang neue Schuhe.«

Joey wartete, bis ein Auto an ihm vorbeigerattert war. Dann überquerte er die Straße und ging in Richtung Park. Der Schnee fiel jetzt ganz dicht und sah aus wie ein weißer Schleier, der im Wind hin und her wehte. In der eisigen Luft nahmen seine Wangen eine gesunde, rötliche Farbe an.

Damals hatte er gedacht, dass sein Vater sich nicht betrinken müsste, wenn er keine neuen Schuhe bräuchte.

Dann war ihm klar geworden, dass die Dinge für jeden viel einfacher sein würden, wenn er nicht wäre. Deshalb war er mit neun von zu Hause weggelaufen. Das war gruselig gewesen, weil er sich verirrt hatte und in der Dunkelheit seltsame Geräusche zu hören waren. Die Polizei hatte ihn nach ein paar Stunden gefunden, doch Joey war es so vorgekommen, als seien es Tage gewesen.

Seine Mutter hatte geweint, und sein Vater hatte ihn fest an sich gedrückt. Alle hatten sich gegenseitig Versprechen gegeben, die sie auch zu halten gedachten. Eine Zeit lang war alles besser gewesen. Sein Vater war zu den Anonymen Alkoholikern gegangen, und seine Mutter hatte wieder öfter gelacht. Das war das Weihnachtsfest, an dem Joey sein Fahrrad bekommen und sein Vater Stunden damit zugebracht hatte, neben ihm herzurennen und ihn am Sattel festzuhalten. Er hatte Joey nicht ein einziges Mal umkippen lassen.

Doch kurz vor Ostern hatte sein Vater wieder angefangen, spät nach Hause zu kommen. Die Augen seiner Mutter waren ständig gerötet, und sie hatte nicht mehr gelacht. Eines Abends war Joeys Vater in einem zu großen Bogen die Auffahrt hochgefahren und hatte dabei das Fahrrad übersehen. Sein Vater war brüllend ins Haus gekommen. Das Fluchen und die lauten Vorwürfe hatten Joey geweckt. Sein Vater hatte Joey aus dem Bett holen und mit nach draußen nehmen wollen, um ihm zu zeigen, wozu seine Nachlässigkeit geführt hatte. Seine Mutter war ihm in den Weg getreten.

Das war das erste Mal, dass er gehört hatte, wie sein Vater seine Mutter schlug.

Wenn er das Fahrrad weggestellt hätte, statt es auf dem Rasen neben der Auffahrt stehen zu lassen, wäre sein Vater nicht dagegengefahren. Dann wäre sein Vater auch nicht so wütend geworden und hätte seine Mutter nicht geschlagen. Der Bluterguss auf der Wange, den sie mit Make-up zu verbergen suchte, wäre ihr erspart geblieben.

In jener Nacht hatte Joey zum ersten Mal Alkohol probiert.

Das Zeug hatte ihm nicht geschmeckt. Es hatte im Mund gebrannt und seinen Magen in Aufruhr versetzt. Doch nachdem er drei- oder viermal an der Flasche genippt hatte, hatte er das seltsame Gefühl, als habe er einen dünnen Panzer angelegt. Ihm war nicht mehr nach Weinen zumute. Als er wieder ins Bett kletterte, war in seinem Kopf ein angenehmes, leises Summen zu hören gewesen. Dann war er in einen tiefen, traumlosen Schlaf gesunken.

Seit jener Nacht hatte Joey sich jedes Mal mit Alkohol betäubt, wenn seine Eltern sich stritten.

Dann hatten sich die Auseinandersetzungen, das Herumgebrüll und die Beschimpfungen aufs Grässlichste gesteigert, und es war zur Scheidung gekommen. Eines Tages hatte seine Mutter ihn von der Schule abgeholt und war mit ihm in ein kleines Apartment gefahren. Dort erklärte sie ihm so behutsam wie möglich, warum sie nicht mehr mit seinem Vater zusammenleben würden.

Er hatte sich geschämt, schrecklich geschämt, weil er froh gewesen war.

Sie hatten ein neues Leben begonnen. Seine Mutter war wieder arbeiten gegangen. Sie schnitt sich das Haar kurz und trug ihren Ehering nicht mehr. Doch von Zeit zu Zeit fiel Joey der dünne helle Streifen auf, wo über ein Jahrzehnt lang der Ring gesessen hatte.

Er konnte sich noch erinnern, wie ängstlich, wie flehend sie ihn angeblickt hatte, als sie ihm von der Scheidung erzählt hatte. Da sie befürchtete, dass er ihr die Schuld geben würde, hatte sie den Schritt, der sie mit Schuldgefühlen und Zweifeln erfüllte, gerechtfertigt, indem sie ihm all das berichtete, was er bereits wusste. Doch es von ihr zu hören, hatte dazu geführt, dass seine letzten schwachen Abwehrkräfte zerstört worden waren.

Er konnte sich auch noch erinnern, wie sehr sie das erste Mal geweint hatte, als sie von der Arbeit nach Hause gekommen war und ihren elfjährigen Sohn betrunken vorgefunden hatte.

Im Park war alles still. Auf dem Erdboden hatte sich bereits eine dünne, hübsche weiße Schneedecke gebildet. Nach einer Stunde würde man seine Fußspuren nicht mehr sehen. Das war ganz so, wie es sein sollte, fand Joey. Der Schnee fiel jetzt in großen weichen Flocken, die an den Ästen der Bäume haften blieben und glitzernd und frisch auf den Büschen lagen. Die Flocken schmolzen auf seinem Gesicht, sodass seine Haut ganz feucht wurde, doch das machte ihm nichts aus. Er fragte sich – wenn auch nur einen Moment lang –, ob seine Mutter wohl schon in sein Zimmer hochgegangen war und entdeckt hatte, dass er verschwunden war. Es tat ihm leid, ihr Kummer zu bereiten, aber er wusste, dass das, was er vorhatte, die Situation für alle leichter machen würde. Besonders für ihn selbst.

Diesmal war er nicht neun Jahre alt. Und er hatte auch keine Angst.

Er war mit seiner Mutter zu Treffen von Selbsthilfegruppen für alkoholabhängige Teenager gegangen. Das hatte jedoch nichts gebracht. Er ließ niemanden an sich heran, weil er nicht zugeben wollte, dass er sich schämte, wie sein Vater zu sein.

Dann war Donald Monroe aufgetaucht. Joey wollte sich darüber freuen, dass seine Mutter wieder glücklich war, fühlte sich jedoch auch schuldig, weil er kurz davorstand, einen Ersatz für seinen Vater zu akzeptieren. Seine Mutter lachte wieder, und Joey war froh, weil er sie so sehr liebte. Sein Vater wurde immer verbitterter, und Joey nahm die Veränderung übel, weil er seinen Vater so sehr liebte.

Seine Mutter heiratete, und ihr Name änderte sich. Es war nicht mehr derselbe wie Joeys Name. Sie zogen in ein Haus in einer Gegend, in der ziemlich wohlhabende Leute wohnten. Joeys Zimmer ging zum Garten hinaus. Sein Vater klagte über die Unterhaltszahlungen.

Als Joey zu Dr. Court in die Therapie gekommen war, fand er bereits jeden Tag Mittel und Wege, um sich zu betrinken. Außerdem hatte er schon begonnen, sich mit Selbstmordgedanken zu tragen.

Zuerst hatte es ihm nicht gefallen, zu ihr zu gehen. Doch sie hatte weder auf ihn eingeredet noch Druck ausgeübt oder gar behauptet, ihn zu verstehen. Sie hatte sich einfach mit ihm unterhalten. Als er aufhörte zu trinken, gab sie ihm einen Kalender, den sie als immerwährenden Kalender bezeichnete und den er ständig benutzen konnte.

»Es gibt heute etwas, worauf du stolz sein kannst, Joey. Und es wird jeden Tag etwas geben, auf das du morgens, wenn du aufstehst, stolz sein kannst.«

Manchmal hatte er ihr geglaubt.

Sie sah ihn nie mit jenem raschen, scharfen Blick an, wenn er ins Zimmer kam, wie seine Mutter es immer noch tat. Dr. Court hatte ihm den Kalender gegeben und glaubte an ihn. Seine Mutter erwartete nach wie vor, dass er sie enttäuschte. Deswegen hatte sie ihn auf eine andere Schule geschickt. Deswegen ließ sie es nicht zu, dass er mit seinen Freunden zusammen war.

Du wirst neue Freunde finden, Joey. Ich will nur dein Bestes.

Sie wollte nur, dass er nicht wie sein Vater war. Aber er war wie sein Vater.

Und wenn er erwachsen war, würde er vielleicht einen Sohn haben, und sein Sohn würde wie er sein. Das Ganze würde nie aufhören. Das war wie ein Fluch. Davon hatte er in Büchern gelesen. Ein Fluch konnte von Generation zu Generation weitergegeben werden. Manchmal konnte man sich durch einen

Exorzismus davon befreien. In einem der Bücher, die er unter seiner Matratze aufbewahrte, wurde die Zeremonie geschildert, mit der man das Böse austreiben konnte. Eines Nachts, als seine Mutter und sein Stiefvater zu einem Geschäftsessen waren, hatte er die Zeremonie Punkt für Punkt durchgeführt. Als er fertig war, fühlte er sich in keiner Weise anders. Das war für ihn der Beweis, dass das Böse in ihm – der Teil, der nichts taugte – stärker war als das Gute.

Damals hatte er angefangen, von der Brücke zu träumen. Dr. Court wollte ihn an einen Ort schicken, wo man Träume, die vom Tod handelten, verstand. Er hatte die Broschüren, die seine Mutter weggeworfen hatte, gefunden. Die Klinik sah nett und friedlich aus. Joey hatte die Broschüren aufgehoben, weil er dachte, dass es dort vielleicht besser war als in der Schule, die er hasste. Er hatte sich fast dazu durchgerungen, mit Dr. Court darüber zu sprechen, als seine Mutter sagte, dass er nicht mehr zu der Ärztin zu gehen brauche.

Er hatte zwar gehen wollen, doch seine Mutter hatte wieder jenes fröhliche, nervöse Lächeln auf dem Gesicht gehabt.

Jetzt saßen sie zu Hause und stritten sich – seinetwegen. Sie stritten sich immer seinetwegen.

Seine Mutter würde ein Baby bekommen. Sie suchte bereits die Farben fürs Kinderzimmer aus und überlegte sich einen Namen für das Baby. Joey dachte, dass es nett sein könne, ein Baby im Haus zu haben. Als Donald ihn gebeten hatte, ihm beim Streichen des Kinderzimmers behilflich zu sein, hatte er sich gefreut.

Dann hatte er eines Nachts geträumt, dass das Baby tot sei.

Er wollte mit Dr. Court darüber sprechen, aber seine Mutter sagte, dass er nicht mehr zu ihr zu gehen brauche. Auf der Brücke war es rutschig, weil sie mit Schnee bedeckt war. Joey glitt mehr, als dass er ging, und hinterließ lange Fußspuren. Unter sich konnte er das Brausen des Verkehrs hören, doch er ging auf der Seite, von der man auf den Bach und die Bäume blicken konnte. Es war erregend und berauschend, hier oben entlangzugehen, über den Wipfeln der Bäume und mit dem dunklen Himmel über sich. Der Wind war eiskalt, doch durch das Laufen waren seine Muskeln warm geblieben.

Er dachte an seinen Vater. Dieser Abend, dieses Erntedankfest war ein Prüfstein gewesen. Wenn sein Vater gekommen wäre, wenn er nüchtern gewesen und gekommen wäre, um Joey zum Essen abzuholen, hätte Joey es noch einmal versucht. Doch er war nicht gekommen, weil es für sie beide zu spät war.

Außerdem war er es leid, es immer wieder zu versuchen, hatte es satt, die scharfen, zweifelnden Blicke seiner Mutter und den ängstlich-besorgten Ausdruck in Donalds Gesicht zu sehen. Er konnte es nicht mehr ertragen, an irgendetwas Schuld zu haben. Wenn er nicht mehr da war, würden Donald und seine Mutter keinen Grund mehr haben, sich seinetwegen zu streiten. Und er brauchte keine Angst mehr zu haben, dass Donald seine Mutter und das Baby verlassen würde, weil er Joey nicht mehr ertragen konnte.

Sein Vater würde keinen Unterhalt mehr zahlen müssen.

Das Geländer der Calvert Street Bridge war glatt und glitschig, doch mit seinen Handschuhen vermochte er es fest zu umklammern.

Alles, was er wollte, war Ruhe und Frieden. Sterben war etwas Friedliches. Er hatte viel über Reinkarnation gelesen, über die Chance, in ein besseres Leben, als jemand Besseres zurückzukommen. Darauf freute er sich.

Er spürte, wie der Wind ihm Schnee ins Gesicht schleuderte, kalten, fast stechenden Schnee. In der Dunkelheit konnte er sehen, wie ihm der Atem in Wölkchen langsam und gleichmäßig aus dem Mund kam. Unter ihm befanden sich jetzt die schneebedeckten Wipfel der Bäume und das eisige Wasser des Rock Creek.

Er hatte sich ganz ruhig und gelassen gegen andere Möglichkeiten des Freitods entschieden. Wenn er sich die Pulsadern aufschnitt, konnte es passieren, dass ihn der Anblick seines eigenen Blutes zu sehr schwächte, um die Sache zu Ende zu bringen. Irgendwo hatte er gelesen, dass Leute, die es mit einer Überdosis Tabletten versuchten, diese oft erbrachen und dass ihnen nur schlecht wurde.

Außerdem war die Brücke genau das Richtige. Sie war makellos und rein. Einen Moment lang, einen ausgedehnten Moment lang würde er das Gefühl haben zu fliegen.

Er balancierte einen Augenblick auf dem Geländer und betete. Er wollte, dass Gott ihn verstand. Er wusste, dass Gott es nicht mochte, wenn Menschen aus freiem Willen starben. Er wollte, dass sie warteten, bis er sie zu sich rief.

Nun, Joey konnte nicht warten, und er hoffte, dass Gott und alle anderen ihn verstehen würden.

Er dachte an Dr. Court. Es tat ihm leid, dass er sie enttäuschen musste. Er wusste, dass seine Mutter betrübt sein würde, aber sie hatte ja Donald und das Baby. Sie würde nicht lange brauchen, um einzusehen, dass so alles am besten war. Und sein Vater. Sein Vater würde sich einfach wieder betrinken.

Joey ließ die Augen geöffnet. Er wollte sehen, wie die Bäume ihm entgegensausten. Er atmete tief ein, hielt die Luft an und sprang.

»Miss Bette hat sich wieder selbst übertroffen.« Tess kostete das saftige dunkle Fleisch, das ihr Großvater tranchiert hatte. »Alles ist einfach großartig, wie immer.«

»Nichts lieben die Frauen mehr, als viel Wirbel um eine Mahlzeit zu machen.« Der Senator goss dampfende Bratensoße über einen Berg sahnigen gelben Kartoffelbreis.

»Ich war zwei Tage lang aus meiner eigenen Küche verbannt.«

»Hat sie dich wieder beim Naschen erwischt?«

»Sie hat mir angedroht, mich zum Kartoffelschälen zu verdonnern.« Er häufte Essen auf seine Gabel, schluckte es hinunter und grinste. »Miss Bette hat sich nie der Ansicht anschließen können, dass ein Mann das Recht hat, in seinen eigenen vier Wänden unbehelligt zu bleiben. Nehmen Sie doch noch etwas Füllung, Detective. Man hat nicht jeden Tag die Gelegenheit, so zu schwelgen.«

»Danke.« Da der Senator ihm die Schüssel hinhielt, blieb Ben nichts anderes übrig, als sie zu nehmen. Er hatte bereits zwei Portionen gegessen, doch es war fast unmöglich, sich dem freundlichen Drängen des Senators zu widersetzen. Nachdem er eine Stunde in Gesellschaft von Senator Writemore verbracht hatte, stellte Ben fest, dass der alte Mann vor Leben sprühte, physisch wie auch geistig. Seine Ansichten waren hart wie Granit, seine Geduld gering, und in den Händen seiner Enkelin war er ganz offenkundig weich wie Wachs.

Was Ben erleichterte, war die Tatsache, dass er sich nach jener Stunde nicht annähernd so unbehaglich fühlte, wie er erwartet hatte.

Zunächst hatte das Haus ihn verunsichert. Von außen hatte es lediglich unauffällig elegant und distinguiert gewirkt. Im Innern hatte man den Eindruck, als mache man in einer Kabine Erster Klasse eine Weltreise. Auf den schwarzen und weißen Fußbodenfliesen der Eingangshalle lagen persische Teppiche, die gerade verblichen genug waren, um zu zeigen, wie alt und strapazierfähig sie waren. Unterhalb der weit ausschwingenden

Treppe stand ein fast mannshoher Schrank aus Ebenholz, der prachtvoll mit Pfauen bemalt war.

Im Salon, wo ihnen vor dem Dinner ein schweigsamer Orientale Drinks serviert hatte, flankierten zwei Louis-Quinze-Sessel einen langen Rokokotisch. In einem Schränkchen mit gravierter Glasfront befanden sich allerlei Kostbarkeiten aus farbigem venezianischen Glas, das fast so dünn war, dass man dadurch lesen konnte. Ein gläserner Vogel fing den Schein des Kaminfeuers auf und warf ihn zurück. Der weiße Marmorkamin wurde von einem Porzellanelefanten bewacht, der die Größe eines Terriers hatte.

Es war ein Raum, der das Selbstverständnis des Senators und, wie Ben zu Bewusstsein kam, auch den von Tess widerspiegelte. Wohlhabenheit, Kunstverständnis und Geschmack. Sie hatte in ihrem blassvioletten Kleid auf dem dunkelgrünen Brokat des Sofas gesessen, wodurch ihre Haut förmlich zum Leuchten gebracht wurde. Um ihren Hals schmiegte sich das Perlenhalsband, dessen Edelstein im Licht glitzerte und funkelte.

Ben fand, dass sie noch nie so schön ausgesehen habe. Auch im Esszimmer brannte ein Feuer im Kamin, dessen leises Knistern und Knacken die Mahlzeit begleitete. Licht kam von den Prismen des mehrstufigen Kronleuchters, der über dem Tisch hing. Zart getönte Teller aus Wedgewood-Porzellan, schweres, funkelndes georgianisches Silber, Gläser aus Baccarat-Kristall, die darauf warteten, mit kühlem Weißwein und sprudelndem Wasser gefüllt zu werden, irisches Leinen, das weich genug war, um darauf zu schlafen. Die Schüsseln und Platten waren überreich gefüllt. Austern à la Rockefeller, Truthahnbraten, Gemüse mit zerlassener Butter, frische Hörnchen und vieles andere mehr; das Aroma des Essens vermischte sich aufs Köstlichste mit dem Duft von Kerzen und Blumen.

Während der Senator den Truthahn tranchierte, hatte Ben an die Erntedankmahlzeiten seiner Kindheit zurückgedacht.

Weil sie immer mittags statt abends gegessen hatten, waren ihm schon beim Erwachen die verführerischen Düfte des in der Ofenröhre brutzelnden Truthahns, von Salbei, Zimt und der Wurst, die seine Mutter angebräunt und mit der Füllung vermengt hatte, in die Nase gestiegen. Der Fernseher war während der Macy-Parade und der Footballübertragung angeblieben. Es war einer der wenigen Tage des Jahres, an denen er oder sein Bruder nicht dazu abkommandiert wurde, den Tisch zu decken, da es ihrer Mutter Vergnügen bereitete, es selbst zu tun.

Sie holte immer ihr bestes Geschirr aus dem Schrank, das sonst nur benutzt wurde, wenn seine Tante Jo aus Chicago zu Besuch kam oder der Chef seines Vaters zum Dinner erwartet wurde. Das Besteck war nicht aus Silber, sondern aus verziertem, rostfreiem Edelstahl gewesen. Sie hatte stets großen Wert darauf gelegt, die Servietten zu Dreiecken zu falten. Gegen Mittag kam dann die Schwester seines Vaters mit ihrem Mann und ihren drei Sprösslingen im Schlepptau, sodass es im Haus bald sehr geräuschvoll zuging. Überall duftete es nach dem Honigbrot seiner Mutter.

Während sie das Tischgebet sprachen, bemühte sich Ben, seine Kusine Marcie zu ignorieren, die von Jahr zu Jahr unangenehmer wurde und die seine Mutter aus unerfindlichen Gründen immer neben ihn platzierte.

Herr Gott, himmlischer Vater, segne uns und diese deine Gaben, die du uns in deiner Güte beschert hast, durch Jesumchristumunserenherrnamen.

Die letzten Worte wurden immer sehr hastig gesprochen, da die Gier einfach zu groß wurde. Sobald sie sich bekreuzigt hatten, streckten sich die Hände nach dem aus, was gerade am nächsten stand.

Einen schweigsamen Orientalen, der darauf achtete, dass die Gläser immer mit weißem Burgunder gefüllt waren, hatte es bei ihnen nicht gegeben.

»Ich freue mich, dass Sie heute Abend zu uns kommen konnten, Detective.« Writemore nahm sich eine weitere Portion Spargel. »Ich habe oft Schuldgefühle, weil ich Tess an den Feiertagen mit Beschlag belege.«

»Ich bin Ihnen dankbar für die Einladung. Andernfalls würde ich wahrscheinlich gerade einen Taco essen und vor dem Fernseher sitzen.«

»In einem Beruf wie dem Ihren hat man vermutlich selten Zeit, in aller Ruhe eine Mahlzeit zu sich zu nehmen. Wie ich vernommen habe, gehören Sie einer seltenen Spezies an, Detective, da Sie Ihren Beruf sehr engagiert ausüben.« Als Ben nur die Augenbraue hochzog, lächelte ihn der Senator freundlich an und gestikulierte mit seinem Weinglas. »Der Bürgermeister hält mich über den Fall, an dem Sie arbeiten, auf dem Laufenden, weil meine Enkeltochter auch damit zu tun hat.«

»Was Großpapa meint, ist, dass er mit dem Bürgermeister tratscht.«

»Das auch«, gab Writemore ohne Weiteres zu. »Offenbar waren Sie nicht dafür, dass man Tess zu Rate zieht.«

Offenheit begegnet man am besten mit Offenheit, entschied Ben. »Das bin ich nach wie vor nicht.«

»Probieren Sie doch mal diese Birnenkonfitüre zu Ihrem Hörnchen.« Freundlich reichte ihm der Senator die Schale. »Miss Bette macht sie selbst. Darf ich fragen, ob Sie grundsätzlich etwas dagegen haben, einen Psychiater hinzuzuziehen, oder ob Sie etwas dagegen haben, Tess zurate zu ziehen?«

»Großpapa, ich glaube nicht, dass sich ein Erntedankfestdinner dazu eignet, jemanden in die Mangel zu nehmen.«

»Unsinn. Ich nehme den Jungen doch nicht in die Mangel. Ich versuche nur, seinen Standpunkt herauszufinden.« Ben ließ sich Zeit und strich sich erst einmal Konfitüre aufs Hörnchen. »Ich habe nicht eingesehen, wozu ein psychiatrisches Täterprofil gut sein sollte, das noch mehr Zeit kosten und noch mehr Schreibtischarbeit erforderlich machen würde. Ich bin mehr für grundlegende Polizeiarbeit – Vernehmungen, Nachforschungen, logische Schlussfolgerungen.« Er blickte zu Tess hinüber und sah, dass sie ihren Wein betrachtete. »Soweit es die Polizeiarbeit betrifft, ist es mir völlig egal, ob er ein Psychotiker oder bloß ein mieser Ganove ist. Diese Füllung schmeckt unglaublich gut.«

»Ja, dafür hat Miss Bette ein Händchen.« Als wolle er diese Tatsache bekräftigen, steckte Writemore eine weitere Gabel voll in den Mund. »Ich kann Ihren Standpunkt nachvollziehen, Detective, ohne ihn ganz zu teilen. In der Politik nennen wir so was diplomatisches Gesülze.«

»Bei der Polizei nennen wir das auch so.«

»Dann verstehen wir einander ja. Wissen Sie, ich bin der Meinung, dass es immer von Vorteil ist, die Denkweise seines Gegners zu verstehen.«

»Sofern es einem hilft, ihm immer einen Schritt voraus zu sein.« Ben wandte Writemore seine ganze Aufmerksamkeit zu. Der Senator saß in einem schwarzen Anzug und einem steifen weißen Hemd am Kopfende des Tisches. Die dunkle Krawatte wurde von einem schlichten Diamanten am Verrutschen gehindert. Die eleganten Kristallgläser ließen seine Hände groß und ungeschlacht wirken. Überrascht stellte Ben fest, dass die Hände seines eigenen Großvaters, des alten Metzgers, ganz ähnlich ausgesehen hatten – abgearbeitet, grobknöchig und breit. Er trug einen einfachen goldenen Ring an der linken Hand, zum

Zeichen der Verbundenheit mit seiner Frau, die vor mehr als dreißig Jahren gestorben war.

»Dann meinen Sie also nicht, dass Tess' Arbeit als Psychiaterin Ihnen in diesem speziellen Fall weitergeholfen hat?«

Tess aß weiter, als ginge sie das alles gar nichts an.

»Ich wünschte, es wäre so«, sagte Ben nach kurzem Zögern. »Denn dann wäre es leichter, sie dazu zu bringen, sich fortan aus der Sache herauszuhalten. Aber Tatsache ist, dass sie uns geholfen hat, ein bestimmtes Verhaltensmuster und ein Motiv zu erkennen.«

»Würdest du mir bitte das Salz reichen?« Tess lächelte, als Ben ihr das Bleikristallgefäß gab. »Danke.«

»Bitte«, sagte er in knurrigem Tonfall. »Aber das heißt noch lange nicht, dass ich dafür bin, dass sie an dem Fall mitarbeitet.«

»Dann ist Ihnen sicher schon klar geworden, dass meine Enkeltochter sowohl eine sehr engagierte als auch eine sehr eigensinnige Frau ist.«

»In etwa.«

»Ich glaube, das habe ich geerbt«, sagte Tess und legte ihre Hand auf die des Senators. »Von meinem Großvater.« Ben sah, wie sie ihre Finger miteinander verschränkten. »Ein Glück, dass du nicht auch mein Äußeres geerbt hast.« Dann fuhr er in unverändert freundlichem Ton fort:

»Wie ich gehört habe, sind Sie zu meiner Enkelin gezogen, Detective.«

»Stimmt.« Ben machte sich auf die inquisitorische Befragung, die er schon den ganzen Abend erwartet hatte, gefasst und widmete sich wieder der Birnenkonfitüre.

»Ich frage mich, ob Sie das als Überstunden berechnen.« Lachend lehnte Tess sich zurück. »Großpapa versucht herauszufinden, ob er dich in Verlegenheit bringen kann. Hier, mein

Schatz.« Sie reichte dem Senator eine weitere Portion Truthahn. »Lass es dir schmecken. Wenn du das nächste Mal mit dem Bürgermeister tratschst, kannst du ihm sagen, dass ich ganz vorzüglichen Polizeischutz bekomme.«

»Und was bekommst du sonst noch? Was soll ich ihm da sagen?«

»Was ich sonst noch bekomme, geht den Bürgermeister nichts an.«

Writemore packte sich noch eine Scheibe Truthahn auf den Teller, bevor er nach der Bratensoße langte. »Und vermutlich wirst du mir gleich sagen, dass es mich auch nichts angeht.«

»Das brauche ich gar nicht.« Tess löffelte Preiselbeersoße auf seinen Teller. »Denn du hast es ja eben selbst gesagt.«

Miss Bette, gut ein Meter fünfzig groß und hundertvierzig Pfund schwer, kam ins Zimmer geschlurft und nahm mit beifälligem Blick zur Kenntnis, dass man dem von ihr zubereiteten Festessen bereits tüchtig zugesprochen hatte. Sie wischte sich ihre kleinen dicken Hände an der Schürze ab. »Dr. Court, da ist ein Anruf für Sie.«

»Oh, danke, Miss Bette. Stellen Sie ihn bitte in die Bibliothek durch.« Nachdem sie aufgestanden war, beugte sie sich herab, um den Senator auf die Wange zu küssen.

»Nerv unseren Gast nicht, Großpapa. Und sorge dafür, dass ein Stück Kuchen für mich übrig bleibt.«

Writemore wartete, bis Tess aus dem Zimmer war.

»Eine schöne Frau.«

»Ja, das ist sie.«

»Wissen Sie, als sie jünger war, haben die Leute sie wegen ihres Aussehens und ihrer Größe oft unterschätzt. Wenn man über ein halbes Jahrhundert gelebt hat, gibt man nicht mehr viel auf Äußerlichkeiten. Als sie zu mir zog, war sie ein kleines

Dingelchen. Wir hatten nur uns beide. Die Leute haben immer angenommen, dass ich sie durch die schlimme Zeit durchgebracht habe. In Wirklichkeit war es so, Ben, dass sie mich durchgebracht hat. Ich glaube, ohne Tess wäre ich vor Gram gestorben. Jetzt bin ich bald ein Dreivierteljahrhundert alt.« Writemore lächelte, als ob der Gedanke ihm gefalle. »Wenn man so weit gekommen ist, beginnt man jeden Tag ganz bewusst zu erleben. Man fängt an, kleine Dinge zu schätzen.«

»Zum Beispiel, dass man morgens den Boden unter den Füßen spürt«, murmelte Ben. Als er den Blick des Senators bemerkte, rutschte er verlegen auf dem Stuhl hin und her. »Das hat mein Großvater immer gesagt.«

»Offensichtlich ein kluger Mann. Ja, zum Beispiel, dass man morgens den Boden unter den Füßen spürt.« Er lehnte sich mit dem Weinglas in der Hand zurück und musterte Ben. Es erleichterte ihn, dass ihm gefiel, was er sah.

»Die menschliche Natur zwingt einen, solche Dinge zu schätzen, selbst wenn man seine Frau und sein einziges Kind verloren hat. Außer diesen kleinen Freuden ist Tess alles, was mir noch geblieben ist, Ben.«

Ben stellte fest, dass er sich nicht mehr unbehaglich fühlte; er erwartete nicht mehr, in die Enge getrieben zu werden. »Ich werde nicht zulassen, dass ihr irgendetwas zustößt. Nicht nur weil ich Polizist bin und es meine Pflicht ist, andere zu beschützen, sondern weil sie mir etwas bedeutet.«

Als Writemore sich vom Tisch wegdrehte, glitzerte der Diamant in seiner Krawatte im Licht. »Interessieren Sie sich für Football?«

»Ein bisschen.«

»Wenn wir uns keine Sorgen mehr um Tess zu machen brauchen, gehen wir mal zusammen zu einem Spiel. Ich habe

Dauerkarten. Dann trinken wir ein paar Bier zusammen, und sie können mir was von sich erzählen, Dinge, die nicht in Ihrer Personalakte stehen.« Er grinste und zeigte seine weißen Zähne, die fast alle seine eigenen waren. »Sie ist alles, was ich habe, Detective. Ich könnte Ihnen sogar sagen, wie Sie letzte Woche beim Übungsschießen abgeschnitten haben.«

Amüsiert trank Ben seinen Wein aus. »Und wie?«

»Gut«, antwortete Writemore. »Verdammt gut.«

Als Tess wieder ins Zimmer kam, drehten sich die beiden Männer gleichzeitig um. Kaum hatte Ben ihr Gesicht gesehen, sprang er vom Stuhl auf. »Was ist los?«

»Es tut mir leid.« Sie sprach ruhig und ohne Zittern in der Stimme, doch ihre Wangen waren kreidebleich. Sie streckte die Hand aus, während sie auf ihren Großvater zuging. »Aber ich muss gehen, Großpapa, um mich im Krankenhaus um einen Notfall zu kümmern. Ich weiß nicht, ob ich es schaffe, noch mal herzukommen.«

Da ihre Hand kalt war, bedeckte ihr Großvater sie mit seinen beiden Händen. Besser als jeder andere wusste er, wie viele Gefühle sie in ihrem Innern verschlossen hielt.

»Ein Patient?«

»Ja. Ein Selbstmordversuch. Er ist ins Krankenhaus von Georgetown gebracht worden, aber es sieht nicht gut aus.« Ihre Stimme war kühl und ausdruckslos, die Stimme einer Ärztin. Ben betrachtete sie eingehend, konnte jedoch außer der Blässe keine Gefühlsregung erkennen. »Es tut mir leid, dass ich dich so abrupt verlassen muss.«

»Mach dir um mich keine Gedanken.« Der Senator war bereits aufgestanden und legte den Arm um sie, als er mit ihr aus dem Zimmer ging. »Ruf mich morgen an und erzähl mir, wie es dir geht.«

Irgendetwas in ihrem Innern zitterte und bebte, doch sie blieb ruhig. Sie presste ihre Wange gegen seine, um ein bisschen von seiner Kraft in sich aufzunehmen. »Ich hab' dich lieb.«

»Ich hab' dich auch lieb, Mädel.«

Während sie in die schneeverhüllte Nacht hinaustraten, nahm Ben sie beim Arm, damit sie nicht auf den Stufen ausrutschte. »Kannst du mir sagen, was passiert ist?«

»Ein vierzehnjähriger Junge wurde mit dem Leben nicht mehr fertig und ist von der Calvert Street Bridge gesprungen.«

17

In der chirurgischen Abteilung roch es nach Desinfektionsmitteln und frischer Farbe. Die Gänge waren fast leer, da das Personal wegen des Feiertags auf die Hälfte reduziert war. Irgendjemand hatte eine Hackfleischpastete in Frischhaltefolie gewickelt und vor das Schwesternzimmer gestellt. Das Ganze wirkte fröhlich und auf deprimierende Weise fehl am Platz. Als Tess kam, füllte die diensthabende Schwester gerade einen Vordruck aus.

»Ich bin Dr. Teresa Court. Joseph Higgins junior ist vor Kurzem bei Ihnen eingeliefert worden.«

»Ja, Frau Doktor. Er ist gerade im Operationssaal.«

»Wie ist sein Zustand?«

»Schwere Verletzungen und innere Blutungen. Als man ihn fand, war er bewusstlos. Dr. Bitterman operiert ihn gerade.«

»Wo sind Joeys Eltern?«

»Im Wartezimmer. Den Gang runter und dann nach links, Frau Doktor.«

»Danke.« Tess nahm all ihren Mut zusammen und wandte sich Ben zu. »Ich weiß nicht, wie lange es dauert, und es wird nicht sonderlich angenehm sein. Sicher würde man dir gestatten, im Ärztezimmer zu warten. Da wäre es gemütlicher für dich.«

»Ich komme mit dir.«

»In Ordnung.« Während sie ihren Mantel aufknöpfte, ging Tess den Gang hinunter. Auf den Fliesen des stillen Korridors hallten ihre Schritte wie Schüsse. Als sie sich der Tür des Wartezimmers näherte, hörte sie gedämpftes Schluchzen.

Lois Monroe hatte sich an ihren Mann geschmiegt. Obwohl es im Zimmer übermäßig warm war, hatte keiner von ihnen den Mantel ausgezogen. Sie weinte leise vor sich hin, mit offenen Augen und ohne etwas wahrzunehmen. Ein Erntedankfestspecial lief geräuschlos im Fernseher, der oben an der Wand angebracht war. Tess gab Ben mit einem Zeichen zu verstehen, dass er zurückbleiben sollte.

»Mr. Monroe.«

Beim Klang ihrer Stimme richtete sich sein auf die Wand gehefteter Blick zur Tür. Einen Moment lang starrte er sie an, als wisse er nicht, wer sie sei. Dann wallte Schmerz in ihm auf und spiegelte sich kurz und prägnant in seinen Augen wider. Sie konnte seine Gedanken fast hören.

Ich habe Ihnen nicht geglaubt. Ich habe nichts verstanden.

Ich hatte keine Ahnung.

Tess fühlte sich davon noch mehr berührt als von den Tränen. Sie ging zu ihnen und setzte sich neben Lois Monroe.

»Sie ist nach oben gegangen, um ihn zu fragen, ob er noch ein Stück Kuchen möchte«, sagte Monroe. »Er ... er war verschwunden. Er hatte einen Brief zurückgelassen.«

Da sie erkannte, was nötig war, ergriff Tess seine freie Hand. Er umklammerte sie fest, schluckte und fuhr fort.

»Darin stand, dass es ihm leidtue. Dass er ... dass er wünschte, anders sein zu können. Dass jetzt alles besser sein würde und dass er in einem anderen Leben zurückkommen werde. Jemand hat ihn ...« Monroes Finger schlossen sich wie ein Schraubstock um ihre Hand, während er die Augen schloss und versuchte, sich zu beherrschen. »Jemand hat ihn springen sehen und die Polizei gerufen. Kurz nachdem wir sein Verschwinden entdeckt hatten, sind sie zu uns gekommen. Ich wusste nicht, was ich tun sollte, deshalb habe ich Sie angerufen.«

»Joey wird wieder gesund werden.« Unruhig die Hände ringend, rückte Lois von Tess weg. »Ich habe mich immer um ihn gekümmert. Er wird wieder ganz gesund werden, dann fahren wir zusammen nach Hause.« Die Distanz beibehaltend, drehte sie den Kopf ein Stück zur Seite, um Tess anzusehen. »Ich habe Ihnen doch gesagt, dass er Sie nicht mehr braucht. Joey braucht weder Sie noch irgendeine Klinik, und er braucht auch keine weitere Behandlung. Man muss ihn einfach ein Weilchen in Ruhe lassen. Er wird wieder ganz gesund werden. Er weiß, dass ich ihn liebe.«

»Ja, das weiß er«, murmelte Tess, während sie Lois' Hand nahm. Der Puls ging schnell und war schwach.

»Joey weiß, wie sehr Sie sich bemüht haben, dass er es gut hat.«

»Das habe ich. Ich habe mein Bestes getan, um Joey zu beschützen und damit alles besser wird. Ich wollte immer nur, dass Joey glücklich ist.«

»Das weiß ich.«

»Dann sagen Sie mir, warum das passiert ist.« Ihre Tränen versiegten. Die bisher zittrige Stimme wurde gehässig. Lois machte sich von ihrem Mann los, um Tess bei den Schultern zu packen. »Sie sollten ihn heilen, Sie sollten ihn gesund machen. Sagen Sie mir, warum mein Junge jetzt blutend auf dem Operationstisch liegt. Sagen Sie mir, warum!«

»Lois, Lois, bitte.« Monroe versuchte sie an sich zu ziehen, doch sie sprang auf und zerrte Tess mit hoch. Mechanisch machte Ben einen Schritt nach vorn, blieb jedoch stehen, als Tess heftig den Kopf schüttelte.

»Ich will eine Antwort haben. Verdammt noch mal, ich will, dass Sie mir eine Antwort geben!«

Statt sie zu beschwichtigen, akzeptierte Tess ihren Zorn. »Er hat sehr gelitten, Mrs. Monroe. Und der Schmerz saß tief, so tief, dass ich nicht herankam.«

»Ich habe getan, was ich konnte.« Obwohl ihre Stimme ruhig, fast gelassen klang, gruben sich ihre Finger tief in Tess' Arme ein. Am nächsten Tag würde sie dort blaue Flecke haben. »Ich habe alles getan. Er hat nicht mehr getrunken«, sagte sie mit erstickter Stimme. »Seit Monaten hat er nichts mehr getrunken.«

»Nein, er hat nicht mehr getrunken. Sie sollten sich hinsetzen, Lois.« Tess versuchte sie auf das Sofa zu manövrieren.

»Ich will mich aber nicht hinsetzen.« Wut, die eigentlich Angst war, brach aus ihr hervor, bis jedes Wort wie ein Peitschenschlag war. »Ich will meinen Sohn. Ich will meinen Jungen. Sie haben immer nur geredet und geredet. Woche für Woche nur geredet. Warum haben Sie nicht etwas getan? Sie sollten ihn gesund und glücklich machen. Warum haben Sie das nicht getan?«

»Ich konnte es nicht.« Eine Welle des Kummers durchströmte sie. »Ich konnte es nicht.«

»Setz dich, Lois.« Monroe, dem ihre Not Kraft verlieh, nahm sie bei den Schultern und bugsierte sie auf das Sofa. Während er den Arm wieder um sie legte, sah er Tess an.

»Sie haben uns gesagt, dass so etwas geschehen könnte. Wir haben Ihnen nicht geglaubt. Wir wollten Ihnen nicht glauben. Wenn es nicht zu spät ist, können wir es noch einmal versuchen. Wir können …«

In dem Moment ging die Tür auf, und alle wussten, dass es zu spät war.

Dr. Bitterman hatte noch seinen Operationskittel an. Den Mundschutz hatte er nach unten gezogen, sodass er an den

Bändern herabhing. Der Schweiß daran war noch nicht trocken. Obwohl er nur relativ kurze Zeit im Operationssaal gewesen war, hatte er einen erschöpften Zug um Augen und Mund. Schon bevor er etwas sagte und auf die Monroes zuging, wusste Tess, dass sie beide einen Patienten verloren hatten.

»Mrs. Monroe, es tut mir leid, aber wir konnten nichts für ihn tun.«

»Joey?« Verständnislos blickte sie erst den Arzt und dann ihren Mann an. Ihre Hand war bereits in Monroes Schulter verkrallt.

»Joey ist tot, Mrs. Monroe.« Da er sich nach der Stunde, die er mit dem Versuch verbracht hatte, den Jungen wieder zusammenzuflicken, elend und deprimiert fühlte, setzte Bitterman sich neben sie. »Er ist gar nicht mehr zu sich gekommen. Er hatte eine schwere Kopfverletzung. Da war nichts mehr zu machen.«

»Joey? Joey ist tot?«

»Es tut mir sehr leid.«

Sie fing an zu schluchzen, indem sie harte, gutturale Laute ausstieß. Sie weinte mit offenem Mund und zurückgelegtem Kopf, ein Bild der Qual und des Schmerzes, bei dem Tess sich der Magen zusammenkrampfte. Niemand kann das Ausmaß der Freude ermessen, das eine Mutter empfindet, wenn sie ein Kind zur Welt bringt, und niemand das Ausmaß ihrer Trauer, wenn sie eines verliert.

Ein Denkfehler, das Verlangen, ihre Familie aus eigener Kraft zusammenzuhalten, hatte sie ihren Sohn gekostet. Tess konnte jetzt nichts mehr für sie tun. Auch für Joey konnte sie nichts mehr tun. Von würgendem Kummer erfüllt, drehte sie sich um und ging aus dem Zimmer.

»Tess.« Ben packte sie beim Arm, als sie sich anschickte, den Gang hinunterzugehen. »Du bleibst nicht hier?«

»Nein«, antwortete sie mit fester, eisiger Stimme, während sie ihren Weg fortsetzte. »Mein Anblick macht ihren Schmerz nur noch größer, falls das überhaupt möglich ist.« Sie drückte auf den Knopf des Fahrstuhls. Dann rammte sie ihre Hände in die Taschen, wo sie sich in einem fort zusammenkrampften.

»Das ist alles?« Dumpfer Zorn begann sich in seinem Innern auszubreiten. »Du ziehst einfach einen Schlussstrich?«

»Es gibt hier nichts mehr für mich zu tun.« Sie trat in den Fahrstuhl und bemühte sich mit aller Kraft, ruhig ein- und auszuatmen.

Auf dem Heimweg schneite es heftig. Tess sagte kein Wort. Ben, dem bittere Worte auf der Zunge lagen, bewahrte ebenso eisiges Schweigen wie sie. Obwohl die Autoheizung Wärme verströmte, fiel es ihr schwer, nicht zu zittern. Das Gefühl, versagt zu haben, ihr Kummer und ihre Wut waren fest miteinander verschlungen. Selbstbeherrschung war oft schwer zu erlangen, aber noch nie war sie ihr so wichtig vorgekommen wie jetzt.

Als sie ihr Apartment betraten, war das Stechen in ihrer Brust so stark geworden, dass sie sich bewusst zu jedem Atemzug zwingen musste. »Es tut mir leid, dass du in diese Sache hineingezogen worden bist«, sagte sie bedächtig. Sie wollte allein sein, wollte weder ihn noch sonst jemand sehen, bis sie sich wieder gefasst hatte. Das Pochen in ihrem Kopf wurde allmählich zu einem Dröhnen. »Ich weiß, dass es nicht einfach war.«

»Du scheinst ja bestens damit fertigzuwerden.« Mit einem Ruck zog er sich sein Jackett aus und warf es auf einen Stuhl. »Du brauchst dich nicht bei mir zu entschuldigen. Ich habe einen ähnlichen Job wie du, falls du das vergessen haben solltest.«

»Ja, natürlich. Hör mal.« Sie musste schlucken, um gegen das würgende Gefühl in ihrer Kehle anzukämpfen.

»Ich werde jetzt ein Bad nehmen.«

»Klar, mach mal.« Er ging zur Hausbar und griff nach dem Wodka, den er dort eingelagert hatte. »Ich werde etwas trinken.«

Sie machte sich nicht die Mühe, ins Schlafzimmer zu gehen, um sich umzuziehen. Nachdem sie die Tür leise hinter sich zugemacht hatte, hörte Ben das Geräusch gegen Porzellan plätschernden Wassers.

Während er sich Wodka in ein Glas goss, ging Ben durch den Kopf, dass er den Jungen noch nicht einmal gekannt hatte. Er hatte nicht den geringsten Grund, diesen hässlichen Groll zu verspüren. Man konnte Kummer, Mitleid oder sogar Zorn über den sinnlosen Verlust eines jungen Lebens empfinden, aber es gab keinen Grund für diese hilflose, bebende Wut.

Sie war so gleichgültig gewesen. So gottverdammt ungerührt.

Genau wie Joshs Arzt.

Die Bitterkeit, die seit Jahren in ihm steckte, stieg ihm in die Kehle. Ben hob das Glas, um den Geschmack fortzuspülen, doch dann knallte er es auf die Hausbar, ohne getrunken zu haben. Obwohl er eigentlich nicht recht wusste, was er vorhatte, ging er den Korridor entlang und öffnete die Badezimmertür.

Sie saß nicht in der Wanne.

Brausend strömte das Wasser mit voller Kraft gegen das Porzellan und verschwand strudelnd im Abfluss, den sie nicht verstöpselt hatte. Dampf stieg auf, der Spiegel war bereits beschlagen. Völlig bekleidet lehnte Tess am Waschbecken, die Hände vor dem Gesicht, und weinte hemmungslos.

Einen Moment lang stand Ben stumm in der offenen Tür, zu verblüfft, um hineinzugehen, zu schockiert, um die Tür zu schließen und die Abgeschiedenheit, die sie gesucht hatte, zu respektieren.

Er hatte noch nie erlebt, dass sie ihren Gefühlen hilflos zum Opfer gefallen war. Im Bett kam es manchmal vor, dass sie von ihrer Leidenschaft überwältigt wurde. Gelegentlich hatte er auch erlebt, dass ihr Zorn aufgewallt war und einen Moment kurz davorgestanden hatte, voll zum Ausbruch zu kommen, doch sie hatte ihn immer gleich gezügelt. Jetzt war er mit Kummer konfrontiert, mit sehr großem Kummer.

Sie hatte ihn nicht die Tür öffnen hören. Langsam wiegte sich ihr Körper hin und her, in einem trauervollen Rhythmus, mit dem sie sich selbst Trost spendete. Bens Kehle schnürte sich zusammen und drängte die Bitterkeit zurück. Er schickte sich an, sie zu berühren, hielt jedoch inne, weil er feststellte, dass es schwer war, sehr, sehr schwer, jemanden zu trösten, der einem wirklich etwas bedeutete.

»Tess.« Als er sie dann tatsächlich berührte, fuhr sie zusammen. Als er die Arme um sie legte, wurde sie steif wie ein Brett. Er spürte, wie sie versuchte, gegen die Tränen anzukämpfen und sich ihm zu entziehen. »Komm, du solltest dich hinsetzen.«

»Nein.« Ein Gefühl der Demütigung befiel ihr bereits geschwächtes Nervensystem. Sie war in einem Moment extremer Niedergeschlagenheit und privatester Gefühle überrascht worden, entblößt und ohne die Kraft, sich zu bedecken. Sie wollte nur allein sein, da sie Zeit brauchte, um wieder zu sich zu kommen. »Bitte, lass mich ein Weilchen allein.«

Das tat weh – ihre Widerspenstigkeit, die Ablehnung des Trostes, den er ihr spenden wollte. Es tat so sehr weh, dass er sich anschickte, sich zurückzuziehen. Doch dann spürte er, wie ein Zittern durch sie ging, ein Zittern, das noch ergreifender, noch mitleiderregender war als ihre Tränen. Schweigend ging er zur Badewanne und drehte den Hahn zu.

Ihre Hände, die sie vom Gesicht genommen hatte, umklammerten den Rand des Waschbeckens. Ihr Rücken war kerzengerade, als sei sie darauf gefasst, einen Schlag oder eine helfende

Hand abwehren zu müssen. Mit tränenverschleierten Augen sah sie ihn an. Die Haut ihres Gesichts war vom Weinen bereits nass und gerötet. Ohne ein Wort zu sagen und ohne weiter zu überlegen, hob er sie hoch und trug sie auf den Armen aus dem Badezimmer.

Er erwartete, dass sie sich sträuben oder ihn wütend anfauchen würde. Stattdessen erschlaffte ihr Körper, während sie sich mit dem Gesicht an seinen Hals schmiegte und ihren Tränen freien Lauf ließ.

»Er war doch noch ein Kind.«

Ben setzte sich auf die Bettkante und zog sie an sich.

»Ich weiß.«

»Ich bin nicht an ihn herangekommen, obwohl ich dazu hätte in der Lage sein müssen. Trotz meiner ganzen Ausbildung, trotz Selbstanalyse, trotz Büchern und Vorlesungen bin ich nicht an ihn herangekommen.«

»Du hast es zumindest versucht.«

»Das reicht nicht.« Die Wut brach aus ihr heraus, voll entwickelt und bösartig, doch das überraschte ihn nicht. Er hatte darauf gewartet, darauf gehofft. »Man erwartet von mir, dass ich heile, dass ich helfe, nicht nur vom Helfen rede. Es ist mir nicht nur misslungen, seine Behandlung abzuschließen, es ist mir sogar misslungen, ihn am Leben zu erhalten.«

»Wird von Psychiatern verlangt, dass sie gottähnliche Egos haben?«

Seine Worte wirkten auf sie wie ein Schlag ins Gesicht. Im Nu war sie aufgesprungen. Die Tränen auf ihrem Gesicht waren noch feucht, ihr Körper zitterte noch, doch sie sah nicht so aus, als würde sie zusammenbrechen. »Was fällt dir ein, so etwas zu mir zu sagen! Ein Junge ist tot. Er wird nie mehr die Möglichkeit haben, den Führerschein zu machen, sich zu verlieben, eine

Familie zu gründen. Er ist tot, und die Tatsache, dass ich verantwortlich bin, hat nichts mit meinem Ego zu tun.«

»Tatsächlich nicht?« Ben stand ebenfalls auf und nahm sie bei den Schultern, bevor sie sich wegdrehen konnte.

»Du musst also perfekt sein, immer alles unter Kontrolle haben, immer die richtigen Antworten und Lösungen parat haben? Diesmal hast du sie nicht parat gehabt und warst auch nicht ganz so robust wie sonst. Sag mal, hättest du ihn daran hindern können, zu dieser Brücke zu gehen?«

»Ich hätte dazu in der Lage sein müssen.« Sie stieß ein trockenes, zittriges Schluchzen aus, als sie sich den Handballen zwischen die Brauen presste. »Nein. Nein, ich konnte ihm nicht genug geben.«

Er legte den Arm um sie und zog sie aufs Bett zurück. Zum ersten Mal in ihrer Beziehung hatte er das Gefühl, gebraucht zu werden, ihr eine Stütze zu sein. Normalerweise wäre das für ihn das Stichwort gewesen, sich davonzumachen. Stattdessen blieb er neben ihr sitzen und nahm ihre Hand, während ihr Kopf auf seiner Schulter ruhte. Es war merkwürdig und ein wenig beängstigend, sich vollständig zu fühlen.

»Tess, das ist der Junge, von dem du mir schon mal erzählt hast, nicht wahr?«

Sie erinnerte sich an die Nacht ihres Traums, die Nacht, in der sie aufgewacht war und Ben neben sich gefunden hatte, erinnerte sich an die Wärme seines Körpers und seine Bereitschaft, ihr zuzuhören. »Ja. Ich hatte seit Wochen die Befürchtung, dass er sich etwas antun könnte.«

»Und das hast du seinen Eltern gesagt?«

»Ja, hab' ich, aber …«

»Aber sie wollten nichts davon hören.«

»Das hätte keine Rolle spielen dürfen. Ich hätte in der Lage sein müssen ...« Sie verstummte, als er ihr Gesicht dem seinen zudrehte. »Nein«, sagte sie seufzend, »sie wollten nichts davon hören. Seine Mutter hat ihn aus der Therapie genommen.«

»Und so den Faden durchgeschnitten.«

»Mag sein, dass er sich dadurch noch ein bisschen weiter in sich selbst zurückgezogen hat, aber ich glaube nicht, dass es der ausschlaggebende Faktor war, der ihn zum Selbstmord getrieben hat.« Der Kummer war immer noch da, ein kaltes, drückendes Gefühl in der Magengegend, doch inzwischen vermochte sie wieder klar genug zu denken, um über ihre eigene Position in dieser Angelegenheit hinausblicken zu können. »Ich glaube, heute Abend ist etwas anderes geschehen.«

»Und du glaubst zu wissen, was es war?«

»Möglicherweise.« Sie stand wieder auf, da sie zu aufgewühlt war, um sitzen zu bleiben. »Ich versuche schon seit Wochen, Joeys Vater zu erreichen. Sein Telefon ist abgestellt. Ich bin sogar vor ein paar Tagen zu seinem Apartment gefahren, aber er ist ausgezogen, ohne seine neue Adresse zu hinterlassen. Er sollte dieses Wochenende mit Joey verbringen.« Tess wischte sich mit den Handrücken die Tränen von den Wangen. »Joey hatte sich so sehr darauf verlassen. Als sein Vater nicht gekommen ist, um ihn abzuholen, hat das die Last auf seinen Schultern vermehrt, vielleicht so sehr, dass er sie nicht mehr tragen konnte. Er war ein hübscher Junge, eigentlich ein junger Mann.« Erneut rannen ihr die Tränen übers Gesicht, doch diesmal löste sich ihr Kummer und kam unverhohlen zum Ausdruck. »Er hatte Schlimmes durchgemacht, und trotzdem war da direkt unter der Oberfläche diese Wärme, dieses große Bedürfnis, geliebt zu werden. Er glaubte einfach nicht, dass er es verdiente, dass ihn irgendjemand wirklich mochte.«

»Und du mochtest ihn.«

»Ja. Vielleicht zu sehr.«

Es war seltsam, aber der aufgestaute Groll, der mit Bitterkeit vermengt war und den er seit dem Tod seines Bruders im Innern mit sich herumgetragen hatte, begann sich zu verflüchtigen. Er sah sie an – die reservierte, objektive Psychiaterin, die im Gemüt anderer Menschen herumstöberte – und erblickte die echten Narben, die der Kummer hinterlassen hatte, nicht nur der Kummer über einen Patienten, sondern der Kummer über ein menschliches Wesen.

»Tess, was seine Mutter da im Krankenhaus gesagt hat …«

»Das spielt keine Rolle.«

»Doch, tut es. Sie hatte unrecht.«

Tess wandte sich ab und sah im schwachen Licht, das aus dem Korridor hereinschien, im Spiegel über der Frisierkommode ihr Ebenbild. »Nur zum Teil. Verstehst du, ich werde nie wissen, ob alles anders gekommen wäre, wenn ich eine andere Richtung eingeschlagen, wenn ich versucht hätte, die Sache anders anzugehen.«

»Sie hatte unrecht«, wiederholte Ben. »Vor einigen Jahren habe ich ganz ähnliche Dinge gesagt. Vielleicht hatte ich damals auch unrecht.«

Sie drehte den Kopf ein wenig, und ihre Blicke trafen sich im Spiegel. Er saß immer noch im Halbdunkel auf dem Bett. Er wirkte einsam. Das war seltsam, weil sie ihn für einen Mann gehalten hatte, der permanent von Freunden umgeben war, einen Mann, der die Sympathien vieler auf sich zog und voller Selbstvertrauen war. Sie drehte sich um, blieb aber, wo sie war, da sie nicht recht wusste, ob er wollte, dass sie zu ihm kam.

»Ich habe dir noch nie von meinem Bruder Josh erzählt.«

»Nein. Du hast mir überhaupt noch nicht viel von deiner Familie erzählt. Ich wusste gar nicht, dass du einen Bruder hast.«

»Er war fast vier Jahre älter als ich.« Es bedurfte nicht der Vergangenheitsform, um ihr mitzuteilen, dass Josh tot war. Das hatte sie in dem Moment gewusst, als Ben den Namen ausgesprochen hatte. »Er war einer von den Menschen, denen alles gelingt. Ganz gleich, was er anpackte, er machte es besser als jeder andere. Als wir Jungs waren, hatten wir einen Baukasten. Wenn ich ein kleines Auto zusammenbaute, dann baute Josh einen Lastwagen mit allem Drum und Dran. In der Schule kam ich vielleicht auf eine Zwei, wenn ich vorher wie wild gebüffelt hatte. Josh hatte stets die besten Zensuren, ohne dass er ins Schulbuch zu sehen brauchte. Er nahm das, was im Unterricht gesagt wurde, einfach in sich auf. Meine Mutter pflegte zu sagen, er sei ein begnadeter Mensch. Sie hoffte immer, dass er Priester werden würde, weil er nach seiner Ordination wahrscheinlich imstande gewesen wäre, Wunder zu wirken.«

Das sagte er nicht mit dem Groll, den viele Geschwister empfunden hätten, sondern mit einer Spur von Humor und mit unverhohlener Bewunderung.

»Du musst ihn sehr geliebt haben.«

»Manchmal habe ich ihn auch gehasst«, erwiderte er mit einem Achselzucken, denn er wusste, dass Hass oft die Hitze ist, in der echte Liebe wie Stahl gehärtet wird. »Aber meistens hielt ich ihn einfach für toll. Er hat mich nie tyrannisiert. Nicht dass er es nicht gekonnt hätte. Er war wesentlich größer und stärker als ich, aber so was entsprach einfach nicht seinem Temperament. Nicht dass er ein Tugendbold gewesen wäre. Er war einfach ein guter Mensch, im tiefsten Innern ein guter Mensch.

Als wir heranwuchsen, hatten wir gemeinsam ein Zimmer. Eines Tages entdeckte Mutti die *Playboys,* die ich im Zimmer versteckt hatte, und machte Anstalten, die Lust aus mir herauszuprügeln. Josh sagte, dass sie ihm gehörten und dass er eine

Arbeit über Pornografie und deren Auswirkungen auf das Verhalten von Teenagern schreibe.«

Tess musste lachen. »Und das hat sie ihm abgekauft?«

»Ja, hat sie.« Selbst jetzt musste er noch grinsen, als er daran dachte. »Josh hat nie gelogen, um seine eigene Haut zu retten, nur wenn er meinte, das sei das Beste, was man tun könne. Auf der Oberschule war er Quarterback im Footballteam. Die Mädchen lagen ihm alle zu Füßen. Verständlicherweise nutzte er das ab und an, aber in ein Mädchen verknallte er sich ziemlich heftig. Es war typisch für ihn, sich auf eine zu konzentrieren, statt, nun ja, den Baum leer zu pflücken. Trotzdem war es nach meinem Dafürhalten ein riesengroßer Fehler, dass er sich mit ihr eingelassen hat. Sie war hinreißend und intelligent und stammte aus einer Familie, die was Besseres war. Sie war jedoch auch oberflächlich. Doch er war verrückt nach ihr, und in seinem letzten Schuljahr hob er all seine Ersparnisse ab und kaufte ihr einen Diamantring. Nicht irgendwas Kleines, sondern einen richtigen Klunker. Damit protzte sie dann herum, um die anderen Mädchen neidisch zu machen.

Über irgendetwas gerieten sie in Streit. Er hat mir nie erzählt, worum es dabei ging, aber es war ein echtes Zerwürfnis. Josh hatte ein Stipendium für Notre Dame bekommen, doch am Tag nach dem Schulabschluss meldete er sich freiwillig bei der Armee. Andere Teenager protestierten gegen Vietnam, rauchten Pot und trugen pazifistische Abzeichen, doch Josh beschloss, seinem Land ein paar Jahre seines Lebens zu schenken.«

Ben nahm sich eine Zigarette und zündete sie an – die erste, seit er angefangen hatte zu erzählen. Das Ende glimmte rot im matten Licht, das auf ihn fiel. »Meine Mutter hat dicke Tränen vergossen, doch mein Vater platzte fast vor Stolz. Sein Sohn war kein Drückeberger und kein haschender Collegestudent, sondern ein echter Amerikaner. Mein Vater ist ein einfacher Mensch, so hat er eben gedacht. Ich selbst stand damals eher links. Im Herbst sollte ich auf die Highschool kommen, deshalb bildete ich mir ein, bereits über alles Bescheid zu wissen, worüber man Bescheid wissen musste. Ich habe eine ganze Nacht lang mit Josh zusammengesessen und versucht, ihm die Sache auszureden. Natürlich war es schon zu spät, weil er bereits alle Papiere unterschrieben hatte, aber ich dachte, es müsse doch eine Möglichkeit geben, wieder aus der Sache rauszukommen. Ich hielt ihm vor, was für ein Dummkopf er sei, wenn er wegen eines Mädchens drei Jahre seines Lebens wegwerfe. Das Problem dabei war, dass es nicht mehr einzig und allein darum ging. In dem Moment, da Josh sich gemeldet hatte, beschloss er auch, der beste Soldat in der amerikanischen Armee zu werden. Man hatte bereits mit ihm über eine Ausbildung zum Offizier gesprochen. So, wie Johnson da drüben die Dinge eskalieren ließ, brauchten wir gescheite, tüchtige Offiziere, die die Truppen anführten. So sah Josh sich selbst.«

In dem Moment hörte sie den Schmerz, der in seiner Stimme mitschwang. Tess trat aus dem Licht und setzte sich zu ihm ins Halbdunkel. Als ihre Hand die seine berührte, hielt Ben sie fest, obwohl ihm zuvor nicht klar gewesen war, dass er das brauchte.

»Er fuhr also los.« Er zog kräftig an seiner Zigarette und stieß seufzend den Rauch aus. »Als er in den Bus stieg, war er jung und, man könnte sagen, schön, voller Idealismus und Zuversicht. Seinen Briefen ließ sich entnehmen, dass bei der Grundausbildung alles bestens lief. Die Disziplin, die Anforderungen, die Kameradschaft – all das gefiel ihm. Er schloss schnell Freundschaften, und in dieser Situation war das nicht anders. Noch nicht einmal ein Jahr später bekam er seinen Marschbefehl nach Vietnam. Ich war bereits auf der Highschool, schummelte mich durch den Mathematikunterricht und versuchte herauszufinden, bei wie vielen Cheerleaderinnen ich landen konnte. Als Josh sich einschiffte, war er Leutnant.«

Er verfiel in Schweigen. Tess saß neben ihm, hielt seine Hand und wartete darauf, dass er fortfuhr.

»Während er drüben war, ging meine Mutter jeden Tag in die Kirche, um eine Kerze anzuzünden und zur Heiligen Jungfrau zu beten, damit sie Fürbitte einlegte, um Joshs Sicherheit zu gewährleisten. Jedes Mal, wenn sie einen Brief bekam, las sie ihn so oft, bis sie jedes Wort auswendig wusste. Doch es dauerte nicht lange, bis mit den Briefen eine Änderung vor sich ging. Sie wurden kürzer, der Ton war ein anderer. Er erzählte nichts mehr von seinen Freunden. Erst später erfuhren wir, dass es zwei seiner besten Kameraden auf bestialische Weise im Dschungel erwischt hatte. Das erfuhren wir erst, als er zurückgekommen war und seine Albträume begannen. Er ist da drüben nicht getötet worden, wahrscheinlich weil meine Mutter genug Kerzen angezündet hat. Trotzdem ist er gestorben. Der Teil seiner Person, der ihn zu dem machte, was er war, ist gestorben. Ich brauche einen Drink.«

Bevor er aufstehen konnte, legte Tess ihm die Hand auf den Arm. »Ich hol' dir was.« Sie verließ ihn, da sie meinte, dass er ein wenig Zeit brauchte, und schenkte zwei Gläser Brandy ein. Als sie zurückkam, hatte er sich eine neue Zigarette angezündet, sich jedoch nicht von der Stelle gerührt.

»Danke.« Er nahm einen kräftigen Schluck von seinem Brandy. »Damals wurden die Soldaten in der Heimat nicht mehr wie Helden empfangen. Der Krieg war zum Klotz am Bein geworden. Josh kam mit Orden, Belobigungen und einer Zeitbombe im Kopf zurück. Eine Zeit lang schien alles okay zu sein. Er war zwar sehr still und in sich gekehrt, doch wir dachten, dass niemand so etwas durchmachen könne, ohne sich irgendwie zu verändern. Er zog wieder zu uns und suchte sich einen Job. Von einem Studium wollte er nichts wissen. Nun ja, dachten wir alle, er braucht eben ein bisschen Zeit.

Es dauerte fast ein Jahr, bis die Albträume anfingen, aus denen er jedes Mal schreiend und schweißgebadet aufwachte. Er verlor seinen Job. Uns machte er glauben, er habe gekündigt, doch Vati fand heraus, dass er einen Streit vom Zaun gebrochen hatte und gefeuert worden war. Es dauerte ungefähr noch ein weiteres Jahr, bis die Dinge wirklich schlimm wurden. Er schaffte es nicht, einen Job mehr als ein paar Wochen zu behalten. Er fing an, betrunken nach Hause zu kommen oder überhaupt nicht nach Hause zu kommen. Die Albträume nahmen an Heftigkeit zu. Als er eines Nachts wieder einen Albtraum hatte und ich versuchte, ihn zu wecken, schlug er mich nieder. Er brüllte etwas von Hinterhalt und Heckenschützen. Als ich aufstand und versuchte, ihn zu beruhigen, ging er auf mich los. Als mein Vater hereinkam, war Josh gerade dabei, mich zu würgen.«

»O Gott, Ben.«

»Vati schaffte es, ihn zu wecken, und als ihm klar wurde, was er beinahe getan hätte, setzte Josh sich auf den Fußboden und weinte. So habe ich noch nie jemanden weinen sehen. Er konnte nicht mehr aufhören. Wir brachten ihn zum Veteranenverband. Dort wies man ihm einen Psychiater zu.«

Die Asche an seiner Zigarette war lang geworden. Ben drückte die Kippe aus und wandte sich wieder seinem Brandy zu. »Ich war damals schon auf dem College, sodass ich ihn manchmal zum Arzt fuhr, wenn ich nachmittags nicht viele Lehrveranstaltungen hatte. Ich hasste diese Praxis; sie erinnerte mich immer an ein Bestattungsinstitut. Josh ging ins Behandlungszimmer. Manchmal konnte man ihn weinen hören. An anderen Tagen konnte man gar nichts hören. Fünfzig Minuten später kam er wieder heraus. Ich wartete immer darauf, dass er eines Tages aus dieser Tür heraustreten und wieder so sein würde, wie er einmal gewesen war.«

»Manchmal ist es für die Familie genauso schlimm oder sogar noch schlimmer als für den Patienten«, sagte Tess. Sie ließ ihre Hand in der Nähe der seinen, damit er die Möglichkeit hatte, sie zu ergreifen, falls ihm danach war.

»Man fühlt sich hilflos, obwohl man so gern helfen möchte … und ist verwirrt, obwohl es dringend erforderlich wäre, klar zu denken.«

»Meine Mutter brach eines Tages zusammen. Es war an einem Sonntag. Sie hatte Schmorbraten gemacht. Ganz plötzlich kippte sie das Essen einfach in den Ausguss. Wenn er Krebs hätte, sagte sie, würden sie eine Möglichkeit finden, das Gewächs aus ihm herauszuschneiden. Können sie nicht sehen, dass ihn innerlich etwas zerfrisst? Warum finden sie keine Möglichkeit, das aus ihm herauszuschneiden?«

Er starrte in sein Glas und hatte das Bild seiner Mutter, die schluchzend an der Spüle stand, so deutlich vor Augen, als sei das Ganze erst gestern geschehen.

»Eine Zeit lang schien es ihm tatsächlich besser zu gehen. Da er in psychiatrischer Behandlung war und oft den Arbeitsplatz gewechselt hatte, war es schwer für ihn, einen Job zu finden. Unser Pfarrer übte ein bisschen Druck aus, indem er den Leuten nach guter katholischer Manier Schuldgefühle suggerierte, und beschaffte ihm in einer Tankstelle einen Job als Mechaniker. Vor fünf Jahren hatte er ein Stipendium für Notre Dame bekommen, und jetzt wechselte er Zündkerzen aus. Trotzdem war das besser als gar nichts. Die Albträume ließen nach. Keiner von uns wusste, dass er sich mit Barbituraten vollstopfte, um das zu erreichen. Danach kam Heroin. Auch das bemerkten wir nicht. Vielleicht wäre es anders gekommen, wenn ich öfter zu Hause gewesen wäre, doch ich war auf dem College und legte mich zum ersten Mal in meinem Leben richtig ins Zeug. Meine Eltern waren in puncto Drogen völlig unbedarft. Der Arzt merkte auch nichts davon. Er war Major, Berufssoldat, hatte in Korea und Vietnam gedient, bemerkte jedoch nicht, dass Josh sich mit Heroin vollpumpte, um die Nacht durchzustehen.«

Ben fuhr sich mit der Hand durchs Haar, bevor er seinen Brandy austrank. »Ich weiß auch nicht, vielleicht war der Typ überarbeitet oder völlig kaputt. Das Fazit nach zwei Jahren Therapie und unzähligen Votivkerzen und Gebeten zur Heiligen Jungfrau war jedenfalls, dass Josh auf sein Zimmer ging, seine Uniform und seine Orden anlegte und statt nach seiner Spritze zu greifen seinen Armeerevolver lud und allem ein Ende machte.«

»Ben, zu sagen, dass es mir leidtut, reicht bei Weitem nicht aus, aber ich kann nichts anderes sagen.«

»Er war erst vierundzwanzig.«

Und du erst zwanzig, dachte sie, doch statt es auszusprechen, legte sie den Arm um ihn.

»Zuerst wollte ich der ganzen US Army die Schuld geben, doch dann kam ich zu dem Schluss, dass es sinnvoller wäre, mich auf den Arzt zu konzentrieren, der ihm hatte helfen sollen. Ich erinnere mich noch, wie ich dagesessen habe, als die Polizei oben war, in dem Zimmer, das ich mir früher mit Josh geteilt hatte, und bei mir gedacht habe, dass der Dreckskerl etwas hätte unternehmen müssen. Dass es seine Aufgabe gewesen wäre, Josh zu heilen. Eine Zeit lang dachte ich sogar daran, ihn umzubringen, bis dann der Priester kam und mich ablenkte. Er weigerte sich, für Joshs Seele zu beten.«

»Das verstehe ich nicht.«

»Es war nicht unser Pfarrer, sondern ein ganz junger Geistlicher, der gerade das Seminar absolviert hatte und bei dem Gedanken, zu Josh nach oben gehen zu müssen, grün im Gesicht wurde. Er sagte, Josh hätte sich willentlich und wissentlich das Leben genommen und eine Todsünde begangen. Er weigerte sich, ein Gebet für ihn zu sprechen.«

»Das war falsch. Falsch und grausam.«

»Ich hab' ihn rausgeworfen. Meine Mutter stand mit zusammengepressten Lippen und ohne zu weinen da. Dann ging sie in das Zimmer hoch, wo das Gehirn ihres Sohnes an die Wand gespritzt war, und betete selbst für seine Seele.«

»Deine Mutter ist sehr stark. Sie muss einen enormen Glauben haben.«

»Sie ist immer nur Hausfrau gewesen.« Er zog Tess an sich, weil er den feinen, femininen Duft brauchte. »Ich weiß nicht, ob ich es fertiggebracht hätte, ein zweites Mal die Treppe hochzugehen, aber sie war dazu imstande. Als ich sie dabei beobachtete, wurde mir klar, dass sie glaubte und immer glauben würde, dass das, was mit Josh geschehen war, Gottes Wille war, ganz gleich, wie weh es ihr tat und wie sehr sie sich darüber grämen würde.«

»Aber du hast es nicht geglaubt.«

»Nein. Jemand musste schuld sein. Josh hatte in seinem ganzen Leben nie irgendjemand etwas zuleide getan, jedenfalls nicht vor Vietnam. Dann sollte das, was er dort getan hatte, richtig sein, weil er für sein Land kämpfte. Aber es war nicht richtig, und damit konnte er nicht mehr leben. Der Psychiater hätte ihm klarmachen müssen, dass er – ganz gleich, was er da drüben getan hatte – immer noch ein anständiger, wertvoller Mensch war.«

So wie sie Joey Higgins hätte klarmachen müssen, dass er ein wertvoller Mensch war. »Hast du hinterher je mit Joshs Arzt gesprochen?«

»Einmal. Ich glaube, ich hatte es mir immer noch nicht aus dem Kopf geschlagen, dass ich ihn umbringen müsste. Er saß mit gefalteten Händen hinter seinem Schreibtisch.« Ben blickte auf seine eigenen Hände und sah, wie sie sich zu Fäusten ballten. »Er empfand nicht das Geringste. Er sagte, es tue ihm leid, und erklärte, wie gravierend ein verzögertes Stresssyndrom sein könne. Dann teilte er mir mit, die Hände noch immer gefaltet und mit einer Stimme, die noch nicht einmal andeutungsweise Mitgefühl verriet, dass Josh mit dem, was in Vietnam geschehen war, nicht fertiggeworden war, dass der Versuch, nach seiner Rückkehr seinem früheren Selbst gerecht zu werden, mehr und mehr Druck erzeugt hatte, bis es schließlich zur Katastrophe gekommen war.«

»Das tut mir leid, Ben. Ein großer Teil dessen, was er dir gesagt hat, stimmte wahrscheinlich, aber er hätte es anders ausdrücken können.«

»Das Ganze war ihm völlig gleichgültig.«

»Ben, ich will ihn ja nicht verteidigen, aber viele Ärzte, Mediziner wie Psychiater, vermeiden es, sich zu weit mit dem Patienten einzulassen, weil es zu wehtut, wenn man jemanden verliert, wenn man nicht imstande ist, ihn zu retten.«

»So, wie es dir wehgetan hat, Joey zu verlieren.«

»Kummer und Schuldgefühl nagen an dir, und wenn sie zu oft an dir nagen, bleibt nichts mehr übrig, für dich selbst nicht und für den nächsten Patienten auch nicht.«

Das verstand er, oder zumindest fing er an, es zu verstehen. Trotzdem konnte er sich nicht vorstellen, dass Joshs Seelenklempner sich ins Badezimmer zurückzog und dort schluchzend weinte. »Warum machst du das Ganze?«

»Vermutlich weil ich genau wie du nach Antworten suche.« Sie drehte sich zur Seite und berührte sein Gesicht.

»Es tut dann weh, wenn es zu wenig war oder wenn es zu spät ist.« Ihr fiel ein, wie er ausgesehen hatte, als er ihr von drei Fremden erzählt hatte, die wegen einer Handvoll Münzen ermordet worden waren. »Wir sind gar nicht so verschieden, wie ich einmal angenommen habe.«

Er schmiegte seine Lippen in ihre Hand, was ihm wohltat. »Mag sein. Als ich dich heute Abend ansah, habe ich das Gleiche empfunden wie damals in jener Gasse, als ich gesehen habe, wie du Anne Reasoner betrachtet hast. Du schienst so gleichgültig gegenüber der Tragödie, so völlig beherrscht. Genau wie jener Major gewesen war, der mir mit gefalteten Händen erklärte, warum mein Bruder tot ist.«

»Sich zu beherrschen ist nicht dasselbe, wie gleichgültig zu sein. Du bist Polizist, du müsstest den Unterschied kennen.«

»Ich wollte sehen, dass du etwas empfindest.« Er ließ seine Hand zu ihrem Handgelenk gleiten und hielt es fest, während er ihr in die Augen sah. »Ich glaube, was ich eigentlich wollte, war, dass du mich brauchst.« Und das war vielleicht eines der schwersten Geständnisse seines Lebens. »Als ich dann ins Badezimmer kam und dich weinen sah, wusste ich, dass es so ist, und das hat mir eine Heidenangst eingejagt.«

»Ich wollte nicht, dass du mich so siehst.«

»Warum nicht?«

»Weil ich dir nicht genug vertraut habe.«

Er senkte seinen Blick einen Moment, um seine Hand zu betrachten, die ihr schmales, unglaublich zartes Gelenk umfasste. »Außer Ed habe ich noch nie jemandem von Josh erzählt. Bisher war er der Einzige, dem ich genug vertraut habe.« Er hob ihre Finger an den Mund und fuhr sanft mit den Lippen darüber. »Und was geschieht jetzt?«

»Was möchtest du denn?«

Ein Lachen, selbst wenn es leise und zögernd ist, kann eine befreiende Wirkung haben. »Psychiater drücken sich doch immer um eine Antwort.« Nachdenklich fingerte er an den Perlen herum, die sie um den Hals trug. Dann hakte er das Halsband auf. Ihr Hals duftete und war seidenweich. »Tess, falls ich dich, wenn das alles vorbei ist, bitten würde, dir ein paar Tage oder eine Woche frei zu nehmen und mit mir irgendwohin zu fahren, würdest du das dann tun?«

»Ja.«

Amüsiert und ziemlich überrascht sah er sie an. »Einfach so?«

»Wenn es so weit ist, würde ich dich vielleicht fragen, wo es hingeht, damit ich weiß, ob ich einen Pelzmantel oder einen Bikini einpacken soll.« Sie nahm ihm die Perlen ab und legte sie auf den Nachttisch.

»Die gehören in einen Safe.«

»Ich schlafe schließlich mit einem Polizisten zusammen.« Ihre Stimme klang unbeschwert, doch als sie sah, wie er vor sich hin brütete, meinte sie zu wissen, wo seine Gedanken waren. »Ben, bald ist alles vorüber.«

»Ja.« Doch als er sie an sich zog und sich ganz auf sie konzentrierte, empfand er Angst. Man schrieb den achten Dezember.

18

Du machst keinen Schritt aus dem Apartment, bevor ich das Okay gebe.«

»Natürlich nicht«, erwiderte Tess, während Ben zusah, wie sie sich das Haar hochsteckte. »Ich habe so viel Arbeit mit nach Hause genommen, dass ich den ganzen Tag an den Schreibtisch gefesselt sein werde.«

»Du bringst noch nicht mal den Müll runter.«

»Noch nicht einmal, wenn die Nachbarn eine Bittschrift einreichen.«

»Tess, ich möchte, dass du das ernst nimmst.«

»Tu ich ja.« Sie entschied sich für geriffelte dreieckige Clips aus Gold und befestigte sie an den Ohren. »Ich werde heute nicht eine einzige Minute allein sein. Um acht kommt Officer Pilomento.«

Ben betrachtete den weichen Pullover mit Kapuzenkragen und die taubengrauen Hosen, die sie anhatte. »Machst du dich für den so fein?«

»Selbstverständlich.« Als er hinter sie trat, lächelte sie ihrer beider Spiegelbild an. »Seit Kurzem habe ich ein Faible für Polizisten. Alles weist darauf hin, dass eine Manie daraus wird.«

»Stimmt das?« Er beugte sich herab, um mit seinen Lippen über ihren Nacken zu streifen.

»Ich fürchte, ja.«

Er legte ihr die Hände auf die Schultern, weil er ihr nahe sein, sie berühren wollte. »Bereitet dir das Sorgen?«

»Nein.« Lächelnd drehte sie sich um und schmiegte sich in seine Arme. »Kein bisschen.«

Da seine Augenbrauen zusammengezogen waren, strich Tess mit dem Finger über die Falte, um sie glatt zu streichen. »Ich wünschte, du würdest dir auch keine Sorgen machen.«

»Das ist mein Beruf.« Einen Moment lang hielt er sie einfach nur fest. Er wusste, dass es ihm schwerfallen würde, unglaublich schwer, heute zur Tür hinauszugehen und sie der Obhut eines anderen zu überlassen. »Pilomento ist ein guter Polizist«, sagte er, eher um sich selbst als sie zu beruhigen. »Er ist zwar noch jung, aber absolut zuverlässig. Solange er hier ist, kommt niemand zur Tür herein.«

»Ich weiß. Komm, lass uns einen Kaffee trinken. Du hast nur noch ein paar Minuten Zeit.«

»Um vier löst Lowenstein ihn ab.« Während sie sich in die Küche begaben, ging er das Programm noch einmal durch, obwohl sie es beide auswendig kannten. »Sie ist die Beste von allen. Sie mag zwar wie eine nette Hausfrau aussehen, aber es gibt niemanden, von dem ich mir in einer brenzligen Situation lieber Schützenhilfe leisten ließe.«

»Ich werde keine Minute allein sein.« Tess nahm zwei große Tassen vom Regal. »Im dritten Stock machen immer noch Polizisten Schichtdienst, das Telefon ist angezapft, und auf der anderen Straßenseite wird die ganze Zeit ein Polizeiauto stehen.«

»Es wird aber kein Streifenwagen sein. Wenn er kommt, wollen wir ihn nicht abschrecken. Bigsby, Roderick und Mullendore wechseln sich mit Ed und mir bei der Überwachung ab.«

»Ben, ich mache mir wirklich keine Sorgen.« Nachdem sie

ihm einen Kaffee gereicht hatte, nahm sie seinen Arm und führte ihn zum Esszimmertisch. »Ich habe über alles gründlich nachgedacht, das kannst du mir glauben. Solange ich in der Wohnung bin und niemand an mich herankommt, kann mir nichts passieren.«

»Er weiß nicht, dass du bewacht wirst. Wenn ich um Mitternacht zurückkomme, gehe ich durch den Hintereingang und benutze die Treppe.«

»Er muss heute Nacht handeln, dessen bin ich ganz sicher. Wenn er kommt, wirst du da sein.«

»Ich freue mich, dass du so zuversichtlich bist, aber ich muss dir sagen, dass ich nicht ganz so nervös wäre, wenn du ein bisschen aufgeregter wärst. Keine Effekthascherei, hörst du.« Bevor sie ihre Kaffeetasse heben konnte, nahm er sie beim Arm, um seinen Worten Nachdruck zu verleihen. »Wenn wir ihn geschnappt haben, bringen wir ihn zum Verhör aufs Revier, aber du bleibst hier.«

»Ben, du weißt, wie wichtig es für mich ist, mit ihm zu sprechen, zu versuchen, an ihn heranzukommen.«

»Nein.«

»Du kannst mich nur eine bestimmte Zeit von ihm fernhalten.«

»So lange, wie das Ganze dauert.«

Tess gab klein bei und versuchte es auf anderem Wege, indem sie auf etwas zurückgriff, das sie in den frühen Morgenstunden aus dem Schlaf gerissen und wach gehalten hatte. »Ben, ich glaube, du verstehst diesen Mann besser, als du selbst eingestehst. Du weißt, was es bedeutet, jemanden zu verlieren, der ein wesentlicher Teil deines Lebens ist. Du hast Josh verloren, er hat seine Laura verloren. Wir wissen zwar nicht, wer sie war, aber wir können davon ausgehen, dass sie ihm sehr viel bedeutet hat.

Du hast mir erzählt, dass du mit dem Gedanken gespielt hast, seinen Arzt umzubringen. Nein, warte«, sagte sie, bevor er etwas erwidern konnte. »Du wolltest jemandem die Schuld geben, jemandem wehtun. Wenn du ein labiler Mensch gewesen wärst, hätte das durchaus passieren können. Deinen Groll und den Schmerz bist du trotzdem nicht losgeworden.«

Ihre Worte und die Wahrheit, die sie enthielten, bereiteten ihm Unbehagen. »Mag sein, aber ich habe nicht angefangen, Leute umzubringen.«

»Nein, du bist Polizist geworden, vielleicht auch wegen Josh. Weil du das Bedürfnis hattest, Antworten zu finden, Dinge in Ordnung zu bringen. Du bist gesund, hast Selbstvertrauen und warst imstande, das, was zur größten Tragödie deines Lebens hätte werden können, in etwas Konstruktives umzuwandeln. Aber wenn du nicht gesund wärst, Ben, wenn du kein starkes Selbstbewusstsein, kein starkes Gefühl für Recht und Unrecht hättest, dann hätte etwas in dir kaputtgehen können. Als Josh starb, hast du deinen Glauben verloren. Ich denke, er hat seinen wegen Laura verloren. Wir wissen nicht, wie lange das zurückliegt – vielleicht ein Jahr, vielleicht fünf Jahre, vielleicht zwanzig –, doch er hat die Teile seines damals in die Brüche gegangenen Glaubens wieder eingesammelt und neu zusammengesetzt. Allerdings so, dass die Teile nicht mehr richtig zusammenpassen. Er tötet und bringt Opfer dar, um Laura zu erlösen. Lauras Seele. Was du mir neulich erzählt hast, hat mich nachdenklich gestimmt. Vielleicht ist sie nach Auffassung der Kirche in Sünde gestorben, und man hat ihr die Absolution verweigert. Man hat ihm beigebracht zu glauben, dass die Seele ohne Absolution verloren ist. In seinem Wahn ermordet er Frauen, die ihn an Laura erinnern. Aber trotzdem rettet er ihre Seelen.«

»Was du sagst, mag alles richtig sein. Das ändert jedoch nichts an der Tatsache, dass er vier Frauen getötet und es auf dich abgesehen hat.«

»Schwarz gegen Weiß, Ben?«

»Manchmal gibt es nur diese beiden Farben.« Das Ganze frustrierte ihn umso mehr, als er einiges von dem, was sie sagte, zu verstehen begann und es sogar gefühlsmäßig begriff. Er wollte die Angelegenheit jedoch weiterhin ohne Wenn und Aber und ohne differenzieren zu müssen betrachten. »Glaubst du nicht, dass manche Menschen einfach böse geboren werden? Sagt ein Mann zu seiner Frau, er gehe jetzt auf Menschenjagd, um dann zu McDonald's zu fahren und ein paar Kids zu erschießen, weil seine Mutter ihn verprügelt hat, als er sechs war? Benutzt ein Mann einen Collegecampus, um ein Zielschießen zu veranstalten, weil sein Vater seine Mutter betrogen hat?«

»Nein, aber unser Mann gehört nicht zu der Sorte von Massenmördern, von der du sprichst.« Hier war sie auf ihrem eigenen Terrain und kannte sich aus. »Er tötet nicht wahllos und ohne Motiv. Ein misshandeltes Kind kann später ebenso gut Bankdirektor wie Psychotiker werden. Und ich glaube auch nicht an schlechte Erbanlagen. Wir sprechen hier über eine Krankheit, Ben, etwas, das, wie immer mehr Ärzte annehmen, von einer chemischen Reaktion im Gehirn hervorgerufen wird, wodurch die Fähigkeit zu vernünftigem Denken zerstört wird. Seit der Zeit, da man glaubte, Geisteskranke seien von einem Dämon besessen, haben wir einige Fortschritte gemacht, obwohl man noch vor sechzig Jahren Schizophrenie behandelte, indem man den Kranken die Zähne zog. Dann versuchte man es mit der Injektion von Pferdeserum und mit Einläufen. Und im letzten Viertel des zwanzigsten Jahrhunderts suchen wir immer noch nach einer Therapie. Was auch immer seine Psychose ausgelöst haben mag, er braucht jedenfalls Hilfe. So wie Josh sie brauchte. So wie Joey sie brauchte.«

»Nicht in den ersten vierundzwanzig Stunden«, sagte er kategorisch. »Und erst, wenn aller Papierkram erledigt ist. Vielleicht will er auch gar nicht mit dir sprechen.«

»Daran habe ich auch schon gedacht, aber ich glaube, er wird es wollen.«

»Das alles ist sowieso erst dann von Belang, wenn wir ihn geschnappt haben.«

Als es an der Tür klopfte, griff Ben langsam nach seiner Waffe. Sein Arm war zwar noch steif, aber er konnte ihn benutzen und ohne Schwierigkeiten seine Dienstwaffe in der Hand halten. Er ging zur Tür und stellte sich neben sie. »Frag, wer da ist.« Als sie auf die Tür zugehen wollte, hob er die Hand. »Nein, von da drüben. Du darfst dich nicht vor die Tür stellen.« Obwohl er bezweifelte, dass statt eines Humerales eine Schusswaffe benutzt werden würde, wollte er kein Risiko eingehen.

»Wer ist da?«

»Detective Pilomento, gnädige Frau.«

Ben erkannte die Stimme und wandte sich zur Tür, um sie zu öffnen.

»Paris.« Bevor er eintrat, klopfte sich Pilomento den Schnee von den Schuhen. »Die Straßen sind noch immer in einem schlimmen Zustand. Wir haben ungefähr fünfzehn Zentimeter Schnee. Morgen, Dr. Court.«

»Guten Morgen. Geben Sie mir Ihren Mantel.«

»Danke. Eisig kalt draußen«, sagte er zu Ben. »Mullendore hat vor dem Haus Stellung bezogen. Hoffentlich hat er lange Unterhosen an.«

»Mach's dir vor dem Fernseher nicht allzu gemütlich.« Ben warf einen letzten Blick in die Runde, während er nach seinem

Mantel langte. Es gab nur einen Eingang, und Pilomento würde nie mehr als etwa sieben Meter von ihr entfernt sein. Trotzdem fröstelte ihn, auch als er sich in seinen Mantel hüllte. »Ich werde mich in regelmäßigen Abständen mit den Überwachungsteams in Verbindung setzen. Sag mal, warum gehst du nicht in die Küche und holst dir einen Kaffee?«

»Danke, aber ich hab' auf dem Weg hierher schon einen im Auto getrunken.«

»Dann trink noch einen.«

»Oh.« Er blickte von Ben zu Tess. »Ja, klar.« Durch die Zähne pfeifend zog er ab.

»Das war zwar grob, aber das macht nichts.« Leise lachend schlang Tess die Arme um Bens Taille. »Sei vorsichtig.«

»Bin ich immer. Solltest du dir auch angewöhnen.«

Er zog sie an sich und küsste sie lange und ausdauernd.

»Bleibst du auf, bis ich zurückkomme, Frau Doktor?«

»Darauf kannst du dich verlassen. Du rufst doch an, falls … nun ja, falls irgendetwas passiert?«

»Darauf kannst du dich verlassen.« Er nahm ihr Gesicht in seine Hände und hielt es einen Moment fest. Dann drückte er ihr einen Kuss auf die Stirn. »Du bist einfach wunderschön.« Der überraschte Ausdruck in ihren Augen brachte ihm zu Bewusstsein, dass er bei ihr auf all die cleveren und flotten Komplimente verzichtet hatte, die er Frauen sonst immer machte. Diese Erkenntnis brachte ihn ziemlich aus der Fassung. Um seine Verwirrung zu überspielen, schob er ihr eine Haarsträhne hinters Ohr und wandte sich zum Gehen. »Schließ die Tür ab.«

Er zog die Tür hinter sich zu und wünschte, das unbehagliche Gefühl, dass nicht alles so glatt wie geplant verlaufen würde, loswerden zu können.

Stunden später saß er zusammengekauert in seinem Mustang und beobachtete Tess' Apartmenthaus. Zwei Kinder gaben gerade einem kunstvollen Schneemann den letzten Schliff. Ben überlegte, ob ihr Vater wohl wusste, dass sie seinen Filzhut geklaut hatten. Der Tag war noch langsamer verstrichen, als er erwartet hatte.

»Die Tage werden immer kürzer«, sagte Ed, der es sich auf dem Beifahrersitz bequem gemacht hatte. Ihm war es so warm wie einem Bären in seinem Pelz, da er unter seinem gefütterten Parka Kordhosen, einen Pullover, ein Flanellhemd und lange Unterhosen trug. Bens Füße waren längst schon taub vor Kälte.

»Da ist Pilomento.«

Der Polizist trat aus dem Gebäude, blieb kurz auf dem Bürgersteig stehen und schlug den Kragen seines Mantels hoch. Das war das verabredete Signal, das besagte, dass sich Lowenstein in der Wohnung befand und alles in Ordnung war. Bens Muskeln entspannten sich, wenn auch nur minimal.

»Du brauchst dir keine Sorgen um sie zu machen.« Ed streckte sich ein wenig und fing an, isometrische Übungen zu machen, damit er keinen Krampf in den Beinen bekam. »Lowenstein ist so tüchtig, dass sie es mit einer ganzen Armee aufnehmen könnte.«

»Vor Einbruch der Dunkelheit wird er nichts unternehmen.« Da ihm die Ohren abfrieren würden, wenn er das Fenster zu lange aufließ, nahm sich Ben statt der Zigarette, nach der es ihn eigentlich verlangte, ein Milky Way.

»Ist dir bewusst, wie sich all dieser Zucker auf deinen Zahnschmelz auswirkt?«, fragte Ed, der sich nie geschlagen gab, und holte einen kleinen Plastikbehälter hervor, in dem sich eine von ihm selbst zusammengestellte Mischung aus Rosinen, Datteln, ungesalzenen Nüssen und Weizenkeimen befand. Er hatte so viel davon gemacht, dass es für zwei reichte. »Du musst endlich anfangen, deinen Appetit umzuerziehen.«

Ben biss demonstrativ ein großes Stück von seinem Schokoriegel ab. »Wenn Roderick uns abgelöst hat, machen wir auf dem Weg zum Revier beim Burger King halt. Dann bestelle ich mir einen Whopper.«

»Bitte nicht, während ich esse. Wenn Roderick, Bigsby und all die anderen im Dezernat sich richtig ernähren würden, wären sie von der Grippe verschont geblieben.«

»Ich bin nicht krank geworden«, sagte Ben, der den Mund voll Schokolade hatte.

»Reiner Zufall. Spätestens mit vierzig wird dein Organismus revoltieren. Das wird dann nicht sehr angenehm. Was ist das?« Ed setzte sich aufrecht hin, um einen Mann zu beobachten, der langsam die andere Straßenseite entlangging – zu langsam und zu vorsichtig. Sein schwarzer Mantel war bis zum Kragen zugeknöpft.

Beide Polizisten hatten bereits eine Hand an der Waffe und die andere am Türgriff, als der Mann plötzlich anfing zu rennen. Ben stieß die Autotür auf, doch in dem Moment schnappte sich der Mann eines der kleinen, im Schnee spielenden Mädchen und warf es in die Höhe. Das Mädchen brach in lautes Gelächter aus und rief:

»Papi!«

Ben atmete kräftig durch und setzte sich wieder hin. Jetzt kam er sich ziemlich töricht vor. »Du bist genauso nervös wie ich«, sagte er zu Ed.

»Ich mag sie. Ich bin froh, dass du dich dazu durchgerungen hast, mit ihrem Großvater das Erntedankfest zu verbringen.«

»Ich habe ihr von Josh erzählt.«

Eds Augenbrauen gingen in die Höhe und verschwanden unter der Pudelmütze, die er sich über den Kopf gezogen hatte.

Das ließ, wie er wusste, auf ein emotionales Engagement schließen, wie selbst er es Ben nicht zugetraut hätte. »Und?«

»Ich glaube, ich bin froh, dass ich es getan habe. Sie ist das Beste, was mir in meinem ganzen Leben widerfahren ist. Mein Gott, hört sich das schmalzig an.«

»Ja.« Zufrieden kaute Ed auf einer Dattel herum.

»Verliebte neigen nun mal zur Gefühlsduselei.«

»Ich habe nicht gesagt, dass ich verliebt bin«, erwiderte er so rasch, wie man eine Reflexbewegung macht, wenn man auf einer Falltür steht. »Ich meine nur, dass sie etwas Besonderes ist.«

»Manchen Menschen bereitet es Schwierigkeiten, sich ihre Gefühle einzugestehen, weil sie befürchten, letztendlich zu versagen. Das Wort Liebe wird zu einem Hindernis. Ist es erst einmal ausgesprochen, so wird es zu einem Hemmschuh, der sie in ihrer Freiheit einschränkt und sie zwingt, sich als die eine Hälfte eines Paars zu sehen.«

Ben warf die Verpackung des Schokoriegels auf den Boden. *»Reader's Digest?«*

»Nein, hab' ich erfunden. Vielleicht sollte ich einen Artikel schreiben.«

»Sieh mal, wenn ich in Tess oder sonst jemanden verliebt wäre, dann wäre es kein Problem für mich, es zu sagen.«

»Und? Bist du in sie verliebt?«

»Sie liegt mir am Herzen. Sehr sogar.«

»Eine Untertreibung.«

»Sie bedeutet mir viel.«

»Ausweichend formuliert.«

»Okay, ich bin verrückt nach ihr.«

»Haut auch nicht ganz hin, Paris.«

Diesmal machte er das Fenster tatsächlich einen Spaltbreit auf und nahm eine Zigarette heraus. »Na schön, dann bin ich eben in sie verliebt. Bist du jetzt zufrieden?«

»Iss eine Dattel. Das ist gesünder.«

Ben fluchte, dann brach er in Lachen aus. Er warf seine Zigarette aus dem Fenster und biss in die Dattel, die Ed ihm reichte. »Du bist schlimmer als meine Mutter.«

»Dazu sind Partner da.«

In Tess' Apartment verging die Zeit ebenso langsam. Um sieben aßen sie und Lowenstein Abendbrot, bestehend aus Dosensuppe und Roastbeefsandwiches. Trotz all ihrer Beteuerungen, dass sie sich keine Sorgen mache, nahm Tess kaum etwas zu sich und rührte lediglich die Fleisch- und Gemüsestückchen in ihrer Schüssel umher. Es war eine kalte, unfreundliche Nacht, in der es niemanden, der nicht rausgehen musste, nach draußen ziehen würde. Doch die Tatsache, dass sie ihre Wohnung nicht verlassen konnte, gab ihr das Gefühl, eingesperrt zu sein.

»Spielen Sie Canasta?«, fragte Lowenstein.

»Entschuldigung, was haben Sie gesagt?«

»Canasta.« Lowenstein warf einen Blick auf die Armbanduhr und dachte bei sich, dass ihr Mann jetzt gerade ihren Jüngsten baden würde. Roderick hielt vor dem Haus Wache, Ben und Ed würden die Gegend absuchen, bevor sie aufs Revier zurückkehrten, und ihre älteste Tochter würde sich darüber beschweren, dass sie den Abwasch machen musste.

»Ich bin heute nicht sehr gesprächig, fürchte ich.« Lowenstein legte ein halbes Sandwich auf den blassgrünen Glasteller zurück, den sie zuvor schon bewundert hatte. »Sie müssen sich ja auch nicht mit mir unterhalten, Dr. Court.«

Doch Tess schob ihren Teller beiseite und versuchte es.

»Sie haben Familie, nicht wahr?«

»Eine Rasselbande, um genau zu sein.«

»Es ist sicher nicht leicht, einen anstrengenden Beruf auszuüben und sich außerdem um eine Familie zu kümmern.«

»Bei Komplikationen komme ich immer erst richtig in Schwung.«

»Das finde ich bewundernswert. Ich habe Komplikationen stets vermieden. Darf ich Ihnen eine persönliche Frage stellen?«

»Okay, wenn ich Ihnen dann auch eine stellen darf.«

»Einverstanden.« Tess stützte die Ellbogen auf den Tisch und beugte sich vor. »Wie geht Ihr Mann damit um, mit jemandem verheiratet zu sein, dessen Job nicht nur anstrengend ist, sondern auch gefährlich sein kann?«

»Ich glaube, es ist nicht leicht. Ich weiß, dass es das nicht ist«, verbesserte sich Lowenstein. Sie nahm einen Schluck von der Diät-Pepsi, die Tess in dünnwandige, mit Schnörkeln verzierte Gläser gegossen hatte, die bei Lowenstein nur zum Anschauen in der Vitrine gestanden hätten. »Wir mussten uns immer wieder zusammenraufen. Vor ein paar Jahren haben wir uns auf Probe getrennt. Das Ganze hat vierunddreißigeinhalb Stunden gedauert. Der springende Punkt ist, dass wir verrückt nacheinander sind. Dadurch fällt alles andere letzten Endes nicht ins Gewicht.«

»Sie sind ein Glückspilz.«

»Ich weiß. Selbst wenn mir danach ist, ihn an die Wand zu klatschen, weiß ich es. Jetzt bin ich dran.«

»In Ordnung.«

Lowenstein musterte sie eingehend. »Wo kaufen Sie Ihre Garderobe?«

Im ersten Moment war sie zu überrascht, um zu lachen.

Zum ersten Mal an diesem Tag entspannte sich Tess.

Vor dem Haus tranken Roderick und ein stämmiger schwarzer Polizist, den alle Pudge nannten, Kaffee aus einer Thermosflasche. Pudge, der infolge einer Stirnhöhlenentzündung ein wenig gereizt war, wechselte alle paar Minuten die Stellung und beklagte sich in einem fort.

»Ich glaube nicht, dass wir von dem Typ etwas zu sehen bekommen. Mullendore hat die Spätschicht. Wenn irgendjemand ihn schnappt, dann er. Wir sitzen bloß hier rum und frieren uns den Arsch ab.«

»Es muss in dieser Nacht passieren.« Roderick schenkte Pudge eine weitere Tasse Kaffee ein. Dann fuhr er fort, Tess' Fenster zu beobachten.

»Warum?« Pudge gähnte mit aufgerissenem Mund und verfluchte die Medikamente, die seine Nase verstopften.

»Weil es so geplant ist.«

»Meine Güte, Roderick, du beklagst dich aber auch nie, ganz gleich, was für eine beschissene Aufgabe man dir zuteilt.« Als er erneut gähnte, sackte Pudge gegen die Autotür. »Gott, ich kann kaum noch die Augen offen halten. Die verdammten Medikamente machen mich völlig fertig.«

Roderick blickte die Straße auf und ab. Niemand zu sehen. »Warum schläfst du nicht ein bisschen? Ich pass' schon auf.«

»Gerne.« Pudge, der schon halb weg war, schloss die Augen. »Nur ein Viertelstündchen, Lou. In einer Stunde werden wir ja sowieso von Mullendore abgelöst.«

Während sein Partner leise vor sich hin schnarchte, hielt Roderick Wache.

Lowenstein brachte Tess gerade die Feinheiten des Canastaspiels bei, als das Telefon klingelte. Abrupt endete das entspannte Gespräch unter Frauen. »Okay, gehen Sie ran. Bleiben Sie ganz ruhig, wenn er es ist. Halten Sie ihn nach Möglichkeit hin und versprechen Sie, sich mit ihm zu treffen, wenn er es verlangt. Versuchen Sie herauszufinden, wo er sich gerade befindet.«

»In Ordnung.« Obwohl ihre Kehle ganz trocken war, nahm Tess den Hörer ab und sagte mit ungezwungener Stimme: »Dr. Court.«

»Frau Doktor, hier ist Detective Roderick.«

»Oh, Detective.« Ihre Muskeln entspannten sich, als sie sich zu Lowenstein umdrehte und den Kopf schüttelte.

»Ja? Gibt es etwas Neues?«

»Wir haben ihn, Dr. Court. Ben hat ihn knapp zwei Blocks von Ihrem Haus entfernt geschnappt.«

»Ben? Ist er okay?«

»Ja, machen Sie sich keine Sorgen. Es ist nichts Ernsthaftes. Er hat sich bei der Festnahme bloß ein bisschen die Schulter verrenkt. Er hat mich gebeten, Sie anzurufen und Ihnen zu sagen, dass Sie aufatmen können. Ed bringt ihn ins Krankenhaus.«

»Ins Krankenhaus.« Die Schale mit den blutgetränkten Bandagen fiel ihr wieder ein. »In welches? Ich will zu ihm fahren.«

»Ins Krankenhaus von Georgetown, Frau Doktor, aber er möchte nicht, dass Sie sich extra die Mühe machen hinzufahren.«

»Nein, das ist keine Mühe. Ich fahre sofort los.« Als ihr die Frau einfiel, die ihr gerade in den Nacken atmete, drehte Tess sich zu Lowenstein um. »Sie sollten auch mit Detective Lowenstein sprechen. Danke, dass Sie angerufen haben.«

»Wir sind alle froh, dass es vorüber ist.«

»Ja.« Sie kniff einen Moment fest die Augen zusammen, dann reichte sie Lowenstein den Hörer. »Man hat ihn gefasst.« Dann stürzte sie ins Schlafzimmer, um ihre Handtasche und die Autoschlüssel zu holen. Als sie zurückgerannt kam, um ihren Mantel zu holen, quetschte Lowenstein ihren Kollegen immer noch aus, um weitere Einzelheiten zu erfahren. Voller Ungeduld warf Tess sich den Mantel über den Arm und wartete.

»Hört sich an wie eine saubere Festnahme«, sagte Lowenstein, als sie auflegte. »Ben und Ed waren gerade dabei, die Gegend noch einmal zu durchkämmen, als sie diesen Typ aus einer Gasse kommen und auf Ihr Haus zugehen sahen. Sein Mantel stand auf, und sie konnten sehen, dass er eine Soutane trug. Als sie ihn anhielten, leistete er keinen Widerstand, doch als Ben in seiner Tasche das Humerale entdeckte, hat er anscheinend die Nerven verloren und angefangen, um sich zu schlagen und nach Ihnen zu rufen.«

»O Gott.« Sie wollte ihn unbedingt sehen und mit ihm sprechen. Doch Ben war auf dem Weg ins Krankenhaus, und Ben ging vor.

»Lou sagt, Ben hätte ein bisschen was abbekommen, hört sich aber nicht schlimm an.«

»Mir wird wohler zumute sein, wenn ich mich selbst davon überzeugen kann.«

»Ich verstehe schon, was Sie meinen. Soll ich Sie ins Krankenhaus fahren?«

»Nein, Sie wollen doch sicher aufs Revier zurück, um den Papierkram zu erledigen. Offenbar brauche ich ja keinen Polizeischutz mehr.«

»Nein, aber trotzdem begleite ich Sie zu Ihrem Auto.

Richten Sie Ben meinen Glückwunsch aus.«

Als Ben und Ed den Parkplatz des Reviers überquerten, kam Logan angefahren, hielt hinter ihnen an und sprang aus dem Auto. »Ben.« Ohne Hut und Handschuhe rannte er in seiner Soutane, die er selten trug, hinter ihnen her und holte sie auf der Treppe ein. »Ich hatte gehofft, Sie hier zu finden.«

»Es ist nicht sehr empfehlenswert für Priester, heute Nacht unterwegs zu sein, Tim. Die Straßen sind voll von nervösen Polizisten. Könnte passieren, dass Sie sich in Handschellen wiederfinden.«

»Ich habe die Abendmesse für die Schwestern abgehalten und hatte keine Zeit, mich umzuziehen. Ich glaube, ich habe etwas für Sie.«

»Drinnen«, sagte Ed und machte die Tür auf. »Sonst frieren Ihnen noch die Finger ab.«

»Ich war so in Eile.« Zerstreut rieb Logan die Finger aneinander, damit sie wieder warm wurden. »Seit Tagen bin ich damit beschäftigt, immer wieder alles durchzugehen. Ich wusste, dass Sie der Verwendung des Namens Reverend Francis Moore besondere Bedeutung beimessen und dass Sie in dieser Richtung Nachforschungen anstellen, doch ich musste immer wieder an den Frank Moore denken, den ich am Priesterseminar kennengelernt habe.«

»Diese Nachforschungen sind noch nicht abgeschlossen.« Ungeduldig blickte Ben auf seine Armbanduhr.

»Ich weiß, aber ich habe ihn gekannt, verstehen Sie, ich weiß, dass er eine Mischung aus Heiligem und Fanatiker war. Dann fiel mir einer seiner Studenten ein, der nach einem aufsehenerregenden Krach mit Moore das Seminar verlassen hat. Er fiel mir deswegen ein, weil der junge Mann dann später ein bekannter Schriftsteller geworden ist. Stephen Mathias.«

»Von dem habe ich schon gehört.« Ben geriet allmählich in Aufregung und trat ein Stück näher. »Sie meinen, dass Mathias …«

»Nein, nein.« Logan, den es verdross, dass er nicht schneller zu sprechen oder sich klarer auszudrücken vermochte, holte tief Luft. »Ich kannte Mathias noch nicht einmal persönlich, da ich bereits an der Universität angestellt war, als all das passierte. Aber mir fiel ein, dass es immer geheißen hatte, dass es nichts und niemanden im Seminar gab, über den Mathias nicht Bescheid wusste. Für seine ersten Bücher hat er sogar viele Insiderinformationen verwendet. Je länger ich über diese Sache nachdachte, desto mehr Dinge fielen mir ein. Und ich erinnerte mich auch an einen ganz bestimmten Roman von ihm, den ich mal gelesen hatte und in dem von einem jungen Studenten die Rede war, der nervlich zusammengebrochen war und das Seminar verlassen hatte, nachdem seine Schwester – seine Zwillingsschwester – an den Folgen einer illegalen Abtreibung gestorben war. Offenbar gab es damals einen ungeheuren Skandal. Man fand heraus, dass die Mutter des jungen Mannes in einer Nervenheilanstalt lebte und dass er selbst wegen Schizophrenie behandelt worden war.«

»Dann lassen Sie uns schnellstens Mathias ausfindig machen«, sagte Ben und schickte sich an, den Korridor hinunterzugehen, als Logan ihn zurückhielt.

»Das habe ich bereits getan. Es waren nur ein paar Anrufe erforderlich, um ihn aufzuspüren. Er wohnt in Connecticut und konnte sich genauestens an den Vorfall erinnern. Der betreffende Seminarist war von ungewöhnlich großer Ergebenheit gegenüber Moore wie auch gegenüber der Kirche. Er war sogar Moores Sekretär. Mathias sagt, sein Name sei Louis Roderick gewesen.«

Es ist möglich, dass einem das Blut in den Adern erstarrt, das Herz aufhört zu schlagen und der Körper trotzdem am Leben bleibt. »Sind Sie sicher?«

»Ja, Mathias war sich absolut sicher, doch auf meinen Wunsch ist er extra seine Aufzeichnungen von früher durchgegangen und hat es nachgeprüft. Er ist bereit, herzukommen und Ihnen eine Beschreibung zu geben. In Verbindung mit dem Namen wird es Ihnen sicher gelingen, den Mann ausfindig zu machen.«

»Ich weiß, wo er ist.« Ben wirbelte herum, rannte ins Dezernat und stürzte sich auf das erstbeste Telefon.

»Sie kennen ihn?« Logan hielt Ed fest, bevor ihm dieser ebenfalls entwischen konnte.

»Er ist Polizist. Er ist einer von uns, und im Moment leitet er gerade die Außenüberwachung von Tess' Apartment.«

»O mein Gott.« Während im Dezernat alles in Bewegung geriet, fing Logan an zu beten.

Streifenwagen wurden losgeschickt, um zu Rodericks Adresse und zu Tess' Apartment zu fahren. Als Ben aufbrach, heftete Logan sich an seine Fersen. »Ich möchte mitkommen.«

»Das ist eine polizeiliche Angelegenheit.«

»Vielleicht beruhigt es ihn, wenn er einen Priester sieht.«

»Kommen Sie uns nicht in die Quere.« Sie stürmten durch die Glastür und rannten beinahe Lowenstein über den Haufen.

»Was, zum Teufel, ist denn hier los?«

Halb verrückt vor Angst packte Ben sie beim Kragen ihres Mantels. »Warum bist du nicht bei ihr? Warum hast du sie allein gelassen?«

»Was hast du denn? Nachdem Lou angerufen hatte, um uns mitzuteilen, dass alles vorüber ist, hatte ich doch keinen Grund mehr, bei ihr rumzuhängen.«

»Wann hat er angerufen?«

»Vor zwanzig Minuten. Aber er hat gesagt, du seist auf dem Weg ...« Obwohl sie es nicht wahrhaben wollte, verriet Bens Gesichtsausdruck ihr alles. »O Gott, nicht Lou? Aber er ist doch ...« Ein Polizist. Ein Freund. Lowenstein riss sich zusammen. »Er hat vor zwanzig Minuten angerufen und mir gesagt, dass der Mann verhaftet worden ist und dass ich aufs Revier kommen soll. Daran habe ich in keiner Weise gezweifelt. Gott, Ben, ich bin gar nicht auf den Gedanken gekommen, es mir von der Zentrale bestätigen zu lassen. Es war schließlich Lou.«

»Wir müssen ihn finden.«

Sie packte Ben beim Arm, bevor er sich an ihr vorbeidrängen konnte. »Georgetown Hospital. Er hat ihr erzählt, man würde dich in die Notaufnahme bringen.«

Mehr brauchte er nicht zu hören, um die Treppe hinunterzurasen und zu seinem Auto zu rennen.

Nach einer frustrierenden Fahrt von zwanzig Minuten erreichte Tess den Parkplatz des Krankenhauses. Die Straßen waren zwar fast frei, aber trotzdem hatte es Unfälle gegeben. Das Gute daran war, dass Ben bereits verarztet sein und auf sie warten würde. Außerdem war alles vorüber.

Sie knallte die Wagentür zu und steckte die Schlüssel in die Tasche. Auf dem Heimweg würden sie eine Flasche Champagner besorgen. Nein, zwei. Und den Rest des Wochenendes würde sie damit verbringen, im Bett zu liegen und Champagner zu trinken.

Der Gedanke war so angenehm, dass sie gar nicht bemerkte, wie eine Gestalt aus der Dunkelheit auftauchte und ins Licht trat.

»Dr. Court.«

Ihre erste Reaktion war Angst. Ihre Hand schnellte zum Hals, doch dann ließ sie sie lachend sinken und machte einen Schritt nach vorn. »Detective Roderick, ich wusste gar nicht, dass Sie …«

Der weiße Priesterkragen, den er um den Hals trug, glänzte im Licht. Panisches Entsetzen befiel sie. Es war wie in ihrem Traum, als sie auch gedacht hatte, gleich werde sie in Sicherheit sein, nur um dann ihre schlimmsten Befürchtungen bestätigt zu finden. Sie wusste, dass sie sich umdrehen und wegrennen konnte, doch er war nur eine Armlänge von ihr entfernt und würde sie schnell einholen. Sie wusste, dass sie schreien konnte, zweifelte jedoch nicht daran, dass er sie zum Schweigen bringen würde. Für immer. Es blieb nur eines übrig: ihm mutig entgegenzutreten.

»Sie wollten mit mir sprechen.« Nein, das kann nicht funktionieren, dachte sie verzweifelt. Nicht wenn ihre Stimme zitterte, nicht wenn ihr Kopf vom brausenden Echo ihrer Angst erfüllt war. »Ich wollte auch mit Ihnen sprechen. Ich möchte Ihnen helfen.«

»Ich habe einmal gedacht, dass Sie das können. Sie haben freundliche Augen. Nachdem ich Ihre Berichte gelesen hatte, wusste ich, dass Sie begreifen, dass ich kein Mörder bin. Dann wurde mir klar, dass Sie zu mir gesandt worden sind. Sie würden die Letzte, die Wichtigste sein. Sie waren die Einzige, die die STIMME mit Namen genannt hat.«

»Erzählen Sie mir von der Stimme, Lou.« Sie verspürte den Wunsch zurückzuweichen, nur ein Stückchen zurückzutreten, sah jedoch an seinem Blick, dass selbst die kleinste Bewegung zu einer gewalttätigen Reaktion führen würde. »Wann haben Sie sie zum ersten Mal gehört?«

»Als ich ein Junge war. Die Leute sagten, ich sei verrückt, so wie meine Mutter. Ich hatte Angst, deshalb verdrängte ich sie aus meinem Bewusstsein. Später wurde mir klar, dass es der Ruf Gottes war, dass er mich zum Priesteramt berief. Ich war glücklich, auserwählt zu sein. Pfarrer Moore sagte, nur wenige seien auserwählt, des Herrn Werk zu verrichten und die Sakramente zu spenden. Doch selbst die Auserwählten werden zur Sünde verleitet. Selbst die Auserwählten sind schwach, deshalb bringen wir Opfer und tun Buße. Er hat mir beigebracht, wie ich meinen Körper disziplinieren muss, um gegen die Versuchung anzukämpfen. Durch Geißelung und Fasten.«

Ein weiteres Teil des Puzzles fügte sich ein. Ein emotional gestörter junger Mann tritt ins Priesterseminar ein, um von einem emotional gestörten älteren Mann unterrichtet zu werden. Er würde sie töten. Er würde dem Weg, der ihm nach seiner Ansicht vorgezeichnet war, folgen und sie töten. Der Parkplatz war fast leer, die Tür der Notaufnahme zweihundert Meter entfernt. »Wie war es für Sie, Priester zu werden, Lou?«

»Es bedeutete mir alles. Mein ganzes Leben war darauf ausgerichtet, verstehen Sie? Auf diesen Zweck ausgerichtet.«

»Trotzdem haben Sie das Priestertum aufgegeben.«

»Nein.« Er hob den Kopf, als schnuppere er, als lausche er auf etwas, das nur für seine Ohren bestimmt war.

»Das war wie ein weißer Fleck in meinem Leben. Damals existierte ich eigentlich nicht. Ein Mann kann nicht ohne Glauben leben. Ein Priester kann nicht leben, ohne einen Zweck zu erfüllen.«

Sie sah, wie er in die Tasche griff, und erkannte etwas Weißes in seiner Hand. Der Ausdruck in ihren Augen war fast so irr wie der in seinen, als ihre Blicke sich wieder trafen. »Erzählen Sie mir von Laura.«

Er war einen Schritt näher gekommen, doch der Name ließ ihn innehalten. »Laura. Kannten Sie Laura?«

»Nein, ich kannte sie nicht.« Jetzt hielt er das Humerale mit beiden Händen fest, schien es jedoch im Moment vergessen zu haben. Sag etwas, ermahnte sie sich, um gegen den Schrei anzukämpfen, der ihr in der Kehle steckte. Rede mit ihm, hör ihm zu. »Erzählen Sie mir von ihr.«

»Sie war wunderschön, wenn auch auf jene fragile Weise, bei der man sich ängstlich fragt, ob so etwas Bestand haben kann. Meine Mutter machte sich Sorgen, weil Laura sich gern im Spiegel betrachtete, sich gern das Haar bürstete und gern hübsche Kleider trug. Mutter spürte, wie der Teufel Laura zur Sünde verleiten wollte und ihr schlimme Gedanken eingab. Doch Laura lachte nur und sagte, sie habe nichts dafür übrig, in Sack und Asche zu gehen. Laura hat immer viel gelacht.«

»Sie haben sie sehr geliebt.«

»Wir waren Zwillinge. Wir haben schon vor der Geburt das Leben miteinander geteilt. So hat es meine Mutter ausgedrückt. Gott hat uns miteinander verbunden. Es wäre meine Aufgabe gewesen, Laura davon abzuhalten, sich von der Kirche und von allem, was man uns beigebracht hatte, abzuwenden. Es wäre meine Aufgabe gewesen, aber ich habe versagt.«

»Inwiefern?«

»Sie war erst achtzehn. Wunderschön und zart war sie, aber ihr Lachen war verschwunden.« Tränen rannen glitzernd über seine Wangen, ohne dass er in Schluchzen ausgebrochen wäre. »Sie wurde in Versuchung geführt. Ich war nicht da, um auf sie aufzupassen, und sie ist der Versuchung erlegen. Illegale Abtreibung. Die Strafe Gottes. Aber warum musste Gottes Strafe so hart ausfallen?« Sein Atem beschleunigte sich und wurde immer lauter, während er die Hand gegen die Stirn presste. »Ein Leben für ein Leben. Das ist nur gerecht. Ein Leben für ein Leben. Sie flehte mich an, sie nicht sterben zu lassen, sie nicht in Sünde sterben zu lassen, einer Sünde, die so groß war, dass sie in die Hölle kommen würde. Ich hatte nicht die Macht, ihr Absolution zu erteilen. Selbst als sie sterbend in meinen Armen lag, hatte ich keine Macht dazu. Die Macht ist erst später gekommen, nach der Verzweiflung, nach der dunklen, leeren Zeit. Ich kann es Ihnen zeigen. Ich muss es Ihnen zeigen.«

Er trat vor und schlang Tess, obwohl sie instinktiv zurückwich, das Tuch um den Hals. »Lou, Sie sind Polizist. Es ist Ihre Pflicht, andere zu beschützen.«

»Beschützen.« Seine Finger, die das Tuch hielten, zitterten. Polizist. Er hatte Pudge ein Betäubungsmittel in den Kaffee schütten müssen. Es wäre falsch gewesen, mehr zu tun, einem anderen Polizisten Schaden zuzufügen. Beschützen. Der Hirte beschützt seine Herde. »Laura habe ich nicht beschützt.«

»Nein, das war ein schrecklicher Verlust, eine Tragödie. Aber Sie haben doch versucht, Wiedergutmachung zu leisten, nicht wahr? Sind Sie nicht deswegen Polizist geworden? Um andere zu beschützen?«

»Ich musste lügen, aber nach Lauras Tod schien das keine Rolle zu spielen. Ich dachte, dass ich bei der Polizei vielleicht das finde, wonach ich auf dem Seminar gesucht hatte. Jenes Gefühl, einen Zweck zu erfüllen. Berufen zu sein. Indem ich das irdische, nicht das göttliche Gesetz vertrete.«

»Ja, Sie haben geschworen, das Gesetz aufrechtzuerhalten.«

»Viele Jahre später kam die STIMME wieder. Es gab sie wirklich.«

»Ja, für Sie gab es sie tatsächlich.«

»Sie ist nicht immer in meinem Kopf. Manchmal ist sie ein Flüstern im Nebenzimmer, manchmal schallt sie wie Donner von der Decke über meinem Bett. Sie hat mir gesagt, wie ich Laura und mich selbst retten kann. Wir sind miteinander verbunden. Wir sind immer miteinander verbunden gewesen.«

Ihre Hand umklammerte die Schlüssel in ihrer Tasche. Sie wusste, dass sie sie benutzen würde, um ihm die Augen auszustechen, wenn er das Tuch zusammenzog. Um zu überleben. Das Verlangen, weiterzuleben, durchströmte sie.

»Ich werde Sie von Ihren Sünden lossprechen«, murmelte er. »Und Sie werden Gott sehen.«

»Jemandem das Leben zu nehmen ist eine Sünde.«

Er zögerte. »Ein Leben für ein Leben. Ein gottgefälliges Opfer.« Der Schmerz in seiner Stimme war nicht zu überhören.

»Jemandem das Leben zu nehmen ist eine Sünde«, wiederholte sie, während ihr das Blut in den Ohren hämmerte. »Wenn man tötet, bricht man das göttliche und das irdische Gesetz. Sie kennen sich mit beiden Gesetzen aus, da Sie Polizist und

Priester sind.« Als sie die Sirene hörte, dachte sie zunächst, es sei ein Krankenwagen, der zur Notaufnahme fahre. Sie würde nicht mehr allein sein. Sie sah ihm fest in die Augen. »Ich kann Ihnen helfen.«

»Helfen«, entgegnete er halb fragend, halb bittend im Flüsterton.

»Ja.« Obwohl ihre Hand zitterte, hob sie sie und legte sie auf die seine. Ihre Finger streiften die Seide.

Hinter ihnen wurden Autotüren zugeschlagen, doch keiner von ihnen machte eine Bewegung.

»Lass sie los, Roderick. Lass sie los und geh zur Seite.«

Ohne Rodericks Hand loszulassen, drehte Tess sich um und sah, dass Ben nicht mehr als drei Meter hinter ihnen stand, mit gespreizten Beinen, die Pistole mit beiden Händen haltend. Links von ihm stand in gleicher Stellung Ed. Immer noch heulten Sirenen, während ein Streifenwagen nach dem anderen mit blinkendem Licht auf den Parkplatz fuhr.

»Ben, mir ist nichts passiert.«

Doch er sah sie überhaupt nicht an. Seine Augen waren starr auf Roderick gerichtet, und in ihnen erkannte sie jene innere Gewaltbereitschaft, die er normalerweise im Zaum hielt. Sie wusste, dass er ihr freien Lauf lassen würde, wenn sie jetzt beiseiteträte.

»Ben, ich habe gesagt, mir ist nichts passiert. Er braucht Hilfe.«

»Geh zur Seite.« Wenn er sicher gewesen wäre, dass Roderick nicht bewaffnet war, hätte er sich auf ihn gestürzt. Doch Tess drehte sich um und stellte sich schützend vor Roderick.

»Es ist vorbei, Ben.«

Auf ein rasches Handzeichen hin ging Ed auf sie zu.

»Ich muss dich durchsuchen, Lou. Dann werde ich dir Handschellen anlegen und dich aufs Revier bringen.«

»Ja.« Benommen hob er fügsam die Hände, um Ed seine Aufgabe zu erleichtern. »So schreibt das Gesetz es vor. Frau Doktor?«

»Ja. Niemand wird Ihnen etwas zuleide tun.«

»Du hast das Recht, die Aussage zu verweigern«, sagte Ed, nachdem er Roderick die Dienstpistole unter dem Mantel hervorgezogen hatte.

»Okay, ich versteh' schon.« Als Ed ihm Handschellen anlegte, richtete sich Rodericks Aufmerksamkeit auf Logan.

»Hochwürden, sind Sie gekommen, um mir die Beichte abzunehmen?«

»Ja. Soll ich mit Ihnen kommen?« Während Logan sprach, drückte er Tess die Hand.

»Ja. Ich bin so müde.«

»Bald können Sie sich ausruhen. Kommen Sie jetzt bitte mit, ich werde bei Ihnen bleiben.«

Mit gesenktem Kopf ging er zwischen Ed und Logan davon. »Vergeben Sie mir, Hochwürden, denn ich habe gesündigt.«

Ben wartete, bis sie an ihm vorüber waren. Tess blieb stehen, wo sie war, und beobachtete ihn. Sie war sich in keiner Weise sicher, dass ihre Beine sie tragen würden, falls sie sich vorwärtsbewegte. Sie sah, wie er seine Waffe ins Halfter zurücksteckte. Dann war er mit drei Schritten bei ihr.

»Ich bin okay, ich bin okay«, wiederholte sie immer wieder, während er sie an sich presste. »Er hätte mich nicht umgebracht. Das hätte er nicht gekonnt.«

Ben wich ein Stück zurück, um ihr das Tuch vom Hals zu reißen und in einen Schneehaufen zu schleudern. Er strich ihr mit den Händen über den Hals, um sich zu vergewissern, dass sie unversehrt war. »Beinahe hätte ich dich verloren.«

»Nein.« Sie presste sich wieder an ihn. »Ich glaube, er wusste die ganze Zeit, dass ich ihm Einhalt gebieten kann.« Tränen der Erleichterung rannen ihr über die Wangen, und sie schlang ihre Arme noch fester um ihn. »Das Problem war bloß, dass ich es nicht wusste. Ben, ich habe noch nie solche Angst gehabt.«

»Du hast vor ihm gestanden und mir die Sicht versperrt.«

Schniefend wich sie ein Stück zurück, doch nur so weit, um seine Lippen mit den ihren suchen zu können. »Um einen Patienten zu schützen.«

»Er ist nicht dein Patient.«

In der Hoffnung, dass ihre Beine sie noch ein paar Minuten länger tragen würden, trat sie zurück und sah ihn an. »Doch, das ist er. Und sobald der Papierkram erledigt ist, werde ich mit den ersten Tests anfangen.«

Er packte sie beim Revers ihres Mantels, doch als sie ihm die Hand auf die Wange legte, brachte er es nur noch fertig, seine Stirn gegen ihre zu pressen. »Verdammt noch mal, ich zittere am ganzen Leib.«

»Ich auch.«

»Lass uns nach Hause fahren.«

»O ja.«

Eng umschlungen gingen sie zum Auto. Sie bemerkte, dass er über den Bordstein gefahren war, sagte jedoch nichts dazu. Als sie im Auto saßen, schmiegte sie sich wieder an ihn. Nie zuvor war jemand so real und so warm gewesen.

»Er war Polizist.«

»Er ist krank.« Tess verschränkte die Finger mit seinen.

»Er ist uns die ganze Zeit einen Schritt voraus gewesen.«

»Er hat sehr gelitten.« Sie schloss einen Moment die Augen. Sie war am Leben. Diesmal hatte sie nicht versagt.

»Ich werde ihm helfen können.«

Er schwieg einen Moment. Damit würde er leben müssen, mit ihrem Bedürfnis, für andere Menschen da zu sein. Vielleicht würde es ihm eines Tages gelingen, daran zu glauben, dass sich sowohl mit dem Schwert als auch mit Worten Gerechtigkeit erzielen ließ. »Sag mal, Frau Doktor …«

»Mmmm?«

»Kannst du dich noch daran erinnern, dass wir mal darüber gesprochen haben, ein paar Tage wegzufahren?«

»Ja.« Sie stellte sich eine Insel mit Palmen und großen Orangenblüten vor und seufzte. »O ja.«

»Ich habe noch ein paar Tage Urlaub.«

»Wie schnell soll ich packen?«

Er lachte, fuhr jedoch fort, nervös mit den Autoschlüsseln zu klimpern. »Ich hab' gedacht, wir könnten vielleicht ein paar Tage nach Florida fahren. Ich möchte, dass du meine Mutter kennenlernst.«

Langsam, ganz langsam, um nichts zu überstürzen, nahm sie den Kopf von seiner Schulter und sah ihn an. Dann lächelte er, und sein Lächeln verriet ihr alles, was sie wissen musste.

»Ich würde gern deine Mutter kennenlernen.«

Werkverzeichnis der im Heyne und Diana Verlag erschienenen Titel von Nora Roberts

© Bruce Wilder

› Zusatzmaterial

HEYNE ‹

Die Autorin

Nora Roberts wurde 1950 in Silver Spring, Maryland, als einzige Tochter und jüngstes von fünf Kindern geboren. Ihre Ausbildung endete mit der Highschool in Silver Spring. Bis zur Geburt ihrer beiden Söhne Jason und Dan arbeitete sie als Sekretärin, anschließend war sie Hausfrau und Mutter. Anfang der Siebzigerjahre zog sie mit ihrem Mann und den beiden Kindern nach Maryland aufs Land. Sie begann mit dem Schreiben, als sie im Winter 1979 während eines Blizzards tagelang eingeschneit war. Nachdem Nora Roberts jedes im Haus vorhandene Buch gelesen hatte, schrieb sie selbst eins. 1981 wurde ihr erster Roman *Rote Rosen für Delia* (Originaltitel: *Irish Thoroughbred*) veröffentlicht, der sich rasch zu einem Bestseller entwickelte. Seitdem hat sie über 200 Romane geschrieben, von denen weltweit über 500 Millionen Exemplare verkauft wurden; ihre Bücher wurden in mehr als 30 Sprachen übersetzt. Sowohl die Romance Writers of America als auch die Romantic Times haben sie mit Preisen überschüttet; sie erhielt unter anderem den Rita Award, den Maggie Award und das Golden Leaf. Ihr Werk umfasst mehr als 195 New-York-Times-Bestseller, und 1986 wurde sie in die Romance Writers Hall of Fame aufgenommen.
Heute lebt die Bestsellerautorin mit ihrem Ehemann in Maryland.

E-Books

Alle Romane in diesem Werkverzeichnis sind auch als E-Book erhältlich.

Besuchen Sie Nora Roberts auf ihrer Website
www.noraroberts.com

1. *Einzelbände*

Licht in tiefer Nacht *(Come Sundown)*
So lange Bodine denken kann, liegt ein Schatten über dem Familienanwesen. Ihre Tante Alice lief mit achtzehn fort und wurde nie wieder gesehen. Was niemand ahnt: Alice lebt. Nicht weit entfernt, ist sie Teil einer Familie, die sie nicht selbst gewählt hat …

Dunkle Herzen *(Divine Evil)*
Eine New Yorker Bildhauerin erlebt in ihren Albträumen eine »Schwarze Messe«, welche in ihrem Heimatort in Maryland stattfindet. Sie erinnert sich an den grauenvollen Tod ihres Vaters und entschließt sich zur Heimkehr in ihr Elternhaus. Dunkle Mächte werden daraufhin wiedererweckt.

Erinnerung des Herzens *(Genuine Lies)*
Eine alleinerziehende Mutter und erfolgreiche Autorin soll für eine Filmdiva die Memoiren verfassen. Sie erhält deshalb immer häufiger Drohbriefe, je mehr sich die Diva in ihren brisanten Informationen öffnet.

Gefährliche Verstrickung *(Sweet Revenge)*
Die schöne Adrianne führt ein Doppelleben: bei Tag elegante Society-Lady, bei Nacht gefürchtete Juwelendiebin. Doch all ihre Einbrüche sind bloß Fingerübungen für ihren größten Coup: Sie will jenen Mann bestehlen, der einst ihrer Mutter das Leben zur Hölle machte. Nur einer könnte ihre Pläne zunichtemachen: Philip Chamberlain, Ex-Juwelendieb und Interpol-Agent …

Das Haus der Donna *(Homeport)*
Eine amerikanische Kunstexpertin wird zu einer wichtigen Expertise über eine Bronzefigur aus der Zeit der Medici nach Flo-

renz eingeladen, doch vorher wird sie überfallen und mit einem Messer bedroht. Die Echtheit der Figur und der Überfall stehen in einem gefährlichen Zusammenhang.

Im Sturm des Lebens *(The Villa)*

Teresa Giambelli legt die Führung ihrer Weinfirma in die Hände ihrer Enkelin Sophia und in die von Tyker, dem Enkelsohn ihres zweiten Mannes, beide charakterlich sehr unterschiedlich. Als vergiftete Weine der Firma auftauchen, erkennen beide, dass sie gemeinsam für ihre Familie und das Weingut kämpfen müssen.

Insel der Sehnsucht *(Sanctuary)*

Anonyme Fotos beunruhigen die Fotografin Jo Hathaway, und deshalb kommt sie nach Jahren zurück in ihr Elternhaus auf der Insel Desire. Dort findet sie ihren Vater und die Geschwister vor. Jo versucht herauszufinden, weshalb ihre Mutter vor langer Zeit verschwand.

Lilien im Sommerwind *(Carolina Moon)*

South Carolina. Tory Bodeen findet keine Ruhe, seit vor achtzehn Jahren ihre beste Schulfreundin Hope ermordet wurde. Heimlich stellt sie Nachforschungen an, unterstützt von Hopes Bruder. Sie stellen fest, dass Hope das erste Opfer einer Mordserie ist.

Nächtliches Schweigen *(Public Secrets)*

Der Sohn eines umjubelten Bandleaders wird entführt und dabei versehentlich getötet. Die Tochter Emma beobachtet die Untat, stürzt dabei und verliert jede Erinnerung an die Täter. Sie quält sich mit Vorwürfen und versucht mithilfe eines Polizeibeamten, ihr Gedächtnis wiederzuerlangen. Dadurch gerät sie in große Gefahr.

Rückkehr nach River's End *(River's End)*
Auf mörderische Weise verliert die kleine Livvy ihre Eltern, ein Hollywood-Traumpaar. Die Großeltern bieten ihr im friedlichen River's End eine neue Heimat. Jahre später kommen die Erinnerungen und damit die Gefahr, dass bedrohlicher Besuch eintreffen könnte.

Der Ruf der Wellen *(The Reef)*
Auf der Suche nach einem geheimnisumwitterten Amulett vor der Küste Australiens wird James Lassiter bei einem Tauchgang ermordet. Dessen Sohn Matthew und sein Onkel sind weiter auf der Suche, zusammen mit Ray Beaumont und dessen Tochter Tate, und entdecken ein spanisches Wrack.

Schatten über den Weiden *(True Betrayals)*
Nach der Trennung von ihrem Mann erhält Kelsey einen Brief von ihrer totgesagten Mutter. Diese widmet sich seit ihrer Entlassung aus dem Gefängnis der Pferdezucht in Virginia. Kelsey entdeckt dort ihre Wurzeln, verliebt sich, beginnt aber auch in der Vergangenheit ihrer Mutter zu forschen: Weshalb wurde ihr ein mysteriöser Mord zur Last gelegt?

Sehnsucht der Unschuldigen *(Carnal Innocence)*
Innocence am Mississippi ist für die Musikerin Caroline Waverly der richtige Ort der Erholung nach einer monatelangen Tournee mit Beziehungskonflikten. Tucker Longstreet, Erbe der größten Farm in Innocence, verliebt sich in Caroline. Drei Frauen werden innerhalb einiger Wochen ermordet, eine von ihnen war die ehemalige Geliebte von Tucker.

Die Tochter des Magiers *(Honest Illusions)*
Roxanne teilt das geerbte Talent für Magie mit Luke, einem früheren Straßenjungen, den ihr Vater, ein Zauberkünstler, einst auf-

nahm. Allerdings erleichtern sie Reiche auch um deren Juwelen. Sie werden Partner in der Zauberkunst und in der Liebe. Ein dunkler Punkt in Lukes Vergangenheit lässt ihn verschwinden – Jahre später taucht er wieder auf …

Tödliche Liebe *(Private Scandals)*
Die erfolgreiche Fernsehmoderatorin Deanna Reynolds hat Glück im Beruf – und in der Liebe mit dem Reporter Finn Riley. Doch eine eifersüchtige Kollegin und anonyme Fanpost machen ihr das Leben schwer.

Träume wie Gold *(Hidden Riches)*
Philadelphia. Die Antiquitätenbesitzerin Dora Conroy kauft eine Reihe von Objekten und gerät damit ins Blickfeld von internationalen Schmugglern. Sie und der ehemalige Polizist Jed Skimmerhorn beginnen, Diebstähle und Todesfälle im Umkreis der geheimnisvollen Lieferung zu untersuchen.

Verborgene Gefühle *(Hot Ice)*
Manhattan. Auf der Flucht vor Gangstern landet der charmante Meisterdieb Douglas Lord im Luxusauto von Whitney. Dabei erfährt sie von Douglas' Plan, im Dschungel von Madagaskar einen sagenhaften Schatz zu suchen.

Verlorene Liebe *(Brazen Virtue)*
Zwei Schwestern. Während Grace unbekümmert alleine als Krimiautorin lebt, arbeitet Kathleen als Lehrerin an einer Klosterschule und verdient sich nebenbei Geld mit Telefonsex für den Scheidungsanwalt. Ein lebensgefährlicher Job, denn Grace findet Kathleen mit einem Telefonkabel erdrosselt.

Verlorene Seelen *(Sacred Sins)*
Washington. Blondinen sind die Opfer eines Frauenmörders, die Tatwaffe immer eine weiße Priesterstola. Mithilfe der Psychiaterin Tess Court versucht Police Sergeant Ben Paris, die Mordserie aufzuklären. Doch nicht nur er hat ein Auge auf Tess geworfen.

Der weite Himmel *(Montana Sky)*
Montana. Der steinreiche Farmer Jack Mercy verfügte in seinem Testament, dass seine drei Töchter aus drei Ehen erst dann ihren Erbteil erhalten, wenn sie ein Jahr lang friedlich zusammen auf der Farm verbringen. Sie versuchen es, doch in dieser Zeit geschehen auf der Farm mysteriöse Dinge.

Tödliche Flammen *(Blue Smoke)*
Reena Hale ist Brandermittlerin und kennt durch ein schlimmes Kindheitserlebnis die Macht des Feuers. Neben Bo Goodnight interessiert sich noch jemand sehr für sie – allerdings verfolgt dieser Unbekannte ihre Spur, um die Macht des Feuers für seinen Racheplan zu benützen.

Verschlungene Wege *(Angels Fall)*
Reece Gilmore ist auf der Flucht: vor der Erinnerung und vor sich selbst. Als sie sich endlich in einem Dorf in Wyoming dem einfühlsamen Schriftsteller Brody anvertraut, glaubt sie, zur Ruhe zu kommen. Doch die Vergangenheit holt sie bald ein.

Im Licht des Vergessens *(High Noon)*
Phoebe MacNamara kennt die Gefahr. Geiselnehmer, Amokläufer – kein Problem für die beim FBI ausgebildete Expertin für Ausnahmezustände. Aber erst die Liebe zu Duncan hat sie unverwundbar gemacht. Glaubt sie. Bis sie von einem Unbekannten brutal überfallen wird. Fortan muss sie um ihr Leben fürchten.

Lockruf der Gefahr *(Black Hills)*

Tierärztin Lilian führt auf ihrer Wildtierfarm in South Dakota ein erfülltes, aber auch abgeschiedenes Leben. Fast zu spät erkennt sie die Gefahr, der sie ausgesetzt ist, als ein Mann sie und ihre Familie bedroht. In letzter Minute nimmt sie die Hilfe ihrer Jugendliebe Cooper an. Kann er sie retten?

Die falsche Tochter *(Birthright)*

Als die Archäologin Callie Dunbrook an den Fundort eines fünftausend Jahre alten menschlichen Schädels gerufen wird, ahnt sie nicht, dass dieses Projekt auch ihre eigene Vergangenheit heraufbeschwören wird.

Sommerflammen *(Chasing Fire)*

Die Feuerspringerin Rowan kämpft jeden Sommer erfolgreich gegen die Brände in den Wäldern Montanas. Doch seit ihr Kollege dabei ums Leben kam, plagen sie Schuldgefühle. Hätte sie Jim retten können?

Gestohlene Träume *(Three Fates)*

Tia Marshs Leben gehört der Wissenschaft. Dass das Interesse für griechische Mythologie ihr einmal zum Verhängnis wird, ahnt sie nicht – bis sie Malachi Sullivan begegnet. Der attraktive Ire ist dem Geheimnis dreier Götterfiguren auf der Spur, und nicht nur er will die wertvollen Statuen um jeden Preis besitzen …

Das Geheimnis der Wellen *(Whiskey Beach)*

Eli Landon wird unschuldig des Mordes an seiner Frau verdächtigt. Im Anwesen seiner Familie an der rauen Küste Neuenglands sucht er Zuflucht. Auch seine hübsche Nachbarin, Abra Walsh, will dort ihre schmerzhaften Erinnerungen vergessen. Doch während sich die beiden näherkommen, holt sie die Vergangenheit ein.

Ein Leuchten im Sturm *(The Liar)*

Nach dem Unfall ihres Mannes erfährt Shelby, dass Richard ein Betrüger war. Der Mann, den sie geliebt hat, ist nicht nur tot – er hat niemals existiert. Shelby flüchtet mit ihrer Tochter zu ihrer Familie nach Tennessee, wo sie Griffin kennenlernt. Doch Richards Lügen folgen ihr und werden zur tödlichen Bedrohung.

Strömung des Lebens *(Under Currents)*

Von außen betrachtet ist das Leben der Bigelows perfekt. Doch hinter den Kulissen tyrannisiert der Vater seine Familie. Als Sohn Zane sich schließlich zur Wehr setzt, kommt das jahrelange Martyrium ans Licht. Fast zwanzig Jahre später findet die junge Landschaftsgärtnerin Darby McCray in Lakeview ein neues Zuhause. Auch Zane kehrt als erfolgreicher Anwalt in seinen Heimatort zurück. Die beiden fühlen sich sofort zueinander hingezogen, doch ihre aufblühende Liebe wird von der Vergangenheit überschattet. Was damals geschehen ist, holt die beiden wieder ein und wird zur gefährlichen Bedrohung …

Vermächtnis der Dunkelheit *(Legacy)*

Adriana erlebt in ihrer Kindheit Traumatisches, doch sie geht als starke Frau daraus hervor. Schon mit siebzehn gründet sie ein gefeiertes Fitnessunternehmen in New York. Alles scheint perfekt, bis Adriana ein Drohbrief erreicht, dem jedes Jahr ein weiterer folgen wird. Um Abstand zu gewinnen, beschließt sie, nach Traveler's Creek zurückzukehren, wo ihre Großeltern leben. Während Familie und Freunde zusammenrücken und alte Wunden heilen, kommt Adrianas Stalker immer näher. Aber diesmal ist sie bereit, sich zu verteidigen.

2. *Zusammenhängende Titel*

a) Quinn-Familiensaga

– Tief im Herzen *(Sea Swept)*

Maryland. Der Rennfahrer Cameron Quinn kehrt zurück in die Kleinstadtidylle an das Sterbebett seines Adoptivvaters. Dieser bittet ihn, sich mit den beiden Adoptivbrüdern um den zehnjährigen Seth zu kümmern. Er ist ein ebenso schwieriger Junge, wie es Cameron einst war. Hinzu kommt, dass sich die Sozialarbeiterin Anna Spinelli einmischt, um zu prüfen, ob in dem Männerhaushalt die Voraussetzungen für eine Adoption gegeben sind.

– Gezeiten der Liebe *(Rising Tides)*

Ethan Quinn übernimmt während der Abwesenheit seiner Brüder die Rolle des Familienoberhaupts. Seine Arbeit als Fischer und die Verantwortung für den zehnjährigen Seth binden ihn an die kleine Stadt. Außerdem liebt er Grace Monroe, eine alleinerziehende Mutter, welche den Haushalt der Quinns führt.

– Hafen der Träume *(Inner Harbour)*

Gemeinsam kämpfen die drei Quinn-Brüder um das Sorgerecht für Seth, denn sie wissen, dass Seths Mutter eher am Geld als an dem Jungen gelegen ist. Da kommt die Bestsellerautorin Sybill in die Stadt und will unbedingt verhindern, dass Seth von Philipp und seinen Brüdern adoptiert wird.

– Ufer der Hoffnung *(Chesapeake Blue)*

Seth Quinn hat sich durch die Fürsorge seiner älteren Brüder zu einem erfolgreichen Maler entwickelt. Als er aus Europa nach Maryland zurückkehrt, wird er von seiner leiblichen Mutter mit der Publikation seiner Kindheitsgeschichte erpresst. Seth lernt Drusilla kennen, welche sich auch nicht mehr mit ihrer leiblichen Familie identifizieren kann.

b) Garten-Eden-Trilogie

– Blüte der Tage *(Blue Dahlia)*

Tennessee. Die Witwe Stella Rothchild kehrt mit ihren kleinen Söhnen in ihre Heimat zurück. Die Gartenarchitektin beginnt, sich ein neues Leben in der Gärtnerei Harper aufzubauen, unterstützt von der Hausherrin Rosalind. Alles ist gut, bis Stella dem Landschaftsgärtner Logan Kitridge begegnet. Doch jemand will diese Verbindung verhindern.

– Dunkle Rosen *(Black Rose)*

Rosalind Harper hat sich in die Arbeit gestürzt, um den Tod ihres Mannes zu überwinden. Besonders der Gartenkunst widmet sie sich. Doch in dem harperschen Anwesen geht ein Geist um. Rosalind engagiert den Ahnenforscher Mitchell Carnegie, um zu erfahren, um welche übernatürlichen Kräfte es sich dabei handelt.

– Rote Lilien *(Red Lily)*

Hayley Phillips kommt mit ihrer neugeborenen Tochter Lily zu ihrer Cousine Rosalind Harper und findet dort ein neues Heim. Für Rosalinds Sohn Harper empfindet sie tiefe Gefühle, doch dann ergreift eine dunkle Macht von Hayley Besitz.

c) Der Jahreszeiten-Zyklus

– Frühlingsträume *(Vision in White)*

Gemeinsam mit ihren Freundinnen Parker, Laurel und Emma betreibt Mac eine erfolgreiche Hochzeitsagentur. Sie lebt und arbeitet mit den drei wichtigsten Menschen in ihrem Leben – wozu braucht sie da noch einen Mann? Doch als Mac Carter trifft, gerät ihr so gut ausbalanciertes Leben ins Wanken.

– **Sommersehnsucht** *(Bed of Roses)*
Freundschaft und Liebe – das geht nicht zusammen. Zu dumm nur, dass sich Emmas langjähriger Freund Jack völlig überraschend als ihre große Liebe erweist. Nun steckt Emma in der Klemme, zumal sie weiß, wie sehr Jack an seiner Freiheit hängt.

– **Herbstmagie** *(Savor the Moment)*
Laurel verliebt sich in den smarten Staranwalt Del, den Bruder ihrer Freundin Parker. Er ist für sie die Liebe ihres Lebens, aber sieht der heiß begehrte Junggeselle das ebenso?

– **Winterwunder** *(Happy Ever After)*
Parker ist anscheinend mit ihrem Beruf verheiratet – bis Malcolm in ihr Leben tritt. Aber wie soll sie mit ihm eine Beziehung führen, wenn er sich weigert, über seine Vergangenheit zu sprechen?

d) Die O'Dwyer-Trilogie

– **Spuren der Hoffnung** *(Dark Witch)*
Iona verlässt Baltimore, um sich im sagenumwobenen County Mayo auf die Suche nach ihren Vorfahren zu machen. Als sie den attraktiven Boyle trifft, bietet er ihr an, auf seinem Gestüt zu arbeiten. Schnell spüren beide, dass sie mehr verbindet als die gemeinsame Leidenschaft für Pferde. Doch dann droht ein dunkles Familiengeheimnis das Glück der beiden zu zerstören.

– **Pfade der Sehnsucht** *(Shadow Spell)*
Ionas Cousin Connor O'Dwyer hat die Frau fürs Leben noch nicht gefunden, doch auf wundersame Weise fühlt er sich immer mehr zur leidenschaftlichen Meara hingezogen. Das Glück wird getrübt, als Cabhan, der alte Feind der Familie, Meara benutzt,

um sie alle zu vernichten. Hält der Kreis der Freunde dieser Herausforderung stand?

– Wege der Liebe *(Blood Magick)*

Branna und Fin waren schon mit siebzehn ein Paar, doch dann ist ihre Liebe zerbrochen. Branna liebt Fin zwar noch immer, sie fühlt sich aber von ihm verraten und misstraut ihm seither. Doch sie gehören beide zum magischen Kreis der Freunde und kämpfen gemeinsam gegen Cabhan, den unversöhnlichen Feind des O'Dwyer-Clans. Aber welche Rolle spielt Fin eigentlich in diesem Kampf? Ist er in die Machtspiele seines Vorfahren verwickelt, oder steht er aufseiten von Iona, Connor und Branna?

e) Die Schatten-Trilogie

– Schattenmond *(Year One)*

Lana und Max verbindet eine große und außergewöhnliche Liebe. Als eine weltweite Seuche ausbricht und New York innerhalb kürzester Zeit ins Chaos stürzt, fliehen sie aus der Stadt und gründen mit Gleichgesinnten die Gemeinschaft New Hope. Doch auch hier rückt die Gefahr dem Paar bedrohlich nahe. Lana setzt alles daran, dem Inferno zu entkommen, denn sie trägt inzwischen ein Kind unter dem Herzen, die »Auserwählte«, ihre zukünftige Tochter, die als Einzige in der Lage sein wird, dem Leid der Menschheit ein Ende zu setzen.

– Schattendämmerung *(Of Blood and Bone)*

Fallon trägt eine schwere Verantwortung: Sie wurde mit den Kräften geboren, die notwendig sind, um die postapokalyptische Welt vom Bösen zu befreien. Doch dafür muss sie ihrer geliebten Familie den Rücken kehren und von der kleinen Farmerstochter zur mutigen Kriegerin werden. Gleichzeitig tritt immer wieder Duncan in ihr Leben, mit dem sie etwas Tieferes verbindet, als sie sich eingestehen will. Um den dunklen Mächten und dem Mörder ihres leiblichen Vaters Einhalt zu gebieten, muss das junge Mädchen magische und nichtmagische Wesen zusammenbringen und Hinterhalt und Intrigen enttarnen, die die Gesellschaft noch vor der ersten Schlacht zu unterwandern drohen.

– **Schattenhimmel** *(The Rise of Magicks)*
Die erste Schlacht ist bereits geschlagen, doch der große Kampf um Gut und Böse steht noch bevor: Die junge Fallon führt ihre Armee nach Washington D.C., um die schwarze Magie aus der Welt zu verbannen. Sie ist die Auserwählte, die nach der Apokalypse die Welt wiederaufbauen und ihre Bewohner vereinen soll. Auf der jungen Frau liegt eine große Last, denn die Familie des Mörders ihres Vaters sinnt auf Rache an ihr und ihren Liebsten. Doch ihre große Mission fällt Fallon mittlerweile leichter als die Deutung ihrer Gefühle für Duncan, dessen Schicksal unlösbar mit ihrem verwoben ist.

3. Sammelbände

a) Die Unendlichkeit der Liebe

(Drei Romane in einem Band)

Auch als Einzeltitel erschienen:

– **Heute und für immer** *(Tonight and Always)*
Kasey gewinnt das Herz von Jordan und seiner Nichte Alison, aber jetzt fürchtet Großmutter Beatrice, dass sie die Macht über ihre Familie verliert.

– Eine Frage der Liebe *(A Matter of Choice)*
Ein Antiquitätenladen im Herzen Neuenglands. Ohne Jessicas Wissen dient er einer internationalen Schmugglerbande als Umschlagplatz für Diamanten. Zu ihrem Schutz reist der New Yorker Cop James Sladerman nach Connecticut, wo ihm Jessica die Ermittlungen aus der Hand nimmt.

– Der Anfang aller Dinge *(Endings and Beginnings)*
Die beiden erfolgreichen Fernsehjournalisten Olivia Carmichael und T.C. Thorpe sind erbitterte Konkurrenten im Kampf um die neuesten Meldungen. Sie kommen sich näher, doch da gibt es einen dunklen Punkt in Olivias Vergangenheit.

b) Königin des Lichts (A Little Fate)

(Drei Fantasy-Kurzromane in einem Band)

– Zauberin des Lichts *(The Witching Hour)*
Aurora muss den Königsthron zurückerobern, nachdem Lorcan ihre Eltern getötet und ihre Heimatstadt zerstört hat. Verkleidet gelangt sie an den Hof des Tyrannen. Dort trifft sie auf dessen Stiefsohn Thane und verliebt sich.

– Das Schloss der Rosen *(Winter Rose)*
Der schwer verletzte Prinz Kylar wird von Deidre, Königin der Rosenburg, auf welcher ewiger Winter herrscht, gerettet und gepflegt. Dafür will Kylar die Rosenburg von ihrem Fluch befreien.

– Die Dämonenjägerin *(World Apart)*
Kadra ist auf der Jagd nach den Bok-Dämonen. Dabei erfährt sie, dass sich der Dämonenkönig Sorak des Tors zu einer anderen Welt bemächtigt hat. Um beide Welten vor dem Untergang zu bewah-

ren, folgt sie Sorak dorthin. Sie landet mitten in New York, in der Wohnung von Harper Doyle. Sie braucht seine Hilfe.

c) Im Licht der Träume (A Little Magic)

(Drei Romane in einem Band)

– Verzaubert *(Spellbound)*
Der amerikanische Fotograf Calin Farrell begegnet im Schlaf der Hexe Bryna, welche ihn um Hilfe bittet, und wird dazu bewogen, nach Irland zu reisen, ins Land seiner Vorfahren. Dort kommt er dem Rätsel auf die Spur: Die Vorfahren von Calin und Bryna waren vor tausend Jahren ein Paar. Doch der Magier Alasdir hatte ihr Leben zerstört – und er versucht es aufs Neue.

– Für alle Ewigkeit *(Ever After)*
Allena aus Boston soll eigentlich ihrer Schwester in Irland helfen. Durch Zufall verbringt sie stattdessen einige Tage im Haus von Conal O'Neil. Die offenbar zufällige Begegnung scheint vom Schicksal vorbestimmt zu sein, denn die beiden fühlen sich stark zueinander hingezogen.

– Im Traum *(In Dreams)*
Die Amerikanerin Kayleen landet durch einen Sturm im Haus des Magiers Draidor. Kayleen verliebt sich sofort in Draidor, und er bereitet ihr einen im wahrsten Sinne des Wortes zauberhaften Aufenthalt.